Ruth Kornberger wurde 1980 in Bremen geboren und liebt Geschichten über abenteuerlustige Frauen. Mit ihrer Familie lebt sie in Weinheim. Sie ist Mitglied der Autorenkollektive Junge Literatur Mannheim und Qindie; ihre Kurzgeschichten sind in Literaturzeitschriften und Anthologien erschienen. Mit ihrem ersten Roman »Frau Merian und die Wunder der Welt« gelang ihr auf Anhieb der Einstieg in die SPIEGEL-Bestsellerliste. Zuletzt erschien ihr Roman »Die Spur der Bambusbären«.

Außerdem von Ruth Kornberger lieferbar:
Frau Merian und die Wunder der Welt
Die Spur der Bambusbären

www.penguin-verlag.de

RUTH KORNBERGER

Die Symphonie der Sterne

ROMAN

PENGUIN VERLAG

MIX
Papier | Fördert gute Waldnutzung
FSC® C014496

Penguin Random House Verlagsgruppe FSC® N001967

1. Auflage

in der Penguin Random House Verlagsgruppe GmbH,
Neumarkter Straße 28, 81673 München
produktsicherheit@penguinrandomhouse.de
(Vorstehende Angaben sind zugleich
Pflichtinformationen nach GPSR.)

Dieses Buch wurde vermittelt
durch die Literarische Agentur Gaeb & Eggers.
Redaktion: Sarvin Zakikhani
Umschlaggestaltung: Sabine Kwauka
Umschlagabbildungen: © shutterstock (white snow, dwph,
Mary Frost, Arthur Balitskii, Alevtina_Vyacheslav, Peratek)
Satz: satz-bau Leingärtner, Nabburg
Druck und Bindung: GGP Media GmbH, Pößneck
Printed in Germany 2025
ISBN 978-3-328-11359-1
www.penguin-verlag.de

Prolog

Slough, Oktober 1789

Wie ein diamantenbesetzter Baldachin hing der Nachthimmel über dem Land. Caroline stand auf dem flachen Dach der Werkstatt und suchte die Sterne der Schwanenkonstellation. Da war Deneb, der hellste, dort Albireo, Sadr und Gienah. Sogar Azelfafage, der schwache topasblaue mit dem seltsamen Namen, funkelte heute am Übergang zur Eidechse. Die Sicht war bestens, doch statt sich ans Teleskop zu setzen, ließ Caroline ihren Blick über die Gassen und Dächer des Dorfes schweifen.

Sie war nicht mehr allein hier oben, und das machte sie nervös. Zwar hatte Janek seine Vorsicht schon in einer Reihe von Nächten bewiesen, doch Caroline vergewisserte sich lieber selbst, dass die Luft rein war.

Auf einem Handkarren lag eine Katze. Im Garten des Jägers hingen zwei dunkle Umhänge wie riesige Fledermäuse von der Wäscheleine. Um kurz vor Mitternacht schienen die meisten Einwohner von Slough schon zu schlafen, aber hinter dem Fenster des Fassmachers flackerte noch das Licht einer einzelnen Lampe. Konnte der Mann Janek auf seinem Weg zu Caroline bemerkt haben? Gerede brauchte sie wirklich nicht.

Von der Arbeit einer Astronomin hatten die meisten Nachbarn nur eine vage Vorstellung. Erwähnte Caroline, sie verbringe mehr Stunden am Schreibtisch als draußen, waren sie verwundert. Warum konnte man die Objekte des Himmels nicht verzeichnen wie die Flüsse, Meere und Gebirge der Erde? Wozu so viele Berechnungen? Aber auf die Absicht eines nächtlichen Besuchers würden sich alle einen Reim machen. Caroline konnte das Raunen schon hören: »Wilhelm Herschels Schwester soll ja äußerst umtriebig sein, nicht nur auf dem Gebiet der Sterne. Eine bald vierzigjährige Jungfer turtelt im Schutz der Dunkelheit, was sagt man dazu?«

Janek schien Carolines Sorge zu erahnen.

»Ich gehe in Deckung.« Er legte sich auf den Rücken und begann leise zu summen. Nach einer Weile sagte er: »Da ist der Schäfer.«

Caroline schrak zusammen und suchte mit den Augen die Straße ab. Aber Janek meinte wohl etwas am Himmel. Er wies auf eine Stelle nahe des Horizonts.

»Ich sehe das Lämmchen.« Caroline lachte erleichtert auf. »Das soll eine Ziege sein, und aus irgendeinem Grund wird sie vom Fuhrmann getragen. So heißt das Sternbild.«

»Nicht in Polen.«

Caroline drehte sich zu ihm um. »Bestimmt auch da. Schon die Römer nannten es Auriga, Wagenlenker ...«

Janek hielt eine Hand ans Ohr. Um nicht lauter sprechen zu müssen, beugte Caroline sich zu ihm hinunter.

»Auriga«, raunte sie. »Und die Babylonier ...«

Um seinen Mund bemerkte sie ein Schmunzeln. Er wollte wohl plänkeln. Warum nicht? Nach Kometen zu suchen war ein langwieriges, einsames Geschäft, und Caroline genoss die Unterhaltung. Janek setzte sich auf und klopfte einladend neben sich.

»Mach eine Pause. Du arbeitest doch sicher schon wieder seit Sonnenuntergang.«

Caroline ließ sich neben ihm nieder und schob die Hände unter seine Jacke, um sich an seinem Körper zu wärmen. Seit ihre Abende nicht mehr mit Musik gefüllt waren, ertappte sie sich häufig bei Selbstgesprächen. Sie überlegte dann laut, was am nächsten Tag zu tun war oder woran sie Wilhelm erinnern musste. Mit Janek an ihrer Seite konnte sie einfach schweigen. Selbst das Nichtstun gelang ihr für kurze Zeit.

Aber ich sollte mich nicht an seine Anwesenheit gewöhnen. Janek ist ein Reisender. Ach, könnte ich doch das Ballett der Himmelskörper anhalten! Die Nacht würde ewig dauern.

»Wann hat das angefangen mit dir und den Sternen?«, fragte Janek.

Schon als Kind, wäre die kurze Antwort gewesen. Aber dann hätte Janek sich eine gemütliche Familienszene ausgemalt, mit einer pausbäckigen Caroline, die auf einem Stühlchen in einem Hannoverschen Hinterhof saß, gewärmt von einem Schal, den die Mutter ihr liebevoll um den Hals gelegt hatte. Die Wirklichkeit hatte anders ausgesehen. Caroline beschrieb Janek die enge Wohnung. Dort kauerte eine Siebenjährige mit einer Näharbeit auf dem Steinboden des großen Zimmers, lauschte Alexanders Musikunterricht und versteckte sich vor der Mutter.

»Lina? Lina! Ca-ro-li-ne!«

Mutters Rufen übertönte das Duett von Geige und Oboe.

Ach, lass mich doch. Ich arbeite ja schon.

Caroline stieß die Nadel schneller durch das Leinen. Längst war der Geigenlehrer fort, doch Alexander wollte Wilhelm beweisen, wie gut er auch schon das Blasinstrument des Vaters beherrschte. Die beiden standen vor dem Notenständer am Fenster. Er war auf den elfjährigen Alexander eingestellt, und Wilhelm, mit seinen neunzehn Jahren schon ein Mann, musste sich hinunterbücken. Gestern waren er und der Vater nach Hause zurückgekehrt. Ihre Truppe war bei Hastenbeck von den Franzosen besiegt worden, und der Vater meinte, bald würde Hameln fallen. Caroline hatte sich einstürzende Häuser vorgestellt und wissen wollen, ob es wieder ein Erdbeben geben würde, wie jenes, das sie wieder und wieder in Albträumen durchlebte.

»Nein, Lina, da geht es um Politik.«

Mehr war ihr nicht erklärt worden. Der Vater hatte nur wieder seine alte Leier wiederholt: Im Krieg gebe es am Ende nur Verlierer, für die Militärkapelle zu spielen werde ihn noch umbringen, und er bete jeden Abend, Gott möge all seinen Söhnen solch ein Schicksal ersparen.

Sein Ältester, Jacob, hatte kürzlich seine Entlassung aus der Armee erwirkt und war schon vor Wilhelm und dem Vater in Hannover eingetroffen. Er hoffte, eine Stelle im Hannoverschen Hoforchester zu bekommen. Bis es so weit war, schlief er in den Tag hinein, verspielte abends im Schwarzen Bären das Milchgeld und führte sich zu Hause auf wie ein Prinz. Die erstgeborene Sophia, die ihm früher angeblich Widerworte gegeben hatte, war seit Jahren verheiratet und ausgezogen. Die Glückliche. Nach der konnte die Mutter nicht mehr brüllen.

»Ca-ro...« Die Tür flog auf. Das erhitzte Gesicht der Mutter erschien. Über ihrer Schulter hing ein Schal, und auf ihrer Hüfte saß Dietrich. Die Mutter lud den Kleinen vor Caroline ab und legte das Kleidungsstück neben ihn. Sie roch nach Zwiebeln und Lederfett.

»Der Racker hat schon wieder aus dem Katzentrog gegessen. Ich muss ihn aus der Küche haben. Und kümmere dich auch um das Loch in Wilhelms Schal.«

»Ich soll doch das Laken säumen«, sagte Caroline.

»Der Schal ist dringender.«

Warum? Es war Sommer. Doch auf Fragen reagierte die Mutter böse. Wissen in den Kopf eines Mädchens zu füllen sei unnötig. Als Anna Herschel ein Kind gewesen war, hatte es keine Schulpflicht gegeben, und die Mädchen waren ihren Müttern auch vormittags zur Hand gegangen. Um einen Haushalt zu führen, müsse niemand Lesen und Schreiben können, und was in der Welt vor sich ging, brauche sie nicht zu kümmern.

Hameln fällt, sagt der Vater. Ob die Franzosen dann wohl bald in unser Schloss einziehen?

Dort lebte die Königsfamilie schon lange nicht mehr. Georg II. regierte sein Reich von der Insel aus. Darum waren alle wichtigen Leute ebenfalls auf der Insel, und man hatte es schwer, hier voranzukommen, wie Jacob klagte. Für ein paar Monate war er mit der Truppe in England gewesen, und obwohl er nicht einmal London gesehen hatte, gab er sich nun wie ein Mann von Welt.

Politik. Das war wahrscheinlich so eine Männersache wie Logik und Arithmetik. In der Schule durften nur die Jungen Rechnen lernen. Dabei würde Caroline es auch gern können. Zahlen schienen ihr der Schlüssel zu vielen Dingen zu sein. Schon wenn sie nur mit Hilfe der Finger zählte, kam sie auf erstaunliche Möglichkeiten. In der Lade unter der Schachtel mit den Silberlöffeln verbarg der Vater den Stammbaum der Familie, und dort waren auch alle toten Geschwister eingetragen. Caroline wusste von jedem, wie alt es jetzt wäre. Zwischen Jacob und Wilhelm gab es noch einen Bruder, außerdem eine Schwester, die jetzt im Heiratsalter und wahrscheinlich wie Sophia mit dem ersten Mann vor der Mutter geflohen wäre. Aber das wäre nicht schlimm, denn da wäre ein weiteres Mädchen, neun Jahre alt, eine Spielkameradin für Caroline und Verbündete beim Hüten der Kleineren. Deren Zahl wäre doppelt so hoch, denn neben Dietrich gäbe es Frantz. Den hatten die Pocken getötet. Auch Caroline wäre fast an ihnen gestorben, aber an die Zeit wollte sie nicht denken.

Ha, doppelt so hoch, ich rechne schon, ohne es zu merken!

»Wilhelm«, sagte Caroline. »Was ist eigentlich Algebra?«

Den Begriff hatte sie aufgeschnappt, aber als sie Alexander

danach gefragt hatte, hatte der gerade eine Pendeluhr justiert und nur einsilbig geantwortet.

Was Wilhelm sagte, ging in Dietrichs Gebrüll unter. Wurde der Kleine nicht beachtet, heulte er. Man konnte ihm dann Brot, Milch oder sein geschnitztes Kaninchen anbieten, alles vergebens. Hatte man den richtigen Augenblick verpasst, produzierte Dietrich Tränen und Rotz, bis die Quelle versiegte.

Die Mutter rief zum Abendessen. Bei Tisch sagte der Vater zu seinen drei älteren Söhnen, heute sei eine gute Nacht, um Sterne zu beobachten, es gebe eine interessante Konstellation. Welche das war, verstand Caroline nicht, weil sie mit dem brüllenden Dietrich auf und ab gehen musste. Vor Enttäuschung darüber, dem Gespräch nicht folgen zu können, hätte sie mitweinen mögen. Alexander, der Herzensgute, schlang sein Schmalzbrot herunter und nahm Caroline den Quälgeist ab, doch als sie sich setzte, hatte sie wieder einmal das Wichtigste verpasst, und die Mutter beendete das Thema. Fürs Bestaunen des Mondes würde niemand bezahlt.

Ich würde gar kein Geld dafür wollen, dachte Caroline später, als sie auf dem Bett saß, das sie mit Alexander teilte, und den verfilzten Schal flickte. *Dürfte ich nur einfach im Gras hinter der Stadtmauer liegen und in den Himmel sehen. Das würde mich ja auch nicht anstrengen, und ich müsste weniger essen. Ich will ganz Auge und kaum Magen sein. Mutter meint, wegen der Pocken werde ich sowieso halbwüchsig bleiben.*

Sie vernähte das Fadenende und ging bekleidet zu Bett. Die Decke bis zum Kinn gezogen, hielt sie den Halbschlaf einer Katze, ein Auge offen, bereit, jederzeit wieder aufzuspringen. Draußen schlugen die Glocken der Marktkirche zur zehnten Abendstunde. Jetzt ruhte die Mutter. Barfuß tappte Caroline durch den Flur zur Hoftür. Draußen saßen der Vater, Wilhelm und Alexander auf umgedrehten Eimern. Jacob hatte sich wohl davongemacht. Caroline blieb auf der Schwelle stehen, dem

Niemandsland zwischen mütterlichem und väterlichem Reich. Über den Dächern der Stadt lag ein Wolkenteppich. Im Osten lugte ein Stern durch eine Lücke, doch die schloss sich, kaum hatte Caroline sie entdeckt. Der Vater sprach von der nächsten Sonnenfinsternis. Es wären noch Jahre bis dahin, aber eine Französin hatte schon die genaue Stunde berechnet. Ob sie das Wissen aus Büchern zusammengetragen und geordnet hatte wie ein Legespiel? Caroline stellte sich eine Frau vor, die auf einem Orientteppich saß, umgeben von Folianten mit goldener Prägung.

»Versprich mir«, sagte der Vater zu Wilhelm. »Wenn es so weit ist, kommt ihr heim.«

Wilhelm murmelte, er könne nicht für Jacob entscheiden, aber –

»Was?!«, schrie Caroline. »Du gehst schon wieder weg?«

Darum also war es mit dem Schal so dringend. Alle drei Herschels fuhren zu Caroline herum.

»Nach England«, sagte Wilhelm. »Da suchen sie Musiker.«

Plötzlich schienen die Wolken zu sinken und Caroline niederzudrücken. Mit diesem Gewicht auf sich würde sie gar nicht mehr wachsen können.

Was sollte ohne Wilhelm aus ihr werden? Er war ihr strahlendes Vorbild, fertigte Himmelsgloben aus Pappe und beantwortete ihr jede Frage. An Carolines Nasenwurzel zwickte es.

»Kommt Alex auch mit?«, fragte sie mit bebender Stimme. »Dann hab ich ja niemanden mehr.«

»Alexander ist noch zu jung«, sagte der Vater. »Vielleicht geht er nächstes Jahr zu Griesebach in die Lehre.«

Griesebach war Sophias Mann und Geiger. Die Familie wohnte mehrere Tagesetappen weit weg. Caroline wich die Kraft aus den Beinen, und sie ließ sich auf der Schwelle der Haustüre nieder. Bald sollte sie also ihre beiden liebsten Menschen verlieren, und wenn sie in vier Jahren die Schule beendete, wäre ihr

Dasein vollkommen freudlos. Heiraten würde sie nicht, das hatte die Mutter deutlich gemacht. Caroline sollte bei ihren Eltern bleiben und sich um sie kümmern, wenn sie gebrechlich wurden.

»Nehmt mich mit!«, flehte Caroline.

»Aber du hättest in England ja nichts zu tun, Lina«, sagte Wilhelm.

Immerhin erwähnte er ihr Alter nicht.

»Ich könnte euren Haushalt führen«, sagte Caroline.

Wilhelm legte den Kopf schief, als müsse der Vorschlag weitergehen. Wusste er überhaupt, wie viel Arbeit Putzen und Kochen bedeuteten? Zu Hause wurde er damit nicht behelligt, und unterwegs lebte die Truppe in Zelten.

»Oder ich könnte …« Caroline suchte fieberhaft nach einer Möglichkeit, sich nützlich zu machen. »Singen!«

Das tat sie, wenn sie Dietrichs Schreien nicht mehr aushielt, also täglich. Caroline rappelte sich wieder auf und stellte sich an der Wand des Hinterhauses auf, möglichst weit weg vom Vater, von Alexander und Wilhelm, denn gute Sängerinnen erreichten von der Empore aus noch die Kirchgänger in der letzten Reihe. Mit geschlossenen Augen hob sie zum *Ave Maria* an. Die höchste Note und die abfallenden Triller brachte sie rein heraus. Kurz gelang ihr sogar ein Vibrato. Ein Käuzchen rief in der Stille. Caroline machte die Augen wieder auf. An der Wand lief eine Ratte entlang.

»O ja«, sagte Wilhelm. »Erstaunlich.«

Er rieb die tintenfleckigen Hände. Vielleicht würde er später in seinem Journal, in dem er auch alles über den Himmel notierte, eine Notiz über seine kleine Schwester machen.

»Gehen wir rein«, sagte der Vater. »Heute sehen wir nichts mehr.«

Nein, bitte nicht! Dort drin bin ich eine Gefangene.

»Da ist der Polarstern.« Caroline wies auf einen Punkt schräg über dem Schornstein. »Ich erkenne ihn wie durch einen Schleier.«

Zweifelnd runzelte der Vater die Stirn. Ein Tropfen traf Caroline auf der Nase. Die Wolken straften ihre Worte Lügen.

»Der Ort stimmt jedenfalls«, sagte Wilhelm.

»Dort beginnt der Schwanz des kleinen Bären«, sagte Caroline. »Hier ist der Bauch und der Kopf.«

Mit dem Finger zeichnete sie ein Viereck in die Luft.

»Und der Drache.«

Sie zeigte die Umrisse der Konstellation mit der anderen Hand.

»Die Giraffe, Kassiopeia, Perseus ...«

Dächer waren im Weg, aber darauf kam es nicht an.

»Du kennst dich aus«, sagte Wilhelm erstaunt.

Es klang respektvoll, so als sei Caroline jemand, mit dem er sich auf Augenhöhe unterhalten konnte.

»Ich werde auch ganz schnell Englisch lernen«, beteuerte Caroline.

Sie würde alles geben, damit Wilhelm sie nachholte, was er schließlich auch getan hatte. Sein Ziel war zu ihrem geworden, und mit einigen Jahren Verzögerung hatte sie es tatsächlich erreicht. Aber diese Geschichte wäre zu lang für eine Nacht, und Caroline wollte zurück ans Teleskop. Die Untätigkeit machte sie nun doch kribbelig.

»Bestimmt hast du gelernt, den Norden mit dem Polarstern zu finden«, sagte sie zu Janek. »Er wandert nicht. Aber wir sitzen hier schon so lange, wir könnten die Himmelsrichtung mit jedem Stern bestimmen.«

»Wie das?«, fragte er.

»Würden wir Richtung Norden sehen, würden die Sterne nach links wandern«, sagte Caroline. »Aber Deneb hat sich nach rechts bewegt. Also blicken wir nach Süden. Wäre er gestiegen, blickten wir nach Osten, und wäre er gefallen ...«

»Kinderleicht«, sagte Janek. »Mit den Sternen findet man immer den Weg.«

Caroline zog ihre Hände von seiner Brust zurück und stand auf.

Düster sagte sie: »Schwer wird es nur, wenn man gar nicht mehr weiß, wohin man will.«

Zurück

Bohmte, 26. Oktober 1822

Ein halbes Jahrhundert lang war Caroline nicht auf dem Kontinent gewesen, und obwohl sie ihre Muttersprache dank ihrer Brüder gepflegt hatte, würde sie wohl weiter auf Englisch träumen. Nach der Ankunft in Rotterdam waren Dietrich und sie am Vortag bis zu einer Herberge kurz hinter Osnabrück gekommen. Alle Zimmer waren belegt, und beim Frühstück erinnerte das Stimmengewirr an ein Orchester, das sich einspielte. Manche Gäste hatten ihre Stärkung schon genossen und legten die Hände in den Schoß, während andere gerade erst einen Tisch suchten. Jemand stand auf, um etwas zu holen, und verlor seinen Stuhl an den Sitznachbarn, der das eigene wacklige Exemplar loswerden wollte.

Caroline aß schnell und ohne Genuss. Ein Beutel aus grobem Tuch lag zu ihren Füßen, aber den Rest des Gepäcks hatte sie auf dem Zimmer lassen müssen, und dabei war ihr nicht wohl.

Als Musikerin hatte Caroline die Noten für das ganze Orchester abgeschrieben, aber das war nichts zu den Notizen, die sie als Astronomin produziert hatte. Tausende Seiten über den Sternenhimmel mussten nun mit ihr umziehen. Viel war noch abzugleichen, auszurechnen und zu formulieren. Wilhelms Tod vor zwei Monaten warnte sie, auch ihre Zeit war begrenzt. Bevor Caroline selbst starb, musste sie aufräumen. Das galt auch für ihre Tagebücher, besonders für die. Gewissenhaft hatte Caroline ihr Leben festgehalten. Zum Großteil hatte es aus Arbeit bestanden, aber während einiger aufwühlender Jahre war da mehr gewesen. Nur dem Papier hatte Caroline sich anvertrauen können, aber das kannte dafür nun jedes verstohlene Abenteuer, all das Glück, die Hoffnung, Verzweiflung und Wut. Diese Zeilen durfte niemals jemand lesen. In Hannover würde Caroline ein gutes Versteck finden müssen, und sobald der Schmerz über den Verlust von Wilhelm nachließe, wollte sie jeden Eintrag vernichten, der sie kompromittieren könnte. Während der Reise überprüfte sie ständig den Inhalt ihrer Taschen. Zusätzlich zu ihren eigenen Sachen transportierte sie wissenschaftliche Korrespondenz, die an verschiedenen Stationen der Reise abzugeben oder weiterzusenden war. Mit fliegenden Fingern durchsuchte Caroline die Mappen und Kuverts in dem Beutel.

»Wo ist sie, Dietrich?«, rief sie. »Gestern Abend war sie noch da!«

Stöhnend hob ihr Bruder den Kopf von der Tischplatte und sah aus blutunterlaufenen Augen zu ihr hoch.

»Geht's los?«, stammelte er.

»Ich suche die Vorlesung für Gauß.«

Dietrich stützte das Kinn mit den Fäusten. Er war nach England gefahren, um Caroline abzuholen, und hatte sich auf dem Schiff eine üble Krankheit zugezogen. Seine Wangen waren eingefallen, und die grauen Haare gingen ihm büschelweise aus. Caroline hievte den Beutel auf den Tisch, um ihn zu leeren.

»Hilf mir doch.« Da bemerkte sie den Umschlag unter Dietrichs Ellenbogen. »Sag bloß, du hast sie!«

»Weil du mich toll machst mit deiner Angst«, brummte Dietrich. »Jeden Tag wähnst du die verflixte Vorlesung mindestens einmal verloren.«

Eine laute Stimme schallte herein: »Passagiere nach Hannover! Die Pferde sind angeschirrt.«

Endlich. Caroline nahm den Umschlag an sich und verstaute ihn sorgfältig zwischen den anderen Dokumenten. Röcke schleiften, eine Peitsche knallte, Hufe klapperten und Räder polterten in Schlaglöcher. In der Kutsche nahm Caroline auf zweien ihrer Taschen Platz und setzte den Beutel auf ihren Schoß.. Mit den Fußspitzen konnte sie gerade so den Kutschenboden berühren. Für ihre Knie war diese Sitzposition Gift, und bei einer alten Dame wirkte sie vermutlich auch komisch. Ihre Mitreisenden waren heute ein dänisches Paar, das über sie zu tuscheln schien. Am Tag zuvor hatte Caroline selbst mit Witzen für gute Stimmung in der Kutsche zu sorgen versucht.

»Fragt ein Schüler Euklid von Alexandria: Was kann ich verdienen, wenn ich Eure Dinge lerne? Ruft Euklid den anderen zu: Spendet für den armen Mann, er muss Geld verdienen mit dem, was er lernt.«

Allerdings reagierte Dietrich auf Scherze und Plaudersuche zunehmend gereizt. Die Verstauung des Gepäcks ärgerte ihn. Caroline sollte ihren *Plunder* mit den anderen Kisten auf dem Dach befestigen lassen. Aber es herrschte Herbstwetter. Der Wind konnte die Seile lösen, und die Wachstuchplane würde vielleicht doch Regen durchlassen. Bevor ihre kostbaren Schriften ruiniert wurden, rutschte Caroline lieber auf den Taschen herum.

»Mit dem Gewese, das du um die machst, könnte man glauben, du führst die Kronjuwelen mit dir«, hatte Dietrich gesagt. »Das zieht Diebe an. Du hättest deine Notizen mit dem Haushaltskram nachschicken lassen sollen. Ich verstehe das nicht.«

Nein, du verstehst so vieles nicht.

Weder besaß er Wilhelms Brillanz noch Alexanders Erfindergeist. Als Nesthäkchen verhätschelt, war Dietrich mit halbherziger Anstrengung Musiker geworden.

Was hätte ich für seine Ausbildung gegeben!

Doch statt Dankbarkeit schien Bitternis in dem kleinen Bruder zu sein. Angeblich habe der Vater ihn nicht genug gefördert.

Ich hoffe doch sehr, Dietrichs Laune bessert sich, sobald er wieder bei seiner Familie ist. Sonst wohne ich künftig mit einem Miesepeter zusammen.

Wenn Dietrich sprach, dann von Problemen. Anna, seiner Ältesten, war kurz nach der Niederkunft mit dem neunten Kind der Mann gestorben. Der Gatte der jüngeren Sophia Dorothea war wahnsinnig und konnte nur an guten Tagen als Arzt praktizieren.

Aber so schlimm, wie Dietrich alles darstellt, kann es gar nicht sein.

Caroline versuchte, eine aufrechte Haltung einzunehmen. In ihrem Rücken verklemmte sich etwas. Vorsichtig suchte sie nach einer Position, in der es möglichst wenig zwickte. Gegen Abend erreichten sie Minden. Die letzte Zwischenstation empfing sie mit fad schmeckendem Rübeneintopf und verwanzten Betten.

Am nächsten Morgen musste Caroline Dietrich beim Einsteigen in die Kutsche stützen. Sein Zustand ängstigte sie und verdrängte ihre Sorge um das Gepäck. Erst während einer Pause am Mittag, nachdem sie dem Bruder Bier und einen Apfel besorgt hatte, ging sie wieder den Inhalt der Taschen durch. Der Schreck fuhr ihr ins Kreuz wie eine Axt.

»Die Vorlesung ist weg!«

»Kannnichsein«, murmelte Dietrich in seinen Krug.

Aber so war es. Zwischen verschnürten Blättern fehlte der versiegelte Umschlag mit den neunundvierzig Seiten zur Theorie von Licht und Farben von Thomas Young. Caroline hatte Wort für Wort von der gedruckten Vorlage kopiert. Wer hatte den Aufsatz entwendet? Der magere Junge, der die Pferde versorgte? Der fahrende Händler, dem sie beim Essen von der rauen Fährpassage berichtet hatten? Caroline stampfte auf, wütend über die Sinnlosigkeit des Diebstahls. Würde ein Ungelehrter auch nur zwei Sätze von Young lesen, bevor er seine

Beute fortwarf? Hatte er wegen des Siegels Kreditbriefe zu finden gehofft? Oder diplomatische Geheimnisse? Dietrich und sie wirkten doch wirklich nicht wie Leute, denen man so etwas anvertraute! Caroline hätte den Umschlag offen lassen sollen oder außen vermerken, was er enthielt. Hätte, hätte ... Müßig, jetzt ihr Versagen als Kurierin zu beklagen. Zwecklos auch, von Dietrich eine Umkehr zu fordern, um Nachforschungen anzustellen.

Während der Weiterfahrt sprach Caroline kein Wort mehr. Nach Haste bemerkte sie den Schmerz in den Fingern. Sie hatte sich an den Taschen festgekrallt. In Seelze hielt die Kutsche ein letztes Mal, um Post aufzunehmen. Die nächste Station wäre Hannover. Caroline versuchte, an etwas Schönes zu denken. Inzwischen waren ihr die Fahrgeräusche vertraut. Hinter ihnen fand sie Stille und hinter der Stille Musik. Die Ouvertüre von *Judas Maccabaeus* trug sie fort. Geigen, Oboen und Cembalo sangen, die Bassgruppe errichtete im Weiteren eine Mauer gegen jegliche Störung, und einen seligen Moment lang war da nur Georg Friedrich Händels Oratorium, mitreißend und feierlich. Schleichend mischte sich etwas Dumpfes darunter, fernes Grollen, das näher kam und sich in Einzelklänge auflöste, die in die Magengrube zielten. Die Pauken? Viel zu früh. Caroline floh vor ihnen und versteckte sich hinter dem Konzertmeister, aber auch dort erreichten sie die Schläge. Die Luft blieb ihr weg, und Übelkeit stieg in ihr auf. Welche Instrumente konnten derart laut sein? Es musste sich um Spezialanfertigungen handeln, Braukessel bespannt mit Elefantenhaut. Caroline sank zusammen, getroffen, erschossen.

»Wie ist dir?« Dietrich legte eine Hand auf ihre Schulter. Wie das pralle Leben sah auch er nicht aus.

Schwach winkte Caroline ab.

»Ich sehe Schloss Herrenhausen«, rief Dietrich. Etwas Farbe kehrte in seine Wangen zurück. »Gleich sind wir zu Hause. Lass uns morgen einen Spaziergang durch den großen Garten machen, zu den Pavillons und zur Fontäne.«

Die Pauken schwiegen jetzt, aber die Melodie war auch verklungen. Vorsichtig trank Caroline einen kleinen Schluck. Das Brunnenwasser, mit dem sie ihre Flasche am Morgen aufgefüllt hatte, schmeckte abgestanden, und der saure Mief, der Dietrichs Kleidern entstieg, wurde unerträglich. Caroline wandte sich zum Fenster. Das schien Dietrich als Vorfreude auf die alte Heimat zu verstehen.

»Jetzt biegen wir in die Georgstraße ein«, sagte er. »Die kennst du noch nicht. Sie haben den Schutzwall abgetragen, um Platz zu schaffen.«

Sie passierten die Artilleriewache und das Militärgefängnis. Rechts stand ein einzelnes Gebäude. Darauf folgten Baustellen von vier weiteren. Grandios war das nicht. Auch die *Breite Straße* wirkte mit ihren sieben Häusern wie ein Scherz. Von der Egidienkirche sah Caroline im Vorüberfahren nur den unteren Teil der Fenster und die Grabdenkmäler an den Wänden, darunter das Epitaph für die im Alter von zwei Jahren verstorbene Susanna Magdalena Oldekop. Es stellte sie lebensgroß im Relief dar. Als Kind hatte Caroline den Engel bestaunt, der eine Hand auf die Schulter des Mädchens legte. Früher hatte der Himmelsbote Schutz versprochen, nun kam er ihr viel zu klein vor, um helfen zu können.

»Wir wohnen in der Marktstraße«, sagte Dietrich. »Wie alle wichtigen Familien.«

Das war eine schamlose Übertreibung. Ihr Bruder spielte wohl auf die Volgers an, die als ehemaliges Patriziergeschlecht seit jeher einen Großteil der Straße besaßen. Aber denen gehörte ohnehin die halbe Stadt. Wer wirklich etwas auf sich hielt, hatte früher zwei Querstraßen weiter residiert, beim Königlichen Schloss und Herzoglichen Palais.

Warum sollte sich das geändert haben? Warum sollte sich überhaupt etwas in diesem schrecklichen Hannover verbessert haben? Hier leben bloß unwichtige Abkömmlinge der Königsfamilie, und den Reichen mangelt es an Glanz. Alexander bläst keine Choräle mehr vom Marktturm, sondern liegt neben Vater auf dem Gartenfriedhof. Ich habe die Stadt an keinem einzigen Tag vermisst.

Caroline verspürte wieder kindliche Ohnmacht. Ihr Leben in England kam ihr plötzlich unwirklich vor. Hatte sie sich die letzten Jahrzehnte vielleicht nur eingebildet? Nein, die Tagebücher bewiesen das Gegenteil.

»Hier sind wir«, rief Dietrich.

Die Kutsche hielt. Caroline rutschte von ihren Taschen herunter und legte sich die Riemen über die Schultern. Das Gewicht des Gepäcks zog an ihr wie ein Anker und schien sie an die Kutsche zu ketten. Wie wäre es wohl, einfach weiterzufahren, irgendwohin?

Hinter einem Erdgeschossfenster drückte sich ein Junge von etwa fünf Jahren die Nase platt. Das musste Johann Theodor sein, der Sohn von Sophia Dorothea, die vor den Anfällen ihres Mannes zu ihren Eltern geflüchtet war.

»Geh vor, Dietrich, dir wird gewunken.« Caroline ordnete ihre Haare. »Du weißt ja, Frauen brauchen vor einem Auftritt länger.«

Damit wurde sie ihn los. Was Musik anging, verstanden sie einander. Mit Sternen musste Caroline Dietrich nicht kommen. Auch seiner Frau Catharina nicht. Ob die Schwägerin überhaupt Interessen hatte, bezweifelte Caroline. Aus ihren Briefen ging nur hervor, wer demnächst heiraten oder ein Kind bekommen würde. Als Caroline vor ihrem Neffen John, Wilhelms Sohn, darüber gespottet hatte, in Hannover seien Hochzeiten und Taufen die einzigen Ereignisse, hatte er sie gebeten, Für und Wider eines Umzugs gründlich abzuwägen: »Überstürze nichts.«

Einen Sturz hatte Caroline nicht bemerkt, wohl aber den harten Aufprall. Nun musste sie sich berappeln. Das Publikum wartete und anders als üblich hatte Caroline es bezahlt.

Zur Feier der Rückkehrer hatte Catharina ein Fleischgericht kochen lassen. Der kleine Johann vertilgte zwei Teller davon.

»Kartoffelstampf mit Boulette.« Er sprach das Wort französisch aus. »Meine Leibspeise.«

»Das sind Klopse«, sagte Catharina streng. »Und das Rezept ist von meiner Großmutter. Napoleon hat damit gar nichts zu tun.«

Offenbar hegte sie seit der Besatzungszeit einen Groll gegen die westlichen Nachbarn. Caroline lobte das Essen und nippte am Walnusslikör, den Sophia Dorothea ausschenkte.

»Kann mir Großtante Lina heute etwas vorlesen, Mutter?«, fragte Johann.

»Lass sie doch«, sagte Sophia Dorothea. »Sie wird müde sein.«

Großvater Dietrich schlummerte schon am Ofen in einem Lehnstuhl.

»Nur zwei Seiten.« Johann legte ein Buch vor Caroline hin und öffnete es. Auf dem Titelblatt stand in einem Blumenkranz: *Kinder- und Haus-Märchen.* Die Schrift auf den nächsten Seiten war leider kleiner.

»Weißt du, meine Augen sind miserabel«, sagte Caroline. »Aber ich kann dir von der Reise berichten. Die Überfahrt hätte uns beinahe das Leben gekostet. Schon in der Themsemündung kam Sturm auf, und es gab Wellen wie auf hoher See. Man warf den Anker. Nachts klammerten wir uns am Rand der Kojen fest, um nicht hinauszufallen. Das Fenster brach, und ein Schwall Wasser durchnässte mein Bett. Mein Magen ...«

Sie übersprang die unappetitlichen Details. Johann lauschte mit offenem Mund. Kinder waren doch die besten Zuhörer. Sofern seine Mutter es erlaubte, würde Caroline Johann selbst das Rechnen beibringen. Wenn er erst zur Schule ginge und mit den anderen Schülern im Chor spräche, würde ihm eigenes Denken verleidet.

»Als der Morgen anbrach, fühlten sich die meisten Passagiere mehr tot als lebendig«, fuhr Caroline fort. »Good Heavens! Wie sollte es uns erst auf dem offenen Meer ergehen?«

Catharina gähnte.

»Das verrät Caroline dir morgen«, sagte sie. »Lass sie sich erst einrichten. Außerdem arbeitet sie nachts, oder?«

»Alte Gewohnheit«, sagte Caroline. »Früher waren Wilhelm und ich ab Sonnenuntergang draußen an den Teleskopen. Aber seit einigen Jahren ordne ich hauptsächlich Beobachtungen und reduziere Positionen.«

»Ach ja.« Catharina gähnte erneut. »Schön.«

Caroline strich über den Bucheinband.

»Und ich überlege, meine Memoiren zu schreiben«, sagte sie.

Die Miene der Schwägerin hellte sich auf. »Eine wunderbare Idee.«

Das fand Caroline auch. Mit Lebenserinnerungen konnte sie die schönen Dinge herausstellen, den Schmutz unter den Teppich kehren und die Ereignisse so gefällig erzählen wie ein Märchen. Möglicherweise würde sie die übernächste Generation nicht mehr heranwachsen sehen, aber wenn sie Johann Schriftliches hinterließ, konnte sie ihm zeigen, wie man Widrigkeiten trotzte, und ihn ermutigen, in ihre Fußstapfen zu treten. Sie wollte die Fackel des Wissens weitergeben. Außerdem würde sie mit der Schilderung ihres arbeitsamen Lebens vielleicht Dietrich von seinem Jammern kurieren.

Durch die offene Flurtür sah Caroline das Hausmädchen mit einem Eimer und einem Lappen in Richtung der Treppe trotten, die zu Carolines neuem Reich im ersten Stock führte.

»Putzt sie etwa nass?« Caroline sprang auf. »Das kann warten.«

Dort oben waren ihre Aufzeichnungen. Bei der Ankunft hatte das Mädchen ihr alle Taschen abgenommen und verräumt. Wrang es gerade einen triefenden Lappen neben ihnen aus? Caroline raffte ihre Röcke und nahm trotz knackender Knie zwei

Stufen auf einmal. Wasser plätscherte. Mit aufgekrempelten Ärmeln kniete das Mädchen vor einer Kommode und wischte unter den Beinen des Möbelstücks durch. Der gefüllte Eimer befand sich in der Raummitte. Kippte er um, würde die Überschwemmung Carolines Taschen neben dem Sekretär erreichen.

»Halt«, rief Caroline. »Kein Wasser in der Schreibkammer, bitte.«

Das Mädchen sah auf. »Schreibkammer?«

Ja, so wollte Caroline diesen Raum nennen, auch wenn er offenbar dafür gedacht war, Besucher zu empfangen. Neben der Kommode und dem Sekretär gab es drei Sessel und ein Tischchen. Im angrenzenden Zimmer standen ein Bett und ein Schrank.

»Bitte fege nur und staube ab«, sagte Caroline.

Ihre Aufzeichnungen waren in Tinte, und sie hatte einmal mehrere Wochen an Beobachtungen verloren, weil Wilhelm eine volle Teetasse unglücklich abgestellt hatte. Doch das Mädchen ließ sich nicht aufhalten.

»Die gnädige Frau will, dass ich alle zwei Tage feudele. Sonst fängt sie das Husten an.«

Energisch fuhr das Mädchen mit dem Lappen über die Kommode. In Catharinas Haushalt gab es weder Vasen noch Porzellanfigürchen. Theoretisch stünde viel Ablagefläche für Papiere zur Verfügung, aber wenn die Oberflächen freigehalten wurden, um sie regelmäßig wischen zu können, war das für Carolines Zwecke ungünstig.

»Nun, das sind jetzt meine Räume«, beharrte sie. »Und ich möchte es anders haben.«

In einer Geste der Entschuldigung hob das Mädchen die freie Hand.

»Aber die gnädige Frau hat es mir aufgetragen.«

Es ging zum Eimer, tauchte den Lappen ein und verschwand in der Schlafkammer. Eine Tropfspur markierte seinen Weg.

Caroline sah sich um. Der Sekretär taugte nur, um darauf Briefe zu schreiben.

Ich brauche einen Tisch, auf dem ich Sternenkataloge und Notizbücher nebeneinanderlegen kann. Außerdem wäre ein Regal von Vorteil.

Caroline schleppte ihr Gepäck zu einem der Sessel. In der Schlafkammer klatschte nasser Stoff auf Holz. Schritte auf der Treppe kündigten Catharina an.

»Ist alles da, was du brauchst?«, fragte die Schwägerin.

»Du hast diese Räume ganz wunderbar für mich eingerichtet.«

Aber ich werde bis zu meinem Lebensende hier wohnen. Dafür habe ich Dietrich meine Ersparnisse überlassen.

»Ich hab nur gedacht«, begann Caroline leise. »Vielleicht könnte ich ein eigenes Dienstmädchen einstellen?«

Ein himmelblaues Kleid

Hannover, 28. Oktober 1822

Wenn Agnes Besorgungen auf dem Markt machen musste, nahm sie nie den direkten Weg, sondern schlenderte am Schloss vorbei und stellte sich vor, hinter einem der hohen Fenster zu erwachen und den Tag auf Seidenkissen gestützt mit einer Tasse Tee in der Hand zu beginnen. Manchmal dehnte sie ihren Spaziergang auch bis zum Reithaus aus, wo im Freien Araberpferde gestriegelt wurden. Hatte sie Glück, exerzierten linker Hand vor der Kaserne an der neuen Brücke Gardegrenadiere in bunten Uniformen. Hannover war einfach die reinste Märchenkulisse und heute spielte Agnes selbst Prinzessin. Sie trug – heimlich und darum mit doppeltem Vergnügen – ein himmelblaues Kleid von Frau Prancke. Wie immer blieb sie gegenüber dem Schloss kurz vor der Auslage der Hahnschen Hofbuchhandlung stehen. Zwei Burschen luden neue Ware aus. Einer pfiff, und Agnes hob das Kinn ein wenig höher. Da hörte sie ihren Spitznamen.

»Nessie!«

Sie drehte sich um.

»Ach, Martin, du bist das. Wie geht's meinem Bruder?«

»Gut, glaub ich. Donnerwetter, hast du reich geheiratet?« Der Kinderfreund ließ seinen Blick von ihrer weißen Halskrause über das hohe Taillenband bis zum Rüschensaum hinabgleiten. »Heinrich hat gesagt, du bist bei 'ner Familie angestellt.«

»Stimmt auch.« Agnes trat an den Karren heran und nahm ein Wörterbuch aus einer der offenen Kisten. »Darf ich ... ganz kurz?«

»Verrat mir erst, wie ein Dienstmädchen zu so piekfeinem Zwirn kommt.«

»Das Kleid gehört der gnädigen Dame. Letzten Monat sollte ich es auf den Speicher räumen, weil es ihr nicht mehr passt.« Agnes blätterte in dem Buch, entdeckte eine interessante Stelle und prägte sie sich ein. »Weißt du, die Prancksche hat die Fresssucht. In der Küche ist täglich Sonntag. Ich muss backen wie für ein Regiment, bekomm aber selbst nur Krumen. Die gnädige Dame gönnt mir nichts. Darum gönn ich mir jetzt selbst was.«

Mit dem Zeigefinger fuhr sie eine Zeile entlang und sprach das Gelesene mit geschlossenen Augen nach. Ja, es saß. Memorieren konnte sie.

Martin nahm ihr das Buch aus der Hand. »Na, dann lass dich nicht erwischen, Nessie.«

»Nee, Madamchen ist heute bei ihrer Schwester. Grüß mir Heinrich, ja? Weihnachten komme ich nach Hause.«

Agnes setzte ihren Weg fort. Auf Höhe der Kramerstraße fiel ihr etwas ein. Wenn sie schon herausgeputzt und nun auch frisch belesen war, warum nicht gleich den Besuch wagen, den sie im Sinn hatte, seit sie zum ersten Mal verstohlen im Salon der Prানckes geschmökert hatte? Bei jeder Gelegenheit spickte sie in die Zeitungen und Zeitschriften, die im Salon lagen, um etwas über die weite Welt zu erfahren. In ihrem Dorf hätte Agnes Bauers- oder Bäckersfrau werden können, und ihr Leben wäre durch die immer gleichen Tätigkeiten bestimmt worden. Das Dasein als Dienstmädchen war zwar auch eintönig, aber sie konnte wenigstens lesend nach Auswegen suchen. Die Zeitungen informierten über Politik und berichteten davon, was in Paris, London und Rom geschah. Wie ein Dienstmädchen zu diesen Orten gelangen konnte, verrieten sie leider nicht. Auch in den Damenzeitschriften, die Frau Prancke in bestickten Schutzhüllen aufbewahrte, fand Agnes keine Ratschläge für ein aufregendes Leben. Darin drehte sich alles um Kindererziehung und Hauswirtschaft. Immerhin hatte die Lektüre Agnes das Formulieren gelehrt. Sie traute sich inzwischen zu, selbst Texte verfassen zu können, und eine sitzende Tätigkeit wäre schon eine Verbesserung.

Die Redaktion des *Hannoverschen Merkur* befand sich nur einen Katzensprung entfernt in der Knochenhauer Straße, zwischen einem Gemüsehändler und einem Fleischstand. In der Luft hing der Geruch von Sauerkraut und Räucherwaren. Caroline sammelte sich vor einer Platte, auf der Schweineohren und Würste ein Mosaik bildeten. Beherzt klopfte sie an die Tür des Zeitungsbüros und wurde hereingerufen. Der Redakteur thronte hinter einem Schreibtisch, paffte Pfeife und las. Sein Hemd war knittrig, und sein Haar stand über den Ohren vom Kopf ab.

»Leg sie auf den Teller da«, sagte er, ohne aufzublicken.

»Was bitte?«

»Na, die Brötchen.«

Offenbar hielt er Agnes für eine Lieferantin. Sie sah sich erst einmal um. Ein seltsames Möbelstück beherrschte den kleinen Raum an der Fensterseite, ein klobiges Sofa aus Granit. Nein, das war kein Stein. Agnes erkannte hellere Flecken mit schwarzen Buchstaben. Aus verklebten Schnipseln alter Zeitungen war das Sitzmöbel geformt worden. Der Redakteur las immer noch, darum erlaubte Agnes sich, Probe zu sitzen. Das Sofa war hart wie Holz.

»Keine Brötchen?«, blaffte der Mann.

Ertappt sprang Agnes auf.

»Leider nicht, aber ...«

Er musterte sie. Offenbar tat das Kleid seine Wirkung, denn die Miene des Mannes wurde freundlicher.

»Kommen Sie wegen einer Anzeige? Ich nehme erst nächste Woche neue auf. Muss bis in zwei Stunden die Mittwochsausgabe zusammengestellt haben und konnte nicht einmal frühstücken. Vom Frankreichkorrespondenten ist nur die Hälfte entzifferbar und jedes dritte Wort abgekürzt. Wenn ich das nicht in eine saubere Form bringe, produziert mir der Setzer wieder Kauderwelsch.«

»Ich könnte Ihnen helfen.«

Der Redakteur legte die ausgehende Pfeife in eine Schale. Sein Magen knurrte wie ein Wachhund.

»Warum nicht? Ich gehe jetzt zum Bäcker, seine Tochter hat mich anscheinend vergessen.« Er schob einen Brief zu Agnes hin. »Probieren Sie, das ins Reine zu schreiben, bis ich zurück bin.«

»Sehr gern.«

Agnes zog einen Schemel zum Tisch, tunkte die Feder in das Tintenfass und machte sich auf einem leeren Blatt ans Werk. Als der Redakteur zurückkam, war sie fertig.

»Ihr Schriftbild ist annehmbar.« Der Mann nuschelte an den Bissen eines Hefeteilchens vorbei. »Was die Abkürzungen betrifft ...«

»Da musste ich manche Bedeutung aus dem Zusammenhang erraten. Aber dank Ihnen weiß man ja, was in der Welt vor sich geht. Ihre Zeitung, die ist in Hannover und darüber hinaus ...« Agnes präsentierte das Wort wie eine Bestechungsmünze. »... ubiquitär.«

Der Redakteur zwinkerte belustigt. »Und Sie wollen mir gern das omnipotente Schreibfräulein machen?«

»Wenn Sie damit d'accord wären.«

»Versuchen könnten wir es.«

Das war ja leicht gegangen! Agnes kniff sich in den kleinen Finger, um ihre Freude zu verbergen. Es schmerzte mehr als beabsichtigt. Gestern war Waschtag gewesen, und die Haut an ihren Händen war wund gescheuert.

»Was wäre die Bezahlung?«, fragte Agnes.

Ihr Gegenüber lachte. »Seit wann gibt es Geld für Zerstreuungen?«

Er hielt Agnes wohl für eine gelangweilte Bürgerin.

»Ich müsste dafür meine Stellung als Dienstmädchen aufgeben«, sagte Agnes.

»Du siehst gar nicht wie eines aus.«

»Das ist Mimikry.«

»Und die Fremdwörterkrankheit plagt Sie. Wo kriegt man diese Seuche?«

Agnes schmollte. »Wir kommen wohl nicht überein. Schade, mein Herr. Einen schönen Tag noch.«

»Augenblick.« Der Redakteur deutete auf ihre Abschrift. »Du hast sauber und recht schnell gearbeitet. Meine Einnahmen erlauben es mir momentan nicht, jemanden anzustellen. Doch wenn sich das ändert ...«

»Ich möchte eigene Texte schreiben«, sagte Agnes.

Der Redakteur schien nicht überrascht.

»Viele wollen das. In unserer verschlafenen Stadt ist wenig Zerstreuung geboten, also blüht die Vorstellungskraft. Aber ich bringe Nachrichten, und selbst Gerüchte brauchen einen wahren Kern. Wären der König und sein Hof nicht dauerhaft in England, gäbe es vielleicht Stoff für eine Damenausgabe, aber so? Woher hier Glamouröses nehmen?«

Der Redakteur glaubte wohl, weibliche Leserschaft sei vor allem an Klatsch interessiert. Er wühlte in dem Papierwust auf seinem Schreibtisch. »Kennst du dieses Fräulein?«

Er hielt die Skizze eines weiblichen Profils hoch, möglicherweise abgezeichnet von einem Scherenschnitt. Dominiert wurde die Silhouette von einer prägnanten Nase. Im Nacken waren die Locken zusammengebunden.

»Caroline Herschel ist das«, sagte der Redakteur. »Seit Kurzem zurück aus Windsor. Hat in den inneren Kreisen des Hofes verkehrt. Die könnte aus dem Nähkästchen plaudern, da bin ich mir sicher. Affären, Verrat, der Wahn des Königs ... Wenn du dich bei ihr einschleusen kannst, reden wir.«

»Einschleusen?«

»Als Dienstmädchen. Der Bäcker sagt, sie sucht eines. Spioniere ein bisschen, horch sie aus, aber erwähne unter keinen Umständen meinen Namen.« Er riss die Augen auf. »Unter gar keinen Umständen!«

Der Mann nahm sich ja enorm wichtig. Das *Ubiquitär* hatte ihm wohl geschmeichelt. Ob seine Zeitung wirklich überall verbreitet war, wusste Agnes gar nicht. Anscheinend sammelten sich ja genug unverkaufte Exemplare an, um daraus Möbel machen zu können. Agnes wäre schön dumm, ihre sichere Stellung bei Frau Prancke aufzugeben, um einem Mann zu helfen, der sie nicht bezahlte. Leichtere, saubere Arbeit hatte sie im Sinn gehabt. Aber bei dieser Herschel bliebe sie die menschliche Verlängerung von Besen und Gemüsemesser. Halbherzig wünschte sie dem Redakteur viel Erfolg mit der Mittwochsausgabe und ging wieder ihrer Wege. Draußen atmete sie flach, bis sie den Sauerkrautschwaden entkommen war. Die Enttäuschung drückte ihre Schultern nach vorn. Bei den Pranckes huschte sie durch den hinteren Garten. Am Eingang rutschte ihr die Türklinke aus der Hand. Jemand musste sie mit fettigen Händen betätigt haben. Mit Butterfingern.

»Du erdreistest dich, mein Kleid zu tragen?« Die Stimme von Frau Prancke war kalt wie das Fruchtsorbet, das Agnes an Weihnachten zubereiten musste. »Pack deine Sachen und geh zurück in dein Kuhdorf.«

Sägespäne

Walcot, England, 5. März 1777

Der Schreiner betrat das Haus, ohne zu klopfen. Mit seinen Sägen und dem Hobel stapfte er in die Küche, als Caroline gerade Feuer im Küchenofen machte, um die Kälte der Nacht zu vertreiben. Dem Mann folgten sein Sohn und ein weiterer Geselle, die Arme voll Holz. Aus den Falten ihrer Kleidung schneiten Sägespäne auf die Dielen.

»Guten Morgen«, sagte Caroline. »Ihr könnt den Tag freimachen. Hat Wilhelm es nicht erwähnt? Ich habe heute Abend meinen ersten Auftritt als Solistin in Bath.« Sie bremste sich und suchte nach Worten, die bescheidener klangen. »Das heißt, Wilhelm und ich singen zusammen in *Judas Maccabaeus*, und weil er auch das Orchester leitet, wollen wir heute die Partitur ein letztes Mal gemeinsam durchgehen.«

»Können Sie ruhig, stört mich nicht.« Der Schreiner steuerte Wilhelms Schlafzimmer an. »Wir sind da, Meister!«

Etwas polterte zu Boden. Vermutlich waren die Bücher heruntergefallen, über denen Wilhelm eingeschlafen war. Musikalische Themen behandelte keines davon. Wilhelm war seinen jüngeren Geschwistern immer schon einen Schritt voraus. Nachdem er in England ein Auskommen in der Musik gefunden hatte, war es ihm gelungen, Alexander und schließlich auch Caroline nachzuholen. Als Zweiundzwanzigjährige war sie vor fünf Jahren zu ihm gezogen, um Sängerin zu werden, aber noch bevor sie richtig auf der Insel angekommen war, hatte Wilhelm sie während eines Zwischenstopps in der Hauptstadt zu diversen Optikern geschleppt. Dort ließ er sich Linsen und Spiegel für Teleskope zeigen.

Die Astronomie war für ihn von einem Zeitvertreib zu einer Obsession geworden. Er las jede Abhandlung zu diesem Gebiet, derer er habhaft werden konnte, und füllte viele Seiten mit seinen eigenen Beobachtungen. Wenn er eine Pastete aufschnitt, ließ er Caroline die Innenwinkel der einzelnen Stücke ermitteln. Zum Erforschen des Sternenhimmels gehörte Mathematik. Ein wenig konnte Caroline bei den Berechnungen schon helfen.

Sie füllte Wasser für Tee in den Kessel. Bis es kochte, wiederholte sie im Kopf Logarithmengesetze. Das Lernen bereitete ihr Freude, und im Gegensatz zu ihrem Bruder wusste sie, wie es nebenbei gelang. Notizen mit Formeln heftete sie an die Küchenwand und studierte sie beim Rübenschneiden. Um sich kleine Freiheiten zu erschleichen, hatte sie schon als Mädchen Dinge gleichzeitig getan. Leider fehlte Wilhelm diese Fähigkeit. Er hatte nie eine Sonntagsbluse über dem Dampf des köchelnden Eintopfs geglättet, damit später Zeit zum Spielen war. Schweiften seine Gedanken ab, war er nicht in der Lage, sie wieder zu bündeln. Hin und wieder musste Caroline ihn während der Proben anstoßen, weil er stumm ins Leere starrte. Er sollte die Musik ernster nehmen. Sie ernährte sie beide, und als Leiter des Orchesters gab Wilhelm Caroline die Rollen. Erst, wenn sie sich als Sängerin etabliert hätte, könnte sie durch andere Engagements auf eigenen Füßen stehen.

Caroline gab eine sparsam bemessene Portion Teeblätter in die Kanne und goss das heiße Wasser darauf. Ihre größte Sorge war, das Geld könne ausgehen und sie müsse wieder nach Hannover zurück, gerade jetzt, wo es aufregend wurde und ihre Brüder astronomische Instrumente entwarfen, mit denen sie weiter würden blicken können als je ein Mensch zuvor. Mit Alexander, der seinen Lebensunterhalt als Geiger verdiente, hatte Wilhelm ein Teleskop mit einer sieben Fuß langen Röhre gebaut. Es verfügte über eine zweihundertfache Vergrößerung. Sie hatten es kaum aufgestellt, da zeichnete Wilhelm schon Pläne für ein Zwanzigfuß. Bereits das Siebenfuß überragte einen großen Mann und Caroline, die sich erst an die englischen Maße gewöhnen musste, hatte beim Anblick des frisch eingeweihten Siebenfuß rasch im Kopf überschlagen: Das neue Riesenteleskop würde dem Vierfachen ihrer Körpergröße entsprechen! Um so etwas bauen zu können, war allerdings mehr Platz erforderlich, und solcher war für Musiker nur auf dem Land bezahlbar. Seit drei Jahren wohnten Caroline und Wilhelm deshalb im zweieinhalb Kilometer entfernten Walcot. Für Proben und Konzerte nahmen sie eine offene Kutsche nach Bath. Das war die billigste Fahrmöglichkeit, setzte sie aber den Launen des Wetters aus und raubte ihnen Zeit. Alexander war in der Stadt geblieben. Alle paar Wochen besuchte er sie und half bei der Anfertigung des Okulars und anderer Messingteile für das Teleskop.

Caroline wärmte ihre Finger an der Teekanne. Ein Luftzug brachte sie zum Niesen. Sie hatte sich doch hoffentlich keine Erkältung eingefangen, so kurz vor dem wichtigen Abend? Aus Richtung von Wilhelms Schlafzimmer drangen Fetzen einer Diskussion an ihr Ohr, gefolgt von lautem Rumoren. Die Handwerker hatten die Haustür offen stehen lassen. Caroline wollte sie gerade schließen, als sich der nächste Besucher ankündigte.

»Ihr Mist, Fräulein Herschel«, rief eine heisere Stimme. »Wo soll er hin?«

Draußen wartete der Knecht eines Bauern mit einem Handkarren voll Pferdeäpfeln, durchsetzt mit Stroh. Obenauf lag eine Schaufel. Aus dem Mist stellte Caroline Formen für die Spiegel her, die Wilhelm im Keller goss. Die Sonne stand schon fast im Zenit, und Caroline hatte noch viel zu tun. Sie drückte dem Knecht zwei Halfpenny in die Hand und deutete auf ein paar verbeulte Zinnwannen, die an der Wasserpumpe im Garten lehnten.

»Lad alles darein und trag es mir in den Keller.«

Auf seinem Weg durch die Küche würde der Mann den Boden heillos verdrecken, aber das nahm Caroline in Kauf.

Heute mache ich mich nicht schmutzig. Ich werde alles in Ruhe tun und genug trinken, um heute Abend ausgeruht und gut bei Stimme zu sein.

Mit einer Tasse Tee wollte Caroline sich in ihre Schlafkammer zurückziehen und fand sie voller Holz. Die Gesellen mussten es dorthin geschleppt haben, wahrscheinlich auf Anweisung von Wilhelm, weil der Platz neben seinem eigenen Bett schon von dem Tisch mit der Drehscheibe beansprucht wurde, auf der sie die Spiegel polierten. Caroline stieg über Bretter und stand vor ihrem neuen Kleid, das auf einem Bügel an der Vorhangstange hing. Zehn Guineas hatte es bei einem Schneider in Bath gekostet, mehr als aller Stoff zusammen, den Caroline je für ihre bescheidenen Tageskleider vernäht hatte. Es war aus grünem Chintz und würde im Licht der Kerzen glänzen.

Caroline hob ihr Haar an. Ihre Benimmlehrerin Mrs Colnbrooke hatte ihr gezeigt, wie sie es pudern und hochstecken sollte. Heute Abend würde die Witwe im Publikum sitzen und Caroline mit Gesten warnen, wenn sich eine hintere Strähne löste.

Als ob ich nicht schon genug damit zu tun hätte, mir den Text zu merken, meine Einsätze nicht zu verpassen und eine anmutige Haltung zu wahren!

Mrs Colnbrooke verdankte Caroline auch eine Anleitung zur Verschönerung ihres Gesichts: »Mit dem Schminken verhält es sich wie mit dem Malen, meine Liebe. Nur mit der richtigen Technik erzielen Sie den gewünschten Effekt. Eigentlich genügt ein wenig aufhellendes Talkum, dünn aufgetragen, wie die Farben auf einem Aquarell. Aber bei Ihren Pockennarben braucht es pastöses Material, Bleipulver in Fett gelöst, und damit sollten Sie spachteln, bis keine Leinwand mehr zu sehen ist.«

Folgsam hatte Caroline gecremt, bis ihr aus dem Spiegel eine Porzellanpuppe entgegenzublicken schien. Ihre Augen hatten von den Experimenten gebrannt und ihre Haut gejuckt. An manchen Stellen war Blut aus den Poren getreten. Wollte Caroline Geschwüre in Kauf nehmen, wie manche vornehmen Damen sie hatten? Die wären dann gar nicht mehr zu verdecken. Alexander hatte vorgeschlagen, mit Kalk und heller Erde zu experimentieren, aber diese Masse war zu einer Maske ausgehärtet, die beim Singen aufgebrochen und Caroline in Brocken vom Gesicht gefallen wäre. Sie hatte das Schminken aufgegeben. Mit ihrem Aussehen konnte sie ohnehin nicht herausstechen. Bath mit seinen reichen Kurgästen lockte die schönsten Mädchen des Landes an.

Caroline wechselte in ihr schlichtes Tageskleid aus Musselin und knotete sich ein wollenes Tuch um den Hals. Ihre Finger waren klamm. Von der Kälte oder schon von den Nerven?

Nichts kann schiefgehen. Ich habe den heutigen Tag geplant wie eine militärische Operation.

Sie konsultierte das Notizbuch, das auf dem Nachttisch lag.

11:00: Wilhelm assistieren, Buchführung, Haushalt.
14:00: Wenn Wilhelm liest: Zeitpuffer für Unvorhergesehenes.
15:00: Essen kochen.
16:00: Essen.
16:30: Wilhelms Kleidung herauslegen. Er soll sich umziehen.
17:00: Liest Wilhelm wieder? Er soll sich nun wirklich umziehen!
17:10: Kutsche rufen, selbst ankleiden, Frisur.
18:00: Abfahrt nach Bath.
19:00: Letzte Besprechung, Einsingen.
20:00: BEGINN DER VORSTELLUNG

Den Zeitpuffer würde sie nun also benötigen, um Schinken und Eier zu kaufen. Für die Beköstigung der Handwerker reichten ihre Vorräte nicht.

»Lina«, ertönte Wilhelms Stimme von nebenan. »Ich brauche dich hier.«

Caroline lief in die Kammer ihres Bruders und fand ihn über den Poliertisch gebeugt. Mit einer Hand stützte er sich ab, mit der anderen bewegte er ein Stück Granit in kreisenden Bewegungen über eine runde Metallplatte. Es würde noch Stunden dauern, bis er auf diese Weise einen Hohlspiegel hergestellt hätte.

»Mir geht gleich die Paste aus«, sagte Wilhelm.

»Stärke dich doch erst mal.«

»Keine Zeit. Ich hätte gestern gar nicht aufhören sollen.«

»Dann bringe ich dir etwas«, sagte Caroline.

»Aber auch neue Paste!«

Ganze Nächte hatte Wilhelm schon Spiegel bearbeitet. Seine Hände kannten die Krümmung, die zu erzielen war, und das beste Ergebnis bekam er, wenn er nicht absetzte. Neben ihm stand eine Teetasse, die Siliziumcarbid in einer Bindung aus Öl und Wachs enthalten hatte. Caroline füllte die Polierpaste in der Küche aus einem Tiegel auf, stellte die Tasse auf ein Tablett, schmierte ein Butterbrot, füllte eine weitere Tasse mit Tee und brachte alles zu Wilhelm.

»Ah, danke.«

Mit einem Löffel setzte er einen frischen Klecks der Paste auf den Spiegel. Caroline hielt ihrem Bruder das Brot hin, damit er abbiss. Bevor sie ihm die Teetasse an die Lippen hob, nahm sie selbst einen Schluck, um die Temperatur zu testen. Hinter dem Poliertisch war die Wand fleckig. Dort hatte Wilhelm mit schmutzigen Fingern Halt gesucht. In einem Korb auf dem Boden lagen Bücher. Aus denen las Caroline Wilhelm vor, wenn er von der monotonen Bewegung müde wurde. Zwischen

Don Quixote und *Tausendundeiner Nacht* ragte die Partitur von *Judas Maccabaeus* heraus. Caroline schlug sie auf.

»Bei unserem zweiten Duett scheint mir Miss Mahon manchmal zu früh einzusetzen«, sagte sie. »Oder bin ich schuld? Halte ich mein letztes h zu lang?« Sie klopfte mit dem Fuß einen Takt auf den Boden und sang: »Come, eversmiling libertyyy.«

Wilhelm schnalzte ungehalten. »Nicht jetzt. Du bringst mich raus.«

Caroline murmelte eine Entschuldigung und vertiefte sich still in die Noten. Plötzlich fühlte sie sich in den Festsaal versetzt. Die erste Arie gehörte ihr! Aber ihr Kopf schien leer zu sein. Caroline las die Worte, aber die Melodie fiel ihr nicht mehr ein. Dann las sie die Noten, aber nun fehlten die Worte dazu.

Ach, die Nerven!

Nein, die Schleiferei war schuld, das nicht abreißende *krkrkrk* der kleinen harten Körner auf dem Metall. Das hörte sich an wie das Scharren von Hunderten Schuhsohlen, die Geräusche eines Publikums, das ein baldiges Ende herbeisehnte. Doch so würde es heute Abend nicht sein, Caroline war ihrer Rolle gewachsen, das hatte Alexander ihr mehrfach bestätigt.

Sie klemmte sich die Partitur unter den Arm und rückte das Tablett auf einem Schemel näher an Wilhelm heran. Jetzt kam er selbst mit der freien Hand an seinen Tee.

»Ich gehe Schinken kaufen«, sagte Caroline.

»Und Bier.«

Sie nickte, drehte sich im Gehen noch einmal um und verhinderte mit einem Schrei, dass Wilhelm einen kräftigen Schluck vom Siliziumcarbid nahm.

»Falsche Tasse! Ich räume dein Frühstück wohl besser zurück in die Küche.«

Im Flur musste sie sich am Schreiner vorbeiquetschen. Er passte Bretter an Teile eines Pappmodells an, das Caroline als Ersatz für die noch unfertige Teleskopröhre gebaut hatte.

»Der Stand wird viel zu groß, den können wir hier drinnen nicht aufbauen, Fräulein Herschel. Ich brauche mehr Platz.«

Caroline unterdrückte eine scharfe Antwort.

Wo soll ich den bitte schön herzaubern? Seht ihr nicht, dass unser Zuhause schon jetzt Ihrer Werkstatt gleicht?

Erst draußen fiel die Unwirschheit langsam von ihr ab. Als sie mit Schinken und einem vollen Krug Pale Ale heimkehrte, gönnte sie sich eine Pause. Auf der Bank im Vorgarten ging sie abermals ihre Gesangspartien durch. Inzwischen konnte sie in die Musik schlüpfen wie in ein Paar gut eingelaufene Schuhe. Alles passte, sie hatte ja auch wirklich viel geübt, und das neue Kleid würde ihr Stärke verleihen. Dank des Reifrocks darunter nähme sie Platz ein.

Mit neuem Schwung betrat sie das Haus und hörte das Ratschen einer Säge über Holz. Aber wo waren die Männer? Nicht in der Küche und auch nicht im Flur. Der war jetzt frei, bis auf einen Haufen Verschnitt, der vor der geöffneten Tür zu Carolines Kammer lag. Woher kamen die Sägelaute?

Caroline ließ den in Tuch eingeschlagenen Schinken auf den Küchentisch fallen und stellte das Bier ab. Sie ahnte Schlimmes und behielt recht.

»Was tut ihr da?« Sie schlug die Hände über dem Kopf zusammen. »O nein!«

Der Schreiner blickte auf, die Säge in der Hand. Er stand zwischen Carolines Bett und dem Schrank. Sein Sohn und der Geselle knieten. Sie hatten je ein Bein zu provisorischen Böcken aufgestellt und ein Brett daraufgelegt. Der Boden der Kammer war von Spänen bedeckt, aber nicht nur der, auch auf dem Bett fanden sich welche und in den Vorhängen. Der Blick auf das Kleid wurde Caroline durch die breite Brust des Schreiners versperrt.

Bitte lass es nicht wahr sein!

»Ja, das ist mühselig hier«, sagte der Schreiner. »Aber bevor wir alles nach draußen bringen und beim nächsten Regenschauer wieder hinein ...«

»Das Wetter ist bestens!«

Caroline hatte die Stimme gehoben. Erschrocken senkte der Mann den Kopf. Er schien zu verstehen, dass es nicht um seine Bequemlichkeit ging, und klopfte die Säge aus, wohl eine Verlegenheitshandlung, aber in diesem Augenblick die denkbar ungeschickteste. Weitere Späne fielen auf das Bett, und als der Schreiner sich bückte, um sie herunterzuwischen, erfasste Caroline das ganze Ausmaß der Katastrophe. Ihr Kleid hing noch immer an der Vorhangstange, aber es war nun hellbraun gesprenkelt. Auf dem Chintz hafteten Sägespäne, und in den spitzenverzierten Aufschlägen der Ärmel steckten sie wie Nadeln in einem Kissen.

»Raus hier!«

Caroline riss ein kleines Teleskop, das Wilhelm irgendwann einmal von einem Gesangsschüler bekommen hatte, von dem Nagel neben der Tür. Beim Beobachten erwies es keine guten Dienste, aber um damit zu drohen, war es hervorragend. Die handliche Röhre ließ sich schwingen wie einen Knüppel. Ein Ende des Bretts polterte zu Boden. Der Schreinerssohn flüchtete hinaus. Sein Vater, immerhin bewaffnet mit der Säge, erhob sich langsam. »Mach sauber«, sagte er zu dem Gesellen.

Er selbst trollte sich. Der Geselle schleppte das Brett in den Flur, schüttelte Bettdecke und Kissen aus und machte sich an der Spitze des Kleids zu schaffen. Mit seinen schwieligen Fingerkuppen zupfte er neben den Spänen auch feine Fäden heraus.

»Geh, du verschlimmerst das nur!«

Tränen schossen in Carolines Augen. Doch sie konnte sich weder verquollene Augen noch eine vom Schimpfen raue Stimme leisten. Mit dem Teleskop in der Hand rannte sie in den hinteren

Garten. An der Wand des ehemaligen Schweinestalls lehnte eine Leiter. Manchmal kletterte Wilhelm auf das flache Dach, um von dort aus Sterne zu beobachten. Caroline steckte ihre Hand durch das Lederband am Ende des Teleskops, raffte ihre Röcke und erklomm die Sprossen. Oben setzte sie sich hin und schlang die Arme um die Beine.

Wäre doch Alexander hier.

Er verstünde ihren Ärger über die Gedankenlosigkeit der anderen. Einmal hatte er wochenlang an einer Teleskopröhre gedrechselt, nur um schließlich von Wilhelm eröffnet zu bekommen, es werde für diese nun doch keine Spiegel geben, denn er mache lieber welche mit größerem Durchmesser.

Wilhelm war der Visionär und gab den Plan vor. Die Fleißarbeit überließ er vertrauensvoll seinen Geschwistern. Notizen zu ordnen und sauber zu machen, fiel dabei nicht in sein Aufgabengebiet.

Caroline setzte das Teleskop an und suchte die Spitze des Kirchturms. Aber die Spiegel im Inneren des Instruments, die das Licht fingen und reflektierten, waren unregelmäßig geschliffen und inzwischen auch angelaufen. Sie produzierten nur ein verschwommenes Bild. Caroline ließ das Teleskop sinken, formte ihre Hand zu einer Röhre und sah hindurch. Wolken zogen am Himmel vorbei, und Caroline stellte sich hinter ihnen die Sterne vor. Ihr Atem beruhigte sich. Später, nach der Vorstellung, wollte sie hierher zurückkehren. Sie würde Wilhelm bitten, ein Fünffuß für sie aufzubauen. Den Mond wollte sie damit betrachten, seine Schluchten, Berge und das geheimnisvolle Gebilde, das Wilhelm für einen riesigen Wald hielt. Wenn die Nacht nicht allzu kalt wurde, schweifte sie vielleicht weiter bis zum Jupiter. Die Planeten waren unerreichbar fern, und das war ebenso schade wie schön. Während Wilhelm die Ansicht vertrat, der Mond sei bewohnt, glaubte Caroline nicht daran. Sie wünschte es sich auch nicht. Da oben sollte niemand sein. Es sollte kein zweites Walcot mit einem Haus wie dem ihren geben und keine unverheirateten Frauen, die sich um die Haushalte ihrer Brüder kümmerten.

Das Gefühl von Weite und Grenzenlosigkeit wollte Caroline heute Abend in ihren Gesang legen, und nach ihrem Auftritt würde sie sich ausgiebig am Nachthimmel erfreuen. Wenn sie genug hätte, würde sie zu Bett gehen und auf dem Weg dorthin weder schmutziges Geschirr noch herumliegendes Werkzeug beachten. Kleine und nahe Dinge bereiteten nur Verdruss. Caroline stand der Sinn nach Großem und Fernem.

Kleinod

Hannover, 28. Oktober 1822

In Dietrichs Haus wurde schon vor Sonnenaufgang mit Töpfen geklappert und über Dielen gepoltert, und Caroline hatte das Mädchen bereits zweimal mit einem »Kein Frühstück für mich, danke. Vor elf Uhr nehme ich nie etwas zu mir« und einem »Nein, ich packe selbst aus« wieder fortgeschickt.

Gähnend tat sie das nun. Mit der Kleidung war sie schnell fertig und ging zum Sekretär. Über der Schreibfläche hatte er Fächer und vier Schubladen, von denen zwei abschließbar waren. Aus einer ihrer Taschen zog Caroline ein längliches Päckchen. Sie wickelte das weiche Tuch ab, und zum Vorschein kam ein Fernrohr. Für das musste sie in ihrem neuen Zuhause ein Versteck suchen. Zwar würde Johann, gut erzogen wie er war, es wohl nicht ungefragt an sich nehmen, aber Caroline wollte ihr Kleinod generell vor fremden Blicken schützen. Von seiner Existenz hatte sonst nur Janek gewusst. Caroline legte ihre Wange an das Fernrohr wie an ein Kissen. Es fühlte sich kühl an. Als sie es zum ersten Mal in die Hand genommen hatte, war es von der Sonne aufgeheizt gewesen.

An einem Julinachmittag war Caroline zu dem Wäldchen spaziert, in dem Janek und sie sich trafen, solange er in dem Gasthof in Upton wohnte. Etwa vierzig Jahre musste sie damals alt gewesen sein. Das Wäldchen lag auf einer Anhöhe nur zwei Steinwürfe von der Straße entfernt. Hinter Buchen und

Brombeersträuchern befand sich eine Lichtung. Als Caroline sie erreicht hatte, war schon eine Decke auf dem Gras ausgebreitet. Darauf stand ein Korb mit Leckereien. In der Mitte der Decke glänzte das Fernrohr in der Sonne. Es maß eine Elle in der Länge. Das Okular war fest verbaut und das Rohr durchgehend aus Messing gefertigt. Seine Mitte zierte eine Schleife aus einem Streifen hellgrauen Stoffs. Als Caroline sie löste, kam darunter eine Gravur zum Vorschein: *Für Karolinka.* Fadenenden hingen aus der Schleife heraus. Möglicherweise hatte Janek ein Messer zum Abtrennen benutzt und dabei mehr gerissen als geschnitten. Wo steckte er überhaupt? Sollte Caroline ihn suchen? Mit dem Fernrohr lief sie zum anderen Ende des Wäldchens. Wenn Janek zum Gasthof zurückgegangen war, um etwas zu holen, würde er aus dieser Richtung kommen. Und wirklich, da schlenderte jemand die Straße entlang! Carolines Herz schlug schneller. Sie bog einen Ast zur Seite, um freie Sicht zu haben, und setzte das Fernrohr an. Erst blickte sie in das Weizenfeld. Die blauen Flecken im Gelb der Ähren wurden zu Kornblumen. Caroline schweifte weiter zum Graben, über einen Feldstein, zur Straße und dort kam Janek ins Bild. Was eben noch eine entfernte Figur gewesen war, wurde nun zu einem Mann, dem der Wind den Hemdstoff gegen die Brust drückte. Sogar die goldene Kreuzkette, die Caroline so gern um ihren Finger wickelte, war zu erkennen.

Caroline gab einen Laut der Überraschung von sich. Zwar verwendete sie beinahe täglich Fernrohre, doch Sterne zu beobachten war etwas ganz anderes. Dabei konnte sie den Blick auf einem Punkt ruhen lassen. Doch dem laufenden Janek musste sie mit ihrem Instrument folgen. Jetzt wandte er sich in die Richtung von Caroline. Sie stand im Schatten der Bäume. Selbst wenn Janek sie dort entdeckte, wäre sie für ihn nur eine helle Silhouette vor dunklem Grün. Er aber erschien Caroline dank der Vergrößerung wie jemand, den sie mit wenigen Schritten erreichen konnte. Ach, wäre das möglich! Janek blies ihr einen Kuss entgegen, sprang über den Straßengraben und bog in den Trampelpfad ein, der den Hügel hinaufführte. Das Bild wurde unscharf, und Caroline setzte das Fernrohr ab. Ungeduldig trat sie von einem Fuß auf den anderen. Janek blieb stehen, bückte sich und pflückte eine Margerite. Er war nun schon so nah, dass Caroline auch mit bloßen Augen sein verschmitztes Lächeln erkannte. Beinahe hätte sie ihre Vorsicht vergessen, wäre aus der Deckung getreten und zu ihm gelaufen. Als ihr Geliebter das Wäldchen endlich erreichte, nahm sie ihm die Blume ab, schlang ihre Hände um seinen Hals und zog ihn zu sich herunter. Um Janek zu küssen, musste sie sich auf die Zehenspitzen stellen.

»Warum trödelst du?« Bevor er antworten konnte, küsste sie ihn wieder. »Hast du denn gar keine Sehnsucht?« Ein dritter Kuss, zarter und länger. »Ich habe sehr große!«

Janek hob sie hoch und trug sie zur Decke.

»Der Wein wird warm, meine Liebe«, sagte er.

»Ja?« Caroline fuhr den Bogen seines Ohres nach. »Soll er doch.«

Später lagen sie auf der Decke, die nackten Füße im Gras, und fütterten sich gegenseitig mit Brot und Käse.

»Wie gefällt dir mein Geschenk?«, fragte Janek.

»Hübsch finde ich es.« Caroline streckte sich, um das Fernrohr zu erreichen, das an den Rand der Decke gerollt war. »Nur müsste für meine Himmelsdurchmusterung das Sehfeld weiter sein.«

»Das Fernrohr ist nicht zum Arbeiten gedacht, sondern zu deinem Vergnügen.«

Caroline ließ ihre Lider flattern.

»Oh, Herr Komarzewski! Ich soll schmucke Männer damit beobachten?«

»Wenn du mich damit meinst ... Ich bin extra noch einmal fortgegangen, um es dich ausprobieren zu lassen.« Er deutete mit dem Daumen über die Schulter. »Die Straße ist dreihundertdreißig Fuß weit entfernt. Genau für diese Distanz ist es ausgelegt.«

»So ...« Caroline inspizierte die Röhre.

»Wonach suchst du?«, fragte Janek.

»Nach Bohrungen für eine Halterung. Es sollte auf einer Muskete stecken, stimmt's?«

»Ganz zu Anfang. Ich habe schnell gemerkt ...«

»Also habe ich richtig vermutet!« Caroline legte das Fernrohr wieder weg. »Du weißt, ich hasse den Krieg und alles, was mit ihm zu tun hat. Mein Vater hat vor den Reihen der Truppe gespielt, zwischen den Fronten. Bei einem verfrühten Schießbefehl des Gegners wären die Musiker als Erste gefallen. Er hat sonst nicht getrunken, der Vater, aber nach den Einsätzen ...«

»Reg dich nicht auf, Karolinko, ich versichere dir, dieses Fernrohr war nur einmal auf einer Waffe festgebunden und mit der habe ich auf einen Heubock gezielt. Von zehn Schüssen traf nur einer. Selbst die neuesten Musketen schießen zu ungenau, da nützt auch ein Fernrohr nichts. Wenn ich die Röhre zum Einschmelzen geben würde, könnte ich dir von dem Erlös eine Brosche kaufen. Aber noch bin ich nicht der Mann, der dir Schmuck schenken darf, oder?«

Nein, das war er nicht. Caroline dachte nach. Die Heuernte lag schon Wochen zurück. »Was hast du in der Zwischenzeit mit dem Fernrohr gemacht?«

Janek senkte den Kopf und murmelte etwas Unverständliches.

Eine Ahnung entfaltete sich in Caroline. Sie stieß einen Finger gegen Janeks Brust. »Was? Sag's mir!«

»Na ja, ich hab ...«

Was war außerdem 330 Fuß entfernt? Von ihrem Haus aus, zum Beispiel.

»Wenn ich am offenen Fenster sitze und schreibe, sehe ich die alte Scheune«, sagte Caroline lauernd.

»Du bist zu klug.« Janek errötete. Nie zuvor hatte Caroline ihn verlegen gesehen.

»Auf dem Weg zu euch habe ich manchmal dort eine Pause gemacht, um einen ungestörten Blick auf dich zu erhaschen«, sagte er. »Weißt du, welche Qual es ist, stundenlang mit Wilhelm über Legierungen von Spiegeln zu diskutieren und dich nicht zu beachten?«

Caroline grinste.

»Das geht mir auch so.«

»Aber du bist eine bessere Schauspielerin.«

»Contenance ist alles, my dear. Ehe ich vor Publikum singen durfte, hat mir ein Drache namens Colnbrooke eingeheizt. Bei der kleinsten Entgleisung spie er Feuer.«

Janek nahm Carolines Hand in seine.

»Sei mir nicht böse«, sagte er.

Nein, wie denn? Zu beobachten machte Caroline ja selbst Freude.

Janek wischte mit dem kleinen Finger einen Flusen vom Objektiv des Fernrohrs.

»Ich lasse auch eine Verschlusskappe fertigen«, hatte er gesagt. »Wenn ich wieder in London bin.«

Dreißig Jahre später wickelte Caroline in Hannover das Fernrohr wieder in sein Tuch. Das Ende umhüllte sie dabei zuerst. Die Verschlusskappe hatte es nie gegeben.

Schmökern

Hannover, 30. Oktober 1822

»So, fertig!«

Agnes lehnte den Besen an die Wand. Auf dem Bett spielte der kleine Junge der Familie mit zwei Holzpferdchen ein Rennen nach. Er tat, als habe er nichts gehört. Sah Agnes ihn an, blickte er nicht auf, doch drehte sie sich um, spürte sie seine Blicke im Rücken. Hatte Fräulein Herschel den Kleinen etwa beauftragt, sie an ihrem Probearbeitstag zu bespitzeln? Aber zu stehlen gäbe es allenfalls Kleidung und auch davon nicht viel. Im Schrank lagen neben etwas Wäsche ein Rock und zwei Blusen. Fräulein Herschel wartete noch auf die Kisten mit ihrem Hausstand. Agnes nahm das Staubtuch aus der Schürzentasche, ging zum Sekretär im anderen Zimmer und wischte um verschnürte Sammlungen loser Blätter herum. Das oberste zeigte einen Kreis mit Kreuzen darin.

3h 20 Sid Time lautete die Beschriftung. Darauf folgte englischer Text, von dem Agnes nur die Worte *Stern* und *wolkig* verstand. In einem eingelassenen Fach am Rand der Schreibplatte steckte ein Brief, aber der war schon versiegelt.

»Apollo fällt zurück und Daphne holt auf!«, rief das spielende Kind. »Das Publikum jubelt. Der Favorit ist geschlagen!«

Hinter dem Brief fand Agnes das *Morgenblatt für gebildete Stände*. Sie faltete die Zeitung auseinander und lehnte sich an die Wand, um aus dem Blickfeld des Jungen zu verschwinden.

Was die Konkurrenz des *Hannoverschen Merkur* wohl schrieb? Hinter Anzeigen und einer Buchbesprechung gab es einen Bericht über eine Kunstausstellung in Paris. Die Bilder waren eindrücklich beschrieben. Agnes glaubte, durch lichtdurchflutete Räume zu wandeln und sich an Landschaftsmotiven zu freuen, deren Ölfarben aus sich heraus zu leuchten schienen. »Exquisit, dieser Pinselstrich«, sagte sie zu ihrem Begleiter, einem glutäugigen Kavalier aus Nizza, mit dem sie später in einem Café heiße Schokolade trinken würde.

Ja, das war eine Zeitung nach Agnes' Geschmack. Wenigstens in Gedanken wollte sie die Welt sehen. In der Wirklichkeit musste sie froh sein, wenn es ihr gelänge, in Hannover zu bleiben und nicht wieder nach Hause aufs Land zu müssen. Nach ihrem Rauswurf bei Frau Prancke schien ihr die Idee des Redakteurs, sich in eine interessante Familie einzuschleusen, nicht mehr so dumm. Dienstmädchen erfuhren, was hinter den Türen der besseren Gesellschaft geschah, und wenn Agnes dem Redakteur Einblicke lieferte, würde er sie dafür schon entlohnen. Sie klemmte die Zeitung unter den Arm und durchstöberte die Blattsammlungen. Caroline Herschel schien nicht einmal geprägtes Briefpapier zu besitzen. Wenn sie wirklich in Hofkreisen verkehrt hatte, sollte sie doch Beweise dafür haben. Einen Silberlöffel mit dem königlichen Wappen oder einen Fächer, hinter dem sie mit Freundinnen vielsagende Blicke getauscht hatte.

Mit einem gellenden Schrei sprang der Junge hinter dem Sofa hervor. Er musste sich angepirscht haben.

»Eieiei«, rief er. »Du schmüffelst!«

Die kleine Ratte!

»Meinst du schmökern?«, fragte Agnes mit süßlichem Lächeln. »Oder schnüffeln? He, soll ich dir zeigen, wie du deine Pferde zum Glänzen bringen kannst? Du brauchst nur etwas Leinöl.«

Sie streckte die Hand aus, aber der Junge drückte seine Spielzeuge gegen die Brust. Mit der freien Hand wies er anklagend auf Agnes:

»Die da hat …« Geräuschvoll zog er die Nase hoch. »Gelesen!«

Agnes fuhr herum. Hinter ihr stand Caroline Herschel. Schlichen denn alle in diesem Haus? Fräulein Herschel verfügte über die Statur einer dünnen Zehnjährigen und benutzte keinen Gehstock, dessen Klacken sie hätte verraten können.

Agnes legte die Zeitung wieder zusammen. Leugnen war wohl zwecklos. »Ich habe schon alles abgestaubt«, sagte sie. »Wenn etwas zu plätten ist –?«

Fräulein Herschel schüttelte den Kopf.

»Unten wartet deine Großmutter mit Apfelküchlein auf dich, Johann«, sagte sie zu dem Jungen. Kaum war er fort, presste sie die Fäuste gegen die Schläfen und atmete durch die Zähne aus. »Dieses Geschnatter, ich halt's nicht aus! Und sie kleidet sich wie eine Konfirmandin.«

Recht undamenhaft plumpste sie auf den Stuhl vor dem Sekretär, zog eine Kladde aus einem Unterfach und tunkte die Feder in die Tinte. Agnes glättete das Staubtuch. Sollte sie still sein oder weiter so tun, als putzte sie? Langsam wischte sie über den Fensterrahmen. Auf der Straße spielten Kinder mit einem Lumpenball. Ein Mann führte ein Pferd am Haus vorüber, und gegenüber wurden Kohlen geliefert. Ein Junge schippte sie von seinem Karren in eine Kellerluke und unterhielt sich dabei lautstark mit dem Dachdecker, der den First des Nachbarhauses ausbesserte. Wie es wohl in den Gassen von Paris zuging?

»Neugierig zu sein ist gar nicht verwerflich«, sagte Fräulein Herschel. »Sieh mir ruhig über die Schulter. Weißt du, was ich hier mache?«

Agnes riskierte einen Blick. »Rechnen?«, riet sie. »Aber mit Buchstaben.«

»Die nennt man Variablen. Sie sind Platzhalter für Zahlen, die wir noch nicht kennen.« Die Federspitze richtete sich auf Agnes. »Du hast eine Frage, das sehe ich dir an.«

Ertappt ließ Agnes das Tuch sinken. »Kann ich die Zeitung haben, wenn Sie mit ihr durch sind?«

»Meinetwegen. Aber hier! Du wunderst dich doch sicherlich, wozu Variablen gut sind.« Die gnädige Frau sah sie mit leuchtenden Augen an.

Eigentlich nicht, dachte Agnes. Aber die sehen jedenfalls hübsch aus, diese Reihen mit dem Gleichzeichen in der Mitte. Es ist wohl ein Zeitvertreib wie Blumen arrangieren.

»Niemand kann zum Mars oder zum Saturn reisen«, sagte Fräulein Herschel und fixierte Agnes plötzlich mehr, als ihr lieb war. »Alle anderen Planeten sind weit weg. Aber wie weit?«

»Man müsste den Weg messen. Aber das geht nicht. Also kann man das wohl nicht herausfinden.«

Der Zeigefinger der Alten schnellte triumphierend in die Höhe. »Falsch. Es gibt einen Trick. Soll ich ihn dir verraten?«

Agnes nickte. Unwillkürlich beugte sie sich ein kleines Stückchen zur gnädigen Frau hinab.

»Dafür brauche ich mein Büchlein ...« Fräulein Herschel zog ein Lederbändchen über den Kopf. Unter dem Knoten ihres Schultertuchs war ein Anhänger verborgen gewesen, ein zierlicher Schlüssel, dessen Räute mit Ranken verziert war. Agnes' Blick glitt zum Sekretär. Von dessen Schubladen waren zwei abschließbar, aber Fräulein Herschel zögerte offenbar, sie zu öffnen.

»Wir sollten das Geschäftliche besprechen.« Sie drehte sich zu Agnes um. »Du würdest dir eine Kammer mit dem anderen Mädchen teilen. Sonntagnachmittags hättest du frei.«

»Und wie ist die Bezahlung?« Agnes hatte Mühe, den Blick von dem kleinen Schlüssel zu lösen.

»Ich würde dir geben, was in Hannover üblich ist. Etwas

dazuverdienen könntest du dir, wenn du geschickt mit Nadeln und Faden bist. Deine Nähdienste wären die Variable.«

Klingt gut, dachte Agnes. Aber Ballkleider wird Fräulein Herschel kaum brauchen. Eine alte Jungfer ist sie, aufgenommen von mildtätigen Verwandten.

Das Misstrauen war Agnes anscheinend deutlich ins Gesicht geschrieben. Fräulein Herschel seufzte.

»Ich will ehrlich sein, im Moment kann ich nicht wöchentlich zahlen«, sagte sie. »Als ich aus England weggegangen bin, habe ich mein Vermögen Dietrich überschrieben, weil dessen Familie für mich sorgen wird. Jedoch erwarte ich demnächst die Rente meines verstorbenen älteren Bruders.« In vertraulichem Ton fügte sie hinzu: »Ich brauche ein eigenes Mädchen, das meine Anweisungen befolgt. Viel zu tun ist gar nicht, und statt Lohn könnte ich dir erst einmal Stunden in Mathematik geben.«

Agnes rümpfte die Nase. »Was nützen mir die?«

»Eine betrübliche Frage für ein gescheites Ding wie dich. Immerhin liest du Zeitung.«

Richtig, dachte Agnes. Dumm bin ich nicht.

»Ich würde mich mit Unterricht und dem halben Lohn zufriedengeben«, sagte sie. »Aber dafür will ich nachmittags frei haben.«

Fräulein Herschel verengte die Augen zu einem prüfenden Blick. »Für Männer?«

»Absolut nicht.« Agnes suchte nach einem Grund, der möglichst nah an der Wahrheit lag, ohne diese dabei zu verraten. Sie sah sich auf dem Sofa aus Zeitungen sitzen. »Zum Lesen!«

Caroline nickte zufrieden. »Abenteuer zwischen Buchdeckeln sollen mir recht sein. Für Bücher habe ich selbst eine Schwäche. Verzeih mein Misstrauen, aber was Dienstpersonal betrifft, ist mir schon alles untergekommen. Und bei meinen Vermieterinnen habe ich erst böse Überraschungen erlebt! Eine hatte hohe

Schulden. Mit ihrem Besitz wäre beinahe auch meiner gepfändet worden.«

Fräulein Herschels Blick wanderte zu den Schubladen. Agnes folgte ihm dieses Mal absichtlich nicht. Wer schloss ein Büchlein ein? Die Schubladen enthielten wohl nicht nur Mathematisches. Sondern Geheimnisse? Den Hofklatsch, den der Redakteur sich wünschte?

Agnes steckte das Staubtuch unter das Band ihrer Schürze. Vielleicht würde sie es bald wissen.

Auftritt

Bath, 5. März 1777

Allmählich füllte sich der Saal. Zuhörer riefen sich über Stuhlreihen hinweg Begrüßungen zu, und das Gemurmel der Wartenden vermischte sich mit dem Klang von Instrumenten, die nachgestimmt wurden. Laut Wilhelm war das Oratorium seit Tagen ausverkauft. In drei Wochen war Ostern und die Saison in Bath zu Ende. Während die Besucher sich den Winter über mit Trinkkuren erholt hatten und heute ihre feinsten Kleider ausführten, wirkten die Musiker gerupft. Der tägliche Reigen aus Unterrichtsstunden für ihr reiches Klientel, Proben und Aufführungen hatte ihnen weder Zeit zum Verschnaufen noch zur Pflege ihres Äußeren gelassen. Die hellen Strümpfe der Chorsänger hatten Flecken von notdürftig abgebürsteten Schlammspritzern, und der Rockschoß des Klarinettisten wurde im Rücken bloß von einem grauen Heftfaden gehalten.

Caroline bückte sich und legte eine Hand auf den Boden.

»Haben Sie etwas verloren?«, fragte Miss Mahon neben ihr.

Sie entstammte einer irischen Musikerfamilie und verfügte schon über reichlich Bühnenerfahrung.

»Mir war, als hätte ich ein Beben bemerkt.«

»Das Parkett schwingt. Sobald alle auf ihren Plätzen sind, gibt sich das.«

Caroline richtete sich wieder auf und fühlte ihren Kopf leichter werden.

Achte nicht darauf. Du wirst nicht ohnmächtig.

Sie hatte ausreichend gegessen, und ihr Kleid war mit *Sängerinnenzugabe* für tiefes Luftholen geschnitten. Beim Singen würde ihr Atem automatisch fließen. Schwer war nur die Zeit des Wartens, in der Caroline nichts mit sich anzufangen wusste. Ihre Kopfhaut juckte, und die Enden des Spitzenstoffs kitzelten ihre Hände.

Lenk dich ab.

Doch worauf konnte der Blick ruhen, wenn das Publikum noch in Bewegung war und die Kerzen flackerndes Licht produzierten? Über vierhundert brannten in Lüstern und zusätzlich aufgestellten Leuchtern. Ihre Flammen wankten im Luftzug. Bis zum Schließen der Türen würden die Saaldiener damit beschäftigt sein, erloschene wieder zu entzünden. An einem der Seiteneingänge entstand ein Tumult.

»Dann nehmen Sie eben mein Schwert«, rief jemand. Es klapperte vernehmlich. »Aber wenn ich es nachher nicht sofort zurückerhalte, knöpfe ich Sie mir persönlich vor.«

Caroline reckte den Hals. In der Menschenmenge konnte sie nicht erkennen, wer gesprochen hatte. Metall blitzte auf. Ein Herr in blauer Uniform durchmaß den Saal in langen Schritten und setzte sich in die Mitte der zweiten Reihe.

»Royal Navy«, flüsterte Miss Mahon begeistert. »Oh, und er trägt goldene Knöpfe und Bänder. Ein Leutnant, also Adel, aber offensichtlich ohne Familie und Begleitung. Was für ein Glück! Ich suche mir immer einen zum Liebäugeln, das rettet mich über die langweiligen Rezitative.«

»Hm, ja.« Caroline wurde auf einen anderen Gast aufmerksam. »Und der da neben ihm sitzt ...«

»Zu schmächtig für meinen Geschmack. Hat Schultern wie ein Schwindsüchtiger.«

»Der zeichnet!«

»Schreibt wahrscheinlich eine Ansichtskarte.« Miss Mahon

hatte den Blick des Leutnants eingefangen, legte eine Hand an die ihm abgewandte Wange und zwickte hinein, um sittsames Erröten zu simulieren.

»Oder er skizziert für den *Bath Chronicle*«, sagte Caroline.

»Nein, nein. Die Zeitungsleute sitzen meistens auf den billigeren Randplätzen.«

Wie der lächelte, so boshaft! Hastig hob Caroline ihre Noten vors Gesicht. »Jetzt hat er gesehen, dass ich gucke«, sagte sie. »Könnte er ein Karikaturist sein?«

»Ganz sicher nicht.«

Na, hoffentlich. Carolines erste öffentliche Erwähnung sollte kein Spottbildchen werden. Sie strich über ihren Rock. Möglicherweise war das Froschgrün doch keine gute Wahl gewesen. Sie sah schon eine Skizze von sich, wie sie ein Solo darbot, mit nach vorn gestreckten Händen, gespreizten Fingern und aufgerissenen Augen. Unterschrieben wäre das Ganze mit: »Die Debütantin setzt zum Sprung an.«

Jetzt wurden die Türen geschlossen. Der Posaunist nutzte die Spiegelung seines Instruments, um sich mit angelecktem Daumen die Augenbrauen in Form zu streichen. Dem Sitznachbarn des Leutnants schien das nicht verborgen zu bleiben. Er ließ den Stift über das Papier huschen. Sein Lächeln war maliziös.

»Nun hat er ja ein anderes Opfer gefunden«, flüsterte Miss Mahon.

Also ist er doch ein Karikaturist?

Caroline sprach die Frage nicht aus. Für sie wurde es nun Zeit, sich zu sammeln. Wilhelm hob einen Arm, alle Musiker wandten sich ihm zu, und das Murmeln im Saal verstummte. Die ersten Takte des Oratoriums füllten den Raum und veränderten alles. In der Musik blieb kein Platz für Zweifel mehr, und Caroline wusste: Die Noten waren Teile einer großen Gleichung, die aufgehen würde. Drei Akte lang, für mehr als zwei Stunden, bis zum »Halleluja, Amen« überließ Caroline sich der

Sicherheit von Händels Harmonien. Solange sie sang und das Publikum schwieg, fühlte sie sich stark. Erst, als der letzte Ton verklungen war, Wilhelm zufrieden nickte und die Welle des Schlussapplauses über sie schwappte, kehrten sich die Kraftverhältnisse wieder um. Mrs Colnbrooke eilte als Erste zu Caroline nach vorn.

»Wunderbar, meine Liebe, ich habe Ihren deutschen Akzent kaum bemerkt.«

Die Menge stand auf und strebte den Erfrischungen zu. Gegen die allgemeine Bewegung kämpfte Alexander sich zur Bühne vor. Im Schlepptau hatte er eine Rothaarige, die ihre Schuhe ausgezogen hatte, um ihm folgen zu können.

»Lina, du warst brillant.« Alexander drückte Caroline an sich. »Ein Kapellmeister aus London ist hier. Soll ich dich vorstellen?«

Hinter ihm zog die Rothaarige ihre Schuhe wieder an. Da Alexander nicht mehr an ihrer Seite war, stützte sie sich dabei auf den Arm des Leutnants.

»Was Sie nicht sagen«, flötete sie. »Ich liebe Schiffe!«

»Komm mit.« Alexander fasste Carolines Hand. »Erwischen wir ihn, bevor er im Kartenzimmer verschwindet.«

Doch Caroline musste erst die Partitur einpacken. Es war die einzige Kopie. Beim Umblättern hatte Wilhelm schon wieder Seiten eingerissen. Wo steckte er überhaupt? Neben den Pauken entdeckte sie ihn im Gespräch mit zwei Damen, dem Aussehen nach waren sie Mutter und Tochter. Glücklicherweise war Wilhelm kein Heiratskandidat für begüterte Kurgäste. Für ein Familienleben fehlte ihm schließlich die Zeit.

»Ich sollte Will Bescheid geben«, sagte Caroline.

»Der wird schon nicht allein heimfahren. Würdest du nicht gern in der Hauptstadt singen?«

»Aber dann müsste ich von Wilhelm weg. Und von den Teleskopen.«

»Siehst du denn oft in den Himmel?«, fragte Alexander. »Wann immer ich euch besuche, bist du mit Feder und Tintenfass an den Tisch gebannt.«

Ja, weil Caroline nicht nur Noten abschrieb, sondern auch Aufsätze. Sie lernte gerade so viel. Verstand Alexander das? Er reparierte mechanische Apparate. In seiner Welt gab es eindeutige Lösungen. Wenn ein Uhrwerk wieder tickte, war alles gut. Aber in den Aufsätzen, die Wilhelm mitbrachte, wurden mehr Fragen aufgeworfen als Antworten gegeben. Die Schriften bauten Häuser aus Hypothesen, und Caroline lief gern in ihnen herum. Oft leistete Wilhelm ihr Gesellschaft, aber manchmal war er auch schon im nächsten Haus.

»Du bist jung«, sagte Alexander. »Du solltest glänzen!«

»Glaubst du, sie werden unsere Aufführung gut besprechen?«

»Keine Frage, Schwester.«

Natürlich sagt er das. Doch was kann ich auf seine Einschätzung geben?

In der zweiten Reihe zeichnete der Karikaturist eifrig. Sein Notizbuch hatte er sich quer auf die Knie gelegt. Caroline erkannte die hohen Fenster des Saals und darunter die angedeuteten Silhouetten Hunderter Menschen.

Oder n-mal ich, in einem froschgrünen Kleid.

Unter den Füßen spürte Caroline einen Stoß. Auf Alexander schien er sich nicht zu übertragen. Auch die Lüster hingen still. Wenn ein Riss in der Decke entstünde und Kalksteinblöcke herabstürzten, würde nur Caroline getroffen werden. Allein für sie bebte die Erde.

»Ich muss hinaus!«

Mit gerafften Röcken eilte sie zwischen plaudernden und sich zuprostenden Gästen hindurch zum Garten auf der Südseite. Sie trat auf weichen Rasen, doch die Erleichterung blieb aus. Wenn sich hier die Erde spaltete und Caroline verschlänge, würde sie niemand finden.

»Miss Herschel«, sagte jemand. »Erlauben Sie mir, meine Hochachtung auszusprechen.« Ein Herr trat an sie heran, zwei gefüllte Gläser in den Händen. »Eliot Bradford ist mein Name.«

Caroline sah in blaue Augen. Die Nase und das Kinn von Mr Bradford wirkten wie geschnitzt, und er zeigte sein echtes Haar. Blond und glatt fiel es ihm auf die Schultern. Sein Alter war schwer zu schätzen. Er schien weder jung noch gesetzt, wie ein Ritter in einem Märchenbuch, der unberührt von der Zeit auf einer Burg wachte, bis er für eine große Sache sein Leben geben konnte. Fehlte nur der Schimmel. Fast erwartete Caroline, ein Pferd hinter ihm zu entdecken. Es käme ihr recht, sie wollte weit, weit weg von hier. Vorerst besann sie sich aber ihrer Manieren und bedankte sich für das angebotene Getränk.

»Eine beeindruckende Aufführung«, sagte Mr Bradford. »Ihre Stimme passt vortrefflich zu der Partie. Sie singen klar und wahrhaftig. Aber da ist auch diese hintergründige Stärke.«

Geschmeichelt senkte Caroline den Kopf. »Im *Judas Maccabaeus* geht es schließlich um Freiheitskampf, nicht wahr?«

»Und der wird gewonnen.« Mr Bradford hob sein Glas. »Auf die Freiheit.«

Caroline tat es ihm nach und trank. In ihrem Magen breitete sich Wärme aus, aber bis in die Hände drang sie nicht. Die zitterten immer noch.

»Für den heutigen Abend haben wir lange geprobt«, sagte Caroline. »Die schwierigen Fugen saßen, aber den Applaus und die Blicke auszuhalten, das muss ich erst lernen.«

»Sie sind gerannt, als würde der Saal brennen.«

Ich sag's ihm einfach. Wahrscheinlich sehen wir uns ohnehin nie wieder.

»Erinnern Sie sich an das große Erdbeben von 1755, als Lissabon vollständig zerstört wurde? In meiner Heimat Hannover mussten wir kaum Schäden beklagen. Ich hatte den Schrecken beinahe vergessen. Doch als mein Vater im Sterben lag, ereignete sich ein weiteres Beben. Seitdem habe ich die Stöße verinnerlicht, und wann immer mir bang ist, fühle ich sie wieder.«

»Mich überkommt da drin auch manchmal Beklemmung, darum bin ich Ihnen gefolgt«, sagte Mr Bradford. »Ich kenne das Gefühl, als würde die Decke einstürzen. Es gibt Tage, da wünschte ich, es würde geschehen.« Er leerte sein Glas und schien dabei die Bitterkeit mit herunterzuspülen. »Die Farbe Ihres Kleides ist erfrischend.« Ein Lächeln zeigte sich auf seinen Zügen.

»Für einen Moment habe ich mich in Raum und Zeit verloren.« Caroline legte den Kopf in den Nacken und suchte die vertrauten Muster des Nachthimmels. »Aber jetzt bin ich wieder in Bath, und wir haben Anfang März. Die Venus wandert auf die Plejaden zu.« Mit Verspätung wurde sie sich des Kompliments gewahr. »Sie finden das Grün nicht zu grell?«

»Gar nicht. Auch meine Schwester liebt leuchtende Farben. Sie besitzt ein gelbes Kleid, das ihr seit der Geburt ihres Sohnes nicht mehr passt.« Er schien Caroline abzumessen. »Der Rock ist aus Damast.«

Viel zu edel! Die italienischen Diven tragen so etwas, aber wie würde es an mir wirken?

»Sehr freundlich«, sagte Caroline. »Bloß ...«

»Bezahlen dürfen Sie es nicht! Sollte Vater denken, dass ich hinter seinem Rücken Geld verdiene, würde er mir endgültig die Bezüge streichen.«

Sie liefen einige Schritte, und Caroline hörte auf zu zittern. Mit ruhiger Hand führte sie das Glas an die Lippen. Der Wein schmeckte süß.

»Ich weiß nicht, Mr Bradford«, sagte sie. »Ich besitze nicht einmal eine Perücke.«

»Warum auch?« Mr Bradford gab Carolines Schläfenlocke einen Stups und raunte verschwörerisch: »In Paris sind die längst *démodent*.«

Er wartete, bis auch sie ausgetrunken hatte, und nickte zufrieden.

»Bereit, wieder hineinzugehen, Caroline?«

Mit der Verwendung ihres Vornamens hatte er einige Stufen des Kennenlernens übersprungen, dieser Eliot. An seinem Arm kehrte Caroline zurück in die blendende Helligkeit der Assembly Rooms. Überall drehten sich die Frauen nach Eliot um. Gespräche erstarben, und ein Fächer wurde fallen gelassen. Eliot hob ihn galant auf, blieb aber nicht stehen.

So geht man also mit Aufmerksamkeit um.

Von Wilhelm hatte Caroline das nicht lernen können. Der wandelte selbstvergessen durch die Welt, den Kopf sprichwörtlich in den Wolken. Ihr Bruder schien weder Blicke noch Getuschel wahrzunehmen. Als sie ihm im Saal begegneten, drängte er zum Aufbruch. Irgendjemand hatte ihm ein Buch mitgebracht, und mit dem wollte er sofort beginnen. Von ihrem schönen Gentleman wurde Caroline zur Kutsche gebracht.

»Eliot Bradford heißt er«, sagte Caroline zu Wilhelm, als das Gefährt losrollte. »Er findet, mir stehen leuchtende Farben. Seine Familie ist reich. Wahrscheinlich kennst du ihn.«

»Sicher«, sagte Wilhelm zerstreut. Er steckte den Kopf bereits in das Buch. »Wen?«

»Schon gut.« Caroline winkte ab. »Was hast du da?«

Der Text war fremdländisch. Caroline verstand gerade genug, um ihn als französisch einzuordnen. Ohne aufzusehen, zog Wilhelm ein Dutzend lose Seite hinten aus dem Buch und reichte sie ihr.

»Lies die.«

Inzwischen waren sie fast aus Bath heraus und hatten nur noch das Licht einzelner Laternen an den Straßenecken zur

Verfügung. Mühsam entzifferte Caroline auf dem Papier in englischer Sprache:

Tabelle zu Nebeln und Sternenhaufen, die zwischen den Fixsternen am Horizont von Paris entdeckt wurden; beobachtet am Observatorium der Marine.

Darunter folgte in steiler Handschrift eine tabellarische Übersicht. Neben den Tagesangaben standen die Koordinaten und eine Beschreibung der gesichteten Objekte. Der Kutscher entzündete eine Fackel und steckte sie in eine Halterung am Bock. Sie rollten an den letzten Häusern vorbei. Zwar reichte das Licht, um nicht von der Straße abzukommen, aber zum Lesen war es zu dunkel. Wilhelm klappte sein Buch zu und sah Caroline auffordernd an.

»Was hältst du davon?«, fragte er.

»Scheint der Anfang eines Katalogs zu sein«, sagte sie. »So wie der von John Flamsteed.«

Flamsteed war der erste königliche Astronom Englands gewesen und schon seit Jahrzehnten tot.

»Richtig«, sagte Wilhelm. »Der Verfasser heißt Charles Messier, und diese Übersetzung ist ein Auszug aus seinem Beitrag für eine französische Zeitschrift.«

»Flamsteed wollte den Seefahrern beim Navigieren helfen«, überlegte Caroline laut. »Aber dieser Messier vermerkt hier auch Objekte, die zwischen den Fixsternen liegen. Warum? Das verwirrt doch nur.«

»Um Navigation geht es Messier nicht. Er ergänzt.«

»Ja, aber ...«

Vor ihnen äpfelte das Pferd. Caroline war versucht auszusteigen und die Hinterlassenschaften des Gauls aufzuheben, um ihren Vorrat aufzustocken. Aber da sie nun endlich Wilhelms Aufmerksamkeit hatte, wollte sie den Faden nicht verlieren. Dies versprach, eine Lehrstunde zu werden. Wilhelm gefiel sich in der Rolle des großen Bruders, der jede Antwort wusste. Carolines Part war, kluge Fragen zu stellen.

»Ich verstehe sein System nicht«, sagte sie. »Messier beschreibt Nebel mit und ohne Sterne und Sternenhaufen verschiedener Größe in einer Tabelle. Warum sortiert er sie nicht in verschiedene ein?«

Wilhelm legte den Kopf in den Nacken und klopfte ungeduldig mit einem Finger gegen sein Kinn. Anscheinend war Caroline der Lösung nahe.

Sie schüttelte den Kopf. »Ich komme nicht drauf.«

»Messier treibt etwas anderes um.«

Wilhelm schnipste rhythmisch. Als ob das beim Nachdenken helfen würde!

»Verrat's mir«, sagte Caroline. »Ich habe wirklich keine Idee.«

»Was fehlt denn außer Fixsternen in seinen Beobachtungen der fernen Objekte?«

Caroline hielt das Papier dicht vor ihre Augen, konnte aber nur dunkle Streifen darauf ausmachen. Rechts und links von ihnen erstreckten sich Felder. Wind drückte die Flamme der Fackel herunter und verzerrte sie zu einem gedrungenen Licht mit Schweif.

»Kometen fehlen!«, rief Caroline.

»Na also.« Wilhelm ließ die Hände in den Schoß fallen.

Aber Caroline war nicht zufrieden. »Messier macht eine Ergänzung und die ist ihrerseits lückenhaft?«

»Er hilft Kometenjägern. Wenn du ein neues helles Objekt entdeckst, kannst du seine Tabelle zurate ziehen.« Wilhelm gähnte. »Steht es dort nicht drin, ist es vielleicht ein Komet, und du wirst in den nächsten Nächten weiter beobachten, um eine Bewegung festzustellen. Verstehst du jetzt?«

»Ich gehe nach dem Ausschlussprinzip vor.«

»Genau.«

Wilhelm klappte das Buch auf, damit Caroline die Seiten wieder hineinlegte. Doch sie war noch nicht fertig.

»Wenn diese Tabelle in einer Zeitschrift publiziert wird, interessiert sie wohl viele Menschen?« Sie verstärkte ihren Griff, und das Papier knisterte.

»O ja. Kometen wollen alle entdecken, das bringt Ruhm. Es hat auch etwas von einem Glücksspiel. Du musst zur richtigen Zeit am richtigen Ort sein.« Gönnerhaft fügte er hinzu: »Vor allem braucht man kein gutes Fernrohr. Für viele genügt sogar das bloße Auge. Gibst du mir jetzt die Tabelle zurück? Sie ist nur geliehen.«

Widerstrebend händigte Caroline ihm die Seiten aus. Es gab so viel zu lernen! Wenn sie über mathematischen Formeln brütete, wurde ihr manchmal gewahr, dass sie einen ganzen Morgen darauf verwendete, um etwas zu verstehen, das ein Grieche bereits vor ewiger Zeit durchdrungen hatte. Aber mit Messiers Publikation verhielt es sich anders. Ein Katalog von Nicht-Kometen wies auf Unbekanntes hin. Er war eine Aufforderung.

»Dieser Franzose verwendet nur einhundertundvierfache Vergrößerung«, sagte Wilhelm. »Ich wette, in einigen Nebeln, die er für leer hält, können wir mit unseren stärkeren Teleskopen Sterne entdecken. Schließlich bestehen Erdennebel ...«

Er wartete auf die Ergänzung seiner Schwester.

»Nur aus winzigen Wassertropfen«, sagte Caroline. »Könnten die Himmelsnebel in Wirklichkeit Haufen sehr weit entfernter Sterne sein?«

»Das müsste jemand herausfinden, Schwester.« Gemächlich rollte die Kutsche ihrem Haus entgegen. Wilhelm sprang hinaus und überholte sie mit großen Schritten. Über die Schulter rief er: »Wer, wenn nicht wir?«

Das geliehene Buch schien er schon wieder vergessen zu haben. Caroline bezahlte den Kutscher und trug es mit den Gesangsnoten und der Partitur ins Haus. Was war das für ein Tag gewesen! Es wäre vernünftig, nun schlafen zu gehen, zufrieden mit ihrem Auftritt und beglückt, die Bekanntschaft Eliots gemacht zu haben. Eigentlich hatte sie ja Sterne beobachten wollen, doch nun beschloss sie, die Stille der Nacht zu nutzen, um Messiers Tabelle zu kopieren.

Caroline trug Feder, Tinte und Papier an den Küchentisch und entzündete eine Lampe. Bevor sie sich setzte, wickelte sie sich bis zur Brust in eine Wolldecke. Das Feuer im Ofen war längst heruntergebrannt, aber in wohliger Wärme würde sie ohnehin nur einnicken. Mit kalten Fingern begann sie, Messiers Daten abzuschreiben. Als sie fertig war, legte sie alle Blätter nebeneinander. Der fremde Astronom hatte seine Beobachtungen akkurat notiert, und obwohl er des Öfteren von einem *schönen Nebel* sprach, schien es ihm nicht nur um eigenen Ruhm zu gehen. Im Gegenteil, er schien seine Leserschaft zu ermuntern, selbst Beobachtungen zu machen, ihn zu ergänzen oder gar zu korrigieren. Eine Verbesserungsmöglichkeit hatte Caroline schon entdeckt. Jeder Eintrag begann mit der Ortszeit. Dahinter stand die Sternenzeit in Klammern. Aber Letztere war doch wichtiger! Caroline befand sich schließlich an einem anderen Ort. Wie die Zeiten umgerechnet wurden, wusste sie zwar nicht, aber auch das ließe sich irgendwo nachlesen. Caroline unterdrückte ein Gähnen, knetete ihre Ohrläppchen und machte sich daran, die Tabelle neu zu schreiben. Bei diesem zweiten Anlauf ging ihr der Inhalt von der Hand in den Kopf.

»Nebel im Gürtel der Andromeda, geformt wie eine Spindel …«, murmelte sie, als sie beim ersten Hahnenschrei endlich unter ihre Bettdecke kroch.

Familie

Hannover, 31. Oktober 1822

»Noch ein Stückchen«, rief Johann. »Ich seh bloß Mauern.«

Er saß im Nachthemd auf einem Sims der Stube im Erdgeschoss und lehnte sich rücklings aus dem offenen Fenster, während Caroline seine Arme festhielt.

»Du bist schwer«, keuchte Caroline. »Schling deine Beine um mich, sonst rutschst du ab.«

Der Junge klammerte sich mit den Unterschenkeln an ihre Taille wie ein Äffchen und legte den Kopf in den Nacken. Lange würde Caroline diese Akrobatik nicht durchhalten. Schließlich war sie keine zwanzig mehr.

»Da ist er«, jauchzte Johann. »Rund wie ein Ball!«

»Gut, dann komm wieder rein. Ich kann nicht mehr.«

Sie bugsierte Johann zurück in die Wärme des Hauses, wo er lachend in Dietrichs Arme fiel. Sein Großvater war eben von einer Probe heimgekehrt und schüttelte den Kopf. »Nein, wirklich. Beinahe wärt ihr beide auf die Straße gestürzt.«

»Er wollte den Mond sehen. Und mein Publikum hat ja auf sich warten lassen.« Caroline zupfte ihre Ärmel wieder zurecht. »Heute werde ich das erste Kapitel meiner Memoiren lesen, verfasst für den jüngsten meiner Brüder.« Sie deutete eine ausladende Geste samt Verbeugung vor Dietrich an.

»Gönn mir eine Pause«, sagte der. »Ich hab seit dem Morgen nichts gegessen.«

Aus dem Ohrensessel am Kamin rief Catharina nach dem Dienstmädchen. »Hanne, bring von dem Brot und dem Schinken.«

Sie hatte mehrere Kissen auf dem Schoß gestapelt und lagerte ihre gichtgeplagten Daumen hoch. »Heute kann ich keinen Handschlag tun, mein Lieber. Aber ich möchte hören, was Caroline geschrieben hat, und dann gehe ich zu Bett.« In Johanns Richtung fügte sie hinzu: »Der Kleine müsste auch längst schlafen.«

»Wo ist Sophia Dorothea?«, fragte Dietrich.

»Unpässlich. Eine Nachricht kam, du weißt schon, von wem. Er ...«

Sie stockte, als Dietrich eine Handfläche nach unten drehte, das Musikerzeichen, leiser zu spielen. »Nicht vor dem Jungen«, sagte er.

Mit einem Tablett, auf dem Dietrichs Abendessen angerichtet war, betrat Hanne die Stube. Sie stellte es auf einem Teetisch ab und versuchte, im Hinausgehen Johann mit sich zu ziehen.

»Ich will aber auch die Geschichte hören«, protestierte der. »Außerdem hab ich keine Milch gehabt.«

»Und die musst du bekommen, sonst bleibst du so klein wie ich.«

Caroline strich ihm übers Haar, schloss das Fenster, nahm zwei eng beschriebene Blätter von einem Tischchen und räusperte sich. Zu ihren Füßen kauerte sich der Junge nieder, umschlang die Knie mit den Armen und wiegte sich erwartungsvoll hin und her.

Müde scheint er ja nicht zu sein. Vielleicht ist er eine Eule wie ich, verschlafen am Morgen, aber munter, sobald es auf die Nacht zudämmert. Beste Voraussetzung für einen zukünftigen Astronomen. Das macht mir Hoffnung.

Dietrich ließ sich in den zweiten Sessel fallen und zog den Tisch mit dem Essen zu sich heran.

»Unser Großvater hieß Abraham«, begann Caroline. »Er war erster Gärtner auf einem Anwesen bei Magdeburg, doch in seiner freien Zeit zeichnete er, musizierte und widmete sich der Mathematik. Unterricht hatte er nie, sondern brachte sich alles selbst bei. Leider hat ihn keiner von uns kennengelernt. Er starb, als sein Sohn, unser Vater Isaak, elf Jahre alt war. Mit elf ist man zu jung, um eine Lehre zu beginnen. Glücklicherweise war Isaak seinem Vater zu Lebzeiten zur Hand gegangen und fand nun Arbeit im Garten einer wohlhabenden Witwe. Aber er wollte nicht sein Lebtag lang Unkraut jäten und Sträucher stutzen. Er sparte Geld für eine Violine zusammen, übte abends und belagerte die Musiker der Hofkapelle so lange, bis er einem vorspielen durfte und hin und wieder eine Stunde bekam.«

Krachend biss Dietrich in eine Gurke.

»Zu der Geige kam nach einigen Jahren eine Oboe«, fuhr Caroline fort. »Und schließlich legte Isaak den Spaten endgültig nieder und machte sich auf, eine Stelle in einem Orchester zu finden. Er landete hier in Hannover bei der Kapelle der Garde und lernte unsere Mutter Anna kennen. Gott schenkte ihnen zehn Kinder, von denen sechs die ersten Jahre überlebten.«

Geräuschvoll schlürfte Dietrich Bier, und Caroline wandte sich Johann zu.

»Dein Opa Dietrich und ich waren die Jüngsten, aber glaube nicht, wir bekamen deshalb weniger Liebe und Aufmerksamkeit. Unser Vater fand, wir sollten alles lernen, was er uns beibringen konnte, und das war viel. Wenn er nicht für die Truppen musizierte, las er jedes Buch, dessen er habhaft werden konnte. Beim Abendessen diskutierten wir philosophische und mathematische Fragen. Wusste Vater einmal nicht weiter, versprach er, jemanden zu finden, der eine Antwort kannte. Wann immer er es sich leisten konnte, engagierte er Lehrer der Garnisonsschule für uns.«

»Dietrich meint, der Unterricht kam vor allem Jacob und

Wilhelm zugute«, sagte Catharina und stieß ihren Mann auffordernd an.

Dietrich nuschelte Zustimmung. Er verspeiste einen Brotkanten, und zwischen seinen Brauen erschien dieselbe steile Falte, die sich dort auch eingrub, wenn er ein Stück übte. Während Wilhelm Schwieriges zeitlebens mit Forscherfreude angegangen war, hatte Dietrich seinen Entdeckungsdrang irgendwann verloren. Als Junge hatte er seine vom Vater gebaute Violine mit ins Bett nehmen wollen, doch inzwischen spielte er bevorzugt abgehangenes Repertoire. Musste er sich doch neue Melodien aneignen, mahlten seine Kiefer. Er schien auf den Noten herumkauen zu müssen, um sie genießbar zu machen.

Aber die Unterschiede zwischen Carolines Brüdern waren kein Thema für Memoiren. Was sie schrieb, sollte zum ehrenvollen Andenken der Familie beitragen. Natürlich würden die Menschen, die Caroline geliebt hatte, mehr Raum bekommen als die anderen. Nun, nicht alle Menschen, die sie geliebt hatte, sondern die, über die sie sprechen durfte.

»Vergessen wir nicht den großen Altersunterschied zwischen uns Geschwistern«, sagte sie. »Bei Dietrichs Geburt war unsere Schwester Sophia schon verheiratet, und auch Jacob und Wilhelm waren beinahe erwachsen. Selbst Alexander hatte unserem Nesthäkchen Dietrich zehn Jahre voraus.«

»Ist es wahr, dass Jacob ständig Freunde mit nach Hause brachte und die sich wild aufführten?«, fragte Catharina.

Caroline ließ die Blätter sinken. »Daran erinnere ich mich nicht.«

Jacob würde sie aus den Memoiren so weit wie möglich herauslassen.

»Aber darüber hast du noch Jahre später geklagt«, widersprach Dietrich. »Weil du sie bedienen musstest.«

»Ich musste *alle* bedienen«, platzte es aus Caroline heraus. »Für meine Erziehung war nämlich Mutter zuständig und die hatte andere Ansichten als Vater. Auf euren Instrumenten habe ich nur gespielt, wenn sie es nicht gemerkt hat. Den Mathestunden durfte ich bloß lauschen, wenn ich dabei Handarbeit verrichtete.«

»Einmal hat Vater einen Tanzlehrer für mich engagiert«, sagte Dietrich. »Der musste wieder gehen, weil er Lina kostenlos mitunterrichten wollte.«

Catharina beugte sich vor. »Wie gemein! Hast du lange geweint, du Ärmste?«

Ja, aber das tut nichts zur Sache.

Lieber wollte Caroline Johann etwas Spannendes vorlesen. Hanne brachte ihm eine Tasse Milch und blieb in der Tür stehen. Carolines Blick wanderte zurück zu dem Jungen, der geradezu an den Lippen der Erwachsenen hing. John war auch so ein aufmerksamer Zuhörer gewesen, immer begierig auf Neues, und Caroline hatte es genossen, ihren Neffen in England zu fördern und ihn zu einem klugen Erwachsenen heranwachsen zu sehen. Irgendwann, so ihre Hoffnung, würde er Wilhelm und sie überflügeln. In England hatte Caroline ihn leider gegen Ende viel zu selten getroffen. Ob er jemals nach Hannover käme? Aber mit Johann war hier ja auch schon der nächste junge Herschel, dessen Schicksal sanft beeinflusst werden wollte.

»Was würdest du lernen, wenn du die Wahl hättest?«, fragte Caroline ihn.

Johann kratzte sich am Kopf. »Großmama meint, Priester wär was. Da hat man eine sichere Anstellung.«

Und kennt die Sünden der ganzen Stadt.

Um Catharina nicht zu verärgern, sparte sich Caroline eine kritische Bemerkung. Mit dem Finger fuhr sie die Zeilen entlang und fand die Stelle, an der sie wieder einsetzen konnte. Dietrich blinzelte gegen den Schlaf an. Sein Kinn sank auf die Brust.

»Am 1. April 1764«, sagte Caroline daher ein bisschen lauter als nötig, »ereignete sich etwas Seltenes: eine Sonnenfinsternis.

Dabei schiebt sich der Mond vor die Sonne, und es wird tagsüber dunkel.«

Sie bückte sich zu Johann hinunter und wischte ihm mit dem Daumen den Milchbart ab. Der Junge ließ es über sich ergehen und knabberte gespannt an seiner Unterlippe.

»Wir versammelten uns im Hof, wo Vater Wasser in eine Wanne gelassen hatte«, las sie weiter. »Um unsere Augen zu schützen, wollten wir den Verlauf der Finsternis in der Spiegelung beobachten. Der Mond schob sich wie ein dunkler Ball vor die Sonne und verdeckte immer mehr von ihr. Erst war das nur ein Phänomen am Himmel, doch dann wurde es um uns herum dunkler und sogar kälter. Drei Stunden dauerte es, bis die Sonne vollständig verdeckt war. Die Tulpen schlossen ihre Kelche, und wir hörten keine Vögel mehr singen. Ein Käuzchen rief, und ein Marder schlich an der Hauswand entlang. Aufkommender Wind ließ uns frösteln. Auf dem Höhepunkt der Finsternis bildeten die Strahlen der Sonne einen leuchtenden Ring um den Mond. Wunderschön war das.«

Caroline blickte auf. In der Tür trat Hanne beiseite, um Platz für Sophia Dorothea zu machen. Johanns Mutter hielt einen Brief in den Händen. Ihre Augen waren rot geweint.

»Husch, Johann«, rief Catharina. »Ins Bett mit dir.«

»Soll ich …«, begann Caroline.

»Überlass das Hanne.« Catharina stützte sich auf die Armlehnen und stand auf. Kissen purzelten auf den Boden. »Er muss jetzt wirklich schlafen.«

Die Hände mit den geschwollenen Daumen vor sich hertragend, verließ sie die Stube. Caroline eilte ihr hinterher.

»Warte noch«, sagte sie. »Wie hat dir meine Lesung gefallen?«

»Recht gut.«

»Vermisst du etwas?«

»Daten könntest du ergänzen. Geburtstage.« Sie wackelte mit dem Ringfinger. »Hochzeiten.«

»Verstehe.«

Einen Teufel werde ich tun. Das erste Kind meiner Eltern wurde nur sechs Monate nach der Heirat geboren.

»Die Sonnenfinsternis dagegen«, sagte Catharina. »Na ja. Davon könnten wohl viele berichten. Die ist so unpersönlich.«

Wie bitte?!

»Aber Catharina, sie hat doch nicht nur Astronomen beeindruckt. Es war, als hätte Gott den Vorhang zugezogen! Und das an einem Sonntag.«

»Ja, wir waren zu Hause. Unsere schwangere Nachbarin kam zu uns. Sie fürchtete eine frühzeitige Niederkunft. Man sollte nur leichte Speisen zu sich nehmen und von der Leine fernbleiben, falls sie über die Ufer treten würde. Alles Vieh musste in die Ställe.«

»Siehst du, es gibt so viel Aberglauben.«

Carolines Schwägerin wiegte den Kopf. »Wir haben die Warnungen beherzigt, und uns ist nichts geschehen.«

»Die Kraft des Mondes war an diesem Tag nicht stärker als sonst.«

»Allwissend bist du auch nicht.«

»Nein, aber vieles lässt sich ja nachlesen. Eine Französin hat berechnet, wann die Finsternis eintritt. Lalande hat mir später erzählt, dass sie sogar Karten verkaufte, auf denen sie für Orte von Spanien bis Lappland angab, wann das Ereignis beginnen und enden würde. Und das stimmte auf die Minute.« *Wie gern ich sie getroffen hätte!* »Nicole-Reine Lepaute hieß sie.«

»Nie gehört.« Catharina unterdrückte ein Gähnen. »Gute Nacht.«

»Jedenfalls hat sie nicht empfohlen, auf den Sonntagsbraten zu verzichten«, rief Caroline ihr hinterher.

Bevor sie sich zum Schlafen umkleidete, öffnete sie das rückwärtige Fenster zum Lüften. Die Dächer der Häuser liefen spitz zu. Dort ließ sich kein Teleskop aufstellen. Im Hof wäre Platz, doch dort würden die Wände nur einen schmalen Beobachtungsradius zulassen. Wilhelm hatte in England die kleineren Teleskope manchmal auf die Straße geschleppt. Daraufhin hatte ihn eines Abends der Arzt und Naturforscher Dr. William Watson angesprochen. Aber das war in Bath gewesen, wo die Nachtwächter ihren Dienst für eine Pause an den Spieltischen unterbrachen. In Hannover würden die Ordnungshüter Caroline zum Haus zurückgeleiten und Dietrich ermahnen: »Passen Sie besser auf Ihre Schwester auf. Sie gefährdet die durchfahrenden Kutschen.«

Kleinlaut würde ihr Bruder antworten: »Kommt nicht wieder vor.«

Goodness, wie ich England vermisse. Und Alexander und Wilhelm!

Caroline löste ihre Haube, schüttelte ihr Haar aus und schloss das Fenster. Draußen setzte Regen ein. Jetzt wurden die Sterne von den Wolken verdeckt, aber das war nur ein schwacher Trost. In England war die Sicht vielleicht gerade klar. Caroline hatte das Gefühl, am falschen Ort zu sein. Mit jedem Tag, den sie länger wieder in Hannover lebte, fielen ihr mehr Dinge ein, die sie in England noch hätte tun sollen. Etwa die junge Londonerin zu treffen, an die John sein Herz verloren hatte. Mit der sei es wirklich ernst. John hatte schon geplant, sie seiner Mutter vorzustellen. Da Caroline nicht dabei sein konnte, hatte er ihr die Adresse der Angebeteten gegeben.

»Dann könnt ihr euch schreiben.«

Nun, warum nicht? Caroline wollte der Dame gern erklären, in welche Familie sie käme. Wie hieß sie gleich? Ah, da war der Zettel.

Liebe Florence,

darf ich mich Ihnen vorstellen? Ich bin Caroline Herschel, Johns Tante. John hat von Ihnen geschwärmt, und ich glaube, Sie schon ein wenig zu kennen. Wissen Sie auch etwas über mich? Wenn die Geschichten von Fremden stammen, ist gewiss die Hälfte erfunden. Aber die andere Hälfte wird wahr sein, und darum seien Sie gewarnt: Astronomen sind wirklich nicht normal.

Damit Sie das nicht erst nach der Hochzeit merken, hier ein paar praktische Hinweise: Finden Sie das Kissen neben Ihnen des Nachts leer, sorgen Sie sich nicht. John ist im Garten. Beschließen Sie, nach ihm zu sehen, und finden ihn reglos hinter dem Teleskop, sprechen Sie ihn keinesfalls an! Vielleicht hat er gerade etwas entdeckt. Das kann er verlieren, wenn er den Blick abwendet. Sie frösteln vermutlich, aber Astronomen schützen sich mit vielen Schichten Kleidung gegen die Kälte und sie kennen weder Hunger noch Durst, jedenfalls nicht beim Beobachten. Solche Bedürfnisse kehren erst zurück, wenn der Morgen dämmert. Sorgen Sie dann für Toast, Tee und eine warme Kammer. Nachdem John sich gestärkt hat, lassen Sie ihn ruhen bis zum frühen Nachmittag. Starrt er beim Abendessen ins Leere und fließt ihm die Suppe vom Löffel, lachen Sie nicht! Wahrscheinlich rechnet John gerade. Gut wäre, wenn Sie das für ihn übernehmen könnten. Die Astronomie ist leichter zu zweit. Eine Person beobachtet die Gestirne, die andere notiert Positionen und Zeiten, um später Entfernungen und Bahnen zu bestimmen. Außerdem sollten Sie die Sternenkataloge lesen. Finden Sie etwas, das dort nicht verzeichnet ist, machen Sie in Windeseile Meldung! Die Konkurrenz schläft nicht. Wir Astronomen sind Jäger und die Entdeckungen sind unsere Trophäen.

Grüßen Sie mir John und haben Sie keine Angst davor, seltsam zu sein.

Mit den besten Wünschen für Ihre gemeinsame Zukunft verbleibend
Caroline Herschel

Märchen

Hannover, 1. November 1822

Agnes saß auf einem der Sessel und verschönerte ein Taschentuch mit Rosenmotiven. Zuvor hatte sie bereits einen Strumpf gestopft. Schon wieder rutschte der Faden aus der Nadel. Er war ja auch so verflucht dünn! Agnes hätte die Garnrolle am liebsten in eine Ecke geschleudert. Nicht einmal für einen Plausch mit Hanne konnte sie sich fortstehlen, weil Fräulein Herschel am Sekretär schrieb und es bemerkt hätte. Sehnsüchtig betrachtete Agnes den Stapel Bücher auf dem Beistelltisch. Obenauf lag das Grimmsche Märchenbuch. Als die gnädige Frau beim Frühstück mit ihrer Schwägerin gewesen war, hatte Agnes sich *Die Hand mit dem Messer* zu Gemüte geführt. Darin wurde ein Elfenliebhaber verstümmelt. Mit Ausschmückungen ließe sich die Handlung zu einem Roman wie *Frankenstein* erweitern, mit dem sich gerade alle gruselten.

Fräulein Herschel legte die Feder hin, nahm ihre Brille ab und fuhr sich über die Augen.

»Wie mich das ermüdet.«

»Sie könnten mir diktieren«, sagte Agnes.

»Mit diesem Abschnitt bin ich fertig. Die Grimms haben mich zu einem Stilexperiment inspiriert. Hör zu.« Fräulein Herschel setzte die Brille wieder auf. Beim Sprechen war ihre Stimme dünn, aber beim Vorlesen wurde sie klangvoll und hätte bis an das Ende eines viel größeren Raums dringen können. »Es war einmal ein Mädchen, das erwartete den Tag seiner Konfirmation mit großer Freude. Das Ereignis sollte sich in einem Frühling zutragen, in dem das Mädchen endlich wieder mit seinen Lieblingsgeschwistern vereint war. Sein Bruder Alexander hatte seine Lehrjahre bei einem gar bösen Mann abgeschlossen und kam gerade rechtzeitig heim, um mit dem Vater eine Sonnenfinsternis zu beobachten. Am Tag darauf traf auch der zweite Bruder Wilhelm ein. Er sammelte in England Ruhm als Musiker. Nichts wünschte sich das Mädchen sehnlicher, als mit ihm fortzugehen. Zu Hause musste es von früh bis spät kochen, putzen und waschen. In der Woche vor der Konfirmation war es pausenlos mit Festvorbereitungen beschäftigt. Es fand keine Zeit, mit Wilhelm im Garten zu sitzen und den Schilderungen seiner Abenteuer zu lauschen. Am Sonntag zog es mit den anderen Konfirmanden in die Kirche ein. Es trug einen Papierblumenstrauß, der von der Hochzeit seiner Schwester übrig war. Sein Blick wanderte über die Reihen der Kirchgänger. Tränen sprangen dem Mädchen aus den Augen. Oh weh! In der Bank seiner Familie fehlte Wilhelm. Er war schon wieder unterwegs in die Ferne. Als das Mädchen vor den Altar trat, rollte seine Kutsche draußen vorbei. Der Kutscher blies das Horn, und der schmetternde Klang drohte das Herz des Mädchens zu zerbersten. Noch als alte Frau erinnerte sich das arme Geschöpf an diese traurige Stunde.«

Fräulein Herschel drehte sich zu Agnes um und legte fragend den Kopf schief.

»Schön«, sagte Agnes verhalten.

Sie fand die Episode reichlich betulich. Wo blieb der Hofklatsch? Agnes hütete sich, danach zu fragen. Über das Geschwätz ihrer Schwägerin schimpfte Fräulein Herschel. Offenbar sah sie sich selbst als eine Frau der Tat. War sie in Intrigen verstrickt gewesen? Oder in Liebeleien? Oder hatte sie gar mit Liebeleien intrigiert? Dieser Tage schien nur Ärger in ihr aufzulodern.

Fräulein Herschel zerknüllte das Blatt und fluchte auf Englisch.

»*Oh blow it!* Die Grimms können das besser.«

»Soll ich Ihnen etwas vorlesen?«, fragte Agnes.

»Das würde mich nur betrüben.«

Fräulein Herschel ging zum Ofen, öffnete die Klappe und warf das Blatt hinein. Reglos starrte sie ins Feuer. Agnes ordnete das Stickzeug in ihrem Schoß. Wurde in Märchen mit Spindeln oder Nadeln hantiert, passierte stets etwas Aufregendes. Wäre das nur auch im richtigen Leben der Fall!

»Sie hatten mir Mathematikstunden versprochen«, sagte Agnes.

Alles war ihr lieber als Handarbeit.

»Stimmt, das habe ich.« Auch Fräulein Herschel schien eine Ablenkung willkommen zu heißen. Sie räumte Platz auf dem Sekretär frei. »Was kannst du schon?«

»Plus und Minus. Recht schnell. Auf dem Markt betrügt mich niemand mit dem Wechselgeld.«

»Und wenn du dann zurückläufst mit deinen Einkäufen, rechnest du, wie viel du hättest, wenn du einen Penny unterschlagen würdest und der sich täglich verdoppelte?«

»Warum sollte ich?«, fragte Agnes.

»Zur Belustigung, wie ein Gaukler, der mit Zahlen jongliert.«

»Das tun Leute?«

Fräulein Herschel lächelte. »Manche tanzen mit Zahlen. Aber für die meisten von uns ist Mathematik nur ein Werkzeug. Ich benutze Tabellen, weil mir die Multiplikationsergebnisse nicht in den Kopf wollen. Aber das ist nicht schlimm. Ich habe Ehrfurcht, und darum bin ich genau. Fehler suchst du in meinen Kalkulationen vergeblich.« Sie wedelte in Richtung des Stickzeugs. »Leg das weg.«

Agnes tat es bereitwillig. Beim Rechnen stach man sich wenigstens nicht in die Finger.

»Wir wollen herausfinden, wie weit ein Planet entfernt ist«, sagte Fräulein Herschel. »Ein Maßband können wir schlecht ansetzen. Aber wir haben ein Gefühl für Entfernungen, nicht?«

»Ich denke schon.«

»Du weißt es! Wäre es nicht so, würden deine Füße die Treppenstufen verfehlen. Hier, setz dich auf meinen Stuhl.« Sie machte für Agnes Platz. »Halte deinen Zeigefinger an die Nase. Was siehst du geradeaus im Hintergrund?«

»Den Sekretär.«

»Nun schließ das rechte Auge. Was ändert sich?«

»Da ist immer noch der Sekretär. Aber der Zeigefinger ist am rechten Rand.«

»Und wenn du stattdessen das linke Auge schließt?«

»Springt der Finger zum linken Rand.«

Zu den abgeschlossenen Schubladen. An die wollte Agnes heran. Fräulein Herschel trug das Schlüsselband auch nachts um den Hals. Morgens hatte Agnes in die Schlafkammer gelugt und das gesehen.

»Jetzt wiederhole die Übung mit ausgestrecktem Arm«, sagte die gnädige Frau. »Na?«

»Der Zeigefinger springt bloß ein kleines Stück in der Mitte des Sekretärs herum.«

»Und das ist auch schon alles«, sagte Fräulein Herschel. »Deine Augen liefern wegen ihres Abstands zueinander unterschiedliche Bilder. Bei zwei fernen Gegenständen, wie dem Sekretär und dem weggestreckten Finger, unterscheiden sich die Bilder kaum. Aber bei einem nahen und einem fernen Gegenstand unterscheiden sich die Bilder stark. Aus der Größe des Unterschieds bestimmt dein Geist die Entfernung.«

»Sie meinen, mein Kopf rechnet, ohne dass ich es merke?«

»Irgend so etwas.« Fräulein Herschel klopfte sich gegen die Stirn. »Hauptsache, es funktioniert.«

»Und wie verhält es sich nun mit einem Planeten?«

»Langsam. Bleiben wir zunächst auf der Erde und zeichnen ein Dreieck.« Caroline Herschel legte ein frisches Blatt Papier zurecht und griff nach einem Bleistift. »In unserem Beispiel von eben wären die Ecken die zwei Augen und der Finger gewesen. Jetzt wollen wir größer denken. Wir nehmen zwei Beobachtungspositionen in der Stadt und die Kirchturmspitze. Wenn wir nun den Abstand zwischen den Positionen und die Winkel messen, von denen von dort zur Spitze geblickt wird, können wir bestimmen, wie hoch der Kirchturm ist.«

Erstaunt hob Agnes die Augenbrauen.

»Wirklich?«

»Mittels Dreiecksmessung. Man sagt auch Trigonometrie.«

»Trigo... Darf ich das aufschreiben?«

Agnes wollte als gute Schülerin gefallen. Wenn Fräulein Herschel ihr vertraute, würde sie den Schubladenschlüssel vielleicht ablegen und ...

An der Haustür ging der Türklopfer.

»Begriffe sind nebensächlich«, sagte Fräulein Herschel. »Das muss Charlotte sein – endlich! Bring uns bitte Tee, Agnes. Für den Rest des Tages kannst du dann freihaben.«

»Sehr wohl.«

Auf dem Weg in die Küche begegnete Agnes im Flur einer eleganten älteren Dame. Obwohl es erst Mittag war, trug sie schon ein Abendkleid mit kurzen Ärmeln und dazu Handschuhe. Anscheinend beabsichtigte sie, länger zu bleiben. Aus mitgehörten Gesprächen wusste Agnes ein paar Dinge über die Besucherin. Beckedorff hieß sie mit Nachnamen, kannte Fräulein Herschel seit Kindertagen, war lange am englischen Königshof gewesen und lebte seit einigen Jahren wieder in ihrer Geburtsstadt. Wegen einer hartnäckigen Erkältung hatte sie Fräulein Herschel bis jetzt nicht besuchen können, doch nun ging es ihr augenscheinlich besser. Die beiden hatten sich viel zu erzählen. Als Agnes den Tee servierte, unterhielten sie sich in der Art alter Freundinnen. Fragen wurden nur angerissen, und Antworten bestanden aus Halbsätzen, die wieder neue Fragen aufwarfen. Anscheinend hatten die beiden in unterschiedlichen Kreisen verkehrt und sich nur sporadisch in Windsor getroffen. Fräulein Herschel verfiel immer wieder ins Englische, und Frau Beckedorff nannte sie scherzhaft *Miss Hörschel.* Agnes verließ den Raum, polterte einige Stufen hinunter und schlich zurück. Mit dem Ohr an der Tür hörte sie Frau Beckedorff von ihren Enkelinnen und Enkeln erzählen. Zehn waren es an der Zahl, und es dauerte eine Weile, bis Fräulein Herschel auf dem neuesten Stand war. Dann wandte sich das Gespräch den Memoiren zu.

»Ich verspüre wenig Lust, weiterzumachen«, sagte Fräulein Herschel. »Warum alles aufschreiben, wenn meinen Bruder wirklich gar nichts davon kümmert?«

Frau Beckedorffs Entgegnung verstand Agnes nicht.

»Eben«, erklärte Fräulein Herschel. »Meine Version will ich erzählen. Was Dietrich und Catharina an ihre Nachfahren weitergeben, sind am Ende des Tages nur Klagen und Tratsch. Schlimmstenfalls verbreitet auch der wahnsinnige Doktor seine Geschichten. Dessen gesammelte Briefe hätten schon biblischen Umfang erreicht, wenn Catharina sie nicht regelmäßig verbrennen würde.«

Einen Fetzen der letzten Nachricht hatte Agnes im Korb mit dem Kleinholz entdeckt. Darauf schrieb Sophia Dorotheas Gatte von Würmern, die in seine Ohren kriechen und ihm Befehle einflüstern würden. Unten ertönte Geschrei. Offenbar wollte Johann etwas haben, das Hanne ihm verweigerte. Agnes schnappte nur noch Bruchstücke der Unterhaltung auf. Ausgerechnet jetzt schien es um sie selbst zu gehen. Frau Beckedorff missbilligte die Mathematikstunden.

»Verschwendete Liebesmüh«, sagte sie. »Ja, wenn es dir Freude macht und du dadurch Lohn sparst ... aber viel wird so ein Mädchen doch nicht ...«

Johann stampfte in den Flur. Am Fuß der Treppe blieb er stehen und öffnete den Mund zu einer Beschwerde. Agnes legte den Finger an die Lippen und verließ ihren Lauschposten. Mit einem Münztrick konnte sie den Jungen von seinem Ärger ablenken, aber dafür wuchs die Wut in ihr selbst.

Verschwendete Liebesmüh!

Was erlaubte diese Schnepfe sich? Wollte sie sagen, Agnes war dumm und musste das bleiben? Dabei hatte doch Fräulein Herschel gezeigt, dass die Tochter eines Gärtners es zur Astronomin bringen konnte. Agnes ging in ihre Kammer, legte sich auf ihren Strohsack und wiederholte die Lektion zur Dreiecksmessung in ihrem Kopf. Die hatte sie begriffen. Sie konnte sie wiedergeben und war eine gute Schülerin, strebsam und aufgeweckt. Aber nicht scharfsinnig. Nicht brillant. Dafür müsste sie weiterdenken und etwas verstehen, das ihr nicht gesagt worden war.

Agnes starrte an die Decke, bis die Risse im Putz zu Zwergen, schönen Jungfern und bösen Stiefmüttern wurden. Die Figuren ordnete sie zu Dreiecken an. Ob die Brüder Grimm Mathematik in ihrem Buch versteckten? Agnes suchte in den Märchen nach Regeln. Nach einer Weile glaubte sie, ein Muster zu erkennen.

Am nächsten Morgen fand sie die gnädige Frau wieder am Sekretär. Sie studierte die Kreiszeichnungen mit den Kreuzen darin.

»Diese Konfirmationsgeschichte von gestern«, sagte Agnes. »Mit der waren Sie doch unzufrieden, oder?«

»Ein erster Versuch gelingt selten«, murmelte Fräulein Herschel abwesend. »Im Stil eines Märchens zu schreiben ist gar nicht so leicht, aber ich denke, die Mühe wird sich lohnen. Schließlich soll es Johann gefallen.«

»Ich fand es schon recht gut.« Agnes positionierte sich so, dass ihr Schatten auf die Zeichnungen fiel. »Nur fehlte noch etwas. In den meisten beliebten Märchen ...« Sie machte eine bedeutungsvolle Pause.

»Ja?«, fragte Fräulein Herschel schließlich.

»Gibt es einen Prinzen«, sagte Agnes.

Gespannt hielt sie die Luft an. Ihr Hinweis konnte als Kritik verstanden werden. Aber Fräulein Herschel schlug die Hände zusammen und wirkte entzückt.

»Das stimmt! Ja, wirklich. Absolut richtig.«

Konnte man das so sagen? Märchen waren keine Mathematikaufgaben mit einer Lösung. Ein Muster ließ sich sehen oder nicht. Aber Fräulein Herschel strahlte wie Frau Prancke, wenn ihr Terrier ein Kunststück zeigte.

Sie stand auf, und bevor Agnes wusste, wie ihr geschah, wurde sie umarmt. »Manchmal kommt man allein nicht weiter. Man ist blockiert. Aber dann –« Fräulein Herschel zwinkerte, als sei Agnes ihre Komplizin in einem verwegenen Plan. »Ein Prinz, wenn es weiter nichts ist! Mit so einem kann ich dienen ...«

Wie ein Springteufel, der zurück in seine Kiste sinkt, führte sie die Aufstehbewegung rückwärts aus. Mit den Händen auf den Armlehnen des Stuhls ließ sie sich nieder, schob das linke Bein, das morgens steif zu sein schien, unter den Sekretär und saß wieder, wie Agnes sie vorgefunden hatte, über Papier gebeugt, das sie in ihrer eleganten, nach rechts geneigten Schrift mit Worten füllte. Schrieb sie die Erinnerungen an einen Kavalier nieder? Das wäre ja zu schön! Die Bemerkung über Märchenmuster schien sie mehr gefreut zu haben als das kunstvoll gestopfte Loch in ihren warmen Strümpfen. Agnes wartete auf Anweisungen, aber es kamen keine. Fräulein Herschel kümmerte wohl nicht, womit sie ihre restlichen Arbeitsstunden verbrachte. Rückwärts entfernte Agnes sich zu ihrer Stickarbeit und griff unterwegs zu den Grimmschen Märchen. Ein wenig Schauder hatte sie sich nun verdient.

Premierenfeier

Bath, 15. April 1778

Ein Triumph war der Abend gewesen! Ein Jahr zuvor hatte Caroline nach ihrem Aufritt die Erde unter ihren Füßen beben gespürt. Nun glaubte sie zu schweben. Eliot hielt ihr die Tür auf, und Caroline tauchte in die würzige Frühlingsluft ein. In diesem Jahr lag Ostern spät, und die Natur nahm das Fest der Auferstehung schon seit Anfang des Monats vorweg. Die Vögel waren zurückgekehrt, und in den Gärten blühten Bäume und kündeten vom Sieg des Lebens.

»Sie schallt, die Posaun, und die Toten erstehn«, rief Eliot übermütig.

»Still.« Caroline kicherte. »Du weckst ja die Nachbarschaft auf.«

»Aber wer schläft denn? Alle haben dir zugehört.«

Um sie herum stand das Publikum in Gruppen beieinander. Statt für einen Punsch in den Assembly Rooms zu verweilen, zog es viele nach draußen. In die Gespräche mischte sich hie und da ein Summen. Jemand wiederholte die Melodie des Abschlusschors, ein anderer fiel ein, und zwei auseinandergehende Freunde trugen den Klang in unterschiedliche Richtungen fort. Bis zum Saisonende würde Caroline ihre Solopartien im *Messias* weitere dreimal singen, aber vor den kommenden Abenden war ihr nach dieser Premiere nicht mehr bang.

»Meine Stimme ist wie über Wasser geglitten, ganz mühelos«,

sagte sie zu Eliot. »Die Leute waren von Anfang an bei mir, sie haben mich getragen.«

Sie nahm seine Hand, riss sie empor und wirbelte in einer Pirouette herum.

»Tragen darf hoffentlich nur ich Sie, Fräulein Herschel.« Eliot fing sie ab und stoppte ihre Kreiselbewegung. Caroline hatte das abgelegte Kleid seiner Schwester an, und der schwere gelbe Damast des Rocks schwang weiter und wickelte Carolines Knöchel ein wie Bonbons.

»Soll ich das tun?«, fragte Eliot. »Bis in die Rivers Street würde ich es schaffen.«

Caroline und Wilhelm waren doch wieder zurück nach Bath gezogen und wohnten nun unweit ihres Arbeitsplatzes in einem Reihenhaus. Da sie dort nur über einen kleinen Garten verfügten, mussten sie das Baumaterial für die Teleskope im Haus lagern und lebten beengt. Für diese Saison hatte sich auch Dietrich zu ihnen gesellt. Er verdingte sich als Violinist im Orchester.

»Auf vier Füßen kommen wir schneller nach Hause«, sagte Caroline. »Ich muss Kartoffeln und Rüben in die Suppe schneiden, damit sie für alle reicht.«

Alexander hatte versprochen, auch vorbeizusehen.

»Das verspricht eine fröhliche Premierenfeier zu werden«, sagte Eliot. »Warum hat Dietrich eigentlich zwei Begleiterinnen, der Schwerenöter?«

»Die beiden sind unsere Nachbarinnen.« Caroline raffte ihren Rock, um schneller laufen zu können. »Und falls es dir entgangen sein sollte, sie schmachten *dich* an.«

»Habe ich wirklich nicht bemerkt.« Eliot passte sich Carolines Tempo an. Für zwei ihrer Schritte musste er nur einen machen. »Was wollte eigentlich dieser Herr, der beim Zusammenräumen auf dich eingeredet hat?«

»Mir ein Angebot unterbreiten. Aber ich kann keinesfalls ...«

Caroline keuchte. »... auch nur erwägen ... Puh, dieses Kleid wiegt hundert Pfund!«

Vor den Stufen, die zu ihrer Haustür führten, stützte sie sich am Geländer ab. Aus dem Haus drang Gelächter. Alexanders tiefe Stimme sagte etwas. Ein belustigtes Glucksen antwortete ihm. Langsam sprach Alexander weiter. Er hatte ein gutes Gespür für den richtigen Moment. Manchmal war es, als ließe er seine Sätze wie Steine in einen Brunnen fallen, um erst dann fortzufahren, wenn er den Aufprall gehört hatte. Wollte Wilhelm dagegen einen Scherz machen, schweifte er ab, bis die Pointe am Ende keinen Sinn mehr ergab. Manchmal wandten sich die Zuhörenden schon vorher anderen Gesprächspartnern zu. Ließ sich eine junge Dame dennoch nicht davon abschrecken, länger mit Wilhelm zu plaudern, hätte Caroline ihr am liebsten einen gut gemeinten Rat erteilt: »Wenn du nicht in Sternenkunde bewandert bist – spar dir die Mühe.«

Eliot zog seine Jacke aus.

»Gehen wir rein und erledigen das Gemüse«, sagte er.

»Du willst mir in der Küche Gesellschaft leisten?«

»Gib mir ein Schwert, und ich hau die Rüben in Stücke.«

So sprach ein wahrer Held. Caroline ging auf direktem Weg in die Küche und feuerte den Herd an. Aus einem Tontopf nahm sie Kartoffeln, legte sie zu den Rüben auf den Tisch und zog zwei kleine Messer aus dem angeschlagenen Krug, der das Besteck enthielt.

»Willst du dich nicht erst umziehen?« Eliot legte sich ein Küchentuch über seine helle Hose.

»Für das bisschen Schnippelei doch nicht.«

In Wahrheit wollte Caroline noch ein wenig in dem Kleid bleiben, auf das der Applaus herabgeregnet war. Viel zu kurz dauerten diese schwerelosen Momente. Gern wäre sie mit Eliot ein wenig flaniert, etwa in Richtung der neuen Pulteney Bridge, die mit kleinen Läden bebaut war. Aber wer hätte dann gekocht?

»Sag mal, dieses Angebot …«, begann Eliot.

Seine Frage wurde von Alexander unterbrochen, der den Kopf in die Küche steckte.

»Wo ist der Portwein, Caroline?«

»Im Keller.«

»Dort finde ich nichts. Wilhelm hat sein Werkzeug überall verteilt.«

Caroline hob die Hände, an denen Kartoffelschalen klebten.

»Ich kann jetzt nicht gehen. Kerzen sind in der Schachtel neben der Tür. Bestimmt möchte dir eine der Damen leuchten.«

Spöttisch lächelnd widmete sie sich wieder dem Gemüse.

»Ihr müsst endlich Personal finden, das länger als ein paar Wochen bleibt«, sagte Eliot. »Vielleicht solltet ihr mehr zahlen.«

Darauf ging Caroline nicht ein. Eliot kannte ihr Leben nur während des Winters. In den warmen Monaten weilte er wie die anderen Besucher auf dem Land. Bath schien dann seinen Sommerschlaf zu halten, Auftritte gab es keine, und mit Musikunterricht war ebenfalls kaum Geld zu verdienen.

Caroline ließ die Kartoffelstücke in die Suppe gleiten, rührte um und stocherte im Feuer. Warum fragte Eliot nicht mehr nach dem Angebot? Lag ihm etwas auf dem Herzen? Heute schien er irgendwie angespannt.

Vielleicht plagt ihn die Melancholie wegen seiner baldigen Abreise. Auf dem Gut seiner Eltern weiß er nichts mit sich anzufangen. Ausritte und Jagdausflüge öden ihn an.

»Gesell dich ruhig zu den anderen«, sagte Caroline zu ihm.

»Aber ich bin deine Begleitung.« Er warf die klein geschnittenen Rüben in den Topf und wollte sich des Küchentuchs entledigen, besann sich dann aber anders. »Eigentlich recht kleidsam, diese Webware.«

»Eine Extravaganz nach deinem Geschmack. Aber ob sie dich damit morgen in den Saal lassen? Du weißt, die Kleiderordnung …«

»... ist hoffnungslos provinziell. Zeit zu rebellieren.« Er baute sich zu voller Größe auf und schmetterte. »Wenn Gott ist für uns ...«

In hellem Sopran fiel Caroline ein: »... wer könnte uns schaden?«

Sie alberten herum, bis die Suppe überkochte und sie an die hungrige Gesellschaft im Nebenzimmer erinnerte. Beim Essen wurden zwei Konversationen parallel geführt. Wilhelm und Alexander fachsimpelten über Teleskope, und Dietrich wollte einen Ausflug nach London unternehmen und ließ sich von den Nachbarinnen Herbergen empfehlen. Caroline trug den leeren Brotkorb in die Küche, brachte ihn mit frischen Scheiben zurück an den Tisch, setzte sich aber nicht mehr, sondern verschwand mit einer gemurmelten Entschuldigung. Vor ihrer Kammer holte Eliot sie ein. Caroline wandte ihm den Rücken zu. »Kannst du bitte mein Kleid aufschnüren?«

Sie wartete, bis sich der Stoff um ihre Brust lockerte, schloss die Tür zwischen sich und Eliot, schlüpfte aus Ärmeln, Rock und Reifrock und zog ihr Hauskleid über. Das Taillenband knotete sie nachlässig. Es sollte nur die Falten beieinanderhalten.

»Gehst du schon zu Bett?«, fragte Eliot im Flur.

»Nein, ich habe zu tun.« Mit zwei Öllampen kehrte sie zu ihm zurück und reichte ihm eine davon. »Wenn du willst, folge mir.« Sie ging voran zur Kellertür.

Eliot schnalzte mit der Zunge. »Jetzt vernichten wir den guten Port?«

»Dafür müssten wir guten haben.«

Caroline stieg die Treppe hinunter, ohne auf die Stufen zu sehen. Jede Unebenheit hatte sich ihr eingeprägt.

»Was für ein Gerümpel«, bemerkte Eliot, als sie das erste Gewölbe erreichten.

»Fass nichts an«, warnte Caroline. »Wilhelm hat ein System,

und wenn das durcheinanderkommt, verzweifelt er. Mein Reich ist nebenan.«

Eliot schnüffelte. »Hältst du heimlich Pferde?«

Wortlos trat Caroline in das zweite Gewölbe. Gleich würde er sehen, was hier roch. Auf der Schwelle hörte sie Eliot stoppen.

»Herrje!«, sagte er. »Ich wusste, dass das Haus in schlechtem Zustand war, als ihr eingezogen seid, aber das ...«

Caroline hielt die Lampe höher, damit er die drei Hügel auf dem Boden sah. Sie hätten das Werk einer Kolonie Maulwürfe sein können. Bloß war das, was sich entlang der grob behauenen Steine türmte, keine Erde.

»Mist!«, rief Eliot. »Und so viel davon! Warum schaffst du ihn nicht raus?«

»Hör mal, ich hab ihn mühsam reingetragen. Er muss trocknen, bevor ich ihn weiterverarbeiten kann. Außerdem ist das nicht alles nur Mist vom Bauern. Ich sammle auch Pferdeäpfel direkt von der Straße.«

»Nein!«

»Doch, natürlich. An denen klebt kein Stroh.«

Caroline krempelte ihre Ärmel hoch, fasste beherzt in den linken Misthügel und schaufelte eine Portion auf ein Sieb, das über einer Schale lag. Sie zupfte einige lange Strohhalme heraus, kniete sich auf einen Flickenteppich und schob die Masse über den Draht.

»Warum ziehst du nicht wenigstens Handschuhe an?« Eliot klang entsetzt.

»Hab ich probiert, aber so geht es schneller, da kann ich die unverdauten Stücke ertasten und entfernen.« Um ihm zu zeigen, was sie meinte, hielt sie ein Haferkorn vor die Lampe und schnippte es in eine Ecke. Eliot würgte.

»Hab dich nicht so«, schnaufte Caroline. »Du stammst doch vom Land.«

»Für die schmutzigen Tätigkeiten haben wir Burschen, und nicht einmal denen fällt es ein, in den Hinterlassenschaften der Gäule zu wühlen.«

»Ich siebe den Mist, um daraus eine Form für Wilhelms neuen Spiegel zu machen. Morgen will er ihn gießen. Sieh mal.« Sie schob das Sieb von der Schale, griff eine Handvoll der durchgepressten Masse, knetete sie zwischen den Fingern und fügte etwas Gips hinzu, der für Stabilität sorgen würde. Viele Versuche waren nötig gewesen, um die optimale Mischung zu finden. Umso stolzer war Caroline jetzt auf ihr Rezept. Eliot wich zurück, aber die Begeisterung ließ Caroline weitersprechen.

»Wenn ich jetzt wieder etwas Flüssigkeit zufüge, lässt sich das verarbeiten wie Ton.« Sie goss Wasser aus einem Krug in die Schale und knetete weiter, bis der feuchte Dung zwischen ihren Fingern quietschte. Eliot entlockte das ein gequältes Stöhnen.

»Das Zeug kostet uns gar nichts!«, rief Caroline. »Es liegt auf der Straße, Eliot!«

»In der Tat. Grandios.«

»Gleich bin ich fertig. Es soll nur ein kleiner Spiegel werden, sechs Zoll im Durchmesser.« Mit verschmierten Händen zeigte sie in der Luft das Maß. »Etwa die Größe eines Desserttellers.«

»Sprich bitte nicht von Essen.«

Eliot zog sich in das erste Gewölbe zurück, lehnte sich an die Werkbank und wandte den Blick ab. Er floh aber auch nicht, wie Caroline anerkennend bemerkte. So viel Ritter war in ihm. Oder hielt ihn etwas anderes in ihrer Nähe?

»Du bist heute seltsam«, sagte Caroline. »Willst du mir nicht verraten, warum?«

»Eigentlich schon.« Er strich sich durchs Haar. Im Licht seiner Lampe, die er auf den Boden gestellt hatte, waren nur die hellen Flächen von Stirn, Wangen und Kinn erkennbar, aber Caroline hatte Eliot oft genug betrachtet, um den Schwung seiner Ohren und den Amorbogen seiner Oberlippe blind zeichnen zu können. Er war der schönste Mann, den sie je gesehen hatte. Mit dieser Meinung war sie nicht allein. Ob Eliot die tägliche Bewunderung gefiel? Oder war es ihm lästig, all die Anbändelungsversuche zu übergehen und die vielen Briefe unbeantwortet zu lassen? In einem Leben, das aus Bällen und Dinners bestand, konnte Eliot sich nicht verstecken. Er tanzte und parlierte durch die Saison und hinterließ Jahr fürs Jahr eine Schneise der Enttäuschung.

»Ich wollte mir dir sprechen, aber nicht gerade in einem Keller«, sagte er.

In dem ich bis zu den Ellenbogen mit Dung besudelt bin. Charmant, dass er das unerwähnt lässt.

Caroline walkte die gesiebten Pferdeexkremente mit beiden Händen und formte einen Klumpen. Den setzte sie auf ein Tablett, rollte ihn mit einem Rundholz bis auf Faustbreite aus und presste mit drehenden Bewegungen eine Holzscheibe von der Größe des zukünftigen Spiegels hinein. Um die gewünschte Vertiefung zu erreichen, musste sie ihr ganzes Körpergewicht einsetzen. Schweiß perlte auf ihrer Stirn. Versehentlich trat sie auf den Rocksaum, und eine Naht riss krachend. Strähnen fielen aus ihrem Haarknoten.

»So«, sagte sie schließlich und richtete sich auf. »In der Früh können die Männer gießen. Ich gehe mich waschen.«

»Eine hervorragende Idee«, sagte Eliot. »Ich warte im Garten, an der frischen Luft.«

Hintereinander stiegen sie die Treppe wieder hoch.

Als Caroline gesäubert und mit notdürftig gerichteter Frisur nach draußen trat, fand sie Eliot neben dem Siebenfuß stehend. Das obere Ende befand sich auf Höhe seiner Schulter. Wilhelm hatte das Teleskop am Abend zuvor nach draußen geschafft und eine Decke über den vorderen Teil gebreitet. Ab der Achse war das Instrument der Witterung überlassen. Dieses Modell war alt, und Wilhelm plante, eines mit besserem

Spiegel und stabilerem Stand zu bauen. Vielleicht ließe sich das dann sogar verkaufen. Wenn sie die Spiegel in Serie herstellten und die Holzarbeiten in Auftrag gaben, könnten sie sich mit den Teleskopen etwas dazuverdienen.

»Was war denn nun das geheimnisvolle Angebot?«, fragte Eliot.

Ein Lächeln glitt über Carolines Gesicht.

»Ich soll in Birmingham singen. Da gibt es dieses Festival im September ...«

»Natürlich, das kenne ich! Die besten Musiker Europas spielen dort. Welche Ehre für dich.«

»Wenn ich annehmen würde ...« Ihr Lächeln schwand. Fröstelnd zog sie die Schultern hoch. Eliot nahm die Decke vom Teleskop und hängte sie ihr über.

»Wie kannst du zögern?«, fragte er. »Wenn du erst in Birmingham aufgetreten bist, sind dir Engagements für Jahre sicher. Dann ist egal, was Wilhelm tut. Wie oft hast du dich beschwert, dass er dir kaum noch Zeit widmet?«

»Was mein musikalisches Fortkommen betrifft, stimmt das.« Sie drapierte die Decke um ihren Hals, um ihn warm zu halten. »Aber wir sprechen ständig über Astronomie. Wilhelm teilt seine Gedanken mit mir, und das nicht nur in den gutmütigen fünf Minuten, die ein großer Bruder seiner kleinen Schwester schenkt. Ich verstehe inzwischen genug von den Sternen, um mit ihm auf Augenhöhe zu diskutieren. Erst durch meine Widerrede gewinnt er Klarheit.«

»Und dankt er dir das?«

In unserer Familie ist Dank unüblich.

»Ich müsste fortziehen«, sagte Caroline. »Nach Bath könnte ich nur alle paar Monate kommen.«

»Wenn du es erlaubst, begleite ich dich. Ich will hier weg.«

Eliot fasste ihre Hände. Caroline entzog sie ihm und legte sie auf das Teleskop. Das Holz der Röhre fühlte sich stumpf an. Es müsste behandelt werden, um den Glanz zurückzubringen, aber Alexander sparte die Politur für die neuen Instrumente auf. Später wollte Caroline ihre Brüder bitten, das Teleskop hineinzutragen. Wie es so dastand, schräg nach oben in den Nachthimmel gerichtet, erfüllte es sie mit Unruhe. Es schien zu beobachten und sie aufzufordern, es ihm gleichzutun.

»Blick hier durch«, sagte Caroline. »Dann wirst du mich verstehen.«

»Lass mich erst meine Worte anbringen.« Neben dem Teleskop senkte Eliot ein Knie auf das Gras, das vom letzten Regenschauer feucht war. Seine Hose würde hässliche Flecken bekommen.

O nein, was hat er vor?

»Du bist einzigartig«, sagte Eliot. »Und unsere Freundschaft –«

»Steh auf!«, rief Caroline. »Man sieht nicht von unten hindurch.«

Irritiert hielt Eliot inne.

Caroline deutete auf das Teleskop.

»Das Licht wird vom Hauptspiegel zurückgeworfen, von einem kleineren Spiegel umgelenkt und erreicht erst dann das Okular nahe der Einfallsöffnung, hier oben an der Seite.« Sie lachte nervös.

Eliot erhob sich.

»Meine Eltern drängen mich zur Heirat«, sagte er. »Inzwischen würden sie sogar eine Braut ohne Vermögen akzeptieren. Vater ist krank und will die Dinge in Ordnung wissen, bevor er stirbt. Eine anständige Ehe soll ich haben, so wie sie alle führen.« Düster fügte er hinzu. »Oder zu führen vorgeben.«

»Viele Frauen wären glücklich ...«

Zumindest solche, die nach einem Arrangement strebten, das ihnen Freiheit ermöglichte. Aber Eliots Verehrerinnen hegten romantische Gefühle. Zwar mochten sie sein Geheimnis erahnen, doch vielleicht hofften sie, Eliots Natur ändern zu können. Gelänge das nicht, wären sie verletzt und würden auf Rache sinnen. Um sich davor zu schützen, wollte Eliot sich mit einer Vertrauten zusammentun, ein kluger Plan, nur verfolgte Caroline leider einen anderen. Dank ihres Bruders war sie in England, und bei ihm würde sie bleiben.

»Ich ginge mit dir nach Birmingham«, sagte Eliot. »Du kannst es an die Spitze schaffen.«

»Nur, wie lange werde ich mich dort halten? Jedes Jahr kommen neue, talentierte Italienerinnen. In der Astronomie dagegen ...«

»Auch die dürftest du weiter betreiben.«

»Du sprichst davon, als sei es eine Stickarbeit.« Caroline schob Eliot beiseite und stellte das Teleskop auf den Mond ein. Weil er hoch am Himmel stand, musste sie die Röhre in einen steilen Winkel bringen und sich auf eine umgedrehte Kiste stellen, um an das Okular heranzureichen. »Sieh endlich hindurch, dann verstehst du mich!«

Eliot tat ihr den Gefallen. Die Kiste brauchte er nicht. Caroline blickte auf seinen Hinterkopf. Eliot stand still und sagte nichts.

»Schließ das andere Auge«, riet Caroline. »Wahrscheinlich musst du dich erst an das Flimmern gewöhnen. Das kommt von der Luft, die sich bewegt. Heute geht ein leichter Wind, aber in günstigen Momenten ...«

Eliot atmete scharf ein. »Unglaublich«, stieß er hervor. »Da sind Löcher im Mond.«

Na also. Das Teleskop verfehlt nie seine Wirkung.

Caroline schlang die Finger ineinander und wippte aufgeregt in den Knien. Wie gern sie jetzt ein zweites Instrument gehabt hätte, um der Reise von Eliots Blick zu folgen!

»Ja, und es gibt auch Berge«, sagte sie. »Wenn du leicht nach links schwenkst ...«

Sie ging um das Teleskop herum und wollte die Röhre von der anderen Seite her bewegen. Doch Eliot hatte sie bereits gefasst.

»Ich sehe sie. Eine ganze Kette ist das, ein richtiger Gebirgszug.«

Er saugte die Oberlippe zwischen die Zähne und schien gebannt von dem Bild, das sich ihm bot. Wilhelm hätte jedes Detail laut aufgezählt, damit Caroline es notieren konnte, aber Eliot bewunderte stumm. Caroline musste ihre ganze Geduld aufbringen, um ihn nicht mit Fragen zu bedrängen. Unter der Wolle wurde es ihr zu warm. Sie schälte sich aus der Decke und legte sie auf den Schemel. Eliot trat einen Schritt zurück. Seine Augen leuchteten.

»Ich kaufe dir die besten Teleskope, die es gibt«, rief er.

Caroline lächelte. »Das wären dann wohl Wilhelms. Und er will welche bauen, die noch viel stärker vergrößern. Was die alles sichtbar machen können! Den Saturn etwa, den beschrieb Galilei als ein Gebilde aus drei Kugeln, einer großen in der Mitte und zwei kleinere zu den Seiten. Huygens entdeckte dann mit seinem Teleskop, dass es sich in Wahrheit um Ringe handelt, die den Planeten umgeben. Wir können jetzt sogar die Farben der Ringe sehen.«

Caroline hätte das Teleskop am liebsten umrundet und Eliot vor Überschwang umarmt.

Aber damit würde ich ihm falsche Hoffnung machen. Seine Gedanken weilen beim Mond, aber gleich werden sie zurückkehren zu diesem Abend, der für Eliot enttäuschend verläuft. Den Ausgang unseres Gesprächs hat er sich doch ganz anders gewünscht.

»Auf der Bühne singe ich die immer gleichen Partien«, sagte Caroline. »Aber dort oben am Himmel warten Entdeckungen, die unsere Vorstellungskraft übersteigen. Jahrhundertelang wurden nur die Planeten untersucht. Mit Teleskopen kommen wir weiter, viel weiter. Bis zu den Sternen! Das ist, als habe man vorher Ameisenschritte gemacht und springe nun wie ein Rehbock.«

Dieser Vergleich schien Eliot zu entmutigen. Er stützte einen Ellenbogen auf das Gestell des Teleskops. Selbst nach einer langen Ballnacht hatte er nie so erschöpft gewirkt, und da er ein begehrter Tänzer war, wollte das etwas heißen.

»Du meinst also, ich würde dir im Weg stehen«, sagte Eliot.

»Absolut nicht. Aber ich benötige keinen Ehemann. Ich werde an Wilhelms Seite bleiben und er an meiner. Vorhin habe ich erwähnt, dass er mich braucht, aber das ist nur die halbe Wahrheit. Ich bin ebenso auf ihn angewiesen. Als Frau finde ich allein kein Gehör. Die Royal Society, in der sich Forscher aller Richtungen austauschen, ist mir verschlossen. Wenn ich etwas entdecke, muss Wilhelm den Herren davon berichten.«

»Das würde er doch nach wie vor tun. Wir könnten ein Haus gleich nebenan beziehen, und du dürftest jede Nacht mit ihm arbeiten.«

»Und wer führte ihm den Haushalt?«

»Ich würde jemanden bezahlen. Du könntest dich wirklich ganz der Astronomie widmen.«

Das klang zu schön, um wahr zu sein.

»Wenn wir so lebten, würde über dich getuschelt«, sagte Caroline. »Du brauchst eine, die dir Kinder schenkt und dich zu Bällen und Gesellschaften begleitet. Dafür fehlte mir die Zeit. Wenn deine Zukünftige eine Rolle spielen soll, dann soll sie das auch richtig tun.«

»Touché.« Eliot schüttelte die Decke aus und legte sie wieder über das Teleskop. »Ich gehe nach Hause.«

In der Hintertür drehte er sich noch einmal um. »Dein Schicksal hängt an einem dünnen Faden. Verliebt Wilhelm sich, kannst du am Tag der Verlobung packen. Seine Zukünftige wird dich aus dem Haus drängen. Dann musst du wieder zu deiner Mutter oder anderen Verwandten.«

»Keiner von uns beiden wird heiraten«, widersprach Caroline.

Sie wünschte sich, gewisser zu klingen. Doch Eliot sprach genau das aus, wovor sie sich am meisten fürchtete.

»Hoffentlich behältst du recht«, sagte Eliot. »Versprich dir trotzdem nicht zu viel von der Arbeit mit deinem Bruder. Du kannst ihm helfen, aber wie so viele Frauen vor dir wirst du unerwähnt bleiben.«

Caroline nahm die Decke wieder vom Teleskop herunter. Nach diesem Gespräch würde sie sich nicht mehr zu den Feiernden gesellen.

»Die Verhältnisse ändern sich. Es gibt da eine Französin, Lepaute, und die ...«

Eliot winkte ab. »Eine Ausnahme, Caroline. Menschen wie du und ich haben es hierzulande schwer.«

Winkel

Hannover, 20. Dezember 1822

Agnes saß am Sekretär und polierte den halbkreisförmigen Winkelmesser mit einem Zipfel ihres Schulterschals. Im Kerzenlicht glänzte das Instrument wie Gold. Wenn Agnes den Daumen anlegte, konnte sie die ganze Hand durch die Aussparung in der Mitte schieben und es wie einen Armreif tragen. Die eingravierten Gradzahlen entlang der Krümmung glichen Ornamenten und der Schriftzug des Herstellers einer Widmung.

»Auf, Mädchen, träum nicht.« Fräulein Herschel trat hinter sie. »Du hast hier einen Kirchturm eingezeichnet. Er steht gerade, also rechtwinklig zur Erde. Die Blickachse von deinem Punkt am Boden zur Kirchturmspitze ist die Hypotenuse. Der Höhenwinkel Alpha ist der Winkel deiner Blickachse. Du befindest dich in einer Entfernung von fünfzig Metern zum Kirchturm. Diese Strecke ist die Ankathete, denn sie liegt *am* Höhenwinkel. Der Kirchturm ist dreißig Meter hoch. Die Höhe ist die Gegenkathete, denn sie liegt *gegenüber* des Höhenwinkels. Den berechne nun bitte!«

Agnes zog einen Trennstrich auf ihrem Blatt und setzte die Zahlen in eine Gleichung ein. Fräulein Herschel kniete schon wieder neben den Kisten, die vor zwei Tagen geliefert worden waren und ihren englischen Hausstand enthielten. Enttäuschenderweise bestand der nur zu einem kleinen Teil aus hübschen Dingen. Ein Teleskop war schon ausgepackt und auf seinem hölzernen Stand montiert und ein Taschenglobus auf dem Kaminsims platziert, aber sonst gab es nur verschlissene Handtücher und zerknitterte Tischdecken, die in die Kisten gestopft worden waren, um den Hauptinhalt zu polstern. Unmengen von Notizen hatte Fräulein Herschel sich nachliefern lassen, in grobes Papier eingeschlagen, verschnürt und mit Kürzeln beschriftet. Papierstapel türmten sich entlang der Wände und versetzten Catharina Herschel in Angst und Schrecken.

»Der reinste Scheiterhaufen ist das«, hatte sie ausgerufen. »Wenn ein Funken aus dem Ofen stiebt, geht das Zimmer in Flammen auf. Musstest du denn alles mitnehmen, Caroline?«

»Nur das Wichtigste«, hatte ihre Schwägerin gesagt. »Und du kannst mir glauben, dass ich mit dem Feuer vorsichtig bin.«

Mit dem Stolz einer Sammlerin sortierte sie ihre Schätze in verschiedene Kategorien. Da gab es eigene Berechnungen, Überprüfungen der Berechnungen anderer, Beobachtungen und Listen, so viele Listen! Gegessen hatte Fräulein Herschel heute nur beiläufige Happen. Lange hatte es auch danach ausgesehen, als entfiele die tägliche Rechenlektion, aber gegen zwei Uhr am Nachmittag hatte Fräulein Herschel sich doch erinnert.

»Wir müssen dranbleiben an der Trigonometrie.«

Auf dem Sekretär sah es ungewohnt wüst aus. Zwischen angefangenen Briefen, in denen um die Zusendung von diesem oder jenem Aufsatz gebeten wurde, lag eine Rohfassung vom jüngsten Teil ihrer Memoiren. Unauffällig zog Agnes die eng beschriebenen Blätter neben ihren Rechenzettel. Fräulein Herschel war noch nicht zufrieden, aber sie hatte versprochen, sobald sie einen gefälligen Text zustande gebracht hatte, werde Agnes ihn als Erste zu hören bekommen.

»Und dann gibt es auch einen Prinzen«, hatte sie gesagt.

Was Agnes sich nun heimlich zu Gemüte führte, war wie ein Theaterstück geschrieben, mit Dialogen und Bühnenanweisungen wie *Keller, Misthaufen, Spiegelformen liegen herum* und *Mondhelle Nacht, Garten, das Siebenfuß ist aufgestellt.* War das Fräulein Herschels Art, sich zu erinnern? Von einem Eliot war die Rede, dem *schönsten Mann in ganz England.*

»Hast du das Ergebnis?«, fragte Fräulein Herschel.

»Fast. Ich brauche die Tabelle mit den Tangenswerten. Haben Sie die weggeräumt?«

»Möglich ...« Die gnädige Frau kramte in einer Weinkiste, die lose Zettel enthielt. »Ich musste Platz schaffen. Warte ...«

Während sie suchte, las Agnes von einem Heiratsantrag und stutzte. Warum sollte ein begehrter Junggeselle wie Eliot eine mittellose Sängerin ehelichen wollen? Der Abschnitt endete mit Eliots Versprechen, seiner Angebeteten die besten Teleskope zu kaufen. Das hatte Fräulein Herschel abgelehnt, natürlich, denn die besten der Welt waren damals die von Wilhelm gewesen. Ihr Verhalten leuchtete Agnes ein. Aber was trieb Eliot um? Hatte er wirklich sein Herz an Fräulein Herschel verloren? Agnes versuchte, zwischen den Zeilen zu lesen. Es klang, als hätten Eliots Eltern die Verbindung gutgeheißen. Sie wollten ihn wohl dringend verheiratet wissen. Bei einer jungen Dame war der Grund für solche Eile meist eine Schwangerschaft. Bei Herren kamen andere Skandale infrage. Hatte Eliot einen Mann geliebt? In England hatte ihn das möglicherweise zum Ziel von Erpressern gemacht und hätte ihm den Tod durch den Strick einbringen können.

»Hier hast du sie.« Fräulein Herschel brachte eine Tabelle, und Agnes musste sich wieder der Mathematik widmen. Der Tangens eines Winkels war das Verhältnis von Gegenkathete zu Ankathete. Von dieser Erklärung hatte Agnes anfangs kein Wort begriffen, aber mit einer Zeichnung war es ihr klar geworden. Kannte man in einem rechtwinkligen Dreieck die Maße der liegenden und der stehenden Seite, musste die schräge Seite in einer bestimmten Länge und in einem bestimmten

Winkel abfallen, um das Dreieck zu schließen. Das war wie bei einem Dach, das vom First bis zur Regenrinne ging.

Mit genug Angaben bekam Agnes immer auch den unbekannten Rest heraus. Die Rechnungen waren überraschend einfach, und einmal durchgeführt, konnte Agnes manche Teile immer wieder verwenden. Jeder Winkel besaß einen festen Tangenswert, der sich nachsehen und in die Gleichung eintragen ließ. Trigonometrie folgte einleuchtenden Regeln, und einmal verstanden, schienen sie so klar wie die Gesetzmäßigkeiten des Alltags. Ein stinkender Fisch war niemals frisch gefangen, ein klebriger Fleck auf dem Boden verriet das Mädchen, das Konfitüre genascht hatte, und auch feine Fräulein schwindelten, wenn es ihnen nutzte. Als Sängerin hatte Fräulein Herschel gelernt, die Erwartungen des Publikums zu erfüllen. Ein Prinz wurde gewünscht? Hier kam einer. Agnes glaubte nicht, dass Eliot erfunden war, aber in ihrer Schilderung hatte Fräulein Herschel wohl stark übertrieben. Im Mondschein fiel Eliot auf die Knie. In einer durchgestrichenen Passage sollte er sogar auf einem Schimmel von dannen reiten, nachdem seine Holde ihn verschmäht hatte. Warum trug Fräulein Herschel so dick auf? Sie wollte wohl von etwas Entscheidendem ablenken: Der echte Prinz war ein anderer gewesen.

Agnes hätte es am liebsten hingeschrieben und doppelt unterstrichen, aber das ging natürlich nicht. Ihren Stolz konnte sie nicht teilen, selbst wenn Fräulein Herschel ihr den Lösungsweg gezeigt hatte, indem sie Agnes lehrte, die Lücken zu beachten, das Verschwiegene – den unbekannten Rest.

Wie hatte Fräulein Herschel gesagt? *Manchmal kommt man allein nicht weiter.*

Andere Male aber schon. Da ging es sogar nur allein. Agnes wusste mehr, als sie zugab, und war ihrer Lehrerin damit einen Schritt voraus. Sie entfernten sich voneinander, was ein wenig schade war, weil die alte Dame sich so rührend darüber freute, mit Agnes Gedanken hin- und herwerfen zu können. Doch der Unterricht machte nur einen kleinen Teil des Tages aus. Hauptsächlich erhielt Agnes Anweisungen und wurde bezahlt, um den Besen zu schwingen. Sie betrachtete die klaffende Seitennaht ihres Stiefels. Schlecht bezahlt.

Post

Bath, 26. Juli 1782

Vier Jahre waren vergangen, seit Caroline das Angebot, in Birmingham zu singen, abgelehnt hatte. Wilhelm und sie waren in einen ruhigeren Teil von Bath gezogen, zwischen die Barton Fields und den Avon. Mittlerweile leitete Caroline den Chor und übernahm keine großen Partien mehr. Das Publikum verlangte nach Abwechslung und neuen Sängerinnen. Im Gegensatz zu den Solistinnen, die aus ganz Europa nach Bath kamen, hatten neue Chormitglieder oft keinerlei musikalische Ausbildung, und während Caroline damit kämpfte, die Stimmen von Wäscherinnen, Küchenhilfen und Schuljungen in Harmonie miteinander zu bringen, war Wilhelm in der Astronomie ein Paukenschlag gelungen. Mit dem Siebenfuß hatte er einen neuen Planeten entdeckt. Der Körper umkreiste die Sonne weit hinter Saturn, sorgte für Aufregung unter Himmelskundlern und erregte sogar die Aufmerksamkeit des Königs. Um Georg III. zu treffen, weilte Wilhelm derzeit in London. Täglich lief Caroline dem Postmeister entgegen. Heute war ein heißer Tag, und sie hielt sich nahe den Hausmauern im Schatten. Bei dem Sträßchen, an dessen Ende eine Treppe zum Flussufer führte, blieb sie stehen. Ob der Postmeister seine Füße im gemächlich dahinfließenden Wasser kühlte? Gleich mochte er die Stufen hochsteigen und aufgehen wie die Sonne am Horizont.

Schneller, guter Mann, schneller!

»Fräulein Herschel! Hier oben bin ich.«

Caroline fuhr herum. Der Postmeister winkte aus der entgegengesetzten Richtung, oben von der Monmouth Street her. In seiner roten Jacke mit den blauen Aufschlägen und den Goldknöpfen wirkte er wie ein Königsbote. Seiner Bedeutung war das angemessen. Womöglich brachte er Nachrichten, die Carolines Leben verändern würden. Sie rannte ihm entgegen. Wieder einmal wurde sie enttäuscht: »Tut mir leid, ich habe nichts für Sie.«

»Aber meinen Brief vom Montag müsste Wilhelm doch schon erhalten haben?«

»Längst. Im Sommer schafft die Kutsche den Weg in zwei Tagen.«

Warum hat mein Herr Bruder dann nicht postwendend geantwortet? Ich habe doch deutlich gemacht, wie schwierig meine Lage ist!

»Und Dr. Watson?«, fragte Caroline. »Bekommt der Post von Wilhelm?«

Mit dem Vizepräsidenten der Royal Society war ihr Bruder inzwischen gut bekannt.

»Darüber darf ich keine Auskunft geben.« Der Postmeister knöpfte seine Jacke auf. Wollte er Caroline einen Umschlag mit dem Siegel des Hofes zeigen? Nein, dem Mann war nur heiß.

»Dr. Watson würde Ihnen Neuigkeiten sicher umgehend mitteilen«, sagte er.

»Heute etwa?«

Kaum merklich bewegte der Postmeister den Kopf von links nach rechts.

»Morgen ist ein neuer Tag, Fräulein Herschel.«

... an dem die Rechnungen noch länger überfällig sind. Der Gemüsehändler lässt mich schon nicht mehr anschreiben.

Mit gesenktem Kopf trottete Caroline nach Hause, wo sie sich sofort aufs Bett legte. Ihr Magen knurrte, aber ihr Stolz hielt sie davon ab, schon wieder Alexander um Essen zu bitten.

Über zwei Monate war Wilhelm jetzt fort, und seine Briefe kannte sie mittlerweile auswendig.

Liebe Lina, ich hatte eine Audienz bei seiner Majestät und wurde freundlich empfangen. Ich schenkte ihm eine Zeichnung des Sonnensystems ...

Bei Gelegenheit wolle Georg III. den Himmel beobachten. Bedauerlicherweise pflegte der König aber viele weitere Interessen. Immerhin hatte Wilhelm ein Siebenfuß in Greenwich aufstellen dürfen. Der königliche Astronom, Dr. Nevil Maskelyne, fand es seinen Instrumenten überlegen. Nun entdeckte auch er Doppelsterne, wo er vorher nur einen einzelnen Himmelskörper vermutet hatte.

Von kaum anderem als meinen großen Entdeckungen wird gesprochen. Allein! Das zeigt, wie weit hinterher sie sind ... Lass mich nur weitermachen! Ich werde Teleskope bauen und Dinge sehen.

Grußlos brach der Brief ab. Wann kam Wilhelm endlich zurück? Mit welchen Versprechungen sollte Caroline die Schüler vertrösten, denen er seit Mai keinen Unterricht mehr gab? Statt das zu beantworten, wies ihr Bruder sie an, ihm Geld für eine Unterkunft in London zu schicken. Caroline strich den Briefbogen glatt. Vor Hunger fühlte sie sich schon ganz schwach. Wilhelm hoffte, der König werde ihn in seine Dienste stellen. Aber als was? Einen königlichen Astronomen gab es mit Dr. Maskelyne schon, und der beschäftigte sich mit praktischen Problemen wie der Längengradbestimmung auf See. Gelänge die zuverlässig, würden weniger Schiffe verloren gehen. Auch ein König musste wirtschaften, und die Erforschung des fernen Himmels brachte nur Erkenntnisgewinn. Selbst wenn Wilhelm Himmelskörper entdeckte, die aus purem Gold bestünden, käme man an die nicht heran.

Caroline holte den nächsten Brief hervor. Anfang Juli hatte Wilhelm endlich Erfreuliches berichten können. Letzte Nacht hätte Georg III. Zeit für ihn gefunden.

Der König hat sehr gute Augen und genießt die Beobachtung mit Teleskopen ungemein.

Am folgenden Abend hätten die Prinzessinnen Interesse angemeldet, sich aber gescheut, ins Freie zu gehen. Also habe Wilhelm Teleskope in die Räume der Königin bringen lassen. Wolken seien aufgezogen, aber Wilhelm habe ein Saturnmodell aus Pappe in den Garten gestellt und angeleuchtet, damit die Damen trotzdem etwas beobachten konnten. Die Hoheiten seien *äußerst gebildet und sehr liebenswürdig.* Offensichtlich war Wilhelm dem Charme der Ladys erlegen. Trotzdem musste ihn doch die Ungeduld zerfressen! Monatelang hatte er keinen Spiegel mehr poliert, und genauso lang hatten sie keinen einzigen Shilling mehr eingenommen.

Es klopfte an der Tür. Caroline sprang auf. Ein Eilbote womöglich?

Nein, es war ein schmaler junger Mann mit dunklem Teint und schwarzen Locken. Unter dem Arm trug er einen Geigenkasten. Caroline sagte ihr Sprüchlein auf: Leider halte Wilhelm sich derzeit geschäftlich in London auf.

Der junge Mann antwortete auf Italienisch. Caroline verstand nichts bis auf einen Namen: Carlo. Der Geigenschüler musste neu in der Stadt sein, aber hatte offenbar schon etwas aufgeschnappt. Er schlüpfte an Caroline vorbei und hielt ein imaginäres Glas hoch. Um gute Stimmung zu machen, hatte Caroline die anderen Schüler bewirtet. Das hatte sich wohl herumgesprochen.

»Also, bitte.« Sie wies ihm den Weg in die Stube und servierte widerstrebend das letzte Achtel Roten, das die Speisekammer hergab. Wie gern hätte sie den selbst getrunken! Dazu etwas Käse ...

Bloß nicht an Essen denken.

Der Italiener bedankte sich und begann einen Monolog, melodiös wie ein Lied, aber ohne Pausen zwischen den Strophen. Caroline tat, als hörte sie zu, aber schon das Lächeln strengte sie an. Erst, als es erneut klopfte, schien der Musiker Luft zu holen. Die nächsten Besucher waren das Ehepaar Thomson mit seinen Kindern, Daniel und Peony. Als Stadtrat blieb Mr Thomson auch im Sommer in Bath. Peony war Wilhelms Schülerin, aber ihr Instrument hatte sie heute nicht dabei. Ihr Vater kam gleich zur Sache.

»Mir sieht es danach aus, als würde Ihr Bruder in London bleiben, Fräulein Herschel. Ehe auch Sie abreisen, hätte ich gern die im Voraus bezahlten Stunden erstattet.«

»Selbstverständlich, aber ...« Caroline wusste nicht weiter.

»Buongiorno.« Der Italiener prostete den Thomsons zu.

O nein. Jetzt glauben sie wahrscheinlich, ich feiere meinen Abschied.

»Statt Geld würden wir auch Geschenke nehmen«, sagte Daniel.

Er mochte zehn Jahre alt sein und spähte neugierig in den Flur.

»Eins der Teleskope?«

Das kann doch alles nicht wahr sein.

Wilhelm bastelte Papp-Planeten für Prinzessinnen, dieser Carlo soff die Vorräte leer, und jetzt wollte ein kleiner Räuber ihr auch noch Instrumente abschwatzen.

»Weißt du, was ein Teleskop ... Wie viele Stunden allein das Polieren des Hauptspiegels ...« Caroline schnappte nach Luft.

»Ein kleines?«

»Daniel!« Mrs Thomson legte eine Hand auf die Schulter ihres Sohnes und wandte sich entschuldigend an Caroline. »Er ist sternenverrückt. Darum möchte er gern die berühmten Herschelinstrumente sehen.«

»Natürlich.« Caroline bat die Thomsons mit einer Geste herein, wobei sie sich an der Wand abstützte, weil es sie schwindelte. »Ich zeige Ihnen eines.« Sie ignorierte den Italiener, der sein leeres Glas schwenkte, und führte die Thomsons in den Garten zum Siebenfuß. Die frische Luft belebte sie etwas.

Daniel stieß einen Jauchzer aus. »Das ist ja länger als ich! Hat Mr Herschel damit den neuen Planeten entdeckt?«

»Mit einem ähnlichen Modell. Zuerst wusste er aber nicht, was das für ein Objekt war. Einen Stern schloss er aus. Solche sind weit weg und erscheinen uns darum nur als Lichtpunkte. Aber dieses Objekt hat einen verschwommenen Umriss, und seine Kugelform ist deutlich erkennbar.« Caroline verfiel in den verschwörerischen Tonfall, mit dem sie Dietrich früher Geschichten erzählt hatte. »Also ein Komet? Wilhelm beobachtete es einige Nächte lang und stellte fest: Ja, könnte sein, das Objekt bewegt sich. Er holte Dr. Watson hinzu, und der schrieb an seinen Vater in London. Bald darauf suchten sämtliche Astronomen der Royal Society den Himmel ab. Erst entdeckten sie den Körper nicht, weil wir nicht gut darin sind, Positionen anzugeben. Wilhelm zeichnete den ungefähren Ort im Sternbild des Stiers auf, und endlich wurden auch die anderen fündig. Sie stritten: Komet oder Planet? Aber alle sechs Planeten sind schon seit Ewigkeiten bekannt. Präzise Messungen wurden gemacht, und schließlich verkündeten die Mathematiker: Doch, tatsächlich, dieser Himmelskörper ist ein Planet! Er umkreist die Sonne weit außerhalb der Saturnbahn. Das heißt, unser Sonnensystem ist doppelt so groß, als wir angenommen haben.«

»Und wie heißt der Planet?« Peony hatte bereits einen Schemel entdeckt und herbeigetragen.

»Wilhelm möchte ihn nach dem König nennen: Georgium Sidus. Georgsstern.«

»Um sich Protektion zu sichern.« Mr Thomson runzelte die Brauen. »Ein plumper Spielzug.«

»Ein notwendiger.« Caroline zuckte mit den Schultern. »Die Herstellung von Teleskopen kostet viel Geld.« Dem kleinen Jungen, der sich bereits hinter seiner Schwester angestellt hatte, raunte sie zu: »Außerdem ist sie lebensgefährlich.«

Die Kinder rissen die Augen auf. »Wieso?«

»Ihr wollt wohl alles ganz genau wissen?«

»O ja!«

Caroline nickte zufrieden und bat die Familie in die Werkstatt.

»Bemerken Sie etwas am Boden?«

»Etwas Schweres ist heruntergefallen und hat den Stein kaputt gemacht.« Peony deutete auf eine Stelle in der Mitte des Raumes. Dort war aus den Steinquadern ein Bereich von der Fläche zweier Hände herausgeplatzt. Risse zogen sich von der Vertiefung bis kurz vor die Wände. Caroline vermied es, auf sie zu treten. Obwohl ihr der Anblick nun schon vertraut war, sorgte er noch immer dafür, dass die Erde für sie bebte, leichter inzwischen zwar, aber doch spürbar, in kleinen Stößen, die zu mahnen schienen.

Fühle dich nicht zu sicher, die Erde kann sich jederzeit auftun.

Caroline straffte sich.

»In der Tat ist etwas heruntergefallen, Peony«, sagte sie mit fester Stimme und ein wenig zu laut. »Etwas Heißes.«

Sie nahm eine tellergroße Metallplatte von der Werkbank. »Das ist die Rohform für einen Teleskopspiegel, sieben Zoll im Durchmesser. Solche bauen wir in die Siebenfußteleskope. Wir gießen die Spiegel selbst, und das gelingt bei diesen kleinen recht gut. Wilhelm möchte aber ein Teleskop mit einer Röhre von dreißig Fuß Länge bauen.« Sie schätzte die Größe des Jungen ab. »Der Spiegel dafür würde dir aufgestellt bis zum Hals reichen! Wochenlang hatten wir an der Form gearbeitet.

Endlich war alles bereit. Der Gießer und seine Gesellen verflüssigten Kupfer und Zinn in unserem Schmelzofen. Schätze mal, wie viel Material wir für diesen Spiegel benötigt haben.« Der Junge schwieg fasziniert.

»Über fünfhundert Pfund! Das ist ein ganzer Handkarren voll Legierung. Mit Wilhelms Hilfe gossen die Männer das flüssige Metall in die Form, ganz vorsichtig, denn geschmolzenes Metall ist unglaublich heiß und macht grausige Verbrennungen. Zunächst gelang alles, doch bei den letzten Tropfen brach die Form. Es ging alles fürchterlich schnell. Das Metall ergoss sich auf den Boden, aber zum Glück sprangen die Männer zurück und retteten sich zu den Türen, keine Sekunde zu früh. Mit einem Knall sprengte die Hitze den Boden auf. Die Steinbrocken flogen bis an die Decke.«

Die Kinder machten große Augen. Auch Mr Thomson schien beeindruckt. Hatte man das Metall danach wenigstens wiederverwenden können? Und was stellten sie mit den Zahnrädern auf der Werkbank an? Caroline erklärte ihm die Funktionsweise der geplanten Spiegelpoliermaschine. Daniel lauschte brav. Seine Finger spielten mit den Knöpfen seiner Jacke. Als Caroline endete, platzte eine Bitte aus ihm heraus: »Den neuen Planeten, kann ich den sehen?«

»Jetzt würdest du durch das Teleskop nur blauen Himmel entdecken«, sagte Caroline. »Dunkel wird es erst um neun.«

»Och.« Vor Enttäuschung war Daniel den Tränen nahe.

»Dann kommen wir eben heute Abend wieder«, sagte Mr Thomson. »Ihre kleine Führung war lehrreich, Fräulein Herschel, doch die entfallenen Unterrichtsstunden wiegt sie nicht auf.« Er zog ein Büchlein aus seiner Jacke und blätterte durch Zahlenkolonnen. »Seit Mai entging meiner Peony zehnmal Unterricht.«

»Denk dran«, sagte Mrs Thomson zu ihrem Gatten. »Wir erwarten heute die Familie meiner Schwester.«

»Ach, wie schade«, sagte Caroline erleichtert. »Aber da kann man wohl nichts machen.«

Mr Thomson strich sich über das Kinn. »Vielleicht doch ... Meinen Schwager könnte ich mit einem astronomischen Abend durchaus beeindrucken. Seine Kinder sicherlich auch. Also abgemacht.« Er nickte Caroline zu. »Bei Sonnenuntergang sind wir wieder da.«

Er führte die Prozession der Seinen zurück ins Erdgeschoss. Als die Thomsons gegangen waren, schlug Caroline die Hände vors Gesicht.

Wie soll ich eine Abendgesellschaft empfangen? Nicht mal mehr Schinken ist im Haus.

Müde sah sie auf das leere Glas, das der Geiger auf den Küchentisch gestellt hatte. Vielleicht konnte Alexander aushelfen. Caroline warf einen Blick in die Stube. Dort rieb der Italiener mittlerweile seinen Bogen mit Kolophonium ein.

»Ich muss kurz fort«, sagte Caroline.

Der junge Mann antwortete ihr gut gelaunt und machte keine Anstalten zusammenzupacken. Schön, dann sollte er eben bleiben.

Alexander wohnte zur Untermiete bei einer anderen Musikerfamilie. Als Caroline bei ihm eintraf, saß er am Fenster seines Zimmers und untersuchte den Mechanismus einer Taschenuhr.

»Eine Graham«, sagte er. »Wunderbar, wie die Hemmung gefertigt ist.«

Die winzigen Rädchen zeugten wirklich von Handwerkskunst, doch Caroline interessierte nur eines: »Können wir die verkaufen?«

»Das ist nicht meine, Lina. Ich repariere sie nur.«

»Wir brauchen Geld.«

Sie berichtete Alexander vom angedrohten Besuch der Thomsons und ihrer Sippschaft. Sollte sie die etwa mit einer Suppe aus Löwenzahn bewirten?

Sie nahm einen Schluck aus der Tasse, die auf dem Fensterbrett stand. Außerdem hatte der Schreiner eine neue Fuhre Mahagoni geordert und forderte eine Anzahlung. Die Sterne machten niemanden satt. Caroline und Wilhelm hätten die Musik nicht vernachlässigen dürfen.

»Wäre ich damals nur nach Birmingham gegangen«, sagte Caroline. »Ich werde dort anfragen. Zwar habe ich schon lange keine Solopartien mehr gesungen, aber was bleibt mir übrig? Auf Wilhelm kann ich nicht zählen.«

Sie tigerte im Zimmer auf und ab. Alexanders weniger Besitz befand sich in tadelloser Ordnung. Ein Hemd lag gefaltet auf einem Schemel, mittig beschwert von einem Buch. Ließ sich das versetzen? Caroline schlug es auf. Eine Abhandlung über Pendeluhren war es, verfasst auf Latein. Vermutlich auch nur eine Leihgabe. Im hinteren Drittel steckte gefaltetes Papier. Ein Liebesbrief? Viele Stunden lang hatte Caroline sich schon Alexanders Klagen über treulose Frauen anhören müssen.

»Lies das nicht«, sagte Alexander.

Weshalb? Das Papier war bedruckt. Also kein Liebesbrief. Caroline nahm es heraus. Alexander legte die Uhr auf das Fenstersims und stand auf.

»Wie du selbst sagst, haben Wilhelm und du in letzter Zeit nicht mehr viel Mühe auf die Aufführungen verwendet, und ...«

»Ist das ein Bericht über das Desaster in Bristol?«, fragte Caroline.

Seit März versuchte sie, diesen beschämenden Abend zu vergessen.

»Du kannst sowieso nichts mehr daran ändern«, sagte Alexander.

Sie faltete das Papier auf. Tatsächlich, es war ein Zeitungsausschnitt. Alexander griff nach ihm, doch Caroline drehte sich weg.

Am Morgen vor der Aufführung waren Wilhelm und Caroline gerade dabei gewesen, die Noten für beinahe hundert Musiker zusammenzustellen, als die Einladung des Königs eintraf. Wilhelm hatte alles liegen lassen und war zu Watson gerannt, um zu besprechen, welche Teleskope er einpacken sollte. Ohne seine Hilfe war es Caroline nur gelungen, die nötigsten Blätter zu sortieren. Sie war froh gewesen, Wilhelm wenigstens rechtzeitig zur Kutsche schleifen zu können, die sie zum Konzertsaal gebracht hatte. Während der vierstündigen Fahrt hatte sie die ganze Zeit über der Gedanke gequält, dass die Noten nicht vollständig waren und sie darum die Aufführung würden kürzen müssen. Wilhelm hatte ihre Sorge abgetan.

»Ich fand die Aufführung sowieso immer zu lang.«

Caroline glättete das Papier. Ohnehin stellte sie sich schon das Schlimmste vor. Der Bericht begann mit der Enttäuschung des Publikums, statt des weltberühmten Kastraten Giusto Fernando Tenducci den unbekannteren Venanzio Rauzzini auftreten zu sehen. Tenducci hatte im letzten Moment abgesagt. Möglicherweise hatte er wenig Lust verspürt, mit Alexander zu musizieren. Die beiden bekamen sich oft in die Haare. Tenducci variierte die Notenlängen, während Alexander als Stimmführer der Violinen unerbittlich das Tempo hielt.

Man hätte erwarten können, dass Mr Rauzzini sich außerordentlich anstrengte, um die Abwesenheit von Mr Tenducci aufzuwiegen. Stattdessen begnügte er sich mit einem einzigen Solo und fiel nur dann und wann in den Chorgesang ein.

Sie hatten keine Zeit zum Üben gehabt.

Mr Herschel wollte die Aufführung anscheinend so dringend hinter sich bringen, dass er viele Soli, Duette und Chorpassagen ausließ.

Weil die Noten dazu in Bath lagen.

Damit empörte er das Publikum und verwirrte sein Orchester. Die erste Violine gab eine Melodie vor, während das Violoncello einer anderen folgte.

Die vorhandenen Noten hatte Caroline teilweise in eine falsche Reihenfolge gebracht.

Die Chorsänger wussten oft nicht, wann sie aufstehen oder sich wieder setzen sollten ...

Dabei hatte Caroline ihnen verzweifelt Zeichen gegeben und darüber ihre eigenen Einsätze verpasst.

... und Mr Rauzzini wurde beinahe von Miss Storer totgetrampelt, als er versuchte, von Mr Crofts Blatt zu singen.

»Unserer Reputation war diese Vorstellung nicht förderlich«, bemerkte Alexander trocken.

»Aber im Mai haben wir den *Messias* noch einmal besser aufgeführt.«

Doch Caroline wusste, die Leute behielten immer das Schlechte in Erinnerung. Als Leiterin des Chors war ihr Ruf beschädigt.

»Dass meine Laufbahn in der Musik so schnell enden soll ...« Caroline stopfte die Kritik ins Buch zurück. Ein Kloß verstopfte ihren Hals. Nach der Entdeckung des neuen Planeten war ihr Bruder in die Royal Society aufgenommen worden, und man hatte ihm die Copley-Medaille verliehen. Wilhelm hatte geglaubt, zukünftig all seine Zeit dem Himmel widmen zu können. Er hatte auf die Astronomie und die Hilfe des Königs gesetzt. Aber wie es aussah, wurde daraus nichts, und der Weg zurück auf die Bühne war ihnen abgeschnitten. Die Presse hatte sie niedergeschrieben. Sängerinnen und Musiker gab es genug, und nur die besten wurden engagiert. Mit Unterricht allein würde Wilhelm sie beide nicht über Wasser halten können. Er würde sich in Bath künftig nur ein winziges Zimmerchen leisten können, und das hieße für Caroline ...

»Nichts bringt mich nach Hannover zurück!«, stieß sie hervor.

»Ach, Lina. Komm her.« Alexander schloss sie in die Arme. An seiner Brust begann Caroline, hemmungslos zu schluchzen.

Alexander tätschelte ihren Rücken. »Ich repariere jetzt die Uhr, und von meinem Lohn lassen wir Essen für deine Gesellschaft kommen. Heute Nachmittag ruhst du dich aus ...« Er pustete von oben in ihr Haar, wie er es als Junge getan hatte. »Und sobald der Mond aufzieht, bist du wieder wohlauf. Darauf würde ich meine Violine setzen.«

Die Wette hätte Alexander gewonnen. Caroline brachte die Nacht respektabel über die Bühne. Zwar zogen kurz vor der Dämmerung Wolken auf und behinderten für eine Weile die Sicht auf die Sterne, doch dank der von Alexander georderten Köstlichkeiten konnte Caroline ihre zehnköpfige Besucherschar zu Tisch bitten und die Wartezeit überbrücken. Auch Wein floss reichlich. Carlo packte sein Instrument aus und unterhielt die Gesellschaft mit beliebten Weisen, zu denen Caroline sang. Nach Mitternacht klarte es auf, und sie konnten in den Garten gehen und das Teleskop enthüllen. Daniel war gar nicht mehr davon wegzubekommen.

»Herschels Planet ist blau«, rief er begeistert. »Er hat die Farbe vom Meer!«

»Lass mich auch mal«, drängte seine Schwester. »Wegen *meiner* ausgefallenen Violinenstunden bist du hier.«

Nach und nach sahen alle durch das Siebenfuß und verfolgten die Wanderung des neuen Planeten über den Himmel. Der Morgen graute schon, als Mrs Thomson zum Aufbruch blies. Doch wo war Daniel? Sie fanden ihn leise schnarchend in Wilhelms Bett, auf den Kissen zusammengerollt, die Finger fest um eine noch unfertige Okularfassung geschlossen. Seine Mutter wollte den Messingzylinder aus seiner Hand lösen, aber Daniel knurrte unwirsch und rollte sich auf den Bauch.

»Von mir aus kann er liegen bleiben.« Caroline gähnte. »Für ihn war das ein großes Abenteuer, und die Nacht ist sowieso bald herum. Holen Sie ihn doch einfach morgen Mittag ab.«

»Wenn Ihnen das nichts ausmacht?«

»Nein, nein.«

Alles wäre Caroline recht, wenn sie nur endlich selbst die Augen schließen konnte. Die Thomsons und ihre Verwandten verabschiedeten sich, Caroline streifte ihre Schuhe ab und fiel angezogen ins Bett. Sie schlief traumlos. Von einer Berührung am Hals schrak sie hoch.

»Puls ist da«, hörte sie ihren Bruder sagen.

Grelles Licht fiel durch das Fenster. Wilhelm stand an ihrem Bett. In der Tür machte Caroline einen zweiten Mann aus. Dr. Watson.

»Wohl nur ein Fall von Defatigation nach übermäßigem Weingenuss«, befand der Doktor.

Belustigt schüttelte Wilhelm den Kopf. »Also wirklich, Lina, man darf dich nicht alleine lassen. Da komme ich nach Hause und finde einen Jungen in meinem Zimmer, der meine Aufsätze über den Mond liest, und dann klopft der Diener der Thomsons, um ihn abzuholen, und ich erfahre von einer Feier, die sich hier zugetragen haben soll. In der Küche stehen Silberplatten, die uns nicht gehören ...«

»Habe ich mir von den Nachbarn geliehen ...«

»Und meine Geige liegt auf dem Tisch.«

»Der Italiener wollte sie probieren.«

»Welcher Italiener?«

Dann war Carlo wohl endlich gegangen. Caroline streckte sich.

»Ich brauche einen Tee, aber einen richtig starken, und kochen wirst du ihn. Ich bin äußerst schlecht auf dich zu sprechen.«

»Wo steht denn die Dose?«

Caroline warnte ihn mit einem finsteren Blick.

»Schon gut.« Wilhelm trollte sich.

Dr. Watson wollte ihm folgen, aber Caroline rief ihn zurück.

»Sie wissen mal wieder vor mir Bescheid, Doktor. Weihen Sie mich bitte ein. Was ergab dieser elendig lange Londonbesuch?«

»Wir haben Grund zur Freude, Fräulein Herschel.« Er stellte seinen Arztkoffer ab. Offenbar war er gerade auf einer Runde von Patientenvisiten gewesen, als Wilhelms Kutsche ihn überholt hatte. »Ihr Bruder wird Astronom des Königs.«

Caroline richtete sich auf. »Aber was geschieht mit Maskelyne? Hat man eine zweite Stelle geschaffen?«

»Maskelyne ist königlicher Astronom.« Dr. Watson machte eine Umkehrgeste. »Doch Wilhelm wird Astronom des Königs.«

»Und das ist etwas anderes?«

»Vollkommen. Wilhelm wird mehr Freiheiten haben. Von ihm verlangt man einzig, in die Nähe von Windsor zu ziehen und der Hofgesellschaft zur Verfügung zu stehen, wenn es sie danach verlangt, die Sterne zu sehen.«

Also würden sie Bath den Rücken kehren? Damit konnten sie auch das vergnügungssüchtige Publikum hinter sich lassen und all die Sängerinnen, die Wilhelm schöne Blicke zuwarfen. Wilhelm und Caroline würden endlich richtige Astronomen sein, ohne Ablenkungen, verpflichtet nur der Sternenkunde, den Beobachtungen und Berechnungen. Ja, so wollte Caroline leben!

In der Küche fiel etwas scheppernd zu Boden. Wilhelm fluchte. Wahrscheinlich hatte der kupferne Wasserkessel jetzt eine neue Delle.

»Wird Wilhelm so etwas wie ein Privatlehrer für die Königsfamilie?«, fragte Caroline.

»So habe ich es jedenfalls verstanden. Nur eben kein allzu strenger. Er soll Astronomisches auf charmante Weise vermitteln.«

»Der Tee ist ja leer!«, schrie Wilhelm.

Kurz darauf steckte er den Kopf in das Zimmer.

»Stimmt«, sagte Caroline gefährlich leise. »Während du am Hof geschlemmt hast, musste ich Alexander um Essen anbetteln.«

Der verständnislose Blick ihres Bruders brachte etwas in ihr zum Platzen, und sie hätte sich vergessen, hätte nicht Dr. Watson Wilhelm rasch zurück in den Flur geschoben.

»Gehen Sie einkaufen, mein Freund«, sagte er. »Bringen Sie auch eine Schachtel Makronen für Ihre Schwester mit.«

Anscheinend entgegnete Wilhelm etwas, denn Dr. Watson fügte hinzu: »Das ist eine ärztliche Anordnung.«

Caroline sank zurück.

»Doktor«, sagte sie. »Glauben Sie, mein Bruder verfügt über das nötige Feingefühl für den Umgang mit royalen Damen?«

Dr. Watson spitzte die Lippen. »Möglicherweise nicht.« Mit einem Blick auf ein Weinglas, das jemand im Flur abgestellt hatte, sagte er: »Aber Sie haben ja offenbar eine gesellige Ader.«

Dr. Olbers

Hannover, 28. Dezember 1822

Caroline hatte das erste Weihnachtsfest bei Dietrichs Familie hinter sich gebracht. Ihr Geschenk für den kleinen Johann war ein Abakus gewesen.

»Sieh mal«, sagte sie. »Du kannst diese bunten Holzperlen an den Stäben verschieben und damit zum Beispiel herausfinden, wie viele Rosinen dir bleiben würden, wenn du drei von zehn aufessen würdest.«

»Rosinen haben wir genug, die muss niemand zählen.« Catharina packte den Holzrahmen des Abakus und schüttelte ihn wie eine Rassel. »Aber klappern tun die Perlen lustig. Ein hübsches Instrument, was, Dietrich?«

Ach, trommel dir doch auf deinen Hohlkopf, Catharina.

»Du magst es ja gut meinen, Caroline«, sagte Sophia Dorothea. »Aber Johann soll mit den anderen in der Schule rechnen lernen, wie ein ganz normales Kind.«

Aha. Nicht aufzufallen war wohl der Maßstab. Caroline hatte sich nicht aufregen wollen, aber natürlich tat sie es doch, und das bremste sie jetzt bei ihren Aufgaben. Agnes war schon gegangen, und Caroline breitete die Journale auf dem Sekretär aus. Die neu geschriebene Prinzenepisode hatte sie Agnes vorgelesen, und dem Dienstmädchen hatte sie gefallen, aber jetzt kam Caroline nicht weiter. Die Worte summten in ihrem Kopf wie ein Schwarm Fliegen. Wozu machte sie das alles? Ein oder zwei weitere Kapitel könnte sie schreiben, aber dann würde sie zu einer gewissen Phase ihres Lebens gelangen, deren Geschehnisse die Hannoveraner Verwandtschaft nicht das Geringste angingen. Caroline sortierte ihre Tagebücher in zwei Stapel. Der größere war der harmlose und konnte auf dem Sekretär bleiben. Den anderen schloss sie wieder ein. Das Verstecken war keine dauerhafte Lösung, das wusste sie, aber verbrennen konnte sie das Einzige, das ihr von den besten Jahren ihres Lebens geblieben war, auch nicht. Sie saß eine Weile da und starrte in die Luft. Dann holte sie das Fernrohr hervor und polierte es. Heute war das mehr als eine sentimentale Tätigkeit. Für den Abend erwartete Caroline Besuch aus Bremen, auf den sie sich schon lange freute. Mit etwas Glück würde ihr Kleinod zum Einsatz kommen.

Dr. Heinrich Wilhelm Olbers war ein dicker Mann mit sanftem Lächeln und zurückgehendem weißblondem Haar, in dem bei seiner Ankunft Schneeflocken hingen. Der ehemalige Arzt praktizierte nicht mehr und widmete sich nur noch der Astronomie. Er hatte einige Kometen entdeckt und war Mitglied der Royal Society. Sein wacher Blick gefiel Caroline. Begleitet wurde er von Jasper Behrens. Der drahtige Herr war ein gutes Stück jünger als Dr. Olbers. Er war Assistent in der Werkstatt gewesen, die Spiegelteleskope für die Lilienthaler Sternwarte hergestellt hatte. Nach dem Tod seines Meisters hatte er umgelernt und fertigte nun Gewehre.

»Dabei geht es auch um Genauigkeit.«

»Und Waffen nützen uns mehr, sollten die Franzosen erneut einfallen«, bemerkte die hinzukommende Catharina beifällig. »Wie sie Lilienthal niedergebrannt haben, das war schändlich.«

Während des Abendessens zählte Caroline, wie oft ihre Schwägerin *Napoleon, dieser Tyrann* sagte, und kam auf neunzehn Male. Dietrich musste am nächsten Tag musizieren und zog sich vor dem Dessert zurück. Als Catharina ebenfalls zu Bett ging, atmete Caroline auf. Endlich konnten sie sich interessanteren Gesprächsthemen zuwenden.

»Verzeihen Sie ihre Unhöflichkeit«, sagte sie zu Dr. Olbers. »Sie hat wohl vergessen, dass Sie unter der französischen Besatzung einen wichtigen Posten innehatten.«

»Nun, das war Tagwerk.« Dr. Olbers schälte eine geröstete Marone. »Erinnern wird man sich meiner hoffentlich wegen meiner nächtlichen Arbeit.«

»Er schläft nur vier Stunden«, sagte Herr Behrens.

»Manchmal vergesse ich, dass andere mehr Ruhe brauchen.« Dr. Olbers legte die Marone weg und zog seine Taschenuhr hervor. »Haben Sie Dank für die Einladung, Fräulein Herschel.«

»Oh, bitte bleiben Sie noch. Lassen Sie uns ein wenig fachsimpeln.«

Caroline kannte Dr. Olbers Arbeiten zu Kometen, doch was ein Forscher an die Öffentlichkeit gab, war nur ein kleiner Teil seiner Überlegungen. Wilhelm hatte an die Existenz von Mondmenschen geglaubt, ja sogar an die Besiedelung der Sonne. Immer wieder hatten Dr. Watson und Caroline ihn ermahnen müssen, in seinen Briefen an die Royal Society nur Beobachtungen zu beschreiben. Spekulieren konnten sie, wenn sie unter sich waren, und dann war das Vergnügen umso größer. Caroline hatte es geliebt, Argumentationen aufzubauen und gedanklichen Spuren zu folgen. In solchen Stunden hatte sie sich als Mitglied einer Geheimgesellschaft gefühlt.

»Verraten Sie mir, was Sie gerade umtreibt, Dr. Olbers«, bat Caroline.

Für welche Annahmen suchte er derzeit Beweise? Agnes rief sie zu: »Bring Kaffee! Und von den gebrannten Haselnüssen.«

»Nun, da wäre eine Frage, die zuerst einmal simpel klingt«, sagte Olbers. »Lächerlich beinahe. Dennoch komme ich nicht auf die Antwort. Übersehe ich etwas? Ich muss die Dinge länger in meinem Kopf hin und her wälzen. Nein, ich bin noch nicht so weit, das Paradoxon zu formulieren.«

Er steckte sich die geschälte Marone in den Mund, kaute und griff zur nächsten.

»Dann tu ich es«, sagte Behrens schnell. »Die gesamte Kutschfahrt über haben Sie sinniert. Ich denke doch, ich kann das zusammenfassen.«

»Und zwar?« Caroline lehnte sich gespannt vor.

»Warum wird es nachts dunkel?«, fragte Behrens.

Durch die Drehung der Erde, die Abgewandtheit von der Sonne.

Aber mit Trivialitäten musste Caroline Dr. Olbers nicht kommen. Agnes betrat den Salon. Neben der Kaffeekanne und diversen Tassen balancierte sie mehrere Schälchen der gewünschten Nüsse auf ihrem Tablett.

»Meinen Sie etwa, der Mond und die Sterne müssten stärker leuchten?«, fragte Caroline.

»Nein, das nicht. Darf ich?« Dr. Olbers nahm Agnes ein Schälchen ab und leerte es schwungvoll in der Tischmitte aus. Die Nüsse kugelten in alle Richtungen. Einige fielen auf den Boden. Dr. Olbers kniete sich auf den Teppich. Er sah nun gerade so über die Tischplatte.

»Wenn das Universum unendlich ist und überall Sterne sind, müsste mein Blick früher oder später auf einen treffen, so wie bei den Nüssen hier.«

Caroline rutschte von ihrem Stuhl und legte die Nasenspitze an die Tischkante. Den Doktor auf der anderen Seite konnte sie erkennen. Die Nüsse behinderten ihre Sicht nur punktuell, aber die Tischplatte war ja auch nicht unendlich. Kopfschüttelnd verließ Agnes den Raum.

»Verstehe!«, rief Caroline begeistert. »In einem grenzenlosen Universum müsste von überallher Licht zu uns dringen. In jeder beliebigen Richtung wäre ein Stern zu sehen. Demnach sollte der Himmel viel heller sein. Gleißend geradezu!«

»Was nicht der Fall ist.« Schwerfällig nahm Dr. Olbers wieder Platz. »Wir sehen viel Dunkel und nur einzelne Sterne. Ist das Universum also doch endlich?« Er pickte Nüsse auf, um sie zu essen. »Oder versickert das Licht?« Selbstvergessen steckte er sich immer mehr in den Mund und nuschelte: »Aber wo?«

Behrens schlenderte zum Fenster. »Ich weiß nur eins«, sagte er. »Das Mondlicht auf der Schneedecke reicht heute aus, um Sauen zu schießen.«

»Ich habe schon gehört, dass Sie jagen wollen«, sagte Caroline.

Sie betrachtete Herrn Behrens genauer. Er hielt sich wie ein Wachsoldat, das Gewicht gleichmäßig auf beide Füße verteilt, jederzeit zum Anlegen bereit.

»Muss ja meine Gewehre ausprobieren«, sagte er. »Hab ein neues dabei. Wir übernachten bei meiner Schwester, aber vorher will ich auf die Felder.«

Dorthin möchte ich auch! Wenn er mich mitnähme, könnte ich ...

Agnes stellte die Tassen vor sie hin und schenkte dampfenden Kaffee ein. Belebender Duft füllte das Zimmer. Dr. Olbers griff zur Zuckerschale.

»Was ist mit Ihnen, Fräulein Herschel«, fragte er. »Gibt es etwas, das Sie nicht loslässt?«

»Ja, doch das kann ich nicht am Tisch erörtern.« Sie sah zwischen den beiden Männern hin und her. »Dazu müssten wir raus.«

»Wenn es weiter nichts ist. Ich bin den ganzen Weg aus Bremen nur gekommen, um Sie zu sehen. Drinnen oder draußen ist mir gleich«, sagte Dr. Olbers.

»Bestens! Ich bin gleich fertig.« Caroline eilte die Treppe hinauf. Oben angekommen, tanzte sie im Wechselschritt durch den Raum. Als sie den Salon wieder betrat, trug sie ein Filzcape und einen Wollschal um den Kopf. In der Hand hielt sie Draht und ein in Stoff gewickeltes längliches Päckchen. Erstaunt betrachtete Dr. Olbers es.

»Ist da etwa ein Teleskop drin?«, fragte er. »Das ist aber klein.«

Sie werden mich für wunderlich halten. Hauptsache, sie schlagen mir meinen Wunsch nicht ab.

»Schießen will ich«, sagte Caroline. »Mithilfe eines Zielfernrohrs.«

In Herrn Behrens offenem Einspänner fuhren sie südlich aus der Stadt hinaus, vorbei an Kasernen in die Leineaue. Während der Fahrt fühlte Caroline sich so aufgeregt, als wäre sie wieder zu einem heimlichen Treffen unterwegs.

Noch bin ich nicht der Mann, der dir Schmuck schenken darf ...

Aber dieses Fernrohr hatte Janek ihr gegeben, und mit den Jahren hatte es für sie an Bedeutung gewonnen. Wäre es in großer Stückzahl produziert worden, wäre Carolines Leben anders verlaufen. Ihr Geliebter hätte dann in England bleiben können. Möglicherweise hatte Janek seine Idee nur ein paar Jahrzehnte zu früh gehabt.

Herr Behrens reichte Caroline sein Gewehr. Mit Draht befestigte sie das Fernrohr darauf und stellte dabei sicher, dass sich die Gravur unten befand und nicht zu sehen war.

Sie hielten und stiegen aus. Glitzernder Schnee knirschte unter ihren Sohlen. Das tiefe Blau des Himmels gaukelte vor, die Sonne werde bald am Horizont erscheinen. Einzig die Sterne verrieten die junge Nacht. Die Konstellation des Stiers stand hoch im Süden, Zwillinge und Krebs zeigten sich im Osten. Erst in einigen Stunden würde die Waage aufgehen. Sie war Carolines Lieblingskonstellation, weil die arabischen Namen der hellsten Sterne wie Zaubersprüche klangen: »Zubeneschamali. Zubenelgenubi.«

Caroline legte an.

»Unterschätzen Sie den Rückstoß nicht«, sagte Herr Behrens.

Manche ihrer Teleskope waren schwerer als dieses Gewehr.

Allerdings explodierte in deren Röhren nichts. Caroline stellte die Füße weit auseinander, wie sie es bei Janek gesehen hatte. Vor ihr erstreckte sich eine unberührte Schneedecke. Im Sommer war das Gebiet sumpfig und unpassierbar, doch nun bot der gefrorene Boden Halt. Caroline legte an und zielte auf eine abgestorbene Birke, die in einer Entfernung von drei Steinwürfen einsam emporragte. Durch das Fernrohr sah sie den schmalen Stamm groß vor sich. Ihr Arm begann zu zittern. Verärgert schnaubte sie. Mit zweiundsiebzig Jahren war Schwäche zwar wirklich keine Schande, aber Caroline hätte das Gewehr dennoch gerne selbst ausprobiert.

»Nein, ich werde den Baum verfehlen«, seufzte sie. »Schießen Sie.«

Caroline gab Herrn Behrens die Flinte zurück und hielt sich die Ohren zu. Er entsicherte und zielte. Der Schuss knallte durch die klare Luft der Winternacht. Fragend drehte Herr Behrens sich zu Caroline um.

»Noch zweimal«, bat sie.

Ohne weitere Fragen lud Herr Behrens nach und feuerte erneut. Nach dem dritten Versuch stapften sie alle zu dem Baum. Eine der Kugeln hatte den Stamm getroffen. Herr Behrens schien zufrieden.

»Das Ziel war ja um einiges schmaler als 'ne Sau.«

Caroline brach einen Splitter ab. »Zwei Schüsse gingen daneben. Aber Sie haben den Baum doch tadellos erkennen können?«

»Das Fernrohr ist gut. Nur hat jeder Gewehrlauf eben eine leichte Ablenkung.«

Caroline ließ die Schultern sinken. »Also scheitert es immer noch an der Waffe.«

»Präzisere als meine finden Sie nicht.« Herr Behrens klang beleidigt.

Caroline wickelte den Draht ab und verpackte das Fernrohr wieder.

»Zweifellos«, sagte sie. »Ich wollte nur wissen, ob es Fortschritte gibt.«

Die Spannung, die sie während der kurzen Fahrt verspürt hatte, wich nun der Enttäuschung.

Ich bin die, die Dinge zu Ende bringt. Wilhelms Notizen habe ich ins Reine geschrieben, die Positionen berechnet und die Beobachtungen zusammengestellt. Hartnäckigkeit hat mir oft geholfen. Andererseits habe ich viele feuchtkalte Nächte am Teleskop verbracht, ohne Neues zu sehen. Wie Dr. Olbers sagt, da sind nur wenige Sterne und sehr viel Dunkel. Manche Anstrengung ist umsonst.

Das Fernrohr war Caroline lieb, aber hier, im kalten Nachtlicht, schien es für alle Vorhaben zu stehen, die im Sande verlaufen waren, fürs Scheitern und die Misserfolge ihres Lebens. Schnee war unter ihren Rock geraten, und ihre feuchten Strümpfe rutschten die Schienbeine hinab.

»Wir sehen etwas deutlich und erreichen es doch nur mit Glück.« Caroline trat gegen den morschen Baumstamm. »Wie schrecklich das ist. Wie sinnlos.«

»Ist das Ihr Paradoxon?«, fragte Olbers. »Als Astronomen sind wir doch gewohnt, unsere Beobachtungsobjekte nicht erreichen zu können. Bis auf Kometen. Die können uns treffen.«

»Oder wir sie.« Herr Behrens verstand anscheinend auch etwas von Umlaufbahnen.

»So oder so.« Caroline wickelte das Fernrohr wieder ein. »In jedem Fall endet es tragisch.«

Mustererkennung

Hannover, 29. Dezember 1822

Was für eine Sauerei! In einer Pfütze auf dem Treppenabsatz lagen die Stiefel der gnädigen Frau. Die anderen Kleidungsstücke musste Agnes vom Boden des Arbeitszimmers aufsammeln. Die Röcke waren bis auf Kniehöhe nass, und beim Ankommen hatte anscheinend Schnee an ihnen geklebt. Feuchte Flecken auf dem Holzboden bildeten eine Spur zum Sekretär. Fräulein Herschel schlief noch. Inzwischen kannte Agnes ihre schlechte Laune nach dem Aufstehen nur zu gut und vermied tunlichst jeden Lärm, der sie wecken konnte. Nur den Ofen feuerte Agnes immer an. Heute legte sie ein extra Holzscheit auf. Was machte die alte Dame für dumme Sachen? Wenn sie sich verkühlt hatte und starb, müsste Agnes sich wieder eine neue Arbeit suchen und mit den Nachmittagen bei der Zeitung wäre es dann wahrscheinlich vorbei. Dabei hatte sie schon so viel gelernt! Sie war die Erste, die die Berichte des Korrespondenten aus Frankreich zu lesen bekam.

Zu gern würde sie Unerhörtes vom englischen Königshof beisteuern können, erfahren aus sicherer Quelle. Neulich hatte der Redakteur schon wissen wollen, ob Fräulein Herschel langsam in Plauderlaune käme, doch das hatte Agnes verneinen müssen.

All ihre Versuche, etwas herauszubekommen, waren im Sande verlaufen. Verständlich, dass Fräulein Herschel nicht über ihre

Gönner sprechen mochte, aber im königlichen Umfeld gab es genug schillernde Charaktere. War sie mal diesem Beau Brummell begegnet, der fünf Stunden brauchte, um sich anzukleiden, und sein Schuhwerk mit Champagner polieren ließ? Oder Maria Fitzherbert, die Georg IV. als seine erste und rechtmäßige Ehefrau betrachtete? Und wie stand es um die Malerin, die angeblich eine verstoßene Prinzessin war? Agnes hatte viele Geschichten gehört, aber die Kunst war, sie zu belegen. Wie beim Lösen einer Gleichung musste die Wahrheit schrittweise bewiesen werden. Leider schien Fräulein Herschel zwar rechnen zu wollen, aber eine Abrechnung lag ihr fern. Die Memoiren handelten einzig von einer hart arbeitenden Frau und ihrem göttergleichen Bruder. Glaubte man Fräulein Herschel, hatte es weder Liebeleien noch Zank gegeben, und statt Premierenfeiern beizuwohnen, hatte sie in Bath lieber mit Pferdemist gematscht. Die Vergangenheit wurde zensiert, das war offensichtlich.

Agnes setzte sich an den Sekretär und zog einen Brief zu sich heran. Er war auf Englisch. Wie schade, dass sie das nicht beherrschte. Als angehende Reporterin würde es ihr mehr nützen als Mathematik. Ob Fräulein Herschel ein Wörterbuch besaß? In den Fächern unterhalb der Schubladen fand Agnes nur einen Grammatikband und eine Taschenausgabe orientalischer Märchen. Sie wurden gestützt von einem Stapel Notizbücher. Die sah Agnes zum ersten Mal. Sie öffnete eines. Es schien sich um ein Tagebuch zu handeln, ebenfalls in Englisch geführt, mit regelmäßigen Eintragungen in ordentlicher, steiler Schrift, das Datum jeweils am Rand vermerkt. Keine Zeichnungen, keine eingeklebten Briefchen aus der Heimat, nicht einmal eine getrocknete Blume fand sich zwischen den Seiten. Manchen Tagen war nur eine Zeile gewidmet, anderen eine ganze Seite. Den Inhalt verstand Agnes nicht. Vermutlich war er auch nicht lohnend, sonst würde das vorsichtige Fräulein Herschel die Bücher nicht herumliegen lassen.

Da Agnes aber nichts anderes zu tun hatte, suchte sie in den Datumsangaben nach einem Muster. Waren die Winter ereignisreicher? Oder gab es zu den Monatsanfängen mehr zu berichten? Sie legte alle Bücher nebeneinander und blätterte parallel. Die meisten umfassten mehr als ein Jahr. 1785, 1786, 1788, 1797, ... Hier stimmte die Reihenfolge nicht mehr. Agnes glaubte, sie durcheinandergebracht zu haben, und versuchte, sie neu zu ordnen. Aber die Lücke blieb. Ab 1788 fehlten Einträge für beinahe zehn Jahre. Erst im Oktober 1797 ging es weiter. Vergeblich durchstöberte Agnes das Regal. Weitere Tagebücher fand sie nicht. Hatte Fräulein Herschel die Aufzeichnungen über ihren Alltag eine Zeit lang unterbrochen? Das konnte Agnes sich nicht vorstellen. Einmal aufgenommene Gewohnheiten legte sie nicht wieder ab. Es musste diese Tagebücher geben. Wahrscheinlich lagen sie in den abgeschlossenen Schubladen. Routinemäßig rüttelte sie an ihnen, für den Fall, dass Fräulein Herschel sie versehentlich offen gelassen hatte. Natürlich ließen sie sich nicht herausziehen. Wovon mochten die Einträge handeln? Vielleicht von dem wahren Prinzen. Agnes legte den Kopf in den Nacken und lachte laut auf. Sie hatte eine Spur! Zwischen 1788 und 1797 musste etwas geschehen sein. Caroline Herschel hatte mitnichten ihr ganzes Leben vor Teleskop und Tintenfass verbracht. Die Lücke war der Beweis dafür.

Neue Nebel

Datchet, 26. Februar 1783

In die Nähe des Königs zu ziehen erwies sich als schwierig. In Windsor selbst war keine geeignete Unterkunft zu bekommen, und Wilhelm und Caroline mussten sich mit einem Haus im nahen Datchet begnügen. Jahrelang hatte es leer gestanden, und nun blühte Schimmel im Mauerwerk. Wo die Hintertür gewesen war, klaffte ein Loch in der Fassade und im Dienstmädchenzimmer hauste ein Marder. Der Gestank seiner Fäkalien drang durch alle Zimmer und mischte sich mit dem Verwesungsgeruch halb verspeister Beute, die das Tier in den Hohlräumen der Wände versteckte. Ein ordentliches Großreinemachen stand längst an, aber das Mädchen, das der Vermieter für sie gesucht hatte, war wegen Diebstahls zu mehreren Monaten Gefängnis verurteilt worden. Ihr Ersatz, eine halb blinde Alte, arbeitete im Schneckentempo. Tüchtiges Personal stellte sich nahe des Königshofs als unerschwinglich heraus und überhaupt war in Datchet alles noch teurer als in Bath. Den Preisen nach zu urteilen, schienen die Bäcker ihre Brote in Goldstaub zu wälzen. Das Haushaltsgeld ging für Essen drauf, und von warmer Beobachtungskleidung, wie Maskelyne sie nachts trug, konnte Caroline nur träumen. Einen gefütterten Wollanzug hatte der königliche Astronom für sich anfertigen lassen. Wilhelm sagte, es sähe aus, als habe man Maskelyne in ein Plumeau eingenäht. Carolines seltsamen Dress bemerkte der Bruder dagegen nicht. Als sie mit dem kleinen Suchfernrohr an seiner Kammer vorbeiging und verkündete: »Ich gehe raus!«, sah Wilhelm von dem Brief, den er schrieb, nicht einmal hoch.

»Viel Erfolg«, wünschte er nur.

Caroline trug das Kleid aus gelbem Damast von Eliots Schwester und darüber den abgetrennten Rock des froschgrünen. Zwar war es schade gewesen, das schöne Stück zu zerschneiden, aber oben waren die Auftrittskleider zu eng, um übereinander zu passen. Dagegen lagen die Röcke aufeinander wie Blätterteig. An der Garderobe warf Caroline ein weites Hauskleid über, das die edlen Stoffe vor dem gröbsten Dreck schützte, und schlüpfte anschließend in Wilhelms Arbeitsjacke. Die Ärmel schlug sie um. Jetzt das Kopftuch, den Schal und Handschuhe angezogen, und sie war bereit, der Kälte zu trotzen.

Draußen herrschte seit einer Stunde Dunkelheit. Caroline lief die Straße hinab, bog einmal rechts und zweimal links ab und erreichte den Pfad, der zu den Feldern führte. Regen fiel keiner mehr, doch die Sicht auf die Sterne war noch immer schlecht, wie so oft, wenn Caroline zum Beobachten aufbrach. Die klaren Nächte gehörten Wilhelm. Hinter dem Haus befand sich sein ganzer Stolz, das Zwanzigfuß-Teleskop. Nach Jahren des Plänezeichnens hatte er es endlich bauen können. Die Röhre war sechs Meter lang. Ein Gestell, mit dem sich ihre Neigung hätte anpassen lassen, wäre eine aufwendigere Konstruktion geworden, und weil Wilhelm irgendwann ungeduldig geworden war, hatte Alexander schließlich vorgeschlagen, die Röhre zu hängen. Nun ruhte ihr unteres Ende auf dem Boden. Auf dem vorderen Drittel der Röhre war ein Haken angebracht, durch den Seile zu einem Mast verliefen. Mit denen konnte die Röhre flacher oder steiler gestellt werden, ähnlich einer Marionettenschlange, die den Kopf hebt. Betrug die Neigung fünfundvierzig Grad, befanden sich das höhere Ende der Röhre und das seitlich angebrachte Okular in über zwei

Metern Höhe. Um hineinsehen zu können, musste man auf eine Leiter steigen. Eine dauerhafte Lösung war das nicht. Möglichst bald müsste eine stabilere Konstruktion mit einem Sitz her. Bis es den gab, schwankte Wilhelm auf der Leiter herum und Caroline harrte am Boden aus, um zu notieren, was er entdeckte.

Schaulustige zog das Teleskop in großer Menge an, und sie kamen auch tagsüber, mehr interessiert an dem erstaunlichen Instrument als an seinem Zweck. Sogar die Königin war bereits zweimal unangekündigt erschienen. Als ihre Kutsche beim ersten mittäglichen Besuch an der Straße gehalten hatte, war Wilhelm nicht zu Hause gewesen. Caroline war keine Zeit zum Umkleiden geblieben. Sie hatte nur schnell Handschuhe über ihre vom Spiegelpolieren verfärbten Finger ziehen können. Jedoch hatte sich ihre Nervosität schnell gelegt, als sie bemerkte, wie wenig Aufmerksamkeit ihrer Person zuteilwurde. Die Königin bestaunte das Zwanzigfuß, aber die Leiter zum Okular wollte sie nicht erklimmen. Stattdessen trug sie Caroline auf, Wilhelm zu bestellen, er solle zum nächsten Vollmond ein Neunfuß nach Windsor Castle bringen. Derweil standen ihre Hofdamen beisammen und fachsimpelten über neue Rosensorten, die im Botanischen Garten in Kew gezüchtet wurden. Über das strähnige Haar und das schlichte Kleid ihrer Gastgeberin schien keine von ihnen die Nase zu rümpfen. Wahrscheinlich hatten sie Caroline bloß als eine Art menschliche Erweiterung des Teleskops wahrgenommen, als jemanden, der zu einem Ort gehörte und dort seine Arbeiten ausführte, wie die Burschen im Stall und die Näherinnen in der königlichen Kleiderkammer.

Vorsichtig setzte Caroline in der Dunkelheit einen Fuß vor den anderen. In einem Busch neben ihr knackte es, als ein kleines Tier floh. Nachts hätte Caroline Wilhelms Hosen tragen können. Praktischer wären die gewesen. Doch ihre alten Bühnenkleider wärmten nicht nur, sie verliehen ihr auch Mut. Die

Fasern schienen Applaus und Anerkennung aufgesogen zu haben und Wachsflecken erinnerten an den Luxus taghell erleuchteter Festhäuser. Als unerfahrenes Mädchen war Caroline auf die Insel gekommen, hatte kein Wort Englisch gesprochen, die Töne kaum halten können, und trotzdem hatte sie binnen weniger Jahre bereits erste Hauptrollen gesungen. Abgesehen vom langsamen Niedergang ihrer Karriere und den desaströsen letzten Vorstellungen war das doch keine schlechte Leistung gewesen. Damals hatte sie erreicht, was sie sich vorgenommen hatte. Ob ihr das auch am Teleskop gelänge?

Heute war sie in ganz eigener Mission unterwegs. Neue Nebel galt es zu finden, draußen vor dem Dorf, wo kein menschengemachtes Licht störte. Nebel strahlten nicht so hell wie der Mond und die auffälligen Fixsterne. Es war, als durchforste Caroline den Strand nach bunten Kieseln. Auf den ersten Blick schienen gar keine da zu sein, doch sobald sie den ersten gefunden hatte und das Fernrohr ein klein wenig weiterbewegte, tauchten plötzlich weitere auf. Messiers Katalog war Caroline inzwischen vertraut. Fünfundvierzig Objekte enthielt er, und die meisten davon hatte Caroline schon selbst gesehen. Wie man hörte, suchte auch Messier weiter. Vielleicht stand er gerade jetzt neben seinem Teleskop in Paris und rief »Voilà!«

Entdeckte Caroline einen Nebel, der Messier unbekannt war, konnte sie Wilhelm die Position nennen. Ihr Bruder würde das Zwanzigfuß darauf einstellen und das Objekt so stark vergrößern, wie niemand sonst auf der Welt es vermochte. Vielleicht gelang es ihm, das diffuse Licht in einzelne Sterne aufzulösen. Davon würde er den anderen Wissenschaftlern berichten, sein Ruhm würde wachsen, und etwas Glanz fiele auch auf Caroline ab. Einen Nachteil hatte die imposante Vergrößerung des Zwanzigfuß nämlich: Der Ausschnitt, den es zeigte, war so klein, dass es ewig gedauert hätte, mit diesem Teleskop über den ganzen Himmel zu schweifen. Dafür brauchte es einen größeren Sichtwinkel durch ein kleineres Fernrohr und eine gewissenhafte Assistentin. Caroline war die Vorhut, die Späherin.

»Blast die Trompet«, trällerte sie.

Der Weg endete, und Caroline lief über gefrorene Ackerfurchen. Ihr Fuß rutschte in eine Kuhle. War die von Wildschweinen gegraben worden, als es wärmer gewesen war? Lauerte die Rotte jetzt in der Dunkelheit? Caroline fasste das Fernrohr fester. Die wogenden Falten der Röcke bildeten einen Widerstand wie hüfthohes Wasser.

»Erhebt das Feldgeschrei«, sang Caroline laut. Der Klang verwehte. »Die Tapfren ruft, die Tapfren nur, herbei!«

Hoffentlich verschreckte sie die Biester des nahen Waldes. Caroline drehte sich um. Hinter ihr musste das Zwanzigfuß wie eine lange, schlanke Kanone gen Süden zielen. Irgendwo vor Caroline kreischte ein Käuzchen. Vom Haus aus hörte man das nicht. Genauso wenig würde Wilhelm ihre Hilfeschreie hören können. In ihrer ersten Nacht hier draußen hatte sie Todesängste ausgestanden. Im Morgengrauen hatte sie Wilhelm wach gerüttelt, der seelenruhig geschlafen hatte.

»Warum bist du nicht gekommen? Ich habe nach dir gerufen.«

»Weshalb?«

»Da war jemand. Im Feld hat es geraschelt.«

»Bestimmt nur Hasen.« Er hatte sich geräkelt. »Oder vielleicht ein Reh. Die Tiere hatten wahrscheinlich mehr Angst vor dir als du vor ihnen. Leg dich schlafen, Lina. Das hast du dir verdient.«

Endlich erreichte Caroline ihren Beobachtungsposten, eine Wiese, auf der im Sommer Kühe weideten. Von hier aus hatte sie unverstellte Sicht in alle Richtungen. Ein Stuhl wartete auf sie, dazu ein Schemel, auf den sie die Füße stellen konnte, um sie vor der Bodenkälte zu schützen. Caroline würde den Himmel in horizontalen Bahnen absuchen. Schweifen nannte sie das, weil es hübsch und romantisch klang, auch wenn die Tätigkeit eher systematischem Wischen glich. Wie beim Feudeln des Küchenbodens mussten sich die Bahnen überschneiden, damit kein Fleck vergessen wurde. Um ihre Arbeit zu erleichtern, wollte Wilhelm ein kleines Teleskop bauen, das auf einem Gestell befestigt war und dessen Neigungswinkel sich mit einer Kurbel verstellen ließ.

Jetzt könnte es ruhig aufklaren.

Caroline setzte sich und legte das Fernrohr in den Schoß. Dieses Warten fand sie schwerer als das vor den Auftritten. Damals war sie nicht allein gewesen und hatte zudem gewusst, dass ihr Einsatz in absehbarer Zeit kommen musste. Nach einer Reihe Lieder folgte der Schlussapplaus. Alles war festgelegt und begrenzt gewesen.

Aber die Wolken konnten die ganze Nacht hängen bleiben, und wenn sie sich verzogen, öffneten sie den Vorhang für unendliches Chaos. Zwar versuchten die Menschen seit jeher, Ordnung hineinzubringen, indem sie helle Sterne als Eckpunkte von Formen ausmachten und gedanklich einen Bären, einen Wagen oder einen Hund in den Himmel zeichneten, aber jede neue Entdeckung führte ihnen nur von Neuem vor, wie unwissend sie waren. Der Saturn besaß also Ringe. Besaß er auch Monde? Caroline zog ihr Kopftuch tiefer in die Stirn. Wilhelm hatte gar einen neuen Planeten entdeckt. Mit ihrem Fernrohr würde ihr das nicht gelingen. Das vergrößerte nur zehnfach und wurde sonst auf Teleskope montiert, um das Objekt aufzuspüren, das man beobachten wollte. Taugte es überhaupt, um einen neuen Nebel zu finden? Vermutlich entzogen sich die meisten dem Blick durch ihre Entfernung. Sie waren wie Fische, die sich tief unter dem Wasserspiegel verbargen. Ob sich Carolines Mühe irgendwann auszahlte, die kalten Zehen, die Kopfschmerzen vom angestrengten Spähen, der entgangene Schlaf? Zwischen den Wolken blitzten Sterne auf. Für systematisches Suchen reichte die Sicht aber immer noch nicht. Wenn

Caroline doch einen Kometen fände! Wilhelm und seine starken Teleskope waren dafür nicht vonnöten, und Caroline gälte als alleinige Entdeckerin. Ein Komet wäre eine Solorolle. Aber dafür brauchte es doppelten Zufall. Erstens musste Caroline den Kometen sehen. Zweitens musste sie die Einzige sein, die das tat. Beides zusammen war wohl so selten wie Liebesglück.

»Du hast mein Herz ...«

Ein wenig vermisste Caroline die Bühne und das gespielte Schmachten.

»Sie singen klar und wahrhaftig«, hatte Eliot bei ihrer ersten Begegnung gesagt.

Ja, denn ihre Sehnsucht war echt. Welche junge Frau wollte denn nicht ihr Herz verschenken? Auch wenn Caroline ein anderes Leben gewählt hatte, durfte sie doch wohl träumen. Hätte sie wenigstens einen Freund, mit dem sie reden könnte! Von Eliot hatte sie sich unter Tränen verabschiedet und ihn gebeten, sie zu besuchen. Bis jetzt hatte er aber nur einen Brief geschickt, aus London. Er schrieb von einer jungen Dame, deren Brüder Posten in der Ostindien-Kompanie hätten. Ob er mit ihr in die Ferne gehen würde? In ein Land, in dem er freier wäre?

Alexander hatte die Liebe in Bath gehalten, bei einer Engländerin, die sein älterer Bruder bloß *Nummero vierzehn* nannte. Zwar nahm Wilhelm kaum etwas abseits der Astronomie wahr, doch die Kunde von den Frauengeschichten Alexanders drang zu ihm durch und brachte ihn regelmäßig zur Weißglut. »Jetzt wird schon wieder sinnlos flaniert, und ich warte vergeblich auf das Okular!«

Immun gegen weibliche Reize war aber auch Wilhelm nicht. Während des Umzugs waren die Möbel in einem Gasthaus im nahen Upton zwischengelagert gewesen, weil das Haus in Datchet erst vom gröbsten Dreck gereinigt werden musste. Mary, die Tochter der Wirtin, eine ernste Dunkelhaarige in Carolines

Alter, interessierte sich anscheinend brennend für die Sterne, und Wilhelm saß bis spät in die Nacht mit ihr am Kamin über einem Himmelsglobus. Am Morgen überreichte Mary Wilhelm einen Zierkamm.

»Das ist ein Erbstück. Bitte schmelzen Sie es mit ein, wenn Sie einen Ihrer Spiegel herstellen. Wenn ich nur ein klein wenig zu Ihrer nächsten großen Entdeckung beitragen kann, würde mir das alles bedeuten.«

Caroline verkniff sich zunächst, Wilhelm mit dieser Begebenheit aufzuziehen, aber als sie im Garten Reste eines Unterstands einrissen, hob sie einen rostigen Nagel auf und reichte ihn Wilhelm mit kokettem Lächeln. »Ach bitte, schmelzen Sie den mit ein, das hätte Großtante Harriet so gewollt!«

»Billige Legierung«, hatte Wilhelm geknurrt und die Axt auf einen Balken niedersausen lassen.

Allerdings verwendete er den Kamm als Lesezeichen. Glücklicherweise hatte die Wirtinnentochter Mann und Sohn, wie Caroline inzwischen wusste. Die Vorstellung, Wilhelm könne sich verloben, erfüllte sie mit Angst. Wo könnte sie dann hin? Und wie sollte sie allein weiterarbeiten? Wilhelm gab alle Aufsätze, die er über die Royal Society bekam, an Caroline weiter, nachdem er sie selbst gelesen hatte. Sie kopierte sie, machte Notizen und diskutierte den Inhalt mit ihrem Bruder. Würde er heiraten, wäre sie abgeschnitten von den Gedanken anderer. Aber die zu kennen war wesentlich. Um komplizierte Dinge zu begreifen, brauchte es mehr als einen Kopf.

Endlich, es klarte! Caroline nahm ihre Arbeit auf. Sie begann die Beobachtung nah am Horizont, im Sternbild des großen Hundes. Je niedriger der Winkel war, desto schlechter wurde die Sicht. Das musste mit der Luft zu tun haben, die am Boden unruhiger war als in höheren Schichten. Heute konnte Caroline aber nicht klagen. Sie schweifte vom goldenen Wezen zur blau leuchtenden Aludra und weiter zu Tureis, dem dritthellsten Stern im Achterdeck des Schiffs. Da war doch etwas. Ein Bereich diffuser Helligkeit, ja, ein länglicher dreieckiger Nebel. Bei Messier hatte sie von dem aber nichts gelesen! Caroline sprang auf, warf den Stuhl um und hastete über Stock und Stein zurück zum Haus. In der Eile machte sie kein Licht, stieß sich ein Schienbein an, stöhnte vor Schmerz auf und erreichte Wilhelms Kammer humpelnd. Im Sternenlicht erkannte sie schemenhaft das Bett.

»Will!« Caroline zerrte die Daunendecke und zwei Wollüberwürfe herunter und rüttelte die Schultern ihres Bruders. »Ich habe einen! Er ist etwas mehr als ein Grad nördlich von Tureis.«

Sie tastete über die Gegenstände auf dem Nachttisch und entzündete nun doch eine Lampe, damit Wilhelm sich anziehen konnte. Er rieb seine Augen, setzte sich auf, konsultierte die Uhr und wusste sofort, wo sich die Konstellation gerade befand. »Dann können wir ihn vom Garten aus nicht sehen«, sagte er. »Wir müssen das Siebenfuß aufs Feld schleppen.«

Um Zeit zu sparen, schraubten sie das Gestell des Teleskops nicht auseinander, sondern trugen es mitsamt des Instruments darauf. Carolines Arme zitterten von der Anstrengung, und sie verlor das Gefühl in den Fingern. Nur der Gedanke an den Nebel ließ sie durchhalten.

»Nicht fallen lassen!«, warnte Wilhelm überflüssigerweise.

Würde der Spiegel brechen, hätten sie keinen Ersatz. Caroline biss die Zähne zusammen. Nach einigen Pausen und mehrmaligem Absetzen hatten sie das Siebenfuß bis zu einem Punkt geschleppt, an dem freie Sicht bestand und das Licht der Straßenlaternen nicht mehr störte. Wilhelm sah durch das Okular.

»Östlich von Sirius«, stellte er fest. »Drehen wir um ein paar Grad.«

Ächzend wuchteten sie Gestell und Teleskopröhre in eine

andere Position. Zweimal mussten sie noch korrigieren, bis Wilhelm Tureis ins Visier bekam.

»Stimmt«, sagte er nur.

»Ein neuer Nebel, oder?« Caroline platzte beinahe vor Ungeduld.

»Mit dieser Vergrößerung brauchen wir nicht mehr von Nebel sprechen, Schwester. Ich sehe kleine Sterne, an die sechzig. Nein, warte. Das sind mehr. Hundert, schätze ich.«

»Und diesen Nebel ...«

»Sternhaufen«, verbesserte Wilhelm.

»Hat Messier den?«

Ich bin mir sicher, die Antwort lautet Nein.

Doch der Experte war ihr Bruder.

»Nun ... das weiß ich nicht«, sagte er. »Du hast den Katalog abgeschrieben.«

Er musste also erst nachlesen. Caroline warf ebenfalls einen Blick durch das Teleskop. Die schwachen kleinen Lichter funkelten zart und erinnerten Caroline an eine Wolke Glühwürmchen.

»Grandios, oder?«, fragte sie. »Ihr Funkeln wirkt wie eine leichte Bewegung. Als würden sie zu einer Symphonie tanzen, die wir nicht hören.«

Wilhelm legte ihr eine Hand auf den Rücken, und sein Schweigen bewies Caroline, dass auch er ergriffen war. Könnte Eliot das doch miterleben!

Nachdem Caroline sich sattgesehen hatte, wiederholten sie die Tortur des Teleskopschleppens.

Als Caroline sich zu Hause am Küchentisch gemeinsam mit Wilhelm über Messiers Tabellen beugte, stach ihr der Schmerz ins Kreuz.

»Sieht aus, als hättest du recht«, sagte ihr Bruder. »Messier kennt den Sternhaufen nicht.«

»Sein Katalog ist unvollständig. Wir sollten ihn erweitern oder gleich einen eigenen machen. Was meinst du?«

Stumm starrte Wilhelm auf die Blätter.

»Sprich!« Caroline rüttelte seine Schulter und stöhnte auf. »Au, mein Rücken.«

Bedächtig nickte Wilhelm.

»Das könnte lohnend sein. Du solltest weitersuchen.«

Er klappte die Abschrift von Messiers Katalog zu und sagte etwas, das Caroline noch nie aus seinem Mund vernommen hatte: »Ich helfe dir.«

John

Hannover, 3. Januar 1823

Postsendungen! Caroline konnte nicht mehr so lange lesen wie früher, aber für Briefe strengte sie ihre Augen gerne an. In Hannover waren sie an vielen Tagen die einzige geistige Nahrung für sie. Da gab es knappe Mitteilungen von Freunden und Bekannten, denen ein Aufsatz oder ein Buch beilag, um das Caroline gebeten hatte. Weitaus seltener, aber zum hellen Entzücken von Catharina und Agnes, kamen Briefe mit königlichem Siegel an. Prinzessin Sophia Mathilda dankte auf seidigem Papier für den astronomischen Almanach, den Caroline ihr gesendet hatte. Was sie schrieb, glich einem Baiser – süß, formvollendet und luftig im Inhalt. Ganz anders waren die Schreiben von Carolines Neffen John. Das waren Festmahle. Meist begannen sie mit einer Vorspeise aus Floskeln, mit denen John sich für sein langes Schweigen entschuldigte. Er sei beschäftigt gewesen und habe einfach nicht die Zeit gefunden. Darauf folgten die Hauptgänge. Woran arbeitete John? Welche Fragen trieben ihn um? Was gab es von der Royal Society zu berichten? John servierte die Neuigkeiten in großzügigen Portionen, und nach seinem *Herzlich, dein Neffe* gab es oftmals noch ein *P. S.* und ein *P. P. S.*

Heute war wieder angerichtet. Agnes brachte eine Sendung vom Umfang mehrerer Blätter herauf. Caroline setzte sich an den Sekretär, brach das Siegel und begann zu lesen. An einem lapidar formulierten Satz blieb sie hängen. Caroline war sich nicht sich, ob ihr die Neuigkeit schmeckte.

»Schlechte Nachrichten?«, fragte Agnes.

»Unerwartete. Mein Neffe wird doch nicht heiraten. Diese Florence ist Geschichte.«

»Gestorben?«

»Nein, sie haben sich nur getrennt. Dabei waren die beiden so gut wie verlobt. Ich habe der jungen Dame sogar schon geschrieben und ihr praktische Hinweise geben.«

Wie Caroline es hasste, etwas umsonst getan zu haben! Vielleicht hatte die Aussicht auf ein Leben als Astronomengattin Florence verschreckt. Oder hatte John sich abgewandt?

»Er brennt für so vieles«, sagte Caroline. »Mathematik war seine erste Liebe, dann folgte Chemie. Als er plötzlich Rechtswissenschaft studieren wollte, waren wir entsetzt. Jugendlicher Trotz muss ihn dazu getrieben haben. Er wollte wohl zur Abwechslung mal etwas richtig Ödes machen.«

»Haben Sie ihm die Idee austreiben können?«, fragte Agnes.

Caroline schüttelte den Kopf. »Aber während seines ersten Semesters in London hat ein Chemiker John auf den Pfad der Naturwissenschaft zurückgeführt. Irgendwann gab es noch einen Abstecher in die Geografie. Solche Unrast ermüdet. Um sich zu erholen und ein Auskommen zu haben, hat John kurz am St John's College Mathematik unterrichtet. Das gefiel ihm aber gar nicht.«

»Weshalb?«

Agnes setzte sich in einen der Sessel. Eigentlich war es frech, wenn ein Dienstmädchen die guten Möbel benutzte. Doch Agnes' Haltung war die einer gespannten Zuhörerin.

»Wegen der dummen Schüler. Johns Briefe waren voller Klagen.« Caroline erinnerte sich wörtlich: »Sechzig oder siebzig Holzköpfe, nicht einer von zehn kann die rechte Hand von der linken unterscheiden ... und ich habe keinen der Flegel dazu bringen können zu begreifen, worauf ich hinauswill.«

»Reden Lehrer immer so?« Agnes schien eingeschüchtert. Caroline winkte ab.

»John hatte mit verwöhnten Jungen zu tun. Die schätzen das Privileg des Lernens nicht. Du bist da anders.«

Jetzt wirkte Agnes erleichtert.

Es stimmt ja auch. Dieses Mädchen saugt Wissen auf wie ein Schwamm.

Selbst wenn Caroline aus ihren Memoiren vorlas – was sie eigentlich nur tat, um zu hören, wie die Worte ausgesprochen klangen –, schien Agnes ganz Ohr zu sein. Beim Putzen war sie weniger eifrig. In den Ecken sammelten sich Staubmäuse. Aber eigentlich machte das Agnes liebenswert. Hanne mit ihrem feuchten Lappen war Caroline ein Graus.

»Ist John der Sohn von Wilhelm oder der von Alexander?«, erkundigte sich Agnes.

Seltsam, dass ihr das jetzt wichtig schien. Zwar war die Frage nicht abwegig, doch sie lenkte das Gespräch in eine andere Richtung. Caroline wollte über Forschung sprechen, nicht über die Familie.

Warum bin ich misstrauisch? Agnes fragt nur höflich nach. Sie ist aufmerksam. Darum erahnt sie auch meine Stimmungen. Fühle ich mich verdrießlich, weil ich von England geträumt habe und in diesem grauenvollen Hannover aufgewacht bin, lässt sie mich in Ruhe. Habe ich einen guten Tag, löst sie unermüdlich die Mathematikaufgaben, die ich ihr stelle. Und wie gelehrig sie sich dabei zeigt! Catharina mit ihren Bauernweisheiten könnte sich eine Scheibe von ihrer Klugheit abschneiden.

»John ist Wilhelms Sohn und ein Universalgelehrter, wie es sie unter jungen Leuten kaum noch gibt«, sagte Caroline. »Trotzdem wird er sich hoffentlich ganz der Astronomie verschreiben. Unsere Nebel sollten ein zweites Mal untersucht werden. Sicher haben wir Fehler gemacht. Oft war die Sicht nicht optimal. Oder es war so kalt, dass ich die Angaben mit zitternden Händen geschrieben habe und am nächsten Tag kaum entziffern konnte. Unermüdlich haben wir beobachtet. Aber nun ist Wilhelm tot, und ich schmore in der Vorhölle dieser geistlosen Stadt. Unsere Arbeit über Nebel konnten wir nicht zu Ende bringen. Aber andere sollten das tun. Beim Spinnen muss immer jemand die Wolle halten, sonst reißt das Garn.«

Doch das Dienstmädchen schien in Gedanken bei John zu sein. Es tippte die Fingerspitzen aneinander.

»Sie meinen, Ihr Neffe legt sich nicht gerne fest«, sagte Agnes. »So was hassen Frauen.«

»Also, ich schätze Menschen, die auf vielen Gebieten belesen sind.«

»Aber sicher mögen Sie keine wankelmütigen Herren.«

Warum sprechen wir von mir?

»Die Männer dieser Familie sind leicht entflammbar.« Caroline verschränkte die Arme. »Vergessen wir Florence, die Nächste wird kommen. Aber hoffentlich nicht allzu bald. Eine Frau bringt John nur vom Weg ab.«

»Aber Wilhelm hat glücklich geheiratet.«

Das war eine Feststellung. Wie unheimlich. Caroline spürte Gänsehaut auf ihren Armen. Woher nahm Agnes diese Sicherheit? Plötzlich schien das Mädchen viel zu nah bei ihr zu sitzen. Caroline erhob sich. Was Agnes wohl noch alles wusste?

Sie kann nicht hellsehen, sie schlussfolgert nur. Jeder hat eine Mutter und die von John hat ihrem Mann seine Nächte am Teleskop zumindest nicht verboten. Auch hat Mary Wilhelm überlebt, das weiß Agnes dank der Post von Lady Herschel, *die regelmäßig eintrifft.*

Marys Briefe waren eine Kategorie für sich, vorhersehbar im Inhalt, aber lieb und gewohnt wie die Tasse Tee nach dem Aufstehen.

Nur etwas wässrig.

Carolines Mundwinkel zuckten.

Ich bin gemein. Böse geradezu.

»Was ist denn mit Ihnen?«, fragte Agnes. »Hat Sie mal jemand vom Weg abgebracht?«

Der wehmütige Gedanke an Janek wurde schnell von Empörung über das Dienstmädchen abgelöst.

Wie bitte?!

Nun ging Agnes aber zu weit. Zeit, sie daran zu erinnern, wer sie war.

»Hast du meine gute Bluse ausgebessert?«, fragte Caroline und wandte sich von Agnes ab, indem sie vorgab, einige Blätter ordnen zu müssen. »Ich möchte am Wochenende ein Konzert besuchen.«

Agnes sprang auf. »Wird gleich erledigt.« Sie zog die Schleife ihres Schürzenbandes fest. »Bitte entschuldigen Sie meine ungehörige Frage. Ich habe wohl zu viel gelesen und bin mit dem Kopf in einer anderen Welt.«

»Was ist denn so spannend?«

»Die Erinnerungen von Casanova«, sagte Agnes. »Kennen Sie den?«

»Er scheint mir ein schrecklicher Schwätzer zu sein.«

Seine Bücher wollte Caroline sich trotzdem besorgen. Sie hatte gehört, sie seien unterhaltsam. Ob Catharina den übersetzten ersten Band schon hatte? Vielleicht war er im Bücherregal hinter den Hausmärchen versteckt. Eine gute Geschichte würde Caroline von den Gefühlsverwirrungen in der eigenen Familie ablenken. Leider kam John nach Alexander. Die Liebe glich für ihn einem Gewitter. Blitze zuckten, und ständig glaubte er sich getroffen, dabei war er nur geblendet.

Caroline nahm seinen Brief wieder auf und vertiefte sich in die anderen Nachrichten aus England. Agnes brachte Tee und ein Honigbrot. Das Mädchen war doch ein Goldstück. Den Vorwitz wollte Caroline ihr verzeihen. Zwar konnte Agnes John nicht ersetzen, aber es lohnte doch, ihr etwas beizubringen. Vielleicht wurde sie Lehrerin und ermutigte dann wiederum andere Mädchen, sich zu bilden. Nächstes Mal würde aber Caroline die Fragen stellen.

Slough

Slough, 2. Juli 1786

Seit der Entdeckung von Carolines erstem Nebel waren drei Jahre ins Land gegangen. Wilhelm und sie hatten tausend weitere aufgespürt und eine Liste im Journal der Royal Society veröffentlicht, klassifiziert nach Helligkeit. Datchet hatten sie mittlerweile verlassen. Nicht die bröckelnden Wände waren ihnen gefährlich geworden, sondern das Schwemmland der nahen Themse, wegen dem Wilhelm sich das Sumpffieber zugezogen hatte. Nach einer Zwischenstation in Windsor, bei einer Halsabschneiderin von Vermieterin, wohnten sie nun in einem mit Efeu bewachsenen ehemaligen Wirtshaus an der Windsor Road in Slough. Es gehörte der Familie von Mary, der Dame, die dereinst Wilhelm ihren Zierkamm zum Einschmelzen überlassen hatte. Neben einem geräumigen Keller verfügte es über einen Saal im Erdgeschoss und vier Zimmer im ersten Stock. In den ehemaligen Stallungen hatte Wilhelm eine Werkstatt eingerichtet. Dem Haus schlossen sich eine Terrasse und ein riesiger Garten an, in dem in früheren Sommern Gäste bewirtet worden waren. Ein Kiesweg führte hindurch. Zum Entsetzen der Nachbarn hatte Wilhelm eine Reihe prächtiger Ulmen fällen lassen. Jetzt störte nachts nichts mehr beim Beobachten, und bei Tage konnten sie südwärts über Felder bis zur Themse blicken, die sich nun in sicherer Entfernung befand. Jenseits des Flusses erhob sich in Windsor das majestätische Schloss.

Wilhelm beobachtete jetzt mit dem Nachfolger des ersten Zwanzigfuß. Dieses Teleskop verfügte über ein stabileres Gestell, dessen Grundfläche etwa der des Saals entsprach und dessen Spitze bis zum Schornstein reichte. Wilhelm saß beim Beobachten auf einer Art Hochsitz neben dem Okular. Auch Caroline hatte es beim Assistieren nun bequemer. Sie platzierte sich im Haus an einen Tisch unter einem der Fenster. Eine Lampe spendete ihr Licht. Um sie herum waren Aufzeichnungen ausgebreitet, die sie ins Reine bringen wollte, und Flamsteeds Katalog lag auf einem Stuhl neben der Uhr bereit. Wilhelm brauchte immer wieder Ortsangaben, um sich in der Sternenlandschaft zu orientieren. Plötzlich nieste jemand hinter Caroline. Erschrocken fuhr sie herum. Wie viele Schaulustige würden heute noch kommen? Und konnten die nicht wenigstens klopfen?

»Ich will nicht stören«, sagte der Eindringling. »Was schreiben Sie da?«

Caroline erklärte, sie beantworte eine Anfrage für ein kleines Teleskop.

»Mit bloßen Augen kann man viele ferne Objekte nicht sehen«, sagte sie. »Das gelingt nur mit unseren exzellenten Instrumenten. Die Neun- und Zehnfüßer sind derzeit beliebt. Meine Brüder reisen morgen nach Göttingen, um der dortigen Universität eines zu liefern.«

Alexander war deshalb aus Bath gekommen. Seine Frau Margaret hatte er mitgebracht. (»Damit du Gesellschaft hast, während wir weg sind, Caroline.«)

Hoffentlich wäre Margaret ihr eine Hilfe. Leute kamen zu jeder Tages- und Nachtzeit und wollten belustigt werden. Selbst beobachtet hatte Caroline schon lange nicht mehr. Wenigstens dafür würde Zeit sein, wenn Wilhelm fort wäre.

Der Herr stand jetzt vor dem linken Fenster und legte den Kopf in den Nacken. Anscheinend versuchte er, Wilhelm zu entdecken, der drei Manneshöhen über dem Boden auf dem Hochsitz des Zwanzigfuß thronte. Unten wartete ein Helfer. Wilhelm schweifte in vertikalen Bahnen, und auf seine Anweisung hin würde der Mann die Teleskopröhre über einen Flaschenzugmechanismus in einen steileren Winkel bringen.

»Gehen Sie ruhig hinaus«, sagte Caroline und deutete auf die offen stehende Terrassentür. »Dort steht auch schon das Gestell unseres Vierzigfuß. Wenn die Röhre und die Spiegel fertig sind, werden wir weiter in den Himmel sehen können als je ein Mensch zuvor. Der erste Blick gehört natürlich dem König«, fügte sie schnell hinzu. »Ohne seine Unterstützung hätten wir nie das nötige Geld für Material und Arbeiter zusammenbekommen.«

Oje, die Handwerker würde sie in Wilhelms Abwesenheit beaufsichtigen müssen. Manche stahlen, andere sangen unzüchtige Lieder, und alle würden den Anweisungen einer Frau nur unwillig folgen.

Der Herr wandte sich wieder vom Fenster ab und betrachtete Caroline ausgiebig. Viele Besucher hatten nur von Wilhelm gehört und bestaunten sie wie das Bärenjunge, das im Schlosspark den flanierenden Adel entzückte.

Eine rechnende Schwester, o ja! Soll ich Männchen machen?

Draußen rief Wilhelm etwas. Der Helfer machte die Seile los und änderte die Position der Röhre.

»Lina, notiere –«

Der Rest des Satzes ging im Kreischen von Katern unter, die sich auf dem Dach zankten.

»Wie war das?«, rief Caroline.

»Zwei Grad«, brüllte Wilhelm aus voller Kehle. »Wir sind jetzt zwei Grad höher.«

Nebenan schlug ein Fensterladen gegen die Hausmauer.

»Schön für euch«, keifte die Nachbarin. »Aber andere Leute wollen schlafen.«

Caroline seufzte und notierte die Angabe.

Momente der Stille, dann rief Wilhelm: »Ich hab was! Einen runden Nebel, ungleichmäßig strahlend. In der Mitte ist er viel heller.«

»Also mit Nukleus?«

»Nein, ich erkenne keinen. Der Nebel hat einfach nur eine hellere Mitte. Nördlich ist ein auffälliger Stern ... Wo sind wir denn?«

»Im Schlangenträger.« Caroline konsultierte den Flamsteed. »Der Stern sollte Zeta Ophiuchi sein.«

Schnell schrieb sie die Daten auf, notierte die Zeit der Entdeckung und, nach einigem Hin und Her mit Wilhelm:

Der Nebel folgt dem Stern mit 36 Sekunden Verzögerung.

»Wir brauchen Koordinaten, damit auch unsere Astronomenfreunde den Nebel finden«, sagte Caroline zu dem Besucher, der mittlerweile ein wenig verloren wirkte. »Da sie von anderen Punkten der Erde aus beobachten, muss ich unsere lokalen Daten umrechnen und allgemeingültig machen. Reduzieren nennt man das. Die englische Zeit etwa wird dann zu Sternenzeit.« Sie sah in ein ratloses Gesicht. »Aber es ist auch vergnüglich, einfach nur das Spektakel der Sterne zu genießen. Wilhelm wird bald eine Pause machen. Dann lässt er sie bestimmt kurz nach oben.«

Bitte gehen Sie, ich muss noch so viel schreiben!

Abwehrend hob der Herr die Hände. »Auf die Leiter bringen mich keine zehn Pferde. Ich habe von dem Unfall gehört.«

»Ja, das war brenzlig. Im Sturm ist das Gestell umgefallen und hätte meinen Bruder beinahe erschlagen. Aber er hatte einen Schutzengel. Die Schäden am Holz waren natürlich ärgerlich.«

»Nein, ich meine Ihren Unfall mit dem Haken. Doktor Lind ist ein Bekannter von mir. Er sagte, Sie hätten nur mit Glück überlebt.«

»Ach, das.«

Unwillkürlich rieb Caroline ihr Bein. Wurde Sie erinnert, plagte sie die Narbe wieder. Wo ihr ein Stück Fleisch aus dem Oberschenkel herausgerissen worden war, schienen sie Nadeln zu stechen.

Bloß nicht daran denken! Lieber weitermachen.

Sie schob die Notizen der Nacht an den Rand des Tisches und nahm den Brief wieder auf. Draußen stieg Wilhelm die Leiter herab.

»Sind Sie jetzt dran?«, fragte der Besucher.

Er denkt, wir tauschen die Rollen?

»Nein, mein Platz ist hier.«

Andernfalls müsste Wilhelm ja meine Arbeit tun. Ich kann mir beim besten Willen nicht vorstellen, wie er neben dem Schreiben und Rechnen auch noch im Flamsteed blättert und dabei Konversation macht.

Ihr Bruder setzte sich neben den Arbeiter auf den Boden und nahm einen Schluck aus einem der Bierkrüge, die Caroline auf einer umgedrehten Kiste bereitgestellt hatte. Als der Besucher das sah, verabschiedete er sich und leistete den Männern Gesellschaft. Caroline könnte nun durch das Zwanzigfuß selbst einen flüchtigen Moment vom Schauspiel der Himmelskörper erhaschen. Aber über das Staunen war sie hinaus. Die Wissenschaft erforderte systematische Arbeit. Morgen, wenn die Brüder fort waren, hätte Caroline viele Nächte für sich. Nach Kometen wollte sie suchen. Seit Jahren schon tat sie das vergeblich, aber irgendwann musste sie fündig werden. Menschen sahen die Kometen als Zeichen, die der Himmel nur in besonderen Momenten gewährte. Aber nach dem Gesetz der großen Zahlen trat auch ein unwahrscheinliches Ereignis irgendwann mit Sicherheit ein. Je öfter Caroline also beobachtete, desto näher kam sie einer Entdeckung. Wäre ein Komet nicht wie für sie gemacht? Er ließ sich mit einem handlichen Instrument und kleiner Vergrößerung beobachten. Wie eine Frau, die allein auf einer Wiese saß, wäre er eine einzelne Erscheinung, ohne Ringe, ohne Monde, aus dem Nichts kommend. Er würde hell aufglühen und wieder in der Dunkelheit verschwinden. Vielleicht kehrte er ein ganzes Leben lang nie wieder. Das machte sein Auftreten umso kostbarer.

Früh am nächsten Tag brachen die Brüder auf. Caroline und Margaret winkten der Kutsche hinterher.

»Lass uns etwas Schönes unternehmen.« Caroline hakte Margaret unter. »Was weißt du über Kometen?«

Margaret zuckte mit den Schultern. »Die bringen Glück?«

»Der Entdeckerin auf jeden Fall.« Caroline zog Margaret ins Haus zurück. »Sagt dir Edmond Halley etwas? Das war der vorvorletzte königliche Astronom. Halley formulierte die These, dass sich einige alte Kometensichtungen auf denselben Himmelskörper beziehen. Würde das stimmen, müsste der Komet wiederkommen. Und zwar 1759. Das tat er auch tatsächlich, aber Halley hat es leider nicht mehr erlebt. Die nächste Wiederkehr wird 1835 sein.«

»Dann sind wir ...« Margaret schien zu rechnen. »... wahrscheinlich auch schon tot.«

»Genau. Darum suchen wir uns unseren eigenen Kometen.«

»Ich möchte mir lieber Windsor anschauen.«

Caroline seufzte innerlich. »Na gut, den Tag müssen wir ja herumbringen. Aber sei nicht enttäuscht. Der Ort ist klein, und die Königsfamilie fährt nur durch, wenn sie das Schloss verlässt.«

Schließlich vertrödelten sie den ganzen Nachmittag in den Gassen. Als sie nach Hause kamen, war Margaret nach Wein und Gesellschaft.

»Geben wir ein Abendessen«, schlug sie vor.

»Ohne den Herrn des Hauses? Das wäre seltsam.«

»Heißt das, du darfst keine Einladungen aussprechen?«

So kann man das sagen.

Aber Caroline verspürte auch nicht den Wunsch dazu. Zwar war ihr Englisch mittlerweile gut genug für flüssige Konversation, aber nach Eliot hatte sie keine Freundschaften mehr geschlossen. Kürzlich hatte sie ihm nach London geschrieben:

Nahe dem Palast ist alles Theater. Jeder scheint eine Rolle zu spielen und sich größer und wichtiger zu machen, um vom Königspaar gesehen zu werden.

Im Vergleich zu Bath gab es hier viel mehr ungeschriebene Bühnenanweisungen. Die astronomischen Bekannten ihres Bruders allein zu treffen war für Caroline so abwegig, wie sich bei Hofe unaufgefordert neben die Königin zu setzen.

Mit anderen Frauen fand Caroline keine Gemeinsamkeiten. Inzwischen kannte sie sämtliche Nachbarinnen, aber nach der üblichen Führung zum Zwanzigfuß gingen stets die Gesprächsthemen aus. Zwar erfreute sich auch Caroline an Rosen und schimpfte über gestiegene Brotpreise, aber darüber hinaus schien sie in einer anderen Welt zu leben. Was sie wirklich umtrieb, konnte sie nur mit Wilhelm teilen. Als Freizeitbeschäftigung war die Astronomie beliebt, aber ernsthaft mochten sich mit ihr in ganz Europa keine hundert Menschen beschäftigen. Die Engländer trafen ihresgleichen in der Royal Society, doch Damen waren von den Treffen ausgeschlossen, seit Margaret Cavendish vor über hundert Jahren den Theorien der Herren etwas zu energisch widersprochen hatte. In London gab es angeblich die *Blaustrumpfgesellschaft*, in der vor allem Frauen miteinander diskutierten und mehr Bildung für die Töchter des Landes forderten. Doch vermutlich strebten diese Damen allgemeine Gelehrsamkeit an und kein tiefes Wissen auf einem speziellen Gebiet. Selbst Alexander verstand ja manchmal nicht, über welchen Problemen Caroline grübelte. (»Infinitesimale? Das könnte ich nicht mal buchstabieren.«)

Eine Gesellschaft konnte Caroline Margaret zwar nicht bieten, aber für eine Partie Cribbage bei Brot und Käse nahm sie sich gerne Zeit. Als Margaret gewonnen hatte, dunkelte es. Endlich!

»Steigen wir auf die Werkstatt«, sagte Caroline. »Darauf habe ich mich schon so lange gefreut!«

Margaret sah sie an, als habe sie den Verstand verloren, ging aber mit. Das ehemalige Stallgebäude hatte ein flaches Dach, auf das man über eine schmale Stiege gelangte. Margaret raffte ihren Rock und folgte Caroline hinauf.

»Noch ein Teleskop«, sagte sie enttäuscht. »Deine Vorstellung von Spaß ist seltsam.«

Hat sie ein Lustgärtchen mit Ententeich erwartet?

»Das ist ein Newtonscher Schweifer«, sagte Caroline. »Kein besonders starkes Teleskop, aber für meine Zwecke genau richtig. Mit ihm kann ich in einer Nacht den ganzen Himmel nach Kometen absuchen. Würde er stärker vergrößern, wäre das nicht möglich, weil er mir immer nur einen sehr kleinen Ausschnitt zeigen würde.«

Für die Schwägerin hatte sie ein schmaleres Suchfernrohr mit nach oben genommen. Sie könnten den Himmel aufteilen. Caroline wollte ihre Beobachtung in horizontalen Bahnen bei null Grad beginnen, und Margaret sollte am Zenit bei neunzig Grad starten. In der Mitte würden sie sich dann treffen. Doch Margaret gab rasch auf.

»Mir wird kühl.«

»Ich hole dir einen Umhang«, rief Caroline. »Und wenn dir das Fernrohr nicht zusagt, haben wir andere. In diesem sind Linsen eingebaut, das ist ein Prinzip, das schon Kepler benutzt hat. Aber es hat Nachteile, ich weiß. Du hast vielleicht Verzerrungen am Rand wahrgenommen. In meinem Schweifer sind Spiegel. Auf denen verhält sich das Licht anders. Möchtest du mal –«

Margaret winkte ab. »Ich gehe schlafen.«

Schade. Caroline sah zu, wie Margaret das Dach hinabstieg und zum Haus hinüberlief. Sie müsste wohl bis nach Frankreich reisen, um Gleichgesinnte zu finden, und selbst Madame Lepaute hatte vielleicht gerade anderes zu tun. Die Ballsaison war in vollem Gange, und die Nächte waren kurz. Auf der Nordhalbkugel der Erde wurde der Vorhang zu den Sternen nur für wenige Stunden aufgezogen. Vermutlich hatte das Himmelstheater gerade nicht viele Zuschauer.

Caroline blieb drei Stunden lang draußen. Zwischendurch machte sie Pausen, in denen sie die Augen schloss und wieder auf die Erde zurückfand. Nach einer gewissen Zeit des Schweifens schien ihr Körper jegliche Schwere überwunden zu haben. Nahm sie das Auge dann vom Teleskop, war ihr, als müsse sie erst wieder auf dem Werkstattdach landen. Als es sie nicht mehr schwindelte, wagte sie sich die Stiege hinunter.

Alle kommenden Nächte verbrachte sie teilweise auf dem Dach. Selbst bei ungünstigem Wetter ging sie erst lange nach Mitternacht zu Bett. Jederzeit konnte es aufklaren, und dann wollte sie die Erste sein, die wieder beobachtete. Jagdfieber hatte Caroline gepackt. Nach dem Aufwachen schienen ihre Glieder bleischwer zu sein. In der Küche traf sie auf Margaret, die gerade von einem Tee bei der Nachbarin zurückkam. Charlotte Papendiek war eine Hofdame der Königin, und Margaret konnte nicht aufhören, von ihrer Garderobe zu schwärmen. Caroline rieb sich die Schläfen und öffnete ein Fenster. Aber die Sonne war zu hell, und die Arbeiter waren zu laut. Später würde Caroline den Baufortschritt der eisernen Vierzigfußröhre kontrollieren müssen. Sollte sie nicht längst vollendet sein?

»Das Tempo dieser Handwerker lässt sich nur mit Infinitesimalrechnung erfassen«, sagte Caroline zu Margaret. »Sie sind so langsam, dass die Ermittlung ihrer Geschwindigkeit spezielle Funktionen erfordert. Irgendetwas scheinen sie aber doch zu tun. Jedenfalls stellen sie ständig Forderungen.«

Meist verlangten sie nach Bier oder Geld. Dem untätigen Gärtner kürzte Caroline den Lohn, woraufhin der Mann sie im Dorf als Geizhals verunglimpfte. Ach, sollte er doch. Je länger ihre Brüder fort waren, desto weniger beschäftigte sich Caroline mit irdischen Problemen. Besucher stellten immer dieselben Fragen, und Margarets Plaudern rauschte im Hintergrund wie der Fluss. In Gedanken war Caroline bei den Sternen.

Am ersten August, einem Dienstag, wurde ihre Hartnäckigkeit belohnt. Im Großen Bären stieß sie auf ein verschwommenes Licht.

»Margaret«, rief Caroline. »Komm schnell!«

Ihre Schwägerin schien nicht zu hören. Caroline stieg hinab, um im unteren Zimmer eine Skizze zu machen und die Zeit abzulesen: neun Uhr fünfzig. In Messiers Katalog suchte sie nach Nebeln auf der Position ihrer Beobachtung und fand keine. Hatte Caroline einen Kometen entdeckt? Wenn es einer war, musste er sich bewegen. Nach einer halben Stunde nahm sie tatsächlich eine Änderung wahr. Westlich des Lichts befand sich ein hell leuchtender Stern, östlich ein etwas schwächerer. Als sie das Licht zuerst gesehen hatte, war es dem helleren Stern näher gewesen, doch nun schien es sich mittig zwischen beiden zu befinden. Vor Freude sprang Caroline auf. Ausgerechnet jetzt wurde die Nacht diesig. Caroline sah kaum noch etwas. Trotzdem harrte sie aus. Mit klammen Fingern und steifem Nacken ging sie in den Morgenstunden zu Bett. Am nächsten Tag wollte sie Margaret von ihrem Fund berichten, aber die hatte schlechte Laune. Alexander schrieb, er werde frühestens in zwei Wochen zurück sein, und Mrs Papendiek wurde am Hof gebraucht und hatte keine Zeit für sie. Caroline ließ die Klagen an sich abgleiten und kehrte zur Abenddämmerung auf das

Dach zurück. Um kurz nach zehn fand sie das Licht wieder. Eindeutig, es wanderte! Caroline juchzte und eilte mit ihren Notizen zum Schreibpult. Sie musste die Entdeckung für sich beanspruchen. Aber wie? Nur Wilhelm kommunizierte mit der Royal Society. Zwar war Caroline den Mitgliedern bekannt, und Wilhelm hatte sie sogar als Entdeckerin einiger Nebel genannt, aber Caroline würde ja nicht einmal zugegen sein dürfen, wenn der Bericht über den Kometen beim nächsten Treffen der Gesellschaft verlesen wurde. *Falls* er verlesen würde. Aber auf Wilhelm konnte sie jetzt nicht warten. Bis zu seiner Rückkehr wäre der Komet vielleicht schon von jemand anderem entdeckt oder nicht mehr zu sehen. Caroline starrte auf die Schreibutensilien. Feder, Tinte, Papier, sie könnte jetzt, in diesem Augenblick, den Brief formulieren. Doch indem sie ihn schrieb, würde sie ihren Bruder übergehen, das Protokoll verletzen und sich mit ihrem Vorwitz lächerlich machen.

Andererseits könnte sie die Entdeckung verlieren, wenn sie sie nicht gleich meldete, und dann winkte kein Preis für die durchwachten Nächte. Außerdem führte Caroline Besucher herum, wenn Wilhelm abwesend war. Diese Leute gaben sich ja auch mit einer Frau zufrieden. Caroline dachte an Flamsteed. Dessen Witwe hatte nach dem Tod des Astronomen den berühmten Sternenatlas zu Ende gebracht.

Sie war viel jünger als er. Möglicherweise hat sie auch an seiner Stelle beobachtet, als seine Sehkraft nachließ.

Caroline griff zur Feder. Wenn sie ihre Entdeckung nicht hier und jetzt mitteilte, würde sie sich das nie verzeihen. So viel hatte sie aufgegeben. Sie könnte jetzt mit Eliot in einem gemütlichen Salon sitzen und über die Aufführung von Holcrofts *Duplicity* im Covent Garden parlieren. Aber sie hatte sich für dieses Leben entschieden und endlich zeigte sich am Himmel, wonach sie gesucht hatte. Da durfte sie doch nicht zaudern! Vielleicht würde sie nie wieder einen Kometen sehen.

Du kannst dich vorwagen, aber trotzdem eine gewisse Form waren. Denk an Mrs Colnbrookes Lektionen. Sei charmant.

An Joseph Banks, den Präsidenten der Royal Society, wollte Caroline sich nicht wenden. Dem wichtigsten Mann zu schreiben wäre vermessen. Sein Sekretär Dr. Charles Blagden schien ihr außerdem zugänglicher.

Mein Herr,

Caroline zögerte. Trotz der gebotenen Eile sollte der Brief sorgsam komponiert sein. Zuerst eine Ouvertüre:

aufgrund der Freundschaft, die zwischen Ihnen und meinem Bruder besteht, wage ich es, Sie in seiner Abwesenheit mit dem unvollkommenen Bericht über einen Kometen zu behelligen.

Damit klang sie bescheiden und kam doch gleich zur Sache. Sie tunkte die Feder erneut ins Fass und lieferte Dr. Blagden alle Details ihrer Beobachtungen, bevor sie ihren Bericht mit einem förmlichen Gruß beschloss. Doch kaum hatte sie den Brief versiegelt, schwand ihre Zuversicht. Das Stück Papier war so klein. Wie leicht konnte es unter einem Stapel anderer Korrespondenz verschwinden! Dr. Blagden war Arzt, und sein Forscherinteresse galt dem menschlichen Körper. Er führte Selbstversuche in heißen Kammern durch, um zu untersuchen, wie der Organismus durch Schwitzen Temperaturen überstand, bei denen ein Beefsteak durchgegart wurde.

Caroline wollte sich zusätzlich an jemanden wenden, der selbst zum Teleskop greifen und ihre Entdeckung nachvollziehen würde. Wilhelms väterlicher Freund Alexander Aubert fiel ihr ein. Der Geschäftsmann war zwar nur ein einfaches Mitglied der Royal Society, besaß aber dank seines Familienvermögens ein privates Observatorium. Schon als Junge hatte er den Kometen von 1744 gesehen. Mehr als zwei Monate war der zu beobachten gewesen, und die Sichtungen hatten Aubert damals tief beeindruckt. (»Was für ein Schweif! Er leuchtete noch, als der Kometenkopf schon hinter dem Horizont versunken war.«)

Caroline wiederholte ihre Schilderung also in einem weiteren Brief für Aubert. Für den Rest der Nacht blieb sie wach, um nicht zu verschlafen und rechtzeitig zur Post zu kommen. Doch selbst nachdem sie die Briefe aufgegeben hatte, fand sie keine Ruhe. Die nächsten Tage verbrachte sie in einem Zustand nervöser Erschöpfung. Margaret verstand nicht, wie ein ferner Himmelskörper jemanden derart beschäftigen konnte, aber um Caroline zu stärken, besorgte sie ein Huhn für eine Suppe.

Am Samstagabend wurde Caroline durch eine Antwort von Dr. Blagden erlöst. Der Komet sei, soweit er wisse, bislang von niemand anderem in England beobachtet worden. Bei einer Besichtigung des königlichen Observatoriums habe Dr. Blagden die Neuigkeit den anwesenden Astronomen mitgeteilt. Diese wollten die nächste klare Nacht nutzen, um nach dem Himmelskörper zu suchen. Auch habe der Doktor Bekannten in Paris und München von dem Kometen geschrieben. Und übrigens – der letzte Satz ließ Carolines Herz für einen Schlag aussetzen –, wenn am Sonntag schönes Wetter sei, wäre es durchaus möglich, dass Sir Joseph Banks und *einige Freunde* Caroline aufsuchen würden.

Sir Banks kommt persönlich! Und Sonntag, das ist morgen!

Caroline eilte in den Garten, wo ein einzelner Arbeiter am Gestell des Vierzigfuß lehnte und döste. Er mochte dort Schatten gesucht haben. Trotz der fortgeschrittenen Stunde brannte die Sonne heiß. Caroline ließ sich ins Gras fallen und breitete die Arme aus.

»Lieber Herrgott!«, rief sie. »Halte deine Wolken noch ein wenig zurück. Ab Montagmorgen darf es schütten wie aus Kübeln.«

Der Arbeiter starrte Caroline an. Im Dorf würde wieder getuschelt werden.

Und wenn schon.

Carolines Stern ging auf.

Am nächsten Abend traf Sir Banks tatsächlich mit Dr. Blagden im Schlepptau ein. Der dritte im Bunde war der Politiker und Kunstsammler Viscount Palmerston. Caroline führte alle auf das Dach und stellte das kleine Teleskop für sie ein. Nach einer Stunde abwechselnder Beobachtung kamen die Männer zu einem Urteil.

»Das Objekt bewegt sich deutlich«, sagte Sir Banks. »Demnach ist es ein Komet, Fräulein Herschel. Meine Gratulation zu Ihrer Entdeckung!«

»Ach, ich habe ja nur ...« Stolz zu zeigen, war undamenhaft, aber Caroline fiel beim besten Willen nicht ein, mit welchen Worten sie ihre Freude herunterspielen sollte. Sie bückte sich, schüttelte Schmutz vom Saum ihres Kleides und lachte lautlos in sich hinein.

Als sie ihre Mimik wieder unter Kontrolle hatte, erwiderte sie: »Ich werde all meine Anstrengungen darauf richten, noch mehr Kometen zu entdecken.«

»Das gelingt Ihnen bestimmt.« Sir Banks nickte ihr anerkennend zu.

Seine Worte blieben Caroline ihm Ohr, bis sie nach Abreise der Herren in ihrer Kammer erschöpft, aber froh die Augen schloss. Erst am späten Nachmittag des nächsten Tages erwachte sie wieder.

»Wie kannst du bei diesem Lärm nur ruhen?«, fragte Margaret, als Caroline in die Küche tappte.

Aus dem Garten klangen vielstimmiges Hämmern und der Bratschengesang einer Säge. Sämtliche Handwerker arbeiteten auf der Baustelle des Vierzigfuß. Der Schreinermeister hatte sogar zwei neue Gesellen zur Seite.

»Guten Tag, Fräulein Herschel«, grüßte er. »Meine Hochachtung wegen des Kometen.«

Also hatte die Neuigkeit die Runde gemacht. Aber warum rührte Aubert sich nicht? Am nächsten Tag traf sein Brief ein. Aubert entschuldigte sich, nicht früher geschrieben zu haben.

Den Kometen habe er mit eigenen Augen sehen wollen. Das sei ihm nun gelungen, er könne Carolines Beobachtung bestätigen und sei höchst erfreut, dass ausgerechnet sie den Kometen entdeckt habe. Ihr *wunderbar kluger* und *wunderbar liebenswerter* Bruder vergieße sicher Freudentränen.

Das tat Wilhelm zwar nicht, als er knapp zwei Wochen später heimkam, aber die Neuigkeit trieb ihn immerhin an den Schreibtisch.

»Bestimmt wird dein Bericht beim Novembertreffen der Gesellschaft vorgelesen, und ich bin mir sicher, dann nimmt ihn Banks auch in die nächste Ausgabe der *Philosophical Transactions* auf. Ich verfasse einen Zusatz. So haben deine Worte mehr Gewicht.«

Caroline stutzte. »Wenn du meinst, dass das nötig ist?«

Sie sah Wilhelm über die Schulter. Gern hätte sie den Bericht mit ihrer Signatur enden lassen. Ihr Name wäre wie ein Ausrufezeichen gewesen. Wilhelms zusätzliche Zeilen schütteten Sand in ihr Freudenfeuer, und in den Tagen, die folgten, brannte es gänzlich herunter. Trotz der offiziellen Anerkennung durch Banks erhielt Caroline keine Einladung nach London. Stattdessen traf eine Nachricht aus dem Palast ein.

»Das Königspaar möchte den Kometen gezeigt bekommen«, sagte Wilhelm.

»Oh, wirklich?« Carolines Miene hellte sich etwas auf. Was die Königin wohl sagen würde? Sicher würde auch Mrs Papendiek der Vorführung beiwohnen und widerwillig applaudieren.

»Von mir«, sagte ihr Bruder.

Sofort zerbröselte Carolines Hochgefühl. Natürlich. Wilhelm war der Astronom des Königs und Caroline nur seine Schwester und dabei blieb es auch. Bloß eine einzige Besucherin kam wegen ihr. Miss Frances *Fanny* Burney war die Autorin von *Evelina*, einem Roman über ein Landmädchen, aus dem Caroline Wilhelm oft beim Spiegelpolieren vorgelesen hatte.

»Wissen Sie, wie man Ihren Kometen nennt?«, fragte Miss Burney. »Den Damenkometen.«

Ihre Beifall heischende Miene verriet Caroline, wer diese Bezeichnung erfunden hatte: Miss Burney selbst. Immerhin war sie eine angenehmere Gesprächspartnerin als Mrs Papendiek, die Caroline ständig über Wilhelm ausfragte, offensichtlich mit dem Ziel, ihn zu verkuppeln. Miss Burney hütete die Kleiderkammer der Königin und spazierte gerne. An einem warmen Tag im Oktober fuhr ihre Kutsche wieder einmal vor. Miss Burney wollte mit Caroline über die Wiesen laufen und legte ein strammes Tempo an den Tag.

»Ich bin am liebsten in der Natur.« Sie blickte über die Schulter. »Dort lässt sich ungestört reden.«

»Werden wir verfolgt?«, fragte Caroline.

»Beachten Sie ihn gar nicht.«

Doch Caroline hatte sich schon umgedreht. Ein Mann unterhielt sich mit Miss Burneys Kutscher. Caroline erkannte ihn sofort wieder. Seine Schultern waren noch immer schmal, doch über der Hose wölbte sich inzwischen ein Wohlstandsbauch.

Man verdient wohl gut mit Spottbildchen.

»Ich kenne den.« Caroline begann zu schwitzen. »Das ist so ein respektloser Zeichner.«

Die Szene vor dem Konzert kam Caroline wieder in den Sinn. Eine giftige Erinnerung verdarb zehn schöne wie eine faule Nuss einen ganzen Kuchen. Warum hatte der Mann Caroline damals doch nicht abgebildet? Vielleicht, weil sie keinen Namen gehabt hatte. Oder war der eitle Posaunist verlockender gewesen als die Frau in dem grellen Kleid?

»Beachten Sie ihn gar nicht«, sagte Miss Burney. »Eine elendige Schmeißfliege ist der.«

Caroline wagte trotzdem einen zweiten Blick. »Er folgt uns nicht mehr.«

»Vermutlich wollte er nur wissen, wen ich treffe. Mit Vorliebe macht er sich über meine Hüte lustig. Er zeichnet mich mit einem Segelschiff auf dem Kopf und dümmlichem Gesichtsausdruck. Es würde mich nicht wundern, wenn ich in seinem nächsten Bildchen mit Dreispitz in der Stirn auf einem Teleskop reite.« Miss Burney tätschelte Carolines Hand. »Ich hoffe, er verschont Sie, meine Liebe.«

Sicher nicht. Noch mal lässt er mich nicht vom Haken.

Sie erreichten das Ufer der Themse, und Miss Burney verfiel in ein Schlendern. Golden fiel das Sonnenlicht durch gelbe und rote Baumkronen. Bunte Blätter trieben auf dem Wasser, und Enten schnatterten, doch Caroline konnte die Idylle nicht genießen. Jetzt würde sie wieder ständig darauf achten müssen, was sie tat, sagte und wie sie aussah. Es half wenig, dass Miss Burney sie mit Geschichten vom Hofe unterhielt. Wie in ihrem Roman ging es auch in diesen Anekdoten um naive junge Frauen, die von einem Fettnäpfchen ins andere traten. Caroline sah sich selbst in der Rolle der Protagonistin. Wilhelm könnte seine Hosen falsch herum anziehen, und jeder würde es ihm nachsehen. Aber Frauen konnten nur scheitern. Zwar sollten sie anmutig sein, doch wenn sie die französische Mode zu früh übernahmen, wie Miss Burney mit ihren ausladenden Hüten, wurden sie verlacht, und das auch noch von denselben Damen, die Monate später, wenn alle es taten, ganz ähnliche Kopfbedeckungen tragen würden. Verdrossen schlurfte Caroline durch das Laub. Miss Burney wechselte das Thema und sprach über Astronomie.

»Ihre Arbeit ist so inspirierend, Fräulein Herschel. Im Ausland soll Ihr Haus schon auf der Liste von Sehenswürdigkeiten stehen, die man während einer Englandreise besuchen muss.«

»Wegen des Vierzigfuß, denke ich mir.«

»Die Teleskope und Ihr Bruder haben sicher Anteil daran. Aber die Welt spricht über Sie und den Damenkometen.«

»Ach, bitte nennen Sie ihn nicht so.«

»Das ist schmeichelnd gemeint.«

Doch für Caroline klang es, als sei der Rest des Universums männlich. Sie liefen wieder auf das Dorf zu. Schon von Weitem sah Caroline ihren Bruder mit einer Dunkelhaarigen vor dem Haus stehen. War das etwa die Zierkamm-Dame? Tatsächlich! Sie schien sich gerade von Wilhelm verabschiedet zu haben und klopfte nun bei Mrs Papendiek. Von der Schwelle aus winkte sie Wilhelm zu, gerade als Caroline ihren Bruder erreichte.

»Wollte sie etwa ihren Schmuck zurück?«, fragte Caroline spitz.

»Wie?« Wilhelm wirkte abwesend, aber nicht auf die übliche grüblerische Art, sondern als lauschte er einer betörenden Harmonie. »Mary ist eine Freundin der Papendieks und hat uns eingeladen. Ihr Mann besitzt eine ansehnliche Bibliothek.«

Caroline blickte sich suchend nach Marys Gatten um. »Schön. Aber will er das Zwanzigfuß gar nicht sehen?«

»Er verlässt das Haus nicht mehr.« Wilhelm fuhr sich durchs Haar. »Eine böse Krankheit.«

»Der Ärmste.«

»Wenigstens hat er Mary. Sie pflegt ihn aufopferungsvoll.«

Wie Wilhelms Augen leuchten! Als sei ihm ein Engel erschienen.

Caroline atmete tief ein und warf einen Seitenblick zu Miss Burney. Den Mund der Schriftstellerin umspielte ein Lächeln. Spann sie die Begegnung schon fort? Sah sie im Geiste Mary, die Wilhelm nach dem Spiegelpolieren umsorgte und seine wunden Handflächen mit kühlender Kräuterpaste bestrich? Caroline hoffte, das würde Fantasie bleiben.

Übersetzer

Hannover, 10. Januar 1823

»Nee, also wirklich.« Caroline ließ den Briefbogen auf den Sekretär fallen. »Wie kommt dieser Mensch dazu, sich am Werk meines Bruders zu versuchen? Der überschätzt seine Fähigkeiten doch maßlos!«

»Ihr Tee, Fräulein Herschel«, erinnerte Agnes sie. »Er wird kalt.«

»Ach ja. Danke.« Caroline ging zu der Sitzgruppe und rührte Zucker in ihre Tasse. »Ein Dr. Pfaff will die Schriften von Wilhelm übersetzen. Ich habe mich umgehört, es gibt zwei Brüder dieses Namens, und einer von ihnen ist –« Sie spie das Wort förmlich aus: »Astrologe!«

Als Agnes dazu nichts anmerkte, murmelte Caroline: »Ist abzusehen, was dabei herauskommt. *Codswallop.*«

»Hühnerkacke?«, fragte Agnes.

Das Mädchen scheint Englisch lernen zu wollen.

»So ähnlich«, sagte Caroline.

»Aber was soll dieser Dr. Pfaff schon anrichten?«, fragte Agnes. »Er muss doch nur Wort für Wort übertragen, und wenn er eines nicht kennt, kann er nachschlagen.«

»Damit begnügen sich Übersetzer aber nicht.«

Caroline stellte ihre Tasse ab. Émilie du Châtelet hatte Isaac Newtons Theorien nicht nur ins Französische gebracht, sondern auch Erklärungen hinzugefügt und ihre eigenen Gedanken hineingewoben. Aber sie war klug. »Ein Astrologe würde Wilhelms Überlegungen in Humbug verwandeln.« Caroline rollte mit den Augen. »Steht der Mond in Opposition zum Mars, ereilt Sie unerwarteter Geldsegen.«

»Können Sie die Übersetzung verbieten?«, fragte Agnes.

»Kaum. Aber ich werde meinen Neffen vorwarnen.«

»Übrigens, wegen John ...« Agnes wickelte ein Schürzenband um ihren Zeigefinger. »Ich hätte da eine Idee.«

»Nur zu.«

»Er sollte eine Frau finden, die sich auch für Astronomie interessiert.«

Nicht schon wieder dieses Thema.

Caroline verschränkte die Arme. »Und du kennst die Richtige?«

»Noch nicht. Aber wir könnten wenigstens verhindern, dass er sich für eine Falsche entscheidet. Weil er doch so leicht entflammbar ist.«

Alle Achtung, sie merkt sich jedes Wort.

Caroline setzte sich und wies Agnes den gegenüberstehenden Sessel an. Das Mädchen wippte auf der Kante.

»Die nächste Dame prüfen wir auf Herz und Nieren«, sagte Agnes. »Vorher lenken wir John ab. Schicken Sie ihm Aufsätze, und bitten Sie andere Wissenschaftler, ihn einzuladen. Es sollte leicht sein, ihn zu beschäftigen. Er brennt ja für so vieles. Am besten wäre natürlich, wenn Sie eine Vertraute in England hätten.«

Wer sollte das sein? Agnes möchte sich wohl selbst dafür anbieten.

Offenbar wollte sie aus Hannover fort. Caroline konnte es ihr nicht verdenken. Hatte sie doch selbst einst die Stadt nur zu gern verlassen. Allerdings wäre es schade, Agnes zu verlieren. Ohne sie würde es still werden. An manchen Mittagen stand Caroline nur auf, weil nebenan jemand darauf wartete. Und Agnes war längst nicht mehr irgendjemand. In England waren so viele Hilfen gekommen und gegangen. Caroline erinnerte sich nur an wenige Namen, doch diese junge Frau würde sie nicht vergessen. Was hatte Agnes nur an sich? Sie redete selbst nicht viel, aber zuhören konnte sie gut. Ja, das war es wohl. Aber jetzt sprach sie, und Caroline sollte zur Abwechslung einmal ihr lauschen.

»... gibt es in meinem Dorf eine junge Frau, die eine neue Anstellung braucht«, sagte Agnes. »Tilda ist tüchtig, wegen ihrer englischen Mutter beherrscht sie die Sprache, und wenn sie Ihrem Neffen den Haushalt führen würde ...«

Sie wickelte das Schürzenband noch fester. Ihre Fingerkuppe wurde dunkel. Caroline machte Agnes mit einem Deut darauf aufmerksam. Erst dann verstand sie, was das Mädchen ihr vorschlug.

»Ich soll diese Tilda als Spionin schicken?«, fragte Caroline.

Agnes sucht gar nicht das Weite!

»Eher als Liebesbotin. Tilda könnte anderes Personal nach deren Herrschaften ausfragen. Vielleicht findet sie eine junge Dame, die Sterne mag, und kann ein zufälliges Treffen arrangieren. Wenn Ihr Neffe etwa einen geselligen Abend plant und Tilda einen Stapel Einladungskarten ausliefern soll ...«

Agnes legte den Kopf schief.

»Landet eine der Karten zufällig bei gewisser Dame«, sagte Caroline.

Sie lässt mich ihre Sätze beenden. Das ist mein Trick, wenn ich jemanden glauben machen will, er sei allein auf eine Lösung gekommen.

Caroline trank den Tee aus.

»Schaden könnte es nicht, eine Helferin in England zu haben«, sagte sie. »Aber Kuppeln ist mir zuwider. Ich kenne eine Person, die das mit Leidenschaft betrieben hat.«

Die Papendiek, der Pappendeckel. Gott sei Dank liegt nun die Nordsee zwischen uns.

»Man muss es eben richtig machen«, sagte Agnes.

»Wie alles im Leben.«

Es wäre schon schön, John glücklich zu sehen.

Gründete er eine Familie, gäbe es außerdem neues Publikum für Carolines Memoiren. Kinder hörten gern Geschichten.

Caroline beugte sich vor. »Aber verrate mir: Weshalb möchte Tilda fort? Ist ihre jetzige Stelle nicht gut?«

»Der Hausherr macht ihr Avancen. Aber sie hat ihn nicht ermutigt!«

»Verstehe«, sagte Caroline. »Und wie steht es um ihr Lesen und Schreiben?«

»Tildas Schrift ist ordentlicher als meine.«

»Nun, abgemacht. Probieren wir es mit ihr.« Caroline erhob sich vorsichtig – heute wollte ihre Hüfte nicht recht – und begab sich zum Sekretär. »Ich bin mir sicher, John wird dankend annehmen, wenn ich ihm Tilda empfehle. Was das Essen betrifft, ist er genügsam, doch Kopierarbeit fällt immer an.«

»Er wird es nicht bereuen, Fräulein Herschel.«

Agnes trug das Teetablett ab. Nachdenklich blickte Caroline ihr hinterher. Das Mädchen kam zurück, um den Wäschekorb aus der Schlafkammer zu holen. Er passte nur schräg durch die Tür, und Agnes kippte ihn beim Laufen in einen optimalen Winkel. Weder streifte das Flechtwerk den Türrahmen, noch fiel Wäsche heraus. Bereits nach wenigen Wochen hatte das Mädchen alle Wege und Abstände in diesen Zimmern verinnerlicht. Unten rumpelte Hanne gegen Wände und Möbel, aber Agnes hatte es offenbar nicht nötig, mit Krawall an ihre Arbeit zu erinnern.

Wenn sich Catharina nächstes Mal über das Poltern ihres Mädchens beschwerte, würde Caroline süffisant lächeln und sagen:

»Möglicherweise bist du selbst zu laut. Sie imitieren uns, weißt du?«

Gäste

Hannover, 8. Februar 1823

Agnes stellte einen Stapel benutzter Teller neben dem Spülbottich ab und ließ die Gabeln in das Wasser gleiten.

»Schneller«, sagte sie zu Hanne, die abwusch. »Für den Hauptgang brauchen wir das Besteck wieder.«

»Fräulein Herschel soll sich gefälligst mehr Silberware zulegen«, schimpfte Hanne. »Oder nicht ständig Leute einladen. Hab keine Lust mehr, dir jeden Samstag von früh bis spät in der Küche zu helfen.«

Aus dem Salon drang Gelächter. Eine Damenstimme rief: »Wahrlich, du gehörst auf eine Bühne, Caroline.«

»Mir macht der Abend Spaß«, sagte Agnes.

»Pah! Die führt dich ihren Gästen vor wie ein dressiertes Hündchen. Was haste da überhaupt gemacht mit dem Stift und dem Dreiecksdings?«

»Nur ein bisschen gerechnet. Sphärische Geometrie, weißt du.«

»Angeberin.« Hanne schob den Kopf zurück, bis sich an ihrem Hals der Wulst eines Doppelkinns bildete, und äffte Dr. Olbers dröhnende Bassstimme nach. »Donnerwetter! Bei Fräulein Herschel ist sogar das Hausmädchen gelehrt.«

Sie war ja nur neidisch. Für Agnes entwickelten sich die Dinge hervorragend. Fräulein Herschel schenkte ihr immer mehr Vertrauen. Manchmal bat sie Agnes zu sich und ging mit ihr die Post des Tages durch. Von dem, was ein Professor Carl Friedrich Gauß schrieb, verstand Agnes wenig. Zwar machte sie Fortschritte in der Mathematik, doch es war, als stünde sie in einem dunklen Raum, der nur stellenweise von Kerzen erleuchtet war. Aber zu viele Fragen wollte Agnes nicht stellen. Fräulein Herschel sollte reden. Dabei schien sie ihre Gedanken zu ordnen und die Vergangenheit zu durchwandern wie eine vertraute Landschaft. Agnes lauschte und notierte später in ein Büchlein, was sie behalten hatte. Allmählich fühlte sie sich wie eine echte Reporterin. Kürzlich hatte Tilda England erreicht, und John war offenbar zufrieden mit ihr. Damit hatte Agnes nicht nur einer Freundin aus Kindertagen zu einem Neuanfang verholfen, sondern auch eine Vertraute in den englischen Teil der Herschelfamilie eingeschleust, eine Spionin, wie die alte Dame ganz richtig erkannt hatte. Nur würde Tilda natürlich für Agnes und nicht für Fräulein Herschel spionieren. Johns Liebesglück war Agnes herzlich egal. Aber vielleicht erinnerte er sich an Affären seiner Tante, und Tilda konnte ihm etwas entlocken?

»Trockne wenigstens ab, du faules Stück«, rief Hanne. »Was schreibst du denn schon wieder auf?«

Die Namen der Gäste und die der Menschen und Orte, von denen sie sprachen. Eine Nachbarin von Frau Beckedorff schwärmte vom gesellschaftlichen Leben in Königsberg, der Hauptstadt Preußens. Dorthin wollte Dr. Olbers auch gern noch einmal reisen. Sein ehemaliger Schüler Friedrich Wilhelm Bessel unterrichte an der Königsberger Universität. Er sei auch Astronom und versuche, die Orte von Sternen präziser zu bestimmen als alle vor ihm. Genauigkeit sei sein Thema. In alten Messdaten entdecke er Fehler und suche Wege, sie herauszurechnen. Agnes zog von Bessels Namen eine Linie nach unten und schrieb:

Zufällige Fehler, systematische Fehler.

Übersah Bessel nicht etwas? Es gab auch absichtliche Fehler.

Fräulein Herschel zum Beispiel verschleierte Dinge. Sie sprach mit Agnes lang und breit über ihre Kindheit, versteckte aber die Tagebücher vieler Jahre. Fand sie sich dabei raffiniert? Agnes würde sie überlisten.

Beim Spinnen muss immer jemand die Wolle halten, sonst reißt das Garn.

Und Agnes hielt die Wolle. Sie lernte Berechnungen, weil es das war, was Fräulein Herschel ihr beibringen wollte. Aber es käme der Tag, da würde sie sich nichts mehr sagen lassen, sondern ihren eigenen Faden zwirbeln.

»Beweg dich endlich!« Hanne warf ihr das Geschirrtuch über den Kopf. »Sonst hab ich gleich wieder alles allein gemacht.«

»Und wenn schon.« Agnes zog das Tuch herunter und ließ es achtlos auf den Boden fallen. »Ich erfasse das große Ganze.«

»Fass lieber die Bratenplatte. Die gnädige Frau hat schon zweimal geklingelt.«

Schlaf

Windsor Castle, 29. Juni 1787

Caroline kniete neben einer Inderin auf einem Teppich und betrachtete blinzelnd eine hellrote Stoffbahn, die Miss Burney auf dem Boden ausgebreitet hatte. Zwar hielten die dicken Mauern von Windsor Castle die drückende Sommerhitze ab, aber Caroline hatte nur zwei Stunden geschlafen und kämpfte damit, die Augen aufzuhalten.

»Also, ich mag ja Blau als Hintergrund«, sagte sie.

»Sie ist doch nicht die Jesusmutter.« Aus einem Korb mit Stoffmustern suchte Miss Burney eines heraus und wandte sich an die Inderin. »Was meinen Sie zu diesem Burgunderton, Miss Mehta?«

Die Angesprochene strich über den Stoff. Ihre Armreifen klirrten. Sie trug ein besticktes Hemd, eine grüne Pluderhose und seidenüberzogene Pantoffeln. Ein durchscheinendes rosa Tuch bedeckte ihr schwarzes Haar zur Hälfte und war locker um ihre Schultern geschlungen. Miss Mehta schien *Tausendundeiner Nacht* entstiegen, und das passte zu Carolines Zustand. Traumbilder drangen in ihre Tage, und die Wirklichkeit bekam Risse. Manchmal fand Caroline sich an einem Ort wieder und wusste nicht mehr, wie sie zu ihm gelangt war oder was sie dort wollte.

»Exquisit«, sagte Miss Mehta. »Burgunder passt zu allem.«

Hinter ihr hingen Kleider nach Farben sortiert auf einem

Ständer. Neben Caroline duftete es aus einem Korb mit zusammengelegter Weißwäsche nach Lavendel.

Könnte ich mich doch hineinschmiegen. Nur kurz den Kopf ablegen ...

Caroline hatte dem häuslichen Trubel entkommen und mit Miss Burney flanieren wollen, aber dann war ihre Freundin in den Palast zurückgerufen worden. Königin Charlotte wolle sich am Nachmittag porträtieren lassen und benötige dafür noch Dekoration.

»Kommen Sie mit, das wird nicht lange dauern«, hatte Miss Burney gesagt. »Die Königin hat ihr Sitzen für die Skizze mehrfach verschoben, weil sie wegen ihres Gatten in Sorge war. Er fühlte sich etwas unwohl.«

Man munkelte, Georg III. habe vor Jahren einen Anfall von Wahn erlebt, und seitdem schirme die Königin ihn ab, wann immer er nicht gänzlich heiterer Stimmung sei.

Wenigstens darf er dann mal allein sein. Sonst schwirren ständig Bedienstete und Berater um ihn herum.

Auch Caroline sehnte sich nach Ruhe. Eine Serie von klaren Nächten lag hinter ihr. Sie hatte Wilhelm assistiert, war erst um zwei oder drei Uhr zu Bett gegangen, aber schon kurz nach Sonnenaufgang wieder vom Radau der Handwerker geweckt worden. Verstummte das Hämmern und Sägen endlich, hielten die Besucher sie auf Trab. Auch Wilhelms Augenringe waren bald so dunkel wie die Ränder seiner Fingernägel. Dringend müsste er jemanden anstellen, der Leute herumführte. Wann hatten sie beide zuletzt länger als eine halbe Stunde an etwas gearbeitet? Ständig wurden sie unterbrochen. Die Arbeiter wollten die Konstruktionszeichnung des Vierzigfuß erklärt haben, ein Lieferant brachte neues Holz, oder ein Brief erforderte sofortige Antwort. Seit April weilte ihr Bruder Jacob bei ihnen, angezogen von den Sommerfestivitäten des Palastes und den englischen Wirtshäusern. Wie er dort wohl die Zeche zahlte? Die Kompositionen, an denen er halbherzig schrieb, verkaufte er nicht, weil kein Drucker ihm genug dafür bot.

Wilhelm soll ihm bloß kein Geld zustecken!

Sie befanden sich ja selbst in Nöten. Das Vierzigfuß wurde teurer als gedacht, und was der König ihnen dafür bewilligt hatte, war aufgebraucht. Allein von dem, was Wilhelm als sein Astronom und mit dem Verkauf von kleineren Teleskopen verdiente, würden sie im nächsten Monat die Arbeiter nicht bezahlen können.

Jacob kümmerte das wenig.

Seine Sorge galt seinem Erscheinungsbild. Gestern war ein löchriger Strumpf neben Carolines Tintenfässchen gelandet.

»Der muss gestopft werden.«

Als ob Caroline dafür Zeit hätte! Würde Jacob irgendwann verstehen, womit sie sich beschäftigte?

»Ich stelle einen vorläufigen Index zusammen«, erklärte sie. »Wilhelm braucht den für seine Beobachtungen. Die Kataloge, die wir zurate ziehen, sind nach Sternbildern geordnet. Für uns als Nebelforscher und Kometenjäger ist das unpraktisch, weil Sternbilder überlappen und sich über viel zu große Distanzen erstrecken. Die starke Vergrößerung des Zwanzigfuß erfasst jeweils nur einen Teil von ihnen. Darum ordne ich die Kataloge von Flamsteed und Messier neu, indem ich notiere, zu welcher Position sich wo Einträge finden. Ich schreibe eine Liste von Verweisen, verstehst du? Außerdem habe ich den Himmel in Quadrate aufgeteilt.«

Sie zeigte Jacob die Papierbögen mit dem Raster. »Wilhelm sucht systematisch. Ich markiere, welche Abschnitte bereits erledigt sind.«

Sie deutete auf ein durchkreuztes Quadrat. »Fertig!« Ihr Finger wanderte zu einem, durch das nur ein Schrägstrich gezogen war. »Unvollständig, Durchsuchung abgebrochen. Zum Beispiel weil sich die Sicht verschlechtert hat.«

Oder jemand hat uns gestört, Jacob!

Unbeeindruckt wedelte ihr Bruder mit dem Strumpf.

»Ich kann zwei Zehen durch das Loch stecken, Lina.«

Caroline schob seinen Arm weg.

»Belästige das Mädchen damit.«

»Das tu ich doch.«

Er legte den Strumpf in die Mitte der Papierbögen und grinste. Als großer Bruder wusste er genau, wie er Caroline wütend machen konnte. Aber diese Genugtuung wollte sie ihm heute nicht gönnen. Sie griff wieder zu ihrem Notizblatt und schob den Strumpf beiläufig vom Tisch.

»Du kommst dir wohl wichtig vor.« Jacob trat einen Schritt zurück. »Na, dann schreib schön weiter.«

Er drehte sich um, schwang dabei den Arm und stieß das Tintenfässchen herunter. Die blaue Flüssigkeit hatte sich auf dem Boden ausgebreitet wie dunkles Blut.

Dürfte Caroline Jacob doch gegen eine Schwester eintauschen! Stattdessen schien Mary bei ihnen eingezogen zu sein, *die Dame mit Zierkamm.* Vor einigen Monaten war ihr Mann gestorben, und nun suchte sie wohl Ablenkung von ihrer Trauer. Anfangs hatte sie in Mrs Papendieks Garten gewartet, bis Wilhelm eine Minute für sie fand. Nun saß sie manchmal in einer Ecke des Hauses und las mit verklärter Miene in einem Gedichtband. Nicht, dass sie dort störte. Aber warum tat sie nichts Nützliches? Etwa die anderen Besucher herumführen?

Caroline legte einen Unterarm auf der Weißwäsche ab. Er versank wie in einem Kissen. Derweil begutachteten Miss Burney und Miss Mehta grauen Vorhangstoff. Caroline kniff die Augen zusammen. Die Münder der Damen bewegten sich, doch an Carolines Ohren drangen bloß Geräusche wie früher, als sie beim Singen englische Laute nachgeahmt hatte, ohne ihren Sinn zu verstehen. Wer war diese Inderin noch gleich? Eine Prinzessin auf Besuch oder eine durchreisende Händlerin edler Stoffe? In letzter Zeit hatte Caroline zu viele Begegnungen und zu wenig Schlaf gehabt. Selbst beim Schreiben des Index, einer Aufgabe, die eigentlich bloß Nachschlagen und Abschreiben erforderte, wanderten ihre Gedanken ständig ab. Das musste sie wieder in den Griff bekommen. Wilhelm konnte über Leben auf dem Mond sinnieren, so viel er wollte, aber Caroline wachte über die Karten und das Raster. Ohne ihre Vorgaben würde Wilhelm sich in seinem eigenen Kopf verlaufen.

Sollte Miss Mehta keinem Königshaus entstammen, sind zumindest ihre Kleider herrschaftlich. Diese leuchtenden Farben! Neben ihr wirkt mein Tageskleid verblichen. Müde geradezu, so wie ich. Könnten wir uns doch nur ergänzen! Hätte ich ein Gegenstück, eine Astronomin, die arbeitet, wenn ich ruhe. Besser wären gleich mehrere Damen in Ländern jenseits des Äquators. Sie richten ihre Teleskope auf die Sternbilder, die ich nur aus Büchern kenne, die kleine Wasserschlange, den Phönix und das Kreuz des Südens. Wir schreiben uns Briefe, und sie berichten von dem, was mir verborgen bleibt. Unsere Augen sind überall, unsere Blicke ziehen ein Netz über die Erdkugel, und kein Komet schlüpft hindurch.

Carolines Schulter wurde berührt. Etwas kitzelte ihre Nase. Eine Haarsträhne. Miss Mehta beugte sich herab. »Miss Herschel?«

»Oh.« Caroline lag von der Brust bis zum Kopf in der Wäsche. Der Korbrand hatte sich in ihre Rippen gebohrt. Ächzend richtete Caroline sich auf. »Wo ist Miss Burney?«

»Bei der Königin. Miss Burney wollte Sie ruhen lassen, aber, nun ja, das sieht unkomfortabel aus.«

Caroline rieb über ihr Gesicht. »Ich bitte um Entschuldigung.«

»Nicht doch. Soll ich eine Kutsche rufen? Zu Hause schlafen Sie besser.«

»Nein.«

»Aber zu Fuß, bei dieser Hitze ...«

Miss Mehta wirkte besorgt.

»Eine Kutsche wäre wunderbar.« Caroline stützte sich auf den Korb. »Nur leider kann ich zu Hause nicht schlafen.«

»Ach so. Darf ich Ihnen dann meine Kammer zur Verfügung stellen?«

Caroline wollte dankend ablehnen. So viele Dinge mussten heute erledigt werden. Aber sie brachte kein Wort über die Lippen.

Bestimmt ist auch ihr Bettzeug von edler Qualität.

Miss Mehta hakte sie unter. »Folgen Sie mir.«

Gegen Abend wurde Caroline zum zweiten Mal von Miss Mehta geweckt, aber dieses Mal in einer Kammer, die mit bunten Wandbehängen geschmückt war. Der Raum war nicht größer als ihre Küche, und bei dem Bett handelte es sich um eine schlichte Ausführung ohne Himmel.

»Ich reiße Sie ungern aus Ihren Träumen«, sagte Miss Mehta. »Aber vielleicht haben Sie heute noch Verpflichtungen?«

»In der Tat. Danke!« Caroline schwang ihre Beine aus dem Bett und klopfte die Kissen auf. Die Motive der geknüpften Bezüge zeigten Elefanten und bunte Vögel. Auf einer Schiffskiste standen zwei Teller voll verführerisch duftender Himbeeren und ein Schälchen Sahne.

»Stärken Sie sich doch, bevor Sie sich auf den Weg machen.« Miss Mehta streifte die Pantoffeln von den Füßen und schlug die Beine unter. »Sie müssen ein aufregendes Leben führen, wenn Sie mittags schon einnicken. Erzählen Sie mir davon?«

Zwischen süßen Happen berichtete Caroline von ihrem Schweifen über den Himmel und der Suche nach Kometen, die sie in letzter Zeit vernachlässigt hatte, »weil ich meinem Bruder helfe, wenn er mit seinem großen Teleskop beobachtet«. Auch schilderte sie Miss Mehta die Ausmaße des Vierzigfuß in ihrem Garten. »Das Gestell, das die schwere Röhre tragen soll, ist so hoch wie zwei Häuser!«

Miss Mehta hörte staunend zu. Sie selbst, erfuhr Caroline, entstamme einer Familie, die mit Teppichen zu Wohlstand gelangt sei. Miss Mehta unterstütze die Einrichter der Königin und prüfe für Miss Burney die Qualität der Kleiderstoffe. Nein, den südlichen Himmel kenne sie nicht. Sie sei in London zur Welt gekommen und solle einen Kapitän der Ostindien-Kompanie heiraten.

»Aber noch ist er auf See, und mir gefällt es hier recht gut.«

»Sie haben es wirklich gemütlich«, sagte Caroline. »Ich würde gern länger bleiben, bloß ...«

»Das Teleskop, natürlich. Kommen Sie einfach wieder. Zum Plaudern.« Miss Mehta lächelte verschmitzt. »Oder zum Schlafen.«

Sie begleitete Caroline durch die langen Gänge und den Schlosshof bis zum Tor des Palastes. Caroline verzichtete auf eine Kutsche. Lieber wollte sie laufen. Sie fühlte sich erfrischt. Wind vertrieb die Schwüle, und die Vögel sangen aus vollen Kehlen.

Dieser Ausflug in den Palast war wie ein unerwarteter Feiertag mitten in der Woche.

Sogar besser, denn zu Hause gab es selbst an Weihnachten und Ostern etwas zu tun. Wenn Wilhelm fragte, wo sie gewesen war, würde Caroline ausweichend antworten. Sonst erklärte er sie noch für übergeschnappt. Ein Nickerchen im Bett einer flüchtigen Bekannten zu machen, also wirklich! Doch die bunten Stoffe und die ungezwungene Art der Stoffhändlerin erinnerten Caroline an Eliot.

Ich komme wieder, Miss Mehta. Vielleicht ist es vergeblich, Freundschaften unter meinesgleichen zu suchen, denn meinesgleichen, wer wäre das? Frauen, die in den Himmel sehen, sind seltener als Kometen. Mrs Flamsteed ist lange tot, und Madame Lepaute lebt in Frankreich. Aber Damen wie Miss Mehta können bei der Königin für mich sprechen.

Caroline wollte Wilhelm fragen, was er darüber dachte. Zu Hause fand sie ihren Bruder im Salon vor. Zuerst sah sie nur seine hoch gelagerten Füße. Wilhelm ruhte in einem Sessel, der gegen die Wand gekippt war. Über seinen Kopf beugten sich zwei Männer. Caroline eilte zu ihnen.

»Hatte er einen Schwächeanfall?«

Das wäre kein Wunder.

Einer der Männer hielt eine Schale. Der andere strich Gips auf Wilhelms Nasenrücken. Den Rest des Gesichts hatte er schon mit der weißen Paste bedeckt. Nur zwischen den Lippen war eine Daumenbreite frei. Zwei Strohhalme stachen aus Wilhelms Mund heraus. Caroline schrie auf.

»Was ist geschehen?«

»Wir nehmen einen Abdruck«, sagte der Mann mit der Schale. »Für eine Büste. Keine Angst, Mr Herschel erstickt uns nicht.«

Er deutete auf die Strohhalme. Caroline beugte sich hinunter und spürte einen Luftstrom an ihrer Wange. Tatsächlich, ihr Bruder atmete noch.

»Haben wir Geld für solche Albernheiten, Will?«, fragte sie. »Wir brauchen doch gerade jedes Pfund.«

»Warum so kleinlich, Schwester?« Jacob lümmelte in einem Stuhl am Fenster und schob mit dem kleinen Finger die letzten Krümel Schnupftabak in einer Dose zusammen. »Denk an die Nachwelt. Die soll doch auch wissen, wie der Erbauer des Vierzigfuß aussah.«

Du hättest wohl selbst gern eine Büste von dir.

»Watson bezahlt, Miss«, sagte der Mann, der den Gips aufbrachte. »Die Büste soll im Versammlungssaal der Royal Society stehen.«

»Hm. Wenn das so ist.«

Trotzdem gibt es Dringenderes, als Wilhelms Nase aus Marmor modellieren zu lassen.

»Erst einmal muss der Erbauer das Vierzigfuß fertigstellen«, sagte Caroline. »Und ich habe auch eine Idee, wie wir daran nicht bankrottgehen.«

»Ah ja?« Jacob führte den Tabak auf dem Daumenballen zur Nase und schniefte kräftig.

»Das werde ich mit Wilhelm allein besprechen«, sagte Caroline.

Der Gipsaufbringer trat zurück. »Fertig. Das muss nun trocknen. Reden Sie mit Mister Herschel, aber bringen Sie ihn nicht zum Lachen.«

»Trinken wir ein Bier, meine Herren.« Jacob erhob sich, und die Männer trollten sich. Caroline fasste Wilhelm am Arm.

»Ich war am Hof«, sagte sie. »Lass uns den König einladen, damit er die Röhre besichtigt.«

Immerhin die war schon fertig. Sie lag im Garten und diente den Kindern Windsors als Spielplatz. Kreischend liefen sie durch den Tunnel und ließen Lumpenbälle an den gewölbten Wänden herunterrollen.

»Wir könnten ein Picknick in der Röhre servieren«, sagte Caroline. »Wenn sich der König amüsiert, wird er eher gewillt sein, noch einmal Geld zu geben, damit wir den Spiegel gießen können.« Sie drückte Wilhelms Hand. »Hörst du mir zu?«

Wilhelm brummte.

»Fein«, sagte Caroline. »Pass auf! Wir sollten nicht immer wieder bitten müssen. Stattdessen brauchen wir regelmäßige Patronage. Du stehst schon beim Hof in Lohn, aber was ist mit mir? Stell dir vor, meine Arbeitskraft fiele weg. Etwa, weil ich heiraten würde.«

Wilhelms Füße zuckten. Unter den Gipsschichten murmelte er etwas. Einer der Strohhalme verrutschte. Caroline schob ihn zurück zwischen die Zähne ihres Bruders. »Ich spreche rein hypothetisch«, sagte sie. »Du müsstest dann einen Assistenten anstellen. Nicht nur wäre der jahrelang anzulernen, ein Mann käme dich auch teurer als eine Frau. Fordern wir eine jährliche Summe für mich. Fünfzig Pfund? Aber die sollen nicht aus der Börse des Königs gezahlt werden. Seine Gattin hat auch ein Budget für gemeinnützige Zwecke. Wen könnte sie derzeit lieber fördern als die Entdeckerin des Damenkometen?«

Wilhelms Murmeln klang nach Zustimmung.

Georg III. kam an einem Nachmittag. Bei vorigen Besuchen war der König mit kleinem Gefolge angerückt, aber nun schien er den ganzen Hofstaat zusammengetrommelt zu haben. Kutschen verstopften die Straße, und hinter ihnen lief eine Prozession von Schaulustigen.

»Hoffentlich reicht der Wein.« Caroline stand mit Wilhelm vor der Haustür und zupfte an ihren Ärmeln. »Sieh mal, wer da hinter dem König aussteigt. Das ist der Erzbischof von Canterbury. Ich wusste nicht, dass der mitkommt.«

»Muss nicht schlecht sein«, sagte Wilhelm. »So jemand denkt in großen Dimensionen. Für den Preis eines Vierzigfuß bekommt der nicht mal ein Taufbecken.«

Er hüstelte. Auch er war sichtlich angespannt. Bewilligte Seine Majestät kein weiteres Geld, wäre ihr Projekt am Ende. Die Röhre würde im Gras verrosten und das halb fertige Gestell verfallen. In England und im Ausland würden die Herschels als Fantasten verlacht, die Jahre ihres Lebens und viele Tausend Arbeitsstunden verschwendet hatten.

Wilhelm führte den König, den Erzbischof und schmallippige Berater, die den Herschel-Geschwistern nicht vorgestellt wurden, in den Garten. Caroline folgte mit der Königin, Miss Burney und Mrs Papendiek. Sie plauderten, aber Caroline sollte sich später nicht mehr erinnern, worum es gegangen war. Zwei Männer mit Hunden durchstreiften den Garten und inspizierten die Holzstapel und die Hecke zum Nachbargrundstück. Suchten sie nach Attentätern oder Schwarzpulver? Einer nahm Jacob die Weinkaraffe ab und goss sich in ein mitgebrachtes Gläschen ein.

Georg III. äußerte Bewunderung, als er die im Gras liegende Röhre sah. Und die würde sich nun bald zu den Sternen hin erheben? Caroline hörte, wie ihr Bruder etwas von gestiegenen Holzpreisen anfügte, durch die das Gestell kostspieliger wurde als gedacht. Ob es vermessen sei, noch einmal an die Großzügigkeit seiner Majestät zu appellieren? Der König wiegte den Kopf und schien wohlgesonnen. Aber was würden seine Berater ihm später sagen? Was die Hofdamen der Königin? Entschied das Königspaar selbst, oder wurde den beiden eingeflüstert? Zwar kannte Caroline mit Miss Burney und Mrs Papendiek zwei Hofdamen, aber die waren nur dünne Stränge im Geflecht der Verbindlichkeiten. Zwei Stunden dauerte der Besuch an. Nachdem die Gesellschaft wieder abgefahren war, begannen für Caroline und Wilhelm zähe, bange Tage. Die Arbeit am Bau ruhte, weil kein Geld für Löhne mehr da war, und sosehr Caroline der Lärm gestört hatte, fand sie diese Stille nun schwerer zu ertragen.

Endlich traf der ersehnte Brief vom Hof ein. Wilhelm öffnete ihn mit zitternden Fingern. Als Caroline den Ausdruck auf dem Gesicht ihres Bruders sah, konnte sie einen lauten Juchzer nicht mehr unterdrücken: Es würde weitere Förderung geben!

Die Herschels luden die Nachbarn mitsamt Mary und ihrem halbwüchsigen Sohn Paul zu einem Festessen ein. Bei ausgelassener Stimmung gaben Caroline und Wilhelm die Szene des Königsbesuchs zum Besten.

»Der König stürmte gleich voraus in die Röhre«, sagte Caroline. »Doch der Erzbischof wollte nicht folgen. Er blieb an der Öffnung stehen und ...«

»Verweigerte wie ein Pferd vor dem Hindernis.« Wilhelm blähte die Nasenflügel und bleckte die Zähne. »Aber da streckte der König seine Hand nach ihm aus und sprach ...«

»Kommen Sie, Exzellenz«, rief Caroline. »Ich zeige Ihnen den Weg zum Himmel.«

Wilhelm hob sein Glas. »Trinken wir auf weitere tausend Pfund für das Vierzigfuß.«

»Nicht zu vergessen die zweihundert Pfund, die wir jährlich für die Instandhaltung bekommen werden.« Auch Caroline prostete der Runde zu. Erwartungsvoll sah sie ihren Bruder an.

Verkünde du es!

»Und keinesfalls zu vergessen.« Wilhelm machte eine dramatische Pause. »Fünfzig per anno für meine tüchtige Schwester.«

Caroline strahlte. Vom Hof bezahlt zu werden war wie ein Ritterschlag. Es machte sie zur ersten Frau Englands, die mit Astronomie Geld verdiente. Jeder am Tisch schien sich mit ihr zu freuen. Mary wirkte regelrecht verzückt. Sogar Mrs Papendiek, der alte Giftzahn, lächelte.

So, jetzt können wir feiern.

Doch Wilhelm wollte noch etwas anbringen.

»Alles wendet sich zum Besten. Ich könnte nicht froher sein. Liebe Freunde, es gibt eine weitere Neuigkeit. Mary und ich haben uns verlobt.«

Stille senkte sich auf den Tisch herunter wie kalter Nebel. Wilhelm wich Carolines Blick aus, leerte sein Glas und schenkte sich mit derselben Präzision vom Rotwein nach, mit der er flüssiges Metall in Spiegelformen goss.

»Wieso das?« Für einen Moment vergaß Caroline jegliche Höflichkeit.

Warum tat Wilhelm ihr das an? Caroline versuchte verzweifelt, einen klaren Gedanken zu fassen. Über Alexanders Frauen hatte Wilhelm stets nur abfällig gesprochen. Außerdem war er beinahe fünfzig Jahre alt und die ganze Zeit gut ohne Ehefrau zurechtgekommen.

Mrs Papendiek war es schließlich, die die ersten Glückwünsche aussprach. Wie schön es doch sei, wenn zwei Menschen im Spätsommer ihrer Leben zueinanderfänden. Nun werde Wilhelm dank Marys Fürsorge zu noch größeren Leistungen beflügelt. Das ging gegen Caroline.

Soll sie reden.

Solche Spitzen waren Caroline nun auch egal. Das Besteck in ihren Händen war auf den Tisch gesunken. Vom Roastbeef brachte sie keine Scheibe herunter. Beim letzten Gang nahm sie den Löffel gar nicht auf. Ihr Magen war mit Wut gefüllt. Als die Gäste gegangen waren, deckte sie in der Küche die übrig gebliebenen Yorkshire Puddings ab. Gern hätte sie einen gegen die Wand geschleudert. Wilhelm wollte sich an ihr vorbei in den Garten davonstehlen.

Um zu beobachten? Solange er dafür noch Zeit hat?

Caroline ließ ihn nicht durch. »Du hättest mich vor den anderen einweihen sollen.« Bevor Wilhelm etwas erwidern konnte, sagte sie: »Mary hat Geld. Aber wir doch jetzt auch. Du musst dir keine reiche Witwe suchen.«

»Lina, es ist andersherum. *Ich* bin endlich in der Position, einer Frau etwas bieten zu können.«

»Dass du eine wolltest, wusste ich gar nicht.«

Wilhelm zuckte mit den Schultern. »So ist der Lauf der Dinge, oder?«

Er drehte sich um, ging zur Haustür hinaus und um das Gebäude herum in den Garten. Doch Caroline war keine, der man ungeschoren entkam. Nach einer schlaflosen Nacht feuerte sie beim Frühstück eine Salve Fragen auf Wilhelm ab.

»Willst du nach der Heirat zu Mary ziehen? Wer beaufsichtigt dann den Bau des Vierzigfuß? Oder zieht sie hierher? Wohne ich dann in der Dachkammer wie eine alte Tante? Aber ich bin keine alte Tante. Ich führe diesen Haushalt, und das ja wohl zufriedenstellend! Außerdem mache ich alle Berechnungen. Ich empfange Besucher und beantworte Korrespondenz, und darunter sind Briefe, die Mary nicht einmal verstehen würde. Sie wird sich nutzlos fühlen. Willst du das? Sag, Bruder! Wie stellst du dir alles vor?«

Wilhelm gab zu, darüber nicht nachgedacht zu haben. Es war wie immer. Er brachte große Ideen in die Welt und überließ das Austüfteln der Details anderen. Mit der Ehe würde das aber nicht funktionieren.

Mary mochte sanft erscheinen, doch sie machte gleich klar, ihr Leben nicht für Wilhelm auf den Kopf stellen zu wollen. Sie hatte einen großen Freundeskreis, sprach viele Einladungen aus und war auch ihrerseits oft bei den einflussreichen Familien der Gegend zu Gast. Wilhelm schlug vor, zu ihr nach Upton zu ziehen, Caroline das Haus in Slough zu überlassen und nur *hin und wieder* zum Arbeiten dorthin zu fahren. Damit war Mary nicht einverstanden. Wie viel Wilhelm arbeitete, wusste sie nur zu gut. Sie sah sich offenbar schon in der Rolle einer Geliebten, die nur besucht wurde, wenn der Mann sich von seinem Lebensmittelpunkt loseisen konnte. Der Sommer ging in den Herbst über. In Amerika einigte sich eine Gruppe Politiker nach langem Streit auf eine Verfassung für die *Vereinigten Staaten*, aber die Verhandlungen zwischen Wilhelm und Mary drohten zu scheitern. Caroline entspannte sich zeitweise sogar wieder ein bisschen. Selbst Jacob glaubte nicht mehr an eine Heirat und reiste zurück nach Hannover. Doch als Mrs Papendiek ihren Rosenstämmen Wintermäntel umlegte, gab es leider doch einen Kompromiss.

»Wir werden in beiden Häusern leben«, eröffnete Wilhelm der verdutzten Caroline.

»Ist es Mary recht, hier nur Gast zu sein?«

»Nein, sie wird auch diesem Haushalt vorstehen. Für dich richten wir Räume über der Werkstatt ein. Mary wird sich nach einer zusätzlichen Hilfe umsehen und einem Boten, der Nachrichten überbringt, wenn wir uns nicht am selben Ort befinden.

So kann sich jeder von uns seinen Aufgaben widmen, und du musst keine Angestellten mehr beaufsichtigen.«

Denn ich bin dann selbst eine. Entlohnt mit 50 Pfund und erbärmlichem Quartier. Caroline begann zu zittern. *Wenn Wilhelm seine astronomischen Freunde empfängt, steht von nun an Mary an seiner Seite. Vielleicht bitten sie mich gnädigerweise hinzu? Oder sie vergessen es.*

Ihre schlimmste Befürchtung war eingetreten. Eine andere Frau entriss ihr Wilhelm, und Caroline musste ohnmächtig zusehen. Eliots düstere Prognose trat ein. Noch nie, nicht einmal als Kind, hatte Caroline sich so unbedeutend gefühlt. Sie erwartete die Rückkehr des Bebens, doch seltsamerweise schienen ihre Füße fest auf dem Boden zu stehen.

Hass keimte in Caroline auf und verdrängte die Angst um ihre Zukunft. Wie konnte sie mit einer Ehefrau konkurrieren? Trüge sie den Kampf offen aus, würde Wilhelm sich für die Liebe entscheiden. Außerdem war Mary offenbar eine Strategin. Sie würde den Haushalt in Slough an sich reißen und verkaufte das Wilhelm als wohlmeinende Tat.

Unerträglicherweise blieb zunächst alles beim Alten. Mary kam täglich vorbei, und Wilhelm turtelte mit ihr, wenn die Arbeiter und er Pause machten. Niemand sprach von Carolines Schicksal.

Sollte sie zur Mutter nach Deutschland zurückgehen? Ausgeschlossen! Zu Jacob? Der hätte Freude daran, ihr täglich unter die Nase zu reiben, wie dankbar sie ihm für den Unterschlupf sein durfte. Und Dietrich hatte in Hannover inzwischen selbst geheiratet.

Wie mechanisch ging Caroline der Arbeit am Katalog nach. Sooft sie konnte, floh sie zu Miss Mehta und träumte sich in ein anderes Leben. Aber im Frühling wurde ihr auch das genommen. Miss Mehta bereitete sich auf ihre Rückkehr nach London vor, weil nun auch sie heiraten würde. Caroline konnte es nicht fassen. Eliot war von seiner Familie gedrängt worden,

Wilhelm hatte den Kopf verloren, doch weshalb gab die besonnene Miss Mehta ihr wunderbares Leben auf? Sie hatte ihr eigenes Auskommen und keine Not! Wenigstens sie hätte einer Ehe entgehen können. Caroline weinte vor Wut.

»Bleiben Sie doch noch ein paar Jahre am Hof!«

»Aber meine Liebe.« Miss Mehta reichte Caroline ein Taschentuch, dessen Ränder grüne und gelbe Schnörkel zierten. »Sie tun ja, als würde ich zum Schafott geführt. Mein Vater hat mit dem Kapitän einen Glücksgriff getan. Mein Gemahl wird kaum zu Hause sein, und irgendwann bleibt er vermutlich für immer auf See. Freuen Sie sich für mich!«

Heirat

Slough, November 1788

Die Räume über der Werkstatt wurden zu einer kleinen Wohnung für Caroline ausgebaut. Im November erhielt sie Besuch von einer Gruppe französischer Astronomen, darunter Pierre Méchain, ein Kollege von Messier und ebenfalls Kometenjäger. Die zwei Tage seiner Anwesenheit waren für Caroline ein Lichtblick in dunklen Monaten. Nach Kometen zu suchen war etwas, was sie auch weiterhin allein würde tun können, dafür brauchte sie weder einen Bruder noch das größte Teleskop der Welt.

Im Februar schrieb Alexander, Margaret sei einer Krankheit erlegen. Nach der Beerdigung reiste er nach Slough und saß mit Caroline in dem kalten Dachgeschoss, das bald ihr Heim sein sollte, über einer Tasse Tee. Worte waren überflüssig, die Geschwister verstanden einander in ihrer Einsamkeit.

Caroline assistierte Wilhelm weiterhin bei seinen Beobachtungen. Bald würden sie die Positionen von zweitausend Nebeln kennen. Gewissenhaft wie eh und je notierte Caroline alle Vorkommnisse in ihrem Tagebuch, aber über Mary und die Hochzeitsvorbereitungen verlor sie keine Silbe. Das Ereignis des achten Mai formulierte sie lapidar. Sie habe viel zu tun gehabt, um Wilhelms Haushalt ordentlich zu hinterlassen, denn um den werde sie sich ab heute nicht mehr kümmern.

Die zwei Zimmer ihres neuen Zuhauses hatten ungeschliffene Bodenbretter wie ein Heuschober. Im Haupthaus bereiteten eine

Köchin und ein Mädchen unter der Woche Mahlzeiten zu, die Caroline manchmal mit den Arbeitern einnahm. Ihre Zimmer putzte sie selbst, aber das bedeutete auch, niemals mehr etwas suchen zu müssen, das jemand anders verräumt hatte.

Wenn ich ein Buch aufgeschlagen liegen lasse, verblättert es niemand beim Staubwischen.

Doch das Beste aus allem zu machen, ohne zu klagen, raubte Caroline Kraft. Der letzte Tagebucheintrag hatte sie Stunden gekostet. Während der Trauungszeremonie in der Kirche hatte sie mitleidige Blicke auf sich gespürt, und bei dem Lied, das sie auf das glückliche Paar anstimmen sollte, wäre sie an dem Kloß in ihrem Hals beinahe erstickt. Später musste sie einen Toast aussprechen und dazu lächeln. All diese Heuchelei! So konnte sie nicht leben. Sie klappte das Tagebuch zu und legte es zu den bereits vollgeschriebenen. Mit dem heutigen Tag begann für Caroline ein neues Kapitel in ihrem Leben, und das erforderte ein neues Buch. Sie nahm eines von dem Stapel, den sie immer vorrätig hatte, schlug es auf und zögerte. Die Seiten waren so hell. Passten ihre Gedanken darauf?

Caroline zog das Kleid aus, das sie bei der Trauung getragen hatte, und setzte sich in Arbeitssachen an den einzigen Tisch. Im letzten Licht des Tages begann sie zu schreiben. Sie leerte alles Angestaute auf das Papier, schimpfte über Mary, klagte über Wilhelms Verrat und verwünschte die eigene Gutgläubigkeit, denn, wenn sie es sich genau überlegte, hatte ihr Bruder ihr nie etwas versprochen. Als sie geendet hatte, klappte sie das Buch zu, ohne das Trocknen der Tinte abzuwarten. Sie fühlte sich erleichtert. Das neue Tagebuch legte sie in ein Ledersäckchen. Sorgfältig versteckte sie es im Holzschuppen unter Brettern und Erde.

Nach der Hochzeit endeten die gemeinsamen mittäglichen Frühstücke mit Wilhelm, und Carolines Tagesablauf löste sich auf. Fix war nur noch die Nacht. Caroline durchwachte sie meist vollständig und suchte nach Kometen. Schon vor der Hochzeit hatte Wilhelm seltener Hilfe verlangt. Die Flitterwochen verlebten er und Mary in Slough, wo die Bauarbeiten am Teleskop sich dem Ende näherten. Keine zwei Wochen nach dem Jawort reiste Wilhelm zu einem Treffen der Royal Society.

Ob Mary das störte? Caroline erfuhr es nicht. Die Grenzen zwischen ihnen waren klar abgesteckt. Jede blieb in ihrem Revier. Führte auch Mary ein Tagebuch? Caroline bezweifelte das. Ihre Schwägerin konnte eventuelle Nöte mit Freundinnen teilen und wahrscheinlich ging es ihr sowieso bestens. Ihr war nichts weggenommen worden, im Gegenteil, sie waltete nun über zwei Häuser, und wenn sie sich doch einmal darüber ärgerte, bei einer zufälligen Begegnung von Caroline nicht gar so freundlich gegrüßt zu werden, würde sie sich in milder Frömmigkeit üben: »Ach, die Arme hat ja auch kein leichtes Leben!«

Für Wilhelm war Caroline eine tüchtige Schwester, aber für Mary vermutlich nur ein unverheiratetes Anhängsel, ein toter Zweig am Stammbaum.

Im Spätsommer munterte ein Besucher Caroline auf. Jérôme de Lalande, der Franzose, den man für seine astronomischen Lehrbücher und die Methode zur Berechnung von Kometenbahnen kannte, bereiste England und machte Station bei ihnen in Slough. Er war eine gnomenhafte Erscheinung mit einem Kindergesicht und einem fast kahlen Schädel, der sich über den Ohren auszubeulen schien, als fordere das Gehirn mehr Platz. Sein Charme und sein Esprit wirkten sogar auf Mary entwaffnend und ließen sie darüber hinwegsehen, dass der Franzose Atheist war. Die Abende mit de Lalande waren Nachhilfestunden in den Methoden französischer Mathematik. Wilhelm und Caroline saßen lange mit ihm zusammen, und Mary zog sich zurück. Wilhelm hatte schon zuvor mit de Lalande Briefe ausgetauscht, aber nun fand auch Caroline Gelegenheit, ihre Fragen loszuwerden.

»Wie geht es Madame Lepaute? Woran arbeitet sie?«

Eine Falte entstand auf de Lalandes hoher Stirn. »Ich fürchte, sie ist für die Astronomie verloren. Ihren Mann plagt eine« – er suchte erfolglos nach dem englischen Wort – »*Maladie*. Ihr selbst geht es auch nicht gut. Sie verliert ihr Augenlicht.«

»Wie furchtbar!«

»Aber sie lässt Ihnen die besten Grüße bestellen.«

Caroline errötete. »Sie kennt mich?«

»*Mais oui*, Mademoiselle Herschel, was glauben Sie? Wir sprechen oft von Ihnen. Ich habe ein Buch herausgegeben, die *Astronomie der Frauen*. Darin schreibe ich von den Damen, die sich um unser Gebiet verdient gemacht haben. Das Buch ist erschienen, bevor Sie Ihren Kometen entdeckt haben, aber ich habe vor, es zu aktualisieren, und dann kann ich Sie endlich auch erwähnen.« An Wilhelm gewandt, sagte er: »Am Collège Royal werden wir bald Studentinnen zulassen. Um Frankreich voranzubringen, brauchen wir alle klugen Köpfe. Oder was meinen Sie, *mon ami?* Wer macht bei Ihnen die Berechnungen? Ohne Frauen sind wir *perdu*.«

»Das ist wahr«, sagte Wilhelm, vermied es dabei aber, Caroline anzusehen. Wenig später verabschiedete er sich ins Bett. Caroline hörte seine Schritte auf den Treppenstufen. Der Anblick seines halb leeren Glases stimmte sie versöhnlich.

Wilhelm versucht auch nur, es allen recht zu machen.

»Ihr Land scheint mir ein lebenswertes Fleckchen zu sein«, sagte sie zu de Lalande. »Wären meine Brüder doch dorthin gegangen.«

»Nun, ich weiß nicht, Mademoiselle. Die Zeiten sind übel. Der König macht zu viele Schulden, und die Leute wollen die hohen Steuern nicht mehr hinnehmen. Zu allem Überfluss gab es Missernten. Als ich abreiste, standen die Mühlen still. Wenn die Menschen hungern, könnte es Aufstände geben.«

»Haben Sie deshalb Ihre Heimat verlassen?« Als Adliger musste auch de Lalande den Zorn des Volkes fürchten. »Suchen Sie hier Zuflucht?«

Er wischte ihre Bedenken weg. »So schlimm ist es nicht. Im Winter will ich zurück in der Heimat sein, und dann schreiben Sie mir bitte, ja? Immer höre ich nur von Wilhelm. Aber Sie, meine Liebe, sollten Ihre Lampe auf das Gestell ... statt unter den Stuhl ... *non* ... wie heißt es?«

»Mein Licht nicht unter den Scheffel stellen?«, fragte Caroline.

»Exactement!«

Als sich die kürzesten Tage des Jahres näherten, war das Vierzigfuß noch immer nicht vollendet, aber wenigstens erklomm Wilhelm wieder öfter die Leiter des kleineren Teleskops. Der Astronom Englefield veröffentlichte Berechnungen, denen zufolge der Komet von 1661 zu Anfang des Jahres 1789 wiederkehren sollte. Caroline hielt schon frühzeitig Ausschau und erhielt kurz vor Weihnachten ein unerwartetes Geschenk. Im Sternbild der Leier, beim Stern Beta Lyrae, sichtete sie am einundzwanzigsten Dezember um sieben Uhr fünfundvierzig am Abend, als sie gerade eine Teepause machen wollte, ein unverzeichnetes Objekt. Zur fünften Stunde des Morgens hatte es sich bereits um ein Viertelgrad bewegt. Ein Komet! Nicht der von Englefield, sondern ein neuer. Ihr zweiter.

Beschwingt von dem Fund, eilte Caroline an ihren Schreibtisch über der Werkstatt. Sie dachte an de Lalandes Ermutigung. Diesmal würde sie ihren Bericht nicht an den Sekretär adressieren. In raumgreifenden Buchstaben schrieb sie:

Lieber Herr –

Vor dem Fenster lag das Haupthaus im Dunkeln. Wilhelm weilte zwecks gesellschaftlicher Verpflichtungen in Upton, und Caroline entschuldigte sich nicht dafür, den Brief allein zu verfassen. Inzwischen war sie mit ihren beinahe vierzig Jahren eine alternde Jungfer, abgeschoben in ein Nebengebäude. Witze wurden sowieso über sie gemacht.

Ohne Floskeln voranzustellen, schilderte sie, wann und wo sie den Kometen gesehen hatte. Als die Sonne aufging und es Zeit wurde, den Brief zur Post zu bringen, nahm Caroline ihren Mut zusammen und adressierte das Schreiben an Dr. Maskelyne. Sie hatte gerade einen Gruß an dessen Gattin angefügt, auch im Namen ihrer Brüder und – widerstrebend – im Namen von Mary, als Wilhelm im Garten auftauchte. Caroline öffnete das Fenster, rief ihn zu sich und sagte ihm, was ihm entgangen war, weil er den Abend mit den Freunden seiner Frau verbracht hatte.

Wilhelm freute sich über die Entdeckung. Geschwisterlicher Neid war ihm fremd, jedoch wollte er dem Brief ein Postskriptum anfügen. Bei dem Referenzobjekt Beta Lyrae handele es sich um einen Doppelstern, *siehe Kategorie fünf, Stern drei in meinem Katalog.*

Eine kleine Eitelkeit, nun gut, Caroline verzieh sie ihm. Sie gab den Brief auf, und Wilhelm schrieb noch am selben Tag an Englefield. Sein Komet lasse zwar auf sich warten, aber dafür sei ein anderer zu sehen. Der Astronom antwortete postwendend mit einem Kompliment an Caroline. Sie werde als große Kometenentdeckerin in die Geschichte eingehen und Messiers Ruhm verblassen lassen.

»Hört, hört!«, sagte Wilhelm.

»Nicht doch.«

Zwei Tage später traf Nachricht von Maskelyne ein. Auch er habe den Kometen beobachten können. Seine Hochachtung! Man werde sehen, ob der Komet sich von der Erde entferne oder sich ihr nähere, *um uns zu erfreuen und uns zu lehren, nicht um uns zu zerstören.* Viele Menschen fürchteten sich davor, von einem Kometen getroffen zu werden. Maskelyne scherzte, unter Astronomen seien aber einige, *die sich liebend gern vom Schweif eines*

Kometen von diesem niederen Erdengrund in höhere Sphären fegen ließen. Zugunsten der Astronomie solle Miss Caroline bitte schön auf der Erde bleiben.

Der königliche Astronom schien in alberner Stimmung gewesen zu sein.

Kopfschüttelnd legte Caroline den Brief in eine Mappe. Aber auch der zweite Komet bescherte ihr keine Einladung zu einem Treffen der Society.

Höhere Sphären? Caroline wäre ja schon zufrieden mit einer richtigen Wohnung.

Papiertürme

Hannover, 9. August 1823

Ein Haushalt ließ sich lenken wie ein Schiff, und auf dem von Fräulein Herschel war Agnes die Kapitänin. Zu Arbeitsbeginn inspizierte sie zuerst die Schlüssellöcher der Schubladen. Das hineingetupfte Mehl war heute verwischt. Also wurden die Schubladen gelegentlich geöffnet. Sehr gut. Und der Zustand des Raumes? Unübersichtlich. Wie von Agnes gewünscht. Sie schob den Besen an Papiertürmen vorbei. Nach Ostern hatte Fräulein Herschel Kisten aus England bekommen. Erst waren sie entlang der Wände gestapelt gewesen, aber die gnädige Frau brauchte ständig etwas aus ihnen. Agnes hatte die Dokumente stapelweise ausgeräumt und ein Ordnungssystem geschaffen, das sich am Alter der Schriftstücke orientierte. Damit fand sie das meiste schon nach kurzem Suchen. Fräulein Herschel fiel das schwerer, und da sie an den Nachmittagen allein zurechtkommen musste, breitete sich Unordnung um den Sekretär aus. Das Schreibmöbel glich einem Vulkan, der Papier spuckte. Wunderbar! Wenn Fräulein Herschel den Überblick verlor, vergaß sie vielleicht bald, die Schubladen wieder abzusperren.

Hoffentlich ließ sich der Schreiner mit der Lieferung neuer Regale Zeit. Agnes komplettierte derweil das Chaos mit Zeitungen. Täglich las sie Fräulein Herschel aus dem *Hannoverschen Merkur* vor. Manchmal brachte sie auch den *Edwardsville Spectator* mit, den sich der Redakteur monatlich von einem befreundeten Auswanderer schicken ließ. Agnes sah ihn auf Beiträge hin durch, die für das Publikum des Merkur reizvoll sein könnten. Von ihrem ersten Lohn hatte sie bei einem Trödelhändler ein zerfleddertes Wörterbuch erstanden und übte fleißig englische Vokabeln. Jeden Satz der Artikel verstand sie zwar noch nicht, aber wenn der Redakteur sie mit einer Übersetzung beauftragte, füllte Agnes die Lücken mit Fantasie. Das merkte ja niemand. Natürlich hatte die gnädige Frau sich gewundert, wie ein Dienstmädchen an amerikanische Zeitungen kam.

»Meine Freundin kriegt die von ihrem Dienstherren«, hatte Agnes behauptet. »Wir sind ganz versessen auf Nachrichten von der anderen Seite des Atlantiks.«

Wissensdurst war eine Erklärung, die Fräulein Herschel zufriedenstellte. Nach wie vor ahnte sie nichts von Agnes' Arbeit für den *Merkur*.

Summend fegte Agnes Staub und Straßendreck auf ein Kehrblech. Damit war ihre morgendliche Aufgabe erledigt. Solange Fräulein Herschel schlief, konnte sie sich der jüngsten Ausgabe des *Spectator* widmen. Wo war die? Ach ja, rechts neben dem Sekretär, bei den eingehenden und ausgehenden Paketen. Eine Kiste diente Fräulein Herschel als zusätzliche Ablagefläche. Darauf lag *Salmon's geographical and astronomical Grammar, including the ancient and present State of the World*. Fräulein Herschel hatte gestern anscheinend einen arbeitsamen Nachmittag gehabt. Oft war sie voller Tatendrang, ermüdete aber nach kurzer Zeit und ließ alles liegen. Dafür, dass sie so lange den Haushalt ihres Bruders geführt hatte, war sie erstaunlich nachlässig. Wilhelms Heirat musste ihr Leben auf den Kopf gestellt haben. Aber während Fräulein Herschel ausführlich von den Entdeckungen der ersten Kometen erzählte, verlor sie darüber kein Wort. Fragen bügelte sie ab. »Was soll geschehen sein? Ich bin über die Werkstatt gezogen. Von dort aus war ich schneller auf dem Dach.«

Hatte sie die Zurücksetzung wirklich so leicht verwunden? Agnes kannte das Datum der Hochzeit, doch nach dem Eintrag vom achten Mai 1788, den Agnes sich mit Hilfe des Wörterbuchs übersetzt hatte, folgten in dem Tagebuch nur leere Seiten. Hatte die gnädige Frau ein neues begonnen und darin ihrem Frust freien Lauf gelassen? Oder hatte sie ihr Aschenputteldasein aufgegeben und sich ihrerseits einen Liebhaber gesucht? Den wahren Prinzen? Wie gern Agnes davon lesen würde! Aber an die Schubladen kam sie nicht heran. Die Rückwand des Sekretärs war kunstvoll kassettiert und ließe sich nicht ohne sichtbare Zerstörung lösen.

Räucherduft stieg Agnes in die Nase. Auf einem Briefumschlag lag eine Mettwurst. Die sollte wohl John in England bekommen. Auf dem Papier breitete sich ein Fettfleck aus. Agnes suchte nach einem geeigneteren Platz für die Wurst. Auf dem Stapel alter Zeitungen stand ein Stiefel. Na, so was! Jeder Papierhaufen war mit irgendetwas beschwert. Gegen den Luftzug? Fräulein Herschel musste die Hitze nicht mehr ausgehalten und alle Fenster geöffnet haben. Auf einem Türmchen *Philosophical Transactions* entdeckte Agnes das Kaleidoskop. Der Optiker und Mechaniker Gottfried Hohnbaum hatte es Fräulein Herschel zur Begutachtung überlassen. Die prächtigen bunten Muster, die man durch die Röhre sah, verzückten Agnes. Oh, und da lag ein zweites! Agnes nahm es von der Schrift, die an Olbers gehen sollte, hielt es an ihr Auge und sah ein verschwommenes dunkles Gitter. Nach einem Moment der Enttäuschung erkannte sie die vergrößerten Fenstersprossen. Bei dieser Röhre handelte es sich nicht um ein Teleskop, sondern um ein Fernrohr, gemacht für größere Distanzen. Agnes ging zum Fenster und spähte damit die Straße hinab. An der Ecke zur Schulstraße lag der dreifarbige Kater in der Sonne. Der Biss an seinem Ohr schien nicht mehr zu eitern. Gute Linse! Seltsam, dass Agnes dieses Fernrohr noch nie gesehen hatte. Fräulein

Herschel zeigte ihre Instrumente gern. Wäre das Fernrohr ein Neuerwerb, hätte Agnes es schon bewundern dürfen. Fräulein Herschel hielt ihr ständig etwas unter die Nase. *Rat mal, wozu das dient!*

Bei diesem Fernrohr schloss Agnes auf ein Suchinstrument. Solche steckten auf den größeren Teleskopen und halfen, die Objekte aufzuspüren, die man betrachten wollte. Allerdings wies das Rohr keine Anzeichen einer Befestigung auf. War es Teil eines gescheiterten Projekts? Aber dann hätte man es einschmelzen und die Linsen anders verwenden können. Da war etwas eingraviert. *Für Karolinka.*

In der Schlafkammer raschelte das Federbett. Nackte Füße tappten über den Boden. Hastig verbarg Agnes das Fernrohr hinter ihrem Rücken. Fräulein Herschel erschien im Nachtgewand.

»Lieber Himmel, ich habe verschlafen. Heute Morgen wollte ich doch zu Hohnbaum.« Ihr Blick irrte durch den Raum. »Wo sind meine Stiefel?«

»Ich bringe sie Ihnen sofort.«

»Danke.« Sie verschwand wieder. »Agnes?«, rief sie von nebenan.

»Zur Stelle.«

»Bitte pack das Kaleidoskop ein. Ich will es zurückbringen.«

Agnes drehte das Fernrohr in den Händen. Es war länger als das optische Spielzeug von Hohnbaum, aber in der Eile konnte man den Unterschied übersehen. Wie Fräulein Herschel wohl reagierte, wenn bei Hohnbaum das falsche Instrument zum Vorschein käme? Agnes verdeckte das Kaleidoskop mit einer Zeitung. Das Fernrohr wickelte sie in Tuch, umschnürte es mit Flachsband und brachte es Fräulein Herschel zusammen mit den Stiefeln. Wenig später sah sie der gnädigen Frau vom Dachfenster aus nach. Bald würde der Irrtum auffliegen. Ob Agnes sich Tadel einfinge? Sie probte eine zerknirschte Miene.

»Verzeihen Sie vielmals, aber diese Dinger sehen einander so ähnlich. Wofür braucht man das denn?«

Aber wenn Fräulein Herschel die Sache überginge und das Fernrohr stillschweigend wieder verschwinden ließe, wüsste Agnes, dass nicht nur Tagebücher in diesem Haushalt verborgen wurden. Vielleicht stammte auch das Fernrohr aus der Zeit, zu der Fräulein Herschel so beharrlich schwieg.

Agnes sah auf die Pendeluhr. Ihre Arbeitszeit war vorbei. Mal sehen, was es heute Neues in der Redaktion gab.

Beim *Hannoverschen Merkur* war der Stapel übrig gebliebener Zeitungen vom Vortag höher als gewöhnlich. Agnes sollte ihn in kleine Stücke reißen.

»Wir haben schon mal mehr verkauft«, stellte sie fest.

»Sommerzeit.« Der Redakteur rührte in einem Bottich, der die eingeweichten Schnipsel der letzten Woche enthielt. »Viele Hannoveraner sind in ihren Landhäusern.«

Seit einigen Tagen formte er aus der Papiermasse Schäfchen. Ob er die verschenkte? Auf Agnes wirkte er nicht wie jemand, der Kinder mochte. Möglicherweise reihte er die Spielzeugtiere vor seinem Ofen auf und warf sie an langen, einsamen Abenden nacheinander ins Feuer.

»Herr Redakteur?« So sollte Agnes ihn ansprechen. Sein richtiger Name war ihm verhasst. Ernst Meier – zu gewöhnlich! »Die Buchhandlung überlässt Ihnen ja manchmal Neuerscheinungen.«

»Damit ich sie bespreche.« Der Redakteur rollte Papierbrei zu dünnen Beinchen. »Geschenkt sind die nicht.«

»Aber Sie haben sicher schon eine hübsche Bibliothek zu Hause.«

»Was willst du?«

Bitten schien er zu erahnen, bevor Agnes sie aussprach. Gleich würde er wieder jammern, wie teuer ihn sein Korrespondent kam. Noch immer wurde Agnes nicht bezahlt. Allenfalls ein Brötchen fiel manchmal für sie ab.

»Ich dachte, wenn mal ein englisches Lehrwerk darunter wäre …«, begann Agnes.

»Willst wohl nach Amerika.«

»Auswandern? Nein.« Darüber dachte sie wirklich nicht nach. Hannover war das Ziel ihrer Träume gewesen. Andererseits erlebte sie täglich Fräulein Herschels Verdruss. Andere Orte boten vielleicht mehr Möglichkeiten. Wahrscheinlich aber nicht für Dienstmädchen.

Der Redakteur knetete einen kugeligen Schafsrumpf und betrachtete ihn zufrieden.

»Handarbeit ist das einzig Wahre«, sagte er. »So ehrlich und beglückend.«

»Wenn ich Englisch besser beherrschen würde, könnte ich auch die schwierigen Berichte im *Edwardsville Spectator* verstehen.«

Der Redakteur brauchte nicht zu wissen, dass Agnes die Sprache wegen Fräulein Herschels Tagebüchern lernen wollte. Was sie herausfand, würde sie erst einmal für sich behalten. Sobald sie Material für eine *Story* beisammen hätte, sollte der Redakteur ihr die vergolden. Umsonst würde Agnes auf Dauer ganz bestimmt nicht arbeiten.

Der Redakteur stippte nacheinander Papierbeinchen in eine Schale Leim und drückte sie gegen den Schafskörper. »Frag doch deine Dienstherrin nach einem Wörterbuch.«

»Die besitzt nur Fachlektüre.«

»Aha. Und sonst? Wie verbringt sie ihre Tage?«

»Schläft lange«, sagte Agnes. »Schreibt ihre Memoiren.«

»Das machen sie alle im Alter.« Der Redakteur holte ein Buch aus der Lade des Schreibtischs und hielt es hoch, wie ein Markthändler, der einen fetten Fisch anpreist. »Aber der hier hat es auf die Spitze getrieben: Giacomo Casanova.«

»Kenn ich«, sagte Agnes. »Fräulein Herschels Stil ist anders. Keine Gelage, immer nur Arbeit. Sie kannte Hofdamen, aber was die getrieben haben, verrät sie nicht. Auch von sich selbst schreibt sie nichts Privates.«

Sogar die harmlose Episode mit Eliot war nachträglich ihrer Zensur zum Opfer gefallen. Als ob eine junge Frau, die der elterlichen Aufsicht entkommen war, im vergnügungsflirrenden Bath das Leben einer Nonne geführt hatte!

Der Redakteur legte das Buch zurück und griff zu einer Mappe.

»Ich nehme an, dann spricht die Herschel nicht von ihrem ältesten Bruder?«

»Ständig. Wilhelm hier, Wilhelm da ...«

»Nicht von dem, von Jacob. Er war der Erstgeborene. Hat gemeint, dass ihm alles zusteht. War hier Teil des Orchesters, auch wenn er lieber im Publikum gesessen hätte. Nach den Vorstellungen hat er sich unter die wichtigen Familien gemischt. Wollte dazugehören. Hat gespielt, gezecht und über seine Verhältnisse gelebt. Eines Morgens fand man ihn vor den Toren der Stadt. Erwürgt.« Der Redakteur öffnete die Mappe. Obenauf lag ein Zeitungsausschnitt. »Als das geschah, war ich ein Junge. Bis heute wurde der Täter nicht gefunden.«

Agnes nahm den Ausschnitt und überflog die Zeilen. Tatsächlich, da stand es schwarz auf weiß. Die gnädige Frau hatte einen weiteren Bruder gehabt, und der schien in vielerlei Hinsicht das Gegenteil von ihr gewesen zu sein: pflichtvergessen, maßlos und triebhaft. Das schwarze Schaf der Sippe? Diese Familie wurde immer interessanter!

»Und nun wollen Sie für Gerechtigkeit sorgen?«, fragte Agnes.

»Herrgott, nein.« Der Redakteur lachte, als sei das ein köstlicher Witz. »Aber ungeklärte Fälle sind reizvoll. Ich suche noch nach einem Aufmacher für mein neues Blatt.«

Von dem wusste Agnes gar nichts. Sie zerriss die letzte Zeitung und schüttelte ihre Finger aus. Die Kuppen waren dunkel von Druckerschwärze. Später würde Agnes ihre Hände mit der Wurzelbürste bearbeiten müssen. Missmut überkam sie. Als sie in dem geliehenen Kleid von Frau Prancke in die Redaktion gekommen war, hatte sie auf Arbeit gehofft, die den Körper nicht zeichnete. Sie stand auf, machte einen Schritt über den Schnipselhaufen und setzte sich auf das Sofa. Heute wollte sie keine Anweisungen mehr ausführen.

»Weihen Sie mich ein«, sagte sie.

»Der *Hannoversche Merkur* hat Abonnenten und wird in der Buchhandlung verkauft.« Der Redakteur sah an Agnes vorbei aus dem Fenster. »Trotzdem liest ihn nur ein Bruchteil der Hannoveraner. Wie erreiche ich die anderen?«

»Machen Sie ihn billiger«, schlug Agnes vor. »Ich etwa könnte ihn mir nicht leisten. Was auch daran liegt, dass Sie mich nicht entlohnen.«

Das schien der Redakteur zu überhören. »Ich verlege eine Zeitung für die Wohlhabenden. Aber die meisten Bewohner dieser Stadt sind Kutscher, Milchmädchen, Handwerker und so weiter. In Amerika gibt es für solche Leute die Penny Press. Die heißt so, weil sie billig ist.«

Agnes hob eine Augenbraue. »Aber die Ausgaben für den Drucker bleiben. Die für den Korrespondenten auch. Wie rechnet sich das?«

»Erstens würde ich von meinem neuen Blatt eine viel höhere Stückzahl verkaufen. Dadurch kann ich den Preis pro einzelnes Exemplar senken.« Der Redakteur setzte sich zu Agnes und schlug ein Bein über das andere. Seine Schuhspitze streifte ihren Rocksaum. Er wechselte das Bein, neigte den Oberkörper in die andere Richtung und versuchte, eine bequeme Haltung zu finden. Offenbar wusste er nicht, wie man zu zweit auf einem Sofa saß. Kam er denn nie raus aus dem Büro?

»Zweitens werde ich keinen Korrespondenten brauchen«, sagte der Redakteur. »Meine Informationen beziehe ich von einfachen Leuten wie dir.«

»O ja! Dann darf ich reisen?«

»Nicht nötig. Ich bringe keine Berichte aus dem Ausland. Milchmädchen kommen wenig herum. Politik interessiert die nicht.«

»Meine Tante hat alle Nachrichten aus Frankreich verschlungen«, widersprach Agnes. »Besonders wenn sie mit Napoleon zu tun hatten.«

»Wäre gern seine Josephine gewesen, was? Hähä. Über sein Ableben hätte ich natürlich berichtet.« Er schlug eine imaginäre Zeitung auf. »Tod auf Korsika! Starb Bonaparte an einer Krankheit oder war es Gift?«

»Gerüchte wollen Sie verbreiten.«

»Genau.« Er trommelte auf die Mappe. »Ich lasse drucken, worüber man auf dem Markt tuschelt.«

»Also soll ich Fräulein Herschel über Jacob aushorchen?«, fragte Agnes.

»Ich denke nicht. Der Mord ist schon ewig her, und meine eigenen Nachforschungen führten zu nichts. Außerdem erinnert sich kein Mensch mehr an Jacob. Aber wenn Fräulein Herschel dir seinen Tod verschweigt, hat sie vielleicht auch anderes zu verbergen. Bekommen wir von ihr keine Geschichten über den Hof, drucken wir eben welche über sie selbst. Die Abenteuer einer Hannoveranerin. Es reicht, wenn die nur zur Hälfte wahr sind. Oder zu einem Viertel.«

Er grinste wölfisch. Selten hatte Agnes ihn so fröhlich gesehen. Seine Hochstimmung bewirkte bei ihr das Gegenteil. Zwar wollte auch Agnes erfahren, was Fräulein Herschel geheim hielt, aber sie hoffte auf Leidenschaft, verbotene Liebe und den Glanz, den ein Mann von Rang in das Leben dieser Frau gebracht haben mochte. Mit einem abgeblätterten Stück vom

Sofa säuberte Agnes ihren Daumennagel. Alles war schmutzig hier, und der Redakteur wollte zusätzlich mit Dreck werfen. Davon hatte Agnes wahrlich genug. Ob sein Blatt jemals zustande käme? Vieles wirkte nur in der Vorstellung genial. Dieses Sofa hatte vermutlich auch nicht so ein plumpes Ding werden sollen.

»In dem neuen Blatt sollten wir auch Bilder bringen«, sagte Agnes. »Was Schönes fürs Auge.«

»Spottzeichnungen, ja!« Der Redakteur rückte an Agnes heran. Ihre Oberarme berührten sich. Seiner war kräftig. Das kam wohl vom Herumwuchten der Zeitungsstapel. Wollte der Redakteur sie küssen? Agnes überlegte, ob sie die Augen schließen und sich hingeben sollte. Vielleicht war er ja ein guter Küsser. Sie wollte endlich auch etwas Aufschreibenswertes erleben. Papier raschelte. Der Deckel der Mappe fiel auf Agnes' Schoß. Ach, der Herr Redakteur wollte ihr nur etwas zeigen.

»Karikaturen ist unsere Astronomin ja schon gewohnt.«

Er hielt eine Seite hoch. In groben Strichen war eine Graslandschaft skizziert. Mit mehr Sorgfalt hatte der Zeichner eine kniende Dame in einem roten Kleid abgebildet. Sie wrang die Hände und ... Der Redakteur prustete los. Speicheltröpfchen landeten auf dem Papier. Agnes wandte sich ab. Nein, jetzt wollte sie ihn nicht mehr küssen.

»Soll das Fräulein Herschel sein?«, fragte sie.

»Gut erkannt. Nun weißt du, warum sie die Presse hasst.«

Herr Hohnbaum

Hannover, 9. August 1823

In Herrn Hohnbaums Werkstatt schien es jedes nur erdenkliche mechanische Teil zu geben. Bis unter die Decke reichten die Regale. Caroline entdeckte Gläser mit fingernagelgroßen Sprungfedern darin, armlange Schienen, Rollen, Stangen und Röhrenelemente in allen Größen. An dem einzigen freien Wandplatz lehnten Wagenräder. Es roch nach Schmierfett. Als Hofmechanikus des Königreichs Hannover stellte Herr Hohnbaum nicht nur optische Instrumente her, sondern tüftelte auch an großen Geräten wie Feuerlöschpumpen.

Alexander wäre im siebten Himmel.

Auf einem Werktisch lagen Feilen bereit, ein zweiter Tisch war peinlich sauber. An ihm beugte sich Herr Hohnbaum über eine Skizze, die Zahnräder in einem Gestell zeigte. Als er Carolines Eintreten bemerkte, legte er den Zeichenstift hin.

»Dieser Charles Babbage ist doch ein Teufelskerl«, sagte er statt einer Begrüßung. »Eine Rechenmaschine will er bauen. Das Prinzip erscheint mir recht simpel, aber die Umsetzung dürfte sich als schwierig herausstellen.«

Caroline hatte durch John von dem Vorhaben seines Freundes erfahren. »Mein Neffe schreibt, es wurden tausendfünfhundert Pfund für die Konstruktion bewilligt.«

Diese Summe entsprach dreißig Jahren von Carolines Lohn.

Aber die Maschine könnte ja auch viele Mathematikerinnen ersetzen.

Wie viel Zeit Caroline mit Kalkulation verbracht hatte! Die Vorstellung, diese Arbeit übernähmen in Zukunft Maschinen, war faszinierend und erschreckend zugleich.

Als hätte ich Salzkörnchen einzeln zu einem meterhohen Hügel aufgeschichtet, und dann kommt ein Regenschauer und spült sie alle fort.

»Ich bringe einer jungen Frau astronomische Berechnungen bei«, sagte Caroline. »Vielleicht sollte ich ihr lieber eine Lehre als Mechanikerin nahelegen.«

»Wir müssen den Maschinen sagen, was sie tun sollen.« Herr Hohnbaum zog eine Linie unter die Skizze und zeichnete einen Maßstab ein. »Außerdem sehe ich Babbages Idee in der Umsetzung scheitern. Die Maschine erfordert Zahnräder von immenser Präzision. Jede winzigste Ungenauigkeit überträgt sich, und Fehler potenzieren sich, das muss ich Ihnen ja nicht erzählen.«

Caroline nickte. »Der Teufel ist ein verschobenes Komma.« Sie wickelte ihr Päckchen aus, um Herrn Hohnbaum das Kaleidoskop zurückzugeben.

»Ihre Leihgabe hat uns viel Freude gemacht. Mein Großneffe Johann wollte das Spielzeug gar nicht mehr –«

Sie brach ab, als der Stoff das Fernrohr enthüllte. *Für Karolinka.* Die Gravur schien Carolines Geheimnis in die Welt zu schreien. Starr vor Schreck sah sie schon Herrn Hohnbaum nach dem Instrument greifen. Ihre Brüder hatten sie Lina gerufen. Janeks Kosename für sie hatte niemand gekannt. Aber viele würden sich an den polnischen General erinnern, der mit Wilhelm durch England gereist und wegen seiner Geselligkeit und seinem Witz in vielen Häusern ein gern gesehener Gast gewesen war. Womöglich hatte Janek sogar mit Hohnbaum korrespondiert, um zu erfragen, welche neuen optischen Entwicklungen es auf dem Kontinent gab.

»Oh, bitte behalten Sie das Kaleidoskop doch«, sagte Herr

Hohnbaum, ohne aufzusehen. »Ich stelle sie mittlerweile in Serie her.«

Carolines Hände zitterten. Mit fahrigen Bewegungen wickelte sie ihr Fernrohr wieder ein. Warum hatte Agnes es statt des Kaleidoskops eingepackt? Zwar holte Caroline das Fernrohr oft hervor, aber immer nur, wenn sie allein war, und danach versteckte sie es eigentlich jedes Mal wieder. Hatte sie es in der allgemeinen Unordnung ihres Zimmers gestern abgelegt und dann vergessen? Wenigstens brachte sie es fertig, sich zu verabschieden.

»Vielen Dank, Johann wird sich freuen«, sagte sie. »Mein Dienstmädchen hat gesehen, dass die Hahnsche eine neue Lieferung bekommen hat. Ich will gleich mal sehen, ob Bücher für mich dabei sind. Auf bald, Herr Hohnbaum.«

Ursprünglich hatte sie wirklich vorgehabt, in der Buchhandlung zu stöbern, aber dafür war sie nun viel zu aufgewühlt. Unter Leute konnte sie jetzt nicht. Sie lief zum Friedhof und setzte sich auf die Bank nahe Alexanders Grab. Eine Wickenhecke spendete ihr Schatten. Die violetten Blüten verströmten süßlichen Duft. Caroline atmete ihn tief ein.

Diese Hecke, die ist echt. Jeder kann sie riechen. Aber von meinem Unbehagen weiß niemand. Ich bin nicht ertappt worden, das bilde ich mir nur ein. Ich habe das Fernrohr einfach herumliegen lassen und Agnes muss es mit dem Kaleidoskop verwechselt haben. Sie hat nicht richtig hingesehen. Für sie ist das Fernrohr ein Gegenstand von vielen. Nur ich messe ihm Bedeutung bei.

Alexander hätte Caroline den Kopf zurechtgerückt.

Jetzt bist du älter, als Vater und Mutter geworden sind, und sitzt mit hochrotem Kopf auf einem Bänklein. Als ob sich heute irgendjemand um deine verflossene Liebe scheren würde. Vergangene Zeiten, Schwesterherz! Richte deinen Blick lieber auf die Zukunft. Babbage wird seine Maschine bauen, und irgendwann wird man keine Mathematikerinnen mehr brauchen, und andere Astronomen werden neue Kometen finden.

Wer würde in hundert Jahren noch Carolines Namen kennen? Sie hatte ja selbst ihre Anstrengungen ständig heruntergespielt. (»Ich bin doch nichts als eine Dienerin meines Bruders.«) Durch ihre Memoiren wollte sie eine andere Version der Geschehnisse verbreiten. Aber Janek würde darin nicht vorkommen. In den alten Tagebüchern las Caroline oft. Sie fürchtete, die Vergangenheit könnte zerfallen wie ein Strauß alter Trockenblumen. So wenig war ihr von Janek geblieben. Lange hatte Caroline auf eine glückliche Wendung gehofft, doch die würde es nicht mehr geben. Janek war tot, und Caroline konnte nicht einmal sein Grab besuchen. Tränen verschleierten ihren Blick. Fest umklammerte sie das Fernrohr. Ihre Liebesgeschichte hatte kein richtiges Ende gefunden und war trotzdem vorbei. Jahr um Jahr verging, und doch fand Caroline keinen Frieden. Anvertrauen konnte sie sich niemandem. Sollte sie ein geheimes Kapitel der Memoiren verfassen, nur für sich? Und versuchen, in dem, was geschehen war, nachträglich einen Sinn zu entdecken? Auf Elend folgte Glück, jedenfalls in den Märchen.

Ich könnte die Begegnung von Janek und mir nach Art der Brüder Grimm umdichten. Agnes war enttäuscht, als meine Memoiren mit Wilhelms Hochzeit geendet haben, und wollte wissen, wie es weiterging. Schildere ich es ihr als Märchen, ist das unverfänglich. Selbst wenn Agnes den wahren Kern erahnen sollte, hätte sie nichts Konkretes. Aber mich wird das Erzählen trösten.

Caroline steckte das Fernrohr wieder ein und spazierte über die Knochenhauerstraße zurück, überquerte den Marktplatz und grüßte Bekannte. Gedanklich befand sie sich im England des vergangenen Jahrhunderts. Zu Hause verzog sie sich mit den Grimmschen Märchen in ihre Schlafkammer.

Am nächsten Morgen bat sie Agnes, Rosinenbrötchen und Tee für sie beide zu bereiten. Das Mädchen vermutete ein Frühstück mit Rechenstunde und brachte auch Papier und Stift.

»Das brauchen wir nicht«, sagte Caroline. »Heute wollen wir nicht über Bogenmaße sprechen, sondern über einen Königssohn.«

Das achte Weltwunder

Slough, 29. September 1789

Über ein Jahr lag die Hochzeit zurück, die Carolines Leben erschüttert hatte. In ihrem Tagebuch schimpfte sie über die Änderungen, die Mary im Haupthaus vornahm:

Neue Vorhänge und überall Gardinen, was soll das? Wilhelm braucht Licht zum Lesen und Schreiben! Und alles voller Teppiche und Läufer, in denen bleibt doch nur Schmutz hängen.

Von dem gab es wegen der Arbeiten am Vierzigfuß reichlich. Als Mary einmal verwundert fragte, wofür man diese Holzberge brauche, die für ein Schiff ausreichen würden, notierte Caroline:

Wilhelm spricht von nichts anderem als seinem großen Teleskop, aber vorstellen kann sie es sich trotzdem nicht. Ich glaube, sie gibt sich auch keine Mühe. Sie lächelt nur einfältig und nennt ihn ein Genie.

Mary war in einem Alter, in dem sie vermutlich keine Kinder mehr bekommen würde, und da ihr Sohn Paul nur noch wenig Aufmerksamkeit bedurfte, füllte sie ihre Tage mit Teekränzchen. Wäre das Vierzigfuß nicht gewesen, hätte Wilhelm leicht in einem Strudel aus Einladungen und Gegeneinladungen versinken können. So aber verbrachte er jede wache Minute auf der Baustelle. Zu einem Zeitpunkt, da andere frisch Verheiratete die Geburt eines Kindes verkündeten, vermeldete er die Fertigstellung seines großen Projekts.

Das Vierzigfuß war ein Monster. Auf dem Boden liegend, hatte die Teleskopröhre schon gewaltig gewirkt, doch nun war sie aufgerichtet worden. Ihr oberes Ende hing an einem Flaschenzug in einer riesigen Holzkonstruktion, einem Mantel aus Streben, Stützbalken und Leitern, der die Form eines gleichschenkeligen Dreiecks bildete, die Südseite des Hauses beschattete und sämtliche Gebäude des Dorfes und sogar die Mauern von Windsor Castle überragte. Die Plattform war so weitläufig, dass unter den Aufbauten für das Teleskop zwei Hütten Platz hatten, die Stauraum und eine Möglichkeit zum Ausruhen boten. Dorfbewohner sprachen vom achten Weltwunder, und Astronomen aus ganz Europa pilgerten nach Slough.

Wenn Sie nur eine Sache in England besichtigen können, lautete angeblich Maskelynes Rat, *kommen Sie nicht nach Greenwich, sondern besuchen Sie die Herschels.*

In ihrem Gasthaus in Upton bestückte Marys Mutter die Zimmer mit zusätzlichen Betten. Caroline und Wilhelm trafen nun endlich auch die Wissenschaftler, mit denen sie bisher nur geschrieben hatten. Die Mehrzahl der Besucher waren aber Schaulustige, die an die Röhre klopften und den Kopf in den Nacken legten. Eine Frau glaubte, das Vierzigfuß könne den Geist ihres verstorbenen Vaters sichtbar machen, und ein Mann wollte mit Zunderschwämmen und Schwarzpulver in die Röhre steigen, um sich zum Mond zu schießen.

Mary überforderten die Fragen nach der Funktionsweise des Vierzigfuß. Sie zog sich zurück, und Caroline machte in Slough Boden gut.

An einem windigen Herbstnachmittag hatte sie zwei Gruppen und ein Paar herumgeführt und sich danach für eine Pause in ihre Räume über der Werkstatt zurückgezogen. Als sie wieder in den Garten kam, in dem mittlerweile auch das letzte Stück Rasen niedergetrampelt war, fand sie einen Herrn vor.

Ist das der Letzte für heute?

Mit trockenem Mund rief sie einen Gruß. Dieser Tage redete

sie mehr, als sie zu ihren besten Zeiten gesungen hatte. Längst hatte sie es aufgegeben, sich all die fremden Gesichter einzuprägen. Ankömmlinge empfing sie mit einer Freundlichkeit, die Fremden und flüchtig Bekannten gleichermaßen angemessen war. Manchmal merkte sie sich Personen, die groß oder außergewöhnlich schön waren. Auf Jan Komarzewski traf keines von beiden zu. Dafür fiel er mit einem seltsamen Helm auf.

Aus welchem Jahrhundert ist der denn übrig geblieben?

Wie die Hälfte einer metallischen Eierschale umschloss das Stück den Kopf seines Trägers bis unter die Ohren. Auf deren Höhe waren Löcher gebohrt. Rechts und links der Schläfen hingen Riemen, die unter dem Kinn in einer Schnalle zusammenliefen. Wären die Reitstiefel, die Kniehose und die modische Jacke nicht gewesen, hätte Caroline sich den Mann am Bug eines Wikingerbootes vorstellen können. Mit schleppenden Schritten lief er ihr entgegen.

»Fräulein Herschel, sehr angenehm.«

Er überragte sie um eine Elle und neigte den Kopf. Caroline spiegelte sich im Helm. Ihr fiel ein, wo solche Schädelkappen getragen wurden. Die Kürassiere der Garde in Hannover besaßen welche. Allerdings schmückten sie sie mit Helmbüschen oder zogen Hüte darüber. Gehörte nicht auch ein Halsschutz dazu? Auf jeden Fall aber Brust- und Rückenplatten. Die Rüstung dieses Herrn war unvollständig und ohnehin an einem friedlichen Ort vollkommen fehl am Platz. Caroline fällte ihr Urteil.

Ein Spinner.

Er nannte seinen Namen, nahm den Helm ab und verbeugte sich leicht.

Ein höflicher Spinner.

Leider stellten die Irrsinnigen oft besonders viele Fragen. Caroline versuchte, dem zuvorzukommen, indem sie eine Serie von Daten über das Zwanzigfuß abspulte: »Vier Jahre Bauzeit, der Spiegel hat achtundvierzig Zoll Durchmesser, und wir mussten zwei davon anfertigen, weil beim Polieren der erste zu dünn wurde und zu brechen drohte. Wenn wir gleich auf die Leiter steigen, werden Sie bemerken, dass dieses Instrument kein Okular an der Seite besitzt wie andere Reflektorteleskope. Stattdessen blicken wir durch die Öffnung auf den Hauptspiegel. Oder sollte ich sagen, den einzigen Spiegel? Hier gibt es keinen zweiten am Ende der Röhre und deshalb auch kein Okular. Zu viel Licht würde verloren gehen. Sie sehen ja, die Ausmaße der Röhre sind gewaltig.«

Sie hatte Englisch gesprochen, doch der Herr ergänzte auf Deutsch: »Vierzig Fuß. Zwölf Meter.«

Bei ihm klang es wie *Fuss* und *Mättär*. Sein harter Akzent verstärkte den militärischen Eindruck seines Auftretens.

Wie angenehm, wenn jemand die Laute nicht verschluckt. Palavern die Handwerker in Cockney, verstehe ich nur die Hälfte.

»Sie sprechen ja Deutsch.« *Stimmt, er hat mich* Fräulein *genannt.* »Haben Sie meine Heimat bereist, Herr ...«

Natürlich war ihr schon wieder entfallen, wie er hieß. Für solche Fälle hatte sie eine Ausrede parat. »Verzeihen Sie, ich fürchte, ich verhunze Ihren Namen.«

Er wiederholte ihn langsam. Caroline ahmte seine Aussprache nach und nahm Anlauf zur dritten Silbe: »Ko-marr-SCHEFF-ski.«

»Perfekt.«

Herr Komarzewski drehte den Helm in den Händen. Offenbar hätte er ihn gern wieder aufgesetzt, aber die Höflichkeit verbot es ihm. Stattdessen machte er einen Schritt vom Gestell weg und behielt die Seilwinden im Blick, während er weitersprach. »Ich habe an der Bergakademie in Freiberg studiert, die Schätze der Erde. Sie suchen ja in der anderen Richtung.«

Er deutete in den Himmel. Der Wind trieb Wolkenfetzen über Windsor.

Harmlos. Die werden uns später kaum beim Beobachten stören.

»Deswegen also der Helm.« Caroline dachte laut.

»Ich hatte schon mal einen besseren«, sagte Herr Komarzewski. »Ist mir auf der Überfahrt gestohlen worden. Musste mir dann Ersatz besorgen. Will mir nämlich die Dampfmaschinen in Birmingham ansehen. Die Kessel überhitzen, wenn Wasser fehlt, und dann kann Ihnen die Chose um die Ohren fliegen ...« Er strich sich mit der freien Hand über sein Haar. Es war dunkelbraun, pomadiert und nur wenig länger als einen Zentimeter. »Verwenden Sie hier keinen Schutz?«

»Wie meinen Sie das?«

»Nun ... In welcher Kleidung arbeiten Sie?«

»So.« Caroline zupfte am Spitzenkragen ihres weißen Musselinkleids. »Wenn es kälter wird, ziehe ich etwas drüber.«

»Und da passiert nichts?«

Kaum hatte er das gefragt, stach ihre Narbe wieder. Caroline rieb mit den Fingerknöcheln über das Bein. Stumpfer Druck half.

»Meistens nicht«, sagte sie.

»Aber die Kräfte, die auf dieses Gestell wirken! Die Röhre muss doch einige Tonnen wiegen.«

»Die Konstruktion ist sicher.« Caroline machte einen Schritt in Richtung der Leiter. »Wollen wir hinauf?«

»Nur, wenn Sie meinen Helm aufsetzen.«

Sie lachte. »Damit würde ich mir komisch vorkommen.«

Vor allem jetzt, da endlich alle Arbeiten abgeschlossen sind.

Caroline dachte an den Sturm, in dem Wilhelm beinahe unter dem halb fertigen Gestell begraben worden wäre, an die ausgelaufene Legierung, die den Steinboden in Bath gesprengt hatte, und ihr eigenes beinahe tödliches Missgeschick. Und das waren nur die großen Unglücke gewesen. Alle Arbeiter hatten Blessuren von Metallspänen an den Händen, rote Augen vom Holzstaub und hartnäckigen Husten.

»Ich bin frei von Läusen.« Herr Komarzewski streckte Caroline den Helm entgegen.

»Na schön«, sagte sie. »Wenn Sie darauf bestehen.«

Erst musste sie jedoch die Nadeln lösen, die ihren hochgesteckten Zopf hielten. Der Helm war innen gepolstert und unerwartet bequem.

Und ich dachte, es wäre, wie einen Kochtopf aufzuziehen.

Stattdessen schien eine große Hand beschützend auf ihrem Kopf zu liegen.

Eine schwere Hand.

Automatisch stand Caroline gerade und balancierte das zusätzliche Gewicht aus. »Den Hals lang, die Schultern herunter!«, hörte sie Mrs Colnbrookes Stimme. »Haltung ist der halbe Auftritt.«

Die Bühnenpose wirkte. Herr Komarzewski sah Caroline jetzt anders an. Überrascht irgendwie.

Beginnen wir die Aufführung.

»Wie Sie bestimmt schon bemerkt haben, steht das Vierzigfuß auf einer Plattform. Unter der befinden sich Räder auf einem Schienenkreis«, sagte Caroline. »Wir können das Teleskop drehen und damit die horizontale Ausrichtung ändern oder, wie wir Astronomen es ausdrücken, den Azimut ändern.«

Sie raffte ihren Rock, stieg auf drei übereinandergelegte Bretter, griff mit der anderen Hand eine Gerüststrebe, setzte einen Fuß auf die Plattform und zog sich hoch. Kürzlich hatte sie noch einen Tritt besessen, aber der war nachts auf die Schienen gekippt und beim Bewegen der Plattform unter den kniehohen Rädern zermalmt worden. Herr Komarzewski kletterte Caroline hinterher. Etwas schlug hart an das Holz. Caroline drehte sich um.

»Ihr Schienbein?«

»Nur mein Stiefel, nichts passiert.« Er stützte die Hände in die Hüften und stellte ein Bein in einer Tanzpose nach vorn. »Treten Sie mir auf den Fuß.«

Warum sollte ich?

Doch weil Herr Komarzewski schmunzelte, als bereite er eine Pointe vor, tippte sie auf seine Stiefelspitze. Das Leder gab nicht nach.

»Haben Sie einen Stein in Ihren Stiefel gesteckt?«

»Eisenkappen.«

Er freute sich wie Alexander, wenn ein Vergrößerungsglas oder eine Pinzette benötigt wurde und ihr Bruder just dieses Ding aus der Tasche ziehen konnte.

»Ich besitze auch eine Schutzbrille«, sagte Herr Komarzewski. »Aber die habe ich im Gasthof gelassen. Hier kann ja nichts explodieren, oder?«

Ein Mann der Vorsicht.

Und damit einer, um den Caroline sich nicht sorgen musste. Täglich bangte sie, wenn höfische Besucher, angeheitert von Mittagsgelagen, bis zur Spitze des Gerüsts kletterten, um sich dort von ihren Freunden skizzieren zu lassen. Schon mehrfach hatte sie Wilhelm gebeten, die Leitern zu sperren. Sie wurden nur gebraucht, um die Aufhängung der Seilwinden zu überprüfen. Aber Wilhelm fand, sie sollten den Leuten ihren Spaß lassen. »Der Palast bezahlt uns fürs Amüsement seiner Gäste.«

Caroline stieg die Treppe zum Balkon hinauf. Vor der Öffnung der Röhre hing ein begehbarer Korb, der an den Ausguck eines Schiffs erinnerte. Nur dass man von diesem Krähennest nicht über die Landschaft, sondern in die Röhre hineinblicken musste. War sie gesenkt, gelangte man bequem in den Korb, aber bei einem Winkel von fünfundvierzig Grad, wie jetzt, schwebte der Korb unerreichbar über Carolines Kopf. Einer von Wilhelms Helfern musste diese Maßnahme getroffen haben, damit die Dorfkinder keinen Blödsinn anstellten.

»Wenn Sie möchten, lasse ich die Röhre verstellen«, sagte Caroline, obwohl sie genau wusste, dass kein Helfer mehr da war.

»Nicht nötig.« Herr Komarzewski blieb in der Mitte der

Treppe stehen. »Ihr Bruder hat mich vorige Nacht schon mit hinaufgenommen.«

Wilhelm war gestern noch hier?

Eigentlich hatte er in Upton mit Mary ein Essen für deren Freunde geben wollen. (»Ich habe jetzt gesellschaftliche Verpflichtungen, Lina.«) Caroline war daraufhin der Einladung von Miss Burneys Leseklub gefolgt. Ihr zu Ehren wurde ein Gedicht rezitiert, in dem es angeblich um den Mond ging, aber bis der erwähnt wurde, war Caroline gedanklich schon ausgestiegen. Es hatte sie Mühe gekostet, die Augen offen zu halten. Draußen konnte sie die Nächte mühelos durchwachen, aber in geschlossenen Räumen drohte sie binnen Minuten einzuschlafen wie eine Bärin in der Höhle.

»Haben Sie sich heimlich vom Dinner weggeschlichen?«, fragte Caroline.

Mary servierte zum letzten Gang gerne selbst geschriebene Gebete, und die waren lang.

Ganz und gar nicht, beteuerte Herr Komarzewski. Nach dem Dessert hätten sie ein Fläschchen einer *polnischen Spezialität* genossen, Lieder gesungen, und danach habe er allein einen kleinen Spaziergang unternommen.

»So machen wir es in meiner Familie nach einem schönen Essen. Ist gut für –« Er machte eine Bewegung, die Kopf, Herz und Magen einschloss.

»Die Verdauung?«, riet Caroline.

»Alles. Die Seele.« Er grinste breit. »Und Ihr Bruder ist ein Spaßvogel!«

Klingt, als wären sie schon beste Freunde. Ich habe wohl etwas verpasst.

»Aber was kann ich Ihnen dann zeigen?«, fragte Caroline.

»Das Häuschen«, sagte er.

Das Haupthaus? Doch er lief die Treppe wieder hinunter auf die Plattform und deutete auf die Hütte, die rechts neben dem unteren Ende der Röhre stand. Von dort aus assistierte Caroline Wilhelm. Die andere Hütte wurde von den Helfern genutzt, aber die wollte Herr Komarzewski offenbar nicht sehen. Caroline verharrte weiter auf dem oberen Treppenabsatz.

»Wilhelm hat mich da nicht hineingelassen«, sagte der Besucher.

Weil ich den Schlüssel nicht aus der Hand gebe.

Auf einem Tisch und in Regalen lagen Sternenkataloge und Aufzeichnungen griffbereit.

Mein wertvollster Besitz.

»Da ist gar nichts Aufregendes drin«, sagte Caroline.

Herr Komarzewski wackelte mit dem Finger, als lasse er sich nicht abspeisen. »Aber es ist Ihr Reich, oder?«

Er sah sie von unten her an. Caroline begriff.

Oh, das ist charmant gemeint.

Sie lächelte und stieg die Treppe wieder hinab. Den Rock raffte sie nur vorn ein wenig und ließ ihn hinten über die Stufen schleifen, wie sie es bei den Prinzessinnen beobachtet hatte.

»Auf die Gefahr hin, dass Sie sich langweilen«, sagte Caroline.

Sie sperrte mit dem Schlüssel auf, der an ihrem Gürtel hing. Im Inneren war es schummrig.

»Die Fenster haben wir absichtlich klein gehalten«, erklärte Caroline. »Nachts soll möglichst wenig Helligkeit nach außen dringen.« Sie setzte sich, entzündete die Lampe und rückte sie in die Mitte des Tisches. »Das würde Wilhelms Augen irritieren und ihn beim Beobachten stören. Je weniger Lichtstrahlen an unsere Pupillen dringen, desto mehr weiten sie sich und desto besser kann das Auge das vergleichsweise schwache Sternenlicht erfassen, das der Spiegel dort oben einfängt.«

War Herrn Komarzewski das bekannt? Er nickte. Seine Augen waren braun und fast ebenso dunkel wie sein Haar. Caroline, die überall nach geometrischen Formen suchte, entdeckte in seinem Gesicht eine Mischung aus geraden Linien, Winkeln und

Schwüngen. Die Brauen verliefen wie mit dem Lineal gezogen und fielen an den äußeren Augenwinkeln um dreißig Grad ab. Auch der Nasenrücken schien schnurgerade zu sein. Die Wangen und das gekerbte Kinn waren fleischig und die Lippen voll. In der Tat, Herr Komarzewski wirkte wie ein Mann, der gutes Essen schätzte. Aber was wollte er hier? Caroline hatte vorher noch niemanden mit in die Hütte genommen, nicht einmal andere Astronomen. Mit denen diskutierten sie und Wilhelm im Salon.

Vielleicht sollte ich ganz vorn beginnen.

»Teleskope funktionieren ganz ähnlich wie Augen«, sagte sie. »Ist die Öffnung groß, sammelt sich mehr Licht auf dem Spiegel, und wir erkennen Details besser. Aber Störungen fangen wir damit auch ein. Die Luft ist selten ruhig und an manchen Tagen ...«

Sie verlor den Faden.

Worüber spreche ich? Über die Luft. Sie fühlt sich an wie vor einem Gewitter. Da ist eine Spannung, die sich entladen wird.

Ob Herr Komarzewski das auch spürte? Er stand ruhig da, die rechte Hand mit den Fingerspitzen auf den Tisch gestützt wie ein Kommandant, der sich Berichte anhört, bevor er eine gewichtige Entscheidung trifft.

»Was ist das?«

Er wies auf das Notizbuch, das aufgeschlagen auf den Bögen mit der Himmelsdurchmusterung lag.

»Eine Zeichnung des sechsten Saturnmondes.« Caroline schob sie zu ihm hinüber. »Wilhelm hat ihn erst vor wenigen Wochen entdeckt.«

»Säää̈r gutt.«

Sein Deutsch war flüssig, aber seinen Akzent trug er so stolz vor sich her wie seinen Bauch. Caroline hatte jahrelang an ihren Konsonanten geschliffen, um schließlich das höchste denkbare Lob von Mrs Colnbrooke zu bekommen: nicht mehr als Ausländerin aufzufallen.

»Der König muss zufrieden gewesen sein.« Herr Komarzewskis Stimme bekam etwas Lauerndes. »Sollte er auch, oder? Er hat viel Geld gegeben.«

»So ist es.«

Worauf will er hinaus?

»Ich bin eingeweiht«, sagte Herr Komarzewski. »Diesen Mond, von dem wussten Sie beide schon vor der Nutzung des Vierzigfuß.«

Hat Wilhelm ihm das verraten? Unglaublich! Wie leichtsinnig von ihm.

»Man sieht auch mit kleineren Teleskopen alles Mögliche«, sagte Caroline. »Aber eben nur sehr schwach. Wie eine Ahnung oder einen Geist. Einen scheuen Geist ...«

Wahrscheinlich mache ich mich mit Rechtfertigungen nur verdächtiger.

»Ich plaudere nichts aus.« Herr Komarzewski betrachtete sie mit einem aufrichtigen Lächeln. »Strategien sind mir eine Freude. Der König möchte dieses Teleskop bezahlen, dann wird es ihm doch zu teuer, und Sie müssen ihm« – er schien nach einem Ausdruck zu suchen – »mit Ach und Krach noch ein paar Pfund mehr aus den Rippen leiern ...«

Das sind die Worte, die Wilhelm immer benutzt. Die polnische Spezialität *hat ihn wohl ordentlich zum Reden gebracht.*

»Unser geliebter Herrscher war großzügig«, sagte Caroline. »Umso besser, dass das Vierzigfuß uns gleich eine Entdeckung beschert hat.«

»Ja, ganz wunderbar ist das«, sagte Herr Komarzewski fröhlich. »Aufgestellt, durchgeguckt und zack – ein neuer Mond.« Er zwinkerte. »War das Ihre Idee?«

»Ich verstehe nicht.«

»Doch, doch. Sie haben die Finanzen im Griff und wissen, wie man Unterstützer zufriedenstellt.«

Allmählich wurde Caroline unter dem Helm heiß. Sollte sie ihn ausziehen? Das könnte ihr Besucher als Ende der Führung verstehen.

Herr Komarzewski richtete sich wieder auf. »Meine Fragen sind Ihnen unangenehm«, stellte er fest. »Tut mir leid.«

»Nun, ich dachte, wir wollen über Sterne sprechen und nicht –« *Ich kann es ruhig zugeben, die Katze ist ohnehin aus dem Sack.* »Über Strategie.«

Sie rollte einen Papierbogen auf. »Sehen Sie, hier habe ich den nördlichen Himmel in Quadrate unterteilt.«

Sie erklärte ihm, wie sie Wilhelms Sichtungen notierte und ihm sagte, wo er als Nächstes nach Nebeln suchen sollte. Herr Komarzewski lauschte aufmerksam. Ob er alles verstand? Er hakte nicht einmal nach, als Caroline ihm vorrechnete, in welcher Position der Saturn um Mitternacht von Warschau aus zu sehen wäre.

»Können Sie mir folgen?«, fragte sie.

»Schon lange nicht mehr.« Er wirkte trotzdem zufrieden. »Aber jetzt stimmt das Bild.«

Sie bat ihn, das zu erläutern.

»Ich hab gestern durch das Teleskop gesehen«, sagte er. »Beeindruckend. Einen weit entfernten Stern hole ich nah heran. Aber nach einer Weile denke ich: Das ist, wie wenn ich auf dem Boden liege, mit der Nase nach unten, und eine einzelne Ameise krabbelt vorbei. Ich sehe weder ihre Straße noch ihre Kolonie. Ja, ich weiß nicht mal, bin ich auf dem Feld oder im Wald? Aber all das wissen Sie.« Er richtete einen Finger auf Caroline. »Sie sind der *generał brygady*.«

»Absolut nicht«, sagte Caroline.

Ich soll mich wie ein Militär aufführen? Das ist wirklich ein schiefer Vergleich.

Doch Herr Komarzewski besaß Überzeugungskraft. Sonst würde Caroline nicht mit einem Helm in einer Hütte sitzen, in der ihr allenfalls eine verirrte Baumwanze auf den Kopf fallen konnte.

»Hoffentlich sind Sie beim nächsten Dinner dabei«, sagte

Herr Komarzewski. »Dann muss ich mich nicht wieder wegschleichen.«

Er beabsichtigt, länger zu bleiben?

Caroline setzte zu einer Erklärung an. Seit Wilhelms Heirat habe sie sich zurückgezogen. Marys Freundeskreis sei nicht ihrer, und überhaupt gäbe es immer so viel zu tun.

»Ja«, sagte Herr Komarzewski. »Aber mir würden Sie doch die Ehre ...«

Das Ende der Höflichkeitsfloskel schien ihm nicht einzufallen.

Caroline gab ihm seinen Helm zurück und half ihm aus der Verlegenheit. »Ich werde es versuchen, Herr Komarzewski.«

Am Abend schlossen die doch nicht so harmlosen Schleierwolken ihre Reihen und versteckten die Sterne. Caroline erledigte ein paar Berechnungen und ging für ihre Verhältnisse früh schlafen. Als sie ihr Haar kämmte, bemerkte sie einen Geruch von Olivenöl und etwas Nussigem. Der musste wohl vom Tragen des Helms herrühren. Träumerisch fuhr Caroline mit den Fingern durch die Strähnen. Heute wollte sie keinen Zopf für die Nacht flechten. Sie legte sich ins Bett und schmiegte ihr Gesicht in den Duft.

Generał brygady.

Brigadegeneral? So hatte Caroline noch niemand genannt. Der Pole war ein Schmeichler.

Ein gut riechender Schmeichler. Ob wir uns wiedersehen?

Caroline musste keine Woche warten. Schon am Samstag luden Mary und Wilhelm zu einem musikalischen Abend.

»Ich will mich mal wieder ans Klavier setzen«, sagte Wilhelm plötzlich, als sie am Morgen in der Werkstatt darüber berieten, was sie mit dem ersten, zu dünn geratenen Spiegel anfangen sollten. »Du könntest singen. Wir haben schon lange keine Musik mehr gemacht.«

»Stimmt.« Caroline sammelte eine Schraube vom Boden auf. »Und dieser Abend ist deine Idee?«

»Sicher.«

»Wer wird denn kommen?«

»Paul, die Papendieks, Miss Burney ... Ah, und General Komarzewski. Den hast du ja schon kennengelernt.«

Caroline fühlte Blut in ihre Wangen schießen. Sie ließ die Schraube wieder unter die Werkbank fallen und suchte gebückt, um einen anderen Grund für ihren roten Kopf zu bekommen.

»Übrigens bist du diesem Komarzewski gegenüber ja sehr auskunftsfreudig gewesen.« Sie richtete sich auf und verschränkte die Arme. »Ich sage nur: Saturnmond.«

»Wir können ihm vertrauen.« Wilhelm entdeckte die Schraube und warf sie in ein Kästchen mit Sprungfedern. »Jan ist integer. Als rechte Hand des polnischen Königs hat er das Militär reformiert und bekam daraufhin Schwierigkeiten mit Adligen, die ihre Positionen behalten wollten. Jetzt ist er mit Forschung betraut und sieht sich an, was hierzulande auf dem Gebiet von Dampfmaschinen und Optik entwickelt wird. Vielleicht gewinnen wir ihn für die Astronomie. Er scheint schon in der Materie zu stecken. Du sollst auf jeden Fall heute Abend dabei sein, sagt er. Er möchte wissen, zu welcher Stunde sich derzeit der Saturn über Krakau zeigt.«

In Wilhelms Welt war diese Frage so normal wie die nach dem Milchpreis.

Am Nachmittag versuchte Caroline, ihr gelbes Kleid wieder in einen präsentablen Zustand zu bringen. In den Nächten, die sie damit auf dem Feld beobachtet hatte, war der Saum zerfranst. Sie musste ihn auslassen, kürzen und neu umschlagen. Mit Schere, Nadel und Faden saß sie am Fenster und bearbeitete den Damast. Aus dem Kamin des Haupthauses stieg Rauch. Die Dienstboten bereiteten die Speisen vor. Das Küchenfenster wurde geöffnet, und lautes Schimpfen drang heraus. Hatte jemand das Fleisch anbrennen lassen? *Nicht meine Sorge.* Mary war mit ihrem Sohn Paul schon da und beaufsichtigte die letzten Arbeiten in der Küche. Caroline würde nur unterhalten. Summend vernähte sie den Rest des Fadens, hängte das Kleid über einen Stuhl und sah die staubigen Noten durch.

Wir beginnen mit ein wenig Händel, dann zwei oder drei Volksweisen, in die alle einstimmen können, und zum Abschluss etwas Gefühlvolles ... Oh! Das ist schön.

Caroline klappte geheftete Blätter auf. Ein Rezitativ und eine Arie. Die Orchesterstimmen hatte Wilhelm in eine Klavierbegleitung transkribiert. Der Text war italienisch, und Caroline verstand nicht alles, aber beim mehrmaligen Durchlesen bekam sie einen Eindruck von Sehnsucht. Vor allem die ersten Worte hatten es ihr angetan. Könnten sie für bare Münze genommen werden? Würde Mrs Papendiek, die alte Klatschbase, später im Dorf über Caroline spotten?

Ach was, es ist doch nur ein Lied.

Caroline legte die Noten ganz unten in den Stapel. Gegen sieben zog sie sich um und ging über den Hof. Wenig später trafen Miss Burney und die Papendieks ein. Wilhelm und Jan Komarzewski kamen als Letzte. Der General hatte seinen Helm im Gasthof gelassen und seine Stiefel gegen polierte Schnallenschuhe getauscht. Er schien Carolines Blick zu bemerken und sagte mit einem Lächeln: »Falls Sie tanzen möchten.«

»Oh, ich glaube nicht. Es gibt hier kein Parkett ...«

Und das ist wirklich sehr schade!

Aber vielleicht hatte er die Bemerkung über das Tanzen nur gemacht, weil Caroline für den Anlass reichlich pompös angezogen war? Dieser gelbe Damast! So klein Caroline war, darin fiel sie unweigerlich auf. Sie glaubte bemerkt zu haben, wie Mrs Papendiek nach der Begrüßung die Augen verdreht hatte. Nervös zupfte sie an ihren Ärmeln. Herr Komarzewski fing ihre fliegenden Finger ein, hielt sie kurz fest und deutete einen Handkuss an: »Es ist mir eine große Freude, Fräulein Herschel.« An Wilhelm gewandt, aber so laut, dass es alle hören konnten, sagte er: *»Elegancki!«*

Wilhelm sah an sich herunter. »Danke.«

»Ihre Schwester, meine ich.«

»Haha, verstehe. Ja, wir sind früher gemeinsam aufgetreten.« Während sich alle im Salon zu Tisch begaben, flüsterte er Caroline zu: »Hast du Noten? Ich habe keine gefunden.«

Sie nickte.

Er wird gar nicht gesucht haben. So etwas überlässt er mir. Umso besser, dann denkt er sich auch nichts. Niemand tut das. Außer Herr Komarzewski, hoffentlich.

Die Suppe wurde aufgetragen, und während sie diese einnahmen, wiederholten sich die Anfangstakte des Rezitativs in Caroline wie die Melodie einer Spieluhr, die beständig neu aufgezogen wurde. Nach oberflächlichem Geplauder über dies und das wechselte das Gespräch beim Hauptgang zu den jüngsten Geschehnissen in Frankreich. Der Sturm auf die Bastille in Paris hatte auch den englischen Hof in Sorge versetzt. Plündernde Bauern zogen durch Frankreich und setzten Schlösser in Brand. Caroline fürchtete um de Lalande, von dem seit Monaten kein Brief mehr eingetroffen war.

»Wie ist es in Polen?«, fragte Miss Burney Herrn Komarzewski. »Gibt es dort ähnliche Spannungen?«

»In der Tat, wir haben schon lange Schwierigkeiten.« Er balancierte eine Erbse auf der Gabelspitze und setzte spitzbübisch hinzu: »Mit den Adligen.«

Dafür erntete er gutmütiges Gelächter. Auch Caroline gab sich amüsiert, doch sie hatte den Eindruck, das sei gar kein Scherz gewesen. Über den Tisch hinweg sah sie Herrn Komarzewski an. Der hob eine Augenbraue.

Wir verstehen uns, wir Generäle.

Wilhelm berichtete, Berater des Königs wollten den Ärmelkanal mit Teleskopen überwachen lassen, um französische Invasoren rechtzeitig zu entdecken.

»Die verrückten Militärs. Aber wenn sie die Teleskope bezahlen, soll mir alles recht sein.«

Wilhelm schien schon zu überlegen, wie groß die Instrumente werden mussten.

Nach dem Dessert, einer Birnencreme, war es Zeit für den musikalischen Teil. Wilhelm setzte sich ans Klavier, und Caroline stellte sich an seine Seite. Anfangs musste sie kaum in die Blätter schauen. Händels Texte waren ihr geläufig. Im Volksliedteil, der mit *Greensleeves* begann, nahm sie sich zurück, und bei *The Three Ravens* überließ sie Mrs Papendiek die Leitstimme. Als Wilhelm schon den Schlussakkord gespielt hatte, hob die Nachbarin erneut an und überraschte mit schottischen Strophen.

Wilhelm durchforstete die Noten. »Was haben wir denn noch?«

»Etwas Hübsches.« Caroline blätterte die Seiten der Arie vor ihm auf.

»Ah, von John Bach. Dann los.« Er senkte die Hände auf die Tasten und spielte den ersten Akkord. Danach hatte das Klavier für einige Takte Pause, und Caroline ließ ihre Stimme den Raum füllen: »Sentimi, non partir!«

Nach den weinbeseelten Volksweisen, bei denen die Männer die Refrains mehr gegrölt als gesungen hatten, war der Effekt ihres Soprans dramatisch. Caroline nahm ihren Mut zusammen und richtete das Flehen an ihr Publikum. *An den General.* Sie sang, wovon sie nicht sprechen konnte.

Auf der letzten Silbe setzte Wilhelm wieder ein. Herrn Komarzewskis Augen wirkten im Kerzenlicht schwarz. Spürte auch er die Schwerelosigkeit, in der für einige Sekunden alles möglich schien? Caroline musste wegsehen. Andernfalls hätte ihre

Stimme zu wackeln begonnen. Die Arie war anspruchsvoller zu singen. An einigen Stellen ging Caroline beinahe die Luft aus, aber sie schraubte sich zu allen hohen Tönen empor und beendete das Stück mit Nachdruck. Wilhelm drehte sich auf seinem Klavierstuhl um, und die Gäste begannen zu klatschen. Der Raum, den die Musik geöffnet hatte, wurde wieder verschlossen, und die Geschwister verbeugten sich und kehrten an den Tisch zurück. Sherry wurde serviert, in Marys Haushalt der Abschiedstrunk, und damit war klar, dass der Abend sich dem Ende zuneigte. Man stand auf, und die Gäste sagten Lebewohl. Miss Burney ließ sich zurück ins Schloss fahren, die Papendieks gingen zu Fuß nach Hause, und Caroline marschierte durch den Garten zu ihrer Wohnung. Dort öffnete sie gleich ein Fenster, erhaschte letzte Wortfetzen und hörte wenig später die zweite Kutsche abfahren. Mary, Paul und Wilhelm würden die Nacht in Upton verbringen und unterwegs Herrn Komarzewski am Gasthaus absetzen. Caroline löschte die Lampe und bewegte sich im Dunkeln durch ihre Räume. So gewöhnte sie sich an das Sehen bei schwachem Licht, und außerdem war dann nicht alles so trostlos. Nach einem Abend mit bestem Porzellan und feiner Tischwäsche wirkten ihre zweckmäßig eingerichteten Zimmer grau und freudlos wie eine Gefängniszelle. Die Abwesenheit von Kostbarkeiten unterstrich Carolines Einsamkeit.

Hübsches schafft man an, um es herzuzeigen. Aber bei mir wird niemand empfangen.

Caroline zog den grünen Rock über ihr Kleid, wickelte ein Tuch um die Schultern und stieg zu ihrem Schweifer auf das Dach.

Das ist mein wahres Zuhause. Hier habe ich alles, was ich brauche.

Endlich war der Sommer vorbei. Bis Weihnachten würden die Nächte immer dunkler werden, und damit stieg die Chance, auch schwach leuchtende Körper am Himmel zu entdecken.

Einen Kometen möglicherweise? Das wäre Carolines dritter. Einer konnte Zufall sein, zwei Glück, aber bei dreien wäre auch den Missgünstigen klar ...

Caroline hörte Getrappel. Es kam aus östlicher Richtung von der Straße nach Upton her. Ein Reiter näherte sich auf einem hellen Pferd. Caroline erkannte den Tigerschecken, den das Gasthaus verlieh. Der Hengst war launisch, doch Herr Komarzewski hatte ihn im Griff. Jetzt bog er von der Straße ab, lenkte den Schecken an den Gärten entlang und steuerte das Haus von der Rückseite an, lautlos nun, weil die Hufe des Tieres weiche Erde trafen.

Er besucht mich heimlich!

Caroline eilte hinunter. Sie traf gleichzeitig mit Herrn Komarzewski an der Tür zur Werkstatt ein. Den Schecken hatte er an das Gerüst des Vierzigfuß gebunden.

»Fräulein Herschel.« Ein Nicken, als begegneten sie sich bei einem Sonntagsspaziergang. »Hier bin ich wieder.«

Caroline wollte etwas entgegnen, doch plötzlich schien sie weder Deutsch noch Englisch zu beherrschen.

Als sie stumm blieb, fügte der General hinzu: »Sie haben mich gebeten, nicht zu gehen. *Non partir.* Oder habe ich das falsch verstanden?«

»Nein, das ist schon richtig, aber ...«

Wir sollten nicht hier stehen bleiben.

Eines der Dienstmädchen und Marys Köchin übernachteten im Haupthaus, um am nächsten Tag den Abwasch zu erledigen. Zwar schliefen sie wahrscheinlich längst, aber was, wenn Mrs Papendiek nicht zur Ruhe fand und im Garten Lavendel für einen Schlummertee pflückte? Caroline besann sich auf ihre Rolle. Als Schwester des Astronomen des Königs führte sie Besucher herum, selbstverständlich auch nachts.

»Ich war gerade auf dem Dach«, sagte Caroline. »Kommen Sie mit.«

»Zu Befehl.«

Er folgte ihr durch die Werkstatt in den zweiten Stock, die Leiter hinauf und zurück ins Freie. Glücklicherweise mussten sie dafür nur einen mit Holzresten vollgestellten Flur und nicht Carolines Räume durchqueren. Ihr Mut kam ihr nun wie Wahnsinn vor.

Was machen wir denn jetzt?

Sich die Anwesenheit dieses Herrn zu wünschen und sie zu bekommen, waren zwei vollkommen verschiedene Dinge. Dies war keine aufregende Vorstellung mehr, ausgelöst von duftenden Haarsträhnen, sondern ein konkretes Ereignis, ein Mann, der hergekommen war, der gewisse Hoffnungen hegte und gleich etwas unternehmen würde, das – Mrs Colnbrookes Stimme klang in ihrem Ohr – Konsequenzen hätte. Für Caroline natürlich. Konsequenzen waren immer Frauensache. Sie hatte Herrn Komarzewski nicht zum Tee eingeladen, und sie würden auch nicht tanzen hier oben. Das Dach war ein dunkler Ort, und Frauen, die Männer an einen solchen lockten ...

Carolines Hände zitterten. Herr Komarzewski musste das bemerken. Er begann, das Dach abzuschreiten und blickte von jeder der vier Seiten in die Landschaft, als kundschafte er die Umgebung aus. Als er wieder vor Caroline stehen blieb, hielt er mehr Abstand als vorher.

Ein unauffälliger Rückzug? Oder soll das nur so wirken?

Herr Komarzewski deutete auf den Schweifer und sagte: »Suchen Sie damit nach Kometen? Wilhelm hat so etwas erwähnt.«

»Ich habe bereits zwei entdeckt, aber das ist Jahre her.«

Caroline zeigte ihm, wie sich das Instrument auf eine Höhe einstellen und auf einer horizontalen Bahn bewegen ließ. Einmal hatte sie einen zudringlichen Hausierer mit einem Zweifuß-Rohling abgewehrt. Es dauerte einige schnelle Herzschläge lang, die Erinnerung zurückzudrängen.

Herr Komarzewski wartete, bis Caroline beiseitetrat. Erst dann beugte er sich zu dem Fernrohr hinunter. Seine Manieren waren tadellos.

Trotzdem. Wann träumen zwei Menschen schon denselben Traum?

Carolines schöne Fantasie sollte nicht zu einem hässlichen Missverständnis führen. In Geschichten fanden Paare zusammen und lebten glücklich bis an ihr Lebensende. Dazwischen wurden einige Schritte verschwiegen.

»Kometen zeigen sich selten«, sagte Caroline. »Möglicherweise sieht man tausend Nächte lang keinen. Man muss lange warten. Kann sein, dass man am Ende trotzdem enttäuscht wird.«

Stille trat ein. Caroline war sich plötzlich nicht mehr sicher, ob sie gerade nur ihre Arbeit oder gleich ihr gesamtes Leben beschrieben hatte.

Herr Komarzewski gab den Schweifer wieder frei und bedeutete Caroline, auf dem Schemel Platz zu nehmen.

»Warten kann ich«, sagte er. »Lernt man als Allererstes in der Armee.«

Drei Schritte neben Caroline ließ er sich auf dem Boden nieder, zog die Beine an, verschränkte die Arme auf den Knien und bettete den Kopf darauf.

»Geben Sie Bescheid, wenn Sie einen sichten«, sagte er.

Scherzte er? Doch eine Stunde später war Sirius um fünfzehn Grad gewandert, und Herr Komarzewski kauerte immer noch an seinem Platz.

»Ist das Ihr Ernst?« Caroline knüpfte an das Gespräch an, als sei keine Zeit vergangen.

Er sah auf. *»Naturalny.«*

»Sie bleiben, bis ich einen Kometen finde?«

»Ja.«

»Und wenn ich für heute aufgebe und zu Bett gehe?«

»Komme ich morgen wieder.«

Er stand auf. Caroline ebenfalls. Der Schemel, auf dem sie gesessen hatte, fiel um. Herr Komarzewski stellte ihn wieder hin. Im Licht des Dreiviertelmondes glitzerten seine Augen.

»Wetten?«, fragte er.

»Ich spiele nicht«, sagte Caroline.

Herr Komarzewski neigte den Kopf, wie um zu fragen, ob das ihr letztes Wort sei.

»Macht nichts«, sagte er. »Ich komme trotzdem wieder.«

Tatsächlich hielt er Wort. Er besuchte sie in der nächsten Nacht, in der folgenden und in allen weiteren im Oktober, in denen es nicht regnete und der Himmel klar war. Manchmal redeten sie. Caroline erfuhr, warum Herr Komarzewski Polen verlassen hatte: Zwar hatte König Stanislaus II. höchstselbst ihn damit beauftragt, die Armee zu reformieren, aber den Adligen, die sich vorher hohe Ränge hatten kaufen können, passten die Änderungen nicht. Sie beschuldigten Herrn Komarzewski, einen der Ihren vergiftet zu haben. Zu seinem Schutz sei der General ins Ausland zum Studieren geschickt worden. Jetzt berichte er dem König über technische Fortschritte und suche nach einer Möglichkeit, in großer Zahl und zu geringen Kosten Zielfernrohre herzustellen.

»Ich hasse das Kriegsgeschäft«, entfuhr es Caroline. »Es bringt nichts als Elend auf beiden Seiten.«

»Das ist unbestreitbar«, sagte Herr Komarzewski. »Doch mit überlegenen Waffen und einem guten Plan können wir die eigenen Verluste gering halten.«

Die Kunst der Taktik war sein bevorzugtes Gesprächsthema, und militärische Züge wandte er auf alle Gebiete an. Das Vierzigfuß verglich er mit einer Kanone. »Einmal in Stellung gebracht, ist es mächtig, aber auch schwerfällig und langsam. Damit finden Sie keine Kometen, oder?«

Caroline verneinte. Zumindest sei es sehr unwahrscheinlich.

»Da haben Sie es«, sagte Herr Komarzewski. »Mit Kanonen gewinnt man keinen Krieg. Die sollen nur beeindrucken.«

Einmal fragte er Caroline, was sie über Sterndeutung dachte. »Viele der römischen Kaiser sollen auf Astrologen gehört haben.«

»Scharlatane«, sagte Caroline. »Weder können wir die Bewegung der Gestirne beeinflussen noch die unseres Schicksals.«

Doch die Bahnbewegung der Himmelskörper war ein Fakt und die Veränderung der Jahreszeiten auch. Ende Oktober gab es schon Nachtfrost. Wie lange würde Herr Komarzewski noch bei Caroline ausharren? Wollte er womöglich wirklich nur einen Kometen sehen? Den konnte sie ihm auch in der Nacht nach einer Entdeckung zeigen. Oder hegte er ernsthaftes Interesse an ihr? In dem Fall hatte sie ihn lange genug frieren lassen.

»Da!« Caroline rückte von ihrem Schweifer ab.

Herr Komarzewski war sofort an ihrer Seite. »Ein Komet?«

»Sehen Sie selbst.«

Er setzte sich an das Fernrohr. »Wo denn? Ich entdecke keinen.«

Er wechselte zum anderen Auge, schüttelte den Kopf und stand wieder auf. Caroline nutzte die Sekunde, in der er nahe Objekte noch verschwommen wahrnehmen musste, sammelte ihren Mut und trat an ihn heran.

»Ich entdecke auch keinen.« Sie tippte gegen seine Brust, auf die Stelle der Jacke, an die Orden geheftet wurden. »Das wird heute nichts mehr. Sie sind ein treuer Soldat, aber jetzt ist es an der Zeit.«

Zu gehen?, schien seine Miene zu fragen.

Ihre Hände glitten unter seinen Kragen.

Die Waffen zu strecken!

Seine Haut war wärmer als ihre Finger. Caroline spürte, wie Herr Komarzewski unter ihr zuckte. Aber er wich nicht zurück.

Sie schloss die Augen. Für eine bange Sekunde hing sie im Nichts. Dann spürte sie warmen Atem über ihre Lider streichen und einen Finger, der ihr Kinn anhob. Endlich küsste Jan Komarzewski sie.

Die Raunächte hatten in Carolines Kindheit als die Zeit gegolten, in der sich die Pforte zum Geisterreich öffnete. Dämonen sollten umherziehen, Tiere sprechen, und in aufgehängter Wäsche verfing sich angeblich Böses. Für Caroline, furchtlos inzwischen, was das Alleinsein in der Finsternis betraf, bedeuteten die Raunächte aber einfach die dunkelste Zeit des Winters und waren als solche perfekt zum Beobachten.

Das Jahr 1790 war gerade erst angebrochen, als sie ihren dritten Kometen entdeckte. Sie stand allein auf dem Dach und musste bis zum nächsten Tag warten, bis sie ihre Freude teilen konnte. In der folgenden Nacht nahm Wilhelm ihren Platz am Schweifer ein. Caroline wartete mit Janek hinter ihm. Ihr kleiner Finger berührte den des Generals, eine kleine Heimlichkeit, die ihren Arm bis zur Schulter hinauf kribbeln ließ. In Gesellschaft sprach sie Jan Komarzewski nur mit seinem militärischen Rang an, und er verwendete für sie ebenfalls allerlei Titel. Was sie anderen als Witzelei unter Freunden verkauften, schützte sie davor, versehentlich in der Öffentlichkeit Kosenamen zu benutzen. Das hätte dann wahrscheinlich sogar den ahnungslosen Wilhelm alarmiert.

»Hab ihn!«

Wilhelm drehte sich um. Caroline trat von Janek weg.

»Wir müssen Maskelyne und Banks informieren«, sagte sie schnell. »Aber was, wenn beide gerade verhindert sind? Der Komet wird nicht lange zu sehen sein.«

»Ziehen wir Englefield wieder hinzu«, sagte Wilhelm. »Er konnte auch deinen letzten Fund sofort bestätigen. Gib mir deine Aufzeichnung, ich schreibe ihm unverzüglich.«

Caroline reichte ihm ihr Notizbuch, und er eilte mit wehenden Rockschößen zur Leiter. Kaum war er verschwunden, schloss Janek Caroline in die Arme.

»Gratulacje, Karolinko.«

Mit einem zufriedenen Seufzer lehnte Caroline sich an ihn. Sie reichte ihm nicht einmal bis zum Schlüsselbein und konnte unter seine Jacke schlüpfen wie unter einen Flügel.

»Der Himmel ist uns wohlgesonnen, Janek«, murmelte sie in den Stoff.

»Nein, das war harte Arbeit. Dein Verdienst.«

Das stimmte. Trotzdem fand sie es hübsch, an eine Macht zu glauben, die ihre Liebe guthieß. Dieser Komet passte dazu. Er strahlte weniger hell als die ersten beiden, die Caroline entdeckt hatte, und war mit bloßen Augen nicht zu sehen.

Diskret und verborgen.

Umso wichtiger war es gewesen, die Sichtung schnell zu teilen. Auf Englefield war Verlass. Er hatte die Kunde sofort an Pierre Méchain in Paris weitergeleitet. Dann hatte er sich selbst ans Teleskop gesetzt, den Kometen gefunden und zurückgeschrieben. Wilhelm solle Caroline seine Glückwünsche bestellen »... zu ihrer neuen Karriere«.

Tagelang lief Caroline mit einem beseelten Lächeln umher. Drei Kometen, ja, die waren eine Karriere! Auch ohne Mitglied der Royal Society zu sein, konnte sie nun nicht mehr übersehen werden.

Derweil reiste Janek nach Birmingham, wo Boulton und Watt mit Hilfe von Dampfmaschinen inzwischen auch Münzen prägten.

»Entdecke nicht zu viele Kometen, bis ich zurück bin.«

»Ich kann mir nicht helfen«, sagte Caroline. »Sie sind nun einmal da.«

Nie war sie stolzer gewesen. Inzwischen kamen Besucher nicht nur wegen des Vierzigfuß, sondern auch wegen ihr. In allen Teilen des Landes schien man von der Dame zu sprechen, die einen Kometen nach dem anderen fand.

Vielleicht bekomme ich auch eine Büste?

An einem Mittag im Februar passte Mrs Papendiek Caroline im Hof ab. Aufgeregt wedelte die Nachbarin mit einer Zeitungsseite.

»Haben Sie die heutige Ausgabe schon gelesen?«, rief sie.

Caroline verneinte. »Steht etwas über meinen Kometen drin?«

Erfreut streckte sie die Hand nach der Seite aus. Mrs Papendieks Gesichtsausdruck konnte sie nicht gleich deuten. War die Frage zu eitel gewesen? Aber Mrs Papendiek wirkte eher mitleidig. Sie ließ die Seite sinken. Zu spät, Caroline hatte schon eine Zeichnung erkannt.

Also doch kein Bericht über mich. Man hätte mich dafür ja auch aufgesucht.

Auf dem Bildchen kniete eine blonde, stark geschminkte Frau auf einer Wiese. Der Karikaturist, der Miss Burney folgte, musste die Ärmste mit spitzem Stift angegriffen haben.

»Es ist wirklich schamlos!«, sagte Mrs Papendiek leise.

Caroline nahm der Nachbarin die Seite ab. Für diesen Spötter würde sie sich ein paar saftige Beleidigungen ausdenken, um ihre Bekannte beim nächsten Treffen etwas aufmuntern zu können.

Aber da ist ja ein Fernglas auf dem Bild!

Langsam sickerte zu Caroline durch, um wen es hier ging.

Mit dümmlich-beglücktem Gesichtsausdruck sah die Blonde zu einem nackten Amor am Himmel hinauf. Die rundliche Götterfigur hielt Feuerblitze in den Händen und flatulierte einen Gasschweif.

In einer Sprechblase stand: *Welch starker schwefliger Duft geht von diesem Meteor aus!*

Unterschrieben war das Bild mit: *Die Damenphilosophin: Erschnüffelt den Kometen.*

Aber dem Schmierfinken waren offenbar nur Sternschnuppen bekannt. Außerdem hatte das Fernglas kein Okular, und der Ständer war viel zu dünn.

Caroline drückte Mrs Papendiek das Blatt wieder in die Hand und schüttelte ihre Finger aus, als hafte Schmutz daran. Sie wusste nicht, was sie mehr ärgerte: der beißende Spott oder die Tatsache, dass absolut alles auf der Zeichnung falsch dargestellt war.

Mrs Papendiek murmelte etwas in bedauerndem Ton, doch Caroline wollte sich nur noch verkriechen. Abrupt drehte sie sich um und rannte zur Werkstatt zurück. Kaum war sie über die Schwelle gestolpert, brachen Tränen der Wut aus ihr heraus.

Ein Prinz

Hannover, 19. August 1823

»Mon dieu!« Der Redakteur schwenkte den Brief des Frankreichkorrespondenten. »Sein Gekrakel wird immer schlimmer. Und Fettflecken sind drauf. Der schreibt seine Berichte doch in der Taverne.«

»*Auberge* heißt das dort.« Agnes war gerade hereingekommen und schloss die Türe schnell wieder, um die sauren Schwaden, die den Krautfässern des benachbarten Gemüsehändlers entstiegen, draußen zu halten.

»Kürz es auf ein Drittel«, sagte der Redakteur. »Dieses Geschwafel strapaziert die Geduld meiner Leser.«

Seiner Leser? Agnes trat vor den Schreibtisch. Jetzt musste der Redakteur zu ihr hochblicken. Gut, denn Agnes hatte etwas Wichtiges zu sagen. Gleich würde der Redakteur verstehen, wie wertvoll ihre Arbeit war. Was Agnes ihm lieferte, würde ihn mehr freuen als der mit Butter bekleckerte Wisch aus Paris.

»Ich habe etwas herausgefunden«, sagte Agnes. »Daraus könnte ich den ersten Beitrag für das neue Blatt machen.«

»Oho?«

Der Redakteur hob die Augenbrauen. Sein Hemd war so grau, als habe er es durch den Bottich mit den eingeweichten Zeitungsschnipseln gezogen.

»Fräulein Herschel, diese selbstlose Assistentin des großen Wilhelm Herschel«, begann Agnes, »diese Nonne der Wissenschaft, diese illustre Dame, die Zutritt zu den Gemächern der Königin gehabt haben soll …«

»Ja, schon gut!«, unterbrach der Redakteur sie ungeduldig. »Du wirst nicht pro Silbe bezahlt!«

»Ich werde überhaupt nicht bezahlt«, erinnerte Agnes ihn. »Aber ich hoffe, das wird sich bald ändern. Denn hören Sie: Caroline Herschel hatte in England einen heimlichen Liebhaber.«

Sie machte eine Pause. Hallten ihre Worte wider? Nein, das wünschte sie sich nur. Aber zwischen zwei Wimpernschlägen bemerkte sie im Gesicht des Redakteurs eine Veränderung. Etwas verrutschte. Der Redakteur sah aus, als habe er eine Erscheinung. Schnell bekam er sich wieder in den Griff und verwandelte sich zurück in den höhnischen Mann, der angeblich schon alles gesehen hatte. Nur seine Pupillen waren noch geweitet. Agnes legte nach.

»Davon hat sie mir selbst erzählt«, sagte sie.

»Einfach so?«, fragte er.

»Natürlich nicht. Ihr Geständnis hat sie als Märchen verpackt.«

Anders als bei der Erinnerung an Eliot hatte Fräulein Herschel das Geschehen von der Wirklichkeit in eine Grimmsche Kulisse verlegt. Agnes hatte ihrer Erzählung aufmerksam gelauscht und hinterher in ihrer Kammer alles aufgeschrieben, um die Bilder zu entschlüsseln.

Ein armes Mädchen und ein Königssohn tanzten auf einem Ball. Eine böse Hexe sah das und bannte den Prinzen in einen Käfig aus Eis. Hundert Nächte verharrte er in seinem kalten Gefängnis. Das Mädchen blieb an seiner Seite und flehte den Himmel um Hilfe an. Ein Feuerball erschien über ihnen und taute das Eis. Agnes hatte das als Kometensichtung gedeutet. Allerdings spielten die astronomischen Ereignisse, die Fräulein Herschel wichtig waren, für ihre Zwecke keine Rolle.

»Durch Fragen konnte ich ihr Einzelheiten entlocken.« Zwar

waren auch die Antworten märchenhaft gewesen, doch Agnes glaubte, das Wesentliche begriffen zu haben. »Der echte Mann war kein Unbedeutender, sondern ein Ausländer, der einen wichtigen Posten innehatte. Ich glaube, er reiste im Auftrag eines Monarchen.«

Die Bedeutung des Fernrohrs war Agnes nicht klar, aber sie vermutete, es spielte eine Rolle, denn Fräulein Herschel hatte es nach ihrer Rückkehr von Hohnbaum mit keinem Wort erwähnt und wieder verschwinden lassen.

»Hast du einen Namen?«, fragte der Redakteur.

»Unfortunately not.«

Aber den wollte Agnes herausbekommen. Zwar kam sie noch immer nicht an die Tagebücher heran, doch es gab weitere Wege zur Wahrheit. Inzwischen beherrschte Agnes englische Redewendungen und ein paar Hundert Vokabeln. Mit denen fände sie sich auf der Insel zurecht. Zuerst könnte sie Tilda in London besuchen, wo John zurzeit lebte. Doch lange würde sie sich dort nicht aufhalten, denn Fräulein Herschel schien nie viel in der Stadt zu tun gehabt zu haben. Menschen, die sie gekannt hatten, waren in Slough zu suchen. Auch Frau Beckedorff hatte ihre englischen Jahre im nahen Windsor verbracht, das war eines der wenigen Dinge, die Agnes über Fräulein Herschels Freundin wusste. Leider war die Beckedorff äußerst misstrauisch dem Personal gegenüber. Wenn sie zu Besuch kam, musste Agnes den Raum verlassen, und selbst dann sprach die alte Dame in einem Säuseln, das es äußerst schwer machte, sie zu belauschen. Immerhin hatte Agnes aber den Namen einer gewissen Papendiek notiert, der ehemaligen Nachbarin der Herschels. Anscheinend war das eine Person, die ihre Nase gern in fremde Angelegenheiten steckte. Sie könnte Interessantes erzählen, und möglicherweise gab es weitere ehemalige Weggefährten von Fräulein Herschel, die zu plaudern bereit wären. Agnes wollte reisen und vor Ort ermitteln.

Sie legte dem Redakteur ihre Überlegungen dar. Schweigend sah er sie von unten an. Anscheinend war er verblüfft. So einen kühnen Plan hörte er wohl nicht alle Tage. Vielleicht konnte Agnes gleich in England bleiben und von dort für ihn berichten. Dienstmädchen bei Fräulein Herschel würde sie dann ja nicht mehr sein. Mit Abdruck der Enthüllung wäre ihr die sofortige Entlassung sicher. Verständlicherweise würde die alte Dame zürnen. Aber was wäre wohl besser – ein aufregendes Leben geführt und dafür mal eine Stellung verloren zu haben oder jemand gewesen zu sein, der treu den Herrschaften zugearbeitet hatte und nach dem kein Hahn je krähen würde? Hatte ein Dienstmädchen wie Agnes einen Liebhaber, war das keine Zeitungsmeldung wert, es sei denn, der Mann gehörte zu royalen Kreisen. Aber der einzige Kandidat in Agnes Reichweite spielte mit Papierschafen, und wenn er lachte, was selten vorkam, klang er wie ein keckernder Grünspecht. Was war denn jetzt so lustig?

»Nach England willst du.« Der Redakteur schlug sich auf die Schenkel. »Sehr komisch! Vorher fahre ich nach Griechenland.« Er lief um den Tisch herum und stupste Agnes an die Nase. »Zu den Tavernen, mein Kind. Ah, Moment, das gibt mein Geldbeutel nicht her. Dann gehe ich eben nur zum Bäcker.« Den Türgriff schon in der Hand, wischte er sich eine Träne aus dem Augenwinkel und sagte: »Mach den Frankreichbericht bis vier Uhr.«

»Nein.«

Die Antwort kam aus Agnes heraus, als hätte sie jemand in den Bauch geboxt. Der Redakteur drehte sich um. Er wirkte überrascht und ein wenig erfreut. Bei Konflikten lebte er auf, die waren sein Metier.

»Das mache ich nicht«, sagte Agnes. »Wofür denn?«

Sie senkte ihren Blick auf die Geldkatze, die an einer Schnur vom Gürtel des Redakteurs hing.

»Du willst verhandeln.« Der Redakteur öffnete den Beutel. »Für Reisen habe ich wirklich keine Mittel. Aber wenn du den Namen des Liebhabers auf andere Weise herausbekommst ...« Er drückte Agnes einen Groschen in die Hand. »Oder besser noch, wenn du mir seine Briefe bringst ...«

Er ließ einen Taler folgen und ging. Agnes schloss die Finger um die Geldstücke und drückte die Prägung in ihre Haut. Kein Reisegeld, aber immerhin ein erster Verdienst für Kopfarbeit. Sie näherte sich ihrem Ziel in kleinen Schritten.

Schwungvoll öffnete sie die Tür und rief dem Redakteur hinterher: »Bringen Sie mir auch ein Brötchen mit!«

Vergessen

Hannover, 19. August 1823

Das Märchen über den Feuerball schien Caroline gut gelungen zu sein. Agnes hatte begeistert gelauscht und sie zu weiteren Ausschmückungen inspiriert. Woher kam der Prinz, welche Abenteuer sollte er bestehen? Jetzt war das Mädchen fort und genoss seinen freien Nachmittag. Ungestört konnte Caroline in ihren alten Tagebüchern blättern.

Erschreckend, wie viele Details ich schon vergessen habe.

Zwischen Namen, Daten und Ereignissen standen Schimpftiraden über Wilhelms Gedankenlosigkeit und Marys scheinheilige Freundlichkeit. Carolines Ausbrüche zeichneten das Bild einer bitteren Frau, machtlos und zeternd. So wollte sie nicht gewesen sein. Sie musste diese giftigen Texte vernichten, andernfalls würde Catharina sie nach ihrem Tod lesen.

Das wäre der Alten doch ein Fest.

Caroline packte eines ihrer geheimen Tagebücher und öffnete die Ofentür. Hitze schlug ihr entgegen, und ein Funke traf ihre Hand. Caroline wich zurück und presste das Buch gegen ihre Brust. Es enthielt nicht nur Beschimpfungen, sondern auch die Erinnerungen an glückliche Tage. Verfeuerte sie die Seiten, konnte sie nirgends mehr nachschlagen, falls sie ihre Memoiren doch fortführen würde. Zwar zeigte Dietrich ihr deutlich, wie wenig ihn ihr Leben interessierte, und Sophia Dorothea hatte mit ihren eigenen Angelegenheiten zu tun, aber wie war es mit John? Caroline nahm den letzten Brief ihres Neffen zur Hand. John lobte darin sein neues Dienstmädchen. Es sei tüchtig, und er habe wieder Zeit, Pläne zu schmieden. Eine Italienreise wolle er unternehmen.

Vielleicht kommt er auf dem Weg hier vorbei.

Im Frühling war er schon einunddreißig geworden. Caroline wollte ihm von den Jahren vor seiner Geburt erzählen.

Wen wir gesehen haben, wer sich von unseren Teleskopen inspirieren ließ!

Sie blätterte in dem Tagebuch, das zur Jahreswende von 1790 zu 1791 begann.

Was für eine Zeit ...

Gewitter

Slough, 29. Dezember 1790

Mit einer Verspätung von mehreren Monaten hatte Eliot von der Karikatur Carolines erfahren und schickte mitfühlende Zeilen.

Was für ein talentloser Fiesling von einem Zeichner. Das tomatenrote Kleid ist ja grauenvoll! So eine Scheußlichkeit würdest du doch nicht einmal zum Mistsieben tragen.

Weiter schrieb er, dass er Franzosen helfe, die vor der Revolution geflohen waren. Eine Gattin erwähnte er nicht. Vielleicht hatte er die Ehe als das erkannt, was sie war: ein Käfig, dessen Tür lebenslang geschlossen blieb. Caroline lud Eliot nach Slough ein und versicherte ihm, sie habe ihre Spötter mit einer weiteren Entdeckung zum Schweigen gebracht. *Nur drei Monate später.*

Ihr vierter Komet war ein heller gewesen, auffällig wie ein Stück Gold in einem dunklen Flussbett. Diesmal hatte Wilhelm nicht am nächsten Tag zur Stelle sein können. Er war mit Janek unterwegs gewesen. Caroline hatte eigenmächtig an Banks geschrieben. Sie glaubte, sich das nun erlauben zu können und behielt recht. Banks hatte die Kunde an Méchain weitergeleitet, noch bevor er selbst den Himmelskörper zu Gesicht bekommen hatte. Das zeugte von Vertrauen. Im Kreis der Wissenschaftler hatte Caroline sich Achtung verdient.

Und die anderen Leute sollen mir gestohlen bleiben!

Innerlich wappnete sie sich gegen eine weitere Karikatur, aber bis jetzt war keine gefolgt. Stattdessen sprachen sich Carolines Erfolge als Kometenjägerin weiter herum. Miss Burney versuchte, sie zu geselligen Abenden zu überreden, doch unter den Damen Windsors fühlte Caroline sich unwohl. Weder kannte sie die Menschen, über die sie sprachen, noch die Bücher, die sie entzückten, und wurde sie aufgefordert, von ihrer Arbeit zu erzählen, geschah das wahrscheinlich nur aus Höflichkeit. Caroline ahnte, was die Ladys mit den ondulierten Stirnlocken dachten: *Fräulein Herschel ist eine schrullige Jungfer, die einsam und allein in einem Verschlag haust.*

Aber Letzteres traf nur zeitweise zu. Wann immer Janek in Windsor weilte, wohnte er in einem nahe gelegenen Gasthof und konnte über die Felder zu ihr gehen. Caroline nannte ihn ihren Mann der Wolken. Nur in Nächten, in denen der Himmel bedeckt war und Wilhelm und sie ihn nicht beobachten konnten, kam er.

»Würdest du wegen mir einen Kometen verpassen, fände ich das unverzeihlich«, hatte Janek gesagt.

Das Jahr 1791 begann. An einem Abend im Januar löschte Caroline in ihrer Wohnung die Lampe und legte ihre Stirn an das kalte Glas der Fensterscheibe. Nach trockenen, klaren Tagen war plötzlich Wind aufgekommen und hatte Regenwolken herbeigetrieben. Nun klopften schwere Tropfen auf das Dach. Wilhelms Helfer hatten die Röhre des Vierzigfuß in die Horizontale gesenkt, damit kein Wasser hineinlief. Über den Acker huschte ein Tier. War es von einem einsamen Wanderer aufgeschreckt worden?

Caroline griff zu dem Fernrohr, das Janek ihr im Sommer während eines heimlichen Picknicks gegeben hatte, wartete, bis sich ihre Augen an die Nacht angepasst hatten, und versuchte, zu den Findlingen des Feldwegs und den kahlen Bäumen am Themse-Ufer zu schweifen. Doch ohne Mondlicht war kaum etwas erkennbar und durch die Ritzen im Fensterrahmen zog es kalt. Caroline beschloss, sich unter die Bettdecke zu flüchten und die neueste Ausgabe des Journals der Royal Society zu lesen. Das Fernrohr würde sie unter das Kissen legen. Das Geschenk bewies Janeks Zuneigung. Oder versprach es gar mehr? Caroline drang nicht darauf, Janeks Absichten zu erfahren. Zu gegenwärtig war ihr noch das Drama um Wilhelms Hochzeit. Wenn es ihrem Bruder schon schwerfiel, Wissenschaft und Ehe zu vereinen, wie konnte es Caroline dann gelingen? In der Mathematik waren knifflige Probleme eine Herausforderung, aber im Leben machten sie ihr einfach nur Kopfschmerzen. Man konnte nicht alles regeln. Manche Dinge musste man lassen, wie sie waren. Den Lauf der Himmelskörper vermochte Caroline schließlich auch nicht zu beeinflussen. Darum wartete sie auf ihr Erscheinen, beobachtete und verzeichnete. Mehr und mehr erschien ihr auch das Verhältnis mit Janek wie etwas, das in keine Bahn gelenkt werden sollte. Im Moment war ja alles gut.

Auf halbem Weg zu ihrer Schlafkammer hielt Caroline inne. Draußen schlug der Wind die Enden der Sicherungsseile gegen die Stützpfeiler des Vierzigfuß. Die Konstruktion ächzte, ein Geräusch, das Caroline inzwischen so vertraut war wie das Schnarchen eines Haushundes. Doch ein weiteres Holzinstrument spielte in der Abendserenade. Die Stiege knarrte.

»Guten Abend, meine Schöne.«

Caroline fuhr herum. Janek war vollkommen durchnässt. Von seinen Jackenärmeln tropfte es auf den Boden.

»Du bist durch dieses Wetter gelaufen?«, fragte Caroline.

»Eher geschwommen.«

»Den Tod hättest du da draußen finden können!«

»Wenn ich ihn denn gesucht hätte.«

»Ach, du …«

Sie befreite ihren Geliebten aus seinen Stiefeln und schälte seinen Oberkörper aus den feuchten Kleidungsschichten. Janek zitterte. Mit klammen Händen zog er Caroline an sich. Sie schrie auf und machte sich los.

»Kalt wie eine Leiche bist du. Wir müssen deine Sachen trocknen.« Caroline hängte Hemd und Jacke über den Ofen und stellte Janeks Stiefel davor. »Die Hose auch.«

»Wirklich?« Er war schon wieder zu Scherzen aufgelegt. »Und wenn ich mich schäme?«

»Ich befehle es.«

Sie half ihm aus den Beinkleidern, befestigte sie mit einer Klammer um das Ofenrohr und fütterte das Feuer.

»Fertig.« Sie richtete sich wieder auf, fuhr mit den Fingerspitzen durch Janeks Brusthaar und bedeckte die Gänsehaut an seinem Hals mit Küssen. »Und jetzt?«

Janek hob sie hoch und trug sie zum Bett.

In seinen Armen, unter der Decke aus Entendaunen, fühlte Caroline sich wohlig. War sie eingenickt, nachdem sie sich geliebt hatten? Obwohl sie sonst nie vor ein Uhr nachts schlief, kam sie leicht zur Ruhe, wenn Janek neben ihr atmete. Mit ihren Wimpern kitzelte sie über seine Wange. Draußen rief eine Amsel auf dem Dach. Caroline kannte den Vogel. Wenn sie beobachtete, saß er manchmal nur wenige Schritte von ihr entfernt und schien sie auszuschimpfen. Jetzt hörte sie seine schrillen Laute von der Gartenseite her, wo sich der Eingang zur Werkstatt befand. Plötzlich brachen sie ab. Im nächsten Moment klappte unten die Tür.

»Lina?«, rief eine Stimme.

Das ist Wilhelm!

Caroline schreckte hoch. Die Decke rutschte an ihrem Körper hinab.

»Schnell, Janek, du musst fort!«

Aber wohin sollte er? Vom Fenster ging es drei Meter tief bis zum Boden hinunter. Janek stützte sich auf die Unterarme und wirkte verwirrt.

»Wilhelm ist da«, zischte Caroline.

»Bestimmt will er nur etwas holen. Geh zu ihm. Ich bleibe hier.« Janek legte sich wieder hin und zog die Decke bis zum Kinn, eine Bewegung, als würde er sich gemütlich zur Ruhe betten. Vielleicht versteckte er seine Nervosität, um Caroline nicht noch mehr zu beunruhigen.

Was würde Wilhelm tun, wenn er sie beide fände? Als Familienoberhaupt musste er Carolines Ansehen wahren, und da er nun mit der tugendhaften Mary verheiratet war, würde er diese Pflicht ernster nehmen als früher.

In Bath hatten Männer wie Frauen Affären gepflegt, von denen alle Welt zu wissen schien. So manche Diva verbrachte die Sommer bei ihren unehelichen Kindern, die in Italien von Verwandten aufgezogen wurden. In Windsor ging es aber anders zu. Letzten Monat hatten sich am Wäldchen zwei Herren duelliert.

Caroline schlüpfte in ihr Untergewand, griff Kleid und Schultertuch und lief in die Stube.

Ich muss Wilhelm den Weg versperren.

Als sie den Tisch erreichte, fiel ihr Blick auf Janeks Kleider, die über dem Ofen hingen. Caroline raffte sie an sich. Nun hörte sie schon Wilhelms Schritte auf den oberen Stufen.

Und Janeks Stiefel stehen auch noch herum! Wohin mit denen?

Panik ließ Caroline erstarren. Zur Tür, hinter der die Stiege begann, waren es fünf Schritte, zur Wäschetruhe in die andere Richtung ebenso viele.

»Dachte mir, ich sehe mal nach dem Rechten«, rief Wilhelm. »Was für ein Unwetter.«

Caroline knüllte Janeks Hemd, die Hose und die Jacke zusammen und wickelte ihr Schultertuch darum. Mit dem Bündel unter dem Arm steckte sie den Kopf zur Tür hinaus.

»Lass deine Stiefel in der Werkstatt«, sagte sie. »Ich habe gerade durchgewischt.«

Wilhelm blieb vier Stufen vor ihr stehen. Seinen Umhang aus Wachstuch hatte er bereits abgestreift und über das Geländer gehängt. In letzter Zeit machte ihm sein linkes Knie zu schaffen. Caroline verspürte kurz Mitleid, schlug ihm aber trotzdem die Tür vor der Nase zu. Ihr Bruder stöhnte und polterte die Stufen wieder hinab. Caroline warf Janeks Sachen in die Schlafkammer. Ihr Geliebter lag reglos im Bett und war blass.

»Was will er?«, flüsterte er.

»Keine Ahnung. Ich versuche, ihn schnell wieder abzuwimmeln.«

Caroline schloss die Tür der Schlafkammer wieder und zog ihr Kleid über. Als sie das Schultertuch vor ihrer Brust knotete, kam Wilhelm auf Strümpfen herein.

»Wolltest du schon schlafen?«, fragte er.

Demnach war es wahrscheinlich noch nicht Mitternacht.

»Ja, ich dachte, wenn es später aufklart, könnte ich aufs Dach.«

Allerdings schlief sie nie vor.

»Dann tut es mir leid.« Doch Wilhelm machte keine Anstalten, wieder zu gehen. »Hast du gehört, dass Franklin in Amerika Blitzableiter baut? Lange Stangen, die die Elektrizität zum Boden führen und damit Brände verhindern. Ob das was für das Vierzigfuß wäre?«

»Ich habe immer ein Auge darauf«, sagte Caroline. »Sollte es in Brand geraten, hole ich sofort Hilfe.«

»Weiß ich doch.« Wilhelm stützte die Hände auf den Tisch.

Setz dich nicht hin, beschwor Caroline ihn lautlos.

Ihr Bruder ließ sich auf einen der Stühle fallen. Aus der Innentasche seiner Jacke zog er unordentlich gefaltete Notizen. »Eigentlich brauche ich deine Meinung zu etwas anderem.« Er angelte mit dem Fuß nach einem Schemel, legte sein linkes Bein darauf ab und rieb sich das Knie. »Im Februar findet das nächste Treffen der Royal Society statt und ich möchte über nebulöse Sterne sprechen.«

»Aha.« Caroline zog einen Stuhl für sich heran und sagte laut: »Dann lass mal sehen. Das wird wohl länger dauern.«

Hoffentlich behielt Janek die Nerven.

»Wie soll ich die Lesung aufbauen?« Wilhelm strich die Notizzettel glatt. Viele Sätze waren durchgestrichen, die Ränder enthielten Fußnoten in winziger Schrift und in einer Ecke gab es eine Skizze, in der Pfeile von Sternen und Planeten zu Bäumen und Käfern führten. Caroline ahnte, was das bedeuten sollte, aber anderen würde das nicht gelingen.

Beobachtungen!!!, entzifferte sie eine unterstrichene Anmerkung. *Lina fragen.*

»Ich suche die Daten zu den Nebulösen heraus.« Caroline ging zu einem der Regale. »Du könntest auch darauf verweisen, was Brahe über Supernovae gesagt hat. Ich habe eine Abschrift da.«

Bald war der Tisch mit Papier bedeckt, und sie steckten in einer leidenschaftlichen Diskussion. Caroline blätterte und sortierte mit der rechten Hand. In der linken sammelte sie Schnüre und zu Spiralen gewickelte Drahtstücke, die Alexander gemacht hatte, um lose Zettel zusammenzuhalten. Wilhelms Gedanken sprangen wild. Ständig entdeckte er neue Zusammenhänge, und bei der Suche nach Schriften, die seine Thesen stützten, musste Caroline hinter ihm her sortieren. Hätte sie nicht ständig neu verschnürt, geheftet und gestapelt, wären sie schon bald im Durcheinander versunken.

»Halt!«, rief sie. »Schreib das erst nieder. Außerdem fehlt die Überleitung. So kann keiner folgen.«

Wilhelms Einlassungen füllten schließlich zwanzig Seiten. Erst, als der Hahn krähte, setzte er den Schlusspunkt.

»Großartig.« Er ließ die Feder fallen. »Das schreibe ich zu Hause ins Reine und schicke es an Banks.«

Caroline rieb ihre trockenen Augen. »Schlaf doch erst.«

»Vielleicht.«

Wilhelm raffte die Seiten zusammen. Auf dem Weg zur Tür trat er auf Erde. Bei genauer Betrachtung wäre sie als Stiefelabdruck erkennbar gewesen.

Glücklicherweise finden wir Herschels nahe liegende Dinge uninteressant.

Caroline ließ den Tisch, wie er war. Aufräumen würde sie später. In der Schlafkammer fand sie Janek angekleidet vor dem Fenster und stellte sich neben ihn. Im fahlen Licht, das den Sonnenaufgang ankündigte, lief Wilhelm die Straße hinab, das eine Bein steif, das andere federnd.

»Ihr habt zehn Stunden lang diskutiert«, sagte Janek. »Es muss gleich halb acht sein.«

Offenbar las er die Uhrzeit am Stand der Dämmerung ab. Wer beim ersten Tageslicht aufstand, konnte so etwas wohl. Caroline verfolgte die Bahn der Sonne nur, um zu wissen, wann die Nacht begann. Aber normal war das nicht, genauso wenig wie ein fiebrig geführtes Gespräch über Astronomie, während der Rest des Dorfes schlief. Hatte Janek gelauscht?

»Wie du weißt, untersuchen wir Nebel«, sagte Caroline. »Wir haben angenommen, dass jeder von ihnen sich in einzelne Sterne auflösen lässt, wenn er nur stark genug vergrößert wird. Mit unserem Vierzigfuß hätte das gelingen sollen. Aber stattdessen sehen wir nun an einigen Stellen leere Nebel, helle, leuchtende Substanz ohne die Kerne von Sternen. Es muss also wahre Nebulosität geben, und weil wir dieses Phänomen nur an Orten entdeckt haben, die sehr weit von uns entfernt liegen, kann ein solches Licht nicht von der Sonne reflektiert sein. Die einzige Erklärung ist, es kommt aus den Nebeln selbst.«

Janek runzelte die Stirn.

»Ich weiß, das klingt kurios«, sagte Caroline. »Darum müssen wir unsere Argumente behutsam aufbauen. Tycho Brahe meint ...«

Kennt Janek den?

»Warte ...« Caroline rannte zum Tisch, kramte in den Papierstapeln nach der Abschrift des Buches und brachte es Janek. »Brahe war ein dänischer Astronom. Hier schreibt er von einem hellen Stern, der plötzlich auftauchte und innerhalb eines Jahres verblasste. Er hat sich aufgelöst, verstehst du? Er wurde zu Nebel und dann zu Nichts. Er stirbt. Wenn Sterne aber sterben, dann werden sie auch geboren. Sie formen sich aus Nebel.«

»Das ist es, was dich umtreibt?«

Etwas an Carolines Worten schien Janek zu missfallen.

»Es bringt das Bild durcheinander, das wir bis jetzt vom Himmel hatten«, sagte Caroline unbeirrt. »Die Sterne sind veränderlich, und keiner von ihnen wird ewig da sein. Schockierend, oder? Darum soll Wilhelm Beobachtungsdaten verlesen, bevor er unsere These formuliert. Wir müssen sie aussprechen. Im Moment beschäftigt sich niemand außer uns mit Nebeln, doch das mag kommen und dann werden auch andere zu unserer Erkenntnis gelangen. Die Ersten waren aber wir. Das sollen alle wissen.«

Caroline legte die Abschrift auf das Bett.

Vielleicht will Janek sie mit in den Gasthof nehmen?

»Ich leihe dir das gern«, bot sie an.

Janek ließ die Abschrift liegen.

»Du fragst dich, ob Sterne geboren werden? Ist das deine einzige Sorge?«

Er lehnte sich an die Wand neben dem Fenster, wo er von draußen nicht gesehen werden konnte. Vielleicht hatte er die Nacht stehend verbracht, um nicht einzuschlafen und sich beim Umdrehen auf dem knarrenden Bett zu verraten. Worüber mochte er nachgedacht haben, während Caroline mit Wilhelm diskutiert hatte? Die zwei Armlängen zwischen ihnen erschienen Caroline plötzlich wie eine unüberbrückbare Distanz.

»Wann hat dein Bruder zum letzten Mal eine Waffe abgefeuert?«, fragte Janek. »Ich hätte bei einem Duell daneben gezielt, aber Wilhelm schießt vermutlich so schlecht, dass er mich aus Versehen getroffen hätte.«

»So weit wäre es nicht gekommen. Ihr seid doch Freunde.«

»Gerade darum halte ich diese Heimlichkeit nicht mehr aus.« Janek machte zwei Schritte auf Caroline zu. Sie erwartete einen Vorwurf. Aber Janeks Wut schien zu verrauchen. Leise sagte er: »Du hast so etwas auch nicht verdient.« Er schlüpfte in seine Stiefel. »Ich rede mit Wilhelm.«

»Nein!« Caroline ballte die Fäuste. »Niemand verhandelt hinter meinem Rücken über mich.«

Sie brauchte keinen Sprecher mehr. An keinen Geringeren als Banks hatte sie wegen des Kometen geschrieben und ihr restliches Leben würde sie ebenfalls selbst regeln – wenigstens innerhalb der engen Grenzen, die dieses bestimmten. Welche Vereinbarung würden Janek und Wilhelm über ihren Kopf hinweg treffen, wenn nicht die einer Heirat? Als Janeks Frau müsste Caroline ihm nach Polen folgen oder wohin auch immer der König ihn beordern würde. Ihre wissenschaftliche Arbeit mit Wilhelm hätte ein Ende. Es gab noch so viele offene Fragen und die Antworten konnte Caroline nur gemeinsam mit ihrem Bruder finden. Doch während Wilhelm nebenher Frau und Stiefsohn haben konnte, musste sie ihr Leben der Astronomie unterordnen.

»Wir haben uns bei den Nebeln getäuscht«, sagte Caroline. »Aber Irrtümer sind nicht schlimm. Wir widerlegen und werden klüger. Anstand und Ehre sind doch auch nur Ideen, die durch neue ersetzt werden können.«

»Ich will nicht verhandeln«, sagte Janek.

Seine Arme hingen herab.

Er möchte das Richtige tun.

Wochenlang hatte er auf dem Dach gefroren, um seine ernsthaften Absichten zu beweisen.

»Ich überlege mir etwas«, versprach Caroline.

Vielleicht würde sie auf eine Lösung kommen, wenn sie alle Größen in eine Gleichung einsetzte und das Problem logisch betrachtete, bei Tage, ausgeschlafen und hoffnungsvoll.

»Eine Strategie?«, fragte Janek.

Caroline nickte und küsste ihn.

In den nächsten Wochen saß sie oft am Schreibtisch und grübelte. Sie konnte Janek fortschicken und ihm sagen, das Schicksal habe kein dauerhaftes Glück für sie beide vorgesehen. Nein, das brachte sie nicht fertig. Stattdessen spielte sie weiter mit Janek vor den anderen Verstecken, tauschte in Gesellschaft heimliche Blicke mit ihm und wartete nachts auf ihn. Doch Janek verlor spürbar die Geduld. Offenbar glaubte er nicht mehr, dass Caroline ihm eine Strategie präsentieren würde. Wie auch? Tricks und Kniffe lagen nicht in ihrer Natur. Mit Beharrlichkeit hatte sie ihre Kometen entdeckt, aber Liebesprobleme ließen sich nicht durch Fleiß und auch nicht mit den Mitteln der Mathematik lösen.

Sentimi, non partir.

Damals hatte sie Janek mit einem Lied erreicht. Musik brachte unterschiedliche Instrumente wohlklingend zusammen. Da brauchte es weder Eindeutigkeiten noch Gleichheitszeichen. Die Jahre, in denen sie gesungen hatte, schienen Caroline im Rückblick so viel leichter gewesen zu sein. Gerade besuchte der große Joseph Haydn London. Seine Symphonien wurden aufgeführt, und die Presse feierte ihn. Miss Burneys Vater, der ebenfalls Komponist war, hatte ihn schon getroffen. Wenn die Konzertsaison im Juni zu Ende ging, würde der Österreicher sicherlich die Insel erkunden.

»Ich bitte Miss Burney, Haydn eine Einladung auszusprechen«, sagte Caroline zu Janek. »Warte ab, der Österreicher ist ein Zauberer.«

In seiner Musik löste sich die Spannung stets in Wohlgefallen auf. Caroline hoffte auf eine Eingebung zur Bewältigung ihres Problems. Wie machte Haydn das, wie entdeckte er die Melodien, die Heiterkeit verströmten, wenn man sie spielte? Gut, dass jeder sein Spezialgebiet hatte. Darauf konnte Caroline sich mit Janek einigen, und der General wandte sich seinem zu. Neben Versuchen mit Zielfernrohren experimentierte er mit Wilhelms Gießern an leichten Legierungen für Kanonenläufe, und sein König äußerte sich wohlwollend.

Es sah aus, als gewänne Caroline Zeit. Sie schob ihre Grübeleien beiseite und nahm ihre Arbeit wieder auf. Wilhelm las seinen Aufsatz *On Nebulous Stars, properly so called* vor der Royal Society und erntete freundliche Anerkennung. Niemand widersprach seiner Theorie von der Geburt der Sterne.

»Sonst suchen sie immer nach Lücken in der Argumentation«, sagte Wilhelm hinterher zu Caroline. »Bedeutet das, meine Gedanken interessieren keinen?«

Möglich. Unser Forschungsgebiet ist speziell.

»Messier und de Lalande rühren sich auch nicht«, sagte Wilhelm. »Dabei hast du ihnen doch Abschriften geschickt.«

»Nun, sie werden andere Sorgen haben.«

In Frankreich tobte eine Revolution. Der Adel hatte seine Privilegien verloren. Was mochte das für de Lalande bedeuten, der am königlichen College unterrichtete, und für Messier, den Astronom der Marine? Ob beide noch in Lohn und Brot standen?

Janek begeisterte sich für den Umschwung auf dem Kontinent. Wann immer sie in großer Runde speisten, brachte er das Gespräch darauf: »Wartet ab, diese Revolution wird auf alle Länder übergreifen! Die Armen erheben sich und das ist richtig so.«

Mary beschwichtigte stets. »In England sind die Verhältnisse anders. Hier geht es viel gerechter zu, nicht, William?«

»Was soll ich sagen, der Hof bezahlt mich«, antwortete Wilhelm.

»Und mich ebenfalls«, erinnerte Caroline.

Als Frau und als eine, die nur wenige Jahre lang Unterricht hatte. Nun rechne ich besser als mein Bruder. Wie viele Mädchen es mir nachtun könnten, wenn man sie nur ließe.

»Ist erst der Sumpf des Adels ausgetrocknet ...«, begann Janek erneut.

»Genug!«, entschied Mary.

Selten fiel sie jemandem ins Wort, aber da Mrs Papendiek anwesend war, beendete sie die Diskussion der Freundin zuliebe. Die Papendieks taten alles dafür, ihre sechs Kinder durch vorteilhafte Eheschließungen in bessere Kreise zu hieven. Doch Janek war nicht so schnell zum Schweigen zu bringen.

»Beim letzten Treffen der Mondgesellschaft meinte jemand ...«

»Da geht William nicht mehr hin«, rief Mary. »Das musste er mir versprechen. Es dreht sich ja gar nicht um Astronomie.«

»Nein, die Gesellschaft heißt so, weil die Treffen bei Vollmond stattfinden.« Wilhelm tätschelte Marys Arm. »Aber ich kann dir versichern, die Männer dort sind keine Aufrührer.«

»Sondern Vordenker wie wir.« Janek prostete seinem Freund mit Portwein zu. »Oder Tausendsassa wie unser guter Boulton. Benjamin Franklin soll ja mal da gewesen sein, aber den habe ich leider verpasst.«

»Protokoll wird nicht geführt«, sagte Caroline bedauernd. »Darf man nicht teilnehmen, erfährt man nicht, was besprochen wurde.«

»Wenigstens gibt es dann auch keine Anwesenheitslisten.« Mary schob ihre Teetasse von sich. »Musik?«

»O ja, wir sind genug für einen Kanon.« Caroline stand auf. »*Der Sommer ist gekommen* – den kennt ihr doch alle.«

Sie teilte die Tischgesellschaft in vier Gruppen ein und gab den Einsatz. Das Lied handelte von Lämmern, Kälbern und einem Kuckuck, der niemals mehr schweigen solle. Mary sang eifrig. Ihre Wangen röteten sich.

Auch sie sucht das Heil in der Musik.

Als die erste Gruppe bei den letzten Noten des Liedes angelangt war, begannen zwei der Männer, zu tuscheln und dabei zu Wilhelm zu sehen. Caroline gab das Zeichen, neu einzusetzen. Am Ende dehnte sie den Kanon auf fünf Wiederholungen aus und beendete ihn nur, weil Mary mit hochgezogenen Schultern nach Atem rang. Wilhelm zeigte ihr, wie sie die Ellenbogen auf die Knie stützen und den Kopf hängen lassen sollte, um die Lungen zu öffnen.

»Brustatmung, hm?« Er rieb ihren Rücken. »Geht es wieder?«

»Schon besser.« Von ihrer Position unterhalb der Tischkante aus zischte Mary: »Aber jetzt bitte keine Politik mehr!«

Nach diesem Vorfall blieben die geselligen Abende im Hause Herschel eine Zeit lang aus. Wilhelm wurde stiller und grüblerischer, verriet aber nicht, was ihn umtrieb. Durch Mrs Papendiek erfuhr Caroline von der Schwindsucht, die Marys Sohn plagte, doch nachdem er sich den restlichen Sommer in Brighton hatte aufhalten können, schien es ihm besser zu gehen. Fürchtete Wilhelm, der Husten könne im Winter wiederkehren?

»Darüber mache ich mir keine Sorgen«, behauptete er. »Paul ist kräftig, er wird die Krankheit überwunden haben.«

»Aber was hast du dann?«

Caroline stand mit ihm im Garten. Eine weiße Katze lag zusammengerollt auf dem Podest des Vierzigfuß. An der Themse hatte sich das Laub der Weiden verfärbt. Die Bäume schienen wie mit goldenen Ketten behängt.

»Ist etwas mit Mary?«, fragte Caroline.

»Sie fühlt sich unwohl.« Schnell setzte Wilhelm hinzu: »Nichts Ernstes!«

»Was meint der Doktor?«

»Rät zur Ruhe.«

Möglicherweise hatte der Arzt das auch Wilhelm geraten, denn je mehr das Jahr sich dem Ende zuneigte, desto weniger Nächte verbrachte er auf dem Vierzigfuß. Caroline machte das Beste daraus. Sie traf weiterhin heimlich Janek, ließ sich von seinen Metallexperimenten berichten und begutachtete die Modelle der Zielfernrohre, die er bei einem Londoner Optiker herstellen ließ. Nur zu gern wies sie auf Fehler in den Linsen hin. Alles, was Janek in England hielt, war ihr willkommen. Sein König hätte ihn mittlerweile gern in Frankreich gesehen, damit Janek ihm von dort berichtete, aber das Nachbarland war ein gefährliches Pflaster. Zwar hatte der wieder eingesetzte Ludwig XVI. auf die Verfassung geschworen und die Revolution für beendet erklärt, doch das Volk war noch immer aufgebracht. Zudem gab es Gerüchte, Österreich und Preußen könnten in Frankreich einmarschieren, um die alten Verhältnisse wieder herzustellen.

England hält sich hoffentlich raus.

Freiheit, Gleichheit und Brüderlichkeit mochten schöne Ideale sein, aber Caroline war in Kriegszeiten aufgewachsen und wünschte sich ein ruhiges Leben. Sie verbrachte mehr Zeit denn je auf dem Dach. Wenn Messier und de Lalande nicht beobachten konnten und Wilhelm schwächelte, sollte wenigstens die Kometenjägerin die Stellung halten.

Nur eine Schwester

Slough, Dezember 1791

Die Nächte wurden wieder lang, dunkel und kalt. Caroline wickelte sich den Schal bis zur Nase und schweifte über den Himmel. Am Abend des fünfzehnten Dezember, gut eineinhalb Jahre nachdem sie ihren vierten Kometen entdeckt hatte, erspähte sie schon wieder einen. Ausnahmsweise war auch Wilhelm zugegen. Er hatte das Vierzigfuß auf den Ring des Saturn eingestellt, um diesen kurz zu beobachten. Mary hatte ihn gebeten, zeitig zu Hause zu sein, und zu Carolines Empörung kam Wilhelm solchen Wünschen meistens nach. Gegen halb neun stieg er von der Plattform hinunter. In diesem Moment rief Caroline: »Hierauf wirst du einen Blick werfen wollen, Bruder!«

Der Komet war groß, hell und passierte das Sternbild der Eidechse. Am nächsten Tag zeigte Caroline ihn Janek durch den kleinen Schweifer auf dem Dach, während Wilhelm unten vom Garten aus an einem Siebenfuß die Bewegung des Körpers verzeichnete. Der Schweifer war auf Carolines Größe eingestellt, und statt auf dem Schemel zu sitzen, kniete Janek. Caroline legte ihr Kinn auf seinen Kopf und schlang die Arme von hinten um ihn.

»Kennst du die Eidechse?«, fragte sie. »Hevelius hat der Konstellation den Namen gegeben. Er war ein Landsmann von dir, aus Danzig. Um die Eidechse herum strahlen die Konstellationen der alten Griechen: Andromeda, Kassiopeia und Pegasus. Aber vor hundert Jahren hat Hevelius sich gedacht: Da ist noch etwas, ein unbeschriebener Fleck mit schwach leuchtenden Sternen. Seine Eidechse hatte sich vor aller Augen versteckt. So wie wir.«

Janek stand auf und nahm Carolines Hand. »Anständige Leute zeigen sich.«

Er ging mit ihr zum Rand des Dachs. Unten stand Wilhelm am Siebenfuß und konnte jeden Moment hochsehen. Caroline versuchte, Janek die Hand zu entziehen, doch er hielt fest.

Ist er lebensmüde? Will er mit mir vom Dach springen?

Nein, er stand still.

Er sichert mich. Hat ja auch damals darauf bestanden, dass ich den Helm aufsetze.

Ein Mann, der sich um sie sorgte. Doch das wollte Caroline gar nicht.

»Zwei Grad und drei Minuten«, rief Wilhelm.

Mit einem Ruck machte Caroline sich von Janek frei. Ihre Silhouetten mussten sich vor dem mondbeschienenen Himmel abheben wie zwei Schornsteine. Wilhelm wandte sich um.

»Um so viel hat er sich seit gestern bewegt«, sagte er. »Ich schreibe gleich an Banks und Maskelyne.«

Caroline hätte es gern selbst getan oder zumindest den Inhalt beeinflusst. Ihr Bruder schlug den Kragen seiner Jacke hoch und stapfte Richtung Straße.

»Schreib doch hier«, rief Caroline. »Danach könnten wir den Kometen mit dem Vierzigfuß beobachten.«

»Dafür ist bis nächste Woche Zeit. Der Komet wird länger zu sehen sein.«

Wilhelm verschwand zwischen den Häusern.

»Warte«, rief Janek.

Sein Weg führte in dieselbe Richtung. Wäre Janek bei Caroline geblieben, hätte das verdächtig gewirkt. Jedenfalls auf halbwegs aufmerksame Menschen.

Caroline ließ Wilhelm am nächsten Morgen eine Nachricht zukommen. Ob er schon die Briefe verfasst habe? Seine Antwort fiel knapp und unwirsch aus: *Natürlich!*

Dann war ja alles in Butter. Als Nächstes würden die anderen den Kometen beobachten, seine Existenz bestätigen und es gäbe Glückwünsche.

Caroline wartete drei Tage. Am vierten wurde sie ungeduldig, am fünften besorgt, am sechsten konnte sie nicht mehr schlafen. Eine Woche war zu lang! Am Vorabend von Weihnachten schaute Wilhelm bei ihr vorbei. Er werde die Feiertage allein mit Mary verbringen. Sie sei unpässlich und müsse das gemeinsame Festessen ausfallen lassen.

»Hast du Antwort von Banks?«, fragte Caroline.

»Noch nicht. Aber ich nehme an, er wird meinen Bericht in die Januarausgabe der *Philosophical Transactions* aufnehmen.«

»Schick sie mir dann gleich, ja?«

Wilhelm versprach es. Am Mittag des Dreikönigstags traf die Publikation ein. Caroline riss den Umschlag auf und überflog die Zeitschrift in der Tür zur Werkstatt. Die ersten dreiundzwanzig Seiten füllten Wilhelms Betrachtungen der Saturnringe und der Rotation von dessen fünftem Mond. Der Bericht enthielt Beobachtungsdaten verschiedener Jahre, Fußnoten und Referenzen auf die Arbeiten anderer Astronomen. Nebenbei pries er die Qualität der *neuen, maschinell polierten, vortrefflichsten* Teleskopspiegel. Den Schluss bildete eine Abbildung, die die Schatten von Ring und Mond auf dem Saturn zu verschiedenen Zeiten zeigten.

Da steckt viel Arbeit drin. Damit war Wilhelm also die ganze Zeit beschäftigt.

Auf der letzten Seite des Artikels, abgesetzt von Wilhelms Beitrag, wurde endlich der Komet erwähnt. Nur zwei Absätze waren ihm gewidmet, und beim Lesen wurde Caroline heiß vor Ärger. Stoßweise stiegen ihre gefrorenen Atemwölkchen in die eisige Luft hinauf. Caroline umrundete das Vierzigfuß, setzte sich auf das Podest und las jeden Satz erneut.

Das kann doch nicht wahr sein!

Ihr erster Gedanke war, Wilhelm umgehend in Upton aufzusuchen, der zweite, ihm zumindest gleich zu schreiben.

Aber beides wird nichts mehr ändern und mich nur Zeit kosten. Ich stelle ihn zur Rede, sobald er herkommt.

Bereits am nächsten Tag baute Caroline sich mit der Zeitschrift in der Hand in der Werkstatt auf. Wilhelm polsterte eine Kiste mit Stroh aus. Ein Verwandter der Königin hatte ein Dreifuß bestellt, und für den Transport musste das Teleskop sorgfältig verpackt werden.

»In deinem Artikel komme ich so gut wie nicht vor«, sagte Caroline.

»Aber gewiss tust du das.« Wilhelm bettete die Teleskopröhre auf das Stroh und breitete eine zweite Schicht Füllmaterial darüber. »Ich habe dich gleich am Anfang erwähnt.«

»Und zwar so –« Caroline legte den Finger unter die Zeile. »Letzten Donnerstagabend, am fünfzehnten Dezember um etwa halb neun, als ich damit beschäftigt war, den Saturn zu observieren ...« Sie schnaubte. »Als ob die geneigten Leser nicht ausführlich über deine Planetenbeobachtung informiert wären! Die hast du auf zwei Dutzend Seiten ausgewalzt.«

Sie las weiter: »... sah meine Schwester in den Himmel und entdeckte einen ziemlich großen Kometen in der Brust der Eidechse.«

»Da hast du es doch.«

»Meine *Schwester?!* Ist es zu viel verlangt, meinen Namen zu erwähnen?«

Wilhelm drückte das Stroh nieder und legte den Deckel auf die Kiste. Halme ragten zwischen den Brettern heraus. Hätte er die Kiste mit Stoff ausgekleidet und diesen über dem Stroh zusammengeschnürt, würde er sich mit dem Verpacken leichter tun.

Doch warum sollte ich dem Herrn helfen? Er ist ja hier der Experte für alles.

»Jeder weiß doch, wer von uns die Kometen findet«, sagte Wilhelm.

»Astronomen vielleicht. Aber die Zeitschrift hat eine breite Leserschaft.« Caroline blätterte weiter. »Hier folgt die Beschreibung eines Experiments mit phosphoreszierenden Körpern von einem Mister Josiah Wedgwood. Den habe ich bislang nicht getroffen. Für Leute wie ihn bin ich jetzt bloß *die Schwester von William Herschel.*«

Caroline griff in den Korb mit Stroh und formte einen festen Ball. Etwas zu zerknüllen fühlte sich gut an.

»Verzeih, Lina. Es war nicht meine Absicht ...« Wilhelm kämpfte noch immer mit der Kiste. Der Deckel lag nun gerade über den Seitenrändern, aber um ihn zu verschließen, brauchte Wilhelm Werkzeug, und das befand sich außerhalb seiner Reichweite. »Halt kurz hier fest, ja?«

»Halt doch selbst.« Caroline legte die Publikation fort, holte den Hammer, setzte einen Nagel neben Wilhelms Daumen auf und holte aus. »Hoffentlich treffe ich!«

Ihr Bruder seufzte und krümmte die Finger, um die Kuppen zu schützen. Mit kräftigen Schlägen trieb Caroline den Nagel durch den Deckel. Nagel für Nagel donnerte sie ihren Zorn in das Fichtenholz. Als die letzte Seite verschlossen war, ließ sie den Hammer in den Korb auf das Stroh fallen. Wilhelm wirkte geknickt.

Versteht er langsam?

Caroline wollte sichergehen.

»Bis auf die kurze Erwähnung von mir besteht der Rest des Berichts aus den Beobachtungen, die du gemacht hast«, sagte sie. »Kein Wort davon, dass auch ich den Kometen weiterverfolgt habe. Und erst die Überschrift! Verschiedene Beobachtungen – findest du, das weckt Interesse?«

»Herrje. Ich wollte eben auch von dem veränderlichen Stern im Wal schreiben ...«

»Von Mira, ich weiß.«

»Und ich musste das irgendwie zusammenfassen.« Wilhelm hob die Kiste an einem Ende an, um sie auf die Werkbank zu hieven. Doch Caroline machte keine Anstalten, ihm zu helfen. Wilhelm setzte die Kiste wieder ab und raufte sich sein Haar. Das hatte sie bei ihm zuletzt in ihrer Kindheit gesehen, etwa wenn sich ein Himmelsglobus eindellte, weil der Radius für die Pappe zu weit bemessen war.

»Es war wohl ungeschickt von mir«, sagte Wilhelm. »Wenn ich könnte, würde ich es rückgängig machen! Aber nun ist der Fehler geschehen.« Er schlug gegen die Kiste. »Verflucht! Ich wünschte, ich könnte die Zeit zurückdrehen.«

Nun übertreibt er aber.

»Du kannst beim nächsten Treffen betonen, dass ich den Kometen entdeckt habe«, sagte Caroline. »Außerdem fände ich es schön, wenn du in Zukunft erwähnen würdest, wer die Beobachtungsdaten zusammenträgt, etwa zu Mira.« Als er nicht reagierte, fügte sie an: »Nämlich ich.«

»Ja. Sicher. Du hast recht.« Wilhelm sah auf. Sein Haar stand zerzaust vom Kopf ab. »Mary ist in Erwartung.«

»Oh.« Leise fügte Caroline hinzu: »Nein ...«

In ihrem Alter!

Vermutlich dachte auch Wilhelm an Émilie du Châtelet. Die Französin hatte wie Mary schon die vierzig überschritten, als sie am Schreibtisch mit ihrem vierten Kind niedergekommen war.

Die gesamte Schwangerschaft über soll sie wie besessen gearbeitet haben, um die Übersetzung von Newton zu Ende zu bringen. Sie wusste, wie viele Frauen unter der Geburt verbluten oder später am Fieber sterben. Das Risiko steigt mit den Jahren, und nicht einmal die Ärzte des Königs können eine Unglückliche vor ihrem Schicksal bewahren.

Madame du Châtelet hatte es nicht geschafft.

»Seit Monaten behält Mary kaum etwas bei sich«, erklärte Wilhelm. »Doktor Lind meint, sie muss dringend wieder zu Kräften kommen.«

Auf seiner Stirn bildete sich eine Verzweiflungsfalte. Offenbar hatten Mary und er nicht mit einer Schwangerschaft gerechnet. Ob sie trotzdem Vorsichtsmaßnahmen ergriffen hatten? Caroline notierte sich, wann sie monatlich blutete. In Bath hatte ihr eine Chorsängerin dazu geraten: »Zähl die Tage, denn du willst vor Publikum nicht mit einer Unannehmlichkeit überrascht werden. Und wenn gewisse Freuden folgenlos bleiben sollen, dann zählst du sie am besten umso gewissenhafter.« Verschwörerisches Zwinkern. »In der Mitte des Zyklus darfst du den Kavalieren nur Küsse gewähren.«

Vielleicht hatte Mary sich verzählt. Oder das Uhrwerk ihres Körpers hakte. Caroline hatte ihre Schwägerin stets als vom Schicksal begünstigt gesehen, doch nun schwebte sie in Gefahr. So schnell wendete sich das Blatt. Angst packte Caroline wie eine eiserne Hand am Hals. Wann war sie eigentlich das letzte Mal mit Janek zusammen gewesen? Konnte es sein, dass sie auch –?

»Meistens geht es ja gut«, sagte Wilhelm. »Laut Doktor Lind stirbt nur bei jeder fünfzigsten Geburt die Mutter.«

Und das soll uns beruhigen?

Wilhelm machte es offenbar Hoffnung. Anscheinend bedachte er nicht, dass in die Zahlen des Doktors auch kräftige Landfrauen eingingen, wie die Müllerin des Dorfes, die dreizehn Kindern das Leben geschenkt hatte. Das Risiko war keinesfalls gleich verteilt. In ihrem Tagebuch hatte Caroline Mary auf unzählige Weisen verwünscht, aber den Tod hatte auch die furchtbarste Schwägerin nicht verdient.

»Ich höre mich nach einer Amme um«, sagte Caroline. »Die weiß vielleicht, was den Appetit einer Schwangeren anregt.«

Von Miss Burney bekam Caroline den Namen einer jungen Frau aus dem Nachbardorf. Die Amme stellte sich als zierlich heraus. Caroline hätte sie sich rotwangiger und vollbusiger gewünscht, doch der Säugling, der in einer Wiege neben ihrem Ofen schlief, machte einen properen Eindruck, und die Amme geizte nicht mit Kräuterwissen.

»Minzöl soll sie an ihre Handgelenke reiben und alle Speisen mit Schnittlauch würzen.«

Sie brach ab, um zu husten. Caroline trat zurück.

Rasselt da etwas in ihrem Brustkorb?

Die Amme nahm einen Schluck aus einer Tasse und lächelte unbekümmert. »Warme Getränke sind nicht zu empfehlen. Tee darum nur kalt und über Nacht gezogen. Am allerbesten ist Ingwerbier.«

Das Verordnete schien anzuschlagen. Wenige Tage später ging es Mary besser, und Mitte Februar konnte sie an einem warmen Vorfrühlingssonntag sogar in Decken gehüllt im Garten ihres Hauses sitzen und mit Wilhelm, Caroline und Janek Whist spielen. In den Beeten blühten Krokusse. Die Nachbarin brachte glasierten Kuchen.

So Gott will, werden wir uns in einem Jahr an einem Menschlein freuen, das seine ersten Schritte macht.

Neben Wilhelms altem Freund Watson sollte Janek Pate des Kindes werden. Caroline würde es unterrichten, bis es alt genug wäre, um die Schule zu besuchen. Hoffnungsfroh schrieb sie am Abend in ihr Tagebuch.

Das wird uns näher zusammenbringen. Wir werden wie eine Familie sein.

Am fünften März, dem Morgen des Gründonnerstags, setzten bei Mary Wehen ein. Sie schwächten sie, bewirkten aber laut der Hebamme sonst nichts. Als zur Karfreitagsmesse geläutet wurde, verschlimmerten sie sich. Mary zog die gehäkelte Decke vom Kopfteil des Bettes und riss sie in einem Sturm von Krämpfen halb durch. Als die zweite Nacht der Niederkunft anbrach, flehte Mary Caroline an, sie mit dem Kissen zu ersticken.

Daraufhin flüchtete Caroline aus dem Zimmer. Sie hatte seit über einem Tag kaum etwas zu sich genommen und verlor auf der Ofenbank das Bewusstsein. Die Hebamme schickte nach einer kundigen Frau aus dem Nachbardorf, und zu zweit vollführten die beiden in den Morgenstunden ein blutiges Wunder. Mary schenkte einem Jungen das Leben. Lämmer blökten auf den Weiden und nach Sonnenuntergang zeigte sich die Wasserschlange mit ihren vielen schwach leuchtenden Sternen am Horizont. John Frederick William Herschel sollte später an jedem Geburtstag aufbleiben dürfen, um sie über den Himmel wandern zu sehen.

Die Amme wiegte den Säugling an ihrer Brust, und Wilhelm stürzte sich in die Arbeit, denn er war ja nur im Weg. Mary würde schon wieder auf die Beine kommen. Und wirklich, im April konnte sie das Bett stundenweise verlassen und nach der Taufe, Ende Mai, sogar wieder auf der Gartenbank sitzen.

»Wunderbar«, freute sich Wilhelm. »Wir fahren nach Schottland.«

»Wir?«, fragte Caroline.

»Komarzewski und ich. Die Universität in Glasgow verleiht mir einen Ehrentitel. Auf dem Weg werden wir Paul in Birmingham besuchen und uns die Fabrik von Boulton und Watt ansehen.«

»Aber bleibt nicht zu lange fort. Dr. Burney sagt, dieses Jahr kommt Haydn nach der Saison ganz bestimmt vorbei.«

Daran schien Wilhelm nicht mehr zu glauben, aber er versprach trotzdem, vor Juli zurück zu sein. Während seiner Reise sah Caroline täglich nach Mary und dem kleinen John. Der Säugling und seine Bedürfnisse ließen sie kurzfristig alle Zwistigkeiten vergessen. Caroline bastelte ein Mobile aus zwei bemalten Papierkugeln und hängte es über der Wiege auf.

»Das sind die Erde und der Mond. Ich mache auch noch eine Sonne für die Zimmerecke. So lernt John die Entfernungen am Himmel.« Mit einem Stups brachte sie die Erdenkugel zum Schwingen. Das Baby gluckste vergnügt, befreite einen Arm aus den straff gewickelten Leintüchern und streckte das Händchen in die Höhe.

»Schau, Mary«, rief Caroline entzückt. »Er versucht zu greifen.«

Mary sah von ihrer Stickarbeit auf. Den größten Teil des Tages verbrachte sie in einem Lehnstuhl und verzierte Bettwäsche mit den Initialen ihres Sohnes. Die Amme kam herein.

»Solche Spiele tun dem Kleinen nicht gut.« Sie stopfte die Tuchenden wieder unter dem Kind fest und zog die Vorhänge über die Wiege. »Seine Knochen sind weich. Außerdem macht ihn das Gewackel toll. Wie soll er da schlafen?«

»Er ist ein Herschel«, sagte Caroline. »Wir brauchen kaum Ruhe.«

Die Amme setzte zu einer Antwort an, aber ein Hustenanfall unterbrach sie. Angeblich hatte ihr das Singen in der kalten Kirche zugesetzt. Aber warum wurde die Erkältung nicht besser, obwohl die Amme kannenweise Salbeitee trank? Caroline nahm sich vor, Dr. Lind zu fragen, ob er die Frau untersuchen könne. Doch dann wurde sie von Wilhelms und Janeks Rückkehr abgelenkt, und nur zwei Tage später konnten sie in Slough endlich den Besucher empfangen, um den Caroline schon seit über einem Jahr warb: Franz Joseph Haydn.

Dr. Charles Burney kam mit ihm zum Abendessen. Beide waren zuvor bei einem Pferderennen gewesen. Dr. Burney hatte sein Gesicht mit einem Hut vor der Sonne geschützt, aber Haydn trug Perücke, eine üppige Ausfertigung, deren Locken bis über die Schulterblätter hingen. Stirn, Wangen und die stolze Nase des Komponisten leuchteten rosenrot. Haydn war klein. Wie bei Caroline hatten die Pocken sein Gesicht gezeichnet. Er trug einen dreiteiligen lachsfarbenen Anzug, dessen Stehkragen aus der Mode gekommen war, dazu makellose weiße

Seidenstrümpfe. Wie leicht konnte er die bei der Besteigung des Teleskops zerreißen! Doch mit der Besichtigung schien es Haydn nicht eilig zu sein. Sie speisten ausgiebig und sprachen über die Londoner Konzerte. Als Wilhelm gegen zehn Uhr fragte, ob sie nun in den Garten gehen wollten, streckte Haydn die Beine unter dem Tisch aus und sagte: »Aber es ist ja noch gar nicht richtig dunkel.«

Seltsam. Andere Besucher können es nicht abwarten, zum Vierzigfuß zu kommen.

»Ein Gläschen Port?« Mary winkte dem Mädchen. »Dafür ist es spät genug.«

Sie selbst trank nicht mit, sondern ließ sich zurück nach Upton fahren.

»Möchten Sie unsere musikalischen Instrumente sehen, Herr Haydn?«, fragte Caroline.

»Oh, nur zu gern.«

Er ließ sich von ihr nach nebenan führen. Im Musikzimmer besah er die Oboe, die Klarinette und den Serpent, der aus Wilhelms Zeit bei der Hannoverschen Garde stammte. Gebückt entzifferte er den Namen auf der Plakette des Klaviers.

»Ein Haxby. Darf ich?«

»Selbstverständlich.«

Wilhelm rückte ihm den Schemel zurecht. Dr. Burney gähnte, aber Caroline war hellwach vor Vorfreude. Beiläufig streifte sie Janeks Bein und lächelte ihn an.

Der große Haydn wird für uns musizieren!

Sie hoffte auf eine bekannte Sonate oder eine neue Komposition, aber der Österreicher spielte Läufe in C-Dur. Seine Finger glitten über die Tasten und wurden schneller, doch die Melodie schien nirgendwohin zu führen. Die Stimmung war heiter und harmlos, das Stück hoppelte dahin. Haydn – man musste es leider so ausdrücken – klimperte.

»Ein Divertimento«, sagte er über die Schulter.

Er wollte wohl erst seine Finger aufwärmen. Jetzt fiel er in ein Adagio, etwas Trauriges, Zögerndes. Caroline wartete auf einen musikalischen Witz oder einen gehämmerten Akkord. Mr Burney hatte von einer Symphonie gesprochen, in der Haydn eingeschlafene Zuhörer durch einen Paukenschlag aufschreckte. Er überraschte, dafür liebte man ihn. Doch vielleicht lag dem harte Arbeit zugrunde. Caroline hatte wohl vergeblich gehofft, Haydns Einfallsreichtum könne auf sie abfärben und ihr eine Lösung für ihr Liebesproblem bescheren. Jetzt wiederholte Haydn das Adagio in einer anderen Tonart. Draußen war mittlerweile die Nacht angebrochen. Dunkler würde es gegen Mittsommer in England nicht werden.

Worauf wartet er? Will er spielen, bis der Morgen dämmert?

Wilhelm murmelte, er werde Haydn sein Glas bringen. Janek und Dr. Burney folgten ihm und blieben länger fort, als es nötig gewesen wäre. Währenddessen fiel Haydn in ein Pianissimo. Einzelne Töne blieben aus, weil er die Tasten allzu zaghaft anschlug.

»Möchten Sie eher mit dem Siebenfuß vorliebnehmen?«, fragte Caroline in eine Pause hinein. »Das Vierzigfuß zu besteigen behagt nicht jedem.«

Haydn ließ die Finger von den Tasten gleiten. Mit einer Hand lüpfte er seine Perücke, mit der anderen rieb er sich über den Schädel. Seine Glatze war schweißnass.

»Höhenangst ist es nicht, die mich plagt, Fräulein Herschel.«

»Sondern?«

»Was, wenn ich Dinge erblicke, die mich bestürzen? Den Mechanismus des Universums. Gottes Maschinerie.«

Ach so.

»Ich kann Sie beruhigen«, sagte Caroline. »Nach dem Blick in das Vierzigfuß ist noch niemand allwissend geworden.«

Ansonsten wäre mein Leben ja frei von Schwierigkeiten.

Haydn schien nachzudenken. Schließlich schlug er sich auf die Oberschenkel.

»Dann wage ich es.«

»Recht so!« Caroline rief nach Wilhelm. »Wir sind so weit, Bruder.«

Gemeinsam gingen sie in den Garten.

»Mein Helfer ist heute nicht da«, sagte Wilhelm. »Aber wenn Sie die Röhre gehoben oder gedreht haben möchten, können Herr Komarzewski und ich –«

»Lass ihn doch erst einmal schauen«, sagte Caroline. »Die Position ist gut so.« An Herrn Haydn gewandt fragte sie: »Sehen Sie dort oben die zwei Reihen aus Sternen, die sich überschneiden? Das ist das Kreuz des Nordens, auch als das Sternbild des Schwans bekannt. Sehen Sie? Dort sind die Flügel, da der Schwanz und hier der Schnabel. Der Stern an der Schnabelspitze heißt Albireo.«

»Der helle?« Haydn deutete in die Richtung. »Ja, den erkenne ich deutlich.«

»Das meinen Sie jetzt. Aber mit dem Vierzigfuß werden Sie an seiner Stelle plötzlich zwei ausmachen. Albireo ist doppelt und besteht aus einem hellen orangen Stern und einem schwächer leuchtenden bläulichen. In der Nähe gibt es auch hübsche Nebel ...«

Sie stoppte sich.

Herr Haydn ist doch Amateur. Wir sollten ihn nicht mit Details überfordern.

»Genießen Sie einfach die Vergrößerung«, sagte sie.

Der Komponist nickte und ließ sich von Wilhelm auf die Plattform führen. Caroline blieb mit Janek und Dr. Burney am Boden. Oben angekommen, lehnte Herr Haydn sich über das Geländer und rief übermütig: »Hier fühlt man sich ja wie auf einer Orgelempore.«

Wilhelm zeigte ihm, wie er in die Röhre des Vierzigfuß blicken sollte. Haydn bestieg den Schemel, der für kleine Besucher bereitstand. Mit den Händen hielt er sich rechts und links an der Röhre fest und starrte in das Teleskop wie in einen schrägen Brunnenschacht. Erst zog er die Schultern hoch und drückte die Knie durch, aber nach einigen Minuten schien die Anspannung von ihm abzufallen, und er beugte sich vor, als zögen die Sterne im großen Spiegel ihn an. Wilhelm stand bereit, um zugreifen zu können, sollte Haydn das Gleichgewicht verlieren. Die Perücke rutschte dem Komponisten in die Stirn. Achtlos zog er sie ab und ließ sie neben dem Schemel fallen, wo sie kauernd wie ein Hündchen auf ihn zu warten schien.

Alle verfolgten stumm, wie Haydn beobachtete. Ob er bereits durch kleinere Teleskope gesehen hatte? Umso eindrucksvoller musste die plötzliche Vergrößerung der Sterne auf ihn wirken. Leuchtende Punkte wurden zu Bällen aus Licht, zwischen denen man zu schweben schien.

Caroline suchte Albireo am Himmel. Ihre schwache menschliche Sehkraft hätte ihn ihr als einzelnen Stern zeigen sollen, aber sie wusste ja, wie er sich in der Vergrößerung teilte, und dieses Bild überlagerte das tatsächliche.

Das ist wie mit Janek und mir. Selbst wenn wir unsere Zuneigung verstecken müssen, ist sie da, hell und klar wie ein Alphastern.

Sie wollte nicht heiraten und ihr Leben einer von außen vorgegebenen Ordnung unterwerfen, denn Ordnungsversuche scheiterten immer.

Wie oft haben Wilhelm und ich schon einen Stern in die falsche Kategorie sortiert, einen verzeichnet, wo in Wahrheit ein doppelter war, einen vermutet, wo nur Nebligkeit herrschte, und doch änderten all diese menschlichen Irrungen nichts an der schieren Existenz dieser Himmelsobjekte.

Manchmal hielt Caroline nachts in ihrer Arbeit inne und schwelgte in der Weite über sich. Je mehr sie vom Himmel erforschte und je tiefer sie blickte, desto mehr zeigte sich ihr. Es hörte einfach nicht auf. Sie schrieb Listen, und doch waren die nur eine klägliche Anstrengung, das Überwältigende zu verstehen. Die Erde war weniger als ein Sandkorn am Boden eines

Ozeans, und alle Personen zusammengenommen waren nur ein Stäubchen, eben noch da und schon wieder aufgelöst. Wie sinnlos erschienen angesichts dessen die Grenzen und Verbote, die das irdische Leben beschränkten. Der Schöpfer hatte sie ihnen bestimmt nicht auferlegt, seine Vision war größer gewesen und selbst das Vierzigfuß zeigte nur einen Ausschnitt seines Werks. Könnte doch jeder Mensch einmal hindurchblicken und ahnen, wie maßlos die Welt um sie herum war.

Ob Haydn das mit seiner Kunst auszudrücken vermochte? Als er herabstieg, zitterte er trotz der milden Temperaturen. Caroline erlaubte sich eine Frage. Habe das Vierzigfuß den Maestro inspiriert?

»Wie könnte es nicht!« Haydn strahlte. »Ja, ich habe Musik vernommen. Da ist der Herr, der Licht aus dem Dunkel erschafft und das Universum aus dem Nichts. Aber am Anfang hören wir nur verirrte Töne, grenzenlose Weite und Chaos. Ich brauche ein Libretto. Nur, wer soll den Text zu so etwas schreiben? Ich weiß niemanden, der dem gewachsen wäre.«

»Meine Tochter kennt jeden aus der schreibenden Zunft«, sagte Dr. Burney. »Soll es ein Marsch werden?«

»Keinesfalls! Nichts, zu dem die Arme im Takt geschwungen werden. Gar kein Takt.«

Haydn hob die Perücke auf, versuchte vergeblich, die verworrenen Locken zu scheiteln, holte aus und warf das Ding in hohem Bogen über die Schulter. Die Perücke flog über die Hecke in den Nachbargarten und blieb in einem von Mrs Papendieks Rosenstöcken hängen.

Vergnügt klatschte Haydn in die Hände. »Das Publikum wird perplex sein.«

Die Schöpfung

Hannover, 16. Oktober 1823

Die Hannoveraner Luft roch nach dem Qualm von Brennholz, das noch nicht trocken war. Der letzte Winter war lang gewesen, und der neue brach früh an.

»Du wirst dir den Tod holen, Caroline.« Catharina kuschelte sich in ihren pelzbesetzten Umhang. »Morgen wachst du mit Fieber auf.«

»Papperlapapp, da ist doch schon das Opernhaus.« Caroline hakte Sophia Dorothea unter und ging ein bisschen schneller. Den Rock ihres alten Debütkleids hatte sie nach den neuesten Schnitten ändern und ein passendes Oberteil anfertigen lassen. Für ein Jäckchen war sie aber zu sparsam gewesen. »Fünf Minuten überstehe ich.«

Sie liefen auf das hell erleuchtete Opernhaus zu. Hinter sämtlichen Fenstern des angrenzenden Schlosses war ebenfalls Licht. Zusammen strahlte die Gebäudereihe wie das Band der Milchstraße. Caroline wies Dietrich auf den hübschen Anblick hin, aber der brummte nur: »Kerzenverschwendung.«

Dank seiner Beziehungen hatten sie Karten für *Die Schöpfung* bekommen, mit der die Saison eröffnet werden sollte. Doch Dietrich war missmutig, weil Catharina seit dem Morgen jammerte, sie würde lieber am Samstag in *Don Giovanni* gehen. Der Anfang von Haydns Oratorium löse bei ihr Schwindel aus.

»Auch dem Meister soll es schlecht bekommen sein«, sagte sie. »Lag er doch nach der Uraufführung lange Zeit darnieder!«

Caroline drehte sich schwungvoll um und riss ihre Nichte dabei fast zu Boden. »Was an Alterszipperlein lag und nicht an der Musik«, rief sie.

»Übrigens hat Papa Haydn uns damals in Slough besucht. Dank des Vierzigfuß hatte er die Inspiration zu dieser göttlichen Musik.«

»Göttlich? Urteil mal nicht vorschnell«, antwortete Catharina spitz. »Du hast das Oratorium doch noch nie gehört.«

Ach, du nörgelnde Wachtel.

Erhobenen Hauptes rauschte Caroline mit Sophia Dorothea über die breite Leinstraße und brachte eine Kutsche zum Bremsen.

»Ist das die Schlange für den Einlass? Komm, Liebes, wir nehmen den Bühneneingang.«

»Tante! Wir sind doch keine ...«

Doch Caroline zog Sophia Dorothea schon um die Ecke zu einer unscheinbaren Tür. Drinnen schlängelte sie sich zwischen Musikern hindurch. Vor einer schwarzhaarigen Dame mit einem Collier aus Amethysten blieb sie stehen.

»Sie sind bestimmt die Sopranistin.« Sie deutete auf deren Notenmappe. »Dürfte ich sehen?«

Die verblüffte Sängerin überließ ihr die Mappe.

Caroline überflog die Textzeilen. »Ah ja ... so, so ... fast wörtlich aus dem Alten Testament übernommen ...«

Eine Glocke läutete.

»Ich muss gleich raus.« Die Sängerin nahm ihr die Noten wieder ab.

»Haben Sie Dank«, sagte Caroline. »Und toi, toi, toi! Sophia, ich glaube, wir müssen hier entlang.«

Sie führte ihre Nichte durch ein Gewirr von Gängen in den Zuschauerraum, wo Catharina und Dietrich schon Plätze in der vierten Reihe eingenommen hatten. Caroline setzte sich und ordnete ihren Rock. Vorne stimmte das Orchester die Instrumente.

»Warum wolltest du das Libretto lesen?«, fragte Sophia Dorothea.

»Manchmal singen sie so undeutlich«, sagte Caroline.

Sophia Dorothea bedachte sie mit einem der milden Blicke, die Caroline im Alter immer öfter zuteilwurden.

»Haydn erzählt die Erschaffung der Welt, Tante«, erklärte sie. »Man weiß doch, worum es geht.«

Die Ouvertüre begann mit einem leisen Durcheinander von Streicherstimmen und hohen Bläsertönen, sporadisch unterbrochen von einem Forte, das Catharina zusammenzucken ließ. Nie hatte Caroline etwas Vergleichbares gehört. Wo war die Melodie?

Der Bass als Erzengel Raphael setzte ein: »Im Anfange schuf Gott Himmel und Erde, und die Erde war ohne Form und leer, und Finsternis war auf der Fläche der Tiefe.«

Zaghaft intonierte der Chor: »Und der Geist Gottes schwebte auf der Fläche der Wasser, und Gott sprach: Es werde Licht! Und ... es ... ward ...«

Das dauert aber lange.

»Licht!«

Plötzlich ein Fortissimo des Chors und des gesamten Orchesters. Dazu kraftvolle Paukenschläge. Catharina fiel beinahe vom Stuhl.

»Jedes Mal wieder«, flüsterte sie.

Dietrich schüttelte den Kopf. »Dabei kennst du die Stelle doch.«

Caroline lachte laut auf.

Was für ein Vergnügen!

Nun saßen die Zuhörer auf den Kanten ihrer Sitze. Der erste Tag entstand, die Stimmen ordneten sich. Vielleicht hatte Haydn doch einen Blick auf Gottes Maschinerie erhascht. Zumindest schien er beim Blick durch das Vierzigfuß nicht nur Albireo gesehen zu haben.

Wie friedvoll es wohl ist, einen Sinn in allem zu entdecken?

Caroline gelang das nicht immer. Sie dachte an Johns Amme zurück, deren Husten jede Woche besorgniserregender geklungen hatte. Neben der Wiege hatte Caroline schließlich ein Taschentuch mit blutigen Flecken entdeckt. Sie zeigte es Mary, und die Amme wurde mit einem Abschiedssold zum Sterben entlassen. Caroline machte sich Vorwürfe, weil sie die Frau empfohlen hatte. Was, wenn sich auch bei John eine unheilbare Lungenkrankheit zeigte? Doch der Kleine aß Getreidebrei und gedieh prächtig. Dafür erlitt Paul einen Rückfall und welkte mit dem Laub dahin. Im November, die letzten Blätter hingen noch an den Bäumen, mussten die Herschels Marys älteren Sohn zu Grabe tragen. Chemiker hatte er werden wollen und er wäre bestimmt ein guter gewesen. Aber der Herr rief die Strebsamen ebenso zu sich wie die Müßiggänger. Kurz zuvor war ein verstörender Brief aus Hannover eingetroffen. Sophia, die Älteste der Herschel-Geschwister, bat um Geld für Jacobs Gläubiger. Der Bruder habe Schulden hinterlassen, die sie nicht begleichen konnte. Hinterlassen?

Wie sich herausstellte, war die vorige Nachricht in der Post verloren gegangen. Bereits im Juni war Jacobs Leichnam mit schwarzen Malen am Hals auf den Feldern aufgefunden worden.

Die Musik wurde gefälliger. Der Chor lobte den Herrn, Vögel wurden erschaffen, Vieh und schließlich Eva und Adam. Caroline lauschte dem Duett.

»Mit dir erhöht sich jede Freude, mit dir genieß ich doppelt sie ...«

Das Menschenpaar jubilierte, und der Chor fiel wieder ein und lobte den Herrn. Caroline richtete sich auf und lauschte gebannt. Sie drückte Sophia Dorotheas Hand und ließ erst wieder los, um zu applaudieren. Aus der Mitte der Reihe drängten die Zuschauer dem Gang zu. Auch Caroline erhob sich, blieb aber stehen und klatschte weiter. Ihre Handflächen brannten.

Haydn war ein Genie! Und so weise.

»Lass gut sein, Lina.« Dietrich hielt Carolines Arme fest. »Der Maestro hat dich sicher vom Himmel aus vernommen. Laut genug warst du jedenfalls.«

»Was für ein Anfang.« Caroline ließ sich fortdrängen, lief dabei aber rückwärts. Ihre Begeisterung wollte hinaus, und Dietrich, Sophia und Catharina sollten sie anhören.

»Den Sündenfall hat Haydn einfach ausgelassen. Kein Wort von der Schlange. Genau so muss man es machen! Ich werde mir das Libretto kommen lassen.«

In der Saaltür blieb sie stehen und brüllte aus voller Kehle: »Bravissimo!«

Einige der zusammenräumenden Musiker drehten sich um und verbeugten sich in ihre Richtung. Catharina ging schneller.

»Als ob wir noch mehr Verrückte in der Familie bräuchten«, zischte sie.

Caroline war nach Tanzen zumute. Vorsichtig drehte sie sich einmal um sich selbst. Wenn sie wieder in dem staubfreien Haus ihrer Schwägerin wäre, würde ihr Übermut schrumpfen. So lange wie möglich wollte sie die Melodien des Abends im Ohr behalten. Sie nahm sich vor, wieder öfter Konzerte zu besuchen.

Haydn hat auf das Erhebende verkürzt.

Ein kluger Kunstgriff. Caroline hatte nichts vermisst. Das verlieh ihr neuen Schwung für die Memoiren.

Jacobs Mörder war nie gefunden worden, und keines der Geschwister hatte auf Aufklärung des Falls gedrängt. Nachforschungen hätten womöglich die dunkle Seite Jacobs ans Licht gebracht. Manchmal war es besser, etwas unter den Teppich zu kehren.

Früher hatte Caroline alles aufgeschrieben, aber ihr Leben war nicht die Wissenschaft. Sie durfte großzügig verschweigen und den Fokus auf die guten Dinge legen, auf die Triumphe und astronomischen Erfolge. Als Aschenputtel der Sternenkunde wollte sie erinnert werden.

Venustransite

Hannover, 18. Oktober 1823

Die Federspitze splitterte. Agnes hatte beim Schreiben zu stark aufgedrückt. Nicht beim Schreiben, genau genommen, sondern beim Durchstreichen. Zum dritten Mal fing sie die Kalkulation nun schon an. Hinter ihr stand die gnädige Frau und summte aufreizend laut.

»Fräulein Herschel, so kann ich keinen klaren Gedanken fassen!«

»Alles eine Frage der Übung, Mädchen.« Ihre Dienstherrin begann, im Takt zu schnipsen. »Lerne, Störungen auszublenden. Was glaubst du, wie ich früher arbeiten musste? Manchmal habe ich mit dem kleinen John auf den Knien gerechnet. Der wollte immer seine Fingerchen in das Tintenfass tauchen.«

Agnes knirschte mit den Zähnen, spitzte die Feder mit dem bereitliegenden Messer und strich mehrere Zeilen Gleichung durch. Beim nächsten Anlauf fügte sich alles.

»Fertig«, rief sie.

Fräulein Herschel warf einen Blick auf das Ergebnis. »Korrekt.«

»Erzählen Sie mir nun weiter von dem Königssohn?«

»Wie bitte?« Ihr hoher Ton verriet, sie wusste genau, was Agnes meinte. »Ach, das Märchen. Nein, das ist zu Ende.«

»Mittendrin? Der Königssohn hat seine Angebetete noch nicht geheiratet.«

»Musste er auch nicht. Sie lebten glücklich bis an ihr Lebensende.«

»Aber sie sollten doch Prüfungen bestehen.«

»Das Leben hält genug Unbill bereit.« Fräulein Herschel betrachtete ihr grünes Kleid, das über einem Stuhl hing. »Ich will mich nur mit Erbaulichem umgeben. Mit Musik und Gesprächen mit Freundinnen ...«

Wie langweilig! Das hätte aus Frau Pranckes Mund stammen können.

»Buttergebäck dazu?« Agnes schob ihren Stuhl zurück. »Dann bleibe ich wohl leider dumm.«

»Weshalb?«

»Man lernt doch aus Fehlern.« Agnes hielt ihren Rechenzettel hoch. »Jedenfalls habe ich heute schon viele gemacht. Was ist mit Ihnen?«

»Ich bin gerade erst aufgestanden.«

Fräulein Herschel trat ans Fenster und blinzelte in die Mittagssonne.

Aber Agnes gab nicht auf. Sie wusste, wie sie ihre Dienstherrin aus der Reserve locken konnte. Seufzend legte sie die Schreibfeder hin und begann, den Straßenstaub vom Saum des grünen Kleides abzubürsten. Fräulein Herschel hasste Haushaltsverrichtungen. Schon das Zusehen war ihr zuwider. Als Agnes einmal den Ascheeimer umgestoßen hatte, war sie nicht wegen des Drecks geschimpft worden, sondern wegen der überflüssigen Arbeit.

»In der Zeit, in der du den Boden säuberst, hättest du eine Seite Berechnungen erledigen können!«

Auch die Reinigung des Kleides schien Fräulein Herschel mit Missmut zu erfüllen.

»Lass den Saum, der wird sowieso wieder schmutzig.« Sie nahm Agnes die Bürste ab. »Also – du möchtest wissen, was nicht funktioniert hat.«

»Nur zu gern!«

Würde Fräulein Herschel jetzt ein Tagebuch aus seinem Versteck holen und süße Fehltritte beichten? Die alte Dame suchte in einer der Kisten und reichte Agnes ein Bündel kleinformatiger Blätter.

»Hier. Die Geschichte der Venustransite. Sagen die dir was?«

Agnes konnte ihr Glück nicht fassen. »Casanova erwähnt Venus. Sie ist die Göttin der sinnlichen Begierde.«

»Meinetwegen. Für Astronomen ist Venus ein Planet.«

»Ach so.«

»Ja, und die Transite ... Aber lies selbst. Wilhelm hat das für John zusammengestellt, das heißt, er hat diktiert und ich habe es aufgeschrieben und bei Banks erfragt, was Wilhelm nicht bekannt war. Führe es dir zu Gemüte. Da ging einiges schief.«

»Danke«, sagte Agnes lahm. Ihr Verhörversuch war gescheitert. Sie würde etwas anderes probieren. »Darf ich früher gehen? Dann lese ich das gleich.«

»Lauf nur.«

Schnurstracks steuerte Agnes die Redaktion des *Hannoverschen Merkur* an. Der Redakteur wollte sie mit Schreibarbeit behelligen, doch sie winkte ab.

»Erst muss ich mit England korrespondieren.«

Tilda sollte jetzt helfen. Wenn Agnes nichts aus Fräulein Herschel herausbrachte und der Redakteur sie auch nicht nach England schickte, gelänge es der Freundin vielleicht, John über das Umfeld der Familie auszufragen. Die Herschelfamilie hatte viele interessante Menschen getroffen, und wenn John nur halb so gern erzählte wie seine Tante, sollte es ein Leichtes sein, von jemandem zu erfahren, der *ein Königssohn aus dem Osten* gewesen sein konnte. Königssohn sei nicht wörtlich zu nehmen, schrieb Agnes an die Freundin, es könne sich einfach um jemanden bei Hofe gehandelt haben. Vielleicht aus Russland? Ein Astronom?

Agnes beschrieb Tilda das Fernrohr mit der Gravur. Dann faltete und adressierte sie den Brief. Gern hätte sie ihn auch feierlich versiegelt, doch weil sie weder über Wachs noch über einen Stempel verfügte, drückte sie stattdessen die Kuppen von Daumen, Zeige- und Mittelfinger auf das Papier, ihre Schwurfinger.

»Bei Gott«, flüsterte sie. »Ich werde dieses Geheimnis lüften!«

Königstreu

Slough, 19. Februar 1793

Eine sternenklare Nacht, und Janek war da. Das gab es selten.

Nicht darüber nachdenken!

Im Ofen knackte ein brennender Holzscheit.

»Karolinko?« Janek wollte ihr etwas sagen.

Lass uns doch einfach schweigen.

Sie lagen im Bett, und Carolines Kopf ruhte auf seinem ausgestreckten Arm. Als sie sich von ihm wegdrehte und ihr Gewicht auf seinem Bizeps verlagerte, stöhnte Janek leise. Seine Muskeln schmerzten. Am Tag hatte er den letzten der Ulmenstämme zersägt und gespalten, obwohl an der Wand der Werkstatt noch viele Meter Brennholz gestapelt waren.

Janek strich Carolines Haar zurück, um in ihr Ohr zu flüstern. Aber sie mochte nichts hören. Am liebsten auch nichts sehen. Neuerdings spielten ihre Augen ihr Streiche. Manchmal wurden die Dinge in der Ferne unscharf, und es flimmerte am Rand ihres Sehfelds. Hatte sie sich überanstrengt? Zu lange bei Kerzenlicht gerechnet? Wenn sie die Augen rieb, stimmte wieder alles. Doch die Sorge, einmal gesät, gedieh.

»Ich muss nach Paris, Karolinko.«

»Wer sagt das?«, murmelte Caroline ins Kissen.

»Mein König.«

Ausgerechnet Paris.

Sie legte seine Hand in ihre. Mittlerweile befand sich Frankreich mit Österreich und Preußen im Krieg. Nachdem das französische Volk Ludwig XVI. hatte enthaupten lassen, waren auch England und viele andere europäische Länder der antifranzösischen Koalition beigetreten. Zum Reisen war die Zeit denkbar schlecht, und Paris stellte ein gefährliches Pflaster für Königstreue dar. Aber Janek fand, man könne seinen geliebten Herrscher nicht mit Ludwig XVI. vergleichen. Stanisław Antoni Poniatowski lag ja selbst mit den Adligen seines Landes im Clinch, und darum erschien Janek die Revolution der Franzosen verheißungsvoll. Caroline weniger. Seit Jahren kam keine Post aus dem Nachbarland mehr an. Ob de Lalande überhaupt noch lebte? Vielleicht war er von wütenden Aufständischen auf die Straße gezerrt worden.

»Morgen reise ich ab«, sagte Janek.

»Tu das nicht! Was, wenn –«

»Hab keine Angst. Meine Reise wird nicht gefährlicher als ein Ausflug nach Birmingham.«

Janek schmiegte sich an Carolines Rücken. Sie drehte sich zu ihm um, und ihre Nasenspitze berührte seine. Aus dieser Perspektive verschwammen Janeks Augen zu einem einzigen. Konnte Caroline darin die Wahrheit entdecken?

»Wenn das nur ein Ausflug sein soll, warum habe ich dann Holz bis Pfingsten nächsten Jahres?«

»Der Stamm musste sowieso klein gemacht werden.« Janeks Zyklopenauge blinzelte. »Ich reise nach Frankreich, beurteile die Lage und reise wieder ab.«

»Und zur Sonnenfinsternis bist du da?«

Janek hob fragend die Brauen. Nicht jeder strukturierte sein Jahr nach astronomischen Ereignissen.

»Die ist am fünften September«, sagte Caroline.

»Aber natürlich. Dann bin ich längst wieder da.« Er stand auf, um Holz nachzulegen.

»Lass doch, es ist warm genug.« Caroline schlug die Decke

zurück. Kaum hatte sie das getan, spürte sie Janeks Blick an ihr hochwandern. Er kitzelte zwischen ihren Zehen, strich über ihr rechtes Schienbein, umkreiste das Knie und wanderte höher. Die Narbe stach. Sie war ein wulstiges, eingedelltes Ding, aber Janek bewunderte sie. Als seine Finger sie zum ersten Mal entdeckt hatten, hatte er das Liebesspiel unterbrochen und wissen wollen, wie Caroline zu der Verletzung gekommen war.

»Es war 1783, der Abend des einunddreißigsten Dezember«, hatte Caroline gesagt. »Wilhelm beobachtete mit dem Zwanzigfuß, und ich habe ihm assistiert. Unsere Helfer feierten mit ihren Familien das Jahresende. Weil sonst niemand da war, musste ich die Röhre des Teleskops verstellen. Wilhelm hatte etwas entdeckt und schrie zu mir herunter: Schwenk horizontal! Beim Zwanzigfuß waren die Seile der Flaschenzüge mit Haken gesichert. Solche großen, eisernen, wie Fleischer sie verwenden, weißt du? Auf dem Boden lag Schnee, aber der taute schon. Ich eilte mich, rutschte aus, und ein Haken fuhr in mein Bein. Oben rief Wilhelm immer noch Kommandos. Ich schrie zurück: Ich bin aufgespießt! Als er endlich verstand und herunterkam, brauchte er die Hilfe eines Nachbarn. Erst gemeinsam konnten sie mich losmachen. Ein blutendes Loch klaffte in meinem Bein. Ich band ein Taschentuch darum, legte mich hin und betete, vom Wundbrand verschont zu bleiben. Dr. Lind brachte mir Salbe, und als er in der Woche darauf nach mir sah, saß ich schon wieder am Schreibtisch. Er hat mich getadelt. Ein Soldat würde mit so etwas einen Monat lang im Krankenhaus bleiben.«

»Mindestens!« Janek war sichtlich beeindruckt gewesen. »*Boz·e, mój Boz·e!* Die Dame meines Herzens ist versehrter als ich.«

Eine Kriegsverletzung sei das, fand er, zugezogen auf einer Mission.

Männer und ihre Missionen.

Zwei Jahre lang war Janek nun schon in England. Seinem

König schickte er Konstruktionszeichnungen von Dampfmaschinen und die Prototypen verschiedener Zielfernrohre. Gelegentlich berichtete er ihm auch von Kuriosem. (»Gestern zeigte mir ein italienischer Edelmann sein künstliches Gebiss, Exzellenz.«)

Bis jetzt hatte Caroline geglaubt, Janek sei in einer ähnlichen Position wie Wilhelm. Der genoss bei regelmäßiger Bezahlung die Freiheit, zu arbeiten, woran er wollte. Doch anscheinend fand Poniatowski, sein oberster General solle nun herausfinden, ob die Reformen des französischen Staates ein Vorbild für Polen sein konnten.

Zwei Stunden vor der Morgendämmerung verabschiedete Caroline Janek. Schweren Herzens küsste sie ihn und wünschte ihm eine sichere Reise. Am Kragen seiner Jacke bemerkte sie einen weißen Faden, der sich vom spitzenbesetzten Ärmel ihres Kleides gelöst hatte. Sie ließ ihn dort. Etwas von ihr sollte sich mit ihrem Geliebten auf die Reise begeben.

»Sobald ich in Paris bin, schreibe ich dir«, versprach Janek.

»Aber die Posttransporte sind unterbrochen.«

»Ich finde einen Weg.«

Wie Janek das anstellen mochte, sagte er nicht. Fort war er. Caroline konnte nicht einschlafen und setzte sich ans Fenster. In der Ferne erhellten die ersten Sonnenstrahlen das Wasser der Themse. Hatten die Bäume am Ufer von hier aus schon immer undeutliche Konturen gehabt?

Wahrscheinlich kommt das von der Müdigkeit.

Caroline kniff die Augen zusammen. Danach erkannte sie die großen, laublosen Äste, aber die kleinen nicht.

Anfang Mai traf ein Brief von Janek aus der französischen Hauptstadt ein. Sechs Wochen war das Schreiben unterwegs gewesen, und wenige Tage später kam schon das nächste aus Warschau. Janek war für Beratungen zu seinem König gereist und würde den Sommer über in Polen bleiben. Hoffentlich würde Caroline wenigstens, wie versprochen, die Sonnenfinsternis mit ihm genießen können. Die Sehnsucht schien ein Loch in ihren Leib zu nagen. Caroline versuchte, sich mit Arbeit abzulenken, und beantwortete die Nachricht eines an Astronomie interessierten Professors aus Göttingen. Wilhelm erhielt Titel von vielen Universitäten. Als Frau hatte Caroline bislang nicht auf Ehrungen gehofft, aber vielleicht brachen nun andere Zeiten an. Die Franzosen hatten aufbegehrt. Konnten sich die Verhältnisse doch ändern?

Göttingen lag auf halbem Weg nach Polen, eine Wochenreise entfernt. Wie klein Carolines Bewegungsradius doch war! Nachts sah sie in die Weite des Alls, aber tagsüber entfernte sie sich höchstens zwei Meilen von ihrem Haus, um Besorgungen zu machen.

Zwei Wochen vor der Sonnenfinsternis schrieb Janek, er werde es nicht rechtzeitig zurück schaffen. Dafür klopfte der Göttinger Professor an Carolines Tür. Offenbar hatte er im Haupthaus nach ihr gefragt und war einfach durch die Werkstatt und die Stiege hochgelaufen.

»Karl Felix von Seyffer«, sagte er in einem Ton, als solle Caroline sich diesen Namen merken, weil er noch von Bedeutung sein werde.

Professor Seyffer konnte höchstens dreißig Jahre alt sein. Das Haar trug er in einem ungleichmäßigen Schnitt. Über dem linken Ohr war eine Kotelette, rechts war keine. Am Fuß der Stiege erkannte Caroline gleich zwei Reisekisten.

»Haben Sie Ihre eigenen Teleskope mitgebracht?«, fragte sie.

Er schüttelte den Kopf. »Wo Sie und Ihr Bruder die besten der Welt besitzen? Nein, da drin sind nur meine persönlichen Dinge.«

Wie lange wollte er sich bei ihnen aufhalten? Caroline ließ

ein Zimmer im Haupthaus für ihn richten, schickte einen Boten nach Upton und ließ Wilhelm und Mary fragen, ob man am Abend zusammen essen wolle. Als die beiden gegen sieben Uhr eintrafen, war Caroline erschöpft und dankbar für die Unterstützung. Den ganzen Nachmittag lang hatte sie Professor Seyffer herumgeführt und seine Fragen beantwortet. Auf dem Gebiet der Astronomie war der Deutsche nicht halb so bewandert, wie seine Briefe Caroline hatten glauben machen, aber sein mangelndes Wissen schien er in wenigen Tagen aufholen zu wollen. Er glich einem Uhrwerk, das mit doppelter Geschwindigkeit lief. Sein hektisch tickender Geist sprang von einem Thema zum nächsten, von Kometen zu Nebeln zu Umlaufbahnen. Caroline bezweifelte, dass er auch nur die Hälfte von dem behielt, was sie ihm erklärte. Mit der Entschuldigung, sich zum Dinner umziehen zu müssen, gewann sie eine halbe Stunde für sich. Wie betäubt lag sie auf ihrem Bett, ein Klingeln in den Ohren.

Im selben Kleid, das sie vorher getragen hatte, ging sie dann zurück zum Haupthaus. Professor Seyffer hatte sich offenbar bereits eingerichtet. In jedem Raum lag etwas von ihm, ein Spazierstock, eine Zeitung, Tintenfedern, ein Buch. In einer Ecke des Salons entdeckte Caroline einen Haufen Kleidung. In der größeren der beiden Kisten saß der kleine John und juchzte. Professor Seyffer schob ihn durch das Zimmer und schrie Kommandos.

»Segel hissen, Anker lichten, los geht die Fahrt!«

Er spielte mit dem Kind, bis die Suppe aufgetragen wurde. Bei Tisch wandte er sich Wilhelm zu.

»Es ist die Ehre meines Lebens, bei Ihnen zu Gast sein zu dürfen.«

»Danken Sie meiner Schwester.«

»Das werde ich«, rief Professor Seyffer. »Jeden Tag!«

Auf dem Schoß des Hausmädchens gluckste John. Der wilde Mann mit der lauten Stimme machte ihm offensichtlich Freude. Professor Seyffer kniff John in die Wange.

»Ich hab deiner Tante etwas Schönes mitgebracht«, sagte er.

»Was denn?«, fragte Caroline.

»Na.« Professor Seyffer wackelte mit dem Finger und sagte zu John: »Erst einmal das Essen, nicht?«

Sie brachten also den Hauptgang, das Dessert und eines von Marys Gebeten hinter sich. Nach dem *Amen* zog Professor Seyffer gefaltete Briefbögen aus der Jacke.

»Von einem gewissen Monsieur Lalande.«

Caroline glättete die beiden Blätter. Sie waren eingerissen und verschmutzt. Beim ersten fehlte das obere Drittel.

»Haben Sie den Brief schon gelesen?«, fragte Wilhelm.

Professor Seyffer hob entschuldigend die Hände. »Die Korrespondenz wurde mir weitergegeben. Sie hat eine Odyssee hinter sich. Der Krieg, Sie wissen ja ...«

Mary beugte sich gespannt vor.

»Was schreibt de Lalande denn?«

Caroline hatte schon alles überflogen. Was der Franzose ihr offenbarte, schien unglaublich. Sie las ein zweites Mal. Freude sprudelte in ihr hoch, aber sie wollte ihr nicht nachgeben. Erlaubte sich jemand einen Scherz mit ihr? Sie holte frühere Briefe des Astronomen und verglich die Handschriften. Doch, der Brief schien echt zu sein. Caroline blickte in die Runde.

»Unserem Freund geht es gut«, sagte sie. »Er hat den Adelszusatz aus seinem Namen gestrichen und nennt sich jetzt Lalande. Weiter schreibt er von seiner unehelichen Tochter Marie-Jeanne. Erinnerst du dich, Wilhelm? Als er hier war, hat er viel von ihr gesprochen. Er hat sie in Astronomie unterrichtet, und sie hatte sich damals gerade mit einem anderen Schüler verlobt. Den beiden wurde eine Tochter geschenkt. Sie heißt –« Caroline schluckte. Rührung drohte sie zu überwältigen. Mit gepresster Stimme brachte sie heraus: »Nach mir.«

Sie schob den Brief zu Mary hinüber.

Soll sie das vorlesen.

»Caroline« – Mary sprach den Namen französisch aus – »wurde am 20. Januar 1790 geboren, am ersten Tag, an dem ein Komet von Fräulein Herschel am Himmel über Paris zu sehen war.«

»Lies noch mal«, bat Caroline.

Mary tat ihr den Gefallen, und Caroline lauschte mit geschlossenen Augen.

»Noch mal«, forderte Caroline.

Wieder kam Mary dem nach.

»Ich freu mich für dich, Caroline«, sagte sie. »Du auch, Will, oder?«

Carolines Bruder nickte anerkennend. »Aber ja, das ist passend.«

Ehrenbezeugungen waren für ihn wohl schon zu normal. Von ihm gab es schließlich eine Büste und nicht nur ein Spottbildchen. Doch für Caroline kam Lalandes Brief zur rechten Zeit. An Tagen wie diesen, da sie Janek vermisste und sich niemandem anvertrauen konnte, brauchte sie jeden Lichtblick. Nun war sie eine Frau, nach der jemand benannt wurde! Vermutlich würde sie das Kind niemals zu Gesicht bekommen, denn sie war hier und das Kleine in Frankreich, aber die Sterne waren ja auch weit weg und ihr trotzdem vertrauter als die englische Hauptstadt. Caroline wollte etwas Verrücktes tun, hinausrennen, die Glocken der Kirche läuten und im Mondschein tanzen. Aber weil die anderen am Tisch saßen wie Figuren in einer Puppenstube und der kleine John in den Armen des Hausmädchens eingeschlafen war, beschränkte Caroline sich darauf, schwungvoll ihr Weinglas zu leeren. Der seltsame Professor hatte sie für einen Moment glücklich gemacht. Mit diesem Gefühl wollte sie sich zurückziehen. Caroline stand auf, um sich zu entschuldigen. Doch der Besucher hatte noch mehr zu sagen.

»Der Name Herschel ist in aller Munde. Ich wollte Sie beide ja schon lange kennenlernen und zum Tempel der Urania pilgern. Aber es hat die Kunde von den Mondkathedralen gebraucht, um diesen Plan endlich in die Tat umzusetzen.«

Caroline blieb stehen. »Was meinen Sie?«

Professor Seyffer zwinkerte. »Nun testen Sie mich.«

»Nein!« Caroline stemmte die Hände in die Hüften. Ihr schwante Schlimmes. »Was für Mondkathedralen, Will?«

»Nur ein Scherz von einem Schreiberling, Lina.« Wilhelm zuckte zusammen. Anscheinend hatte Mary ihn unter dem Tisch gezwickt.

»Hüte dich, die Zeitung zu erwähnen«, flüsterte Mary. »Du weißt, wie Caroline flucht, wenn sie sich aufregt.« Sie nahm John dem Hausmädchen ab, hievte ihn sich auf die Hüfte und strebte der Tür zu. »Wir sollten aufbrechen. Komm, William.«

»Warte!« Caroline setzte sich wieder. »Worum geht es?«

»Ach, nun ...« Ihr Bruder druckste herum.

Eilfertig sprang Professor Seyffer bei: »Der *Bath Chronicle* berichtet, Ihr Bruder halte den Mond für bewohnt.«

Das entsprach der Wahrheit, aber sowohl Maskelyne als auch Caroline hatten Wilhelm unzählige Male davor gewarnt, Überzeugung und Wissenschaft zu vermischen.

Ich kann die Spekulationen nicht mehr zählen, die ich aus seinen Berichten gestrichen habe. Wie viele Seiten ich neu schreiben musste, weil Wilhelm an den Rand unserer Beobachtungstabellen Sonnenmenschen und Mondhunde gezeichnet hat! Und was tut er, wenn ich nicht da bin? Schwadroniert wahrscheinlich beim Wein in großer Runde von seinen Fantastereien. Damit zieht er unsere Forschung ins Lächerliche. Wer kann denn meine komplizierten Rechnungen nachvollziehen? Dagegen liebt alle Welt putzige Geschichten. Aber unserer Glaubwürdigkeit schaden sie.

»Was berichtet der *Chronicle* noch?«, fragte Caroline. »Von roten Häschen auf dem Mars? Fliegenden Fischen, die die Saturnringe umkreisen?«

»Solche Albernheiten schreibt er nicht«, sagte Professor Seyffer. »Es geht lediglich um die Sichtung einer mächtigen

Kathedrale, in der Größe vergleichbar mit der von St Paul's. Der *Chronicle* kolportiert, Ihr werter Bruder habe sie observiert und werde bald einen Bericht über die Kirchgänger liefern.«

»Sicher nicht.« Wilhelm folgte seiner Frau. »Schlafen Sie gut, Professor.«

Mary flüsterte ihm etwas zu. Daraufhin kehrte Wilhelm zurück und ergänzte: »Und nein, da ist keine Kathedrale.«

»Sie meinen, Sie haben bislang keine ausmachen können.« Seyffer gefiel sich als scheinbar Eingeweihter. »Aber das heißt ja nicht, dass es keine gibt. Sie glauben doch auch –«

»Schluss!« Caroline stellte die Dessertschälchen zusammen. Zwar war dies nicht ihr Haushalt, aber in ihrer Wut verfiel sie in alte Muster. »Man kann sich dies und das ausdenken, aber dann ist man ein Dichter. Wir ...« Die Löffel fielen hinunter. Sie sammelte sie auf, und Blut stieg ihr in den Kopf. »Wir forschen«, schnaufte sie. »Das ist mühsam. Da gibt es Rückschläge. Weil wir nämlich suchen, was ist, und nicht, was sein könnte. Haben wir alle Jubeljahre einen Erfolg, möchte man doch meinen, die Zeitungen würden darüber berichten und nicht über so einen Unsinn.«

»Aber sie berichten ja«, sagte Professor Seyffer. »Sonst wüsste ich nicht von Ihnen, der Entdeckerin des ersten Damenkometen –«

»Dieses schreckliche Wort!« Caroline stampfte in die Küche und ließ das Geschirr in einen Bottich gleiten. Die Löffel warf sie hinterher. »Die Zeitungen berichten nur über mich, wenn sie mich piesacken und verspotten können.«

Angefangen hat alles mit diesem infamen Artikel über die missglückte Aufführung in Bristol!

Ihre Brüder taten solcherlei Ärgernisse leichter ab. Aber sie mussten sich ja auch nicht von Karikaturisten als naive Dummchen verspotten lassen.

Professor Seyffer war Caroline gefolgt.

»Vielleicht wollte die Zeitung nur bekräftigen, wie gut Herrn Herschels Teleskope sind«, sagte er. »Sie könnten sogar einzelne Gebäude auf dem Erdentrabanten zeigen. Und die Kunde von Ihrer Genialität, Fräulein Herschel, die werde ich in den deutschen Landen verbreiten. Nur, wenn Sie erlauben, natürlich. Ihr untertänigster Diener will ich sein.«

»Wirklich?«

Caroline sah an ihm hinunter. Den Weg vom Salon in die Küche hatte der Professor mit leeren Händen gemacht. Nein, nicht ganz. Er hielt eine Zeitung in der Hand. *Die* Zeitung, vermutlich. Mit einer Verbeugung reichte er sie ihr und raunte ehrfürchtig: »Meine Priesterin der neuen Himmel.«

Was für ein alberner Kerl.

Caroline ließ die Zeitung vor den Ofen fallen und öffnete das Fenster. Der laue Spätsommerwind kühlte ihr Gemüt nicht. Wutentbrannt fluchte sie wie der holländische Schreiner.

»Das ist doch Pappekak!«

Der Professor hüstelte. »Wie meinen?«

Caroline stützte ihre Hände auf das Sims und brüllte in die Nacht hinaus: »Ganz dünne Scheiße!«

Hoffentlich hörte Mary das noch.

Wie weit zur Sonne?

Hannover, 21. Oktober 1823

»Ich habe ein weiteres Kapitel meiner Memoiren verfasst, Agnes.«

Caroline hielt das Geschriebene auf Armlänge von sich weg, räusperte sich und las:

»Die Sonnenfinsternis von 1793 beobachtete ich in der trauten Gesellschaft meines Bruders. Bei uns, im beschaulichen Slough, schien die Gewalt in Frankreich fern. Manch traurige Nachricht vom Festland erreichte uns erst mit Jahren Verzögerung, etwa die vom Tod des guten Le Gentil.«

Sie drehte sich nach Agnes um, die durch Zettel blätterte.

»Ich bin ganz Ohr, Fräulein Herschel. Wollte nur den Namen nachschlagen. Guillaume Le Gentil, der hat doch auch den Venustransit erforscht, nicht?«

»Du bist schon durch damit?«

»Natürlich!«

Eine eifrige Schülerin, das lobe ich mir.

Caroline stützte den Kopf in die Hand. »Was hast du gelernt?«

Agnes sprang auf, als gälte es, ein Gedicht zu rezitieren. »Die Menschheit wollte schon lange wissen, wie weit es zur Sonne ist. Da war so ein alter Grieche, der schätzte, zwanzigmal weiter als bis zum Mond, also acht Millionen Kilometer, aber ein anderer meinte, nein, mindestens dreimal mehr. Der hieß ... äh ...«

»Unwichtig.« Caroline winkte ab. »Was war mit Halley?«

»Halley wollte die Entfernung messen. Mit Hilfe der Venus. Die zieht zwischen Erde und Sonne vorbei. Sie macht einen Transit. Wenn man von verschiedenen Punkten der Erde aus zu denselben Zeiten misst, wann sie die Sonne passiert, bekommt man die Daten für eine Parallaxenrechnung.«

»Die du ja schon beherrschst.«

»Tu ich das?«

»Unsere Übungen zur Trigonometrie waren nichts anderes. Erinnerst du dich an die Aufgabe mit dem Kirchturm?«

Caroline freute sich am überraschten Blick des Mädchens. Ähnlich hatte John geschaut, als er zum ersten Mal das Sternbild des Wals am Himmel entdeckt hatte.

»Das ist ja der aus deinem Buch, Tante!«

Ganz recht. Und die Dreiecksberechnung war mehr als nur ein Zahlenspiel.

»Sie meinen, ich könnte –?«, fragte Agnes.

»Theoretisch«, sagte Caroline. »Transite sind mit bloßem Auge verfolgbar, finden aber nur etwa alle hundert Jahre statt. Vielleicht erlebst du die nächsten noch.«

Agnes blätterte.

»1874 und 1882«, las sie.

Caroline nahm einen Schluck von ihrem Tee. »Musst eben gesund bleiben und für Frieden beten. Halley war beim Venustransit von 1761 schon seit fast zwei Dekaden tot. Ich war elf Jahre alt. Der Siebenjährige Krieg tobte zwischen Frankreich und England, und weil der englische König auch Kurfürst von Hannover war, befanden wir uns hier mittendrin. Einige mutige Briten und Franzosen verabredeten sich trotzdem für eine besondere Beobachtung. Darunter Guillaume Le Gentil.« Sie nickte Agnes auffordernd zu.

»Der sollte den Transit von Pondichéry aus beobachten, einem französischen Posten in Ostindien. Schon ein Jahr vorher ist er dorthin aufgebrochen.« Agnes trat von einem Fuß auf den anderen. Verspürte sie selbst Reiselust? »Er hat Erlaubnis, feindliche Linien zu überschreiten. Nach drei Monaten auf See erreicht er Mauritius, und da sagt man ihm, die Briten würden Pondichéry angreifen. Er fährt trotzdem auf einem Kriegsschiff weiter, schließlich besitzt er einen Passierschein.«

»Aber was könnte das Problem gewesen sein?«, fragte Caroline.

Agnes kratzte sich am Kopf.

»Um den Passierschein zu zeigen, muss man sich einem feindlichen Schiff nähern«, sagte Caroline. »In Schießdistanz kommen. Das will man nicht.«

»Also zwölf Monate Reise für nichts.« Mit Grabesstimme fuhr Agnes fort: »Als der Transit passiert, schaukelt Le Gentil auf den Wellen und kriegt keine vernünftigen Messergebnisse. Wenigstens gibt es zwei weitere Franzosen. Dem einen, Alexandre Guy Pingré, wird der Transit auf einer Insel bei Madagaskar verregnet. Und der mit dem unaussprechlichen Namen ...«

»Jean Chappe d'Auteroche.«

»... kämpft sich auf dem Weg nach Sibirien durch Schneematsch. Als er am Ziel seine Instrumente aufbaut, wollen die Bauern ihn lynchen, weil sie glauben, er sei schuld an den Frühjahrsfluten.« Agnes legte eine wirkungsvolle Pause ein. Obwohl Caroline bezweifelte, dass die dramatische Reisebeschreibung des Franzosen in allen Punkten der Wahrheit entsprach, hielt sie unwillkürlich die Luft an und atmete erst wieder, als das Mädchen anfügte: »Kosaken retten ihm das Leben.«

»Und er bekommt gute Messergebnisse.« Angesteckt von der Fabulierlust der jüngeren Frau, deklamierte Caroline. »Anders als der arme Maskelyne auf St. Helena! Der starrt verzweifelt in einen bewölkten Himmel. Dennoch! Von Dutzenden Stationen der Erde wurden Daten gemeldet. Leider waren die zu ungenau. Doch es gab ja 1769 eine zweite Chance.«

»Da kamen die besten Daten von diesem Chappe. Der hat sich diesmal eine Missionsstation in Westindien ausgesucht. Erst geht alles gut, er beobachtet und notiert. Aber dann!« Agnes kam in Fahrt und rollte mit den Augen, als könne sie gar nicht aussprechen, was daraufhin geschehen war. Vergnügt kicherte Caroline und forderte sie mit einer Handbewegung zum Weitermachen auf.

»Fieber streckt seine Männer nieder«, rief Agnes. »Chappe kämpft wie ein Löwe für ihre Leben. Er hat schon viel gesehen, aber nicht diese Bäche an Schweiß, diese verzweifelt brechenden Blicke. Die grausame Krankheit entvölkert die gesamte Mission.«

Wo hat Agnes bloß gelernt, so zu erzählen?

»Auch Chappe befällt die Krankheit.« Agnes fasste sich an die Stirn, simulierte einen Schwächeanfall und sank auf den Sessel. »Er scheidet aus der Welt, die erkaltenden Finger um einen Winkelmesser gekrallt. Sie müssen ihn mit dem Instrument beerdigen.«

Caroline belohnte sie mit einem Zwischenapplaus und sammelte die Abschrift ein. Offenbar hatte Agnes alles im Kopf. »Damit kannst du auftreten, Mädchen. Aber vergiss die Fakten nicht.«

»Na gut.« Agnes richtete sich wieder auf. »Le Gentil schafft es im zweiten Anlauf nach Pondichéry und errichtet dort ein Observatorium. Die Befehlshaber der Armee finden, das sei ein schönes Plätzchen für ihr Munitionslager. Bald sitzt Le Gentil auf ein paar Tonnen explosiven Pulvers und traut sich nicht mehr, Pfeife zu rauchen. Aber alles geht gut. Bis zum Tag des Transits. Gegen Mittag kommt Wind auf. Er bläst Wolken über den Stützpunkt. Als sie sich verziehen, ist die Venus an der Sonne vorbei und Le Gentil ein gebrochener Mann. Weil Unglücke immer geballt kommen, befällt ihn die Ruhr. Geschwächt flieht er von dem Ort seiner Schmach nach Mauritius. Dort will ihn jemand für eine Forschungsreise nach Tahiti gewinnen. Soll das Hohn sein? Le Gentil zieht sein Messer.«

»Tut er nicht«, mahnte Caroline.

»Jedenfalls lehnt er ab«, sagte Agnes. »Nach vielen Jahren in der Fremde muss er noch einmal Monate warten, bis endlich ein Schiff nach Frankreich fährt. Nach Hause! In das Land seiner Mutter! Oh, süße Heimaterde.«

Ihre Augen glitzerten, und sie raunte unheilvoll: »Doch Achtung, es ist schon spät im Jahr und die See launisch. Am Kap der guten Hoffnung geraten sie in einen Wirbelsturm. Das beschädigte Schiff muss umkehren, zurück nach Mauritius. Le Gentil will sich ertränken, aber dann setzt er seine letzte Hoffnung auf ein Kriegsschiff. Das schafft es am Kap vorbei und landet 1771 in Cádiz an. Dort könnte Le Gentil für die letzte Passage umsteigen, aber nein, er schwört, nie wieder einen Fuß auf Schiffsplanken zu setzen. Lieber überquert er die Pyrenäen. Elf Jahre nach seinem Aufbruch kommt er heim nach Paris. Heim? In sein Haus ist eingebrochen worden, seine Frau hat neu geheiratet, und die Verwandten halten ihn auch für tot und haben seinen Besitz unter sich aufgeteilt. Nichts hat er mehr, nichts! Keiner seiner Briefe ist angekommen, und daraufhin hat ihm die *Académie des sciences* seinen Sitz entzogen.«

Selten hat mich Wissenschaft so gut unterhalten.

»Jetzt erzähl aber auch den Rest«, sagte Caroline.

Agnes zuckte mit den Schultern.

»Le Gentil heiratet erneut, und zwar reich, schafft es zurück in die *Académie* und stirbt als alter Mann«, sagte sie.

»Friedlich im Bett«, ergänzte Caroline. »Und zwar 1792, kurz bevor seine adligen Freunde zur Guillotine geschleppt werden.«

Sie verschnürte den Bericht vom Venustransit mit einem Bindfaden und legte das Päckchen in einen Karton, der mit *Kopien* beschriftet war. »Mein liebes Mädchen, wie du die Dinge zuspitzt ... Wüsste ich es nicht besser, würde ich glauben, du wärst ein Schreiberling.«

»So was liegt mir fern.« Agnes wirkte entsetzt. »Ich will doch Mathematikerin werden.«

Tatsächlich?

»Ich habe mir alles Wichtige gemerkt«, beteuerte Agnes. »James Cook segelte mit Banks und Green nach Tahiti. Ihr Ziel war, die Welt zu umrunden. Nebenbei beobachteten sie den Transit, und diese Daten erreichten England. Vom Hudson Bay und der Arktis kamen auch welche. Das genügte, um die Entfernung der Erde von der Sonne zu berechnen. Lalande kam auf einhundertunddreiundfünfzig Millionen Kilometer.«

»Exakt.« Caroline trat ans Fenster. »Und nun?«

»Wissen wir, dass die Sonne weit weg ist.«

»Du hast nach Fehlern gefragt.« Caroline betrachtete ein Kutschpferd, das den Schweif hob und auf die Straße äpfelte. In Slough wäre sie mit einem Korb nach draußen gelaufen und hätte sich über neues Material für Spiegelformen gefreut.

»Fehler zeigen uns, wie etwas nicht funktioniert«, fuhr Caroline fort. »Und dann müssen wir weiterprobieren. Nicht jeder erntet die Früchte seiner Arbeit. Viele sind gestorben, ohne das Ergebnis der Parallaxenberechnungen gekannt zu haben. Astronomen arbeiten für die nächste Generation.«

Sie drehte sich zu dem Mädchen um. Agnes wirkte enttäuscht. Die Erforschung der Venustransite hatte sie als Abenteuergeschichte gelesen. *Ach, die Jugend!*

Caroline ging zurück an den Schreibtisch. Ihre Schritte führten sie automatisch dorthin, so wie andere einen Lieblingssessel ansteuerten.

Astronomen arbeiten für die nächste Generation.

Ja, genau! Wo wäre sie selbst ohne die Vorarbeit von Messier und Flamsteed? Wenn sie in der Stille der Nacht am Schreibtisch saß und die Welt auf den Kreis zusammenschrumpfte, den die Kerze erhellte, entdeckte sie immer noch Neues. Der Wissenshunger, wegen dem sie früher wach geblieben war, um mit dem Vater und den Brüdern die Sterne zu beobachten, blieb unstillbar. Nach wie vor stellte Caroline sich viele Fragen, aber sie hatte auch Antworten und die würde sie weitergeben, an alle, die sie hören wollten. Das wäre hoffentlich John, aber es könnten auch Unbekannte sein. Nicole-Reine Lepaute, die Berechnerin der Sonnenfinsternis, hatte auch nicht gewusst, dass sie ein kleines Mädchen in Hannover mit dem Himmelsfieber anstecken würde.

Caroline fegte einen Bereich auf dem Sekretär frei. Das neue Kapitel ihrer Memoiren segelte zu Boden. Nach Agnes' furiosem Auftritt gefiel es ihr nicht mehr. Mit der Stiefelspitze schob sie es aus ihrem Sichtfeld.

Eitles, ödes Geschwätz über Wilhelm und mich. Wem nutzen Schilderungen getaner Arbeit? In die Zukunft sollte ich blicken. Mich auf das besinnen, was ich kann!

»Fräulein Herschel«, sagte Agnes. »Dürfte ich jetzt ...«

»Gehen, jaja. Ich brauche dich für heute nicht mehr.«

Caroline griff zu einem frischen Blatt. Eine lang vermisste Kraft durchströmte sie.

Zurück zur Astronomie. Ich hab zu tun! Noch so viel zu tun.

Abendgesellschaft

Hannover, 19. November 1823

Agnes war an ihrem freien Sonntag im Haus ihrer Eltern gewesen. Dorthin sollte Tilda ihre Briefe schicken. Und wirklich, aus England war Antwort gekommen. Tilda schrieb von Johns Paten, einem polnischen General.

Ein lustiger Mann. Er hat Zwillen und Blasrohre für John gebastelt und ihm das Reiten beigebracht. Jan Komarzewski.

Ob sich in Fräulein Herschels Papieren Hinweise auf ihn fanden? Agnes hatte noch keine Gelegenheit gehabt, wieder zu stöbern. Auch das gravierte Fernrohr war verschwunden. Die gnädige Frau arbeitete neuerdings wie besessen. Woran, verriet sie nicht. Wenn Agnes zu Bett ging, sah sie durch das Schlüsselloch Kerzenlicht bei ihr.

Heute aber gab Fräulein Herschel unten bei Dietrich und Catharina ein schon lange geplantes Essen. Hanne und Agnes hatten den Hauptgang aufgetragen und genehmigten sich in der Küche einen Burgunder. Nebenan lachten die Gäste. Auch die Runde hatte dem Alkohol schon reichlich zugesprochen.

War jetzt ein guter Zeitpunkt, nach oben zu huschen? Aber dann würde Agnes die Tischgespräche verpassen. Sie könnte Fräulein Herschel morgen um Material zum Lernen bitten und wie zufällig ein oder zwei der Tagebücher einpacken. Wenn sie die Kisten und Regale beim Staubwischen etwas umräumte, würde das der alten Dame gar nicht auffallen. Allerdings hatte

Fräulein Herschel sie mit einem Schreiberling verglichen. Hegte sie Verdacht? Agnes musste ihr Vertrauen zurückgewinnen und sich wieder mehr für Mathematik begeistern.

Im Salon gab Frau Beckedorff eine Anekdote zum Besten, und Fräulein Herschels Kichern klang hell.

»Morgens ging es ihr elend«, sagte Agnes. »Sie konnte nicht aufstehen, der Doktor war da.«

»In dem Alter kann es jeden Tag vorbei sein.« Hanne setzte die Weinflasche an den Mund und nahm einen großen Schluck, bevor sie den Rest in eine Karaffe umfüllte. »Wirst dich bald nach einer neuen Dienstherrin umsehen müssen.«

»Keine Plackerei mehr für mich.« Agnes schob die Bratpfanne beiseite, in der Reste von angebrannten Zwiebeln einweichten, setzte sich auf den Küchentisch und ließ die Beine baumeln. »Ich hab etwas anderes in Aussicht.«

Genießerisch roch sie an dem Wein in ihrem Becher. Der Burgunder machte den Körper schwer und ließ den Geist fliegen. Agnes sah sich hinter dem Schreibtisch des Redakteurs thronen und Artikel für das neue Klatschblatt zusammenstellen. Vielleicht beschäftigte sie ihrerseits eine Helferin? Wenn sich die neue Zeitung gut verkaufte, war das sicher möglich.

»Geht alles glatt, kannst du dir bald etwas dazuverdienen«, sagte Agnes zu Hanne. »Musst nur Augen und Ohren für mich offen halten.«

Um vorzumachen, wie das ging, schlich sie in das Halbdunkel des Flurs. Nach dem Abtragen des Hauptgangs hatte sie die Tür zum Salon offen gelassen.

»Wie schade, Caroline«, sagte Frau Beckedorff gerade. »Ich dachte, du gibst endlich etwas aus deinen Memoiren zum Besten.«

»Die sind vorerst auf Eis gelegt, meine Liebe.« Das war Fräulein Herschels Stimme. »Die Nachwelt braucht anderes dringender.«

»Unsere alte Freundin ist nicht so bescheiden«, sagte Frau Beckedorff. »Die Papendiek soll ihr Leben aufschreiben, wie man hört.«

»Ausgerechnet die.« Caroline klang entsetzt. »Ob wir vorkommen?«

»Bestimmt. Und nicht in vorteilhafter Weise.«

»Das sind doch nur Geschichten aus zweiter Hand.« Die Stimme gehörte einem der beiden Hahns, entweder Heinrich oder seinem Bruder Friedrich. Die Buchhändler waren als erste Gäste eingetroffen und hatten Caroline neue Lektüre mitgebracht. »Ich würde so etwas nicht verkaufen. Was ich aber wirklich gern in die Finger bekommen würde ...« Er machte eine Pause, nahm wohl einen Schluck Wein und schmatzte. »Sind die Erinnerungen von Byron.«

Agnes spitzte die Ohren. Was sie im Stimmengewirr der Durcheinanderredenden vernahm, wäre dieser Herr Nachforschungen wert.

»Pervers ... ein Tyrann ... ein Teufel ... aber so eine kluge Tochter.«

»Schreiben kann er zweifellos«, sagte der andere der Hahns. »Bevor er nach Griechenland geflüchtet ist, soll er seine Memoiren Freunden anvertraut haben. Ich hoffe, bei denen sind sie in guten Händen.«

»Sind es echte Freunde, vernichten sie das Machwerk«, sagte Frau Beckedorff.

»Selbst wenn«, sagte Caroline. »Was wird von Byron bleiben? Seine Eskapaden überschatten seine Kunst. Wir alle kennen das Gerücht vom Inzest mit seiner Halbschwester. Aber könnt ihr eines seiner Gedichte rezitieren?«

Eine längere Pause folgte.

»She walks in beauty, like the night«, begann Frau Beckedorff.

»Of cloudless climes and starry skies«, sprang ihr einer der Hahns bei. »Ähm ...«

»Seht ihr«, sagte Caroline. »Schon hört es auf. Habt ihr noch Platz für das Dessert?«

Sie klingelte. Auf Zehenspitzen machte Agnes zwei große Schritte zurück und lief mit klappernden Absätzen wieder Richtung Salon.

»Ja, gnädige Frau?«

Sie senkte den Blick. Hoffentlich ging das als höflich durch. Plötzlich fühlte sie sich befangen. Die alte Dame glaubte, die Lästereien einer alten Bekannten seien das Schlimmste, was ihr passieren konnte. Zum ersten Mal verspürte Agnes angesichts ihrer Pläne Gewissensbisse. Bisher hatte sie solche Gefühle von sich schieben können. Fräulein Herschel schien mit ihren vergilbenden Aufzeichnungen ein Mensch aus dem letzten Jahrhundert zu sein, ähnlich der greisen Charlotte Kestner, geborene Buff, die Johann Wolfgang von Goethe zu einem Roman inspiriert, dann aber einen Hannoveraner Juristen geheiratet hatte und inzwischen vielfache Großmutter war. Aber tot war Caroline Herschel beileibe nicht, hier saß sie, in einem altmodischen Kleid zwar, doch mit rosigen Wangen.

»Du kannst die Trifles bringen, Agnes«, sagte Fräulein Herschel.

»Sehr wohl.«

Agnes entfernte sich wieder. Als sie zusammen mit Hanne das Dessert auftrug, versuchte der größere der Hahns noch immer, Byrons Gedicht zu memorieren.

»Den Schluss kenne ich«, sagte er.

Fräulein Herschel schenkte ihm einen koketten Augenaufschlag.

»Sie machen mir Hoffnung, mein Guter.«

Agnes streckte sich, um ein Glas mit Süßspeise von oben zwischen den beiden durchzureichen. Dabei musste sie mit der anderen Hand das Tablett balancieren.

»A mind at peace ... with all below ...«

Herr Hahn sah die Gastgeberin fragend an.

»Ja?«, lockte Fräulein Herschel neckisch.

Sie legte ihre freie Hand aufs Herz. Damit bescherte sie dem Buchhändler einen Geistesblitz.

»A heart whose love is …« Er stieß einen Finger in die Luft, wie um einen Schlusspunkt zu setzen. »Innocent!«

Schwungvoll senkte er den Arm wieder und fegte dabei den Trifle weg, den Agnes gerade vor ihn hinstellen wollte. Biskuit, Sahne und Likörkirschen verteilten sich auf seinem Schoß.

»Kreuzdonnerwetter!«

»Verzeihung«, stammelte Agnes.

Sie stellte das Tablett ab und sammelte das Glas auf. Die Kleidung des Herrn müsste gereinigt werden. Vielleicht konnte Fräulein Herschel ihm etwas von Dietrich geben? Aber sie machte keine Anstalten, Agnes beizuspringen. Ihre Miene verdüsterte sich.

»Ich hole etwas zum Aufwischen«, stammelte Agnes.

Sie fühlte sich wieder nüchtern. Unsanft war sie an ihre Rolle erinnert worden: immer noch die des Dienstmädchens.

In der Küche fand sie den Lappen zwischen den Bergen von schmutzigem Geschirr zuerst nicht. Schließlich entdeckte sie ihn auf dem Boden. Hanne hatte ihn unter ein Bein des kippelnden Tisches geklemmt. Agnes zerrte an einem Zipfel, und der Stoff riss ein. Blieb ihr denn nichts erspart? Den Lappen würde sie jetzt nähen müssen. In Catharinas Haushalt durfte selbst das älteste Tuch erst weggeworfen werden, wenn es vollkommen verschlissen war.

Agnes stützte die Hände auf den Tisch. Ihr Missgeschick wäre laut Bessel ein zufälliger Fehler. Solche unterliefen zwangsläufig. Fräulein Herschel sollte das einkalkulieren und verzeihen. Aber nein, sie war unwirsch, weil Agnes den vertraulichen Moment zerstört hatte. Kein Gedanke daran, dass Agnes seit dem Mittag in der Küche geschuftet hatte. In einsamen Momenten mochte Agnes als Vertraute herhalten, aber Freundinnen waren sie nicht. Die alte Dame sah auf sie herab, wie Frau Prancke es getan hatte. Ächzend hob Agnes den schweren Tisch an und kickte mit dem Fuß den Lappen unter dem Bein hervor. Fräulein Herschel verdiente die Enthüllung!

Finsternis

Slough, 5. September 1793

Bibbernd kauerte Caroline auf einem Stuhl. War sie müde, fror sie.

Acht Uhr morgens. Welch unmenschliche Zeit!

Im Osten schob sich die Silhouette des Mondes langsam vor die tief stehende Sonne. Von Slough aus gesehen würde der Erdtrabant sie nur partiell verdecken, doch Caroline starrte trotzdem wie gebannt durch ein mit Ruß getöntes Stück Glas. Professor Seyffer sollte sie bloß in Ruhe lassen! Er stand bei einer Gruppe Aristokraten, die im Morgengrauen bei den Herschels erschienen waren, um die Sonnenfinsternis durch das Vierzigfuß zu beobachten. Über diese Idee hatte Wilhelm nur lachen können.

»Der Spiegel bündelt das Licht, meine Herren, und würde Ihnen die Augäpfel verbrutzeln.«

Auch Wilhelm war mit getöntem Glas bewaffnet.

»Wie lange beabsichtigt der Professor zu bleiben?«, fragte er Caroline. »Mir scheint, er baut mein Haus um. Im Salon liegen Bretter.«

»Das soll eine Bühne werden.« Caroline rollte mit den Augen. »Wir haben ihn zu einem Theaterstück inspiriert.«

»Du wohl eher.«

Wilhelm grinste. Die Schwärmerei des jungen Professors fiel sogar ihm auf.

Wie gut, dass Janek noch nicht zurück ist. Sonst müsste er mitansehen, wie dieser Jungspund meine Füße küsst.

Caroline schloss für einen Moment die Augen.

Mein Leben besteht zu einem Großteil aus Warten.

Als sie wieder zum Himmel sah, überlagerte der Mond die Sonne zu zwei Dritteln. Heute wurde es nur ein wenig dunkler, die Vögel würden nicht verstummen, und die Herbstblumen in Mrs Papendieks Garten hatten ihre Kelche wegen der frühen Stunde ohnehin geschlossen. Eigentlich sah sich Caroline die Finsternis nur aus sentimentalen Gründen an.

»Erinnerst du dich, wie wir uns mit Vater um die Wanne im Hof versammelt haben?«, fragte sie Wilhelm. »Stundenlang standen wir da. Ich glaube, das war der einzige untätige Tag meiner ganzen Kindheit.«

Andächtiges Wundern hatte es sonst nur in der Kirche gegeben, wo die hohen Fenster das Licht in einem Schauer von Farben brachen.

»Unsere Eltern haben uns so viel gegeben«, sagte Wilhelm versonnen. »Nicht nur Kleidung und Essen ...«

»Die Kleidung habe ich genäht«, sagte Caroline. »Abends, nachdem ich alle Töpfe geschrubbt hatte.«

»Vater lehrte uns, Instrumente zu spielen ...«

»Euch Jungen. Sophia und ich durften keine lernen.«

In Wilhelms Blick trat etwas Schmerzvolles. Mitgefühl? Bedauern über die vielen Jahre, die Caroline verloren hatte?

»Die Sonnenfinsternis war das letzte Mal, dass ich Vater gesehen habe«, sagte Wilhelm. »Wäre ich doch noch ein paar Tage länger geblieben.«

Daran hatte Caroline nicht gedacht. Wie unterschiedlich Erinnerungen doch waren. Sie lehnte ihren Kopf an Wilhelms Schulter. »Von den Strapazen beim Militär hat Vater sich nie erholt.«

Die Mutter hatte ihn um mehr als zwei Jahrzehnte überlebt. Vor vier Jahren war sie in Hannover gestorben, und Dietrich hatte sie zu Grabe getragen. Caroline hatte aus der Ferne ein Gebet für sie gesprochen und sich geschämt, weil sie keine Traurigkeit verspürte.

Wie schade, sagte man für gewöhnlich. Oder: *Viel zu früh.*

Aber was hätte die Mutter mit weiteren Jahren angefangen? Woran hatte sie sich erfreut? Caroline wusste es nicht. Briefe hatte sie nur mit Dietrich getauscht, weil die Mutter ja nicht lesen konnte. Über Carolines Bezahlung durch die Königin hatte sie sich angeblich zufrieden gezeigt, aber die Kometenentdeckungen waren ihr keinen Kommentar wert gewesen.

Alles, was ein gesichertes Auskommen überstieg, galt ihr als Extravaganz. Als Kind sollte ich nähen lernen, aber nur, damit die Familie etwas zum Anziehen hatte, nicht um schöne Kleider für andere zu fertigen.

Der Mond stand jetzt als dunkle Scheibe vor der Sonne.

»Dies ist das Maximum der Finsternis, meine Herren«, erklärte Wilhelm.

»Wie Sie sehen, kann der Mond uns nicht vollständig beschatten.«

Mehr zu sagen gab es eigentlich nicht, doch Wilhelm liebte Publikum und erging sich in weitschweifigen Betrachtungen, denen Caroline nicht mehr folgte. Der Morgen war nicht ihre Zeit. Hellhörig wurde sie erst, als Wilhelm schloss: »Und darum will ich mich fortan der Sonne widmen.«

»Haben Sie Dank, Herr Herschel«, sagte einer der Aristokraten.

Er und seine Freunde zogen ihre Hüte und verabschiedeten sich.

»Was redest du da?«, fragte Caroline. »Warum willst du die Sonne observieren?«

»Und den Mond.«

»Was ist mit den Nebeln?«

»Mich zieht es zu meinen Ursprüngen zurück. Vater beobachtete den Mond ...«

»Weil er kein Teleskop hatte! Aber wir besitzen das beste der Welt.«

Wilhelm fuhr mit dem Daumen an seinen Bartstoppeln entlang.

»Ich bin jetzt selbst Vater, Lina. Die Abende verbringe ich lieber bei meiner Familie als draußen auf der Plattform.«

Als ob mir das nicht aufgefallen wäre.

»Und der Mond ist jede Nacht sichtbar, das ganze Jahr über. Ihn kann ich leichter erforschen.«

Leichter? Du meinst wohl allein. Seine Position ist bekannt. Ich muss keine Angaben reduzieren. Du brauchst mich nicht mehr.

Das Gestell des Vierzigfuß schien zu schwanken wie eine Birke im Wind. Caroline fühlte Schläge unter ihren Fußsohlen. Sie suchte Halt am Stuhl, klammerte sich an die Sitzfläche und richtete den Blick auf einen Maulwurfshaufen. Die Erdkrümel darauf lagen still. Wieder einmal ereignete sich das Beben nur in Carolines Kopf.

Ob Wilhelm sich klarmachte, was sein Vorhaben für sie bedeutete? Oder ging er davon aus, dass auch sie sich verändern wollte? Bislang hatte sie ihm das Flimmern ihres Blicks verschwiegen. Doch sie brauchte wohl bald eine Tätigkeit, die sie auch mit nachlassender Sehkraft ausführen konnte.

Professor Seyffer sammelte die Beobachtungsgläser auf, die die Aristokraten im Gras zurückgelassen hatten, und versuchte, die Scherben zu einem Ganzen zusammenzulegen.

Das wird nicht gehen, die stammen von unterschiedlichen Scheiben.

Den hartnäckigen Belagerer war Caroline über. Einfache Berechnungen hatte sie ihm beibringen wollen, doch er zeigte sich begriffsstutzig. Vielleicht wollte er gar nicht lernen. Würde er abreisen, wenn er einer Kometenentdeckung beigewohnt hatte?

Wochen vergingen. Caroline schweifte wieder, aber längst nicht in allen Nächten. An manchen Abenden hatte die Anwesenheit des Professors sie erschöpft, und sie konnte nicht auch noch sein Geplapper ertragen, wenn sie auf dem Dach nach Kometen suchte. In anderen Nächten blieb sie auf der ersten Stufe der Dachstiege sitzen und grübelte. Sollte sie eigene astronomische Wege gehen? Aber warum? Ihre Arbeit mit Nebeln und Sternen war längst nicht beendet. Die Beobachtungen mussten verifiziert werden.

Janek schrieb erneut aus Warschau und versprach, vor dem Oktober da zu sein, aber dann brach der Monat ohne ihn an. Professor Seyffer besetzte die Rollen seines Theaterstückes mit Dorfkindern und gab ihnen im Garten Unterricht in Mythologie. Seine Stimme drang durch geschlossene Fenster.

»Urania ist die Muse der Sternenkunde«, hörte Caroline. »Sie wird mit einem Zeigestab dargestellt. Seht ihr?«

Die Kinder johlten. Caroline ging hinunter, um den Grund für die Heiterkeit zu erfahren, und ertappte den Professor, wie er den Mädchen und Jungen ein Buch zeigte, in dem Urania mit bloßer Brust dargestellt war.

»Das ist für Kinder ungeeignet, Herr Professor!«

»Aber sie sollen sich doch ein Bild machen.«

Kleinlaut klappte Professor Seyffer das Buch zu. Am späten Nachmittag kopierte Caroline an Wilhelms Sekretär im Haupthaus einen Aufsatz und hörte ihren Besucher hereinschleichen.

»Ja?«, fragte sie.

Keine Antwort. Er ging aber auch nicht wieder. Als Caroline sich umdrehte, stand er mit einem Skizzenblock hinter ihr und zeichnete den Schatten ihres Profils von der Wand ab.

»Für einen Scherenschnitt.« Er verbeugte sich. »Darf ich, meine Urania?«

Warum nicht, solange meine Kinnlinie noch straff ist …

Scherenschnitte waren die günstigste Form des Abbilds. Sogar Caroline hatte so einen bekommen, bevor sie Hannover verließ.

Der ist schon über zwanzig Jahre alt. Höchste Zeit für einen neueren.

Doch wie alle Unternehmungen von Professor Seyffer geriet auch diese kompliziert. Der Schatten verschwand, weil die Sonne von Wolken verdeckt wurde, und als sie wieder hervorkam, befand der Professor: »Der Einfallswinkel stimmt nicht mehr. Ihre Silhouette ist verzerrt. Aber das haben wir gleich.« Er baute Lampen und Kerzen auf einem Tischchen auf. »Jetzt müssen wir nur warten, bis es dunkel ist.«

Ach, dieser unpraktische Mensch.

Caroline legte die Schreibfeder hin, hängte das Fenster mit einer Filzdecke ab und entzündete die Lichter.

»Legen Sie das Papier an die Wand und zeichnen Sie meinen Schatten direkt ab.«

Aber nun war das Blatt zu klein. Caroline holte einen größeren Bogen aus der Hütte des Vierzigfuß. Als sie sich erneut in Positur warf, fiel es ihr schwer, die Lippen zu entspannen, um nicht als verärgerte Frau verewigt zu werden. Gleichzeitig den Bogen zu halten und Carolines Silhouette nachzufahren, überforderte den Professor. Glücklicherweise kamen gerade zwei Mädchen ins Zimmer.

»Ach, da sind Sie, Mister Seyffer. Proben wir heute?«

»Selbstverständlich, meine Engel. Wenn ihr mir kurz assistieren könntet?«

Die Mädchen hielten den Bogen, und der Professor zitterte eine Kontur aufs Papier.

»Haben Sie Dank, Verehrteste.«

Er entfernte sich mit Verbeugungen und überließ das Aufräumen Caroline. Weitere Kinder kamen und wurden im Salon unterwiesen. Die Schar sollte verschiedene Himmelskörper darstellen und sich durch den Raum bewegen. Aber wann immer der Professor einem Kind eine Umlaufbahn zuwies, balgten die anderen hinter seinem Rücken.

An der Haustür klopfte es. Caroline erwartete einen weiteren

Ansturm kleiner Engländer. Doch in den Flur trat ein Herr in silberbetresster Ausgehuniform. Im Gegenlicht schimmerten die Epauletten seines Uniformrocks. Die Tür fiel ins Schloss, und Caroline stieß einen freudigen Schrei aus. »Janek!«

In ihrer Überraschung hatte sie seinen Kosenamen benutzt. Hoffentlich hatte der Professor das nicht gehört. Ohne Frage stellte Jan Komarzewski jemanden dar, der mit seinem Rang angesprochen werden musste. Das graue Haar trug er jetzt länger, aber noch immer sorgsam nach hinten frisiert. Er wirkte müde. Seine Stiefelschäfte waren staubig und weiter unten voller Matschspritzer.

»Mein Gepäck fährt weiter zum Gasthaus.« Janek sah suchend an Caroline vorbei. »Ist Wilhelm da?«

Sein Ton verriet, er wünschte, dass dem nicht so wäre.

»Nein, in Upton. Schneidig siehst du aus.«

Über einem Hemd trug Janek eine rote Schärpe mit weißen Rändern.

Die polnischen Nationalfarben.

Carolines Herzen versetzte der Anblick einen Stich. Hatte sein König ihn befördert? War es nun wichtig, Farben zu zeigen und einen Säbel zu tragen? Wie sie es hasste, geliebte Menschen in Uniform zu sehen! Erinnerungen stiegen in Caroline auf.

Sie war fünf Jahre alt, und das Regiment wurde nach England beordert. Ganz Hannover befand sich in Aufruhr, Trommeln riefen die Männer zusammen, und die Mutter rannte durchs Haus, um den Vater, Jacob und Wilhelm mit warmer Wäsche und Wechselstrümpfen für den Marsch auszustatten. Alexander begleitete die Truppe in einem Pulk aufgeregter Kinder aus der Stadt hinaus, aber Sophia verstand die Bedeutung des Aufbruchs schon und schloss sich in ihrem Zimmer ein. Der Lärm von Hunderten Stiefeln auf dem Pflaster wich der Stille auf den Straßen. Nun hörte Caroline Dietrich in seiner Wiege schreien. Sie zupfte die Mutter am Rock, aber die schien wie versteinert.

Caroline musste sie in das Zimmer des Säuglings ziehen. Dort setzte sich die Mutter neben die Wiege und schaukelte sie. Dietrich schrie weiter, aber die Mutter nahm ihn nicht hoch. Tränen liefen über ihr Gesicht, während sie weiterschaukelte, mit langsamen, gleichmäßigen Bewegungen, als würde sie ihre Kraft einteilen. Viele Stunden hatte sie so gesessen.

Caroline wollte Janek in die Arme schließen und ihm das Versprechen abringen, nie mehr fortzugehen. Stattdessen machte sie einen Schritt zurück. »Leider bin ich nicht allein.«

Kaum hatte sie das ausgesprochen, wieselte Professor Seyffer herbei, begierig, dem Besucher vorgestellt zu werden, der doch sicher auch *ein Connaisseur der fernen Himmel* sei.

»Bedaure«, sagte Janek. »Dampfmaschinen und Optik.«

»General Komarzewski hat eine strapaziöse Reise hinter sich«, sagte Caroline. »Er muss essen.«

Sie führte Janek in die Küche, doch der Professor lief ihnen hinterher. Aus dem Salon drang das Geräusch dumpfer Schläge. Offenbar sprangen die Kinder auf der Bühne herum.

»Sie sollten die kleinen Ungeheuer beaufsichtigen«, sagte Caroline zu Professor Seyffer. »Wenn sie allein gelassen werden –«

Ein Krachen unterbrach sie.

»Mein Theater!«, schrie Professor Seyffer.

Und schon waren sie ihn los.

Janek zog Caroline an sich. »Du hast mir gefehlt.«

Sie stellte sich auf die Zehenspitzen, um ihn zu küssen, und er presste sie an sich und hob sie hoch, sodass sie zu schweben und zu verschmelzen schien mit diesem Mann, den sie so sehr vermisst hatte. Doch eine Astronomin sollte nicht schweben. Sie musste stets ihre genaue Position auf der Erde kennen.

»Komm heute Nacht wieder«, flüsterte Caroline atemlos. »Oder nein, nicht heute, der Professor ...«

Behutsam setzte Janek sie ab. »Was will der Kerl von dir?«

»Er hofft, dass ich einen Kometen entdecke. Manchmal wandert er nachts im Garten umher und sucht selbst. Allerdings hat er schon Probleme, den Hundsstern zu finden.«

Janek legte eine Hand an den Griff seines Säbels. »Er soll dich in Ruhe lassen.«

Seine Fingerknöchel traten weiß hervor.

»Sachte!« Caroline wickelte Tuch von einem Brotlaib. Vielleicht sollte Janek wirklich etwas essen. »Unser Connaisseur wird gleich nach der Premiere seines Theaterstücks abreisen. Seine Studenten in Göttingen warten auf ihn.«

Am nächsten Tag schlief Caroline bis kurz vor drei am Nachmittag und erwachte herrlich ausgeruht. Janeks Rückkehr hatte ihr den inneren Frieden zurückgegeben. Ein Liedchen trällernd lief sie zum Haupthaus, um Eier aus der Speisekammer zu holen, und wurde Zeugin einer kuriosen Szene. Im Salon stand Janek, einen Fuß auf die Überreste der zusammengebrochenen Bühne gestellt, und befehligte ein Dutzend Kinder.

»Du da, mit der Zahnlücke, nach außen! Die Zwillinge laufen um die Rothaarige herum.«

»Der Saturn hat aber mehr Monde«, warf Professor Seyffer ein. »Könnten wir warten, bis ...«

»Das Universum duldet keinen Aufschub«, blaffte Janek ihn an. »He, Kleine, beweg dich!«

Zackig nickte er dem Professor zu. »Sehen Sie, Seyffer. Jetzt kreisen sie.«

»Tausend Dank, General. Nun können wir zu Akt zwei fortschreiten.«

»Einer ist genug.« Janek pfiff, und die Kinder blieben stehen. »Vorstellung morgen Nachmittag um Punkt fünf.«

Er drehte sich auf dem Absatz um und prallte beinahe mit Caroline zusammen.

»Guten Morgen, Fräulein Herschel.« Ein Handkuss und ein tiefer Blick. »Haben Sie gut geruht?«

»Bestens«, hauchte Caroline.

»Wollen wir spazieren gehen?«

»Warten Sie«, rief Professor Seyffer aus dem Salon. »Ich leiste Ihnen Gesellschaft.«

Nein, oder?

Lautlos formte Caroline die Worte mit den Lippen. Janek machte eine Geste, als packe er jemanden am Revers und befördere ihn hinaus. Fragend hob er die Augenbrauen. Caroline schüttelte den Kopf. Sie würde es hoffentlich schaffen, den Besucher auf charmante Art loszuwerden.

Wenig später flanierten sie zu dritt durch raschelndes Herbstlaub an der Themse. Ein Schwarm Kraniche schraubte sich im Aufwind in die Höhe. In der keilförmigen Formation schienen die Vögel eine Einheit zu bilden.

Aber wer weiß? Vielleicht fliegt an der Spitze ein Weibchen, und die anderen sind ihre Verehrer: heimliche, aufdringliche und enttäuschte. Die Arme wird bis Afrika verfolgt, wo sie erschöpft zusammenbricht.

Im Plauderton wandte sich der Professor an Janek. »Sie unternehmen also ebenfalls eine Studienreise in dieses schöne Land, Herr ...?«

»Mitnichten.« Janek zog Caroline von einer morastigen Stelle weg und hielt ihren Arm etwas länger als nötig fest. »Die Zeit der Theorie ist vorüber. Schlachtpläne sind gefragt. Mein Land hat schon wieder Gebiete an die gierigen Nachbarn verloren. Aber was erzähle ich Ihnen das? Als Preuße lachen Sie sich darüber ins Fäustchen.«

»Oh, Politik, du blutig Sumpf«, rief Professor Seyffer aus. »Wer allerdings mit den Franzmännern sympathisiert ...«

»Mutigen Kämpfern!« Janek blieb stehen. Sein Respekt für die Franzosen schien noch gewachsen zu sein. »Brüdern und Schwestern im Geiste!«

Zu Carolines Erleichterung trug er heute keinen Säbel. Aber war er unbewaffnet? Die Ärmel seiner Uniform reichten bis über die Handrücken. Auf Reisen verbarg Janek unter dem Stoff ein Messer. Bei Überfällen konnte er damit in der Enge einer Kutsche besser kämpfen als mit einer großen Waffe.

»Mein Volk hat schon vor den Franzosen die innere Macht verteilt«, sagte Janek. »Seit zwei Jahren haben wir eine Verfassung.«

»Mag sein.« Der Professor blieb ebenfalls stehen. »Aber Euer König ist nur eine Marionette der Russen und …«

»Kein Wort mehr!«

Janek beschrieb einen Bogen um den Professor. Wollte er ihn stoßen? Am Ufer wuchs mannshohes Schilfgras. Die scharfen Kanten der Stängel konnten Haut durchschneiden. Caroline sah sich schon Wunden behandeln.

»Still, meine Herren, da sitzt ein Eichhörnchen.« Sie deutete auf eine dunkle Stelle am Stamm einer Birke. Langsam schlich sie darauf zu. Das Tier bewegte sich nicht. Als Caroline den Baum erreichte, stand sie vor einer Astnarbe.

»Ach, schon weg.«

Die Männer kommentierten das nicht, vielleicht aus Höflichkeit, vielleicht weil beide sich im Geiste mit Schimpfwörtern bedachten. Caroline rieb ihre Augen. Geschlafen hatte sie genug, das konnte nicht das Problem sein. Sie würde wohl einen Doktor konsultieren müssen.

Der Premierennachmittag brach an. Im Salon fanden sich die Eltern der mitwirkenden Kinder ein. Mary war mit Mrs Papendiek gekommen und hatte den erkälteten John in der Obhut ihres Hausmädchens gelassen. Wilhelm ließ sich entschuldigen. Angeblich musste er einen hochwichtigen Brief an die Society schreiben. Professor Seyffer schenkte den Umherstehenden Wein aus und führte in sein Werk ein: »Ich sehe mich in der Tradition von Homer.«

Hinter ihm krochen die kleinen Kinder unter die notdürftig reparierte Bühne, und die größeren bewarfen einander mit

Kastanien. Hoffentlich kam Janek bald. Ihm gehorchten sie. Mary klammerte sich an ihrem Glas fest und schien das Ende der Veranstaltung herbeizuwünschen.

»Wenn dein geschätzter Besuch abgereist ist, Caroline, sollten wir uns unterhalten.« Sie nahm einen Schluck und verzog den Mund, als nippe sie an Essig. »Erst wollte ich die Angelegenheit mit William besprechen, aber es ist ja eigentlich nicht seine Sache. Mir fällt es zu, ihm ein behagliches Heim zu bereiten.«

»Sprich's doch einfach aus, Mary.«

»Schön.« Die Schwägerin zog Caroline in den Flur. »Das ist mein Haus. Bevor du jemanden einquartierst, musst du mich fragen.«

»Ich habe den Professor nicht –«

»Er ist auf deine Einladung hin gekommen, oder?«

Marys Lächeln wirkte wie festgezurrt. Gezankt wurde nur unter Bauern, aber trotzdem verstand Caroline: Der Waffenstillstand, der mit Marys Schwangerschaft begonnen hatte, war vorüber.

»Ich habe Professor Seyffers Briefe beantwortet, weil Wilhelm keine Zeit dafür fand.« Caroline bemühte sich ebenfalls um einen falsch freundlichen Gesichtsausdruck. »Wir teilen Korrespondenz unter uns auf. Dieses Haus stand schon immer allen offen. Manche unserer Freunde sind exzentrisch.« Sie warf einen Seitenblick auf den Professor, der ein Leintuch um seine Schultern drapierte. »Wacher Geist und Verrücktheit liegen nah beieinander. Auch Wilhelm wurde anfangs nicht ernst genommen. Aber das kannst du nicht wissen, es war vor deiner Zeit.«

Du willst Reviere abstecken? Das kann ich auch!

»Wie wahr, das war zu deiner Zeit.« Marys Augen blitzten. »Dann hat Wilhelm geheiratet.«

»Und ich bin über die Werkstatt gezogen. Wie könnte ich dort Gäste beherbergen? Vielleicht sollten wir das meinen Bruder fragen.«

»Halte William da raus! Das regeln wir unter uns.«

Hinter Mary wurde die Haustür geöffnet. Janek kam herein. Heute trug er wieder Schärpe und Säbel.

»Meine Damen!« Er sah zwischen Mary und Caroline hin und her. »Hat es schon angefangen? Nein? Dann muss ich wohl eingreifen.«

Er marschierte in den Salon und rief die Kinder zur Ordnung. Stuhlbeine scharrten auf den Dielen.

»Sprechen wir später weiter«, sagte Caroline.

Zurück im Salon, suchte sie nach einem freien Platz. Professor Seyffer hatte sämtliche Stühle und Schemel des Hauses in Reihen aufgestellt.

»Hierher, Fräulein Herschel.« Der Professor deutete auf die Bühne zu einem Lehnstuhl, über den ein roter Schal gebreitet war. »Ihr Thron.«

Bevor Caroline protestieren konnte, führte der Professor sie hinauf und rückte ihr den Stuhl zurecht. »Sie sind doch die Urania.«

Na, dann will ich es hinter mich bringen.

Caroline legte die Hände in den Schoß. Vor der Bühne sollten die Kinder nun ihre Planeten-Choreografie zeigen, aber da der Platz durch die zusätzlichen Möbel auf die Hälfte geschrumpft war, gab es Zusammenstöße. Janek beendete den Tumult mit Klatschen. Der Rest der Zuschauer fiel ein, und an der Tür standen welche auf, um sich nach mehr Wein umzusehen. Doch der Professor wollte einen Monolog anbringen.

»Die Sterne waren mir früher nur blinkende Lichtlein«, hob er an. »Es brauchte eine Dame, deren Klugheit mir die Augen öffnete.«

Er betrat die Bühne und bot Caroline einen Kranz aus Efeuranken dar.

»Urania, oh, menschgewordene Muse.«

»Danke vielmals«, sagte Caroline.

Sie wollte ihm den Kranz abnehmen, doch der Professor ließ nicht los. Ihre Gesichter näherten sich einander. Für die Zuschauer musste es wirken, als wollte der Professor Caroline küssen.

Oder Weisheit von meinen Lippen trinken.

Eines gewissen Amüsements konnte Caroline sich nicht erwehren. Nach vielen Nächten ohne nennenswerte Sichtung war Theatralik eine willkommene Abwechslung. Wie übermütig sie sich früher nach gelungenen Vorstellungen gefühlt hatte! Auf dem Nachhauseweg hatte sie mit Eliot getanzt, beim Umtrunk mit Freunden weitergesungen ...

»Haltet ein!«

Janek sprang mit gezogenem Säbel auf die Bühne und riss Professor Seyffer herum.

»Was wird das?«, stammelte der überrascht.

»Zuerst müssen Sie an dem Wächter der Himmelspforte vorbei.«

»Aber in der griechischen Mythologie gibt es keinen«, flüsterte der Professor.

»Jetzt schon. Ihr Geschwätz langweilt die Leute. Liefern wir ihnen einen Kampf.« Janek warf den Säbel fort, zog seine Jacke aus und hob die Fäuste. »Mann gegen Mann!«

Die Kinder riefen begeistert durcheinander und drängten nach vorn, die Eltern zogen sie wieder zurück, und Mrs Papendiek stand auf, um besser sehen zu können. Der Professor räusperte sich und ging in Stellung. Angst stand ihm ins Gesicht geschrieben, doch er war offenbar gewillt, seine Rolle weiterzuspielen, und ballte ebenfalls die Fäuste.

Ich muss dazwischengehen.

Caroline erhob sich, den Kranz auf dem Kopf balancierend. Fand sich bei Händel eine passende Arie? Um den Himmel ging es im weitesten Sinn ja immer.

»Erwach, erwach zu Lie-hie-dern der Wonne«, intonierte Caroline.

Die meisten verstehen den deutschen Text ja gar nicht.

Angespannt wie sie war, gelang ihr das Tremolo besonders gut.

»Frohlo-ho-ho-ho-ho-ho-hocke ... du Tochter Zion.«

Jetzt ruhten alle Blicke auf ihr.

Ich kann es immer noch.

Niemals hätte sie geglaubt, mal eine Prügelei wegsingen zu müssen. Aber die Musik rettete die Situation, und einige Minuten später nahm Caroline huldvoll Beifall entgegen.

So, der Herr ist gelobt, der Wein geleert und nun können alle nach Hause gehen.

Die Leute zerstreuten sich. Professor Seyffer machte sich daran, das provisorische Theater abzubauen.

Zwar trägt er die Schemel zum Sekretär und die guten Stühle in die Küche, aber wer wäre ich, ihn zu korrigieren?

»Jetzt hast du dein Haus bald wieder für dich«, sagte Caroline zu Mary, die mit verschränkten Armen bei Mrs Papendiek stand.

»Weißt du, liebe Caroline«, Mary sprach in dem Singsang, den sie für Tischgebete benutzte. »Über der Werkstatt zu wohnen ist allein deine Entscheidung. Wenn du dich bemühtest, hättest du durchaus andere Möglichkeiten.«

»Wie wahr.« Mrs Papendiek lächelte spöttisch. »Komm, Mary, trinken wir einen Tee bei mir. Ich will dir erzählen, was es Neues bei Hofe gibt.«

Sie hakte Mary unter und die beiden rauschten davon.

Ja, verschwindet nur, ihr Matronen. Verschluckt euch doch an Fettkringeln!

Caroline sah zu ihren Fenstern hinüber. Eines hatte sie versehentlich offen stehen lassen, aber ihre Räume waren sowieso immer kühl, wenn sie nach Hause kam. Niemand heizte in ihrer Abwesenheit ein.

Nicht gerade ein behagliches Heim ...

Mary wollte wohl andeuten, Caroline sei selbst schuld an ihrer Situation, weil sie nicht heiratete. Alternde Jungfern mussten bei Verwandten unterkommen, und wenn sie sich in deren Haushalten nicht mehr nützlich machen konnten, verkamen sie zu tristen Schaukelstuhlexistenzen und konnten nicht einmal Geschichten erzählen, denn was hatten sie schon erlebt?

Aber so bin ich nicht. Ich entdecke Kometen und erhalte Salär von der Königin.

Beim Vierzigfuß wieherte ein Pferd. Draußen schnallte Janek seinen Degen um und machte den Schecken von einem Balken los. Caroline eilte hinaus.

»Wolltest du dich nicht verabschieden?«

»Ich kehre wieder, wenn der Preuße fort ist.« Janek führte die Zügel zurück. Auf der anderen Seite des Gauls nahm Caroline sie ihm ab. Janek drückte ihre Finger. »Ich ertrag das nicht, Karolinko. Da komm ich zurück, und dieser Kerl belagert dich ...«

»Er ist doch nur ein Universitätsgespenst.«

»Wie lange lebt er schon hier? Mehrere Wochen? Wenn ich mir vorstelle, wie er dich die ganze Zeit über angeschmachtet haben muss ...«

»Du wolltest zur Sonnenfinsternis da sein.«

»Aber ich hatte Verpflichtungen. Und was könnte ich auch tun? Mit welchem Recht dürfte ich –« Janek brach ab und schüttelte den Kopf. »Diese Heimlichtuerei muss aufhören.«

Er schwang sich aufs Pferd, trieb es an und setzte über den Berg des Wurzelwerks, der von den gefällten Ulmen übrig war. Im Galopp überquerte er das Feld. Unter den Uferbäumen musste er sich ducken. Er rutschte und fing sich wieder. Erstaunt blickte Caroline ihm nach. Was war aus dem umsichtigen Mann geworden, der einst seinen Kopf behelmt hatte?

Am nächsten Morgen reiste Professor Seyffer ab. Im Haupthaus lag ein überschwänglicher Dankesbrief.

Hätte er mir nicht stattdessen den Scherenschnitt dalassen können?

Doch Caroline fand die Papierbögen mit ihrer Silhouette unter dem Schreibtisch. Beim Ausschneiden hatte der Professor mehrfach gepatzt und dann offenbar die Geduld verloren. Caroline ging in die Küche, um den gescheiterten Versuch und den Brief in den Ofen zu werfen. Ein neues Mädchen spülte Gläser.

»Bringen Sie die Kartoffeln? Die gnädige Frau hat mir kein Geld dagelassen. Sie meinte, Sie würden erst nachmittags kommen.«

Offenbar hielt es den Brief für eine Rechnung und Caroline für eine Lieferantin.

»Ich wohne hier«, sagte Caroline. »Also, dort drüben.« Sie deutete zur Werkstatt. »Hat Mrs Herschel mich nicht erwähnt?«

»Nein.«

»Verstehe.« Caroline öffnete die Ofenklappe und warf den Brief ins Feuer. »Nun, du wirst nicht viel mit mir zu tun haben.«

Die Bücher sind das Einzige, was mich an diesem Haus interessiert, und die werde ich fortan abends holen. Für Streit mit Mary habe ich keine Zeit.

Regenwolken hingen über dem Dorf. Am Abend hüllte Caroline sich in einen Umhang aus Wachstuch, bezog Stellung auf dem Dach und suchte nach Kometen. Wegen der Wolken konnte sie nicht systematisch vorgehen, sondern musste den Schweifer auf die freien Flecke richten. Feuchte Kälte kroch unter ihre Kleider. Sie zitterte. Es fiel ihr schwer zu bestimmen, was sie sah. Teile des Sternbilds Schlangenträger mussten es sein, aber welcher Stern war der dort?

Caroline schloss die schmerzenden Augen.

Wenn ich bis fünfzig zähle …

Tatsächlich hatte sich die größte Wolke danach teilweise

aufgelöst. Hinter ihr schimmerte ein milchiges Licht. An dieser Stelle befand sich aber gar kein bekanntes Objekt, oder? Holte Caroline die Kataloge, könnte sie das Licht verlieren. *Hatte sie einen Kometen erwischt?* Bis zum Morgen harrte sie aus. In Marys Haushalten waren die Dienstboten früh auf den Beinen, und eine Neue, die sich bewähren musste, würde beim ersten Hahnenschrei aufstehen.

Gegen halb sieben trat das Mädchen mit einem Korb voll Wäsche aus dem Haus.

»Renn nach Upton und hole meinen Bruder«, rief Caroline vom Dach.

»Aber Mrs Herschel hat mir aufgetragen ...«

»Das ist ein Notfall!«, schrie Caroline. »Eile dich!«

Das Mädchen stellte den Korb ab und hetzte los. Caroline betete, Wilhelm möge schneller sein als die Dämmerung. Eine halbe Stunde später kam er geritten, mit wirrem Haar und einem Wollumhang über dem Nachtkleid.

»Wo?«, fragte er nur, als er bei ihr auf dem Dach war.

Caroline überließ Wilhelm ihren Platz am Teleskop.

»Delta Ophiuchi vorausgehend«, sagte sie. »Nördlich. Er ist nicht besonders hell. Ich habe gestarrt und gestarrt, aber er wurde nicht schärfer. Ich glaube, die Kraft meiner Augen lässt nach. Manchmal verschwimmen die Konturen selbst bei bestem Licht.«

Ihr Sehsinn versagte, jetzt war es heraus. Carolines Herz klopfte bis zum Hals. Bald würde sie nicht mehr zum Beobachten taugen und irgendwann vielleicht auch nicht mehr zum Rechnen. Aber Wilhelm tat ihre Worte ab.

»Blödsinn, Lina, es ist diesig.« Er richtete sich auf. »Bravo.«

»Du bestätigst meine Sichtung?«

»Ja, außer da oben ist ein Mondmensch mit einer Laterne.« Er klopfte ihr auf die Schulter. »Ich muss zurück. Du schreibst selbst, ja?«

Er stieg vom Dach herab, und Caroline deckte eilig den Schweifer ab. Höflichkeiten würde sie sich sparen, sie wollte nur die Koordinaten kommunizieren und hinzusetzen, ihr Bruder habe die Entdeckung verifiziert. An ihrem Schreibtisch tunkte sie die Feder in die Tinte, doch ihre klammen Finger produzierten nur Unleserliches. Caroline klemmte sie unter die Achseln. Ihre Zuversicht schwand.

Du kommst zu spät. Der Schlangenträger ist ein Sternbild des Sommers, und der Komet bewegt sich langsam. Er muss schon länger zu sehen gewesen sein. Wenn er nicht schon entdeckt wurde, dann wahrscheinlich in der kommenden Nacht, bevor dein Brief ankommt. Du solltest ein Pferd nehmen und persönlich in London berichten.

Aber das wäre ja Wahnsinn. Caroline hauchte auf ihre Hände und verfasste den Bericht. Die abschließende Grußformel hielt sie knapp.

Ich verbleibe, mein Herr, u. s. w.
Car Herschel

Doch welcher Herr sollte den Brief bekommen? Sie wagte nicht, Banks' Namen auf den Umschlag zu schreiben. Dies war keine Beobachtung gewohnter Qualität. Caroline hatte nur die Koordinaten aus einer einzigen wolkenverhangenen Nacht. Selbst Charles Blagden schien ihr dafür als Adressat zu hoch gegriffen. Nach einigem Überlegen schrieb sie *Joseph Planta, britische Bibliothek* auf das Umschlagpapier. Planta hatte ihnen im vorigen Jahr einen Besuch abgestattet. Seine Schwester unterrichtete die Prinzessinnen, und er war gebildet, aber seine Rolle in der Forscherwelt beschränkte sich aufs Zuhören. Wenn er den Brief bei einem Treffen der Royal Society verlas, würde er endlich selbst tätig werden können.

Damit ist uns beiden geholfen.

Caroline versiegelte den Brief und lief zur Post. Am Himmel

verzogen sich die letzten Wolken. Der Morgen versprach herbstlich golden zu werden.

Aber wann hätte mich je ein schöner Tag interessiert?

Wieder zu Hause, fiel Caroline in ihr Bett. Das Letzte, was sie vor dem Einschlafen sah, war eine Spur Siegelwachs am Finger, dunkelrot wie getrocknetes Blut.

Ich hab mich an einer Spindel gestochen und werde hundert Jahre schlafen ...

Kerzen

Hannover, 07. Dezember 1823

Der Winter war schon immer Carolines liebster Teil des Jahres gewesen. Früher hatte er ihr viele Beobachtungsstunden geschenkt, und jetzt vergaß sie dank der früh einsetzenden Dunkelheit die Zeit. Wieder in die Arbeit einzutauchen war wunderbar. Wie viel Uhr mochte es sein? Einen Kerzenstumpen später. Der Docht schwamm in einem Rest von flüssigem Wachs. Nachschub musste her. Caroline ging hinunter und suchte in der Kammer.

»Hungrig?«, fragte jemand.

Catharina trug einen der Steine vorbei, die sie im Warmhaltefach des Herds aufheizte, um sich im Bett die Füße daran zu wärmen.

»Ich brauche Kerzen«, sagte Caroline.

»Die hat dein Dienstmädchen verbraucht, da kaufe ich vorerst keine neuen.« Catharina verlagerte den Stein auf ihren Unterarm. Offenbar plagte sie wieder die Gicht in den Händen. »Hanne sagt, Agnes liest bis nach Mitternacht. Hat ein Dienstmädchen Muße für Bücher, arbeitet es zu wenig.«

»Mag sein. Aber mich drängen wichtige Aufgaben, und wie soll ich im Dunkeln –«

»Im Keller sind Talglampen.« Catharina taperte zu ihrem Schlafzimmer. Vor der Tür wandte sie sich noch einmal um. »Behalte Agnes lieber im Auge.«

Am nächsten Mittag wachte Caroline auf und öffnete alle Fenster. Das billige Fett der Lampe hatte beim Verbrennen den Geruch von ausgelassener Schweineschwarte verströmt.

Beim Bienenwachs zu geizen – for Christ's sake! In den Assembly Rooms wurde jede Woche eine Wagenladung Kerzen verbraucht.

Aber heute wollte Caroline sich nicht ärgern. Sie ließ sich von Agnes Tee servieren und eine frische Haube bringen.

»Ich gehe nämlich ins Theater.«

Das Mädchen wunderte sich. »Eine Matinee an einem Montag?«

»Mitnichten. Ich sortiere das Notenarchiv. Das ist dringend nötig und ich sehe auf den ersten Blick, wo was hingehört.« Sie nahm einen Karton vom Schreibtisch. »Könntest du mir die Türen aufhalten?«

Agnes sprang zur Stelle und bot an, tragen zu helfen, aber Caroline lehnte dankend ab.

»Da ist nicht viel drin, nur Kordeln, Klammern und feste Umschläge.«

Sie lächelte gegen den Schmerz an, der ihr beim Aufheben des Kartons in den Rücken fuhr, und verließ summend das Haus. Auf dem Weg durch die Stadt ging ihr die Luft aus. Als sie mit dem Ellenbogen an die Tür des Bühneneingangs klopfte, war sie froh, augenblicklich geöffnet zu bekommen. Der Inspizient begrüßte sie wie eine lang vermisste Freundin.

»Folgen Sie mir, Fräulein Herschel.«

Er führte sie zu einem Raum im Untergeschoss. An den Wänden standen Regale, in die Noten wahllos hineingeschichtet worden waren. Ein Witzbold hatte aus einer Partitur eine Girlande angefertigt.

»Du liebes bisschen«, sagte Caroline. »Sieht aus, als wäre Will hier gewesen. Das muss alles gebunden und beschriftet werden.« Resolut rieb sie die Hände. »Lose Zettel sind der Tod.«

»Wenn Sie eine Pause brauchen, kommen Sie doch zu uns

nach oben«, sagte der Inspizient. »Wir bauen etwas auf, das Ihnen gefallen dürfte.«

Caroline hörte nur halb hin. Sie leerte schon das erste Regalfach. Händel, aha. Viele Notenblätter waren unnummeriert und durcheinander. Um sie zu sortieren, las Caroline die Musik. Bald klangen die vertrauten Harmonien in ihrem Kopf. Sie vergaß, warum sie gekommen war, und probierte eine Arie aus dem *Messias.*

»Alle Tale, alle Tale macht hoch und erhaben.«

Wo und wann mochte Händel diese Harmonien geschrieben haben? In einer rumpelnden Kutsche auf dem Weg zu einer Probe mit einer launischen Diva? Aber nichts vom Ungemach der Welt war in seine Musik gedrungen.

Caroline nieste. Staub kitzelte ihre Nase, und ihr Mund fühlte sich trocken an. Sie ging auf die Suche nach einem Schluck Wasser. Im Zuschauerraum des Theaters dirigierte der Inspizient Helfer, die Kulissenteile auf die Bühne trugen. »Die Bank weiter nach links!«

»Hübsch.« Caroline deutete auf ein gemaltes Orangenbäumchen. »Da haben Sie einen talentierten Künstler.«

»Das ist aus Italien, von einem Haus, das schließen musste.« Der Inspizient stand auf. »Kommen Sie, ich zeige Ihnen etwas.«

Über einen Tritt erklommen sie die Bühne. Auf einen Wink des Inspizienten zogen die Männer ein Gestell heran. Es mochte an die vier Meter hoch und zwei Meter breit sein und verfügte an der linken Seite über einen Seilzug. Zwischen den tragenden Säulen hing eine Wolke aus dünnem Holz. Hinter ihr verbarg sich eine Plattform.

»Für die Himmelsboten«, erklärte der Inspizient. »Möchten Sie es mal ausprobieren?«

Caroline prüfte die Seile. Hanf wurde mit der Zeit spröde, aber dieses Material schien gut in Schuss zu sein.

»Warum nicht?«

Die Männer ließen die Plattform herab. Caroline nahm Platz und hielt sich an dem Geländer fest, das ringsherum führte. Ruckelnd wurde sie in die Höhe transportiert. Seltsamerweise verspürte sie keine Angst.

»Jetzt die anderen Wolken«, rief der Inspizient.

Sie hingen an Seilen, die quer über die Bühne gespannt waren, und wurden nun in die Mitte gezogen. Eine kleinere Wolke verhakte sich, und eine Leiter musste geholt werden. Die Männer fluchten, aber Caroline genoss die Verzögerung. Wieder auf einer Bühne zu sein war wunderbar. Hier schien alles möglich. Es gab Raum für Unerklärliches, Halbwahres und Träume. Geschichten endeten so, wie man wollte.

Als die Männer sie wieder herunterließen, dankte Caroline und versprach dem Inspizienten, das Sortieren der Noten am nächsten Tag fortzusetzen. Den Nachmittag wollte sie den eigenen Pflichten widmen. Eigentlich wäre jetzt Zeit für ihr Nickerchen. Doch Caroline war nicht müde.

Folgefehler

Hannover, 09. Dezember 1823

Fräulein Herschel konnte rechnen und nebenbei Abendeinladungen schreiben, aber Agnes musste dergleichen noch üben. Während der Redakteur aus der Masse alter Zeitungen drahtverstärkte Giraffen formte, versuchte sie, ein mathematisches Rätsel zu lösen und zur selben Zeit einen Artikel fertigzustellen.

Unter ihrem Handgelenk knisterten mehrere Lagen Papier. Als Erstes bedeckte sie in der Redaktion stets jeden Zentimeter des Schreibtisches. Wichtigste Lektion der Dienstmädchenschule: Simuliere Geschäftigkeit, sonst wird dir immer mehr Arbeit aufgedrückt. Zwischen den Zeitungen versteckte Agnes ihr astronomisches Notizbuch und eine Ausgabe des *Ladies' Diary* von 1799. Fräulein Herschel hatte ihr die Zeitschrift geliehen, damit Agnes sich an den Aufgaben darin versuchte. Seit Wochen hatte es keinen Mathematikunterricht mehr gegeben, und sie plauderten auch nicht mehr. Fräulein Herschel schrieb wie wild, wühlte sich durch alte Aufzeichnungen und richtete dabei ein gewaltiges Durcheinander an. Sie sprach von einer *heiligen Pflicht für John*. So war das nicht abgemacht gewesen. Von ihrem geringen Lohn konnte Agnes kaum etwas zurücklegen, und ihre Träume vom Reisen waren in weite Ferne gerückt. Statt Geld wollte Agnes wenigstens Wissen horten. Etwas zu beherrschen, das niemand von einem erwartete, war ein heimlicher Trumpf, den Agnes irgendwann aus dem Ärmel ziehen würde. Wie das *Diary* bewies, ließen sich mit Mathematik durchaus praktische Probleme bewältigen. Agnes brütete über einer Frage, die ein Herr eingeschickt hatte. Es galt, den Durchmesser eines Fallschirms zu ermitteln, mittels dessen ein Mann einen Sprung aus großer Höhe überleben könnte. Agnes schrieb sich alle Angaben aus dem Text heraus und stellte eine Gleichung auf.

»Wie weit ist der Artikel?«, fragte der Redakteur.

Seine Arme waren bis zu den Ellenbogen mit Leim beschmiert. Von einem Nagel an der Wand baumelte seine Taschenuhr.

»Bin dabei«, sagte Agnes. »Gut Ding und so weiter.«

Ein sich wiederholender Witz zwischen ihnen war, Redensarten nur anzudeuten. Etwas Ähnliches hätte Agnes auch gern mit den Artikeln gemacht. Bis auf die Berichte des Frankreichkorrespondenten und die Besprechungen von Konzerten bestanden die meisten Beiträge des *Hannoverschen Merkur* aus leicht veränderten Inhalten anderer Zeitungen. In Körben lagerten alte Ausgaben des *Morgenblatts für gebildete Stände*. Heute sollte Agnes drei Absätze über alte spanische Maler umschreiben. Artikel dieser Sorte hatte sie schon zu Dutzenden verwurstet. Wen interessierte, wo dieser Vincente Joánes vor dreihundert Jahren geboren worden war? Seine Bilder wollte Agnes sehen!

»In einer halben Stunde muss alles in den Druck«, sagte der Redakteur.

»Das schaffe ich.«

Rasch schrieb Agnes auf einem anderen Blatt zwei Absätze des Artikels über den Maler um und widmete sich wieder ihrer Rechnung. Hatte sie den richtigen Ansatz gefunden, ließ sich der Rest aufribbeln wie ein Strickstück, und das machte Spaß. Agnes unterstrich das Ergebnis. Am nächsten Tag wollte sie ihren Lösungsweg Fräulein Herschel präsentieren, auch wenn die nur mit einem halben Ohr zuhören würde. Agnes lehnte sich zurück und beobachtete hämisch, wie eine der trocknenden

Giraffen einknickte und ein Ohr verlor. Statt zu spielen, sollte der Redakteur lieber etwas Nützliches tun.

Aber waren die Rätsel der Zeitschrift nützlich? Hunderte Leserinnen lösten dasselbe Problem, statt ihre Köpfe für Neues einzusetzen. Seit den Venustransiten war die Entfernung zur Sonne bekannt. Aber fragte sich niemand, wie weit es zu den Sternen und Nebeln war? Das herauszufinden wäre schwierig, denn sie waren viel weiter weg und zeigten keine Bewegung. In Russlands Osten herrschte jetzt schon Nacht, aber die Menschen dort sahen den großen Bären genauso, wie er Agnes in ein paar Stunden erscheinen würden. Verschiedene Beobachtungspositionen nützten in diesem Fall nichts.

Klebrige Finger tauchten vor Agnes' Gesicht auf. »Lass mal sehen«, sagte der Redakteur.

Agnes schrak zusammen, verdeckte das *Diary* mit dem linken Unterarm und schrieb den Artikel zu Ende: *Herr Joánes starb in –*

»Joánes?« Die Faust des Redakteurs sauste auf die Tischplatte nieder. Tinte spritzte aus dem Glas. »Den hatten wir im Juni schon.«

»Oh, ich ...«

Darum also war der Artikel Agnes bekannt vorgekommen. Mit gesenktem Kopf ließ sie eine Schimpftirade über sich ergehen. Eilig kopierte sie alsdann einen neuen Artikel zusammen und holte Bier, um den Drucker für die Wartezeit zu entschädigen. Zahlen musste sie das aus eigener Tasche. Am Abend schlich sie zurück in die Marktstraße, geknickt angesichts ihres Missgeschicks. Nicht einmal der Gedanke an Bessels Fehlertheorie tröstete sie. Ihr Fehler war kein absichtlicher gewesen, aber ein zufälliger auch nicht. Eher ein Folgefehler. Sie ging falsch an die Sache heran. Ständig teilte sie ihre Aufmerksamkeit. Sie versuchte sozusagen, mit zwei Formeln gleichzeitig zu rechnen, und das überforderte sie. Wenn sie sich mehr Schnitzer leistete, würde sie es sich mit dem Redakteur verderben, aber wenn sie nicht besser in Mathematik wurde, käme sie gar nicht mehr an Fräulein Herschel heran. Das Rechnen war das Tor zur Welt der Astronomin.

In ihrer Kammer wollte Agnes sich mit Casanovas Erinnerungen trösten, doch Hanne verbot ihr, die Talglampe zu entzünden.

»Von dem Qualm muss ich brechen!«

Der Strohsack raschelte, als Hanne die Decke um sich feststopfte. Im Dunkeln lag Agnes wach und sann über das Sternentfernungsproblem nach, kam aber nicht weiter. Manchmal verlieh ihr nächtliches Grübeln ein Gefühl von Überlegenheit. Während andere schliefen, ließen sich Dinge entdecken. Doch gelang das nicht, fühlte Agnes sich dumm und mutlos. Ob es Fräulein Herschel auch so ging? Agnes hätte das gern gewusst, aber mit der Frage würde sie eine Schwäche eingestehen. Das wollte sie nicht, und ein Gefühl sagte ihr, die alte Dame würde ihrerseits auch keine zugeben. Waren sie und Fräulein Herschel sich also ähnlich? Nein, das wäre seltsam.

»Ich zwirbele meinen eigenen Faden!«, sagte Agnes laut.

»Was?«, fragte Hanne.

Agnes drehte sich auf den Bauch. Bald darauf atmete sie tief und gleichmäßig.

Verfall

Slough, 22. April 1794

Caroline saß auf dem Balkon des Vierzigfuß, Rücken und Kopf an das Geländer gelehnt, und faltete einen Briefbogen. Einmal, zweimal, dreimal ... Nach der siebten Halbierung war er ein hartes Päckchen und ließ sich zwischen die Ritzen der Bretter klemmen. Dort steckte schon anderes Papier. Beschrieben waren die Seiten sämtlich mit Unerfreulichem. In Paris gab es angeblich ein neues Strafgericht und jeder, der beschuldigt wurde, Gegner der Revolution zu sein, schwebte in Lebensgefahr. Méchain hielt sich in Barcelona auf und war dort hoffentlich sicher, aber Cassini, der Leiter des Observatoriums, fürchtete einen Prozess. Lehrlinge hatten sich über ihn beschwert. Außerdem wurde er von Kontrolleuren schikaniert. Was suchten sie? Wahrscheinlich Messinginstrumente, die sich verkaufen und einschmelzen ließen, meinte Janek. Durch Freunde und Landsleute erfuhr er, was in Frankreich vor sich ging. Jemand erzählte etwas in einer Schankstube, und ein Reisender lauschte und trug es weiter. Manchmal widersprachen sich die Berichte. Der Mathematiker Laplace sei guillotiniert worden. Nein, es habe nur seinen Diener erwischt. Caroline notierte alles, aber zwischen ihren Aufzeichnungen wollte sie die Gerüchte nicht haben. Selbst in einer Mappe versteckt hatten sie sie noch verfolgt.

Eliots letzte Nachricht war aus Calais gekommen. London

sei ihm über, er reise nach Rouen. Dort wolle er vorübergehend bei einem Freund leben. Durch die Exilanten, die er in London kennengelernt habe, verfüge er über hilfreiche Kontakte, und sein Ziel sei Paris. Er halte die Revolution für ein reinigendes Feuer. Auf dessen Asche würde die Stadt umso glanzvoller gedeihen.

Ich hoffe, damit liegst du richtig.

Caroline zog die Füße an. Über ihr knackte das Holz. Mit den Jahren verlor es Feuchtigkeit und schrumpfte. So entstanden die Ritzen zwischen den Brettern. Aber die Risse in den großen Streben, die sollten nicht da sein. Als Caroline Wilhelm darauf hingewiesen hatte, hatte der nur etwas Unverständliches gemurmelt. Der König zahlte eine jährliche Summe für die Instandhaltung des Vierzigfuß, aber wie Caroline ihren Bruder kannte, war dieses Geld schon für neue Projekte eingeplant. Seit Johns Geburt verbrachte Wilhelm die meiste Zeit in Upton und hörte das Knacken nicht. Noch konnte der Verfall aufgehalten werden, es brauchte wahrscheinlich nur frische Lasur und hier und da eine Verstärkung. Ein Bauwerk wie das Vierzigfuß zerbröselte nicht über Nacht. Andere Triumphe wurden mit einem einzigen Satz zunichtegemacht.

Messier hatte ihn schon.

Carolines Komet vom letzten Oktober war bereits im September von dem Franzosen entdeckt worden. Das hatte Wilhelm ihr letzte Woche mitgeteilt. Bei einem Treffen der Royal Society war ein Brief verlesen worden, der England trotz der unterbrochenen Postverbindung zu Frankreich erreicht hatte.

Warum schreibt man mir nicht direkt? Kein Wort von Planta. Oder hätte Wilhelm es mir schonend beibringen sollen? Da kennen die anderen ihn aber schlecht.

»Nimm bitte nächste Woche eine Lieferung für mich entgegen«, hatte Wilhelm im Vorübergehen gesagt. »Und übrigens, diesmal war der liebe Charles schneller.« Caroline hatte sich zu ihm umgedreht und dabei drei Zeilen frische Berechnungen mit dem Ärmel verwischt. Daraufhin hatte Wilhelm ihren Rücken getätschelt. »So was passiert. Kopf hoch, dir bleiben fünf andere Kometen.«

Als ob Caroline damit wieder zum Tagesgeschäft hätte übergehen können! Sie hatte ja schon so eine Ahnung gehabt. Aber was hätte sie anders machen können? Sie hatte sich um Seyffer kümmern müssen, diesen anstrengenden Menschen. Einige gute Nächte waren ihr verloren gegangen, weil sie zu erschöpft zum Beobachten gewesen war, niedergeplappert vom Professor. Vielleicht sollte sie nicht immer tun, was von ihr erwartet wurde. Um mit dem Misserfolg abzuschließen, hatte sie einen Gratulationsbrief an Messier geschrieben, aber nicht abgeschickt. Janek hatte gehört, Messier dürfe nicht länger als Astronom für die Marine arbeiten, habe sein Haus aufgeben müssen und arbeite nun in einer zugigen Mansarde. Gelegentlich brächten ihm Freunde Lampenöl und Brot vorbei. Caroline kam es schäbig vor, ihm nur Glückwünsche senden zu können. Auch diesen Briefbogen hatte sie in der Plattform verschwinden lassen. Ein Stück sah hervor. Caroline zog einen Stiefel aus und klopfte mit dem Absatz darauf.

Wo blieb eigentlich Wilhelm? Seine Lieferung war inzwischen eingetroffen. In der Werkstatt stand eine Kiste mit mehrfach überklebter Adresse. Offenbar hatte die Sendung einen Weg mit vielen Zwischenstationen hinter sich. Sie kam aus einem Ort in Italien: *Murano*.

Caroline rieb ihr schmerzendes Handgelenk. In der vergangenen Nacht hatte sie zu lange geschrieben. Ihr neuestes Projekt würde Jahre in Anspruch nehmen, doch sie schuftete, als könne sie es so innerhalb einiger Wochen fertigstellen. Die Schicksale der französischen Kollegen mahnten sie. Man hatte weniger Zeit, als man glaubte.

Ein Pferd wieherte. Auf der Straße rollte eine Kutsche vor.

Wilhelm stieg aus. Ihm folgten Janek, mit John auf dem Arm, und Mary.

»Ich bin auf dem Vierzigfuß«, rief Caroline. »Deine geheimnisvolle Kiste steht in der Werkstatt, Will.«

»Wunderbar.« Wilhelm durchquerte den Garten. »Dann probieren wir gleich die neuen Gläser aus.«

Seine Frau trug einen Sonnenhut, dessen Krempe ihre Miene verbarg. War Mary verärgert? Zu ihren Füßen stand ein Korb, auf dem eine karierte Decke lag. Offenbar wollte Mary am Themse-Ufer picknicken und erlebte gerade, wie ihr Mann sich ausklinkte. Janek setzte sich John auf die Schultern.

»Wir gehen schon vor.« Auf der Höhe der Plattform blieb er stehen. »Wink Tante Lina, John.«

Der Kleine wedelte begeistert mit der Hand und streckte den Arm aus.

Das Vierzigfuß war sein liebstes Spielgerät. Zu gern zog er sich an der ersten Stufe der Leiter hoch.

»Jetzt nicht.« Janek stapfte weiter. »Rufen wir die Enten zum Appell.«

Waren andere zugegen, begegnete er Caroline weiterhin zurückhaltend. Ob das nicht auffiel? Als Pate von John und guter Freund der Herschels dürfte er ruhig mit Caroline scherzen. Aber Wilhelm und seine Frau waren mit ihren eigenen Angelegenheiten beschäftigt. Während Carolines Bruder die Kiste zum Vierzigfuß trug, folgte Mary Janek und John zum Fluss. Ihr Rock war spitzengesäumt. Auf dem Weg durch das hohe Gras würden Halme an ihm hängen bleiben. Ob Mary das nicht bedacht hatte? Doch, sicherlich. Sie war die Meisterin der häuslichen Feinheiten. In ihrem Haushalt gab es verschiedene Krüge für Cider und Bier. Aber wenn sie gleich unter einer Trauerweide saß, würde das Zupfen an der Spitze ihren Händen etwas zu tun geben. Mary könnte ihren Unmut auf etwas Konkretes lenken, und wenn Wilhelm sich endlich zu ihr gesellen würde, könnte sie dem Blick ihres Mannes ausweichen. *Falls* Wilhelm sich zu ihr gesellen würde. Mit der Kiste auf der Schulter erklomm er den Balkon und stellte seine Last vor Caroline ab. Unter seinem Gürtel klemmte eine Zange. Mit der löste er die Nägel des Deckels. Stroh polsterte den Inhalt. Wilhelm warf es durch das Geländer auf den Boden, grub eine rote Glasscheibe vom Durchmesser einer Untertasse aus und prüfte das Material auf Sauberkeit.

»Keine Einschlüsse, keine Blasen. Perfekt!«

Er gab die Scheibe an Caroline weiter. Eine grüne und eine blaue folgten. Eine gelbe war in vier Teile zerbrochen. Caroline legte die Scherben auf den Brettern zusammen.

»Ich muss etwas mit dir besprechen«, sagte sie. »Vor Jahren habe ich doch einen temporären Index für die Kataloge von Messier und Flamsteed begonnen. Mit dem konnten wir alle Einträge viel schneller finden.«

»Ja, der war nützlich.«

Wilhelm griff nach der roten Scheibe, aber Caroline schob sie aus seiner Reichweite.

»Inzwischen beobachtest du ja leider seltener.«

Am Flussufer breitete Mary die Decke aus. John klopfte mit einem Löffel auf eine Holzschale, die Janek ihm hinhielt. Caroline hatte das Kind vom ersten Augenblick an ins Herz geschlossen. Nie war sie zu müde, es auf den Knien zu wippen und ihm vorzusingen. Seine ersten Schritte hatte John im Garten zwischen Caroline und Janek getan. Als er wankte, hatten die beiden gleichzeitig nach ihm gegriffen. An diesem Tag hatte Caroline zum ersten Mal die bernsteinfarbenen Sprenkel in Janeks braunen Augen bemerkt. Nein, wenn jemand störte, dann Mary.

»Du tust, als ob ich aufs Altenteil gewechselt wäre«, sagte Wilhelm. »Dabei studiere ich die Sonne. Im Sommer bleibt dafür sogar mehr Zeit.«

Als ob Caroline nicht wüsste, wie kurz die Nächte gerade

waren! Am vergangenen Morgen war Janek schon gegen vier Uhr früh bei ihr aufgebrochen, um nicht von Bauern gesehen zu werden, die im Morgengrauen die Saat ausbrachten.

»Jedenfalls sollte der Index erweitert werden«, sagte Caroline. »Zwar wissen wir jetzt, wo was steht, aber in den Beobachtungsdaten herrscht Unordnung.«

»Ja?« Wilhelm schien überrascht. »Aber du hattest doch diese riesigen Papierbögen mit den Quadraten ...«

»Für deine Beobachtungen. Aber Flamsteed ist nach Sternbildern vorgegangen. Zwischen denen sind Lücken. Außerdem enthält sein Katalog doppelte Einträge.«

Es kam vor, dass derselbe Stern zweimal, aber dafür mit unterschiedlichen Helligkeiten verzeichnet war. Die Daten stammten wohl von verschiedenen Messungen. Zudem hatte Flamsteed Angaben aus anderen Quellen übernommen und Sterne verzeichnet, die er gar nicht selbst gesehen hatte.

»Flamsteed wollte beim Navigieren helfen«, sagte Caroline. »Aber wir arbeiten nicht für Seefahrer, sondern für andere Astronomen.«

»Worauf willst du hinaus?«

»Man müsste zusammenstellen, welcher Stern wann und von wem beobachtet wurde. Welcher wurde bereits ausgiebig untersucht und welcher nur einmal? Die Position der schwachen konnte oft nur ungenau bestimmt werden, und wenn wir bloß die Sichtung einer einzigen Nacht haben ...«

Sie wartete darauf, dass Wilhelm ihren Gedanken vervollständigte.

»... sollte noch mal jemand nachsehen.« Wilhelm lehnte seinen Kopf an das Geländer. »Puh, Lina, aber die Vorarbeit! Allein für Flamsteed wären das Hunderte Tabelleneinträge ...«

»Zweitausendneunhundertsechsunddreißig.«

»Und dazu kommen die Daten von Messier. Wer soll das alles durchgehen?«

»Na, ich!«

Caroline zog ihren Stiefel wieder an und stand auf. Sie wollte Wilhelm zeigen, wie viel sie schon geschafft hatte, aber ihr Bruder blieb sitzen wie festgeleimt.

»Das ist eine Aufgabe für Sträflinge«, sagte er. »Darüber wirst du grau.«

»Eine Weile wird es dauern, aber stell dir mal vor, was ich herausfinden könnte. Die Sterne bergen viele Geheimnisse. Zu manchen haben wir längst den Schlüssel. Wir müssen nur vergleichen. Die alten Beobachtungen sind wie eine Rechnung, die zu Ende geführt werden muss.«

»Das verstehe ich nicht.«

Wilhelm hielt sich das rote Glas vor die Augen. Vermutlich suchte er nach einer Möglichkeit, in die Sonne zu sehen, ohne zu erblinden. Oder er beschäftigte sich mit den Spektren des Lichts.

»Für einige Sterne gibt es viele Daten«, sagte Caroline. »Wenn Flamsteed einen mehrmals beobachtet und jedes Mal dieselbe Helligkeit notiert hat, können wir annehmen, dass die Angaben richtig sind.«

»Korrekt.«

Wilhelm legte das rote über das blaue Glas und hob es langsam gen Himmel. Caroline drückte seine Hand hinunter.

»Aber wenn Messier denselben Stern heller oder dunkler gesehen hat –«

Beinahe wäre sie auf die gelben Scherben getreten. Gerade noch rechtzeitig stieß Wilhelm ihr Bein weg. Caroline suchte Halt am Geländer. Von oben blickte sie auf ihren Bruder hinunter.

»Wenn Messier einen Stern dunkler gesehen hat«, wiederholte Caroline, »muss trotzdem keiner von beiden falsch liegen. Es ist auch möglich, dass ein Stern ...«

»Verlischt«, sagte Wilhelm.

»Genau!« Caroline schrie fast. »Oder sein Licht stärker wird. Fände ich solche Angaben, würden sie deine Theorie bestätigen. Sterne werden geboren und sterben.«

Triumphierend wartete sie auf Wilhelms Reaktion.

»Schlau, Lina«, sagte Wilhelm. »Dann mal an die Arbeit.«

»Ich habe schon begonnen, willst du sehen?«

Wie könnte er denn nicht wollen! Aber zu Carolines Enttäuschung deutete ihr Bruder Richtung Themse, wo Mary mit verschränkten Armen neben abgedeckten Schüsseln wartete.

»Sie hat kalten Braten eingepackt«, sagte Wilhelm.

Er sammelte die gelben Scherben in die Kiste und legte die heilen Scheiben dazu. Beim Tragen würden sie klirren. Wilhelm sollte sie polstern, aber das Stroh hatte er in seiner Ungeduld ja fortgeworfen. Wie es wohl gerade in seiner Schreibstube in Upton aussah? Caroline setzte nur sporadisch einen Fuß hinein. Der Familiensitz war Marys Revier.

Mit der Kiste stieg Wilhelm vom Vierzigfuß hinab. Auf halbem Weg zur Kutsche blieb er stehen und trottete zurück. Seine Lippen bewegten sich im Selbstgespräch. Als er wieder beim Vierzigfuß angekommen war, schien er vergessen zu haben, warum er umgekehrt war.

»Das Stroh?«, half Caroline ihm auf die Sprünge.

»Stimmt.«

Während er die Halme in die Kiste sammelte, rief Caroline zu ihm hinunter: »Dir fehlt der Fokus, Bruder.«

»Was?« Wilhelm sah verwirrt auf.

»Du solltest mal wieder auf einen Spiegel blicken.«

Wilhelm nickte beiläufig.

»Kein kalter Braten für dich?«, fragte er.

»Gleich.«

Caroline setzte sich wieder auf die Plattform. Früher hatte auch Wilhelm nichts Wichtigeres gekannt als die Astronomie. Niemand hatte unermüdlicher gearbeitet als sie beide. Dauerläufer waren sie gewesen. Jetzt schlenderte Wilhelm wie ein Ausflügler. Caroline lag seine einstige Beschwerde über Alexander auf der Zunge.

Jetzt wird schon wieder sinnlos flaniert ...

Mary wollte an die See reisen, und da galt es wohl, den Müßiggang beizeiten zu üben und immer mal wieder einen faulen Nachmittag einzulegen, um dann routiniert für Wochen am Stück nichts tun zu können. Währenddessen witterte das Vierzigfuß einem unrühmlichen Ende entgegen.

Caroline streckte die Beine aus. Eines der Bretter hatte sich gehoben. Sie stemmte die Füße gegen das vorstehende Holz, drückte die Knie durch und spürte die Geländerstreben in ihrem Rücken. Nun war sie ein menschliches Stützdreieck. Je länger sie so saß, desto stärker wurde das Gefühl, alles würde zusammenbrechen, wenn sie fortginge. Ihr Name wurde gerufen, aber sie konnte jetzt nicht zu den anderen gehen und mit Janek schauspielern. Über ihr ragte das Gerüst des Vierzigfuß auf wie ein Mahnmal. So viel Sorge hatten sie darauf verwendet, ob die Konstruktion die schwere Röhre halten würde, und nun war nicht die Statik das Problem, sondern das englische Wetter. Ob Carolines Gedankengebäude mehr Bestand haben würde? Vielleicht steckte sie Jahre ihres Lebens in einen Katalog, den niemand verwenden würde. Möglicherweise fand Wilhelm eine Methode, in die Sonne zu sehen, und dann würden sich auch andere Astronomen von den Sternen abwenden. Wilhelm glaubte, die Sonne sei ein kühler, dunkler Planet mit üppiger Vegetation und dichter Besiedlung. Eine Wolkenschicht schütze das Leben auf ihr vor der glühenden äußeren Hülle, die von der Erde aus zu sehen war. Der verstorbene Astronom Ferguson hatte alle Körper des Alls für bewohnbar gehalten. Anscheinend wollte Wilhelm das belegen. Er liebte große Ideen. Nur war diese zu gewaltig für ein einziges Leben. Wilhelm konnte mit Lalande lange diskutieren, ob die Sonnenflecken

Berggipfel seien, die aus der Hülle herausragten, aber um recht zu bekommen, bräuchte er ein geeignetes Beobachtungsinstrument, und er kümmerte sich ja nicht einmal um das, das er schon hatte.

Caroline schlang die Arme um die Knie. Der Jasminbusch der Papendieks parfümierte die Luft. Einst hatte das Vierzigfuß nach frischem Holz gerochen. Längst war diese optimistische Note verflogen.

Wäre Alexander doch hier. Er kann alles wieder instandsetzen. Ich habe ihm so oft dabei zugesehen. Inzwischen sollte ich selbst wissen, was zu tun ist.

Am nächsten Mittag, gleich nach dem ersten Tee, durchforstete Caroline Wilhelms Baumaterialien. Zwischen Zangen und Feilen fand sie, was sie suchte. Sie trug das Fässchen zum Vierzigfuß und machte sich an die Arbeit.

Gegen Abend, aber noch im Hellen, kam Janek vorbei. Caroline ließ den Pinsel sinken, als er sein Pferd anband.

»Hast du einen Vorwand?«, fragte sie leise. Mrs Papendieks spitze Ohren sollten es hinter der Gartenhecke nicht vernehmen.

»Schießübungen.« Janek zog ein Infanteriegewehr aus der Satteltasche. »Der Büchsenmacher meint, mit diesem sollte auf zweihundertfünfzig Fuß jeder zweite Schuss treffen. Mal sehen, ob das stimmt.« Er betrachtete Carolines Pinsel, an dem zähe, dunkle Masse klebte. »Was ist das?«

»Harz aus Schweden. Es zieht ins Holz ein und schützt es.«

Zwei Streben hatte sie schon bis auf Kopfhöhe behandelt. Ihre Arme und ihr Rücken schmerzten. Mit einem Spachtel entnahm sie dem Fässchen neues Harz und strich es in eine Schale.

»Das ist zu dick«, bemerkte Janek.

»Du kennst dich wohl mit allem aus.« Bis eben war Carolines Kopf angenehm leer gewesen, aber der Wortwechsel mit Janek brachte den Ärger zurück.

»Versuch mal, es zu erhitzen«, sagte Janek.

»Hab ich schon. Dabei ist es angebrannt. Darum verdünne ich es.«

Caroline gab einen Schuss Terpentin in das Harz und rührte mit einem Stöckchen um. Die Schwaden des Lösungsmittels ätzten in ihrer Nase. Hinter ihren Schläfen stach es.

»Wilhelm sollte Leute für so was bezahlen«, sagte Janek.

»Er weiß nichts davon. Sein Teleskop interessiert ihn nicht mehr. Außerdem lenkt mich das hier ab.«

»Von?«

»Mary.«

»Oh.«

Janek schulterte das Gewehr und hob die Hände. Da wollte er sich offenbar nicht einmischen.

»Die dumme Gans hat das Bücherregal hier im Haus leer räumen lassen.« Caroline strich einen Querbalken. Tröpfchen landeten auf ihrem Kleid.

Verflixt, jetzt ist das Zeug zu flüssig.

»Heute Morgen hat ein Bote alles geholt, sogar Messiers Katalog. Angeblich muss Wilhelm etwas nachschlagen.« Caroline wischte sich eine Haarsträhne aus der Stirn. Zu spät bemerkte sie, dass ihre Finger vom Halten der Schale beschmutzt waren. »Das ist eine glatte Lüge. Mary will Wilhelm in Upton halten. Hier soll er nur noch picknicken.«

Und plaudern, bis Mary über ihrer eigenen Stumpfsinnigkeit eindöst.

So hatte Caroline es in der vergangenen Nacht in ihr Tagebuch geschrieben. Doch Janek gegenüber wollte sie ihre Zunge zügeln.

»Gestern warst du ja ziemlich ungesellig«, sagte Janek.

»Ich brauche diese Bücher mehr als Wilhelm! Er könnte jederzeit Bände holen lassen, aber ich habe keinen Boten.«

»Versteh Mary doch. Sie möchte ihren Mann bei sich haben.«

»Warum wohnen sie nicht hier? Wegen ihr bin ich über die Werkstatt gezogen.«

»Mary ist in Upton aufgewachsen. Da hat sie ihr Leben.«

»Ja, aber was für eins?«

Kaum hatte Caroline die Frage gestellt, erschrak sie über sich selbst. Doch die Worte ließen sich nicht mehr zurücknehmen. Caroline strich weiter, obwohl längst kein Teer mehr auf dem Pinsel war und die Borsten sich unter dem Druck lösten. Janeks Blick brannte in ihrem Nacken.

Geh doch einfach, und lass alles über mir zusammenbrechen.

»So kenne ich dich nicht«, sagte Janek. »Ich gebe dem aufziehenden Gewitter die Schuld. Das bringt das Blut in Wallung. Wie auch immer. Morgen reise ich nach Hamburg. Dort werde ich auf unbestimmte Zeit bleiben. Kommst du mit mir?«

Er schien kurz auf eine Antwort zu warten. Als keine kam, lief er schnellen Schrittes in die Mitte der Wiese, schraubte ein kleines Fernrohr auf das Gewehr und zielte in Richtung der Uferbäume. Der Schuss knallte wie eine Ohrfeige. Da stand er also im Raum, der Antrag. Janek war klar geworden, dass Caroline keine Strategie hatte, die das Versteckspiel beenden würde. Er brauchte jetzt ein Ja oder ein Nein. Käme Caroline mit ihm, würden sie heiraten.

Mit fahrigen Bewegungen mischte Caroline neuen Anstrich. Unzählige Male hatte sie über das Für und Wider einer Ehe nachgedacht. Doch nun überforderte sie selbst die Entscheidung, wohin sie die Terpentinflasche stellen sollte.

Ich kann nicht mit ihm gehen.

Doch Nein zu sagen würde sie auch nicht über sich bringen. Wind zerzauste Carolines Haar und klebte Strähnen in den frischen Anstrich. Caroline sollte ein Kopftuch holen, aber es war, als verbinde der Teer sie unauflöslich mit dem Vierzigfuß. Janek hatte mittlerweile seine Patronen verschossen und begutachtete den Baumstamm, auf den er gezielt hatte. Es dunkelte. Caroline holte zwei Lampen aus der Kabine des Teleskops und entzündete sie. Janek kam zurück.

»Ist es präzise?«, fragte Caroline.

»Was?«

Er trat neben sie, als wollte er den Fortschritt der Arbeit begutachten. Sein kleiner Finger berührte ihren mit der alten, beiläufigen Zärtlichkeit.

»Ob das Gewehr genau schießt«, sagte Caroline.

»Nein.« Janek murmelte etwas auf Polnisch und fügte an: »Wir sehen etwas deutlich und erreichen es doch nur mit Glück.«

Eine Böe wehte Carolines Rock gegen Janeks Hose, eine Verwicklung, wie sie beim Tanzen passieren mochte. Nicht, dass Caroline Bälle besuchte. Da lauerten nur Papendieks und ihresgleichen. Heute stand die Kutsche der Nachbarn aber im Hof.

»Wir werden vielleicht beobachtet«, sagte Caroline. »Gehen wir in die Hütte.«

Janek voraus, betraten sie den kleinen Raum auf dem Vierzigfuß. Seit ihrer ersten Begegnung waren sie nicht mehr zusammen hier drin gewesen. Als Janek die Tür schloss, fiel draußen etwas um. Die Terpentinflasche? In der Tasche ihrer Schürze ertastete Caroline den Korken. Lief Lösungsmittel auf die Bretter? Sie schnupperte, aber ihre Nase war in Mitleidenschaft gezogen worden. Janek schien auch nichts zu bemerken.

»Wegen deiner Frage ...«, sagte Caroline.

Aber eine Frage hat er ja gar nicht gestellt.

»In Hamburg könnte ich nicht arbeiten«, sagte Caroline.

Janek fasste sie um die Taille.

»Von dort hat man eine vorzügliche Sicht auf die Sterne. Auf Kometen bestimmt auch.«

»Das schon, aber ich mache einen neuen Katalog.«

»Wir nehmen ein Zimmer mit Sekretär.«

Der Wind verfing sich in der Röhre und produzierte ein tiefes, anschwellendes Heulen. Caroline fühlte Janek erschauern. In der Dunkelheit erkannte sie sein Gesicht nur schemenhaft. Die Lampen standen auf der anderen Seite der Hütte. Die Lampen! Caroline hatte am Vortag frisches Öl hineingefüllt, und die Dochte würden lange brennen. Es sei denn, die Lampen fielen um. Der Wind wurde stärker. Das Heulen der Röhre übertönte alle anderen Geräusche. Caroline würde nicht hören, wie die Lampenhenkel auf das Holz klapperten, und nicht vernehmen, wie die kleinen Flammen auf dem ausgelaufenen Terpentin zu einem Feuer explodierten.

Janek zog Caroline an sich. »Sag, was dich wirklich hindert«, forderte er.

»Ich …« Sie sah das Gerüst des Vierzigfuß vor sich, von der Unterkonstruktion bis zum höchstens Punkt, an dem die Seilzüge endeten. Zwischen den Holzverstrebungen war Platz. Wenn die Flammen hochzüngelten, würde der Wind sie anheizen und weitertreiben. In ein, höchstens zwei Stunden wäre nur noch die Röhre übrig. Das Feuer würde alles andere verzehren. Vielleicht war ein schnelles Ende besser als langsames Verrotten.

»In ganz Hamburg und Preußen kenne ich niemanden, der meine Ergebnisse lesen würde«, sagte Caroline. »Die wissenschaftlichen Gesellschaften sind auch in den deutschen Ländern Männern vorbehalten. Und mit Frankreich herrscht Krieg. Lalande …«

Selbst wenn er diese unruhigen Zeiten überstand, würde er ihr helfen? Die Frauen, mit denen er sich umgab, waren besser gebildet als Caroline. Sie brauchte ihren Bruder. Und Wilhelm brauchte sie auch. Sonst verlor er sich. Wenn er über Sonnenmenschen fantasierte, würde Mary das hübsch finden und ihn bestärken, bis seine Aufsätze vollends in Albernheiten abdrifteten.

Aber wollte Janek Argumente hören? Er küsste Caroline, und sie schmolz ein bisschen, das war unvermeidlich, die Hitze machte das. Sie war überall. Die Flammen leckten jetzt bis zum Himmel hinauf, und Caroline musste ihre Stimme gegen das Prasseln erheben.

»Mein Bruder und ich ...«

Nur eine Sache wollte Caroline Janek noch erklären. Er sollte verstehen, wie wichtig die Begeisterung war, mit der sie und Wilhelm sich gegenseitig ansteckten. Ohne die hätte sie niemals all die bitterkalten Nächte überstanden.

Wir befeuern uns.

Der Satz lag Caroline auf der Zunge. Doch bevor sie ihn flüstern konnte, rettete Janek sich aus der Hütte. Er stieß die Tür auf, und der Schlag von Holz auf Holz holte Caroline in die reale Welt zurück. Draußen war es wieder windstill. Tropfen fielen. In der Ferne zuckte ein Blitz, doch der Donner folgte spät und schwach. Die Lampen standen nach wie vor auf den Brettern. Die Flasche war von der Plattform gerollt und das Terpentin in der Erde versickert.

Caroline wankte ins Freie. Ihre Todessehnsucht kam ihr plötzlich absurd vor. Und dann hatte sie auch noch Janek mit aus dem Leben reißen wollen!

Zitternd setzte sie sich an den Rand der Plattform und vergrub das Gesicht in den Händen. Sie hörte ihren Geliebten von der Plattform springen. Noch könnte sie ihn aufhalten, ein Wort würde genügen.

Als Caroline Eliot abgewiesen hatte, war das nur die Entscheidung gegen ein sicheres Leben gewesen, doch jetzt handelte sie gegen ihr Herz.

»Wilhelm und du«, rief Janek. »Zwischen euch kommt niemand.«

Steigbügel klapperten, als er aufsattelte. Sein Kommando an das Pferd war das Letzte, was Caroline von ihm vernahm. Janek verließ sie ohne Lebewohl.

Papierstrudel

Hannover, 09. Dezember 1823

Caroline kehrte von ihrer Arbeit im Theater zurück. Das Archiv war nun schon viel ordentlicher, doch zu Hause schlugen die Wellen des eigenen Chaos über ihr zusammen. Beinahe alle Flächen des Zimmers waren mit Papier bedeckt. Der Sekretär glich einer wuchernden Pflanze, von der aus Zettel die Wände hochkletterten. Caroline hatte die Papiere, die sie häufig konsultierte, mit Kleidernadeln in den Putz gepinnt, um sie aus den Strudeln von Unvollständigem und Zusammenhanglosem auf dem Boden zu retten. Nun verstand sie, warum Wilhelm die Spiegel ohne Pause poliert hatte. Manche Tätigkeiten sollten nicht unterbrochen werden. Als Caroline nachts inmitten des Materials gesessen hatte, hatte ihre wilde Ablage Sinn ergeben, doch jetzt entdeckte sie nicht mal mehr die freien Trittstellen, über die sie zu ihrer Schlafkammer gelangen konnte. Agnes saß im Sessel, die Hände im Schoß. Selbst über den Armlehnen hingen Beobachtungsbögen.

Warum war das Mädchen eigentlich noch da?

»Ich habe Ihr Bett frisch bezogen«, sagte Agnes. »Aber fegen konnte ich nicht, und auch sonst wollte ich lieber nichts anfassen.«

»Ja, das war richtig.« Caroline raffte ihren Rock. Die Stunden im Archiv hatten ihre Augen strapaziert, und die Buchstaben und Zahlen der ausgebreiteten Blätter flirrten wie

Schwärme kleiner Fische. »Wo kann ich denn hier die Füße hinsetzen?«

Agnes durchquerte das Papier auf Zehenspitzen und bot einen Arm.

»Was ist geschehen?«, fragte sie. »Gab es ein Erdbeben?«

»Damit scherzt man nicht.« Geleitet von Agnes, erreichte Caroline den Stuhl am Sekretär. »Gestern habe ich etwas gesucht. Vergeblich.«

»Vielleicht finden wir es gemeinsam.«

Agnes schob ein hervorstehendes Lesezeichen tiefer zwischen die Seiten von *Salmon's geographical and astronomical grammar*. Dankbar blickte Caroline zu ihr auf. Hilfe konnte sie wirklich gebrauchen.

Verstecke

Hannover, 10. Dezember 1823

Zweitwichtigste Lektion der Dienstmädchenschule: Kenne die wichtigsten Utensilien deiner Herrschaften. Hältst du sie in Ordnung, kannst du den Rest vernachlässigen. Räumst du sie an einen anderen Ort, ist Aufregung gewiss.

Vor einigen Tagen hatte Agnes ein Blatt, auf dem in frischer Tinte Fragezeichen an eine Tabelle geschrieben waren, verschwinden lassen und voilà, in einer einzigen Nacht hatte die alte Dame alles auf den Kopf gestellt. Der Sekretär war in ein bücherloses Gerippe verwandelt und die Kleider waren aus dem Schrank gerissen worden. Alle Schubladen lehnten leer an der Wand. Auch die abschließbaren. Enttäuschend. Agnes ahnte, dass sich die Tagebücher der aufregenden Jahre nicht mehr im Zimmer befanden. Sie half Fräulein Herschel, neue Stapel zu bilden. Beim Sortieren bestätigte sich: keine weiteren Tagebücher, nirgends. Hinter dem Rücken von Fräulein Herschel schmuggelte Agnes das Fragezeichen-Blatt in einen Stapel Papier. Als die gnädige Frau in ihre Richtung sah, zog Agnes es an einer überstehenden Ecke heraus und fragte: »Gehört das hier rein?«

Caroline Herschel hatte vor Freude aufgeschrien und Agnes *meine unentbehrliche Helferin* genannt.

In der Küche stellte Agnes den Ascheimer vor die Ofenklappe und nahm die kleine Eisenschaufel vom Haken.

»Wenn du eine Sache im Haus verstecken wolltest«, sagte sie zu Hanne. »Wohin würdest du die dann tun?«

Hanne sah vom Rübenschälen auf und bleckte die Schneidezähne zu einem Grinsen.

»Du hältst mich wohl für blöde.«

»Aber ich will doch nicht an deine Kostbarkeiten.«

Verlorene Knöpfe konnte Agnes selbst auf der Straße auflesen. Sie kratzte die Asche aus der Brennkammer und schichtete Scheite für ein neues Feuer auf. Entfachen würde sie es mit dem Zettel, auf dem sie die Fallschirmaufgabe berechnet hatte. Fräulein Herschel hatte nur einen flüchtigen Blick auf die Lösung geworfen.

»Tadellos.«

Dann war sie wieder in ihrer eigenen Arbeit versunken.

»Wenn du die Herrschaften beklauen willst, vergiss es.« Hanne warf Rübenstücke in einen Topf. »Die schließen ihren Schmuck in die kleine Kommode im Salon.«

»Dachte ich mir. Aber stell dir vor, du möchtest verbergen, dass du etwas verbergen möchtest ...«

Agnes betrachtete ein halb gegessenes Frühstücksei. Offenbar hatte Dietrich Herschel wieder Magenschmerzen.

Uns entgeht nichts, dachte Agnes. Wäre ich Fräulein Herschel, würde ich meine Tagebücher an einen Ort bringen, an dem es keine Dienstmädchen gibt. Einen Platz, den auch die Familie nie besucht.

Ob Fräulein Herschel gelegentlich Ausflüge unternahm? An ihren Sohlen haftete selten Laub oder Erde. Agnes erinnerte sich nur an ein einziges Mal, da sie die Stiefel hatte reinigen und trocknen müssen. Das war nach dem Besuch von Dr. Olbers und seinem Freund gewesen. In der Nacht mussten die beiden mit Fräulein Herschel im Schnee gewesen sein. Sicher Fräulein Herschels Idee. Die beiden Herren würden doch eine alte Dame nicht zu so einer Verrücktheit überreden.

Agnes nahm einen Beutel aus einer Lade.

»Ich besorge Zwiebeln«, sagte sie.

»Im Keller sind noch welche.«

Doch Agnes hatte schon ihren verfilzten Umhang gegriffen und war aus der Tür getreten. Sie lief zum Friedhof. Dahinter begann das Moor. Als Kind hatte Agnes Verstecke in Baumhöhlen gehabt. Mit Moos verschlossen, blieben sie bei jeder Witterung trocken. Ihr Blick strich über die karge Landschaft. Es gab hier nur wenige Gewächse, deren Stämme dick genug waren, um etwas darin zu verstecken. Zudem würde die alte Dame nicht kilometerweit laufen. Hinter braunem, struppigem Gras ragten die zerklüfteten Reste eines abgebrochenen Baumstammes aus dem stehenden Wasser. Agnes lief auf ihn zu. Sie setzte den Fuß auf ein Grasbüschel, versuchte hinüberzureichen und sank prompt bis zum Knöchel in den glitschig-kalten Morast. Vorsichtig zog sie sich wieder zurück. Sie würde erst einen Blick in diese Baumhöhle werfen können, wenn der Boden gefroren war. Aber das galt auch für Fräulein Herschel. Vielleicht gab es nicht nur ein Versteck, sondern mehrere, wechselnde. Die Gestirne wanderten schließlich auch. Ja, das war es! Fräulein Herschel hatte die Tagebücher auf eine Umlaufbahn geschickt.

Kundschaften

Slough, 10. Januar 1796

Auf der Straße nach Upton war Caroline an diesem Sonntagvormittag allein unterwegs, eine Kundschafterin unterwegs zur feindlichen Linie. Schnee knirschte unter ihren Sohlen, und ihr Atem kondensierte an dem Tuch, das sie sich bis zur Nase gewickelt hatte. Alle paar Schritte wechselte sie den Beutel von der einen in die andere Hand, um ihre Finger warm zu reiben. Hinter ihr rauchten die Schornsteine Sloughs wie Kanonen, die alle Kugeln verschossen hatten. Caroline passierte das einzeln gelegene Haus des Schlachters und sah ihre Spiegelung in der Fensterscheibe. Um ihre Hüften bauschten sich drei Röcke, und von ihren Schultern hing ein voluminöses Mantelet. Der Schneider hatte es ursprünglich für eine größere Kundin angefertigt, aber Caroline schätzte den überschüssigen Stoff. In Beobachtungsnächten wärmte er gut. Beim Laufen schleppte man schwer daran, aber das war ihr bis jetzt nicht aufgefallen. Der Infanterie gehörten andere an. Wer flüsterte ihr die Kriegsmetapher ein? Janek natürlich. Obwohl er schon beinahe drei Jahre fort war, dachte Caroline noch immer ständig an ihn. Wieder und wieder hörte sie seine letzten Worte. Sie hatte ihm nicht nachgeblickt und malte sich im Geist Variationen seines Wegreitens aus. Janek war verschwunden, ohne zurückzublicken. Janek hatte sich zweimal nach ihr umgewandt. Janek war auf einer Anhöhe stehen geblieben, bereit, auf ein Winken von Caroline kehrtzumachen. Hätte sie ihn aufhalten können? Vermutlich nicht. Es war wie im Krieg, man musste sich für eine Seite entscheiden und Caroline hatte Wilhelms gewählt. Wenigstens, und das war ein schwacher Trost, hatte sie einen eigenen Entschluss gefasst. Niemand kommandierte sie.

Jetzt aber Schluss mit der Militärsprache!

In Musik wollte sie denken. Der erste Akt war vielversprechend gewesen, der zweite tragisch, aber im dritten würden die Dinge eine unerwartete Wendung zum Guten nehmen. Caroline summte das Bläsermotiv aus *Die Ankunft der Königin von Saba*. Händels Musik tat ihr wohl. Vor Marys Tür angekommen, brachte Caroline beim Klopfen sogar ein Lächeln zustande.

»Tante Lina!«

Der kleine John schoss an dem Hausmädchen vorbei. Drei Jahre und zehn Monate war er nun alt, ein aufgewecktes Kind, immer bereit zu staunen, zu flüstern und Pläne auszuhecken.

»Leise.« Caroline hielt einen Finger an ihre Lippen. »Versuchen wir, uns unbemerkt in das Arbeitszimmer zu schleichen.«

Zu dem Hausmädchen sagte sie: »Keine Umstände, bitte. Ich bringe meinem Bruder nur etwas. Er weiß, dass ich komme.«

Mit John an der Hand, tippelte sie auf Zehenspitzen den Flur hinunter. Ihr Neffe kicherte leise. Im Arbeitszimmer fanden sie Wilhelm am Schreibtisch vor. Als Caroline eintrat, sah ihr Bruder auf.

»Da bist du ja. Neue Ergebnisse?«

»Ein ganzer Haufen.«

Caroline holte den Besucherstuhl. Jemand hatte ihn in die Lücke zwischen zwei Regalen geschoben. Sein Anblick vor dem Tisch störte Mary wohl. Caroline legte Schal, Mantelet und zwei der Röcke ab, bevor sie eine Mappe aus dem Beutel zog.

»In der Konstellation des Löwen haben elf Sterne ihre Helligkeit seit Flamsteeds Zeit geändert«, sagte sie. »Hier ist eine Tabelle. Die kannst du in deinem nächsten Aufsatz verwenden.«

Indem Caroline Wilhelm unermüdlich zeigte, welche Unterschiede sie in den Beobachtungsdaten fand, zog sie ihn in das Thema hinein. Er verbrachte wieder Nächte vor dem Teleskop und hatte schon mehrere Dutzend Seiten Text verfasst. Im Februar würde ihr Bruder vor der Royal Society über die Veränderung von Fixsternen sprechen. Und dieses Mal wollte Caroline dafür sorgen, dass er nicht vergaß, ihren Anteil an der Arbeit zu erwähnen.

»Tante?« John versuchte, seine Hand in den Beutel zu stecken. »Hast du mir auch was mitgebracht?«

»Na, hör mal, wann tu ich das denn nicht?«

Sie herzte John und reichte ihm ein Glas kandierter Pflaumen. Ihr Neffe machte einen Freudensprung. Während Wilhelm die Tabelle las, durchsuchte Caroline die Regale nach Halleys Werk über Kometen. Dort, wo sie es zuletzt hingestellt hatte, war es nicht mehr. Sie fand es zwischen Büchern, deren Ledereinband einen ähnlichen Farbton hatte. Diese Sortierung war sicher auch Mary geschuldet. Caroline lag eine spitze Bemerkung auf der Zunge.

Sag nichts!

Am Abend würde sie sich in ihrem Tagebuch Luft machen.

»Üben wir Zahlen, John?«

»Au ja.«

Caroline setzte sich mit Halleys Werk an den Tisch, und John nahm neben ihr Platz, gespannt, als gäbe seine Tante gleich eine wilde Geschichte zum Besten. Caroline blätterte in dem Buch und schrieb etwas heraus.

»Eins, fünf, drei, eins«, las John.

»Richtig. Aber wenn es eine Jahreszahl wäre?«

John wippte mit dem Fuß.

»Fünfzehn ... hundert ...«

»Ja?«

»... einunddreißig.«

»Du bist der Beste!«

Ach, könnte sie doch jeden Tag mit ihm lernen. Caroline notierte weiter: 1607, 1682, 1758. Die Tür wurde geöffnet.

»Das Essen wäre jetzt fertig«, sagte das Hausmädchen.

Wilhelm sprang auf.

Wie ein Hund, der das Klappern seines Napfes hört.

»Muss ich mit?«, fragte Caroline.

»Für Sie ist auch gedeckt, Fräulein Herschel«, sagte das Hausmädchen.

Also ja.

Ein einziges Mal war es Caroline gelungen, für Stunden ohne Unterbrechung im Arbeitszimmer zu bleiben. John hatte Nüsse für sie hineingeschmuggelt, und Wilhelm und Mary hatten nebenan mit Besuchern über etwas gelacht, das Caroline vermutlich nicht komisch gefunden hätte. Angenehm war das gewesen. Doch seit Caroline John unterrichtete, wünschte Mary ihre Anwesenheit beim Essen. Zu sagen hatten sie sich wenig, aber das schien Mary hinzunehmen. Sie sortierte ja auch die Bücher nicht nach Inhalt.

Im Speisezimmer stand eine neue Vitrine. John zeigte auf ein Porzellandöschen darin.

»Das hat mir die Königin geschenkt«, sagte er stolz.

»Wir wurden empfangen, und sie war entzückt von John«, sagte Mary. »Er soll unbedingt wiederkommen.«

»Tatsächlich?«

Carolines Aufmerksamkeit wurde von der Vitrine angezogen. Glaseinsätze waren die neueste Mode, aber Wilhelm hätte ein solches Möbel niemals in Auftrag gegeben. Für ihn genügten Kabinette mit massiven Türen. Mary hingegen wollte ihre Kostbarkeiten offenbar nicht nur aufbewahren.

Sondern sie ansehen können. Sich vergewissern, dass sie da sind.

Sie löffelten die Suppe, und Mary sprach darüber, wen sie bei der Audienz gesehen hatten. Carolines Gedanken wanderten ab.

»Ich muss jemanden finden, der Kometenbahnen berechnen kann«, sagte sie unvermittelt.

Ihre Schwägerin tupfte sich die Lippen ab. Vermutlich versteckte sie hinter der Serviette ihren Ärger über die Unterbrechung. Wie zu erwarten war, sprang Wilhelm sofort auf das astronomische Thema an.

»Wer sollte das sein, Lina? Meines Wissens war es Halley, der zuletzt derartige Berechnungen angestellt hat. Vielleicht findest du in seinem Buch ...«

»Methoden, ja. Aber sie sind kompliziert, und er kalkuliert auch mit der Anziehungskraft von Jupiter und Saturn. Um mir das anzueignen, müsste ich den Vergleich von Flamsteeds Beobachtungen vernachlässigen.«

»Die Sterne gehen vor. Ich habe Maskelyne versprochen, im Sommer neue Tabellen zu liefern.«

»Ich weiß.«

»Übrigens, Caroline.« Mary klang unverändert heiter. »Hast du von Alexander gehört? Wir haben ihn lange nicht mehr gesehen.«

Was hat Alexander mit Kometen zu tun?

Caroline starrte Mary an. Als sie merkte, wie unwirsch ihr Blick sein musste, lenkte sie ihn an ihr vorbei. Die Vitrine hob sich von der frisch gekalkten Wand ab. Das dunkle Holz war poliert und die Scheiben makellos sauber. Wahrscheinlich durfte die Vitrine nur mit Handschuhen geöffnet werden. Verdruss überkam Caroline, plötzlich und heftig, als habe man ihr etwas Schönes gezeigt und gleich wieder weggenommen. So mochte John sich fühlen, wenn der Nachbarskater mit dem seidigen Fell sein Bein streifte und sich dann nicht streicheln lassen wollte.

»Ich will auch so eine Vitrine«, sagte Caroline.

Alexander besuchte seine Geschwister im Juli, nach dem Ende der Saison in Bath. Bei einem Abendessen in Slough tauschten sie Neuigkeiten aus, und Wilhelm erstellte eine Liste mit Dingen, die Alexander reparieren sollte. Früh am nächsten Tag wollten Mary, Wilhelm, John und eine Cousine von Mary zu ihrer Sommerreise aufbrechen. Zwar erwartete Wilhelm eine Lieferung Spiegelmetall, aber Caroline versprach, sie an seiner Stelle entgegenzunehmen.

»Und in Upton sehen wir für euch auch nach dem Rechten«, versicherte sie.

»Bitte singt mit Fluffy«, sagte John. »Sonst verlernt er alles wieder.«

Seit Ostern besaß er einen Kanarienvogel, den er innig liebte.

Caroline strich John übers Haar. »Ehrenwort, wir trällern zusammen.«

Alexander bezog ein Zimmer im Haupthaus, aber aufhalten würde er sich wie immer vor allem in der Werkstatt. Caroline freute sich auf Gespräche und stilles Arbeiten Seite an Seite. Am nächsten Tag wurde sie von seinem Rumoren geweckt. Sofort kleidete sie sich an und lief hinunter. Alexander hatte auf der Werkbank Ordnung geschaffen und polierte einen angelaufenen Siebenfußspiegel.

»Mach eine Pause. Ich bestelle eine Kutsche, und dann können wir gleich los«, sagte Caroline.

Ihr Bruder hielt inne. »Wohin?«, fragte er.

»Ich benötige Sachen aus Upton.«

»Aha.«

Vielsagend hob Alexander eine Augenbraue und legte den Lappen weg. Er war ein Verbündeter, wie ihn jede kleine Schwester brauchte.

Caroline umarmte ihn stürmisch. »Du hast mir so gefehlt.«

In Upton öffnete ihnen das erstaunte Hausmädchen. »Die Herrschaften sind gerade erst fort.«

»Ich weiß, wir wollen nur nach Fluffy sehen.« Auf ihrem Weg

durch den Flur setzte Caroline hinzu: »Und eine Kleinigkeit holen.«

Im Vorübergehen fiel ihr Blick in das Speisezimmer, und sie blieb stehen. »Alex, meinst du, wir können die Vitrine einladen?«

Ihr Bruder lachte auf. »Der Zierrand der Glasscheibe ist geätzt. Weißt du, was so ein gutes Stück kostet?«

»Schon gut. Ich dachte nur ...«

Das Möbel schien Caroline zu bannen. Wie mochte es sich in einem Haus wie diesem leben, mit all den schönen Dingen?

Wenn ich etwas Dekadentes besäße, wenigstens leihweise, würde ich vielleicht endlich Leichtigkeit verspüren.

»Will hat es geschafft«, sagte Caroline. »Der forscht, wann er will, verkauft ab und zu ein Teleskop und fährt wochenlang durchs Land.«

»Spricht da etwa Neid aus dir?«, fragte Alexander.

»Und Ärger. Mary behandelt mich, als müsste ich ihnen danken. Als wäre ich eine alte Jungfer, die manchmal gnädigerweise bei Verwandten speisen darf. Mein Ehrgeiz ist untugendhaft, und dafür werde ich mit dem Verschlag über der Werkstatt bestraft.«

»Du magst Mary nicht.«

»Du etwa?«

Alexander legte seine Hände auf Carolines Schultern und drehte sie vom Speisezimmer weg. »Mary schätzt, wie du dich um John kümmerst. Das hat sie gesagt.«

»Nicht zu mir.«

»Weil du jedes ihrer Worte falsch verstehst.«

Wohl kaum. Ihre Äußerungen sind durchsichtig wie Seidenpapier.

»Ist dir schon mal aufgefallen, wann Mary und Wilhelm reisen?«, fragte Alexander.

»Im Sommer.«

»Wenn ich komme. Ein Schwager mit einem Koffer voll Apparaturen ist zu viel Herschelwahnsinn für Mary. Dich lädt sie zum Essen ein. Vor mir flieht sie.«

Damit könnte er recht haben!

Alexander grinste. Es schien ihn zu amüsieren, dass Caroline diesen offensichtlichen Zusammenhang bislang nicht bemerkt hatte.

»Aber auch wenn wir nicht gut miteinander auskommen, sind wir eine Familie«, sagte Alexander. »Wilhelm hat dich damals freigekauft.«

Ja, so konnte man das ausdrücken. Er hatte der Mutter Geld für ein Dienstmädchen geschickt, damit seine kleine Schwester nach England kommen konnte. Wo wären sie ohne Wilhelm? Und wo wäre Wilhelm ohne Alexanders Geschick für Mechanik und Carolines Rechentalent? Er war auf Menschen angewiesen gewesen, die ohne Entlohnung mit ihm arbeiteten und an seine Ideen glaubten, weil sie als Kinder in einem ärmlichen Hinterhof gemeinsam die verdunkelte Sonne bestaunt hatten. Caroline traten Tränen in die Augen.

»Auf«, sagte Alexander. »Fahren wir wieder.«

»Nein.« Caroline erinnerte sich, warum sie eigentlich gekommen war. »Ich brauche noch etwas.«

Alexander verschränkte die Arme und blockierte die Tür des Speisezimmers.

»Aus der Bibliothek«, beschwichtigte Caroline ihn. »Hilf mir tragen.«

Sie lief ihm voran und zog Bände aus den Regalen. »Newtons gesammelte Werke müssen mit und Emersons *Arithmetic of Infinites* und natürlich Salmons *Grammar.*« Sie legte Alexander die Lektüre in die Arme. »Ach ja, und dieses hier und den kleinen Stapel, den ich neulich schon herausgesucht habe.«

»Das wird zu schwer«, protestierte ihr Bruder.

»Ich helfe ja.« Sie lud sich selbst vier Bände auf. »Wir müssen sowieso mehrfach gehen.«

»Wie viel willst du denn nach Slough schaffen?«

»Na ja, wir haben die Kutsche bis zum Nachmittag.«

»Lina!«

Doch Caroline eilte schon hinaus und brachte ihre Beute zu dem parkenden Gefährt. Befreit von ihrer Last, schüttelte sie die Arme.

»Dieser Komet, den ich letztes Jahr entdeckt habe ...«, sagte sie.

»Dein siebter?«

»Kommt darauf an, wie man zählt. Den von 1793 habe ich verloren, da war Messier schneller. Aber der von letztem Jahr wird mir zugeschrieben. Ich will seine Bahn berechnen, damit ich weiß, in welchem Turnus er wiederkehrt.«

Alexander dachte nach. »Es geht aber nicht um das zukünftige Wiederkehren, sondern um die Frage, ob der Komet schon einmal da gewesen ist, richtig?«

»Ja. Darum, ob ihn schon jemand beobachtet hat. Vor hundert Jahren oder zweihundert.« Caroline kickte ein Steinchen gegen ein Wagenrad. »Sogar die alten Griechen haben schon Sichtungen verzeichnet. Die Bahnberechnung ist knifflig, und wenn ich herausfinde, dass der Komet schon beobachtet wurde, schieße ich mir damit ins Knie. Aber besser, ich spreche mir selbst die Entdeckung ab, als dass es jemand anderes tut. Schmerzen würde es trotzdem.«

Sie betrachtete die Ladefläche der Kutsche, auf der sich die Bücher verloren.

»Mein Ruhm verpufft«, sagte Caroline. »Meine Entdeckungen sind keine Porzellandosen, die ich hinter Glas stellen kann.«

Für eine geborgte Vitrine, so schön sie auch war, hätte sie gar keine Verwendung.

»Ach was«, sagte Alexander. »Du bleibst auf ewig die Damenphilosophin.«

Er hatte witzeln wollen, aber Caroline sah zu Boden.

»Verzeih, ich wollte dich nicht an die Karikatur erinnern«, sagte Alexander. »Weiter geht's. Wills Regale sind noch lange nicht leer.«

Sie gingen zurück ins Haus.

»Diese Tabellen, an denen du arbeitest ...«, sagte Alexander.

»Der Index? Die Bereinigung von Flamsteeds Daten?«

»Genau. Der wird doch auch anderen nützen.«

»Hoffentlich.«

Alexander nickte zufrieden, als sei damit alles gesagt. Manchmal sprach er einen Gedanken nicht zu Ende aus. In diesem Punkt glich er Wilhelm, zu gefangen in seiner eigenen Logik, um sich darum zu bemühen, dass andere ihn verstanden. Meinte er, in der Wissenschaft half man einander wie in einer Familie? Caroline dachte an Englefield, der ihre Funde bestätigt hatte, und an Lalande, dessen Enkelin nach ihr hieß. Vielleicht war doch nicht alles düster. In London und Paris hatte sie Verbündete, und auch die kämpften mit Widrigkeiten und Rückschlägen. Sie wären dankbar für Carolines Index, würden wissen, wie viel Arbeit darin steckte, und das würdigen. Beschwingt von diesem Gedanken, schleppte Caroline einen neuen Stapel Bücher zur Kutsche. Obenauf lag die *Erläuterung der Sternkunde* von Johann Elert Bode. Caroline blätterte gern in Grundlagenbüchern. Die Methoden, die sie täglich selbstverständlich anwandte, waren einmal von jemandem erdacht worden. Die Wissenschaft war wie ein Baum. Er wuchs nur langsam, aber kletterte man hinauf, sah man jedes Jahr ein wenig weiter.

Vor Johns Zimmer machte Caroline halt und pfiff dem Vogel zu.

Winter

Hannover, 14. Dezember 1823

Der Kiel der Schreibfeder zerfaserte. Caroline kramte nach dem kleinen Messer, das sie zum Spitzen verwendete, da wurde ihr von der Seite eine frische Feder gereicht.

»Bitte sehr, Fräulein Herschel«, sagte Agnes. »Diese sollte nicht klecksen.«

Das Mädchen ist wirklich eine Perle.

Nicht nur hatte Agnes neulich die verlorene Tabelle gefunden, sie entwickelte auch ein Ordnungssystem, bei dem die Unterlagen nach Wichtigkeit statt nach Themen sortiert wurden. Am hilfreichsten aber war ihre unermüdliche Assistenz. Das Mädchen sah Caroline über die Schulter, brachte neues Papier, las Ergebnisse aus Multiplikationstabellen ab und sorgte für Tee und kleine Stärkungen, just wenn sich Durst und Hunger meldeten.

Sie ist jetzt für mich, was ich für Wilhelm gewesen bin.

Sicher ließ sich auch alles allein schaffen, doch die vielen Unterbrechungen, in denen Caroline einen Gedankengang anhalten musste, um etwas nachzuschlagen, summierten sich zu Tagen, Wochen und Monaten auf. In Carolines Knochen kroch die Kälte. Früher hatte sie ganze Winternächte draußen verbringen können, doch nun im Alter fror sie selbst nah beim Ofen. Nicht einmal Schal und Armstulpen halfen.

Wer weiß, wie viel Zeit mir noch bleibt?

Morgen dürfte Agnes Bienenwachskerzen besorgen und einige für sich selbst abzweigen. Wofür Geld sparen? Wenigstens die Leselust des Mädchens wollte Caroline weiter fördern.

Licht ins Dunkel bringen, das kann ich für sie.

Heureka

Hannover, 18. Dezember 1823

Agnes sah auf die Uhr. Dieser Nachmittag konnte den Durchbruch bringen. Wenn sie richtig lag, würde sie bald die geheimen Tagebücher in den Händen halten. Erst einmal spielte sie aber noch den dienstbaren Geist. Fräulein Herschel hatte einen Fehler im Katalogeintrag eines Nebels entdeckt. Da stand eine Koordinate, die nicht stimmen konnte, und nun brauchte die gnädige Frau Beobachtungsdaten, die sie vor Jahrzehnten notiert hatte.

»Ich habe die alle aufbewahrt, genau für solche Fälle!«

Doch Agnes fand sie nicht. Sie kniete auf dem Boden, umringt von Mappen voll loser Blätter, und schwitzte im überheizten Zimmer. Fräulein Herschel war ohnehin schon schlecht gelaunt. Sie klagte über die glatten Straßen, die ihr Spaziergänge unmöglich machten. Der deutsche Winter sei schrecklich. Sie fühle sich am Leben hängen wie ein Eiszapfen.

»Und solche können jederzeit abbrechen.«

Vielleicht wäre das ihr letztes Weihnachtsfest. Sie hatte Agnes Kerzen überlassen. Ein Abschiedsgeschenk? Jedenfalls arbeitete sie, als säße ihr der Tod im Nacken.

Wäre es taktlos von Agnes, gleich nach dem Dahinscheiden ihrer Dienstherrin eine Enthüllung zu schreiben? Ach was, Caroline Herschels Namen wäre in aller Munde, und die gnädige Frau wünschte sich doch Beachtung. Jede ihrer Abendgesellschaften endete mit einer musikalischen Darbietung. Zuerst ließ sie sich bitten, aber dann schmetterte sie die Arien aus voller Brust.

Und wie stünde es um Agnes? Catharina Herschel würde sie eine Verräterin schimpfen. Aber die war ja auch hoffnungslos altmodisch, erzogen in einer längst vergangenen Zeit. Agnes würde die Herschel so darstellen, dass sie die Herzen berührte. Reißerisch, aber glanzvoll. Skandalös, aber sympathisch ...

»Halt!« Sie hinderte die gnädige Frau daran, einen Karton voll loser Zettel auszuleeren. »In dem habe ich schon gesucht.«

»Aber die Daten können ja nur in einem ungeordneten Haufen stecken.«

»Vielleicht zwischen Wilhelms Aufsatzentwürfen.« Agnes holte eine Schachtel von einem Stapel in der Ecke. »Sehen Sie, hier ist alles Mögliche drin.«

Viele der Zettel waren doppelt beschrieben. Statt auf das Trocknen der Tinte zu warten und ein Blatt zu wenden, hatte Wilhelm offenbar frische genommen und die Rückseiten später für andere Notizen verwendet. Agnes fand eine Einkaufsliste und die Skizze einer Kraterlandschaft.

»Hier ist etwas in Ihrer Schrift, Fräulein Herschel.«

Sie reichte ihr einige Dutzend gewellter Blätter mit Teeflecken und grub sich weiter durch die Schichten. Ein Packen wurde mit einem gefalteten Bogen zusammengefasst. Obenauf lag eine Liste, verfasst in der zittrigen Schrift des alten Wilhelm.

Noch zu erledigen, lautete die Überschrift.

Was Agnes auf die Schnelle entziffern konnte, las sich wie die drängenden Anweisungen eines Mannes, der seinem Gedächtnis nicht mehr traute. Darunter fand sie einen Wust weiterer Notizen. Häufig hatte Wilhelm Herschel auf die Ränder von Zeitungsseiten geschrieben. Verstohlen schob Agnes den Packen hinter sich. Den wollte sie sich später in Ruhe zu Gemüte führen.

Die gnädige Frau stieß einen Schrei aus.

»Heureka!«

Sie stemmte sich hoch und eilte mit ihrem Fund zurück zum Schreibtisch. Jetzt war ein guter Zeitpunkt, um etwas von ihr zu erbitten.

»Dürfte ich heute früher gehen?«, fragte Agnes. »Mein Bruder ist in der Stadt.«

»Aber ja.«

Fräulein Herschel schrieb schon wieder. Sie sah nicht auf, als Agnes das Zimmer verließ, den Packen in ihrer Schürze verborgen. In ihrer Dachkammer legte Agnes die Papiere unter ihr Kopfkissen. Lesen würde sie sie am Abend, im Licht der neuen, teuren Kerzen. Die rochen angenehm, das hatte sogar Hanne zugeben müssen.

Agnes zog die Schürze aus, wechselte die Haube gegen ein Kopftuch und rannte zum Theater.

Vor dem Bühneneingang wartete schon Hannes Schwester Nettie. Sie putzte das Theater zusammen mit zwei anderen Frauen. Eine hatte gerade ein Kind bekommen und lag mit Fieber darnieder. Agnes Vorschlag einzuspringen, war dankbar aufgenommen worden.

Geöffnet wurde ihnen von einem Mann, der Turban und Säbel trug.

»Wir machen Mittag«, sagte er zu Nettie. »Fangt mit der Bühne an.«

Aus einer Kammer holten die Frauen Eimer, Besen und Lappen. Zwei Stunden brauchten sie für die Arbeit. Danach bot Agnes an, die Reinigungsutensilien zurückzubringen, suchte in der Kammer nach einer Lampe und schlich in den Keller. Das Archiv fand sie gleich. In Regalen lagerten Kisten und gestapelte Mappen, alle von Fräulein Herschel beschriftet. Sämtliche Buchstaben neigten sich nach rechts. Die kleinen ds endeten in der Oberlänge mit einem Kringel, als angelten sie nach dem bereits Geschriebenen. Notierte Fräulein Herschel eilig, verzichtete sie auf diese Verzierungen, aber hier hatte sie sich offenbar Zeit gelassen. Zur Arbeit im Theater war sie gern aufgebrochen.

Nach dem Besuch von Händels *Schöpfung* hatte die gnädige Frau ein Essen für die Truppe gegeben. An jenem Abend war bis spät gesungen worden. Fräulein Herschel hatte glücklich und gelöst gewirkt, als könnte sie Theatermenschen eine Seite von sich zeigen, die sie sonst verbarg. Bei ihrer astronomischen Arbeit musste alles exakt sein. Hier führte man Fantasien auf, da ging es wohl großzügiger zu. Fräulein Herschel freute sich schon Wochen vorher auf Premieren. Von ihren neuen Freunden wusste sie, was geprobt wurde und welche Noten demnächst aus dem Archiv geholt werden würden. Es tat ihr sichtbar gut, wieder in die Welt der Musik einzutauchen, doch Agnes ahnte allmählich, dass dies nicht der einzige Grund ihrer Besuche im Opernhaus war. Als sie damals den Karton dorthin geschleppt hatte, mussten unter den Kordeln und Klammern ihre geheimen Tagebücher gewesen sein, und nun lagerten die privaten Aufzeichnungen in Kisten des Notenarchivs. Selbst wenn Fräulein Herschel sterben würde, konnte es lange dauern, bis jemand auf die Tagebücher stieß, und selbst dann würden sie ihr vermutlich gar nicht zugeordnet werden. Wer ins Archiv hinabstieg, suchte etwas ganz Bestimmtes und würde sie höchstens flüchtig ansehen und womöglich für Entwürfe zu einem Stück halten.

Schlau war die gnädige Frau, aber nicht schlau genug für Agnes. Welche Kisten würden am seltensten hervorgeholt werden?

Verschiedenes?

Nein, darin waren wirklich nur Noten.

La Resurrezione (unvollständig)?

Unter losen Bögen ertastete Agnes feste Formen. Bücher!

Handgeschriebene, mit den vertrauten Kringeln. Aber hier war die Schrift nicht sorgfältig, passagenweise sogar nur schwer entzifferbar, offenbar von einer Frau geschrieben, die müde oder unwirsch gewesen war.

Agnes zog einen Stoffbeutel unter ihrem Rock hervor und packte die Bücher ein.

Keine Hemmungen, sagte sie sich. Als Dienstmädchen bin ich für die Schmutzwäsche zuständig.

Hopscotch

Slough, 14. August 1797

John war inzwischen fünf Jahre alt und lebte von Montag bis Freitag im Institut von Mr Atkins. Kam er am Wochenende nach Hause, erteilte Wilhelm ihm Zusatzstunden in Arithmetik und Geografie. Zu ihrem Bedauern durfte Caroline ihren Neffen vorerst keine Astronomie lehren. Er sollte im Schulstoff Fortschritte machen, damit er bald nach Eton wechseln konnte. Bei der Bildung seines Sohns war Wilhelm erstaunlich konventionell. Oder hatte wieder einmal Mary ihm eingeflüstert?

Die simpelsten Gemüter sind sich ihrer Weisheit am sichersten.

Jetzt waren Ferien, und Mary und Wilhelm hatten John mit an die Küste genommen. Auch die Papendieks verreisten neuerdings. Alexander, der wie immer für die Sommermonate gekommen war, verdiente sich ein Zubrot mit dem Versorgen ihrer drei Pferde. Heute begleitete Caroline ihn. Auf der Weide grasten die Tiere in der Sonne. Ihre Leiber hoben sich von dem saftigen Grün ab, zwei große helle und ein kleinerer brauner.

Moment, warum ist der so dunkel?

Caroline kniff die Augen zusammen, aber da wurde sie schon von einem Wiehern begrüßt. Hopscotch trabte auf das Gatter zu. Warm schnaubte er an Carolines Ohr.

»Ach, du hast dich gewälzt.« Caroline streichelte den Hals des Pferdes. »Ich erkenne dich ja kaum wieder.«

Sein Fell starrte vor getrocknetem Schlamm. Eigentlich hatte

Hopscotch Johns Pferd werden sollen. Er war ein gutmütiges Tier, ideal für einen Reitanfänger, aber John saß ja immer über Schulbüchern.

»Dietrich hat mir geschrieben«, sagte Alexander. »Er meint, wenn ich nach Hannover zurückginge ...«

»Warum denn das?« Caroline öffnete das Gatter und führte Hopscotch zum Stall. »Dort wartet doch wirklich nichts auf dich.«

»Für Konzerte werde ich bei der Konkurrenz hier langsam zu alt und nur mit Geigenunterricht kann ich im teuren Bath nicht überleben. Außerdem bin ich dort allein. In Hannover hätte ich Familie.«

»Na ja. Dietrich hättest du. Und nicht mal dem gefällt es da. Sonst wäre er damals nicht ausgerissen, um Schiffsjunge zu werden.«

»Jungenstreiche.«

Alexander betätigte die Pumpe, die das Wasser aus dem Brunnen in die Tränke beförderte. Klappernd schlug der Schwengel gegen den Zylinder. Wasser kam keines. Alexander stützte eine Hand in den Rücken. Um den Mund trug er den harten Zug eines Menschen, dem Schmerzen zur Gewohnheit geworden waren.

»Luft im Kolben«, murmelte er.

Mit einem Napf schöpfte er eine Ladung aus der Tränke zwischen Kolbenöffnung und Schwengel und pumpte erneut. Ein Plätschern belohnte ihn.

»Unterdruck«, stellte er fest.

Wie ich seine knappen Erklärungen vermissen würde! Er darf mich nicht auch noch verlassen.

Janek hatte sie nicht aufhalten können, aber wenigstens bei Alexander musste es ihr gelingen. Meistens konnte Caroline die Erinnerungen verdrängen, indem sie sich beschäftigte, aber während der Sommer, wenn sie Wilhelm und John wochenlang nicht sah, passten selbst in die kurzen Nächte zu viele Gedanken. Hatte sie einen Fehler begangen, als sie ihre Liebe der Astronomie geopfert hatte?

Caroline band Hopscotch an und begann, ihn zu bürsten. Ohne Alexander würden die warmen Monate traurig werden.

»Warte auf mich«, sagte sie zu ihrem Bruder. »Lass uns zusammen nach Hannover zurückgehen. Wenn wir klapprig und blind sind.«

Alexander lächelte müde. Mit Anfang fünfzig konnte er sein Leben noch allein bewältigen. Er ahnte ja nicht, dass seine fünf Jahre jüngere Schwester den Verlust ihrer Sehkraft fürchtete.

»Willst du den Gaul satteln, Lina?«

Caroline strich über das seidig glänzende Pferdefell.

»Ich bürste ihn nur, weil ihm das gefällt.«

Wann hatte Caroline sich zuletzt weiter als eine Meile von Slough entfernt? Ausritte machten nur müde.

Bei Sonnenuntergang kletterte sie auf das Dach. Im Westen färbte sich der Himmel wie ein reifer Apfel. In das Rot schien allmählich Tinte zu fließen. Endlich zeigten sich die ersten Planeten und Sterne. Sie tauchten auf wie alte Freunde. Aber halt, da war ein Fremder! Der Komet stach aus dem vertrauten Bild des Himmels heraus wie ein schillernder Überraschungsgast. Sein Licht überstrahlte alles um ihn herum. Die Sterne, die ihn umgaben, konnte Caroline nur sehen, wenn sie in einem Winkel von zwanzig oder dreißig Grad an ihm vorbeiblickte.

»Alexander«, schrie sie. »Schnell, ich brauche die Zeit.«

Sie schloss die Augen, tippte mit dem Finger gegen ihren Arm und zählte die Sekunden.

Einundzwanzig, zweiundzwanzig …

Als sie nach zwei Minuten wieder zu dem Kometen sah, nahm sie eine minimale Bewegung nach Süden wahr. Aber für eine Messung benötigte sie die Position zu mehreren Zeitpunkten.

»Alexander!«

Schlief er schon? Dann ging sie eben selbst. Um die Hände für die Leiter frei zu haben, raffte Caroline den Rock über die Knie und stopfte den Saum unter die Kordel an ihrer Taille. Da ihre Kleidung keine Taschen hatte, trug Caroline Behelfsgürtel, an denen sich allerlei befestigen ließ. Die Uhr befand sich im Haupthaus. Caroline eilte durch die Werkstatt. Vor der Tür hörte sie Stimmen.

O nein, Besucher, ausgerechnet jetzt!

Manchmal kamen tagsüber noch welche, um das Riesenteleskop zu bestaunen, aber hinauf durfte niemand mehr, und das hatte sich inzwischen herumgesprochen. Caroline trat ins Freie, bereit, die niederzulächeln, die störten.

»Guten Abend«, rief sie. »Welch Freude, Sie zu sehen, Lord Stroker.«

»Storker.«

Der Engländer sprach mit dem Näseln, das Alexander so gut nachmachen konnte. Begleitet wurde er von einem Herrn, der ihm in Aussehen und Auftreten glich wie ein Zwilling: Koteletten bis unter die Mundwinkel, Augenbrauen in einer Position milden Erstaunens, rechte Hand gleich nach der Begrüßung wieder in der Tasche.

Einer Tasche, die vermutlich leer ist.

»Es tut mir schrecklich leid, aber Wilhelm ist verreist«, sagte Caroline.

Warum starren die mich so an?

Beide Männer schienen etwas auf Carolines Stirn zu studieren. Endlich kam Alexander hinzu. Er tat, als lasse er etwas von seiner Taille herunter. Der Rock! Hastig befreite Caroline den Saum und bedeckte ihre Schienbeine wieder. Nun konnte Lord Storker den Blick senken.

»Wir möchten das Vierzigfuß besichtigen«, sagte er.

»Leider ist die Plattform marode. Aber bitte, umrunden Sie es doch.«

Sie machte eine einladende Geste in Richtung des Teleskops. Die Männer blieben stehen.

»Herumführen kann ich sie nicht«, sagte Caroline. »Gerade habe ich einen Kometen entdeckt.«

Den beiden Herren war das keinen Kommentar wert. Dafür hörte Alexander es und eilte sofort herbei.

»Wo?«

Caroline wies ihm die Richtung. »Siehst du die zwei kleinen Sterne dort? Und östlich davon die drei, nah beieinander? Das Helle in der Mitte ...«

»Ja, ich seh ihn!«, rief Alexander begeistert. Er war noch nie zugegen gewesen, wenn Caroline einen Kometen entdeckt hatte, aber er verstand, nun mussten Taten folgen. »Was kann ich machen?«

»Öffne das Fenster des Gartenzimmers. Ich beobachte den Kometen mit dem Schweifer und skizziere seine Position zwischen den Sternen. Ruf du mir die Zeit zu. Wir benötigen wenigstens drei Messungen. Sie, meine Herren, begleiten mich.«

»Aufs Dach?«

Lord Storkers Freund klang, als habe Caroline vorgeschlagen, auf einer Kuh zu reiten.

»Ja, ich brauche Zeugen.«

Caroline wollte die Herren nicht allein im Garten lassen. Möglicherweise würden sie trotz ihrer Warnung versuchen, auf das Vierzigfuß zu kommen, und durch die morschen Bretter brechen. Ihnen voran ging sie durch die Werkstatt und die Stiege hinauf in den ersten Stock. Auf der Leiter zum Dach musste sie vor jeder Sprosse ihren Fuß von Rockstoff frei schlenkern, aber schließlich war sie oben bei ihrem Fernrohr und dem Notizbuch. Als Erstes hielt sie die Konstellation des Kometen und der ihn umgebenden Sterne fest.

»Alexander«, brüllte sie und registrierte amüsiert, wie die Herren vor ihrer Lautstärke erschraken. »Wie spät?«

»Zwanzig fünfzehn«, kam die Antwort von unten.

Caroline notierte die Zeit und trat vom Schweifer zurück. »Jetzt dürfen Sie.«

Beide Männer wagten einen Blick.

»Frappant«, bemerkte Lord Storker.

Sein herablassender Ton strafte das Wort Lügen.

»Verstehen Sie, Kometen sind keine Sterne«, sagte Caroline. »Sie sind nicht immer zu sehen.«

Sie sprach von der Ehre, einen Himmelskörper als Erste zu sichten, und erinnerte an Wilhelms Entdeckung des Planeten, der im Ausland inzwischen unter dem Namen *Uranus* bekannt war. Beim Reden fertigte sie die nächste Skizze an. Der Komet befand sich nun mittig zwischen den Sternengruppen.

»Zeit?«, rief Caroline.

»Zwanzig siebenunddreißig«, antwortete Alexander.

Caroline schrieb es auf. Eine gute halbe Stunde später verdeckte der Komet bereits einen der Sterne.

»Er bewegt sich, meine Herren.« Caroline lief zur Dachluke. »Ich werde Banks schreiben.«

Den Wink zum Abschied schienen die Besucher zu verstehen, doch bis sie weg waren, vergingen enervierende Minuten. Grüße an Wilhelm sollte Caroline bestellen und eine Einladung zum Landgut der Storkers übermitteln. Ihr waren die Einzelheiten schon entfallen, ehe sie wieder vor Papier und Tintenfässchen saß. Von draußen drang das Duett rollender Räder und klappernder Hufe an ihr Ohr. Vielleicht hätte Caroline Lord Storker um einen Boten bitten sollen, der mit ihrer Mitteilung davonpreschte. Nun würde sie zehn Stunden bis zur Abfahrt der Postkutsche überstehen müssen. Schlafen konnte sie unmöglich. Also wieder auf das Dach. Aber dort machte sie der Anblick des Kometen noch unruhiger. Er strahlte unerträglich hell. Eine Laterne in einer dunklen Gasse wäre leichter zu übersehen. Jeder, der heute zum Himmel blickte, würde den Kometen bemerken. Caroline ging hinein, lief durch ihre Räume und stieß sich von den Wänden ab wie von den Stäben eines Käfigs.

Die Nachricht muss zu Banks, sofort!

Ein Zögern würde sie womöglich ihre Entdeckung kosten. Schon einmal hatte Messier ihr einen Kometen weggeschnappt. Caroline füllte eine Flasche mit Wasser und wickelte ein Stück Brot ein. Am Morgen würde Alexander eine Nachricht unter der Werkzeugkiste finden.

Hopscotch stand am Gatter, als witterte er Carolines Plan. Bereitwillig ließ er sich den Damensattel auflegen. Caroline war eine ungeübte Reiterin und traute sich nicht, das Pferd traben zu lassen. Die ersten zwei Meilen absolvierte sie mit verkrampften Schultern, ab der dritten klopfte ihr das Herz bis zum Hals, weil ihr bewusst wurde, was sie tat, doch bei Longford entspannte sie sich nach etwa drei weiteren Meilen allmählich. Im Dunkeln sah ein Dorf aus wie das andere, und wenn sie die zwanzig Meilen im Geiste in kleine Abschnitte unterteilte, verlor die Strecke ihren Schrecken. Hinter Harlington huschte etwas über den Weg, ein Fuchs vielleicht, doch Hopscotch hatte das Tier vor Caroline erspäht und verlangsamte nur kurz seinen Schritt. Bei Brentford lenkte sie das Pferd von der Straße weg und nahm einen Feldweg. Nahe der Stadt wollte sie die Hauptverkehrsadern meiden. Dort konnten dunkle Gestalten lauern. An einem Teich ließ sie Hopscotch trinken. Der Brave schritt aus, als könne er bis zur Küste gehen. Auch er war lange nicht unterwegs gewesen.

Als sie die ersten Häuser Londons erreichten, graute der Morgen. Caroline spürte jeden Knochen im Körper. Aber die Postkutsche wäre jetzt noch nicht einmal losgefahren! Zufrieden beugte Caroline sich vor und streichelte den braven Hopscotch, doch der legte die Ohren an. Wenig später nahm auch Caroline die Veränderungen wahr. London war längst erwacht, vielleicht hatte es auch gar nicht geruht. Je weiter sie vorankamen, desto dreckiger, stinkender und voller wurde die Stadt. Hopscotch, der grüne Weiden, ländliche Stille und klare Landluft gewohnt war, hob alarmiert den Kopf. Caroline beruhigte ihn durch Zureden, aber die belebten Gassen wurden zum Spießrutenlauf. Zerlumpte Kinder bettelten, und ein torkelnder Mann fasste Carolines Knöchel. Sie trat nach ihm und trieb Hopscotch an, doch zwischen Fußgängern und Handkarren kam sie nur langsam vorwärts. Noch drei Quergassen weiter hörte sie gelallte Anzüglichkeiten. Als sie sich an einer Kreuzung zu orientieren versuchte, ritt sie beinahe eine Frau mit einem Korb voll Zwiebeln nieder.

»Verzeihung!«

Ihre Entschuldigung wurde mit Beschimpfungen quittiert. Diese Dame musste Caroline nicht nach dem Weg fragen. Sie probierte es bei einem Pfarrer, der die Straße querte.

»32 Soho Square?«

Der Pfarrer wies ihr die Richtung, aber musterte sie dabei, als wolle sie in der Gegend hausieren. Carolines Haar war lose und musste wirr aussehen. Beim Reiten waren die Nadeln herausgefallen. Sie suchte ihre Kleidung nach ihnen ab und fand keine, dafür aber Kletten und Schlammspritzer. Was mochte Banks denken, wenn sie in diesem Aufzug bei ihm klopfte? Die Nacht durchzureiten war exzentrisch, und diesen Eindruck wollte Caroline auf gar keinen Fall vermitteln. Die Geschichten über *Mad Madge* Cavendish zirkulierten unter den Herren der Royal Society, auch wenn keiner von ihnen die Dame mehr gekannt hatte.

Rechts und links schwankten die Häuser. Caroline klammerte sich am Sattelknauf fest und trank einen Schluck aus der Flasche. Vielleicht war es besser, zuerst Maskelyne in Greenwich aufzusuchen. Der war ein Freund und würde nicht die Nase rümpfen. Oft schon hatte er sie eingeladen und betont, wenn Wilhelm verhindert sei, könne sie auch allein kommen, er und Elizabeth würden sich freuen. Sicher hatte er dabei aber nicht an einen Besuch im Morgengrauen gedacht. Anhören würde er Caroline trotzdem. Vielleicht bekäme sie sogar Tee und ein Bett. Der Rückweg lag ja noch vor ihr.

Sie änderte den Kurs und lenkte Hopscotch stadtauswärts, gegen den Strom der Londoner, die zur Arbeit liefen. Nach Greenwich waren es weitere zehn Meilen. Wie Caroline die hinter sich gebracht hatte, konnte sie später nicht mehr sagen. Das Königliche Observatorium lag in einem Park auf einem Hügel an der Themse. Inzwischen bestand es aus mehreren Gebäuden. Die Flamsteeds hatten unter einem Dach mit den Instrumenten gewohnt, aber die Maskelynes lebten in einem geräumigen Wohnhaus. An der Tür versuchte ein Hausdiener, Caroline abzuwimmeln. Der Doktor schlafe.

Natürlich, er ist ja Astronom.

Caroline hatte keine Kraft für Überredungsversuche mehr. Nach den Stunden auf dem Pferd gehorchten ihre Beine nicht. Sie wollte stumm auf eine Stufe niedersinken, sich dort zusammenrollen wie eine streunende Katze und warten, bis Maskelyne Zeit für sie fand. Doch da hörte sie eine Frauenstimme.

»Wer ist denn da?« Elizabeth Maskelyne erschien. »Caroline, das ist ja eine Überraschung!«

Sie sah über sie hinweg, auf der Suche nach ihrer Begleitung. Caroline stützte sich am Türrahmen ab.

»Ich bin allein hergeritten. Die Sache duldet keinen Aufschub. Gestern Abend habe ich einen Kometen gesichtet, bei Auriga, im Sternbild Luchs ...«

»Das klingt, als müsste mein Mann es hören.« Elizabeth Maskelyne fasste Carolines Arm. »Kommen Sie doch herein.«

Caroline wurde in den Salon geführt. Wenig später erschien Maskelyne, Abdrücke von Kissenfalten im Gesicht.

»Und?«, fragte er.

Keine Floskeln, er verstand die Dringlichkeit. Caroline berichtete ihm und zeigte ihre Notizen.

»Meine Hochachtung, Fräulein Herschel«, sagte Maskelyne. »Lassen Sie uns später an Banks schreiben. Nun ruhen Sie sich erst einmal aus.«

In nach Lavendel duftendem Bettzeug schlief Caroline bis zum frühen Abend. Von Stimmen in der Diele wachte sie auf. Kurz darauf ging die Haustür, und jemand nahm mit wenigen Schritten die Stufen auf die Straße zurück. Den Besucher schien geschäftsmäßige Eile zu treiben. War er ein Bote? Im Salon fand Caroline Maskelyne über einen Brief gebeugt. Der Astronom sah zu ihr auf.

»Na, so was«, sagte er.

Carolines Herz sank. »War ich zu spät?«

»Gerade rechtzeitig, würde ich sagen. Stephen Lee hat den Kometen auch gesehen. Sie werden ihn sich teilen müssen.«

Caroline blieb eine Nacht in Greenwich und ritt am nächsten Tag nach Hause. Alexander nahm Hopscotch in Empfang. Als er Caroline beim Absteigen behilflich sein wollte, fiel sie ihm erschöpft entgegen.

»Du hast einen Hang zur Dramatik«, bemerkte Alexander und stellte sie auf die Füße.

»Ich wollte sichergehen. Es war die richtige Entscheidung, ich war nämlich nicht die Einzige, die den Kometen entdeckt hat.«

Carolines Knie zitterten. Von der ungewohnten Haltung im Damensitz schmerzte ihr Rücken. Sie setzte sich auf den Boden. Schmutziger konnte ihr Kleid kaum werden. Warme Erde panierte ihre schwitzenden Handflächen, doch das war Caroline gleichgültig.

Ich habe gerade ein Abenteuer bestanden!

Durch das offene Fenster der Werkstatt war ein Teil der Stiege zu sehen. Schmal und steil führte sie zu Carolines Wohnbereich hinauf. Die Stiege war so gebaut, dass sie wenig Raum brauchte. Siebzehn Stufen. Die würde Caroline trotz ihrer Erschöpfung schaffen. Aber wie lange wollte sie noch täglich dort hinauf- und hinuntersteigen? Zwar kokettierte sie damit, nur ein Werkzeug zu sein, ihrem Bruder stets dienlich, aber eigentlich hinkte dieser Vergleich. In diesem Haus hatten die Werkzeuge mehr Platz als sie.

»Ich ziehe aus.«

Leise probierte Caroline den Satz, tastete sich an die Silben heran, wie früher, wenn sie ein neues Lied eingeübt hatte. Es galt, die letzte Note zu betonen, wie bei einer Fanfare. Wenn Mary und Wilhelm zurückkehrten, würde Caroline ihnen etwas entgegenschmettern.

Gute Nachricht

Hannover, 09. Januar 1824

Wo blieb Agnes heute? Caroline war vor ihr auf, und die Post wurde von Catharina gebracht. Anscheinend wollte die Schwägerin den Inhalt erfahren, denn sie machte keine Anstalten, wieder zu gehen. Caroline trat hinter das Siebenfuß. Hohnbaum war so freundlich gewesen, es mit ihr aufzubauen. Jetzt stand es in einer Ecke des Raums, hübsch, aber unbrauchbar. Durch das Fenster konnte allenfalls das gegenüberliegende Dach observiert werden. Caroline richtete das Teleskop stattdessen auf ihre Schwägerin.

»Ich sehe, du hast dein Morgengebet vergessen«, sagte sie.

»Lass die Albernheit.« Vor Geräten, deren Funktionsweise sie nicht verstand, hatte Catharina Respekt. »Möchtest du denn gar nicht wissen, was John schreibt?«

Caroline drehte den Brief in den Händen. Um Catharina zu reizen, brach sie das Siegel und las murmelnd. Aber beim zweiten Absatz vergaß sie alle Animositäten.

»John kommt zu Besuch!«, rief sie. »Im Herbst, nach seiner Italienreise!«

»Was du nicht sagst. Wie schön!«

Catharina kannte John noch nicht, aber sie klagte oft über die Stille im Haus. Kurz vor Weihnachten war Sophia Dorothea zu ihrem Mann zurückgekehrt, dem es nach einer Kur an der See nun besser ging. Johann hatte sie mitgenommen.

»Ja, das ist wirklich schön.« Caroline verspürte plötzlich das Bedürfnis, etwas Nettes zu Catharina zu sagen. »Was macht deine Gicht? Du brauchst dich nicht zu mir hoch zu quälen. Mein Mädchen kann mir die Post bringen.«

»Agnes verschläft.« Catharinas Gesicht wurde spitz vor Empörung. »Dank der Kerzen, die du ihr gibst, schlägt sie sich die Nächte um die Ohren. Meine Hanne ist vollkommen übermüdet wegen des Geraschels.«

»Welches Geraschel?«

»Von dem Papier. Agnes schreibt irgendetwas.«

»Sie lernt, Catharina.«

Unvorstellbar für dich, aber manche von uns benutzen ihren Kopf.

Ob Caroline jemals ein Gespräch mit ihrer Schwägerin würde führen können, ohne sich aufzuregen?

Einige Frauen verdienen sogar eigenes Geld. Vor dir steht eine solche!

Abgründe

Hannover, 09. Januar 1824

Um zwei volle Stunden hatte Agnes heute verschlafen und war trotzdem müde. Fräulein Herschel hatte sie gesagt, sie fühle sich nicht wohl. Vielleicht die Vorboten eines Fiebers? Daraufhin war sie wieder zu Bett geschickt worden. Ruhe fand sie dort aber keine. Ständig steckte Hanne den Kopf herein. Ob Agnes wohl bald aufstehen und Kartoffeln schälen könne? Oder Suppenfleisch holen? Und vor dem Haus müsse der Schnee weggeschoben werden, sonst käme man bald nicht mehr zur Tür herein.

Hanne war wegen der nächtlichen Schreiberei wütend, aber die hatte ja nun ein Ende. Zugegeben, es war riskant gewesen, Fräulein Herschels Erinnerungen in Hannes Beisein zu durchforsten, aber manchmal stellten sich die dreistesten Pläne als die besten heraus. In der Kiste mit Agnes' persönlichen Dingen lag nun, unter Wäsche versteckt, ein Büchlein mit Kopien der pikantesten Tagebuchstellen. Nach Wilhelms Heirat hatte Fräulein Herschel begonnen, sich über die Ungerechtigkeit der Welt im Allgemeinen und die Missachtung ihrer Person im Besonderen zu ereifern, und ihre Wut schien erst rund zehn Jahre später verraucht zu sein, nachdem sie die Wohnung über der Werkstatt verlassen hatte. Hanne hatte bei ihrer allabendlichen Nörgelei keine Ahnung gehabt, welche Abgründe sich direkt neben ihr auf all den Seiten auftaten. Andernfalls hätte sie dafür sicher lesen gelernt. Die Affäre mit diesem Komarzewski war ja schon allerhand, aber erst die Gemeinheiten der gnädigen Frau! Was in den Tagebüchern über Mrs Papendiek stand und vor allem über Mary, mit der sich Fräulein Herschel jetzt, im Alter, gut zu verstehen schien, war böse und witzig, allerfeinstes Klatschmaterial. Dem Redakteur würde es munden.

Gegen zwei Uhr am Nachmittag stand Agnes endlich auf, quälte sich durchs Schneegestöber zum Metzger und knallte anschließend Hanne die Einkäufe auf den Küchentisch.

»Morgen koche ich, versprochen.«

Doch nun begann ihr freier Nachmittag, und nichts würde sie im Haus halten. Durch schweren, nassen Schnee, der alsbald in Eisregen überging, lief Agnes mit einem Bündel aus Lappen zum Theater. Heute musste sie sich zum letzten Mal Zugang verschaffen. Mit der Reinigungstruppe ging sie hinein, wickelte im Archiv das letzte von Fräulein Herschels Tagebüchern aus dem zerschlissenen Stoff ihres Bündels, verstaute es wieder in der Kiste, in der sie es gefunden hatte, und schob diese zurück an ihren Platz im Regal des Archivs. Das wäre geschafft. Mit ihrem Büchlein machte sie sich auf den Weg zum Büro des *Hannoverschen Merkur*. Kaum ein Mensch wagte sich bei dem Wetter auf die Straße. Die wenigen, die draußen unterwegs sein mussten, suchten wie Agnes immer wieder den Schutz der überhängenden Dächer. Sie zitterte heftig. Sollte der Stolz auf das erfolgreiche Spionieren nicht von innen wärmen? Warum stellte sich angesichts ihres Erfolgs kein Triumphgefühl ein? Wenigstens einen Anflug von Überlegenheit wollte sie spüren, wie damals, als sie Frau Pranckes Kleid getragen hatte. Stattdessen schlugen ihre Zähne aufeinander. Im Büro rollte der Redakteur Schneemänner aus Zeitungsmasse und begrüßte Agnes mit einem knappen Nicken.

»Der Frankreichbericht liegt schon für dich bereit.«

»Den müssen Sie heute selbst kürzen.« Agnes blieb in der Mitte des Raums stehen. Im Theater würde jetzt ein Tusch gespielt. »Anderthalb Jahre, und nun hab ich sie.«

»Die Erleuchtung?«

Geräuschvoll zog der Redakteur Rotz hoch. Über seine Wangen verliefen graue Schlieren.

»Die erste Enthüllung für Ihre neue Zeitung. Ich habe Material für mehrere Ausgaben. Geheime Liebe, Lästereien über Mitglieder des Hofes, Schmähungen gegen ihre Schwägerin – was Sie wollen.«

»Lass sehen!«

Der Redakteur kam auf Agnes zu. Eingeweichte Schnipsel hingen ihm von den Fingern. Oft arbeitete er gleichzeitig an seinen Modellen und der Ausgabe des nächsten Tages. Dann klebte schleimige Zeitungsmasse an den Schubladen, und Agnes bemerkte es oft erst, wenn sie sie aufzog. Ekel überkam sie. Wollte sie diesem Mann wirklich ihren Fund überlassen?

»Erst müssen Sie mich bezahlen«, sagte sie. »Fünf Taler will ich dafür.«

»So viel habe ich nicht.«

Damit hatte Agnes gerechnet. Natürlich kam sie vorbereitet. Im Kopf hatte sie mehrere mögliche Versionen dieser Szene durchgespielt. Auf keinen Fall würde sie unter ihren Preis gehen. Fräulein Herschel hatte über zehn Jahre an den Tagebüchern geschrieben, und Agnes hatte monatelang nach ihnen gesucht. Der Schatz würde nicht verschleudert werden.

»Nun«, sagte Agnes. »Morgen ist auch noch ein Tag.«

Ohne eine Antwort abzuwarten, verließ sie das Büro wieder. Jetzt wusste der Redakteur, dass mit ihr nicht zu verhandeln war, und konnte seine Ersparnisse zusammenkratzen oder sich etwas borgen.

Auf der Straße presste sie das Bündel mit dem Büchlein an ihre Brust und breitete den Schulterschal darüber. Obwohl die

Stadt wie leer gefegt schien, hatte Agnes plötzlich Angst, jemand könnte es ihr entreißen. Wahrscheinlich waren die Unruhe und das Herzklopfen eine Folge der Müdigkeit, aber Agnes ging vorsichtshalber schneller und wechselte in die Mitte der Straße, fort von dunklen Hofeingängen und Seitengassen. Als sie sich umdrehen wollte, rutschte sie auf einer gefrorenen Pfütze aus und fiel hin. Später würde sie ihr blutendes Knie bemerken, aber in diesem Moment wurde der Schmerz vom Schrecken verdrängt. Tatsächlich folgte ihr jemand und diese Person holte nun auf. Das Klackern verriet abgelaufene Absätze. Den Klang kannte Agnes nur zu gut. Sie hatte einen Fehler begangen. Wie hatte sie ihn nicht sehen können? Hannover war eine Märchenkulisse, und jede Figur darin bekam früher oder später ihren Auftritt. So auch die Neiderin, mit der sich die Prinzessin ein Zimmer teilte. Agnes sah hoch. Das Mädchen grinste höhnisch.

»He«, sagte Hanne. »Weiß Fräulein Herschel, was du nachmittags treibst?«

Observatorium

Slough, 19. August 1799

Zum Erstaunen aller war Caroline tatsächlich ausgezogen. Sie hatte die Räume über Wilhelms Werkstatt gegen ein Zimmer bei den Sprats getauscht, der Familie von einem der Arbeiter. Zwei Jahre lebte sie nun schon dort. Ihr neues Zuhause roch nach Brot. Mrs Sprat buk große Laibe für die Nachbarschaft, gestreckt mit Hafer, Bucheckern und Kastanien. Für Caroline schmeckte es, als kämen auch Sägespäne zum Einsatz. Wollte sie mit Wilhelm beobachten, begleitete Mr Sprat sie abends zu ihrem ehemaligen Zuhause in der Windsor Road. Allerdings hatte er das noch nicht oft tun müssen. Seit Monaten weilten Wilhelm und Mary in Bath und kurierten sich mit Heilwasser. Knieschmerzen und Rückenzipperlein plagten Wilhelm, nichts Ungewöhnliches für einen Mann von bald sechzig Jahren, wie Caroline fand, und erst recht kein Grund, sich von der Wissenschaft zurückzuziehen. Litt ihr Bruder unter dem Fluch des Erreichten? Der Sternenindex war fertiggestellt, und die bereinigten Daten waren in einer neuen Auflage von Flamsteeds *Historia Coelestis Britannica* als Anhang publiziert worden. Maskelyne lobte die Arbeit in den höchsten Tönen.

Mit ihrem Umzug hatte Caroline ein neues Tagebuch begonnen. Die Bücher der letzten Jahre lagerten in einer Kiste mit mottenzerfressenen Wollstrümpfen. Irgendwann würde Caroline sie vernichten müssen. In das neue wollte sie nur Dinge schreiben, die von anderen gelesen werden durften. Bis jetzt hielt sie das gut durch. Seit sie Mary seltener begegnete, ärgerte sie sich weniger.

Leider passierte auch sonst wenig Bemerkenswertes. Wilhelm, der Mann der großen Ideen, verlor sich in Nebensächlichkeiten. Wochenlang hatte er über einen Namen für die kleinen Körper nachgedacht, die er zwischen den Planeten vermutete: Planetel, Planetkin, Planetul?

Völlig nebensächlich, wie wir sie bezeichnen! Entdecken muss er sie! Bis jetzt ist ihre Existenz unbewiesen.

Ein Windstoß wirbelte die Papiere auf dem Tisch durcheinander und erinnerte Caroline an die Aufgabe, die sie seit Tagen vor sich herschob. Ein Siebenfuß sollte nach Walmer Castle gebracht und auf die Straße von Dover gerichtet werden. Der königliche Berater, der den Ärmelkanal mit Teleskopen überwachen wollte, war mit seiner Idee auf offene Ohren gestoßen. Dummerweise musste das Instrument in Einzelteilen transportiert werden. Wer sollte es zusammenbauen? Wilhelm sah sich außerstande, dafür anzureisen.

»Das bekommen die schon allein hin«, hatte er gesagt. »Schreiben wir einfach eine Anleitung.«

Mit *wir* war Caroline gemeint. Sie schloss das Fenster. Vor ihr lagen gezeichnete und ausgeschnittene Objektiv- und Gestellteile. Caroline nummerierte und sortierte sie in Gruppen und Untergruppen. Doch je länger sie über die Schritte nachdachte, die nötig waren, um aus den einzelnen Komponenten einen funktionsfähigen Reflektor zu machen, desto unklarer wurde ihr der Prozess.

Das ist wie ein Puzzle aus der Hölle!

»Fräulein Herschel«, rief Mrs Sprat von unten. »Besuch für Sie.«

Wer mochte das sein? Vielleicht jemand, der eine Bestellung für Wilhelm brachte und bezahlt werden wollte. Aber die Schritte auf den Dielen des unteren Flurs klangen nicht, als schleppe jemand schwer. Sie waren leichtfüßig, die eines Tänzers. Der Besucher nahm zwei Stufen auf einmal, glitt durch die halb offene Tür und stellte sich auf, als erwarte er Applaus. Caroline juchzte. Es war Eliot.

»Mon dieu!«, rief sie.

»Ich nehme an, das ist nett gemeint.« Eliot lachte, und die Haut um seine Augen fältelte sich. Sein Haar trug er jetzt kürzer. Es wirkte sorgfältig zerzaust. »Denn falls es eine Beschimpfung sein soll, kann ich dir bessere beibringen.«

»Wie lange das her ist«, rief Caroline.

Sie umarmte ihn, und er wirbelte sie herum, nicht dreimal wie früher, sondern nur einmal. Dabei knackte seine Schulter. Nach dem Absetzen hielt er Caroline ein wenig fest. Er roch teuer.

»Hier wohnst du also.«

Über ihre Schulter betrachtete er das einfache Bett und die Regale aus rohem Holz.

»Nur temporär«, flunkerte Caroline. »Ich wollte mir schon lange etwas anderes suchen, aber, weißt du, ich bin wenig zu Hause.«

»Von deinen Entdeckungen sprechen sie sogar in Frankreich«, sagte Eliot.

Anderen gegenüber hätte Caroline den aufkommenden Stolz mit einer bescheidenen Bemerkung übertüncht. Doch ihr alter Freund kitzelte Übermut in ihr hervor.

»Die Arbeit führt mich herum«, sagte Caroline. »Manchmal reite ich nach Greenwich und besuche die Maskelynes.«

»Auch davon habe ich gehört. Und da dachte ich mir, wenn ich schon in London bin, hole ich dich ab. In einer Kutsche hast du es komfortabler.« Er ließ sie los. »Mein Zimmer in der Stadt ist annehmbar. Wir können uns als Ehepaar ausgeben.«

»Lieber steige ich bei den Maskelynes ab.« Mrs Bradford zu

spielen, fand Caroline zu kühn. In London wimmelte es von Mitgliedern des Hofes. »Die sind sonst beleidigt.«

»Wie du wünschst.« Eliot setzte sich rittlings auf den Schreibtischstuhl und stützte die Unterarme auf die Lehne. Er trug lange Hosen, die Kleidung der Arbeiter und Aufständischen, allerdings in einem edlen, grau schimmernden Stoff. »Wie lange brauchst du zum Packen, mein Herz?«

»Schon fertig.«

Caroline legte ein zweites Kleid, etwas Wäsche und ihr Etui mit den Haarnadeln und der Bürste in einen alten Korb. Sie benutzte immer noch den, mit dem sie für die Bautruppe des Vierzigfuß eingekauft hatte. Eliots belustigten Blick kommentierte sie mit: »Koffer sind doch passé.«

An seinem Arm spazierte sie zur Poststation. Dort bekam Eliots Kutsche für die Rückfahrt frische Pferde.

»Erzähl«, forderte Caroline. »Was machst du in London? Ich nehme an, du bist nicht nur wegen mir hier.«

»Erbschaftsangelegenheiten. Mein Vater –« Eliot hob die Hand, um Caroline davon abzuhalten, ihr Beileid zu äußern. »Sag nichts. Wenn etwas zu bedauern ist, dann, dass der Alte bis zu seinem Tod nicht mit mir sprechen wollte. Trotzdem bekomme ich sein Geld. Andere Söhne hatte er eben nicht.«

Mehr schien er zu dem Thema nicht sagen zu wollen. In der Kutsche sprach er über sein Leben in Frankreich und über Jean, den er unverblümt als seinen Liebhaber bezeichnete. Ihre gemeinsame Wohnung sei ein Treffpunkt für Engländer, die ebenfalls ihrer Heimat den Rücken gekehrt hatten. Sosehr sich Caroline für Eliot freute, machte es sie müde zu erfahren, welch reges gesellschaftliches Leben selbst im gebeutelten Frankreich möglich war. Dagegen lebte sie wie eine Eremitin.

Sie rollten auf London zu. Zwischen den vergleichsweise winzigen Kirchtürmen ragte die Kuppel von St Paul's heraus wie ein Walrücken aus einem Schwarm Fische.

»Soll ich gleich mit dir nach Greenwich kommen?«, fragte Eliot. »Jean meint, Maskelyne würde uns das Observatorium zeigen. Wir alle brennen darauf, es zu sehen.«

»Jean hat dich begleitet?«

»Nein, ich spreche von dem Jean aus meiner Reisegruppe.«

Eliot war in Gesellschaft gereist? Da hatte Caroline wohl kurz nicht zugehört. Es war zu heiß! Die Steinmauern der Stadt speicherten die Hitze. Gern hätte Caroline ihre Füße im Flusswasser erfrischt, aber in London stank die Themse nach Kloake.

»Ich hab dir doch von den Leuten erzählt, mit denen ich die Überfahrt gemacht habe«, sagte Eliot. »Wir sind zu viert. Wenn du dich mit anderen zusammenschließt, wirst du nicht so leicht übers Ohr gehauen. Nur eine Überraschung haben wir erlebt. Kurz vor Calais wollten wir in einer Herberge übernachten, die den Verwandten der Girards gehört, die sich mit Jean und mir für die Reise zusammengetan haben. Aber bei unserer Ankunft war das Dorf von einem durchziehenden Regiment belagert. Jean hat uns dann Zimmer bei einem Bauern organisiert. Ein paar Soldaten mussten auf Befehl ihres Oberst im Garten kampieren. Der Jean, der kann mit Militärs.« Eliot schüttelte den Kopf. »Wenn Napoleon erst ganz Europa eingenommen hat, wird das Reisen wieder leichter.«

»Wo bleibt dein Patriotismus?«

»England schulde ich gar nichts.«

Eliot lehnte sich aus dem Fenster und rief dem Kutscher zu: »Halten Sie an der nächsten Poststation!«

»Warum?«, fragte Caroline.

»Ich schicke den anderen eine Nachricht per Eilboten, damit sie zum Observatorium kommen. Holen wir sie ab, ist das ein Umweg von einer Stunde.«

»Aber ob wir ohne Voranmeldung erscheinen sollen?«

Mein letzter Besuch bei Maskelyne war schon sonderbar. Wenn ich diesmal mit einer Gruppe Fremder anrücke, wird er mich für überspannt halten.

»Jean brennt darauf, die Instrumente zu sehen«, sagte Eliot entschuldigend.

»Ist dieser Jean ein Astronom? Ich kenne keinen, der so heißt.«

»Wundert mich. Jean kennt nämlich alle. Boulton, Watt und sogar deinen Bruder.«

Die Kutsche rumpelte in ein Schlagloch. Caroline wurde in die Höhe geschleudert und prallte zurück auf die Holzbank. Ihr Ellenbogen stieß gegen die Tür, aber der Schmerz schien einem anderen Körper zugefügt zu werden. Bei Wilhelms Erwähnung hatte sie verstanden.

»Hat dieser Jean einen polnischen Nachnamen?«, fragte Caroline.

»Ja, aber den kann ich mir nicht merken. Fängt an wie ein Städtchen im Elsass.« Er überlegte. »Colmar ...«

»Komarzewski?«

Caroline setzte den Zischlaut zwischen die Silben.

Amüsiert hob Eliot die Augenbrauen. »Du sprichst das aus wie er.«

Maskelyne war nicht da. Im Wohnhaus des Observatoriums trafen Eliot und Caroline nur seine Frau an. Ihr Mann sei bei einem Termin in der Stadt, aber Caroline dürfe ihren Freunden gern die Instrumente zeigen.

»Führen Sie ruhig alle herum, meine Liebe.« Zwinkernd reichte Elizabeth Maskelyne Caroline einen Schlüsselbund. »Das können Sie besser als mein Mann, der ist so ungeduldig.«

Sie deutete zu dem Weg, der sich den Hügel hinaufschlängelte. »Da sind sie schon, oder?«

Eine Kutsche näherte sich. Den Pferden schien der Anstieg nach einem langen Tag den Rest zu geben. Ein Mann schwang sich aus der Kabine und überholte zu Fuß. Caroline erkannte Janeks Uniform. Ihr Herzschlag galoppierte. Janek erreichte

Caroline, nickte Eliot zu, zog seinen Hut und küsste ihre Hand. Zur Begrüßung wäre eine Floskel oder ein Kompliment angebracht gewesen, doch vielleicht mochte Janek die Schlucht der vergangenen sechs Jahre nicht mit Worthülsen überbrücken. Caroline versuchte, aus seinem Äußeren darauf zu schließen, wie es ihm ergangen war. Seine Kopfbedeckung hatte eine weiche, breite Krempe. So etwas trugen Arbeiter oder Bauern zum Schutz vor der Sonne. Zu Janeks Uniform passte der Hut nicht. Vielleicht war er eine politische Botschaft, so wie Eliots Hosen. Als Janek ihre Hand loslassen wollte, drückte Caroline seine Finger. Sie wollte ihm signalisieren, was sie nicht aussprechen konnte.

Es kann alles wieder so sein wie früher. Vielleicht sogar besser. Hauptsache, du bist zurück!

»Lange ist es her, Fräulein Herschel«, sagte Janek.

»Umso schöner, Sie wiederzutreffen, Herr Komarzewski.«

»Bitte nennen Sie mich Jean.«

»Wo ist Ihr Helm?«

Sofort wurde Caroline bewusst, wie absurd es war, so etwas zu fragen. Sie sollte eine Rolle spielen und musste den Text improvisieren. Aber es war schon schwer genug, im richtigen Abstand zu stehen und ihre Miene unter Kontrolle zu bekommen. Glücklicherweise hielt jetzt die Kutsche, und die Girards hatten ihren Auftritt. Madame Girard war gebürtige Londonerin. Ihr Gatte stammte aus Lyon und handelte mit Seide. Caroline brachte die Vorstellungsrunde passabel über die Bühne. Im Geplauder mit Fremden war sie routiniert. Auch das Herumführen von Gästen war lange ihr tägliches Geschäft gewesen. Sie schüttelte den Schlüsselbund und sagte in ihrer Lehrerinnenstimme: »Seit über hundert Jahren wird an diesem Ort der Himmel beobachtet. Begeben wir uns auf die Spuren von Flamsteed.«

Im Transitraum des Observatoriums probierte Madame Girard den Beobachterstuhl aus.

»Eine absenkbare Lehne!« Sie kippte sich in eine halb liegende Position. *»Très confortable.«*

Währenddessen schlenderten ihr Ehemann und Eliot herum. Janek begutachtete ein Achtfuß-Teleskop.

»Das ist das Transitinstrument«, sagte Caroline zu Madame Girard. »Es steht exakt auf der Nord-Süd-Linie, dem Meridian. Damit es diese Ausrichtung behält, ist es auf einer Achse montiert und kann nur hinauf und hinunter, aber nicht seitlich bewegt werden. Das macht es einfacher, Sternkarten zu erstellen. Mit dem Meridian hat Maskelyne schon eine feste Koordinate. Im Laufe der Nacht dreht sich die Erde, und die Sterne ziehen an dem Teleskop vorbei. Maskelyne muss nur notieren, wann sie den Meridian passieren und in welchem Winkel sich das Teleskop befindet.«

Holz knarzte. Von dem mittig liegenden Assistentenraum, durch den das Observatorium betreten wurde, führte eine Stiege zur Schlafkammer des Assistenten. Ob er von ihren Stimmen aufgeschreckt worden war und sich nun zur Wand drehte, um weiterzuschlafen?

Janek stellte das Achtfuß in die Waagerechte und schob seinen Hut zurück, um hindurchzusehen.

»Was für ein Objektiv ist da drin?«, fragte er.

Herrje, das weiß ich nicht.

Noch immer spürte Caroline die Berührung seiner Finger beim Handkuss.

»Gehen wir zu den Quadranten«, sagte sie.

Madame Girard fächerte sich Luft zu. »Ich passe.«

Ihr Gatte war mit Eliot in ein Gespräch vertieft und schien Caroline nicht gehört zu haben. Nur sie und Janek wechselten nach nebenan. Durch das große Westfenster fiel Sonne. Die Quadranten waren Vorläufer des Transitinstruments. Auf senkrecht stehenden Viertelkreisen aus Eisenstreben hatte Halley seinerzeit Teleskope befestigen lassen. Soweit Caroline wusste, benutzte Maskelyne sie kaum. Auf dem Dach lärmte ein Schwarm Vögel. Ihre Kotspuren sprenkelten die Scheibe.

»Flamsteed hat vom Tower aus beobachtet und über den Dreck der Raben geflucht«, sagte Caroline. »Beinahe hätte Charles II. sie töten lassen. Aber dann warnte ihn jemand. Sind die Tiere fort, fällt das Königreich.«

»Aberglaube«, sagte Janek. »Soll ich?«

»Du hast keine Waffe.«

»Ein Wort von dir, und ich hole eine.«

Als ob ich Janek anweisen könnte. Er folgt anderen Befehlen. Niemals würde er für mich werden, was Mary für Wilhelm ist.

Janek öffnete das Fenster. »Husch!« Er wedelte in Richtung der Vögel. »Trollt euch.«

Einige flogen auf und segelten im Aufwind Richtung Themse. Der Hügel wurde baumfrei gehalten. Erst an seinem Fuß standen höhere Gewächse. Vor dem Krankenhaus für versehrte Seeleute bewegte sich etwas Zierliches, ein grasendes Reh, aber das erkannte Caroline erst, als das Tier mit Bocksprüngen im Unterholz verschwand. Deptford, Greenwich und Blackwall waren graubraune Flecken in der Landschaft, und London dahinter, mit seinen Kirchen, Türmen und Zinnen, erahnte Caroline nur mehr. Sie wandte sich von der Aussicht ab. Bei der Hitze flimmerte die Luft sicherlich über den Steinbauten. Auch Menschen mit guten Augen hatten heute schlechte Fernsicht. Im grimmigen Winter sehnte Caroline die Sonne herbei, aber wenn die im Sommer ihre volle Kraft entfaltete, war es, als wollte sie Caroline sagen: *Hier bin ich. Das hast du jetzt davon.*

Caroline trat zurück. Lieber blieb sie im Schatten, dem Vorboten der Nacht. In der Dunkelheit konnte sie mit Janek umgehen. Bei Tageslicht fühlte sie sich befangen.

»Jetzt lebst du also in Frankreich«, sagte Caroline.

»Noch nicht.« Janek drehte sich zu ihr. »Letztes Jahr ist mein König gestorben. Der Zar bietet mir einen Posten in der russischen Armee an, aber ich will in keinem Dienst mehr stehen. Mich lockt Paris. Ich habe Pläne für ein Buch: die Ursachen für den Niedergang Polens.«

Über sein Heimatland wollte er schreiben? Aber im Exil? Am Himmel konnte Caroline sich orientieren, aber auf der Erde schien sie nie am richtigen Ort zu sein. Alexander wollte nach Hannover zurück, Wilhelm führte in Bath das Leben der faulen Oberschicht, und John versauerte in einer Schule, obwohl Caroline ihm so viel hätte beibringen können. Vielleicht hätte sie damals doch eine Scheinehe mit Eliot eingehen sollen. Sie hätte in Paris leben können und dort Janek möglicherweise trotzdem getroffen, nur einige Jahre später. Ihre Affäre hätte niemanden gekümmert, weder Eliot, der sich seinerseits herumgetrieben hätte, noch die Franzosen, die, wie man hörte, das Leben bei allen Widrigkeiten zu feiern wussten. Aber hätte Wilhelm auch allein Erfolg haben können? Wäre das Vierzigfuß gebaut worden? Und hätte Caroline Kometen entdeckt? In Paris hätte Lalande sie möglicherweise in seinen Kreis aufgenommen. Könnte sie jetzt in einem lauschigen Innenhof sitzen und mit ihm und seinen Schülerinnen Krebssuppe löffeln?

Eliot kam herein, ihre lebende Erinnerung an eine Zeit, in der so vieles möglich gewesen wäre. Er hatte nie geglaubt, dass sich die Verhältnisse in England ändern würden. Zumindest für Frauen taten sie es doch.

»Für Maskelyne rechnet jetzt eine Dame«, sagte Caroline. »Mary Edwards.«

»Das muss dir Hoffnung machen«, sagte Eliot.

»Ich bin längst mehr als eine Helferin«, sagte Caroline. »Außerdem ist das Assistieren hart verdientes Brot. Wenigstens darf Miss Edwards in ihrem eigenen Haus rechnen. Der Assistent, der hier oben lebt, hat nur die kleine Kammer über den Instrumenten. Die Mahlzeiten nimmt er mit den Maskelynes ein. Vor Jahren gab es einen Mann, David Kinnebrook, den

Maskelyne in den höchsten Tönen lobte. Aber Kinnebrook war scheu, und Elizabeth mochte ihn nicht. Als dann die Zeitprobleme auftraten, wurde er von einem Tag auf den anderen entlassen.«

»Was waren das für Probleme?«, fragte Janek.

»Kinnebrook notierte Positionen eine halbe Sekunde später als Maskelyne. Bei Vergleichen kam das heraus.«

An der Wand neben Caroline tickten drei von Harrisons Uhren im Gleichklang. Caroline verspürte den Wunsch, die Sekundenpendel festzuhalten.

Als ob das etwas ändern würde.

»Dann war der gute Mann zu langsam«, sagte Janek.

Er trat näher zu ihr. Die Knöpfe seiner Jacke glänzten. Vor der Reise musste er sie poliert haben. Die Paste dafür stank nach faulen Eiern, aber dieser Geruch war längst verflogen. Caroline glaubte, den altvertrauten Duft der Pomade zu riechen. Aber vermutlich bildete sie sich das ein. Janek reiste herum und kaufte bei wechselnden Barbieren.

»Vielleicht sind Menschen nicht synchronisierbar«, sagte Caroline.

»Aber ein konstanter Beobachtungsunterschied lässt sich herausrechnen«, sagte Janek.

»Nur, auf welche Zeit hätten sie sich einigen sollen?« Caroline sah zu ihm auf. »Beide bestanden ja auf der Richtigkeit ihrer Messungen.«

Beim Sprechen beugte sie sich vor. Janek wich zurück. Er wirkte magnetisch auf sie, aber zwei Magneten, falsch angeordnet, stießen sich ab. Eliot hüstelte und zog sich zurück.

»In Paris werde ich mir ein Haus mit einem flachen Dach suchen.« Janek überwand die unsichtbare Kraft und nahm Carolines Hand. »Da könnte man dann ein Teleskop aufstellen.«

Er lächelte, als habe er ein Problem gelöst.

Aber ich halte noch unzählige Fäden in der Hand. So viel haben

Wilhelm und ich angedacht und nicht weiterverfolgt. Briefe nach England wären lange unterwegs, und währenddessen würde die Zeit unerbittlich verstreichen.

Sollte Caroline ihre Bedenken äußern? Damit könnte sie Janek vertreiben. Er hatte seinen Stolz überwunden und war wiedergekommen, obwohl sie ihn damals nicht nach Hamburg begleitet hatte. Caroline würde ihre Worte sorgfältig wählen müssen. Einem komplizierten Problem näherte man sich am besten in kleinen Schritten und ein Teleskop auf einem Dach war eine gute Sache.

»Das könnte man tun«, sagte Caroline.

In einer schwarzen Wolke erhoben sich die übrigen Raben vom Dach. Mit ihren Schwingen überquerten sie den Fluss, als wäre es nichts.

Verrat

Hannover, 10. Januar 1824

Caroline saß in einem der Sessel, eine Decke über den Beinen, und starrte in die Nacht vor dem Fenster. Aus Wut über Agnes hatte sie kaum geschlafen und war schon zur fünften Stunde wieder aufgestanden. Wie konnte das Mädchen hinter ihrem Rücken für die Zeitung arbeiten? Und das, obwohl Caroline ihm kostenlosen Unterricht gegeben hatte. Die Neugierde des Mädchens bekam nun eine vollkommen andere Bedeutung. Jetzt verstand Caroline, warum Agnes sich für die Familiengeschichte interessierte und Englisch lernte. Und erst dieser vehemente Protest, als Caroline sie einmal im Scherz mit einem Schreiberling verglichen hatte! Offensichtlich wusste Agnes nur zu gut, wie sehr Caroline dieses eitle Volk verabscheute, diese Wirklichkeitsverdreher und Zecken, die nur durch andere überlebten. Den *Hannoverschen Merkur* überflog Caroline gelegentlich, nachdem Dietrich ihn gelesen hatte. Es standen hauptsächlich Geschichten darin, die sie schon kannte. Einen Karikaturisten schien das Blatt nicht zu beschäftigen, aber vielleicht plante der Redakteur Spottgedichte über bekannte Bürger? Warum sonst sollte er Dienstmädchen bemühen? Für eine seriöse Berichterstattung hätte er Caroline ja persönlich aufsuchen können. Aber Ratten wie er blieben wohl lieber in ihren Löchern.

Caroline legte sich Worte für Agnes zurecht. Dem Mädchen würde sie gehörig die Meinung geigen. Sie ging in die Küche, feuerte den Ofen an und kochte sich Tee. Dabei murmelte sie unablässig.

»Männergeschichten könnte ich dir verzeihen, meinetwegen auch Trinksucht und Glücksspiel. Aber eines verachte ich aus tiefstem Herzen.« Sie spuckte das Wort aus: »Die Presse!«

Mit einer dampfenden Tasse kehrte sie zurück nach oben und nahm wieder Platz, unfähig, etwas zu tun, solange ihr Zorn so hell loderte. Vor dem Fenster ging die Schwärze in trübes Morgenlicht über. Um neun Uhr erschien Agnes endlich.

»Oh, guten Morgen.« Sie wirkte erschrocken. »Hat Hanne Ihnen heute Frühstück gemacht?«

Dazu bin ich durchaus selbst in der Lage. Hab es jahrelang getan.

Grimmig beobachtete Caroline, wie Agnes ihre Schürze band und es nicht schaffte, die Enden der Schleife auf gleiche Länge zu ziehen.

»Hätte ich gehört, dass Sie schon wach sind ...«, sagte das Mädchen.

»Kannst die Schürze gleich wieder ausziehen.« Caroline legte Abscheu in ihre Stimme. »Hier wirst du nicht mehr gebraucht.«

Überraschenderweise resignierte Agnes sofort. Als habe sie den Rauswurf erwartet, hängte sie die Schürze an die Türklinke und schlich aus dem Zimmer wie ein geprügelter Hund. Caroline konnte ihre vorbereitete Ansprache gar nicht mehr halten. Sie saß noch bis Mittag einfach nur da, blockiert von ihren Gefühlen. Dann wurde der Ärger über die Zeit, die sie auf das Mädchen verschwendete, zu groß.

Ich muss dieses Kapitel abschließen. Arbeit wartet.

Ungeachtet allen Verdrusses sollte der Katalog für John fertig werden. Außerdem wollte Korrespondenz beantwortet werden. Caroline wandte sich ihren Papieren zu und ließ sich in die Welt der Astronomie fallen. Olbers schrieb von Bessels Experimenten. Der Astronom habe von Maskelynes Differenzen mit Kinnebrook erfahren. Zwar lagen diese schon Jahrzehnte zurück, doch sie hatten Bessel nicht losgelassen. Er hatte eigene Untersuchungen angestellt und einen ähnlichen Effekt erhalten. Auch bei ihm und seinem Assistenten wichen Messungen voneinander ab, und zwar konstant um eine Sekunde. Bessel glaubte, einen systematischen Fehler gefunden zu haben. Das sah Caroline genauso. Sie dachte daran, wie Janek gesagt hatte, ein konstanter Beobachtungsunterschied ließe sich herausrechnen. Caroline formulierte eine Antwort an Olbers.

Fehler sollen uns lehren. Nachfolgende Generationen müssen schlauer sein.

Während sie schwungvoll einen Gruß unter den Brief setzte, schob sie mit dem Unterarm ein Blatt vom Tisch. Sie versuchte, es aufzufangen, aber griff ins Leere.

Meine Reaktionen verschlechtern sich. Als Assistentin müsste man meinen Angaben nun wohl schon mehrere Sekunden abziehen.

Karger Lohn

Hannover, 11. Januar 1824

Agnes erwachte unter dem Schreibtisch des Redakteurs, vis-à-vis mit zwei Schaben, die sich an Brötchenkrümeln gütlich taten. Stöhnend richtete sie sich auf und rieb ihre Schulter. Der Boden war hart gewesen, aber wenigstens hatte sie sich ausstrecken können. Die gekrümmte Haltung auf dem kurzen Sofa hatte sie nicht lange durchgehalten. Ihr Magen knurrte. Wann würde der Redakteur kommen? Ob er ihr etwas zu essen mitbrachte?

Agnes gruppierte die Pappmaché-Schafe zu kleinen Herden von je zehn Tieren. Lange würde ihr Erspartes nicht mehr reichen. Zöge Agnes wieder zu ihren Eltern und zahlte ihnen etwas fürs Essen, käme sie damit bis zum Sommer. Aber aus dem Dorf könnte sie nicht täglich in die Redaktion kommen, weil der Fußweg drei Stunden dauerte. Würde sie wieder eine Dienstmädchenstelle annehmen, hätte sie freie Kost und Logis. Aber wahrscheinlich fände sie keine Stelle für halbe Tage und könnte dann nicht mehr für den *Merkur* arbeiten. Aber wollte sie überhaupt noch für die Zeitung arbeiten? Am Abend zuvor hatte der Redakteur das geforderte Geld für Fräulein Herschels Erinnerungen auf den Tisch gelegt. Vor zwei Tagen wäre Agnes zufrieden gewesen, doch nach dem unerwarteten Rauswurf bei den Herschels sah sie ihre Situation in einem trüberen Licht und hatte es nicht genommen. Brach sie die fünf Taler auf die achtzehn Monate der Nachforschungen herunter, ergab sich ein Wochenlohn, der geringer war als der für Putzen und Kochen. Das Geld würde Agnes ein paar zusätzliche Monate am Leben halten, aber dann?

Sie versuchte, die Schafe zu einer Pyramide aufzustellen, aber bei der dritten Stufe purzelten die Tiere.

Vermutlich würde herauskommen, wer Fräulein Herschel ausspioniert hatte, und dann würde kein Haus in Hannover Agnes mehr beschäftigen. Sie musste den Absprung aus der Plackerei schaffen. Die führte sowieso nirgendwohin. Agnes konnte sich für die feinen Herrschaften abrackern, zu ihnen gehören würde sie aber nie. Angestellte blieben Angestellte. Das galt auch für die Redaktion. Bloß weil der Redakteur Agnes bezahlen wollte, hieß das nicht, dass sie einmal seine Stelle einnehmen würde.

Mit einem Wisch ihrer Hand wirbelte Agnes alle Schafe durcheinander. Sie musste ihren eigenen Weg finden. Was hatte sie bei Fräulein Herschel gelernt? Nur große Anstrengungen erbrachten große Resultate. In die Zeitung von heute wurde am nächsten Tag Fisch gewickelt. Aber Erinnerungen wie die von Casanova standen in den Schränken der guten Stuben. Agnes nahm den Band vom Schreibtisch. Er war schwer wie ein Ziegelstein. Vielleicht sollte Agnes auch so ein Buch schreiben.

Entscheidung

Chalvey, 12. Juli 1802

Carolines Ausflug nach London lag schon drei Jahre zurück und noch immer scheute sie sich, in Paris einen Neuanfang zu wagen. Angst vor dem Scheitern lähmte sie. Allerdings wurde ihr Leben in England immer trübseliger. Sie legte die Feder hin und ließ eine Hand über dem Brief schweben. Unzählige Versionen davon brannten bereits im Ofen, aber vielleicht war die hier annehmbar.

Lieber Janek,
die Sprats brauchten Platz für eine Verwandte, und ich wohne jetzt in einem Häuschen in Chalvey, das jeder Beschreibung spottet. Immerhin habe ich einen Tisch und ein Fenster nach Süden. Wilhelm und ich arbeiten kaum gemeinsam. Wenn wir es tun, suchen wir weiter nach Nebeln und Sternen. Einen neuen Katalog wollen wir der Royal Society schicken und haben uns mühsam auf fünfhundert Objekte vorgekämpft. Die glatte Zahl war meine Idee. Ich habe noch so viel zu tun, aber Wilhelm ist an vielen Tagen zu müde und nach jeder Kraftanstrengung erholt er sich langsamer. Alexander war hier und hat zusammen mit ihm den Spiegel des Vierzigfuß aus der Röhre entfernt, um ihn zu polieren. Sie hatten Hilfe von sechs Männern, aber um den Spiegel auf einem Karren in die Werkstatt zu bringen, brauchte es auch ein Pferd. Die Erde war weich vom Regen. Beinahe wäre der Karren gekippt und hätte meine Brüder unter sich begraben. Alexander sagt, er

sei zu alt für so etwas. Musizieren will er auch nicht mehr. Er geht nun wirklich zurück nach Hannover, zu Dietrich. Warum nicht hierher, habe ich gefragt und er hat geantwortet: Caroline, wer soll denn für uns sorgen, wenn wir kein Feuer mehr machen können und der Gang zum Markt zu lang wird? Wir brauchen junge Leute um uns, und Dietrich hat Töchter, die sich kümmern.
Übrigens, Janek, dein John macht sich gut in der Schule.

War das so? Mary behauptete es, aber bei ihr war ja immer alles bestens und Caroline kannte keinen der Lehrer. Sie nahm die Feder wieder auf und holte tief Luft. Für die nächsten Sätze brauchte sie all ihren Mut.

Wir freuen uns über den Frieden von Amiens. Endlich stehen wir nicht länger im Krieg mit den Franzosen. Ist Paris nun ein sicherer Ort? Ohne Alexander sehe ich immer weniger Sinn darin hierzubleiben. Rechnen und Sternenpositionen reduzieren kann ich von überall aus.

Caroline las sich die letzten Sätze durch.

... von überall aus.

Präziser wollte sie nicht werden. Schon diese Andeutung kostete sie große Überwindung. Spät zu heiraten hatte für Frauen etwas Peinliches. Vermählte sich ein Mann in fortgeschrittenem Alter, war er vorher zu beschäftigt gewesen, um die Liebe zu finden, aber über reife Bräute wurde hemmungslos gespottet. Das gehörte zu den vielen Ungerechtigkeiten des Lebens.

Caroline blies auf die Tinte. Sollte sie auch diesen Brief zerknüllen und in den Ofen werfen? Bislang hatte sie sich mit der Unzuverlässigkeit der Post herausreden können. Warum etwas abschicken, das womöglich gar nicht ankommen würde? Doch morgen wollten Mary, Wilhelm, John und seine Cousine nach

Frankreich reisen. Sie könnten die Korrespondenz persönlich überbringen. Diese Gelegenheit käme so bald nicht wieder. Caroline raufte ihr Haar. In zwei Stunden würde es dunkeln. Lange nachsinnen konnte Caroline nicht mehr. Sie faltete den Brief, schrieb *Komarzewski* darauf, mischte ihn unter die Post für Lalande und machte sich auf den Weg nach Upton.

Im Salon sortierte Mary Hüte in Schachteln. Wilhelm sei nach Slough gefahren, um ein Dreifuß zu holen, das er mit nach Frankreich nehmen wollte. Als Mary Carolines Umschläge sah, runzelte sie die Stirn.

»Wo sollen die denn noch hineinpassen?«

»Du könntest sie zwischen das Gepäck schieben.« Caroline hob einen Strohhut mit geschwungener Krempe aus einer Schachtel. »Wenn du den Aufsatz für Lalande hier hineinlegst, stabilisierst du damit sogar den Karton.«

»Na gut.«

Mary durchforstete eine Schatulle nach passenden Broschen.

»Bei der Post ist auch ein Brief für Johns Paten«, sagte Caroline beiläufig. »Er sprach davon, nach Paris zu gehen.«

»Ja, da sind sie jetzt alle.« Mary legte eine Nadel mit einer Blume aus Bernstein auf ihren Ärmel. »William meint, wir könnten Napoleon treffen.«

»Das wird bestimmt wunderbar.«

Caroline wandte sich zur Tür. Wenn sie fortzöge, würde sie ihre Schwägerin nicht mehr sehen. Da durfte sie sich ruhig ein wenig Ehrlichkeit erlauben und zugeben, wie gern sie selbst schon unterwegs wäre.

»Ich beneide dich, Mary.«

Den Rest des warmen Julis und einen Teil des Augusts verbrachte Caroline im Bett, niedergestreckt von einem geschwollenen Bein. Sie hatte viel Zeit zu hoffen und nachzudenken, Hoffnungen zu begraben und doch wieder neue zu hegen. Der

Doktor verschrieb ihr eine Reihe von Mitteln, die außer Übelkeit nichts bewirkten. Nach einer Serie von Regentagen gaben sich die Beschwerden schließlich von selbst, und Caroline konnte wieder am Schreibtisch sitzen und rechnen. Endlich hatte sie wenigstens Ablenkung. Ihr Tagebuch rührte sie nicht an. Vielleicht würde sie ja bald erfreuliche Einträge machen können.

Am fünfundzwanzigsten August kehrte die Reisegesellschaft zurück. Als Caroline davon erfuhr, eilte sie gleich nach Upton. John hustete böse und war auf der Überfahrt von der Seekrankheit gebeutelt worden. In kleinen Schlucken nahm er Brühe zu sich. Caroline konnte zusehen, wie die Farbe in seine Wangen zurückkehrte, aber im Anschluss wollte er nur schlafen. Die anderen setzten sich mit Caroline zu Tisch.

»Das gewohnte Essen wird ihm gefehlt haben«, sagte Mary und nahm einen Bissen Rinderlende, die zu einer weichen Fasermasse zerkocht worden war. »In Frankreich ist alles stark gewürzt.«

Caroline verspürte keinen Appetit. Im Flur stand eine Kiste mit Post. Obenauf lag ein dicker Umschlag, adressiert an die Royal Society.

»Wie war es?«, fragte Caroline. »Wen habt ihr gesehen?«

»Alles und jeden«, sagte Wilhelm mit vollem Mund. »Das Pariser Observatorium, das Zweiundzwanzigfuß ...«

»Und viele wichtige Leute«, sagte Mary. »Mit Monsieur Laplace haben wir diniert. Den kennst du doch, Caroline?«

»Er schreibt ein Buch über die Himmelsmechanik«, sagte Caroline.

»Mag sein. Mit seiner Gattin kam ich bestens aus. Die Kinder und ich blieben mehrere Tage bei ihnen.«

»Während Laplace und ich den ersten Konsul besuchten«, sagte Wilhelm.

»Tatsächlich?«, rief Caroline. »Napoleon Bonaparte?«

Wilhelm lächelte. Zwar hatte er schon einige berühmte Menschen getroffen, aber auf die Bekanntschaft mit diesem Herrn war er sichtlich stolz.

»Laplace war unter ihm Innenminister, ganze sechs Wochen lang«, sagte er. »Dann setzte Napoleon seinen Bruder ein. Er fand, Laplace sähe überall nur Probleme. Politik sei nicht sein Fach. Jetzt hat Laplace einen Ehrentitel inne und diskutiert mit Napoleon über den Einfluss von Gott, wenn es ihn denn gibt.«

Mary verzog missbilligend den Mund. Beschwichtigend tätschelte Wilhelm ihren Arm.

»Aber die Gespräche enden immer bei der Pferdezucht«, sagte er.

»Ich wurde von Napoleons Schwester empfangen«, sagte Mary. »Prinzessin Elisa. Sie hat mir zwei Roben geschenkt.«

»Und wen habt ihr noch getroffen?« Caroline nahm die Hände vom Tisch, weil sie zitterten. »Lalande? Komarzewski?«

»Ja, beide. Wir sollen dich grüßen«, sagte Mary.

Caroline sah zwischen ihr und Wilhelm hin und her. Am liebsten wäre sie in den Flur gelaufen und hätte die Kiste durchwühlt. »Habt ihr nichts für mich? Keinen Brief?«

Wilhelm schüttelte den Kopf.

»Komarzewski hat uns einen Beutel mit Messingteilen gegeben«, sagte er. »Irgendwas für die kleinen Fernrohre, an denen er getüftelt hat, als er hier war. Er meinte, dir gefielen die.«

»Aber das war doch ein Witz, William.« Mary legte ihr Besteck hin. »Was sollte Caroline denn damit anfangen? Und das Zeug hätte ja auch gar nicht mehr in die Koffer gepasst. Wir haben es dagelassen.«

Sie sprach in beiläufigem Ton. Im selben Atemzug bat sie das Mädchen um mehr Brot. Ein Korb wurde gebracht, Wein eingeschenkt und der Hauptgang abgeräumt. Das Gespräch rauschte an Caroline vorüber. Minutenlang starrte sie auf ein Mürbeteigtörtchen mit Beerenconfit. Als Mary sie fragte, ob sie Honig wünsche, sah sie auf und verstand. So war das also.

Süßes konnte sie haben, aber mehr gab es nicht für sie. Heute nicht und morgen auch nicht. Wilhelm und Mary hatten keine Antwort für sie.

Beim Blick zu den Sternen vergaß Caroline leicht die Dunkelheit, die sie umgab. Sie wünschte sich, etwas Besonderes zu sehen, aber in den meisten Fällen gelang das nicht. Dort oben war vor allem Leere. Wie vermessen von Caroline, zu glauben, Janek würde für immer warten. Paris musste voll von schönen Frauen sein, mit denen das Leben unkompliziert war.

Caroline hatte an etwas Großes geglaubt. Aber Glaube allein bewirkte gar nichts. Sie hatte ihren Zenit überschritten. Dinge waren möglich gewesen, aber jetzt nicht mehr. Caroline hatte ihre Chance verpasst.

Nur Arbeit war lohnend, zumindest, wenn man sie auch erledigen konnte. Das Vierzigfuß rottete weiter vor sich hin. Der Spiegel oxidierte zu einer schwarzen Scheibe. Caroline zog wieder nach Upton um, wo sie zwei Räume bei einer Familie bewohnte. Dort rechnete sie, las und hüllte sich nur selten in warme Kleidung, um mit Wilhelm zu beobachten. Die Jahre vergingen so schnell. John wuchs zu einem Mann heran und Wilhelm brauchte einen Stock. Alexander war immer noch da, und als er schließlich doch seine Instrumente verkaufte und die Wohnung in Bath aufgeben wollte, kündigte Dietrich seinen Besuch in England an. Inzwischen waren auch seine Kinder groß und brauchten ihn nicht mehr. Seine Frau musste sich angeblich um eine alte Tante kümmern. Das klang nach einem Vorwand für eine zeitweise Trennung, aber Caroline fragte nicht nach. Bis auf Sophia waren jetzt alle lebenden Herschelgeschwister wieder zusammen. Caroline kümmerte sich um Dietrich, betrauerte still ihre geplatzten Träume und fühlte sich im Kreis vertrauter Menschen so einsam wie früher in Hannover.

Dietrich lebte sich in Slough ein und wurde immer fordernder.

Caroline war täglich dort und versuchte, ihm alles recht zu machen. Plagten sie erst einmal die Gebrechen des Alters, würde sie Dietrichs Hilfe benötigen. Mary wollte sie nicht um Unterstützung bitten.

Als sollte sie einen Vorgeschmack auf künftige Leiden bekommen, begann Carolines Körper zu fiebern und ihr Kopf zu schmerzen. Erst nach fünf Tagen verschwand die innere Hitze. Als Caroline Licht ins Zimmer lassen und sich wieder anziehen wollte, erkannte sie statt des Kleides über dem Stuhl nur Schemen. Die Helligkeit tat weh. Ihre Augen verweigerten den Dienst und mehr Ruhe änderte nichts daran. Auch die geschliffenen Linsen, die Alexander ihr brachte, halfen nicht. Caroline wurde zu Mary gefahren, ein Akt der Barmherzigkeit, wie sie in ihrer Verzweiflung glaubte, die letzte Freundlichkeit, die man einer scheidenden Schwägerin angedeihen ließ. Der Doktor kam, ein neuer, den Caroline nicht kannte. Er hatte kalte Hände und eine Reibeisenstimme.

»Kein Grund, Ihr Testament zu diktieren, Fräulein Herschel«, sagte er. »Sie werden nur blind.«

»Was?«, rief Wilhelm. »So unternehmen Sie doch etwas!«

»Tut mir leid, da bin ich machtlos.« Der Doktor tätschelte Carolines Arm. »Allenfalls können Sie sich vorbereiten, gnädiges Fräulein. Mein Rat: Setzen Sie sich in einen dunklen Raum und gewöhnen Sie sich.«

Das tat Caroline. Sitzen konnte sie, aufrecht und still, so wie früher, wenn sie sich in einer Ecke des Raumes unsichtbar zu machen versuchte, um dem Unterricht ihrer Brüder lauschen zu dürfen. Nur dass ihre Brüder sich jetzt rarmachten. Krankenpflege war Frauensache. Ein schmerzhafter Blitz traf auf Carolines Augen, als Mary nach dem Rechten sah.

»Möchtest du dich ablenken, Caroline? Mit Weben?« Etwas klapperte. »Den kleinen Rahmen könntest du auf den Tisch stellen und die Fäden ertasten.«

»Wirklich nicht!«

Es kam unfreundlicher heraus, als Caroline beabsichtigt hatte. Aber wie absurd wäre es, Zierde herzustellen, an der sie sich selbst nicht mehr erfreuen konnte?

»Ich dachte ja nur, weil du immer so fleißig warst ...« Mary entfernte sich wieder. »Verzeih.«

Doch in ihrer christlichen Nächstenliebe war sie ausdauernd. Als Nächstes brachte sie eine Decke.

»Mir ist nicht kalt«, sagte Caroline.

»Ich lasse sie dir trotzdem da.« Mary legte sie auf Carolines Beine. »Du kannst ja nicht mehr lesen, und so haben wenigstens deine Finger Beschäftigung.«

Caroline wollte etwas entgegnen, aber besann sich eines Besseren.

Wenn ich eine garstige Patientin bin, setzt sie mich im Wald aus.

Märchen gingen ihr durch den Kopf, unheimliche Szenen, vor denen sie sich als Kind vor dem Einschlafen geschaudert hatte. Hatte sie es übertrieben und vor Angst geschrien, hatte Alexander mit einer Lampe die Schrecken aus den Ecken vertrieben. Jetzt würde das Dunkel endgültig werden.

Noch stand Mary in der Tür, aber gleich würde sie wieder eigenen Angelegenheiten nachgehen. Die Decke war zu einem Packen gelegt. Unter ihren Fingerspitzen fühlte Caroline ein Gitter aus Stäbchen, Reihen von Knötchen und komplizierte Ziermuster. Die Decke war ein Stück, an dem ein junges Mädchen sein Können gezeigt hatte. Manche der kleinen Elemente waren Vielfache der größeren. Mit der Decke ließ sich rechnen. Caroline faltete sie auseinander, und der Stoff legte sich über ihre Beine wie Flügel. Die Decke war gerissen. Caroline erkannte sie.

»Das ist die, die du bei Johns Geburt kaputt gemacht hast. Warum hast du sie aufgehoben, Mary?«

»Ich hab mal ein halbes Jahr an ihr gearbeitet.« Die Schwägerin klang trotzig.

Links und rechts des Risses ertastete Caroline Knoten, die verhinderten, dass die Maschen sich weiter auftrennten. »Aber weshalb flickst du die Decke nicht richtig?«

»Na ja ...« Mary zögerte. »Ich will sie nicht mehr auslegen. Aber heil will ich sie auch nicht wieder haben.« Ihre Füße raschelten auf dem Boden. »Wir müssen nicht immer so tun, als ob alles gut wäre, oder?«

Sie schwiegen eine Weile.

»Nein«, sagte Caroline schließlich.

»Finde ich auch.« Mary klang erleichtert. »Wenn du möchtest, bleibe ich ein bisschen bei dir. Ich sage auch gar nichts.«

»Ja, bitte.«

Etwas klirrte. Mary schien den Kerzenständer weggestellt zu haben, um auf dem Nachttisch sitzen zu können. Caroline flocht ihre Finger in das Häkelwerk. Es gab nicht nach. Sie könnte nicht einmal einen einzelnen Faden mit den Händen trennen und die Maschen bestanden aus doppeltem Garn. Caroline maß den Riss aus. Er war zwei Hände lang. Andere hatten auch Schmerz erlebt. Was wusste Caroline von Mary? Wenig. Manche Erfahrungen ließen sich nicht teilen. Vielleicht waren sie und Mary sich ähnlicher, als Caroline gedacht hatte. Sie schämte sich für die Boshaftigkeiten, die sie geschrieben hatte. Unter ihrem Bett lagerten viele Seiten giftiger Bemerkungen über die Frau, die hier mit ihr im Dunkeln ausharrte und damit wahrscheinlich eine fröhliche Teestunde bei Hofe verpasste.

»Reden wir ruhig ein bisschen«, sagte Caroline.

Schon lange führte sie keine Besucher mehr herum, und das Plaudern, dieses gefällige Plätschern von Worten, musste sie erst wieder üben.

»Erzähl mal, Mary«, sagte Caroline. »Wie geht es eigentlich Mrs Papendiek?«

Caroline verbrachte drei Tage in der Dunkelheit. Am vierten erkannte sie das Hausmädchen, das Gebäck brachte, als Umriss in der Tür, und das Licht schmerzte weniger stark.

Am darauffolgenden Tag tastete Caroline sich in den Salon vor und verlangte, mit den anderen zu Mittag zu essen. Sie tropfte Suppe auf ihr Kleid, wurde aber ohne Hilfe satt. Allmählich besserte sich die Sehschwäche. Der Nebel verzog sich und nach Wochen blieben nur noch Schlieren von ihm. Die Spitzen der alten Schreibfedern waren wieder ärgerlich zerfranst und die Bäume in der Ferne ganz normal unscharf. Strengte Caroline sich an, verschwammen die Dinge vor ihren Augen, aber ließ sie locker, schärften sie sich von selbst. Sie konnte nicht mehr alles kontrollieren, das hatte sie nun verstanden. Mit Mary traf sie sich jetzt manchmal sogar, ohne dass Wilhelm und John dabei waren. Als sie wieder lesen konnte, erzählte sie der Schwägerin von neuen Aufsätzen, und Mary hörte mit der gleichen freundlichen Aufmerksamkeit zu, mit der Caroline ihre Monologe über Rosenzucht aussaß.

Zwischen der Arbeit war jetzt Zeit. Am Schreibtisch trug Caroline nun Pantoffeln. Sie musste das Rechnen nicht mehr unterbrechen, um ihrem Bruder zu helfen, also konnte sie es ebenso gut gemütlich haben. Der Rest ihres Lebens hatte begonnen.

Nur noch wenig notierte sie in ihrem Tagebuch. Manche Monate vergingen ganz ohne Eintrag. Caroline war jetzt in ihren Sechzigern, und der Winter setzte ihrer Gesundheit jedes Jahr stärker zu. Aber es war die Sorge um andere, die sie sich von der Seele schreiben musste. Alexander zog nun wirklich nach Hannover zurück. Caroline wollte ihm folgen, sobald Wilhelm sie nicht mehr brauchte. Doch sie sollte Alexander nie wiedersehen. Er starb in dem Monat, in dem Caroline einundsiebzig wurde.

Im Herbst des Jahres 1821 beendete Caroline ihr letztes englisches Tagebuch. Im Schreiben sah sie keinen Sinn mehr.

... denn ein Tag vergeht wie der andere, ich verbringe ihn mit Pflichten, in meinem einsamen, freudlosen Zuhause, immer ängstlicher, was das Morgen bringen wird.

Wilhelm wurde dreiundachtzig Jahre alt. An einem Augusttag des Jahres 1822 starb er. Caroline und Mary teilten die Trauer um ihn, doch als Caroline davon sprach, zu Dietrich zu ziehen, versuchte nur John, sie aufzuhalten. Beiden Frauen war klar, Caroline gehörte zu ihrer Hannoveraner Familie.

Zu erledigen

Hannover, 07. Oktober 1824

Es ging auch ohne eigenes Dienstmädchen. Gegen einen Obolus wusch Hanne auch Carolines Wäsche und schleppte alle paar Tage neues Brennholz nach oben. Ihren Ofen heizte Caroline selbst an und entfachte das Feuer mit dem *Hannoverschen Merkur*. Den las sie jetzt immer gründlich. Bisher hatte noch nichts über sie dringestanden. Agnes mochte gehofft haben, das Märchen über den Prinzen verkaufen zu können, doch so eine Albernheit druckte ja nicht einmal dieses Käseblatt. An wirklich Pikantes war Agnes nicht herangekommen. Zwar hatte Caroline ihr vertraut, aber ihre Vorsicht hatte sie nie vergessen. Die Tagebücher waren sicher, das freche Mädchen konnte ihr gar nichts, und damit war dazu auch alles gesagt.

Caroline würde ihre Zeit nur Menschen widmen, mit denen sie Blutsbande oder eine geistige Verwandtschaft verband. Auf John traf beides zu. Ihr Neffe erreichte Hannover an einem verregneten Nachmittag in Begleitung seines Freundes Charles Babbage. Die beiden waren in Neapel und Florenz gewesen und hatten auf dem Rückweg einen Zwischenstopp bei Dr. Pfaff in Erlangen gemacht, dem Mann, der Wilhelms Schriften übersetzte.

»Wie kommt er voran?«, wollte Caroline wissen, als sie mit Catharina und Dietrich beim Essen saßen. Sie konnte den Blick nicht von John abwenden. Wie ähnlich er Wilhelm sah!

»Versteht Dr. Pfaff den Inhalt, oder hangelt er sich von Wort zu Wort?«

»Nun ...« John wiegte den Kopf, offenbar bemüht, sein Urteil diplomatisch zu formulieren. »Du könntest das besser, Tante.«

»Was willst du der Bedauerlichen denn noch aufhalsen?«, rief Catharina. »Sie schreibt und rechnet jetzt schon ganze Nächte hindurch. Ihr Kerzenverbrauch ist exorbitant.«

Sie kann das Thema einfach nicht lassen.

Babbage hakte die Zinken seiner Gabel in den Griff des Suppenlöffels und spielte mit der Hebelwirkung.

»Man müsste eine Übersetzungsmaschine bauen«, sagte er.

Nach dem Dessert entschuldigte er sich. Er habe Hohnbaum einen Besuch versprochen.

»Dann können wir uns ja gleich an die Arbeit machen«, sagte Caroline zu ihrem Neffen. Seit Wochen hatte sie sich darauf gefreut, mit ihm über den Aufzeichnungen sitzen zu können. »Mit deinem Katalog komme ich gut voran, aber ein paar Fragen habe ich. Wie müssen die Tabellen aussehen? Der Katalog soll genau für deine Arbeit passen.«

»Uns stecken viele Kilometer Kutschfahrt in den Knochen, Tante«, sagte John. »Lass uns das auf morgen vertagen.«

»Natürlich.«

Aber Caroline war enttäuscht. Wie lange würde John bleiben? Am liebsten hätte sie jede Minute mit ihm verbracht. Der arme Junge hatte keinen Vater und keinen Paten mehr. An wen wandte er sich für Rat? Kluge Menschen zweifelten doch ständig. Da konnte ihm die Lebenserfahrung einer alten Tante helfen.

»Und wenn wir Musik hören gehen?«, fragte Caroline. »Gleich probt das Orchester Ludwig van Beethovens fünftes Klavierkonzert. Dazu kannst du dich aufraffen, oder?«

In Catharinas Richtung setzte sie hinzu: »Wenn wir den Abend außer Haus verbringen, sparen wir auch Kerzen.«

Wenig später schlichen sich John und Caroline in den Zuschauerraum des Opernhauses. Auf der Bühne beendeten die Musiker gerade den ersten Satz mit einem Fortefortissimo. Caroline klatschte, und der Kapellmeister grüßte sie mit einem Wink.

»Du bist hier wohl bekannt, Tante?«, fragte John.

»Sie betrachten mich als ihren Talisman.« Caroline beugte sich vor, um zu hören, was der Kapellmeister erklärte. Den Proben zu lauschen fand sie reizvoller als die Aufführung selbst. Hier wurde sie Zeugin eines Prozesses, der Annäherung an das Wesen des Stücks und des Ringens der unterschiedlichen Stimmen um Balance. »Weißt du, dass Beethoven das Konzert komponiert hat, als Wien von Napoleon belagert wurde? Ich frage mich, wie er im Kanonenfeuer zu diesem wunderschönen zweiten Satz gefunden hat.«

»Er war da schon fast taub, glaube ich«, sagte John.

Würde doch jeder von uns beim Schwinden eines Sinnes eine göttliche Eingebung bekommen.

Vielleicht hatte auch Beethoven sein Werk nur mit harter Arbeit geschaffen. Aber Anstrengung war keine herauszuhören. Der zweite Satz begann mit einem getragenen Thema, gespielt vom Orchester, und dann setzte das Klavier ein, behutsam und bestimmt, als erzähle es eine tröstliche Geschichte. Caroline hätte weinen mögen.

Alles wird gut, welch schöne Lüge.

Sie dachte an die Tagebücher im Archiv. Der kleine Bücherstapel war ein Verzeichnis ereignisreicher Tage, gespickt mit Ärger und Rage. Die Ausbrüche zeichneten das Bild einer missgünstigen und machtlosen Frau. So wollte Caroline nicht gewesen sein.

Aber die Erinnerungen umzuschreiben und ins Reine zu bringen, wäre eine Arbeit für Monate und zudem ein Akt reiner Eitelkeit, denn wen interessierte schon, wie Caroline zu ihren Entdeckungen gekommen war und wie viele Nächte sie an Wilhelms Seite gearbeitet hatte? Allenfalls ihre Hartnäckigkeit könnte der nächsten Generation Mut machen. Doch dafür konnte Caroline John auch das Notizbuch zeigen, das sie während ihrer letzten Jahre in England gefüllt hatte. Am nächsten Tag packte sie es ein. John wollte den Friedhof besuchen, und Caroline begleitete ihn. Sie entkorkte ein Fläschchen und sprenkelte daraus Tropfen auf Alexanders Grab.

»Weihwasser?«, fragte John.

Caroline lachte. »Essig. Dein Onkel hat die Messingteile damit poliert und ihn immer leer gemacht, wenn er uns besuchte. Irgendwann habe ich ein ganzes Fass besorgt und gesagt, jetzt soll es dir niemals mehr daran fehlen.«

Sie setzte sich auf eine Bank und seufzte. »In Slough muss immer noch etwas davon sein.«

John betrachtete sie sorgenvoll. »Hat dich der Weg ermüdet? Du bist marschiert wie ein Eilkurier.«

»Das ist mein normales Tempo. Trotzdem vergehen die Tage so schnell. Wir müssen jeden nutzen. Das habe ich nicht immer getan. Hier, die Einträge meiner letzten Jahre in England.« Sie schlug das Buch auf und las. »Verbrachte einige Stunden mit der Prinzessin im Schloss ... Der Erzherzog von Österreich besuchte Wilhelm ... Die Königin starb ... Wilhelm ließ sich malen, Wilhelm fuhr nach Bath zur Kur ...« Sie blätterte. »Nichts Interessantes bis auf den einen Tag im Jahr 1819: Wilhelm schickt nach mir, damit wir zusammen einen Kometen betrachten können.«

»Aber den hast nicht du entdeckt.«

Caroline schüttelte den Kopf. »Nein, mein lieber John. Zwar habe ich es versucht, aber meine große Zeit war damals längst vorbei.«

»Du bist melancholisch, Tante.«

Ja, aber das ist egal. Mit dir geht es weiter. Beethoven hat sein fünftes Klavierkonzert auch nicht mehr selbst gespielt.

Eindringlich blickte sie John an. »In meiner Jugend habe ich geglaubt, alles allein schaffen zu können. Doch mit jeder Antwort tun sich zwei neue Fragen auf. Ein einziges Leben reicht bei Weitem nicht aus, um die Himmel zu erforschen.« Sie stand auf und hakte John unter. »Marschieren wir heim.«

Zurück in der Marktstraße, saßen sie viele Stunden über Carolines Tabellen und entwarfen eine Struktur, die es John einfacher machen würde, die Himmel systematisch abzusuchen und neue Sterne zu entdecken. Das Abendessen ließen sie sich nach oben bringen. Caroline hätte bis tief in die Nacht mit John gearbeitet, wäre nicht Babbage gekommen, um ihn loszueisen.

»Geben Sie Ihrem Neffen doch ein Stündchen frei, Fräulein Herschel. Wir wollen ein Bier am Marktplatz trinken.«

»Aber nur eines. Morgen um elf Uhr geht es hier weiter.«

John salutierte, und Caroline murmelte: *»Hop on, hop on.«*

»Übrigens ist unten jemand für Sie«, sagte Babbage. »Ein Mädchen steht vor der Tür. Mrs Catharina lässt es nicht ein, aber es besteht darauf, mit Ihnen zu sprechen.«

»Doch nicht etwa Agnes?«, fragte Caroline.

An ihr nagte der Gram, sich getäuscht zu haben. Agnes war für sie eine Vertreterin all der Menschen, die ihr in den Rücken fielen, statt zu helfen. Aber warum kam sie zurück? Das passte nicht. Caroline hatte gelernt, genau hinzusehen, Sichtungen mehrfach zu überprüfen und immer mit der Möglichkeit eines Irrtums zu rechnen.

»Sie soll hochkommen«, sagte Caroline. »Ich gebe ihr fünf Minuten.«

Babbage und John verabschiedeten sich. Unten klappte die Tür, und auf der Treppe erklang das vertraute leichte Schlurfen. Agnes trat ein. Sie wirkte erschöpft und schwankte, kam aber sofort zur Sache.

»Da ist noch etwas, das ich Ihnen zeigen muss.«

Sie ging zu einem der Regale, nahm einen Karton heraus, zog Zettel hervor und legte sie auf den Sekretär. Dann sank sie auf den Stuhl.

»Hab einen langen Fußmarsch hinter mir«, sagte sie entschuldigend.

Auf einem nachlässig abgetrennten Stück von einem größeren Bogen erkannte Caroline Wilhelms Schrift. Zwei Worte waren doppelt unterstrichen: »Zu erledigen.«

Darunter folgte eine Liste. Caroline riss das Blatt an sich, hielt es sich dicht vors Gesicht und begann zu lesen. An einem Eintrag blieb sie hängen. Um diesen ging es, das war sonnenklar. Caroline sah zu Agnes auf.

»Dafür müsste ich nach Paris reisen«, sagte sie.

»Oder Sie schicken jemanden. Mich zum Beispiel.«

Caroline lachte bitter auf. Das konnte das Mädchen nicht ernst meinen.

»Schade.« Agnes wandte sich zum Gehen. »Ich gebe ja zu, ich bin neugierig. Aber Sie doch viel mehr.«

Das stimmte leider. Agnes wäre die Letzte, die Caroline mit Nachforschungen betrauen würde, aber leider war sie auch die Einzige, die infrage kam. Lalande lebte längst nicht mehr, und in Paris kannte Caroline sonst nur Eliot. Der war selbst alt. Caroline konnte nicht von ihm verlangen, nach etwas zu suchen, das es vielleicht gar nicht gab.

Agnes stand mit einem Bein auf der Treppe, schon halb verschwunden im dunklen Aufgang. Leute wie Agnes arbeiteten im Verborgenen, und nach ihrem Tod würde nichts mehr an sie erinnern. Aber stand es um Caroline so viel besser? Von ihr würde auch keine Büste überdauern. Sollte sie auf Wissen verzichten, nur um einen Ruf zu schützen, der bald verblassen würde? Außerdem hatte das Spiel um Ansehen Fallstricke, über die man stürzte, selbst wenn man vermeintlich alles richtig machte. Wie Caroline nur zu gut wusste, konnte man selbst fürs Entdecken von Kometen verspottet werden. Ginge sie diesem Eintrag von Wilhelm nicht nach, würde sie das bis ans Ende ihrer Tage verfolgen. Etwas unerledigt zu lassen hielt Caroline nicht aus. Das Mädchen arbeitete für die Presse und bei allen schlechten Erfahrungen, die Caroline mit diesen Leuten gemacht hatte, musste sie ihnen eine Fähigkeit zugestehen: Dinge herausfinden konnten sie.

»Fahr«, sagte Caroline. »Ich gebe dir Geld für die Reise und nenne dir die Adresse eines Freundes. Aber komm bloß zurück.«

Paris

Paris, 02. November 1824

Die Pont Neuf! Der Palmenbrunnen! Die Bauarbeiten am Triumphbogen! In Paris bestaunte Agnes an jeder Ecke etwas anderes. Sogar die Friedhöfe waren prächtig. Auf dem Père-Lachaise führten die Wege auf eine große Kapelle zu.

»Jedes Jahr werden mehr als zweitausend Bürger hier beerdigt«, erklärte Monsieur Bradford. »Man ist dabei, mehr Platz zu schaffen.«

Jenseits der Grabfelder stritten Arbeiter. Sie hatten eine Reihe kleinerer Bäume gefällt und standen neben einer hohen Tanne. Ihren Gesten zufolge diskutierten sie, ob diese beim Umkippen den nächstgelegenen Grabstein treffen könnte.

Monsieur Bradford steuerte eine in Stein gefasste Marmortafel an, zog seinen Zylinder und sprach lautlos ein Gebet.

»Da liegt er, unser guter Komarzewski«, sagte er.

Von der Inschrift verstand Agnes nur das Todesjahr: 1810.

Hilfesuchend sah sie auf. Eliot Bradford war immer noch ein gut aussehender Mann, und obwohl er schon die siebzig überschritten haben musste, ging er mit der Mode. Über den Schuhen trug er Galoschen, und sein taillierter Mantel mit dem aufgestellten Kragen hatte ein rot-blau kariertes Futter aus demselben Stoff. Agnes konnte sich vorstellen, welchen Eindruck Monsieur Bradford in jüngeren Jahren gemacht hatte.

»Hier ruht Jean Komarzewski, Generalleutnant der polnischen Armee«, übersetzte Monsieur Bradford auf Englisch. Für Agnes sprach er langsam und überdeutlich. »Dann folgt ein Titel, den er vom Zaren bekommen hat, und es wird betont, wie viel Vertrauen der polnische König in ihn gehabt hat.«

Nichts davon wäre neu für Fräulein Herschel. Aber eine Grabplatte gab für gewöhnlich auch keine Geheimnisse preis. Agnes war mit Monsieur Bradford zum Friedhof gegangen, weil die Ruhestätte offenbar das Einzige war, was in Paris an den General erinnerte.

Um Komarzewskis Nachlass kümmern, hatte Wilhelms Liste gefordert. Aber dafür kam Agnes anscheinend zu spät. Bei der letzten Wohnung des Generals waren Monsieur Bradford und sie enttäuscht worden. Angeblich hatte Jan Komarzewski kein Testament verfasst. Nach seinem Tod hatte die Zimmerwirtin seinen Besitz verkauft und davon die Beerdigung bezahlt.

Monsieur Bradford drehte seinen Hut in den Händen.

»Auf der Trauerfeier war ich nicht«, sagte er. »In seinen letzten Jahren haben wir uns aus den Augen verloren. Soweit ich weiß, lebte er allein und zurückgezogen.«

»Also war er bis zu seinem Tod ...« Agnes suchte nach dem Wort. Ihr Englisch war noch holprig. »Junggeselle?«

»Genau. Wobei hier nicht alle Junggesellen allein leben.« Monsieur Bradford lächelte fein. Auf dem Weg über den Friedhof hatte er eine Rose auf den Stein eines gewissen Jean gelegt, der *ein über die Maßen liebenswerter Mensch* gewesen war.

»Zeichne das Grab«, schlug Monsieur Bradford vor. »Dann kannst du Caroline wenigstens ein Bild mitbringen.«

Nun, das sollte Agnes wohl. Schließlich hatte sie von Fräulein Herschel einen ganzen Monatslohn für ihre Nachforschungen bekommen. Worauf die alte Dame wohl gehofft hatte? Vielleicht auf eine letzte angefangene, aber nicht abgeschickte Mitteilung an sie. Oder Bücher unter einer fingerdicken Staubschicht und ein weiteres Fernrohr. Dinge mit sentimentalem Wert. Agnes hätte sich natürlich mehr über eine Schachtel alter Liebesbriefe gefreut. Immerhin besaß sie aber die Abschrift der Tagebücher. Auch in denen kam Jan Komarzewski vor und das würde für ihr Buch genügen. Außerdem war diese Reise das Beste, was sie je erlebt hatte. Endlich sah sie etwas von der Welt.

Unter dem Baum machten die Arbeiter Pause. Eine Flasche kreiste. Die Franzosen ließen es sich einfach jeden Tag gut gehen. Agnes zog Notizbuch und Stift aus ihrem Beutel.

»Wer ruht denn neben Komarzewski?«

Sie wollte Monsieur Bradford ein wenig aufhalten. In seiner Begleitung fühlte sie sich wie eine feine Dame. Begrüßt hatte er sie mit einem Handkuss.

»Dame Marie-Anne Gauldrée Boilleau, Ehefrau von Mr Jean-Baptiste Guyot«, las Monsieur Bradford. »Früherer Handelsrichter, erster Schöffe und Sonderabgeordneter für den Handel der Stadt Paris.«

Agnes stutzte. »Aber das sind die Titel des Gatten.«

»Genau. Von ihr stehen da nicht einmal Geburts- und Sterbedaten. Du ahnst vielleicht, warum Caroline nicht heiraten wollte. Bestelle ihr meine besten Grüße, ja?« Monsieur Bradford setzte seinen Hut wieder auf. »Ich bitte, mich nun zu entschuldigen. Zum Mittagessen bin ich verabredet.«

Agnes dankte für seine Hilfe. Sie wollte gerade zu zeichnen beginnen, da berührte der Engländer ihren Arm.

»Mir ist etwas eingefallen. Du könntest die Girards besuchen. Die sind früher oft nach England gereist und haben Briefe und Pakete mitgenommen. Wenn doch noch irgendwo etwas von Komarzewski liegt, dann bei ihnen.«

Er diktierte Agnes eine Anschrift und ging.

Versonnen betrachtete Agnes die Arbeiter. Zwei waren aufgestanden und stritten erneut. In der Falttasche von Agnes'

Notizbuch steckte ein Winkelmesser. Zwar war er nur eine Pappkopie des schönen Messinginstruments ihrer Lehrerin, aber seinen Zweck würde er erfüllen. Agnes rief sich die trigonometrischen Funktionen in Erinnerung und gesellte sich zu den Männern.

»Ich habe eine Idee«, sagte sie auf Deutsch.

Vom Stamm der Tanne ausgehend, schritt sie eine Linie von zehn Metern ab, legte sich auf den Rücken, streckte einen Arm gen Baumspitze und bestimmte den Winkel zwischen Arm und Boden: Fünfzig Grad. Jetzt musste sie diesen Wert und die Entfernung zum Stamm nur in die Funktion einsetzen und den Tangens ermitteln. Die gerundeten Tabellenwerte hatte sie im Kopf. Nach kurzem Rechnen kam sie auf zwölf Meter. *Parfait*, wie sie hier sagten. Von Agnes' Standpunkt aus waren es vier Schritte bis zum ersten Grabstein, vierzehn Meter also bis zum Baum. Selbst wenn sie leichte Messfehler berücksichtigte, konnte das Gewächs gefahrlos fallen. Agnes fertigte eine Skizze mit den Werten an und zeigte den Männern ihre Berechnung. Die Arbeiter betrachteten sie und nickten. Mathematikerinnen waren im Land von Madame Lepaute offenbar nichts Ungewöhnliches.

»Alors!«, sagte einer der Männer.

Ein anderer bedeutete Agnes, aus dem Weg zu gehen. Sie schlugen eine Kerbe in den Stamm und sägten unterhalb, sodass ein Keil entstand. Krachend stürzte die Tanne um. Die Spitze kam eine Manneslänge vor dem Grabstein zum liegen.

Einer der Männer applaudierte Agnes. Lächelnd ließ sie den Winkelmesser um ihren Finger kreisen. Könnte sie doch in diesem Land bleiben! Was sprach eigentlich dagegen? Einen Nachlass gab es nicht und damit war Agnes' Auftrag erfüllt. Sie könnte Fräulein Herschel irgendwann darüber informieren, aber das eilte nicht, die Post war sowieso ewig unterwegs. Jetzt wollte Agnes erst einmal den Korrespondenten besuchen und herausfinden, woher die Fettflecke auf seinen Berichten stammten.

Eloge

Hannover, 05. Dezember 1824

Früher hatte Caroline mit einem Blick auf eine Notiz erfasst, worum es sich handelte. Jetzt musste sie an schlechten Tagen warten, bis die Buchstaben vor ihren Augen zu tanzen aufhörten. Ihre Regale leerten sich. Es dauerte zu lange, die Angaben auf Packen loser Zettel zu entziffern. Stattdessen verteilte Caroline alles Wichtige auf kleinen Stapeln im Raum und schuf sich damit Konstellationen aus Aufzeichnungen.

Von Agnes hatte sie noch keine Nachricht erhalten. War ihr auf dem Weg nach Paris etwas zugestoßen? Eigentlich müsste das Mädchen doch schon vor mehreren Wochen dort angekommen sein. Stattdessen hatte der französische Botschafter eine Zeitung geschickt, in der eine Eloge über Wilhelm erschienen war. Caroline legte sie auf das Sofa. Als Charlotte Beckedorff an einem frostigen Sonntag zum wöchentlichen Teetrinken eintraf, verstand sie die Aufforderung zum Vorlesen sofort.

»Was haben wir denn heute Schönes?«, fragte sie.

»Den Monitöör Universääl.« Caroline ließ die Silben nachhallen. Bei Lalande hatten die Laute auf bezaubernde Weise stets eine Weile in der Luft geschwebt. »Ein Joseph Fourier hat über Wilhelm geschrieben. Ich verstehe kein Wort.«

»Lass mal sehen.«

Frau Beckedorff klappte die Zeitschrift auf und vertiefte sich.

Stockend übersetzte sie für Caroline. Fachbegriffe überging sie murmelnd, aber die Stellen, die Caroline und Alexander behandelten, las sie mit besonderer Betonung.

Gleich werde ich etwas Bescheidenes sagen müssen.

Frau Beckedorff endete. »Was meinst du?«, fragte sie.

»Der König wird zu oft erwähnt«, sagte Caroline. »So großzügig, wie er hier dargestellt wird, hat er sich leider nicht gezeigt. Und Alexander und ich, wir waren ja nur Werkzeuge.«

Doch ihr zufriedenes Lächeln strafte ihre bescheidenen Worte Lügen.

Sie nahm der Freundin die Lektüre ab und legte sie neben die Tür. Der Botschafter wollte die Zeitschrift zurück, und wenn sie zwischen die Stapel geriete, würde sie verschwinden wie in Treibsand.

»Beschreiben Fremde ein Leben, machen sie Fehler«, sagte Caroline. »Vor seinem Tod sollte ich für Wilhelm ein biografisches Memorandum erstellen. Darin blieben etliche Lücken. Will wusste nicht einmal mehr, in welchem Jahr er nach England gekommen war. Hätte er doch Tagebuch geführt.«

»Dazu war Wilhelm zu beschäftigt, schätze ich«, sagte Frau Beckedorff. »So wie du, oder?«

Caroline antwortete nicht darauf.

Der Winter verging mit der Fertigstellung des Nebelkatalogs für John. Es gab Mittage, da glaubte Caroline beim Aufwachen, es nicht vom Bett bis an den Schreibtisch zu schaffen, aber sobald sie saß, vergaß sie ihre Rückenschmerzen. Auch ihre Augen funktionierten viel besser, sobald sie mitten in Berechnungen steckte. An manchem Tag erledigte sie das doppelte Pensum, allerdings wurde sie dann am nächsten mit bleierner Erschöpfung gestraft. Doch sie kämpfte sich durch und im März, noch vor Ostern, verzeichnete sie die letzte Position. Acht Notizbücher umfasste ihr Manuskript. Caroline schnürte ein Paket, übergab es der Post und betete, es möge John unbeschädigt erreichen.

Im April kam die ersehnte Rückmeldung. John schrieb, er habe alles erhalten und sei bereits dabei, Nebel im Sternbild der Jungfrau mit dem Zwanzigfuß zu beobachten. Wenig später konnte er schon einige bestätigen. Sie seien genau da, wo Caroline sie angab. Zusätzlich sei er auf neue gestoßen.

Ich sollte zufrieden sein.

Carolines Arbeit nützte anderen. Aber was sollte aus ihr selbst werden, jetzt, da sie keine Aufgabe mehr hatte? Würde sie wenigstens von Agnes hören! Ob das Mädchen überhaupt versuchte, Janeks Testament zu finden? Oder hatte Agnes das Reisegeld nur genommen, um sich abzusetzen? Wer jung war, konnte fliehen. Während Caroline täglich auf Post hoffte, verschwendete Agnes vielleicht schon keinen Gedanken mehr an ihre ehemalige Dienstherrin. Caroline war nun wohl ein Werkzeug, das am Nagel hing. Derweil ging es Dietrich gar nicht gut. Sein Bett verließ er kaum noch. Caroline setzte sich zu ihm. Bei der Konversation musste sie eine Reihe von Themen umschiffen, an denen die heitere Stimmung zerschellen konnte. Darunter waren:

- Dietrichs Kindheit (»Du hast das wohl vergessen, Lina, aber meine erste Violine war Jacobs billige Ersatzgeige.«)
- Die Musik (»Alle jungen Leute spielen mit schlampiger Technik!«)
- Der König (»Welcher Georg sitzt denn gerade auf dem Thron? Aber ist ja egal. Die kommen allenfalls auf Besuch nach Hannover.«)

Für Astronomie interessierte Dietrich sich nach wie vor wenig, aber Caroline versorgte ihn trotzdem mit Neuigkeiten.

»John erhält für seine Arbeit über Doppelsterne die Goldmedaille der Französischen Akademie der Wissenschaften«, berichtete sie. »Ist das nicht fantastisch? Seine Konkurrenten waren Bessel, Struve und Pons.«

»Kenn ich nicht«, moserte Dietrich.

»Und mich hat ein Lob ereilt. Von Professor Gauß. Den kennst du aber.« Sie half seinem Gedächtnis nach. »Er war im September hier!«

Dietrich brummte und versuchte, eine Fliege zu fangen, die auf der Bettdecke saß.

»Ich habe ihm die neue Ausgabe von Flamsteeds Atlas gegeben, die mit meinen Ergänzungen im Anhang.« Caroline wedelte die Fliege weg. »Es war das einzige Exemplar, das ich besaß, und ich hatte Anmerkungen an den Rand gemacht. Du kannst dir vorstellen, wie ungern ich mich von dem getrennt habe. Aber jetzt schreibt Gauß –« Sie holte den Brief aus ihrer Rocktasche und rezitierte ihre Lieblingsstelle: »Das Buch bildet das größte Schmuckstück in der Bibliothek des Göttinger Observatoriums.« Früher hätte sie auf der Stuhlkante gewippt, aber ihre Rückenschmerzen verboten das. »Und Gauß kann gar nicht ausdrücken, wie glücklich er ist, meine Bekanntschaft gemacht zu haben. Er nennt mich talentiert und liebenswürdig, und wenn er wieder nach Hannover kommt, will er mir das alles persönlich sagen. Und –«

»Plapperdiplapper.« Dietrich ließ seine Hand auf die Bettdecke schnellen und schloss die Fliege ein. »Bring mir ein Glas, Catharina!«, rief er.

Seine Frau wieselte mit dem Gewünschten herbei. Dietrich stülpte das Gefäß über das Insekt, nahm Caroline den Brief ab und schob ihn darunter.

»Die war vorgestern schon hier.« Er bedeutete Caroline, die Fliege anzuschauen. »Die hat ein Bein zu viel.« Beifall heischend sah er sie an. »Das ist so gut, wie einen Kometen zu fangen, oder?«

Caroline stand auf und tauschte den Brief durch die Tageszeitung aus.

»Na sicher. Sehr schön, Dietrich«, sagte sie durch schmale Lippen.

Als sie das Zimmer verließ, rief ihr Dietrich nach: »Ich sollte auch mal einen Aufsatz schreiben.«

Noch ein Umzug

Hannover, 1827

Dietrichs Lebensgeister schwanden von Monat zu Monat, und schließlich starb er. Nach der Beerdigung begann Catharina, von einem Umzug zu sprechen.

»Veränderungen sind die beste Medizin gegen Trauer.«

»Wenn dir das hilft, bin ich einverstanden«, sagte Caroline.

Sie vermutete, dass ihre Schwägerin auch in Geldsorgen war, da Dietrichs Einnahmen aus der Musik nun fehlten. Mit Unterstützung der Nichten lösten sie den Haushalt auf und fanden Unterkunft im Erdgeschoss eines Hauses. Carolines und Catharinas Räume waren möbliert und durch einen Flur voneinander getrennt. Hanne wohnte bei Catharina und ging Caroline auch weiterhin zur Hand. So viel wie möglich erledigte Caroline aber selbst. Es ärgerte sie, eine alte Dame zu sein, die herumsaß und hoffte, jemand möge sie besuchen. Dieses Warten war so viel schwerer zu ertragen als das in den englischen Nächten. Kometen zeigten sich wenigstens allen, die lang genug wach blieben, aber aus ihrem Fenster blickte Caroline täglich nur auf dieselben traurigen Provinzstadtgestalten. Missmutig glättete sie mit der Stiefelspitze den schimmelnden Läufer vor ihrem Bett. Der Boden war ständig feucht. Regnete es stark, drückte Wasser unter der Haustür hindurch. Beim Umzug hatten die Helfer die Kisten mit Carolines Aufzeichnungen auf einer Erhöhung aus Backsteinen abgestellt. Für heute hatte

Caroline sich vorgenommen, ihre kostbaren Papiere in die Regale zu räumen. Unterbrochen wurde sie dabei von Catharina.

»Weißt du, wo die anderen Familien aus dem Haus ihren Torf und das Holz lagern?«, rief die Schwägerin aufgeregt. »In der Kammer direkt über uns. Wenn die Feuer fängt!«

Als Tage später eine nahe Brauerei brannte und Funken gegen ihr Fenster stoben, ließ Caroline sich von der Sorge anstecken.

Ich muss die Papiere in Sicherheit bringen!

Sie sandte John die Aufzeichnungen seines Vaters. Nach kurzem Zögern schickte sie ihm auch die Memoiren. Sollte John damit tun, was ihm beliebte.

Im Haus gingen alle früh zu Bett und das Rumoren in den anderen Zimmern verstummte nach dem Abendessen. Caroline, die nie vor Mitternacht Ruhe fand, verbrachte viele stille Stunden allein. Früher hätte sie gelesen, aber das fiel ihr jetzt schwer. Sie klagte einem Doktor ihr Leid.

»Abends flimmert es vor meinen Augen, aber morgens ist es noch schlimmer, ich muss mir die Lider aufzwingen, und dann schießen Schmerzen hinter meine Stirn, und mir wird heiß und übel.«

Der Doktor wusste keinen Rat und sagte etwas von Mondphasen und dem Einfluss der Gestirne. Damit geriet er bei Caroline an die Falsche.

»Kommen Sie mir ja nicht mit Astrologie! Ein Dr. Pfaff hat die Aufsätze meines Bruders übersetzt. Wollen Sie sehen, was er daraus für einen Schmu gemacht hat? Ich habe sie alle hier. Mein Neffe wird umfallen, wenn er das liest!«

Eilig entschuldigte sich der Doktor. Den würde Caroline wohl nicht wiedersehen. Ein weiterer Mensch, der sich aus ihrem Leben schlich. Kurz nach Dietrichs Tod hatte Eliot Caroline geschrieben. Agnes sei bei ihm in Paris gewesen, und er habe sie über den Friedhof geführt. Danach folgten Berichte über

Theateraufführungen, die Eliot besucht hatte, und die Schilderung von Sommermonaten in Seebädern. Anscheinend maß Eliot der Suche nach Janeks Testament wenig Bedeutung zu und hielt es für etwas, das Caroline posthum für Wilhelm erledigen wollte. Aber warum hatte Agnes einen Teil ihres Auftrags ausgeführt und dann nicht mehr von sich hören lassen? Hatte sie nichts erreicht und keinen Sinn darin gesehen, das zu berichten? Waren bis auf das Grab alle Spuren von Janek verwischt? Die Toten wurden so schnell vergessen. Caroline dachte an ihre Tagebücher, die unter Blättern eines frühen Händeloratoriums versteckt waren. Ihre Erinnerungen würden zwischen Noten zerfallen, die nicht mehr gespielt wurden. Am Ende erwiese sich ihre Sorge um Klatsch nur als ein Produkt der Eitelkeit. Eine Alte wie sie war nicht mal mehr eine Geschichte wert.

Luxus

Paris, 08. März 1828

Gebücktes Gehen war Agnes zur Gewohnheit geworden. Der Frankreichkorrespondent wohnte in einer Kammer unter dem Dach, und Agnes hauste in einer Kammer seiner Kammer, einem Zimmerchen, dessen Tür auf Halshöhe endete. In Hannover wäre der Raum als Schrank genutzt worden. Verließ der Korrespondent gegen Mittag das Haus, um nach Neuigkeiten zu jagen, setzte sich Agnes an seinen wackligen Tisch und verwandelte seine Notizen in Artikel. Nüchtern betrachtet, hatte sich ihre Stellung bei der Zeitung nicht verbessert. Nach wie vor assistierte sie anderen, aber immerhin tat sie das jetzt in Paris, und ihr eigenes Vorhaben konnte sie auch verfolgen. Französisch sprach sie mittlerweile passabel, das Zeug für die Zeitung erledigte sie in zwei Stunden, und dann blieb ihr genug Zeit zur freien Verfügung.

Aus den geheimen Aufzeichnungen von Fräulein Herschel hatte Agnes ein zweihundertseitiges Enthüllungsbuch gemacht, gespickt mit wortgetreu wiedergegebenen Lästereien. Die Affäre mit Komarzewski hatte sie mit viel Fantasie ausschmücken müssen, weil sich in den täglichen Einträgen nur verschlüsselte Andeutungen fanden, aber trotz dieses zusätzlichen Aufwandes war der erste Entwurf nach einem halben Jahr fertig gewesen. Seitdem änderte Agnes an dem Text herum. Sie war unzufrieden, ohne genau sagen zu können, womit.

Viel mehr Freude machte ihr inzwischen das Rechnen. Manchmal besorgte der Korrespondent Aufsätze und Bücher aus Privatbibliotheken für sie. Gerade hatte Agnes ein Werk zur Bestimmung der Umlaufbahnen von Kometen abgeschrieben und kalkulierte Beispiele. Sich mit etwas die Zeit zu vertreiben, das nicht zum Überleben nötig war, galt als Luxus und nach dem strebten alle Pariser. Raffinierte Kleider und Essen in Restaurants konnte Agnes sich nicht leisten, aber Papier und Tinte waren da.

Auf dem Dach gegenüber machte ein Schornsteinfeger Pause. Sein Gesicht und seine Hände waren schwarz vor Ruß, aber er streckte die Nase in die Sonne, als habe er alle Zeit der Welt und denke gar nicht an Arbeit. Müßiggang war in Paris eine Tugend, doch ohne Geld ging es auch hier nicht. Im April würde Agnes mit dem Manuskript nach Hannover fahren und ihr Werk selbst herausbringen. Der Redakteur wäre vermutlich nicht begeistert davon, aber gegen eine kleine Beteiligung würde er Agnes vielleicht mit Kontakten zu Druckern und Buchhändlern helfen. Verkaufte sich das Buch dann gut, konnte Agnes sich ein richtiges Zimmer in dieser schönen Stadt leisten.

Ob Fräulein Herschel noch lebte? Bei den Girards hatte Agnes einen Beutel mit Messingteilen aufgetrieben. Während einer Frankreichreise hatte Wilhelm ihn bei ihnen gelassen.

»Wir wollten ihn nicht wegwerfen, aber was wir damit anfangen sollen, wissen wir auch nicht.«

Ähnlich ging es Agnes jetzt damit. Fräulein Herschel würde den alten Kram haben wollen, doch jetzt, kurz vor den Enthüllungen, mochte Agnes ihr nicht mehr gegenübertreten. Dafür war selbst sie nicht kaltschnäuzig genug. Sie schüttelte den Beutel und ließ die Teile klimpern. Vielleicht sollte sie Komarzewskis Nachlass einfach auf Alexanders Grab legen.

Anerkennung

Hannover, 12. Mai 1828

Endlich kam wieder ein Brief von John. Caroline hatte nicht mehr von ihm gehört, seit sie die Memoiren geschickt hatte. Zwischenzeitlich hatte sie schon bereut, ihren Neffen mit Geschichten über ihre Kindheit behelligt zu haben. Was kümmerte einen jungen Mann so etwas? Er hatte doch viel wichtigere Dinge zu tun.

Sie brach das Siegel und überflog die Zeilen. Schon wieder hatte John eine Ehrung erhalten, eine Goldmedaille, die zweite innerhalb weniger Jahre. Zweifellos verdiente er die, aber die junge *Astronomical Society of London* sollte auch einmal andere bedenken. Waren Johns Kollegen überhaupt berücksichtigt worden? Caroline las noch einmal gründlich von vorn.

»Nein ...«

Ihre Knie wurden weich, und sie musste sich setzen.

»Catharina!«, schrie sie.

Keine Regung nebenan. Caroline riss die Tür zum Flur auf und rettete sich zurück zum Stuhl, bevor ihre Beine wieder nachgaben.

»Catharina, komm schnell!«

Stattdessen erschien eines der Mädchen von der Familie über ihnen auf Carolines Zimmerschwelle.

»Was haben Sie?«, fragte es besorgt. »Soll ich Ihnen ein Glas Bier –«

»Kannst du lesen?« Caroline streckte dem Mädchen den Brief hin. »Ach, ihr könnt das jetzt ja alle.«

Die Kleine nahm das Papier. In ihrem Gesicht verschloss sich etwas. Offenbar glaubte sie an eine Todesmitteilung. Ihr Blick huschte über die Absätze, vielleicht auf der Suche nach einer tröstlichen Formulierung. Ratlos sah sie auf.

»Ist das Englisch?«

Ja, natürlich. Caroline hatte ganz vergessen, in welchem Land sie sich befand.

»Ich bekomme eine Medaille«, sagte sie. »Ich! Mein Neffe steht der Royal Astronomical Society vor. Er wird Einfluss genommen haben, aber die Mitglieder haben alle zugestimmt.«

Ihre Gedanken schossen durcheinander. Sie nahm dem Mädchen den Brief wieder ab.

»Sie haben auch begründet, warum ich die bekomme«, sagte sie. »Hier ist erst wieder lang die Rede von Wilhelm, seinen Teleskopen und Beobachtungen, aber dann – horch!« Mit einem Finger fuhr sie die Zeilen entlang und übersetzte. »Wer teilte seine Mühen? Wer trotzte mit ihm dem rauen Wetter? Wer litt mit ihm Entbehrung? Eine Frau. Wer war sie? Seine Schwester. Miss Herschel war es, die nachts für ihn schrieb, sie war es, deren Feder die Beobachtungen von seinen Lippen auf das Papier bannte, sie war es, die die Rektaszension und die Poldistanz der beobachteten Objekte notierte, sie war es, die nach einer Nacht in der Nähe des Instruments die Rohschrift in der Morgendämmerung zu ihrem Landhaus trug, um ...« Sie stockte. »Landhaus? Pah!«

Die Vergangenheit sollte wohl im Rückblick beschönigt werden. Nun, damit konnte sie leben, wenn es Anerkennung in Gold bedeutete.

»Und da geht es um Sie?«, fragte das Mädchen.

»Das kannst du aber glauben!«, rief Caroline übermütig.

Doch die Kleine wirkte skeptisch.

»Ich war ein Mädchen wie du«, sagte Caroline. »Bin immer

gerannt, wenn jemand gerufen hat. Zu Hause dankt dir das niemand. Darum musst du hinaus in die Welt.« Sie besann sich wieder auf den Brief und übersetzte weiter. »Sie war es, die die Arbeit plante, sie war es, die jede Beobachtung reduzierte und alle Berechnungen vornahm ...« Sie schluckte trocken. Ein Glas Bier wäre doch gut.

Ach was, Wein, eine Karaffe, und das ganze Haus soll mit mir trinken.

»Sie war es, die alles organisierte.«

Nur zehn Tage später kam die Medaille an. Unter einer Darstellung des Vierzigfuß war Carolines Name eingraviert. Auf Anraten von Catharina versteckte Caroline die Medaille zwischen ihrem Nähzeug. Ihr Zimmer war von der Straße her einsehbar und man musste ja keinen Diebstahl provozieren. Nur wenn sie allein war, betrachtete Caroline ihre Ehrung. Viel zu schnell kühlte ihre Freude ab. Hier war das Vierzigfuß, seine Umrisse in die Medaille geprägt wie fossile Knochen in Stein. Das echte Teleskop aber verfiel. Hunderte Jahre hätte es gedauert, um mit seiner starken Vergrößerung den gesamten nördlichen Himmel abzusuchen. Aber weder Instrument noch Erbauer war so viel Zeit vergönnt gewesen. Caroline holte Wilhelms Liste hervor.

Zu erledigen: Die vier Planetules beobachten . . . Venus, Merkur und Mars beobachten . . . Experimente zur Illumination . . .

Das waren nicht die Vorhaben eines erfolgssatten Ehemannes, der von Vergnügungsreise zu Vergnügungsreise lebte. Anscheinend hatte es auch Wilhelm bis ins hohe Alter danach gedrängt, weiter zu forschen. Caroline würde das nicht mehr übernehmen können. Ihre Gelenke knirschten, und ihre Augen trübten sich zunehmend.

Ich bin ein rostendes Werkzeug.

Entschädigung

Hannover, 21. Juni 1828

In der Redaktion des *Hannoverschen Merkur* verrichtete ein neuer Assistent seinen Dienst. Der Redakteur stellte ihn Agnes nicht vor, und sie verzichtete darauf, sich selbst mit ihm bekannt zu machen. Stattdessen erkundigte sie sich nach der Gesundheit von Fräulein Herschel.

»Das musst du ihren Arzt fragen«, sagte der Redakteur unwirsch. »Ist ja nicht so, als ob ich eingeladen werden würde. Aber am Leben ist sie, von der Beerdigung hätte ich gehört.«

»Haben Sie meinen Brief erhalten?«, fragte Agnes vorsichtig. Sie hatte den Redakteur schriftlich über ihre Pläne informiert und ihn vorgewarnt, er werde die Enthüllungen über die Herschel nicht für sein neues Blatt bekommen. Aber ob er überhaupt an dem arbeitete? Nichts deutete darauf hin. Die Stapel alter Zeitungen reichten mittlerweile weit in den Raum hinein.

»Hier, ein Angebot des Druckers.« Der Redakteur nahm ein Blatt vom Schreibtisch und gab es Agnes. »Das sind die Kosten für eine Auflage von hundert. Ich kann das Werk in Buchhandlungen von hier bis Göttingen empfehlen, aber dafür will ich zwanzig Prozent.«

Agnes las die Preise. Ihre Ersparnisse deckten nicht einmal die Hälfte ab.

»Können Sie mir Geld für den Druck vorstrecken?«

Der Redakteur grinste herablassend, schüttelte den Kopf und nahm einen Schildkrötenpanzer aus Pappmaché von einem angeschlagenen Teller.

»Reich mir den Leim«, sagte er.

Nein, Agnes' Zeiten als Handlangerin waren vorbei. Sie drehte sich um und ließ die Tür hinter sich ins Schloss fallen. Sollte sie versuchen, beim Drucker selbst Kredit zu bekommen? Aber der wusste, dass Agnes aus ärmlichen Verhältnissen kam und in Hannover sonst niemanden fragen konnte. Seine Zinsen wären horrend.

Vielleicht gab es eine andere Lösung. Sie wäre kompliziert, aber hätte einen Vorteil: Fräulein Herschel würde die Veröffentlichung womöglich nicht mehr erleben.

In Agnes' Bündel klirrten die Messingteile von General Komarzewski. Wenn sie ihren Fund der alten Dame brachte, wäre das dann wie eine Entschädigung? Mit jedem Kilometer, den sie sich Hannover genähert hatte, war Agnes' schlechtes Gewissen gewachsen. Sie spürte es als Klumpen oberhalb des Bauchnabels. Fräulein Herschels Tagebücher glichen einer köstlichen Speise, nach der Agnes gehungert hatte und die sich nun als unverdaulich erwies.

Du hast dir nichts vorzuwerfen, beschwor Agnes sich. Ihr Dienstmädchen warst du, und solche tratschen, was können sie auch anderes tun, sie erleben ja selbst nichts. Du kommst dir jetzt nur fein vor, weil du geistige Arbeit tust, aber wenn es damit weitergehen soll, brauchst du einen Verdienst. So funktioniert die Welt nun einmal. Moral ist was für Reiche.

Im ehemaligen Haus der Herschels befand sich jetzt eine Seifensiederei. Dietrich sei gestorben, sagte man Agnes, und seine Witwe und Fräulein Herschel seien umgezogen. Agnes ließ sich beschreiben, wie sie zu der neuen Adresse gelangte. In Hannover waren alle Wege kurz. Unglaublich, dass Agnes einmal von dieser Stadt beeindruckt gewesen war. Sie vermisste Paris. Wenig später stand sie in einem dunklen Flur, in dem es modrig roch. An eine der Türen waren mit Kreide Caroline Herschels Initialen geschrieben. Agnes hob die Hand, um zu klopfen, da hörte sie von drinnen Stimmen.

»Ich brauche viel mehr Licht«, sagte ein Mann. Ein Stuhl wurde verrückt. »Setzen Sie sich ans Fenster. Für die Skizze wird es gehen, aber die nächsten Sitzungen müssen wir bei mir machen.«

Ließ Fräulein Herschel sich etwa porträtieren? Dann bekäme sie endlich ein angemessenes Abbild. Soweit Agnes wusste, gab es neben dem Scherenschnitt nur das Spottbildchen und mit der Figur auf Letzterem hatte Fräulein Herschel keine Ähnlichkeit. Der Karikaturist war ihr vielleicht nie begegnet. Trotzdem hatte er seine Zeichnung verkaufen können. Wenn ihm das gelungen war, mussten englische Zeitungsmacher den Bericht eines Hausmädchens, das mit Fräulein Herschel gelebt hatte, noch besser aufnehmen. Am besten fragte Agnes bei mehreren Blättern an. Ob Tilda übersetzen konnte?

Der Maler sagte etwas und erheiterte Fräulein Herschel damit. Agnes hörte die alte Frau kichern. Es klang fröhlich und unbesorgt. Agnes ließ die Hand sinken. Ihr war übel.

Ölbild

Hannover, 03. Februar 1829

Tielemann hieß der Maler, und Caroline saß nun schon das sechste Mal in seinem Atelier für ihn Modell. Er war Belgier und ihr von dem Buchhändler Heinrich Hahn empfohlen worden.

»Mich hat er hervorragend getroffen. Nicht umsonst ist er Hofmaler, Caroline.«

Hofmaler in Hannover, wohlgemerkt, ein Titel wie ein lahmes Schulterklopfen. Noch immer weilten alle wichtigen Menschen in England. In Hannover gab es nur Adolph Friedrich von Cambridge, siebter Sohn von Georg III. und mäßig erfolgreicher Feldmarschall. Dessen Frau und die zwei Kinder hatte Tielemann bereits auf Leinwand gebannt. Die Skizze dazu hing an der Wand, und Caroline konnte sie betrachten, ohne sich zu bewegen. Herzogin Augusta war ganz in Rot gewandet, und ihren Sohn, einen weiteren Georg, hatte man in ein passendes knielanges Kleidchen aus rot-grünem Tartanstoff gesteckt. Seine Schwester, ein properes Kleinkind, saß auf dem Schoß der Mama und blickte vergnügt unter ihrer weißen Spitzenhaube hervor. Caroline trug ein ähnliches Modell, dazu einen Kragen, der Hals und Dekolleté ihres schwarzen Samtkleides bedeckte. Die Spitze war in Rüschen gelegt. In einer staubigen Werkstatt wäre alles sofort ruiniert gewesen.

»Ich muss Sie mal loben, Fräulein Herschel«, sagte Herr Tielemann. »Sie halten die Positur ganz wunderbar.«

»Habe ich als Kind gelernt«, sagte Caroline. »Stillsitzen war für Mädchen eine Disziplin, die es zu meistern galt. Wir waren erst gut, wenn wir mit der Einrichtung zu verschmelzen schienen.«

»Die Zeiten sind vorbei. Ich hebe Sie hervor. Ein tiefes Rot für den Hintergrund, das wirkt dramatisch.«

Vielleicht hatte Tielemann Farbe vom Bild der Herzogin übrig.

»Ist das nicht zu auffällig?«, fragte Caroline. »Mein Bruder hatte bei seinem Bild einen dunklen ...«

»Ach was.«

Tielemann wedelte einen Arm in Richtung des Assistenten. Der junge Mann mörserte Pigmente, aber hielt augenblicklich inne, nahm den Pinsel seines Meisters entgegen und reichte ihm einen frischen. Reagierte er zu langsam, warf Tielemann Arbeitswerkzeug nach ihm. Bei der letzten Sitzung war die Palette geflogen.

Caroline nahm ihre würdevolle Miene wieder auf und versuchte, weiterhin ihren Tagträumen nachzuhängen. So lange reglos zu sein fiel ihr trotz des Drills aus Kindertagen schwer. Wie ertrugen die Hofdamen es, sich jeden Tag aufwendig frisieren zu lassen? Früher hätte Caroline gar keine Zeit gehabt, Stunden vor einem Spiegel zu verbringen. Wie seltsam, jetzt, im Alter, der Eitelkeit zu frönen und sich so auch noch abbilden zu lassen.

Nun, das war ja nicht meine Idee. John hat mich zu dem Porträt überredet.

»Freundlicher dreinschauen, bitte«, forderte Tielemann. »Denken Sie an etwas Heiteres.«

Caroline rief sich Johns letzten Brief ins Gedächtnis. Ihr Neffe schrieb, er habe die Dame seines Herzens gefunden, und diesmal sei es wirklich ernst. Sein Freund James Grahame habe sie einander vorgestellt. Heiraten wolle John. Bis dass der Tod et cetera. Seine Angebetete hieß Margaret. Sie sei eine überaus kluge junge Dame und eine glühende Bewunderin Carolines. Ob sie ihr schreiben dürfe? Natürlich durfte sie. Caroline wartete gespannt auf Post. Sollte sie erneut Ratschläge zur Ehe mit einem Astronomen versenden? Florence hatte das damals ja abgeschreckt.

Vielleicht fachsimpeln wir lieber. Mal sehen, was Mädchen heutzutage lernen. Babbage schreibt mir, Byrons Tochter Ada habe die Pläne für eine Flugmaschine gezeichnet. Welche Strecken die wohl überwinden könnte? Möglicherweise ist der Mond doch erreichbar.

»Exzellent, Fräulein Herschel!«, rief Tielemann. »Sie strahlen ja von innen.«

Erkenntnis

Hannover, 06. März 1829

Agnes hatte den Winter bei ihren Eltern verbracht. Nun, da sie die prächtige französische Hauptstadt kannte, wirkte ihr Heimatdorf noch kläglicher auf sie. Dunkle, kalte Monate vergingen, die Tage gefüllt mit dem Ernten von Kartoffeln, dem Einlegen von Kohl, Schlachten, Pökeln und Wurstmachen. Immerhin konnte Agnes selbst Talgkerzen herstellen und damit Geld sparen. Ihre Eltern verstanden nicht, warum sie bis spät in die Nacht am Küchentisch las. Im Bett hätte sie es wärmer gehabt, und wer schlief, brauchte kein Licht.

Ja, dachte Agnes verdrossen. Und wer tot ist, braucht gar nichts mehr. Was ist das für ein Leben, in dem man nur existiert? Wofür all das Leiden?

Endlich kam Antwort von Tilda aus England. Sie hatte einen Zeitungsmann aufgetan, der die Enthüllungen als Fortsetzungsgeschichte kaufen wollte. Er bat um Zusendung der ersten Kapitel. Des Deutschen sei er mächtig, und übersetzen könne er selbst. Der Preis, den er zahlen wollte, erschien Agnes beim ersten Lesen hoch. Doch weil sie immer alles ausrechnete, brach sie auch diese Summe herunter. Auf der kleinen Schieferplatte, mit der sie den Nachbarszwillingen Multiplikation beibrachte, ermittelte sie den Verdienst pro Seite. Wie viel wäre wohl ihr Tageslohn? Fünfhundert Stunden lang mochte sie an den Enthüllungen geschrieben haben, mindestens die dreifache

Zeit für Änderungen aufgewendet haben, das ergab ... nicht eben viel.

Agnes rückte die Schiefertafel näher an die Kerze. Der Docht war zu kurz. Gleich würde er im flüssigen Fett ersticken.

Zu betrüblich das alles. Agnes blätterte in ihren astronomischen Notizen. Ihre Unterrichtsstunden bei Fräulein Herschel waren wie ein Portal gewesen, durch das sie in einen erleuchteten Saal geblickt hatte. Sie würde wohl nie hineingehen, niemals tanzen wie Fräulein Herschel, die mit Olbers, Gauß und Bessel über das Parkett wirbelte. Agnes kannte bis jetzt nur wenige Schritte und Figuren. Aber schon zusehen zu dürfen war schön. Mit Mathematik entfernte Agnes sich innerlich vom eigenen Leben.

Sie vertiefte sich in das alte Problem der Messung von Distanzen. Wie weit Planeten entfernt waren, ließ sich bestimmen, aber für Sterne ging das nicht. Sie waren zu entlegen. Wenn Agnes doch einen erreichen könnte! Ja, aber was dann? Agnes löschte die Schiefertafel und zeichnete Konstellationen darauf. Eine Reise in den Himmel wäre nicht, wie in einen Schwarm glitzernder Fische zu tauchen. Nur von der Erde aus gesehen schienen die Sterne nah beisammen zu sein. Man konnte glauben, da oben wäre man von Lichtern umgeben. Doch könnte Agnes zu einem Stern gelangen, wären alle anderen wieder weit weg, vielleicht sogar weiter als die Strecke, die Agnes bis dorthin zurückgelegt hatte. Sie beschriftete die Himmelsobjekte mit Namen und stellte sich das Bild dreidimensional vor.

»Verdammt!«, rief sie. »Das ist es.«

Sie durchdachte die Erkenntnis erneut und fand keinen Fehler. Die Lösung des Problems, einmal entdeckt, schien verblüffend einfach. Agnes musste blind gewesen sein. Sie sprang auf und wollte ihren Bruder wecken. Aber der würde nicht einmal im Ansatz verstehen, wovon sie sprach. Agnes kannte nur einen Menschen, dem sie sich mitteilen konnte: Fräulein Herschel.

Bessels Vorhaben

Hannover, 07. März 1829

Das Mädchen wiederzusehen war eine Überraschung. Nach viereinhalb Jahren ohne Nachricht stand Agnes plötzlich vor Carolines Tür. Sie hatte zwei Seiten eng beschriebenes Papier und einen Beutel dabei. Überrumpelt öffnete Caroline und ließ ihre ehemalige Angestellte herein. Agnes stellte den Beutel auf den Tisch. Metall klirrte.

»Das ist alles, was ich in Frankreich auftreiben konnte«, sagte Agnes. »Zubehör für Teleskope. Ihr werter Bruder hat es bei Monsieur Girard gelassen. Nach dem Testament von Komarzewski habe ich gründlich gesucht, aber ...«

»Gib schon her!«

Caroline riss das Papier an sich. War das ein Brief, den Janek nicht mehr hatte abschicken können? Die Erklärung für sein Schweigen womöglich?

Doch zu ihrer Enttäuschung blickte sie nicht auf Janeks Schrift, sondern auf die von Agnes, steil und viel flüssiger als früher. Zwischen dem Text befanden sich Sternpositionen, festgehalten in der üblichen Notation. In einem Kreis bildete das zu beobachtende Objekt den Mittelpunkt, und drumherum waren Referenzsterne angegeben. Eine ganze Serie von Zeichnungen war das, offenbar die Darstellung der Himmelsveränderung über mehrere Monate.

»Die Entfernung eines Sternes lässt sich messen«, sagte

Agnes. »Wir brauchen dazu nur einen anderen, erdnäheren Stern, der auf unserer Blickachse steht. So wie wenn ich meinen Finger in die Luft halte und in der Tiefe daneben den Kirchturm sehe.«

Jaja, Trigonometriestoff der ersten Stunde.

Warum erklärte Agnes ihr das? Im Alter gab es wohl diesen Kipppunkt. Man wurde für die Jüngeren wieder zu einem Kind, das belehrt werden musste. Ärgerlich! Aber da das Mädchen den weiten Weg aus Frankreich gekommen war, wollte Caroline ein Minimum an Höflichkeit aufbringen.

Sie tätschelte Agnes' Arm. »Wie schön. Anscheinend habe ich dir etwas beibringen können.«

Nur beschäftigen wollte sie sich mit dem Geschreibsel der Kleinen jetzt nicht. Die Markierungen in den Kreisen waren winzig, und das Lesen strengte Carolines Augen an. Lieber untersuchte sie den Inhalt des Beutels. Da waren zwei handlange Röhren. Vielleicht hatten sie ein Fernglas werden sollen. Doch dann konnte der Beutel nicht von Wilhelm stammen. Das Fernglas war Janeks Idee gewesen. Carolines Mund wurde trocken. Etwas in der Hand zu halten, das Janek berührt haben mochte, war aufwühlend. Der Geruch des Metalls versetzte sie zurück in eine andere Zeit. Sie sah Janek vor sich, wie er Ferngläser an die Augen hielt, neben ihr stehend, aber mit dem Blick weit fort.

Im Beutel waren weder Objektive für die Röhren noch Okulare. Caroline entdeckte nur eine gemusterte Kappe von der Größe einer Münze und die passte auf keine der beiden Röhren. Der Umfang entsprach exakt dem Kreis, den Caroline mit Zeigefinger und Daumen bilden konnte. Es war das Maß des Fernrohrs, das Janek ihr geschenkt hatte. Einst hatte er ihr eine Verschlusskappe dafür versprochen.

»Die erdnahen Sterne verändern ihre Position über das Jahr«, sagte Agnes. »Nur minimal zwar, allerdings ...«

»Ich weiß, worauf du hinauswillst«, sagte Caroline. »Das ist Bessels Vorhaben.«

»Wie bitte?«

»Bessels Vorhaben«, wiederholte Caroline ungeduldig. Das Mädchen sollte schweigen. In Carolines Kopf vollführten die Gedanken Kapriolen. Sie kramte in dem Stapel Korrespondenz neben ihrem Bett und reichte Agnes einen Brief. »Lies selbst. Olbers ist auch begeistert. Hier erklärt er alles.«

Das Mädchen vertiefte sich in die Lektüre und hielt den Mund. Endlich konnte Caroline die Kappe näher untersuchen. Janek musste sich in Frankreich an sein Versprechen erinnert haben. Aber warum hatte er sich mit Metallarbeiten aufgehalten? Hatte er nicht verstanden, dass Caroline einen Brief erwartet hatte?

Ist Paris nun ein sicherer Ort? Rechnen und Sternenpositionen reduzieren kann ich von überall aus.

Es war doch wohl klar, was sie damit hatte sagen wollen. Allerdings hatte sie Janek zuvor mehrfach deutlich gemacht, dass sie nicht gefragt werden wollte. Damals, in der Gewitternacht am Vierzigfuß, war sie ihm nicht gefolgt und hatte ihn damit abgewiesen. Vielleicht hatte er auf ihren Brief darum vorsichtig antworten wollen, ohne Worte, nur mit einem Zeichen. Caroline durchsuchte die Innenseite der Kappe nach einer Inschrift. Da war etwas.

Verflucht, meine Augen!

Caroline ging mit der Kappe zum Fenster und hielt sie mit zitternden Händen ins Licht. Mit größter Anstrengung entzifferte sie ein C.

»Fräulein Herschel.« Papier knisterte. Agnes wedelte mit dem Brief. »Ich schwöre Ihnen beim Grab meiner Großmutter, was Olbers hier beschreibt, war meine Idee.«

»Kommt vor. Ideen tauchen auf, wenn ihre Zeit reif ist. Apropos reife Zeit. Du musst gehen.« Caroline schob Agnes hinaus. »Bring mir das Schreiben irgendwann wieder. Adieu!«

Sie schloss die Tür hinter Agnes und kauerte sich unter das Fenster. Mittagslicht fiel in steilem Winkel ein.

C... Und war das Kleine ein A? Nein, ein E. Ce... Cebui ...

Ein französischer Name. Die Prägung des Gießers.

Enttäuscht ließ Caroline die Kappe fallen. Das Ding zersprang in drei Stücke. Eine Scheibe hatte sich aus dem Deckel gelöst, und etwas war Richtung Bett gerollt. Caroline hob es auf. Ein Ring. Was sie für das Muster der Kappe gehalten hatte, waren verschiedene Teile, die ineinanderpassten: eine Scheibe in der Mitte, ein Ring darum und der Kappenrand. Schmale Streifen Seidenpapier hatten zwischen ihnen geklemmt und sie am Platz gehalten. Caroline legte den Ring auf ihre Handfläche. Sollte sie ihn probieren?

Janek musste Wilhelm die Kappe gegeben haben, als dieser in Paris weilte. Bei seiner Rückkehr hatte Wilhelm einen Beutel erwähnt. Oder war es Mary gewesen? Carolines Schwägerin hatte in den Koffern Platz für ihre Kleider gebraucht und alles scheinbar Unwichtige zurückgelassen. Wahrscheinlich hatte Janek nie erfahren, dass die Kappe in England nie ankam.

Während Caroline in England unter seinem vermeintlichen Schweigen gelitten hatte, musste auch er auf eine Antwort gehofft haben.

Janek war kein Komet gewesen, der kurz auftauchte und dann wieder verschwand. Eher hatte er einem Mond geglichen, fern, aber treu.

Der Ring schrieb die Geschichte um und Geschichten waren dieser Tage alles für Caroline.

Computer

Hannover, 12. April 1829

Fräulein Herschel hatte ihr Bett ans Fenster geschoben. Vielleicht würde sie heute Abend wieder den schmalen Himmelsstreifen beobachten, der zwischen den Häusern zu sehen war. Jetzt war es hell, und sie lag nur da und polierte einen Messingring an ihrem Rock.

»Schon wieder du«, sagte sie, als Agnes eintrat. »Was ist?«

»Ich bringe Ihnen den Brief zurück.« Agnes legte Bessels Schreiben auf den Tisch.

Fräulein Herschel drapierte ihren Schulterschal bis zum Kinn. Sie trug mehrere Kleider übereinander, was Agnes angesichts des sonnigen Frühlingstags übertrieben vorkam.

»Dank dir«, sagte Fräulein Herschel. »Adieu.«

Agnes blieb stehen.

»Ich hatte den Einfall von Bessel auch«, sagte sie trotzig.

»Das glaube ich dir. Aber Überlegungen machen noch kein Genie. Weißt du, wie hoch die Auflage des *Ladies' Diary* ist? Tausende gebildete Damen sitzen in ihren Salons und sinnieren. Vermutlich treibt auch einige das Problem der Entfernungsmessung der Sterne um. Und vermutlich sind unter denen sogar zwei oder drei auf Bessels Lösung gekommen. Aber gehen sie deshalb mit einem Teleskop raus und frieren sich die vornehmen Zehen ab, um ihr Ergebnis zu verifizieren?«

»Wohl nicht. Aber ich würde es tun. Nur habe ich gar kein

Teleskop. Ich bräuchte ein richtig gutes. Die Messung muss exakter sein als jede, die bisher gemacht wurde. Woher soll ich so ein Instrument nehmen, Fräulein Herschel?«

»Tja. Jetzt weißt du, warum ich für Wilhelm das Aschenputtel gespielt habe.«

Wieder die alte Geschichte. Warum sollte Agnes sich die anhören? Sie legte eine Hand auf den Türgriff.

»Leben Sie wohl.«

Fräulein Herschel setzte sich auf.

»Kein Kampfgeist, wie schade.«

Agnes drehte sich um. »Wie bitte?«

»Du wirfst zu schnell hin. So wird nichts aus dir. Keine gute Schülerin, keine Assistentin und bestimmt nicht die erste Frau, die eine Sternwarte leitet.«

»Sehr amüsant.«

»Man muss groß träumen und klein anfangen«, sagte Fräulein Herschel. »Bessel braucht Rechnerinnen. Oder *computer*, wie man sie im Englischen nennt.«

»Ja«, sagte Agnes. »Und?«

»Du könntest eine von ihnen sein.«

»Ich?«

»Wer denn sonst?« Fräulein Herschel hieb auf die Matratze, dass es staubte. »Du hattest die beste Lehrerin nördlich von Göttingen. Ich will ja nicht prahlen, aber mehr hätte dir nur Gauß beibringen können und der unterrichtet keine Dienstmädchen.«

Agnes trat zurück ins Zimmer und schloss die Tür. »Bessel ist aber doch nicht hier, sondern ...«

»In Königsberg.« Fräulein Herschel nickte bestätigend. »Da sind die Winter eisig, und du hättest ein bescheidenes Zimmer. Aber Bessel wird dafür sorgen, dass du nicht frierst, denn kalte Finger schreiben schlecht.«

»Sie meinen wirklich, ich könnte –«

Agnes brach ab. Ihr war, als beträte sie vor ihrem geistigen Auge eine breite Straße, gesäumt mit Läden und Lokalen, in denen schöne und interessante Menschen verweilten. Sie hatte geglaubt, Boulevards gäbe es nur in Paris!

»Es ist Arbeit, Arbeit, Arbeit«, sagte Fräulein Herschel. »Du wirst Papierstapel produzieren, die die Sonne verdunkeln.«

Agnes setzte sich an den Tisch.

»Schreiben Sie an Bessel.« Sie würde nicht gehen, bevor sie etwas in der Hand hatte.

»Bist du dir sicher? Königsberg ist weit.«

»Aber gerade deshalb will ich doch hin.«

Mathematik war die Lösung ihrer Probleme. Agnes wäre umgeben von Fragen, auf die sie klare, eindeutige Antworten finden konnte. Das versprach, so ganz anders zu werden als dieses Leben, in dem sich trotz aller Anstrengung immer etwas falsch anfühlte. Wer würde das besser verstehen als Bessel, der Fehler kategorisierte? Agnes könnte viel von ihm lernen, aber sie wollte auch nicht allzu ehrfürchtig sein. Immerhin hatte sie die Lösung für das Entfernungsproblem ganz allein gefunden. Ein Teil ihres Geistes musste all die Jahre daran gearbeitet haben.

Die gnädige Frau setzte sich auf, wechselte an den Tisch und griff zu Feder und Tintenfässchen. Ihr Kopf senkte sich über das Briefpapier. Durch ihre grauen Locken schimmerte Kopfhaut, rosig wie bei einem Baby. Ihre linke Hand zitterte. Agnes berührte den Ofen. Er war kalt.

»Ich mache Feuer«, sagte sie.

Als es brannte, setzte sie Wasser für Tee auf. Sie entdeckte nichts zu essen. Ob Fräulein Herschel die Mahlzeiten mit ihrer Schwägerin einnahm? Hoffentlich kochte Hanne genug. Jemand müsste regelmäßig nach Fräulein Herschel sehen. Früher mochte sie gut allein zurechtgekommen sein, aber jetzt? Was, wenn sie auf das nächste Dienstmädchen hereinfiel, das ihr übelwollte?

Sobald jemand ihre Begeisterung für Astronomie zu teilen schien, wurde sie auf herzzerreißende Weise gutgläubig. Beim Schreiben ermüdeten ihre Finger rasch. Sie gab kaum Druck auf die Feder, und ihr Name, den sie unter das Empfehlungsschreiben setzte, geriet dünn.

Was konnte Agnes ihr als Dank überlassen? Nur einen Rat.

»Machen Sie Ordnung, *Miss Hörschel*«, sagte Agnes. »Wenn Sie möchten, dass etwas geheim bleibt, weg damit, sofort.«

Fräulein Herschel hob den Kopf. Agnes fing ihren Blick ein, um sicherzugehen, dass sie verstanden wurde.

»Verbrennen Sie, was niemand lesen soll!« Vorsichtig, damit die Tinte nicht verwischte, nahm Agnes das Schreiben und setzte hinzu: »Das werde ich auch tun.«

Flammen

Hannover, 28. April 1829

Papier. Ein Blatt war dünn, aber schon im Dutzend ließ es sich nicht mehr zerreißen, und das Gewicht eines Stapels konnte Blüten pressen. Caroline schwitzte, und ihre Augen schmerzten. Der Abschied von ihrem Geschriebenen forderte Kraft. Sie wollte nichts vernichten, ohne es vorher noch einmal gelesen zu haben. Nadeln schienen in ihre Schläfen zu stechen. Früher hätte sie die Aufgabe in ein paar Tagen bewältigt, aber jetzt saß sie schon seit zwei Wochen daran. Wie um an ihre Langsamkeit zu erinnern, türmte sich eingegangene Post auf dem Tisch: Aufsätze, die sie interessieren könnten, eine Einladung zu einem musikalischen Abend und ein ungeöffneter Brief aus England. Aber wenn sie sich jetzt ablenken ließe, würde sie es nicht schaffen, weiter aufzuräumen, und das musste sein, sie wusste es ja selbst schon lange. Als sie ihre Tagebücher aus dem Archiv des Theaters geholt hatte, war ihr Ablagesystem durcheinander gewesen. Jemand schien etwas gesucht und dabei Kartons herausgezogen und falsch wieder eingeordnet zu haben. Caroline konnte von Glück sagen, dass diese Person ihr Versteck nicht entdeckt hatte.

Caroline riss ein Blatt aus einem der Tagebücher. Manche Ereignisse waren bedauerlich knapp beschrieben. Haydns Besuch hatte sie nur wenige Sätze gewidmet. Wie schade. War das doch eine der Episoden, die sie in großer Runde zum Besten geben konnte. Enttäuschungen und Wut nahmen mehr Raum ein. Caroline zerknüllte das Blatt und warf es ins Feuer. Manchmal hatte sie sich einfach Luft machen müssen. Dagegen hatte sie die alltäglichen Dinge nicht festgehalten. Wie hatte die Decke ausgesehen, die ihre Beine bei abendlichen Berechnungen gewärmt hatte? Heute wüsste sie es zu gern, doch die Selbstverständlichkeiten ihres Lebens in England waren aus ihrem Gedächtnis verschwunden. Ob auch Agnes bald nur noch verschwommene Erinnerungen an Hannover haben würde? Sie saß wahrscheinlich schon in einem Nebenraum des Königsberger Observatoriums und fügte Logarithmen in Gleichungen ein.

Caroline las weiter. Nun ging es um den Bau des Vierzigfuß, die Besuche von Alexander und das erste Treffen mit Janek. Nach und nach riss Caroline die Blätter heraus und heizte ihr Zimmer mit Erinnerungen. Sie griff zum nächsten Tagebuch. Bei Seyffers Besuch erschrak sie. Zwischen den Seiten steckte ein dunkles Haar, daumenlang und leicht gekräuselt wie die Strähnen, die unter Agnes' Haube hervorlugten. Caroline hatte geahnt, dass Agnes mehr wusste, als sie sollte, und das wurde nun zur Gewissheit. Der letzte Rat des Mädchens klang jetzt dringlicher. Caroline öffnete die Ofenklappe und warf die letzten beiden Tagebücher im Ganzen auf einen brennenden Scheit. Fast erstickten sie das Feuer, aber dann züngelten Flammen über den Karton, und England 1797 wurde zu Glut.

Das war's.

Caroline legte sich aufs Bett, drehte an Janeks Ring, faltete die Hände vor der Brust und wartete darauf, dass das Leben ihren Körper verließ. Würde sie Licht sehen und eine göttliche Stimme hören? Haydn hätte die Erwartung in Musik gefasst. Vielleicht träfe Caroline den Komponisten im Jenseits wieder. Allmählich wurde ihr kälter, aber nicht auf die innerliche Art, die sie beim Sterben erwartete. Papier verbrannte schnell, und der kleine Ofen hielt die Wärme schlecht.

Da war ja noch die ungeöffnete Korrespondenz. Caroline angelte nach dem Brief. Johns Verlobte hatte geschrieben. Nein, inzwischen mussten sie geheiratet haben, oder? Jedenfalls wäre es ein Jammer, wenn Caroline die Zeilen der jungen Dame nicht mehr lesen würde.

Margaret Brodie Stewart schien eine kluge Frau zu sein, wissbegierig und mit der Art feinem Humor, den Caroline seit Alexanders Tod vermisste. Auf einem Miniaturporträt, um das Caroline gebeten hatte, blickte Margaret über die Schulter. Ihre Lippen deuteten ein Lächeln an, aber ihre Augen schienen zu fragen, wann sie denn bitte die Pose beenden dürfe, um sich wichtigeren Dingen zu widmen. Caroline setzte sich halb auf, stopfte das Kissen in ihrem Rücken zurecht und öffnete den Umschlag. Margaret schrieb, John und sie wollten reisen, nicht nur nach Italien, sondern viel weiter, nach Südafrika. Ob Caroline wohl ahnte, warum? Nicht nur, um Löwen oder Antilopen zu sehen, sondern ...

Den südlichen Himmel!

Die Kataloge seien erst vollständig, wenn auch die Sterne der anderen Hemisphäre verzeichnet seien, und ebendies sähe John als seine Pflicht an. Oder Margaret? Sie war so klug, ihre Rolle bei der Planung nicht zu erwähnen, aber Caroline wusste, ein frisch Verheirateter würde den häuslichen Frieden nicht riskieren, indem er seine Herzensdame zu einer Reise drängte. Wäre Margaret dagegen, würden Ausflüge nach Schottland das höchste der Gefühle bleiben. Aber die beiden wollten auf die andere Seite der Welt. Der Kreis schloss sich. John würde Carolines und Wilhelms Arbeit fortführen. Die Astronomie befand sich wieder in guten Händen.

Und jetzt kann ich wirklich sterben.

Caroline schloss die Augen. Aber dieses alte Herz, das schlug wie ein Zimmermannshammer.

»Ja!« Caroline hieb auf die Matratze. »Wäre ich doch dreißig oder vierzig Jahre jünger und könnte mit. In Gottes Namen!«

Das Sterben wollte sie aufschieben. Aber was tun? Erst einmal weiterlesen.

Am liebsten würde sie sofort aufbrechen, schrieb Margaret, aber ein bisschen müsse sie sich noch gedulden, denn sie sei in froher Erwartung.

Ein Kind! Ich werde Großtante!

Caroline sah einen pausbäckigen Wuschelkopf vor sich. Schon bald würde das Kleine mit baumelnden Beinen am Tisch sitzen und die ersten ungelenken Buchstaben malen.

Oder Zahlen! Sie soll ihm erst Zahlen beibringen.

Caroline würde das nicht tun können, wie bedauerlich, aber schreiben konnte sie, lustige kleine Briefe mit eingestreuten Rätseln, und wenn das Kind älter wäre, würde sie es ins Vertrauen ziehen und ihm berichten, wie es damals wirklich gewesen war, in Slough, im Schatten des Vierzigfuß.

Aber noch war das Kleine ja nicht einmal geboren. Bis es die wirklich interessanten Geschichten erfahren durfte, musste es volljährig sein.

Caroline zog die Vorhänge auf. Aprillicht gleißte ins Zimmer. Ach, die gute Sonne. Vorhersehbar und langweilig ging sie jeden Tag auf und unter. Aber Caroline musste zugeben, Beständigkeit war auch eine Tugend.

»Nun«, sagte Caroline zu sich selbst. »Ich muss wohl sehr alt werden.«

Epilog

Caroline Herschel blieb lebenslang in engem Briefkontakt mit Margaret und John. Ihr Neffe hielt sie über seine Forschungen auf dem Laufenden, und Margaret schrieb ihr von der wachsenden Schar der Großnichten und -neffen. Das Paar bekam zwölf Kinder und allen, auch den Mädchen, wurde eine gute Ausbildung zuteil. Einige sollten später selbst forschen, etwa zu Meteoren.

Nach dem Tod seiner Mutter Mary verbrachte John mit seiner Familie fünf Jahre am Kap der guten Hoffnung. Vom Tafelberg aus observierte er und veröffentlichte später einen fünfhundertseitigen Bericht über seine astronomischen Beobachtungen. Damit war der sichtbare Himmel vollständig teleskopisch untersucht.

1835 wurde Caroline Ehrenmitglied der Royal Astronomical Society. Weitere Titel und Anerkennungen folgten. 1846 verlieh ihr Alexander von Humboldt für ihre Dienste an der Astronomie eine Goldmedaille des preußischen Königs.

Margaret bewunderte Caroline, fragte sie oft um Rat und interessierte sich, zu Carolines Freude, brennend für Geschichten von früher. Im Alter von vierundneunzig Jahren begann Caroline Herschel ihre Memoiren ein zweites Mal. Bestärkt wurde sie darin von Margaret, die beteuerte, ein solcher Lebensbericht könne zukünftige Generationen inspirieren. Caroline witzelte, eine der Großnichten solle einen Roman daraus machen. Einen Titel schlug sie auch vor: *Das Leben und die Abenteuer von Miss Caroline Herschel.* Ein solches Buch erschien nie, aber Margarets jüngstes Kind Constance, eine Mathematikerin, gab 1933 eine Chronik über Wilhelms und Carolines Leben heraus.

Caroline Herschel starb 1848 mit siebenundneunzig Jahren in Hannover und wurde auf dem Gartenfriedhof beerdigt. Die Inschrift für ihren Grabstein hatte sie, bis auf das Sterbedatum, zuvor selbst verfasst:

Hier ruhet die irdische Hülle von Caroline Herschel
geb. zu Hannover den 16. März 1750
gestorben den 9. Januar 1848.

Der Blick der Verklärten war hinieden dem gestirnten Himmel
zugewandt, die eigenen Cometen Entdeckungen und die Theilnahme
an den unsterblichen Arbeiten ihres Bruders, Wilhelm Herschel,
zeugen davon bis in die späte Nachwelt. Die Königliche Irländische
Akademie zu Dublin und die Königliche Astronomische Gesellschaft
in London zählten sie zu ihren Mitgliedern.
In dem Alter von 97 Jahren 9 Monaten 24 Tagen entschlief sie
mit heiterer Ruhe und bei völliger Geisteskraft, ihrem zu einem bessern
Leben vorangegangenen Vater, Isaac Herschel, folgend, der ein
Lebensalter von 60 Jahren 2 Monaten und 17 Tagen erreichte
und seit dem 25. März 1767 hieneben begraben liegt.

Fakten und Hintergründe

Die fehlenden Tagebücher

Caroline Herschel vernichtete alle Tagebucheinträge von 1788 bis 1797. Das waren ihre produktivsten Jahre, aber auch die Zeit, in der sie durch Wilhelms Heirat das gemeinsame Haus verlassen und sich neu orientieren musste. Biograf*innen vermuten, Caroline habe verhindern wollen, dass jemand nach ihrem Tod böse Einträge über ihre Schwägerin Mary Herschel lesen würde.

In Slough haben Caroline und Wilhelm miteinander auf Englisch kommuniziert, wie Notizen beweisen. Vielleicht wollte Caroline es schnell lernen, oder sie kannte astronomische Fachbegriffe nur in der Sprache, in der sie Fachliteratur las. In ihren Memoiren nennt sie ihren Bruder *William*, ich habe aber die deutsche Version seines Namens verwendet, die Caroline auch in ihrer Grabinschrift wählt.

Nach Wilhelms Tod ging Caroline nach Hannover zurück, wo sie sich nie wohlfühlen sollte. Auch für die erste Dekade nach ihrem Umzug finden sich keine Tagebucheinträge mehr. Überliefert sind ihre Gefühle aber durch Briefe an John:

[...] und das wenige, das ich von Hannover gesehen habe [...] gefällt mir nicht!

Oh! Warum habe ich England verlassen!

Caroline war wichtig, was man über sie und ihre Familie dachte und denken würde. In den Erinnerungen, die sie im Alter schrieb, zensierte sie sich selbst stark. Das fiel auch Johns

Schwiegertochter Mary auf, die 1876 eine Sammlung von Carolines Memoiren und Briefen sowie Auszügen aus den Tagebüchern veröffentlichte. Den gewaltsamen Tod Jacobs verschweigt Caroline völlig. Sie erwähnt lediglich, dass er 1787 anwesend war, als Wilhelms Büste angefertigt wurde. In einer Fußnote merkt Mary an: *Das ist das letzte Mal, dass der Name von Jacob Herschel auftaucht.*

Jan Komarzewski, ein *guter Freund*

Den General gab es tatsächlich. Er war Johns Pate, und seine Freundschaft mit den Herschels ist durch Briefe belegt. Komarzewski erwähnt gegenüber seinem König, er habe Wilhelm, Mary und Caroline polnische Trinksprüche beigebracht. *Janeks* Affäre mit Caroline entspringt meiner Fantasie – oder doch nicht? Der Biografin Emily Winterburn fällt auf, dass Caroline in einem Brief an Lalande von Komarzewski als *unserem gemeinsamen [d. h. ihrem und Wilhelms] guten Freund* spricht. Für Caroline war das eine ungewöhnliche Wortwahl. Sonst bezeichnete sie Bekannte nur als *die Freunde meines Bruders* oder *astronomische Freunde*. Ein guter Freund muss jemand gewesen sein, dem sie große Zuneigung entgegenbrachte. Obwohl in Slough kaum ein Tag ohne Besucher verging (alle penibel vermerkt im *Visitor's Book*), war Caroline vermutlich einsam. In die Kreise der Hofdamen passte sie nicht hinein und die einzigen Engländer, die ihre Begeisterung für Astronomie teilten, waren Männer. Mit ihnen konnte sie aber nicht so ungezwungen umgehen, wie Wilhelm es konnte. Zwar saß Caroline mit am Tisch, wenn Astronomen nach Slough kamen, aber selbst sprach sie keine Einladungen aus, geschweige denn, dass sie solchen ohne Wilhelms Begleitung folgte. Die Maskelynes baten sie wiederholt, doch einmal nach Greenwich zu kommen, aber Caroline besuchte die Familie des königlichen Astronomen erst, als sie dringend einen entdeckten Kometen melden wollte.

Komarzewski starb 1810 ohne Testament in Paris und Caroline erfuhr davon in England erst 1813 durch einen sie besuchenden anderen General. In ihr Tagebuch schreibt sie, sie habe geäußert, das sei hoffentlich nicht wahr. Aber der General hatte Komarzewski selbst in Paris beerdigt.

Noch zwei Jahrzehnte später denkt Caroline an Komarzewski. Sie erinnert John in einem Brief daran, dass der General oft zu Wilhelm gesagt habe: *Warum ernennt König Georg dich nicht zum Herzog von Slough?*

Vor ihrem eigenen Tod erstellte Caroline eine Inventurliste ihres Besitzes. Es sind hauptsächlich Bücher, aber auch ein *Erinnerungsstück von General Komarzewski für mich.* Das sollte John bekommen. Leider ist unbekannt, worum es sich dabei handelte.

Fiktive und vergessene Personen

Eliot und Agnes sind fiktive Figuren. Eliot habe ich unter anderem erfunden, um Carolines Zeit in Bath auszuschmücken. Glaubt man ihrer eigenen Erzählung, hat sie ausschließlich gearbeitet, entweder als Sängerin oder als Wilhelms Assistentin. Aber wie wir wissen, erzählt sie längst nicht alles. Bath war ein Kurort der Reichen, eine Heiratsbörse und ein Mekka der Vergnügungen. Es ging hier lockerer zu als anderswo. Für Caroline, frisch dem Hannoveraner Elend entkommen, muss die plötzliche Freiheit überwältigend gewesen sein und Wilhelm war nicht die Art älterer Bruder, der kleine Schwestern überwachte. Caroline stand als Sängerin im Rampenlicht. Sie war witzig, temperamentvoll und klug und hatte sicherlich Verehrer. Leider schweigt sie sich darüber aus.

Agnes repräsentiert die vielen namenlosen Hausangestellten und Assistent*innen, die das Leben der Herschels und anderer Astronomen erleichtert haben. Bei der Recherche habe ich helfende Personen oft nur anonym und in Randnotizen gefunden. Da Frauen zu Carolines Zeit bescheiden sein sollten und keinesfalls mit Erfolgen angeben durften, gingen ihre Forschungsverdienste vermutlich noch schneller unter. Aber das Schicksal, nicht erinnert zu werden, trifft auch Alexander Herschel. Der Historiker Dr. Michael Hoskin betitelt einen Aufsatz *Alexander Herschel: Der vergessene Partner.* Alexander lebte zurückgezogen und scheute den Trubel in Slough. Aber er war ein brillanter Konstrukteur und Feinmechaniker und besuchte seine Geschwister regelmäßig. Ohne seine Hilfe wäre das Vierzigfuß nicht gebaut worden. Wilhelm und Caroline hätten weniger Aufmerksamkeit und wahrscheinlich keine königliche Förderung bekommen. Ihre Leben wären ohne Alexander anders verlaufen.

Kastraten, Geschlechterrollen, Verfolgung von Homosexualität

Im 18. Jahrhundert waren Kastraten die Stars der Musik. Die Operation wurde bei Jungen vor Einsetzen des Stimmbruchs vorgenommen. Viele verbluteten, weitere starben an Infektionen, und die Überlebenden hatten es noch lange nicht geschafft. Sie standen erst am Anfang ihrer Gesangsausbildung und brauchten für eine Bühnenkarriere neben der richtigen Stimmlage (zwischen Tenor und Sopran) auch Technik und Ausdruck. Nur wenige wurden berühmt, konnten dann aber mehr verdienen als Komponisten. In Werken von Händel bis Mozart gibt es Heldenrollen für Kastratenstimmen. War für eine Aufführung kein Kastrat zu bekommen, sprangen Mezzosopranistinnen ein. Zu Carolines Zeit sang ein Großteil der Frauen darum mitunter auch Männerrollen. Auf Konzertplakaten sind die Namen der Sängerinnen ebenso groß gedruckt wie die ihrer männlichen Kollegen.

In der Wissenschaft waren Frauen dagegen nicht gleichberechtigt. Die Royal Society hat erst seit 1945 weibliche Mitglieder. Obwohl Banks und Maskelyne Carolines Leistungen schätzten, nahm sie nie an einer Sitzung teil. Worüber diskutiert wurde und woran andere forschten, erfuhr sie nur durch Wilhelm oder aus Publikationen.

In Frankreich verfügten Frauen schon über mehr Möglichkeiten. Die Astronomin und Mathematikerin Nicole-Reine Lepaute war Mitglied der Wissenschaftlichen Gesellschaft von Béziers.

Unter Napoleon wurde Homosexualität entkriminalisiert. Der Historiker Arthur Chevallier bezeichnet ihn als *gay friendly* und glaubt, er habe eine Atmosphäre der Toleranz gefördert. Sein Justizminister Cambacérès lebte offen schwul. In England dagegen wurden von 1800 bis 1835 über fünfzig Männer wegen *Sodomie* gehängt, mehr als in früheren Dekaden.

Bessel und menschliche Computer

Bessel gab an der Universität von Königsberg (heute Kaliningrad) Vorlesungen in Mathematik. In der dortigen Sternwarte hatte er im Laufe der Zeit einige Assistenten und beschäftigte vermutlich, wie auch sein Kollege Maskelyne, *Computer.* So wurden Personen genannt, die Berechnungen ausführten. Einige Computer waren Frauen. Sie erledigten die Arbeit von zu Hause aus. Heute sind nur noch die Namen weniger bekannt, wie zum Beispiel der Engländerin Mary Edwards und ihrer Tochter Eliza.

Zielfernrohre, Babbages Maschinen und mechanische Präzision

Jan Komarzewski experimentierte mit Zielfernrohren, aber gab die Versuche schließlich auf, vermutlich weil die Waffen zu unpräzise waren und bessere Sicht darum nichts nutzte. Bei einem preußischen Schießexperiment Anfang des 19. Jahrhunderts wurde ein Ziel in Manneshöhe bei einer Entfernung von sechsundsiebzig Metern nur bei jedem zweiten Schuss getroffen und bei dreihundert Metern nur bei jedem vierten.

Probleme mit Materialgenauigkeit hatte auch Charles Babbage. Er ließ eine Rechenmaschine bauen, die Zahlen addieren konnte. Sein Lebensprojekt war aber eine *analytische Maschine*, die mehr Operationen beherrscht hätte und mit Lochkarten programmierbar gewesen wäre. Über die Entwurfsphase kam er nicht hinaus. Zu aufwendig und teuer war schon die Umsetzung der Differenzmaschine geworden.

Haydn und *Die Schöpfung*

Joseph Haydn vermerkte einen Besuch bei den Herschels in seinem Tagebuch und verlor auch einige Worte über das Vierzigfuß und Wilhelms finanzielle Situation nach der Heirat mit der reichen Mary. (Er dachte wirtschaftlich, und in seinen Reiseerinnerungen tauchen oft Preise auf.) Auch im Besucherbuch der Herschels ist Haydns Name notiert. Der Historiker Richard Holmes schreibt, ein Blick durch das mächtige Teleskop sei eine erhebende Erfahrung gewesen und habe Haydn geholfen, später die Schöpfung zu komponieren.

Wann und ob Caroline das Oratorium zum ersten Mal gehört hat, ist unbekannt. Uraufgeführt wurde es 1799 in Wien, darum vermute ich, sie hat erst im Alter in Hannover eine Aufführung besucht, als sie sich von der Hannoveraner Tristesse mit Musik ablenkte.

Stammbaum

Isaac Herschel (1707–1767) ⚭ **Anna Ilse Moritzen** (1712–1789)

- Sophia Elizabeth (1733–1803)
- Heinrich Anton Jacob [Jacob] (1734–1792)
- Johann Heinrich (1736–1743)
- **Friedrich Wilhelm** [Wilhelm] (1738–1822) ⚭ **Mary Pitt**
  - **John Frederick William** (1792–1871)
- Anna Christina (1741–1748)

- Caroline Emilia Mary (1830–1909), Hofdame von Königin Victoria
- Isabella (1831–1893)
- William James (1833–1917), Staatsdiener in Indien, erforschte Fingerabdrücke als Identifikationsmittel.
- Margaret Louisa (1834–1861), Malerin.
- Alexander Stewart (1836–1907), Astronom, spezialisiert auf Meteore.
- John (1837–1921), militärischer Ingenieur u
  Astronom, beteiligt an
  Vermessung von Indien.
  seiner Frau Mary Cornw
  erschien 1876 *Memoir a*
  Correspondence of Caroline H

Maria Dorothea
(1748–1749)

Frantz Johann
(1752–1754)

Johann Alexander
[Alexander]
(1745–1821)

Caroline Lucretia
(1750–1848)

Johann Dietrich
[Dietrich]
(1755–1827)

Margaret Brodie Stewart

Maria Sophia
(1839–1929),
ihre Tochter Frances Hardcastle war
Mathematikerin, Mitbegründerin der
merican Mathematical Society und Suffragette.

Julia Edith
(1842–1933)

Francisca
(1846–1932),
Musikerin und Mitglied der
Royal Astronomical Society.

Amelia
(1841–1926)

Matilda Rose
(1844–1914),
Malerin.

Constance Ann
(1855–1939),
Mathematikerin, schrieb
The Herschel Chronicle.
The Life-Story of William Herschel
and his Sister Caroline Herschel.

Quellen

Primäre Quellen

Gazette nationale, ou le moniteur universel (Online Archiv), Bayerische Staatsbibliothek.

Händel, Georg Friedrich: Der Messias. Oratorium in drei Abtheilungen nach Mozarts Bearbeitung. Berlin: Druck von J. Windolff 1741. Digitalisiert von der Library of Congress.

Haydn, Joseph u. Swieten, Gottfried van: Die Schöpfung. Oratorium. München: Gedruckt von Franz Seraph Hübschmann 1831. Digitalisiert von der Bayerischen Staatsbibliothek.

Herschel, Caroline: Briefe an Margaret Maskelyne. Digitalisiert von der University of Cambridge.

Herschel, William: Briefe. Digitalisiert von der Huntington Library.

Herschel, William: No. 1 Memorandum 1759. Digitalisiert von der Linda Hall Library of Science.

Hutton, Charles: The Ladies' Diary: Or Woman's Almanack, for the Year of Our Lord 1787. Sammlung der Oxford University. Digitalisiert von Google.

More, Paul E. (Hg.): The Complete Poetical Works of Lord Byron. Houghton Mifflin Company. 1905. Digitalisiert von der Library of India.

The Royal Society: Philosophical Transactions (Online Archiv). Digitalisiert von der Royal Society.

Stukeley, William: Memoirs of Sir Isaac Newton's Life. 1752. Digitalisiert von der Royal Society.

Sekundäre Quellen

Brock, Claire: The Comet Sweeper. Cambridge: Icon Books 2007.

Herschel, Mary (Hg.): Memoir and Correspondence of Caroline Herschel. Cambridge: Cambridge University Press 2010 (Nachdruck der Ausgabe von 1876).

Egan, Pierce: Walks Through Bath. Bristol: Meyler and Son 1819.

Gray, T. / Roger (senior und junior): Le Champ du repos, ou le cimetière Mont-Louis, dit du Père Delachaise. Paris: Druck von Roger sen. 1816. Digitalisiert von der Bibliothèque Nationale des France.

Herschel, William: The Scientific Papers Vol I. London: The Royal Society and the Royal Astronomical Society 1912.

Holmes, Richard: The Age of Wonder. How the Romantic Generation Discovered the Beauty and Terror of Science. London: Harper Press 2008.

Hoskin, Michael: Alexander Herschel: The Forgotten Partner. In: Journal for the History of Astronomy, Volume 35, Issue 4. Cambridge: SAGE 2004.

Hoskin, Michael (Hg.): Caroline Herschel's Autobiographies. Cambridge: Science History Publications 2003.

Hoskin, Michael: Discoverers of the Universe. William and Caroline Herschel. Princeton: Princeton University Press 2011.

Lubbock, Constance A. (Hg.): The Herschel Chronicle. The Life-Story of William Herschel and his Sister Caroline Herschel. Cambridge: Cambridge University Press 2013.

Winterburn, Emily: The Quiet Revolution of Caroline Herschel. The Lost Heroine of Astronomy. Gloucestershire: The History Press 2018.

Zitate

In den folgenden Kapiteln habe ich Zitate aus oben stehenden Quellen entnommen. Die jeweiligen Übersetzungen ins Deutsche stammen von mir selbst.

Premierenfeier und Finsternis

Teile einer Arie aus *Der Messias.*

Post

Wilhelms Londoner Briefe an Caroline.
Bericht über die Aufführung von Händels *Messias* (Leserbrief an eine Bristoler Zeitung).

Neue Nebel

Teile der Arie aus *Judas Maccabaeus.*

John

Die Klage über Schüler entstammt einem Brief von John an Charles Babbage.

Slough

Carolines Brief an Dr. Blagden, Alexander Auberts Brief an Caroline.

Heirat

Dr. Maskelynes Brief an Caroline.

Die Schöpfung

Teile eines Duetts und Chors.

Abendgesellschaft

Gedicht *She Walks in Beauty* von George Gordon Byron.

Entscheidung

Carolines Tagebuchnotiz aus dem Oktober 1821 (»... denn ein Tag vergeht wie der andere [...]«).

Paris

Grabinschriften von Marie-Anne Gauldrée Boilleau und Jean Komarzewski.

Anerkennung

Begründung von James South für die Verleihung einer Goldmedaille an Caroline.

Flammen

Carolines Ausruf (»Ja! Wäre ich doch dreißig oder vierzig Jahre jünger! [...]«) entstammt einem Brief an Margaret.

Epilog

Inschrift von Carolines Grab, zu sehen auf dem Gartenfriedhof St. Marien, Marienstraße 35, 30171 Hannover.

Danke

Vielen Dank an meine Agentin Elisabeth Botros von der Literarischen Agentur Michael Gaeb, an Britta Claus und meine Lektorin Katharina Hierling von C. Bertelsmann für viele Anregungen und gute Vorschläge, an Sarvin Zakikhani für die sorgfältige Redaktion und noch mehr gute Vorschläge, an Thomas Niederbühl für das Testlesen einiger Kapitel, an das Kollektiv Junge Literatur Mannheim und an Joanna Scheinker für Hilfe mit den polnischen Stellen und Originaltexten.

Danke auch an all die Bibliotheken und Institutionen, die alte Quellen online verfügbar machen, und nicht zuletzt an die YouTuber, die Mathe-Tutorials erstellen.